DUMONT

Amerika, Anfang der Dreißigerjahre. Iris McIntosh hat alles verloren: ihren Job, ihre Freunde, ihr Zuhause. Doch eine zufällige Begegnung mit der mächtigsten Frau des Landes, Eleanor Roosevelt, gibt ihrem Leben eine neue Richtung. Sie verschafft Iris Zugang zum innersten Zirkel des Weißen Hauses – in einer Zeit, als die Welt kurz vor einem neuen Krieg steht. Iris steigt zur Beraterin des Präsidenten auf, genießt den Glanz der Macht und die neuen Möglichkeiten, die sich ihr eröffnen. Als sie zwei besondere Männer trifft, muss sie sich entscheiden …
›An einem Tag im Mai‹ erzählt von Liebe und Verlust in einer bewegten Epoche und entwirft dabei das Porträt einer außergewöhnlichen Frau, deren Schicksal einen nicht mehr loslässt.

Jenny Bond

AN EINEM TAG IM MAI

Roman

Aus dem Englischen
von Andrea O'Brien

FSC
www.fsc.org
MIX
Papier aus verantwortungsvollen Quellen
FSC® C083411

Deutsche Erstausgabe
November 2015
DuMont Buchverlag, Köln

Die englische Originalausgabe erschien 2014 unter dem Titel
›The President's Lunch‹ bei Hachette Australia, Sydney.

Published by arrangement with HACHETTE AUSTRALIA PTY LTD,
Sydney NSW, Australia.

Umschlaggestaltung: Lübbeke Naumann Thoben, Köln
Umschlagabbildung: © plainpicture / BY
Satz: Angelika Kudella, Köln
Gesetzt aus der Dante
Druck und Verarbeitung: CPI books GmbH, Leck
Gedruckt auf säurefreiem und chlorfrei gebleichtem Papier
Printed in Germany
ISBN 978-3-8321-6335-8

www.dumont-buchverlag.de

DIE ERSTE AMTSZEIT

1933 – 1937

Glückliche Tage

Kapitel 1

CHICAGO, ILLINOIS

März 1933

Geduldig lauschte Iris dem Vortrag des Siebzehnjährigen, der sich Silbe um Silbe im Text vorarbeitete und sie in regelmäßigen Abständen Hilfe suchend ansah. Sie saß neben ihm, den Kopf auf die Hand gestützt, und half ihm behutsam bei den schwierigeren Wörtern. Oft lächelte sie breit, kniff dabei die blauen Augen zusammen und zog die sommersprossige Nase kraus. Roy las das Märchen *Hänsel und Gretel* aus einem gefundenen oder eingetauschten Kinderbuch vor, das er ihr mit der Bitte seiner Eltern, ihm das Lesen beizubringen, in die Hand gedrückt hatte. Das Lernen fiel Roy offenbar nicht leicht, aber in diesen Zeiten war ein schwerfälliger Verstand möglicherweise ein Segen. Während er die letzten Zeilen des Buches vorlas, schob Iris sich das schwarze Haar aus der Stirn und zog das Band fester, das ihre Locken bändigte. Von der Bewegung abgelenkt, sah der Junge von seinem Buch auf.

»Lies ruhig weiter, Roy«, ermunterte Iris ihn. »Du machst das sehr gut. Heute lesen wir die Geschichte zu Ende, ja?«

Roy war groß und gut aussehend, seine blonden Locken quollen unter der abgetragenen Baseballkappe hervor. Wie fast alle im Camp trug er stets dieselbe Kleidung – Cordhose und Karohemd unter einem dunkelgrünen Pullover mit Rautenmuster. Als Roy vor einem Monat mit dem Buch vor ihrer Tür gestanden hatte, war ihr zuerst die Farbe seines Hemds aufgefallen. Sie hatte den Großteil ihrer Kleidung verkauft oder eingetauscht und dabei das

Gefühl gehabt, auch einen Teil von sich abzugeben. Als sie ihr Lieblingskleid mit den dunklen Schottenkaros für einen Vierteldollar verscherbelt hatte, war sie bei der Erkenntnis, nun nichts mehr verkaufen zu können, in Tränen ausgebrochen. Roys Hemd hatte dasselbe Muster wie ihr Kleid.

Iris hatte den großen, unbeholfenen Jungen den ganzen Weg bis zur Kreuzung Easy Street und Prosperity Row begleitet und dabei immer wieder ihren energischen Schritt verlangsamt, um ihn nicht abzuhängen, denn Roy ließ sich leicht ablenken, sei es, um Hunde zu streicheln oder um völlig verdreckte Flaschendeckel aufzusammeln. An der Notbehausung der Familie des Jungen angekommen, schob sie die Decke beiseite und ließ etwas Licht hinein. Hier war es geräumiger als bei ihr, denn es gab offenbar zwei Zimmer. Die Konstruktion aus Ziegeln, Holz und Stahl wirkte um einiges stabiler als die windschiefe Bretterbude an der Hard Times Avenue, in der Iris Unterschlupf gefunden hatte, nachdem ihre Vorgänger weitergezogen waren. Die Mutter des Jungen saß auf einem Stuhl und flickte eine Hose.

»Hallo, Mrs Cullen. Ich bin Iris McIntosh. Roy sagt, Sie möchten, dass ich ihm das Lesen beibringe.«

Die Frau sah von ihrer Arbeit auf. »Genau. Is ganz einfach. Er hat nich viel im Kopf, da soll er wenigstens lesen und schreiben.«

Iris erschien es durchaus reizvoll, ihr Übermaß an Freizeit darauf zu verwenden, diesen jungen Mann zu unterrichten. Seit ihrem »Absturz«, wie sie den Verlust von Arbeit und Wohnung vor fast einem Jahr bezeichnete, hatte sie nie länger als eine Woche am Stück gearbeitet. Dringend brauchte sie Ablenkung, ein Ziel, denn mit ihren dreiundzwanzig Jahren war sie zu jung, um sich wertlos vorzukommen. Mrs Cullens Vorschlag erinnerte Iris an das, was ihr als Lehrerin am meisten bedeutet hatte: die Möglichkeit, anderen zu helfen. Über ihr stundenlanges Anstehen vor Suppenküchen und das unermüdliche Klinkenputzen hatte sie dieses Anliegen glatt vergessen. Sie konnte sich kaum noch an das Gefühl erinnern, mit einem Buch in der einen und einem Stück Kreide in der anderen Hand im Klassenzimmer zu stehen und in die teils neugierigen, teils ungerührten Gesichter der Schüler zu blicken. Als der Direktor der Lincoln Park High School sie zusammen mit fünf Kollegen an jenem Freitagnachmittag im vergangenen April in sein Büro zitiert hatte, ahnte Iris bereits, was kommen würde. Und so war es auch. Mr Walters erklärte ihnen, dass er den letzten sechs von ihm eingestellten Lehrern wieder kündigen müsse. Als die Entlassenen mit hängenden Köpfen aus dem Büro schlichen, rief er Iris zurück.

»Es tut mir ehrlich leid, Iris«, setzte er an. »Sie sind eine ausgezeichnete Lehrerin, und die Kinder mögen Sie.«

»Wer übernimmt meine Stunden?«, fragte sie.

»Die Klassen werden zusammengelegt. Einige Fächer werden gemeinsam unterrichtet. Wir schaffen das schon. Die Wirtschaftskrise wird nicht ewig dauern.« Er schüttelte ihr die Hand und wünschte ihr alles Gute.

Seitdem hatte Iris kein Klassenzimmer mehr betreten.

»Wir ham gehört, Sie sind ne Lehrerin. Ham studiert und so«, sagte Mrs Cullen. »Aber Tom und ich wolln das nich für umsonst.« Roys Vater, Tom Cullen, galt als Bürgermeister der Barackenstadt, in der auch Iris seit nunmehr drei Monaten hauste. »Tom meint, Sie könn für umsonst essen. Dreimal am Tag.«

Damit war Iris einverstanden. Sie bat Roy, am nächsten Morgen um neun mit seinem Buch zu ihr zu kommen.

Seitdem hatte Iris ihren Zögling jeden Morgen unterrichtet. Roy war lieb, aufmerksam und fleißig. Er machte sogar Fortschritte, wenn auch langsam. Was wollte ein Lehrer mehr? Manchmal brachte er ihr Geschenke mit, kleine Dinge, die er in der Barackenstadt aufgelesen hatte: eine alte Colaflasche, zur Vase umfunktioniert, eine verrostete Dose, in der drei kurze, ebenfalls von Roy mitgebrachte Bleistifte steckten, und ein fleckiges grünes Band, das Iris gewaschen und sich auf Drängen ihres Schülers ins Haar gebunden hatte. Sie stellte sich manchmal vor, dass Roy ihr eines Tages ein Buch oder die aktuelle Ausgabe der *Chicago Tribune* schenken würde; eine abgelaufene Ausgabe von *Modern Screen* oder der *Saturday Evening Post* würde ihr schon reichen, Hauptsache, sie könnte kurzzeitig dieser lähmenden Isolation entfliehen. Doch wenn sie ehrlich war, wäre ihr eigentlich ein Stück weißer, duftender und noch in Papier eingeschlagener Lux-Seife am allerliebsten.

»Das war ganz ausgezeichnet, Roy«, lobte Iris. »Sehr gut.« Sie erhob sich von der Kiste, die ihr als Stuhl diente, und streckte die langen Beine aus. Voller Bewunderung beobachtete Roy, wie sie ihren Rock richtete und die Bluse straffte.

Sie stemmte die Hände in die Hüften. »Ich wünschte, ich hätte noch ein paar von meinen Büchern, Roy«, sagte sie. »Ich hatte ein paar Westernromane und Abenteuergeschichten, die du bestimmt gern gelesen hättest – *Die Schatzinsel* oder *Der Texasreiter.* Aber ich habe sie alle verkauft.« Sie verzog das Gesicht zu einer Grimasse, die ihn zum Lachen brachte. Dann klopfte sie ihm auf die Schulter. »Morgen machen wir weiter.«

Roy berührte ihre Hüfte und sah sie mit seinen tiefblauen Augen an. »Du bist so hübsch, Iris«, sagte er.

Iris wich zurück. So hatte er sie noch nie angefasst. Schnell hob sie seine Baseballkappe auf und setzte sie ihm auf. »Danke, Roy. Aber jetzt ab nach Hause. Wir sehen uns morgen.« Sie wollte zurückweichen, doch sein Griff löste sich nicht. Er sprang von seiner Kiste auf und umklammerte ihre Taille fester.

»Aber du bist so hübsch, Iris.« In der Bewegung hatte er die Kiste umgestoßen. Er presste sich eng an sie, und Iris spürte seine

Erektion. Sie wollte ihn wegstoßen, doch er bewegte sich keinen Millimeter.

Iris sah in sein lächelndes, eifriges Gesicht. Ihr schlug das Herz zwar bis zum Hals, doch sie zwang sich, ruhig und souverän zu klingen. »Roy, du musst jetzt wirklich gehen. Das gehört sich nicht, ich bin deine Lehrerin.«

»Nur ein kleiner Kuss, Iris. Du bist so hübsch.«

Er beugte sich vor, um sie mit weit geöffnetem Mund zu küssen, dabei hielt er sie so fest, dass sie kaum Luft bekam. Sie wollte schreien, doch seine große Hand legte sich auf ihren Mund und erstickte jeden Laut. Obwohl sie schreckliche Angst hatte, kam ihr das Ganze völlig unwirklich vor. Das konnte einfach nicht wahr sein.

»Jetzt hab dich nicht so, Iris. Ich will nur einen kleinen Kuss von dir.« Roy packte sie im Nacken und zog sie an sich. Bilder aus der Kindheit stiegen in ihr auf, sie sah ihre Mutter und ihren Vater. Sie riss sich zusammen. Da Roys Hände sie nur im Nacken hielten, war ihr Körper frei, und sie wehrte sich mit Händen und Füßen. Doch das zeigte keinerlei Wirkung. Er war einfach zu groß. Außerdem war er zu dumm, um zu verstehen, was er tat. Der Junge schüttelte sie wie eine Schlenkerpuppe. Als sich sein breiter, feuchter Mund auf ihre Lippen presste, schloss sie die Augen. Ihr wurde speiübel. Mit letzter Verzweiflung drückte Iris ihn von sich weg und brachte ihn so aus dem Gleichgewicht.

Er stolperte und ließ sie so abrupt los, dass sie zu Boden fiel. Mit den Fingern am Hosenstall blickte Roy auf sie herab. Er lächelte immer noch.

Da schrie sie los. Laut und schrill und so unvermittelt, dass Roy stocksteif stehen blieb. Belustigt verzog er das Gesicht. Innerhalb von Sekunden hatte sich in ihrer winzigen Bleibe eine Menschengruppe versammelt.

Kapitel 2

WASHINGTON, D.C.

März 1933

Als das Taxi rechts in die Desales Street einbog, entdeckte sie ihre Freundin, die im Hauseingang auf sie wartete. Ihre Figur war unverkennbar: schlank, hoch aufgeschossen und leicht gebeugt. Sie hatte die Hände in den Taschen ihres abgetragenen grünen Mantels vergraben. Hick fand, das verwaschene Kleidungsstück saß schlecht und stand ihr nicht besonders, aber es gehörte zu Eleanors Lieblingsstücken, ebenso wie ihr Topfhut für Kirchgänge. Der war grün wie der Mantel und hatte eine über die Jahre erschlaffte Satinschleife an der Seite. Neben Eleanor stand ein kräftiger Mann, den Hick trotz des noch schwachen Morgenlichts ebenfalls sofort erkannte. Es war Harry Dewey vom Geheimdienst, der ebenfalls zu Eleanors Lieblingen zählte.

Tags zuvor hatte Eleanor ihr am Telefon eine kurze, aber präzise Anweisung gegeben. Hick sollte sich um Viertel vor acht mit ihr in einem Taxi am Seiteneingang vom Mayflower-Hotel treffen. Sie hatte Hick nicht verraten, wohin sie fahren würden und ob Hick sie überhaupt begleiten würde. Ein so riskantes Arrangement war untypisch für Eleanor, besonders am Morgen vor Franklins Amtseinführung. Es würde nicht lange dauern, bis sich Heerscharen von Reportern und Fotografen vor dem Hotel einfänden.

Hick wies den Fahrer an zu wenden und vor dem wartenden Paar zu halten. Sie hatte die Hand schon am Griff, als das Taxi zum Stehen kam. Hastig riss sie die Tür auf, und Eleanor glitt auf die

Rückbank. Dewey schlug die Tür wieder zu und Eleanor konnte gerade noch die behandschuhten Finger zum Dank erheben.

Der Fahrer sah fragend in den Rückspiegel. »Zum Friedhof von Rock Creek, bitte«, sagte Eleanor. Hick sah die Freundin erstaunt an, aber es war dunkel im Taxi und Eleanor hatte den Hut tief ins Gesicht gezogen, deshalb konnte sie ihre Miene nicht erkennen. Hick wusste, dass ihre Freundin sich so sowohl vor der Kälte als auch vor fremden Blicken schützen wollte. Statt auf Hicks fragenden Blick einzugehen, tätschelte Eleanor ihr die Hand. Hick erwiderte die Geste mit Nachdruck.

Während sie auf der North Hampshire Avenue nach Norden fuhren, sprach Eleanor kein Wort, sondern blickte starr aus dem Seitenfenster. Hick erhaschte einen Blick ins Gesicht der Freundin, der ihr verriet, dass in Eleanor etwas vorging. Sie konnte den Ausdruck zwar nicht recht deuten, hatte ihn aber schon mal gesehen: bei der Versammlung der Demokratischen Partei im Jahre 1932. Während sich die Roosevelts und ihr Gefolge während der angespannten Tage der Wahlen und Ränkespiele im Haus des Gouverneurs versammelt hatten, waren Hick und einige andere für die Wahl eingeteilte Reporter in der Garage des Hauses einquartiert worden. Sie erinnerte sich daran, wie sie eines Morgens aus der Garage gekommen war und die Gattin des Gouverneurs allein auf der Veranda hatte sitzen sehen. Als diese die übermüdete und hungrige Journalistin bemerkt hatte, hatte sie sie kurzerhand zum Frühstück eingeladen.

Die beiden Frauen hatten auf der Veranda ein üppiges Mahl verzehrt, und nur Eleanors Hund Major, unterm Tisch zu Füßen seines Frauchens, hatte ihnen dabei Gesellschaft geleistet. Während der knappen Stunde hatten sich die beiden kaum unterhalten. Trotz ihrer großzügigen und herzlichen Einladung und ihres offensichtlichen Vertrauens darauf, dass ihr Mann die Wahl zum Präsidentschaftskandidaten gewinnen würde, war Mrs Roosevelt auffällig traurig gewesen.

Als das Taxi am Eingang zum Friedhof hielt, sprang Eleanor schnell heraus. Sie bat den Fahrer zu warten.

Hastig zog Hick einen Fünf-Dollar-Schein aus der Geldbörse und bezahlte den Fahrer. »Wir sind gleich zurück.« Dazu drückte sie ihm noch die *Washington Post* in die Hand. »Es ist die Frühausgabe.« Der Fahrer nickte grinsend, woraufhin Hick aus dem Auto stieg und die Tür hinter sich schloss.

»Was ist hier eigentlich los?«, fragte Hick.

»Komm mit.«

Kapitel 3

CHIGAGO, ILLINOIS

März 1933

Iris saß wie unter Schock da und ließ die Ereignisse des vergangenen Tages Revue passieren. Hatte sie Roy irgendwie ermuntert? War sie ihm zu nahe gekommen? Er hatte die natürlichen Triebe eines Mannes, aber seine Selbstbeherrschung entsprach der eines Kindes. Als er von drei ihrer Nachbarn aus dem Haus geführt wurde, hatte er hemmungslos losgeheult. Sein unter Tränen vorgebrachter Rechtfertigungsversuch hatte Iris gezeigt, wie verwirrt er war.

»Aber ich wollte doch nur einen kleinen Kuss. Is doch nichts Böses.« Schließlich hatte der Gedanke an sein Schluchzen und ihre missliche Lage sie ebenfalls zum Weinen gebracht. So ging es schon den ganzen Morgen.

Um neun Uhr klopfte es. Ihre Behausung besaß als Einzige hier eine richtige Eingangstür. Als sie im Dezember in den Verschlag gezogen war, hatte nur ein großes Stück Wellblech den Eingang versperrt. In der North LaSalle Street war sie schließlich auf eine Tür gestoßen, die sie vorsichtig auf einer Schubkarre nach Hause transportiert hatte. Ein Nachbar hatte sie angepasst und eingebaut. Dafür hatte sie seiner Frau ihr letztes Paar Wollsocken gegeben.

Das wird doch wohl nicht Roy sein?, dachte sie. Vielleicht hatte er, wie ein Kind, sein schlechtes Betragen vom Vortag schon längst vergessen. Zu ihrer Überraschung stand Tom Cullen vor ihr. Iris bat ihn hinein, doch er blieb nah am Eingang stehen. Das Hemd, das er stets über seinem Jeansoverall zur Arbeit trug, hatte er bis zum Hals zugeknöpft, und als er den Hut abnahm, bemerkte Iris, dass sein Haar sorgfältig gekämmt war. So ein akkurater Scheitel war ihr noch nie untergekommen.

»Mr Cullen«, sagte Iris.

Cullen räusperte sich und sah zu Boden, den Hut an die Brust gedrückt.

»Tut mir leid wegen gestern, Miss. Ich und meine Frau, wir hatten keine Ahnung, dass Roy … so was tun würde.«

»Selbstverständlich nicht. Setzen Sie sich doch, Mr Cullen.« Iris wies auf die Obstkiste neben ihrem zusammengeflickten Ofen.

Er schüttelte den Kopf. »Ich bin nur gekommen, um Ihnen für das, was Sie für unseren Jungen getan haben, zu danken, aber ich schätze, da ist nichts mehr zu machen.«

Iris ließ die Worte auf sich wirken. »Ich glaube, das stimmt nicht ganz«, erwiderte sie schließlich. »Im Grunde seines Herzens ist Roy ein guter Mensch. Ich glaube, wir müssen uns klarmachen, dass er jetzt ein Mann ist. Da müssen wir einfach anders mit ihm umgehen.«

»Sie ham ganz schön viel Verständnis, Miss. Aber ich hab es mit den Gründungsvätern besprochen, und der Junge muss weg.« Die Gründungsväter waren ursprünglich eine Gruppe von fünf Männern gewesen, die 1929 ein Grundstück in der Randolph Street besetzt hatten. Um diese Männer und ihre Familien hatte sich eine Gemeinschaft mit fast dreitausend Mitgliedern gebildet. Keiner konnte sich erinnern, wann sich die Gruppe den ironisierten Namen »Gründungsväter« gegeben hatte.

»Ich halte das für übertrieben …«, setzte Iris an.

»Er kann nich bleiben, Miss«, wiederholte Cullen entschieden. »Es tut weh, aber Roy muss weg.«

Iris konnte es nicht glauben. Der Mann wollte seinen eigenen Sohn verstoßen! »Das kann nicht Ihr Ernst sein, Mr Cullen. Man muss ihm nur beibringen, was recht und unrecht ist und was den Unterschied zwischen Männern und Frauen ausmacht.«

»Mehr gibt's nicht zu sagen.« Cullen stand immer noch im Eingang, den Blick unverwandt zu Boden gerichtet. »Der Junge zeigt keine Reue.« Der Mann zögerte kurz, dann räusperte er sich und senkte die Stimme. »Es is zu riskant, Miss.«

Sie ließ sich auf die Kiste sinken, die sie Cullen angeboten hatte, und verbarg das Gesicht in den Händen. »Hat Roy so etwas schon mal gemacht?«

»Nee.«

Iris konnte es nicht einfach geschehen lassen. Trotz seiner Größe und Kraft würde Roy allein nicht überleben.

Sie sah den Bürgermeister an. »Vielleicht liegt die Schuld ja bei mir«, sagte sie.

Er fing ihren Blick auf.

Sie erhob sich und streckte ihm die Hand hin. »Danke für Ihren Besuch, Mr Cullen«, sagte sie. »Morgen früh bin ich weg.«

Kapitel 4

WASHINGTON, D.C.

März 1933

Hick folgte ihrer Freundin, die zielstrebig über den Friedhof marschierte. Mit ihren vierzig Jahren fiel es der beleibten Reporterin schwer, mit ihrer gertenschlanken Freundin mitzuhalten, und gelegentlich musste sie ihr sogar auf höchst unelegante Weise hinterherhasten. Nach einer Weile blieb Eleanor stehen und ließ sich auf der Granitbank vor dem Adams Memorial nieder.

Nach einem raschen Blick auf die Armbanduhr setzte Hick sich daneben. Es war erst halb neun, und sie spürte den dünnen feuchten Morgennebel im Gesicht. Sie sah zum Himmel. Er war immer noch wolkenverhangen, doch sie wusste, dass es sich schnell aufklaren würde, wenn die Sonne höher stand, obwohl es erst März war. Eleanor, die stocksteif neben ihr saß, hatte den Hut immer noch tief ins Gesicht gezogen und fixierte die eingehüllte Bronzefigur. Die Reporterin konnte das Schweigen kaum ertragen.

Hick betrachtete das Profil ihrer Freundin. Die Lider waren leicht nach unten gezogen, was den graublauen Augen eine Tropfenform verlieh. Fremde meinten darin ein Zeichen von Müdigkeit oder Strenge zu erkennen, weil sie nur die Form der Augen, nicht aber das verspielte, neugierige Blitzen darin sahen. Eleanors Nase war wunderbar gerade und sehr weiblich, wie Hick fand. Die vollen Lippen waren leicht geöffnet, sodass die Zähne hervorlugten. Eleanor sah immer aus, als würde sie gleich etwas sagen wollen, als hielte sie die Flut ihrer Worte zurück, bis der richtige Zeitpunkt gekommen wäre.

Obwohl sie zu abgeklärt war, um an Liebe auf den ersten Blick zu glauben, hatte Hick sich gleich bei ihrem ersten Treffen im Jahr 1928 zu Eleanor hingezogen gefühlt. Sie hatte den Auftrag gehabt, die Frau des Gouverneurs zu interviewen, und Eleanor hatte Hick zum Tee in ihre New Yorker Residenz in der East 65th Street eingeladen. Hick fand diese Einladung seltsam. Kein anderer Interviewpartner hatte ihr je Tee und Kekse angeboten. Eleanor Roosevelt hatte sie sofort in ihren Bann gezogen. Allein die Bewegung ihrer langen, schlanken Finger beim Arrangieren der Teekanne und der Tassen hatte sie zutiefst fasziniert, genauso wie ihr geschickter Umgang mit der winzigen Zuckerzange. Sie schaffte es, die Würfel ohne den kleinsten Spritzer in die Tasse gleiten zu lassen.

Während des Interviews war Eleanor höflich und herzlich, aber gleichzeitig auch vorsichtig geblieben. Normalerweise waren Reporter deswegen verärgert, aber Hick machte es überhaupt nichts aus. Hicks Artikel schloss mit dem Satz: »Die neue Herrin im Executive Mansion in Albany ist eine Grande Dame.« Dem Herausgeber hatte ihre Formulierung nicht gefallen, er nannte sie »zu schön, um wahr zu sein«, aber sie entsprach genau Hicks Einschätzung. In den siebzig Minuten mit Eleanor hatte sie das Gefühl gehabt, wahrer Größe begegnet zu sein.

Während Hick das Treffen Revue passieren ließ, beäugte sie die weiche Stelle am Mundwinkel ihrer Freundin, die sie so gern küsste. Schließlich setzte Eleanor dem Schweigen ein Ende.

»Weißt du, woran dieses Denkmal erinnert?«

»Nicht ganz genau. Henry Adams hat es im Andenken an seine Frau Clover errichten lassen. Sie hat sich umgebracht, oder?«

»Genau. Mit zweiundvierzig hat sie Zyankali getrunken.« Eleanor hielt inne. »Früher, als wir in Washington lebten, war ich noch unreif und hatte keine Ahnung vom Leben. Manchmal war ich unglücklich und voller Selbstmitleid. Immer wenn es mir so ging, bin ich hergekommen und habe mir diese Frau angesehen. Danach fühlte ich mich besser. Und stärker. Ich bin schon oft hier gewesen.«

Hick legte ihrer Freundin die Hand aufs Knie. »Bist du jetzt unglücklich?«

»Nein, nur ein bisschen gekränkt.« Wieder hielt Eleanor inne, bevor sie weitersprach. »Ich habe Franklin gefragt, ob ich ihm nach der Wahl helfen solle, Briefe zu beantworten und so. Er hat mich ganz komisch angesehen und gemeint, das sei nicht fair gegenüber Missy.«

Hick sah sie erstaunt an. »Du hast Besseres und Wichtigeres zu tun, als Sekretärin des Präsidenten zu spielen. Du kannst viel mehr. Seine Reaktion solltest du nicht als Beleidigung, sondern als Kompliment auffassen. Sogar Franklin weiß, dass du zu gut bist, um Briefe zu beantworten und Kaffee zu kochen.«

»Missy macht ein bisschen mehr als das. Sie ist seine rechte Hand, seine Weggefährtin«, sagte Eleanor.

»Ich weiß. Missy ist unverzichtbar und euch beiden eine gute Freundin. Aber wirklich, Eleanor …« Hick seufzte entnervt.

Eleanor nickte, aber Hick spürte, dass ihre Stimmung immer noch getrübt war. Da steckt noch mehr dahinter, dachte sie.

Nach einer Weile ergriff Eleanor erneut das Wort. »Außerdem hat er Lucy Mercer Rutherford für morgen eingeladen. Hat ihr einen besonderen Platz für die Zeremonie organisiert und einen Wagen, der sie abholen soll. Wir werden den Großteil des Tages getrennt verbringen. Er hat sicher dafür gesorgt, dass er lang genug mit ihr allein sein kann.«

»Das ist doch sicher nur ein Gerücht, das Leute wie Alice Longworth in die Welt setzen, weil sie dich aus der Fassung bringen wollen.« Hick rückte näher an ihre Freundin heran, sodass sich ihre Oberschenkel berührten.

»Das ist kein Gerücht, und meine Verwandten wissen genau, dass sie mich besser nicht unnütz aufregen. Louis hat es mir erzählt – um mich zu warnen, wie er sagte. Er wollte, dass die Nachricht mich nicht eiskalt erwischt.«

»Hat Franklins Mutter ihm nicht verboten, sich je wieder mit ihr abzugeben, weil sie ihm sonst den Geldhahn zudreht?«

»Ja, das hat Sara damals von ihm verlangt. Aber das ist fünfzehn Jahre her. Ab morgen ist Franklin der Präsident. Solche Drohungen haben dann keine Wirkung mehr.«

Hick war nicht sicher, wie sie darauf reagieren sollte. Einerseits musste sie zugeben, dass sie verärgert und eifersüchtig war, weil Franklins unbedachtes Handeln Eleanor so tief kränkte und verunsicherte. Andererseits war ihr klar, dass sie ihre Freundin trösten und aufbauen sollte.

»Wenn du mit mir zusammen sein kannst, darf er das auch mit Lucy«, sagte sie frech.

»Die meisten glauben, Clover Adams hätte sich wegen ihrer Trauer nach dem Tod ihres Vaters umgebracht, aber das stimmt nur zum Teil.«

Eleanor erhob sich, trat näher an die Bronzefigur heran und legte ihr sanft die Hand auf den Kopf. »Ihr Mann war in eine andere vernarrt. Sie hieß Elizabeth Cameron und war die schönste Frau Washingtons. Außerdem war sie Clovers beste Freundin.«

»Woher weißt du das alles? Damals warst du doch noch ein Kind.«

»Onkel Teddy und Tante Bye waren eng mit der Familie Adams befreundet. Tante Bye hat mir die Geschichte erzählt, als ich etwas älter war. Die Liebesbeziehung zwischen Henry und Elizabeth war in ganz Washington bekannt und berüchtigt. Sie haben nicht mal versucht, sie zu verheimlichen.«

Hick verstand, warum die Geschichte ihre Freundin so berührte. Sie trat neben sie und legte ihr die Hand auf die Schulter. »Dein Mann hat sich ziemlich egoistisch und rücksichtslos verhalten, das ist klar. Aber du musst dir keine Sorgen machen. Ab morgen bist du die First Lady dieses Landes und in meinen Augen sowieso schon längst die schönste Frau Washingtons. Diese Stadt lebt von Gerüchten und Machtspielen, und daran wirst du nichts ändern. Du kannst es nur ignorieren oder mitspielen. Und es soll ja keiner wagen, dich zu verspotten oder zu bemitleiden. Das lasse ich nicht zu.«

Die liebevollen Worte verfehlten ihre Wirkung. Eleanor seufzte lediglich, dann sah sie ihre Freundin an. »Früher war ich ein anderer Mensch. Du hättest mich nicht gemocht. Ich war dumm und mutlos. Es bereitet mir Sorgen, dass ich so weit gekommen bin, so viel gelernt habe …« Sie hatte den Faden verloren.

»Sprich weiter, Eleanor«, drängte Hick.

»Ich befürchte, dass man in mir nur die freundliche First Lady sehen wird und sonst nichts. Eine, die Hände schüttelt, zum Tee empfängt und Blumen entgegennimmt. Ich mache mir Sorgen, dass meine Arbeit darüber völlig unwichtig werden könnte.« Sie dachte kurz nach. »Das klingt sicher sehr egoistisch.«

»Du solltest es nicht zulassen, dass Franklins Gedankenlosigkeit einen Schatten auf das wirft, was dir der morgige Tag bedeutet, und auf das, was du danach schaffen kannst. Du bist zwar die Frau des Präsidenten, aber eine eigenständige Persönlichkeit warst du schon lange davor.«

»Danke, meine Liebe.« Eleanor neigte sich zur Seite und legte den Kopf auf Hicks Schulter. »Mitsouko«, identifizierte sie Hicks Parfüm. »Den Duft von Pfirsich und Nelken habe ich schon immer gemocht. Das hast du bei unserem ersten Treffen in Hyde Park getragen. Erinnerst du dich?«

Lächelnd streichelte Hick den Kopf ihrer Freundin und gab sich ihren Erinnerungen hin.

Ein paar Tage vor der Versammlung der Demokraten war Hick nach Hyde Park, Franklins Heimatstadt im Bundesstaat New York, gefahren, um sich den Ort genauer anzusehen. Sie hatte den ganzen Tag mit Eleanor und Franklin auf ihrem Anwesen Springwood verbracht. Nach dem Dinner hatten sie vor dem Kamin gesessen und Franklin hatte die Unterhaltung an sich gerissen. Der ständig lächelnde und rauchende Roosevelt hatte größte Anstrengungen unternommen, der Journalistin zu gefallen. Eleanor hatte gestrickt und dabei aber immer wieder neugierig zu Hick herübergesehen.

Während der Kampagne hatte man Hick beauftragt, Eleanor rund um die Uhr zu beobachten, und die Beziehung der beiden Frauen war enger geworden. Während der Regen auf der Zugfahrt von Topeka nach Salt Lake City gegen die Fenster des Salonwagens prasselte, erzählte Eleanor Hick ihre Lebensgeschichte. Sie schilderte der neuen Freundin ihre »ziemlich seltsame Kindheit«, wie sie es ausdrückte, das freie Leben während ihrer Schulzeit in Europa, ihre Vermählung mit ihrem Cousin fünften Grades und ihre Furcht vor dem Amt der First Lady.

Als der Zug in den frühen Morgenstunden des nächsten Tages dem Regen schließlich davonfuhr, lagen die beiden zusammengekuschelt in ihren Nachthemden in der Schlafkajüte. Während Hick ihrer Freundin schweigend den Arm streichelte, fühlte sie sich gleichermaßen privilegiert wie betroffen von der schmerzlichen Geschichte, die sie soeben gehört hatte.

Ein kalter Luftzug holte sie wieder in die Gegenwart. Hick schlang ihren Arm um die Taille ihrer Freundin und drückte ihr Gesicht an Eleanors Mantel. Das abgetragene Kleidungsstück roch frisch gewaschen. Einen Augenblick lang verweilten sie in dieser Umarmung. Als Eleanor schließlich aufblickte, sah Hick, dass ihre

Freundin geweint hatte. Sie wischte ihr behutsam die Tränen von den Wangen.

»Deine Hand ist ganz kalt«, bemerkte Eleanor leise. »Du solltest dir Handschuhe zulegen.«

»Die verliere ich doch immer.«

»Dann werde ich dir ein besonderes Paar besorgen, aus Leder und innen mit Fell. Auf die wirst du gut aufpassen.«

»Stimmt.« Hick grinste. »Sollen wir aufbrechen? Geht es dir jetzt besser?«

»Viel besser. Tut mir leid, dass ich mich so aufführe. Danke, dass du mitgekommen bist.«

»Du führst dich nicht auf, meine Liebe. Wozu sind Freunde denn da?« Arm in Arm gingen sie zurück zum wartenden Taxi.

Kapitel 5

CHICAGO, ILLINOIS

März 1933

Die Angst vor dem, was kommen würde, lastete schwer auf Iris, als sie ihre Sachen packte. Sie besaß nicht viel – Kleidung und Unterwäsche zum Wechseln, ihr zusammengerolltes Bettzeug, Haar- und Zahnbürste und einen Topf, den sie sich kurzerhand an den Rucksack band. Die Cullens bedankten sich bei ihr und gaben ihr etwas Brot. Das verstaute sie zusammen mit dem *Bildnis einer Dame,* dem einzigen Buch, das sie noch behalten hatte, in ihrem dürftigen Gepäck. Trotz ihrer Armut war es Iris unmöglich gewesen, sich von Isabel Archer zu trennen.

Es war noch vor sieben Uhr in der Früh. Es dämmerte, und am Himmel hingen dicke graue Wolken. Sie spürte die beißende Kälte im Gesicht. Für einen Augenblick blieb Iris noch vor ihrem bescheidenen Heim stehen und blickte die Straße hinab. Feuer brannten in Blechtonnen, sie erhellten die Barackenstadt. Männer und Frauen hatten sich bereits davor versammelt. Das hier war eine Gemeinschaft. Keine, die sie sich ausgesucht hätte, aber immerhin. Sie ging eine Meile durch das Camp, bis sie die Randolph Street erreicht hatte. Als sie die Straße überquerte und das Camp hinter sich ließ, wurde ihr klar, dass sie wieder allein war.

Sie hatte keine Ahnung, dass der neue Präsident in wenigen Stunden und siebenhundert Meilen entfernt vom Portikus auf der Ostseite des Kapitols aus zu der hundertfünfzigtausend Menschen zählenden Menge über Angst sprechen würde – über namenlosen, vernunftlosen, unberechtigten Schrecken. Iris hatte auch keine Ahnung, wohin sie sich wenden sollte. Einen Moment lang verharrte sie auf der Stelle. Diejenigen mit Arbeit eilten schnellen Schritts an ihr vorüber. Gelegentlich rempelte sie jemand an, doch keiner hielt es für nötig, sich dafür zu entschuldigen. In weniger als einem Jahr war sie von einer Respektsperson zu einer Unsichtbaren ohne Hoffnung abgestiegen. Sie hatte weder Geld noch eine Perspektive.

Nach dem Tod ihrer Mutter hatte sie sich ähnlich verloren gefühlt. Damals, als sie von der Schule nach Hause gekommen war, hatte sie ihre Mutter im Bett vorgefunden, was sehr ungewöhnlich war. Mrs McIntosh erwartete um diese Zeit üblicherweise ihren ersten Schüler, arrangierte die Noten auf dem Ständer und stimmte die Geige. Für gewöhnlich erledigte Iris ihre Hausaufgaben oder las ein Buch, während die Mutter Unterricht gab. Es war an einem Dienstag passiert, ein Tag, an dem ihre Mutter normalerweise zwei Schüler unterrichtete, Albert Murphy und Maree Pugh. Während Albert jede Minute eintreffen musste, trat Iris ans Bett, legte ihrer Mutter die Hände auf die Schultern und schüttelte sie. Sie rief, schlug ihr sogar ins Gesicht, aber die Mutter rührte sich nicht. Die dreizehnjährige Iris hielt die Wange dicht vor den Mund der Mutter, um ihren Atem zu spüren. Sie riss ihr die Decke vom Leib und lauschte mit banger Hoffnung und angehaltenem Atem nach einem Herzschlag. Vergebens.

Dann klopfte es an der Tür. Sie trocknete die Augen und öffnete dem Besucher.

»Mama geht es nicht gut«, informierte sie den Schüler.

Er sah sie verständnislos an. »Und jetzt?«, fragte er.

»Am besten gehst du wieder nach Hause«, sagte Iris, bevor sie dem konsternierten Jungen die Tür vor der Nase zuschlug, nur um sie kurz darauf wieder zu öffnen. »Sag Maree Bescheid, ja?«, rief sie ihm nach.

»Ja, gut«, erwiderte er auf dem Weg hinunter.

Dann kehrte Iris zu ihrer Mutter zurück und fragte sich, wie sie ihren Vater finden sollte. Sie wusste, dass das meiste, was ihre Mutter ihr von seinen diversen Tätigkeiten zu erzählen pflegte, nicht der Wahrheit entsprach, ähnlich wie die Geschichten, die ihr Vater ihnen auftischte. Manchmal kam er tagelang nicht nach Hause. Am Anfang hatte ihre Mutter noch behauptet, er würde auswärts arbeiten. Doch mittlerweile reagierte sie nur mit einem höflichen Kopfnicken auf die Fragen der Nachbarn, ob ihr Mann wieder mal auf Sauftour sei, bevor sie erhobenen Hauptes die Stufen zum Haus erklomm und die Tür hinter sich schloss.

Obwohl es bereits dunkel war, als ihr Vater diesmal endlich heimkehrte, war Iris ihrer Mutter nicht von der Seite gewichen. Bei diesem Anblick war ihr Vater in Tränen ausgebrochen. Er legte sich neben seine Frau, umklammerte ihren Körper und weinte, die Wange an ihr kaltes Gesicht gepresst. Iris wusste nicht, was sie tun sollte, doch ihr war klar, dass dieser Mann zu keiner Handlung fähig war. Sie ging hinab und klopfte an die Tür ihrer Nachbarn, Mr und Mrs Woods.

»Die arme Abigail«, flüsterten sie und folgten ihr rasch in die Wohnung.

»Das arme Kind. Was soll nun aus ihm werden?«, sagte Mrs Woods mit gedämpfter Stimme zu ihrem Mann, während sie in der Küche Tee kochte. Iris hatte vom Wohnzimmer aus zuhören können.

Fast zehn Jahre später war sie wieder allein. Sie beschloss, zur Herberge der YWCA in der North LaSalle Street zu gehen.

Kapitel 6

HYDE PARK, NEW YORK

Mai 1962

Ich kann Ihnen versichern, dass meine Nerven völlig blank lagen. Vor dem Tor bekam ich plötzlich weiche Knie. Ich hatte furchtbare Angst. Na ja, ich hatte das Weiße Haus noch nie zuvor gesehen, also nur in Zeitungen und Illustrierten und so, aber ich hatte keine Vorstellung, wie prunkvoll es war, prächtig wie eine Hochzeitstorte.

Natürlich hatte Dad, mein verstorbener Mann, keine Ahnung, wie nahe mir das alles ging. Es war sogar seine Idee gewesen, an jenem Nachmittag einen Spaziergang zu unternehmen und uns das Haus anzusehen, in dem wir für die nächsten vier Jahre wohnen sollten. Damals wussten wir noch nicht, dass wir tatsächlich für zwölf Jahre dort bleiben würden. Er stand nur da und machte Bemerkungen über den Garten. Wie viele Gärtner man wohl braucht, um das Laub zu harken oder die Hecken zu schneiden, das Übliche eben.

Meine Aufmerksamkeit galt den vielen Fenstern. Es kam mir vor, als wären es Tausende. Fenster, die ich putzen müsste. Ich dachte, dass ich sie vielleicht zählen sollte, um mich zu beruhigen – vielleicht waren es ja gar nicht so viele, wie ich dachte. Weit gefehlt! Bei neunzig gab ich auf. Da standen mir schon fast die Tränen in den Augen, ich erinnere mich noch genau. Ich stand kurz vor meinem neunundfünfzigsten Geburtstag, und dies war meine erste feste Anstellung. Ich weiß nicht, was in mich gefahren war, als ich Mrs Roosevelts Angebot annahm und mich einverstanden erklärte, als Haushälterin im Weißen Haus zu arbeiten. Aber als sie an jenem Tag in Hyde Park meine Hand ergriff und uns beiden Arbeit anbot, weil sie doch wusste, wie sehr Dad unter seiner anhaltenden Pechsträhne litt, konnte ich wohl kaum ablehnen. Sie sah mich so mitfühlend an mit ihren blauen Augen. Aber wie sollte ich nur all diese Fenster putzen? Mittlerweile war meine Unruhe auch Dad aufgefallen, und er versuchte auf seine Weise, mich zu trösten.

Ich weiß noch, dass er sagte: »Es ist doch nur für vier Jahre.« Na, das hätte er sich auch sparen können. Meine Angst ballte sich nur noch stärker zusammen. Sagt man das so? Aber sie ballte sich wirklich, meine Angst. Mir fiel auf, dass wir in Washington niemanden kannten, außer den Roosevelts natürlich. Dann wurde mir klar, dass sie von heute Nachmittag an nicht mal mehr die Roosevelts, unsere Nachbarn aus Hyde Park sein würden, sondern der Präsident und die First Lady.

Dad führte mich zu einer Bank an der Pennsylvania Avenue, wo wir für eine Weile saßen und den Männern dabei zusahen, wie sie Straßensperren errichteten und so. Als ich die Fassung wiedergefunden hatte, fragte Dad: »Dir ist schon klar, dass du bereits berühmt bist?« Na, darüber musste ich lachen. Obwohl ich noch keinen Fuß über die Schwelle des stattlichen Anwesens gesetzt hatte, waren den Zeitungen bereits eine Reihe von hochtrabenden Titeln für mich eingefallen, Bezeichnungen wie »Oberste Haushälterin der Nation« oder »Die kleine Dame, die den Präsidenten regiert«. Mir war schon klar, was Dad hier versuchte. Er wollte, dass ich merkte, wie albern das alles war. Es handelte sich schließlich nur um einen Job. Das funktionierte auch. Mir ging es schon viel besser.

Das Kochen hatte ich von meiner Mutter gelernt. Vorwiegend Gerichte ihres Landes, denn sie stammte aus Wien. Wenn sie in der Küche war, folgte ich ihr auf Schritt und Tritt, und sie gab mir kleine Teigklumpen oder andere Dinge zum Spielen. Dann buken wir unsere Machwerke im großen Holzofen. Ich weiß noch, dass ich an meinem elften Geburtstag einen Schokoladenkuchen buk. Das war mein erster Alleinflug, wie man so schön sagt.

Ich bin fest davon überzeugt, dass die Küche das Herz – und die Seele – eines jeden Hauses ist. Jede Frau sollte Kochen lernen. Das ist grundlegender Bestandteil einer glücklichen Ehe und eines glücklichen Heims. Absolut grundlegend. Ich habe von modernen Frauen, Karrierefrauen, gehört, dass das Kochen ihre Figur ruiniert. Dummes Geschwätz! Es hat meiner noch nie geschadet. Außerdem sind Kochen und das Führen des Haushalts für mich genauso wichtig wie jede andere weibliche Tätigkeit. Mir ist schon klar, dass viele Frauen jetzt die Nase rümpfen, aber es stimmt. Meine Karriere im Weißen Haus habe ich meinen Kochkünsten und meinem Talent als Haushälterin zu verdanken, und das bei einem guten Gehalt, möchte ich nur mal anmerken.

Ich gebe außerdem zu bedenken, dass nicht viele Karrierefrauen ein Pläuschchen mit der Queen halten dürfen, und nur wenigen von ihnen wird bekannt sein, dass sie lieber Kaffee als Tee trinkt. Auch werden sie wahrscheinlich nie rein zufällig jemanden wie Miss Tallulah Bankhead vor der Damentoilette treffen und sich nett mit ihr unterhalten, und ebenso werden wenige wissen, dass Ernest Hemingway es nicht mag, wenn man seine Bettdecke unter der Matratze festzurrt. Er hasst diese Art des Bettenmachens, wie sie in Krankenhäusern praktiziert und auch von Mrs Roosevelt verlangt wird.

Selbstverständlich hätte ich Mrs Roosevelts Angebot ausschlagen können. Aber im Winter 1932 hatte so gut wie niemand unserer Bekannten mehr Arbeit, und ich hatte meinen Glauben an die Zukunft weitestgehend verloren. Wir lasen Zeitungen und lauschten dem Radio, aber es herrschte allgemeine Hoffnungslosigkeit. Natürlich war uns nicht bewusst, dass wir die Weltwirtschaftskrise erlebten. Wir versuchten nur, den Kopf über Wasser zu halten. Ich glaube, die Leute haben sie erst später so genannt.

Die Familie meines Vaters kam ja aus Deutschland. Kaum waren die ersten seiner Leute in Minnesota eingetroffen, zogen ein paar Yankees sie gleich mal über den Tisch und drehten ihnen ein Grundstück mit unfruchtbarem Boden an. Das beackerten sie allerdings Tag und Nacht, bis sie aus dem schlechten Boden ein Stück wunderbares Land gemacht hatten.

Dann heiratete ich Dad, und wir zogen in ein Haus in Hyde Park, wo wir uns ein gemeinsames Leben aufbauten. Doch im Jahre 1931 beschlossen die früheren Besitzer, nach zweiundzwanzig Jahren wieder in ihr Haus zu ziehen. Es tat den Gilbertsons zwar leid, aber Wohnraum ist nun mal knapp, behaupteten sie. Dad hatte nur eine Woche zuvor seinen Job als Buchhalter beim Futterhändler im Ort verloren. Wir zogen zu Garven, meinem Ältesten, seiner Frau Mary und ihrem ersten Kind Bobby. Mary war zwar gut zu uns, aber es war klar, dass der Platz nicht für alle reichte. Was tun? Ich glaube, vor allem für Frauen ist ein eigenes Heim das Allerwichtigste. Ich habe immer wieder erlebt, wie die Krise Frauen ihr Heim genommen hat. Mir selbst ist es so ergangen! Ich musste etwas unternehmen, und Mrs Roosevelt hat mir versichert, dass es bei ihr genug Arbeit für mich und Dad gab. Im Grunde genommen hatte ich doch schon mein ganzes Leben lang einen Haushalt geführt. Wieso sollte es dann im Weißen Haus so viel anders sein?

Kapitel 7

CHICAGO, ILLINOIS

März 1933

Iris blieb eine Woche lang im YWCA, danach waren Übernachtungen kostenpflichtig. Während dieser Zeit suchte sie in der Stadt nach Arbeit, aber in Chicago waren Tausende Menschen erwerbslos, und es gab kaum Stellen für Frauen. Hatte ein Dienstherr Bedarf, versammelten sich innerhalb kürzester Zeit Hunderte Bewerberinnen, und die Erste bekam dann meist den Zuschlag. Iris versuchte es bei den großen Hotels in der Stadt als Zimmermädchen, Küchenhilfe oder Wäscherin, aber schon beim Betreten dieser prunkvollen Etablissements kam sie sich klein und unwürdig vor und wurde auch prompt von Hotelpagen hinauskomplimentiert, bevor sie ihr Anliegen überhaupt vorbringen konnte. Hätte ich nur ein neues Kleid, ein bisschen Make-up und einen frischen Haarschnitt, dachte sie, als sie aus dem Hotel Palmer House auf die Monroe Street trat. Mit einem gepflegten Äußeren wäre es bestimmt leichter, Arbeit zu finden.

Auf dem Weg zurück in die Herberge kam Iris an Menschenschlangen vorbei, überall standen Leute für ein kostenloses Essen an. Sie schlang den Mantel enger um sich. Überall herrschten desolate Zustände. Was, wenn sich die Situation nicht bessert?, fragte sie sich, als ihr ein Regentropfen auf die Nase fiel. Am meisten erschütterte sie der Anblick kleiner Kinder, die sich an ihren Müttern festklammerten. Würden sie sich als Erwachsene an diese Zeit zurückerinnern? Zu was für Menschen würden sie heranreifen?

An ihrem letzten Abend im YWCA saß Iris auf ihrem Stockbett und schloss für einen Moment die Augen. In fünf Minuten würde das Licht ausgehen. Frauen und Mädchen huschten zwischen Waschraum und Schlafraum hin und her. Mütter brachten ihre Kinder mit Gute-Nacht-Kuss zu Bett, andere lagen auf ihren Betten, lasen alte, verblasste Illustrierte oder Zeitungen. Iris hielt sich für eine vernünftige und auch erfinderische Person, sie hatte von Kindheit an gut für sich sorgen gelernt. Doch sie fürchtete sich vor dem nächsten Tag. Ihr Vater hatte ihr oft geraten, das Leben am Schopf zu packen, Iris indessen fühlte sich mutlos, als wäre das, was sie packen wollte, überhaupt nicht vorhanden.

Ihre Bettnachbarin Ginny ließ sich auf die Matratze fallen, wobei ihre rotbrauen Locken fröhlich wippten. Elegant streckte sie das linke Bein aus, um ihren Strumpf zu richten. Offenbar gefiel ihr, was sie sah. »Woran denkst du gerade?«, fragte sie Iris.

»Ich überlege, was ich morgen tun soll«, erwiderte Iris nachdenklich, wobei sie sich über Ginnys teure Strümpfe wunderte.

Ginny war siebzehn und trotz ihrer Lage bemerkenswert optimistisch. Auch sie war alleinstehend und hatte vor einem Monat ihren Job als Hausmädchen bei einer Familie in Streeterville verloren.

»Bleib doch«, sagte Ginny munter.

»Ich kann nicht zahlen«, sagte Iris. »Überall habe ich schon nach Arbeit gesucht, aber es gibt keine. Ich war in allen Schulen, die noch geöffnet haben, in Hotels, Restaurants, Krankenhäusern, Geschäften. Es gibt keine freien Stellen. Jedenfalls nicht für Frauen.«

»Ich weiß, wie du dir was verdienen kannst«, meinte Ginny verschwörerisch.

Iris sah sie fragend an.

»Geh heute Abend mit mir aus«, flüsterte das Mädchen. »Es gibt immer Männer, die dafür bezahlen.«

»Für was bezahlen?«

»Also ehrlich, Iris!«, entgegnete Ginny. »Du weißt schon.« Sie blickte bedeutungsvoll in ihren Schoß.

»Du meinst, sie bezahlen für dich? Du meinst, du verkaufst dich?«, fragte Iris etwas schärfer als beabsichtigt. Eigentlich hatte sie nicht prüde klingen wollen. Ginny sollte nicht denken, dass sie sie verurteilte.

»Nur einen Teil von mir, um genau zu sein«, sagte Ginny.

Schweigend stellte Iris Vermutungen an, wie viel die junge Frau wohl mit diesem Teil von sich verdiente. Dabei betrachtete sie Ginny genauer, ihr seidiges Haar und ihren makellosen, zarten Teint. In ihren großen braunen Augen lag keinerlei Zynismus.

»Einen Dime«, antwortete Ginny auf Iris' Schweigen. »Du kriegst einen Dime dafür.«

Weniger, als Iris erwartet hatte.

»Wo gehst du mit den Männern hin?«, fragte Iris mit einer Mischung aus Neugier und Sorge um ihre Bettnachbarin.

Ginny, die Iris' Neugier offenbar für Enthusiasmus hielt, reagierte unbekümmert. »Normalerweise in irgendeine Gasse oder ruhige Straße. Manchmal in das Auto des Kerls, wenn er eins hat.«

»Das ist gefährlich und nicht erlaubt«, entfuhr es Iris. »Da könnte alles Mögliche passieren, und das tut es bestimmt auch.«

Just in diesem Augenblick wurde das Licht gelöscht. Es war acht Uhr. Ginny rückte näher. Iris spürte ihren warmen Atem auf dem Gesicht. »Du machst dir unnötig Sorgen«, flüsterte sie. »Die meisten Kerle sind echt nett, und die, die es nicht sind, na ja, es ist schnell vorbei.«

Iris berührte sanft Ginnys Hand. »Das kann ich nicht, Ginny. Nie könnte ich das, egal, wie schlimm meine Lage auch sein mag.«

»Soweit ich das sehe, Miss Iris, kann deine Lage nicht viel schlimmer werden«, erwiderte Ginny verächtlich. Dann schnappte sie ihre Tasche und verließ den Saal.

Iris legte den Kopf aufs Kissen, stierte in die Dunkelheit und dachte über Ginnys Vorschlag nach. Eine Mutter sang ihre Kinder leise in den Schlaf. Kein Wiegenlied, sondern *»How Deep is the Ocean«?* Ginny hatte recht, ihre Lage konnte nicht schlimmer sein. Aber für einen Dime mit Fremden zu schlafen? Nüchtern betrachtet ging es hier ums Überleben, dachte Iris. Ginny tat, was sie tun musste, um zu überleben. Doch Iris war sicher, dass es auch einen anderen Weg geben würde.

Kapitel 8

WASHINGTON, D.C.

März 1933

Die Tür zum Oval Office öffnete sich, doch der Präsident, Zigarettenspitze im Mundwinkel, saß stocksteif in seinem selbstgebauten Rollstuhl und machte keine Anstalten, ins Zimmer zu fahren. Das Vehikel war vor zwölf Jahren, als er im Alter von neununddreißig Jahren an Polio erkrankte, zu seinem wichtigsten Fortbewegungsmittel geworden. Die im Handel erhältlichen Rollstühle hatten ihn schnell frustriert, denn sie waren schwer zu manövrieren und passten kaum durch die Türen, was er als Neuling in der Politik, dem schnelles Denken so wichtig war wie schnelle Bewegung, als absolute Zumutung empfand. Wenn er seine Beine schon nicht benutzen konnte, erklärte er oft, wollte er wenigstens auf etwas zurückgreifen können, was ähnlich zuverlässig sei. So hatte Roosevelt kurzerhand Fahrradreifen an einen aus der Küche in Springwood entwendeten Stuhl montiert und sich so einen schnellen und wendigen Rollstuhl gebastelt. Mit einem verschlagenen Blick über seinen Kneifer hinweg musterte er seine Gäste.

»Ich glaube, es ist Zeit für ein Bier.« Unter dem Applaus der Menge steuerte Franklin Delano Roosevelt sein Gefährt schließlich ins Zimmer.

Das Radio lief noch, die Dorsey Brothers sangen gerade *»Ooh! That Kiss«*. Seine Tochter Anna eilte herbei, um die Lautstärke herunterzuregeln. »Das war wunderbar, Pa. Du hast wunderbar geklungen.« Die gertenschlanke Zwanzigjährige trat neben ihren Vater und küsste ihn auf die Wange.

»Eine Woche.« Harry Hopkins schüttelte erstaunt den Kopf. Der Berater des Präsidenten arbeitete bereits seit zwanzig Jahren in der Regierung und hatte noch nie jemanden erlebt, der so rasant Erfolge erzielte wie Roosevelt. Papierkrieg und Bürokratie waren diesem Mann fremd. »Sie sind erst seit einer Woche im Amt und haben bereits den Kapitalismus gerettet.«

»Acht Tage, um genau zu sein, Harry. Aber das Lob nehme ich trotzdem gern an.« Roosevelt knöpfte die Weste seines grauen Zweireihers auf und gab damit das Zeichen zur Entspannung.

Die Frau des Präsidenten folgte ihrer Tochter ins Zimmer und beugte sich tief zu ihrem Mann hinab, sodass sie seine Wange berühren konnte. Roosevelts Privatsekretärin Missy LeHand schüttelte dem Präsidenten die Hand. Die übrigen Gäste, Kabinettsmitglieder und Angestellte des Weißen Hauses sowie Roosevelts ältester Sohn James und einige Freunde, umringten den Präsidenten, um ihm zum Erfolg seiner Rede zu gratulieren.

Der jedoch wischte die Glückwünsche mit einer raumgreifenden Geste zur Seite. »Zeit für ein Bier, habe ich gesagt«, wiederholte er bestimmt.

»Dafür müssten Sie erst was gegen das Prohibitionsgesetz unternehmen, Boss«, rief Louis Howe ihm vom Sofa in der gegenüberliegenden Zimmerecke aus zu. »Außerdem hätte ich erwartet, dass Sie was Stärkeres bevorzugen.«

Der Präsident lachte und bewegte sich auf das gebückte, magere Männlein zu, das der Sekretär des Präsidenten und dessen engster Freund war. »Das stimmt natürlich. Du hast mich in dieses Amt befördert, Louis; als nächste Amtshandlung wirst du dich in meinem Auftrag mit den Abstinenzlern rumschlagen. Die Tage der Prohibition sind gezählt.«

»Ich fürchte, heute Abend stehen nur Punsch ohne Alkohol und Wein zur Auswahl«, verkündete Eleanor spröde, wobei sie ihr einfaches weinrotes Kleid glatt strich. Anna war beim Kauf dieses Kleides dabei gewesen und hatte es als unvorteilhaft und formlos bezeichnet. Eleanor hatte es trotzdem gekauft.

Ihr mangelte es an Verständnis für den Wunsch ihres Mannes nach dieser Form von Amüsement. Für sie war sein Verhalten nichts anderes als ungeniert zur Schau gestellte Selbstsucht. Während die einfachen Leute litten, Arbeit und Häuser verloren, deutete in diesem Raum nichts auf die tiefe Wirtschaftskrise hin, unter der das Land litt. Obwohl auch sie den Erfolg des »Kamingesprächs« feiern wollte, wie die CBS die abendliche informelle Ansprache des Präsidenten im Radio nannte, fand Eleanor diese Form von Leichtfertigkeit geschmacklos.

»Werden Sie sich einen genehmigen, wenn die Prohibition vorbei ist, Mrs Roosevelt?« Provozierend schob Henry Wallace sein Kinn vor.

Eleanor schenkte dem Landwirtschaftsminister ein duldsames Lächeln. Widerlicher Mensch, dachte sie, als er sich den dicken grauen Haarschopf aus der Stirn schob. Sie hatte sich immer wieder offen gegen Wallaces Ernennung ausgesprochen. Er war ein komischer Kauz mit einer abwegigen Meinung zu vielen Themen, einschließlich der Landwirtschaft und Spiritualismus. Dabei versuchte er krampfhaft, seine unzulänglichen Manieren zu überspielen, und Eleanor fand seine Versuche der oberflächlichen Konversation stümperhaft.

»Eleanor wird auch weiterhin abstinent leben, Henry«, mischte sich der Präsident ein. »Etwas anderes hätte ich auch nicht erwartet. Sie hat einen eisernen Willen. Sogar während unserer Flitterwochen in Frankreich hat Eleanor sich geweigert, auch nur einen Schluck Wein zu trinken. Ich habe ihre Enthaltsamkeit immer bewundert. Für sie ist dies keine Angelegenheit des Gesetzes, sondern eine Frage des Prinzips.« Franklin hatte diese Worte zwar mit Humor gesprochen, doch seinen Ernst kaum verhohlen.

»Selbstredend, natürlich«, stammelte Wallace. »Es war nur, weil … ich konnte mich nicht erinnern …«

Eleanor unterbrach ihn höflich, aber bestimmt. »Mein Vater war Alkoholiker, Mr Wallace.« Alle schwiegen. »Das ist ein offenes Geheimnis. Mein Bruder hat auf diesem Gebiet ebenfalls eine Schwäche. Ich bin keine Verfechterin der Prohibitionsgesetze. Ich glaube sogar, es würde manchen Menschen unter den gegebenen Umständen helfen, wenn sie sich hin und wieder ein Glas Alkohol leisten könnten. Genau genommen erzürnt es mich, dass Gesetzlosigkeit und Alkoholschmuggel unter der Prohibition florieren. Meine Abneigung gilt der ungehemmten Maßlosigkeit, Mr Wallace, die ganze Familien zerstört und in vielen Fällen auch den Menschen selbst.«

Mit ihren Worten hatte sie nichts verraten, was den Anwesenden nicht bereits bekannt gewesen wäre. Eleanor fragte sich, ob Wallace seinen Kollegen mit dem Seitenhieb auf die First Lady etwas hatte beweisen wollen. Sie schämte sich nicht für ihre Familiengeschichte und würde sich von jemandem wie Wallace nicht demütigen lassen.

»Wie ich sehe, Mr Wallace, ist Ihr Glas leer. Darf ich Ihnen nachschenken?«

»Nein, nein«, erwiderte er. »Momentan habe ich noch genug.«

Eleanor erhob sich vom Sofa und gesellte sich zu Howe, der ihr die Hand drückte. Als sie bemerkte, dass ihm die Asche seiner Zigarette in den Schoß gefallen war, sammelte sie sie schnell in ihrer Hand, um sie später wegzuwerfen. »Du machst das ausgezeichnet, meine Liebe, und Wallace ist eine Ratte«, flüsterte er ihr zu. Er sah sie mit durchdringendem Blick an. Seine Augen erinnerten an die eines Chamäleons. »Wusstest du, dass er selbst Abstinenzler ist? Und Gesundheitsapostel obendrein. Er hält ständig irgendeine langweilige Diät.«

Eleanor schüttelte den Kopf. »Nein, wusste ich nicht.«

»Jetzt, wo er im Kabinett sitzt, will er bei den großen Jungs Eindruck schinden.« Howe wandte sich Wallace zu. »Ich kann seinen großen, breiten Kopf partout nicht ausstehen.«

Eleanor lachte leise. »Wie charmant du dich immer ausdrückst, Louis. Aber …« Sie nahm ihren Freund genauer ins Visier und versuchte, das Thema zu wechseln. »… ich sollte dir einen neuen Anzug besorgen. Du musst dich besser um die Kleidung kümmern, die ich dir kaufe.«

Wieder drückte Howe ihr die Hand. »Ich meinte das ernst. Dieser Idiot hat es nicht besser verdient. Du warst brillant.« Er hustete, und Eleanor strich ihm beruhigend über den Rücken.

»Du bist wie ein Hund, der seinen Knochen beschützt«, flüsterte sie ihm ins Ohr.

Howe wischte sich über die Lippen und trank einen Schluck Wasser. In den vergangenen zehn Jahren war er zu ihrem Mentor, Freund und Ratgeber geworden. Sie fragte sich allerdings immer wieder, wie ein derart genialer und virtuoser Politiker so unvorteilhaft aussehen konnte. Von Alkohol, Krankheit und Zigaretten gezeichnet und durch einen Fahrradunfall in seiner Jugend verunstaltet, wirkte er sehr viel älter als zweiundsechzig. Doch ohne ihren ein Meter fünfundsechzig großen Strategen wären weder sie noch ihr Mann dorthin gekommen, wo sie an diesem Abend standen.

Eleanor betrachtete die Versammlung. Ihr fiel auf, dass sie mit ihrer Zurechtweisung nicht nur den Landwirtschaftsminister getroffen hatte. Die lockere Atmosphäre hatte sich drastisch verdüstert. Um die Stimmung aufzuheitern, erhob sie deshalb die Stimme und rief: »Heute Abend ist mein Mann zur Höchstform aufgelaufen. Wie meinten Sie noch, Harry? Er hat innerhalb einer Woche den Kapitalismus gerettet?«

Harry Hopkins, die Lippen zu einem fragenden Grinsen verzogen, hob sein Glas.

»Ein erster Schritt«, sagte Howe zu Eleanor. »Es ist noch ein weiter Weg. Aber du weißt ja, wie er ist, wenn er erst mal in Schwung kommt und man ihn ein wenig ermuntert.«

Sie nickte. Bewunderung war Wasser auf Franklins Mühlen, und sie wusste, wie unermüdlich er während der Wahlkampagne gearbeitet hatte. Jede Rede, jeder Kurzauftritt hatte ihn weiter angetrieben. Erschöpfung schärfte seinen Verstand, seine Ideen wurden klarer und die Worte präziser. Trotz seiner privilegierten Stellung sprach er seinen amerikanischen Mitbürgern aus der Seele. Der farblose Hoover hatte keine Chance gegen ihn.

Nachdem Eleanor sich an einem Papierkorb Louis Howes Asche entledigt hatte, sagte sie: »Die Bankenkrise zu entschärfen ist das eine, aber dieser *Economy Act*, den der Präsident im Sinn hat, ist alles andere als ein *New Deal*.«

Ihr Sohn James stützte den Kopf in die Hände. »Mama, fang nicht schon wieder damit an«, bat er. Die meisten Anwesenden hatten bereits einige solcher politischen Auseinandersetzungen zwischen den Roosevelts mitbekommen, sowohl im Weißen Haus als auch am Sitz des Gouverneurs in Albany. Einige Vertraute des Präsidenten fanden die private und öffentliche Kritik der Präsidentengattin unangemessen, Franklin indessen genoss diesen verbalen Schlagabtausch. Wichtiger noch: Seine politischen Entscheidungen wurden dadurch besser. Die Roosevelts saßen auf demselben Esel, hatten aber sehr klare und voneinander abweichende Vorstellungen davon, in welche Richtung das Tier laufen sollte.

Eleanor schüttelte unwirsch den Kopf. »Ich halte nichts davon, die Pensionen und medizinische Versorgung von Veteranen zu kürzen und allen Frauen im Staatsdienst zu kündigen, die zufällig mit Staatsbeamten verheiratet sind.«

»Jetzt mal langsam. Wir brauchen Geld, um die Wirtschaft zu fördern. Die überhöhten Pensionen für Veteranen fressen ein Viertel unseres Staatsetats«, erwiderte Franklin. »Und vergiss bitte nicht, dass auch die Gehälter der Staatsbeamten drastisch gekürzt werden, meines eingeschlossen. Jeder muss Opfer bringen.«

Eleanor zog die Brauen hoch. Franklins Vermögen war unabhängig von seinem Einkommen als Präsident. »Es scheint mir, dass nicht sehr viele hier ein Opfer bringen. Den Veteranen Geld aus der Tasche zu ziehen ist ein Verbrechen.«

»Ganz zu schweigen von den vielen Frauen im Staatsdienst, die ihre Arbeit verlieren«, fügte Hick hinzu. »Was sollen die nun machen? Zu Hause bleiben und Kinder kriegen? Ich habe von Paaren gehört, die sich scheiden ließen, nur damit die Frau ihre Stellung nicht verlor. Das ist doch grotesk.«

Eleanor nickte zustimmend. »Ich bin Lehrerin und weiß, wie hart die geplanten Kürzungen die Schulen treffen werden.«

Franklin lachte laut. »Du bist keine Lehrerin mehr, sondern First Lady, und ich kann mir kaum vorstellen, dass die Kürzungen die jungen Damen auf der Todhunter School tangieren werden.«

Eleanor war außerordentlich stolz auf das, was sie für die Mädchenschule geleistet hatte. Sie war nicht nur Mitbesitzerin dieser New Yorker Institution, sondern hatte dort auch zehn Jahre lang Englisch unterrichtet. Der Umstand, dass sie ihre Lehrtätigkeit hatte aufgeben müssen, war eine bittere Pille gewesen. Umso wütender war sie über die abfälligen Bemerkungen ihres Mannes. Hitzig entgegnete sie: »Werden die Lehrer rausgeworfen, müssen die

Schulen schließen. Einige haben das schon getan. Der wertvollste Rohstoff dieses Landes geht den Bach runter, und die entlassenen Lehrer stehen in Schlangen vor den Suppenküchen und bei den Armenspeisungen.«

»Du übertreibst ein wenig, Eleanor«, erwiderte der Präsident. »Wer ein Omelett braten will, muss auch Eier zerschlagen. Außerdem ist alles nur vorübergehend. Die Schulen schließen zwar, aber doch nicht für immer. Selbst wenn manche Lehrer ihre Anstellung verlieren, bleiben sie nicht auf ewig arbeitslos. Diese Maßnahmen dienen einem Zweck.« Franklin trank einen Schluck Punsch, dann schlug er einen ernsteren Ton an: »Ich sage dir dasselbe, was ich schon im Kongress verkündet habe.« Bei diesen Worten verstummten alle Anwesenden und wandten sich gespannt dem Präsidenten zu. »Seit drei Jahren treibt die Regierung dieses Land dem finanziellen Ruin entgegen. Die steigenden Schulden bremsen die Wirtschaft aus, lassen die Arbeitslosenzahlen steigen und haben die Banken zusammenbrechen lassen. Wir müssen uns diesem Problem mit allen uns zur Verfügung stehenden Mitteln entgegenstemmen. Ich kann keine Finanzen bereitstellen, wenn die Staatssäckel leer sind. Wir müssen unsere Kriegskasse füllen.«

»Bedürftigen Menschen das Einkommen kürzen … das ist einfach nicht sinnvoll«, befand Eleanor. »Das sollte deinem gesunden Menschenverstand zuwiderlaufen.«

»So ist die Politik nun mal. Wir spielen ein Spiel, und ich bin der Quarterback, der die Taktik bestimmt.«

Eleanor wusste, wie sehr ihrem Mann dieses Bild gefiel. »Ich bezeichne deine Taktik als Geiz und unnötige Grausamkeit«, gab sie zurück.

»Das ist mir schon klar«, erwiderte Franklin nüchtern. »Aber du musst die Dinge langfristig betrachten.«

Da das Essen aufgetragen wurde, strömte die Gesellschaft in

den Speisesaal. Zum ersten Mal seit Antritt des zweiunddreißigsten Präsidenten wurde das Mahl hier serviert, was Eleanor ziemlich extravagant erschien. Der offizielle Speisesaal sollte nur bei Staatsempfängen Verwendung finden, hatte sie angemerkt, so sei es Tradition. Doch Franklin hatte ihren Einwand belächelt und erwidert, dann müsse man eben eigene einführen. Er würde sich doch von Traditionen nicht in kleinere Essräume zwängen lassen.

James prostete seinem Vater mit dem von seiner Mutter zugeteilten alkoholfreien Wein zu, dann wurde das Essen serviert. Beim Auftischen der Gänge spähte Franklin immer wieder zu Eleanor herüber, deren Miene schwer zu deuten war.

»Die Dame des Hauses ist der Ansicht, es stehe den Bewohnern und Gästen des Weißen Hauses gut an, beim Essen genügsam zu sein. Die Tage von Champagner, Kaviar und rauschenden Festen mit acht Gängen sind vorbei. Wir, meine lieben Freunde, werden mit gutem Beispiel vorangehen und Amerika zeigen, wie man trotz Wirtschaftskrise gut speisen kann.«

Eleanor war froh, dass Franklin sie bei ihrem Sparkurs unterstützte. »Das gilt nicht nur für die Küche, auch in anderen Bereichen werden wir unsere Ausgaben zügeln. Tischwäsche, Vorhänge und Bettwäsche werden ab jetzt geflickt und dergleichen. Wir werden mit dem wirtschaften, was wir haben, bis wieder bessere Zeiten anbrechen.«

»Eine bewundernswerte Strategie, Mrs Roosevelt«, sagte Henry Wallace. »Großartige Idee.«

»Na ja, ich weiß nicht.« Anna betrachtete unschlüssig ihren Teller. »Was ist denn das genau?«

»Gefüllte Eier, mein Schatz. Das heutige Menü wurde vom Hauswirtschaftszweig der Cornell University zusammengestellt. Vor- und Nachspeise kosten lediglich sieben Cent pro Portion.«

»Aber wo ist die Suppe?«, fragte Franklin.

»Es gibt keine Suppe. Diese reichhaltigen Cremesuppen, die du so magst, sind teuer in der Herstellung und sehr ungesund. Ich weiß, dass sie dir schmecken, aber wir müssen alle Opfer bringen, Liebling.«

Der Präsident warf ihr einen verschlagenen Blick zu, dann drehte er seinen Teller, als wollte er die Speise darauf appetitlicher erscheinen lassen. Weil dies aber die gewünschte Wirkung verfehlte, drehte er den Teller wieder zurück.

»Würdest du bitte das Tischgebet sprechen, Liebling?«

Franklin nickte und fasste seine Tischnachbarn an der Hand. Später sollte Louis Howe erzählen, der Präsident habe an diesem Abend das längste Tischgebet gesprochen, das er je aus seinem Munde gehört habe, und er speise bereits seit zweiundzwanzig Jahren mit den Roosevelts. Entweder sei dies Hinhaltetaktik gewesen oder er habe für ein Wunder gebetet, meinte Howe. Sein Dinner rührte Howe an diesem Abend jedenfalls nicht an. Er scherte sich nicht viel ums Essen, rauchte lieber Zigaretten, und die drei cremefarbenen Eierhälften, die vor ihm auf dem Teller lagen, machten ihm keinen Appetit. Sogar das Kartoffelpüree sah seltsam aus, fand er. Klumpig und fad. Beim Anblick der kargen Speisen auf dem prachtvollen Geschirr des Präsidenten musste er innerlich schmunzeln. Das hier war wohl die Generalprobe für das neue Konzept. Neben dem mächtigen Adler auf dem Tellerrand mutete das schlichte Gericht aus Eiern und Kartoffeln recht seltsam an.

Der Präsident hatte brav seine Vorspeise aufgegessen, doch als er in die Runde blickte, stellte er fest, dass außer seiner Frau keiner seinem Beispiel gefolgt war. Missy, die zu seiner Linken saß, hatte die Eier geschickt zerkleinert und auf dem Teller verteilt, wo sie sie mit Kartoffelresten vermischte. Anna, rechts von ihm, hatte das Eiweiß ohne die Füllung gegessen. Den großen Haufen halbroher Kartoffeln hatte sie nicht angerührt.

»Meinst du, das Küchenpersonal könnte etwas Geschmack hinzufügen, wenn wir dafür acht Cent bezahlen?«, fragte Franklin seine Frau. Am Tisch brach Gelächter aus.

»Sparsames Kochen hat nichts mit Geschmack zu tun«, wies Eleanor ihn zurecht.

»Aber Essen sollte doch schmecken, Mama.«

»Anna, Essen sollte bezahlbar, nahrhaft und leicht zuzubereiten sein.«

»Wie ist es mit unserer neuen Haushälterin, Eleanor? Hat sie sich vielleicht zu viel vorgenommen?« Wieder lachten alle.

»Henrietta Nesbitt ist eine hervorragende Haushälterin, und sie hat das Küchenpersonal bestens im Griff. Niemand würde vermuten, dass sie auf diesem Gebiet keinerlei Erfahrung hat.« Eleanors Miene machte allen klar, dass ihr letzter Kommentar vollkommen ernst gemeint war.

»Und wieso ist sie dann für diese Stellung geeignet?«, wollte Anna wissen.

»Sie hat vierzig Jahre lang einen sparsamen Haushalt geführt, Kinder und Enkel großgezogen und ihren Mann versorgt. Damit ist sie meiner Meinung nach ausreichend qualifiziert.«

»Aber im Weißen Haus ist sie für vierzig Bedienstete zuständig«, merkte Franklin gereizt an, obwohl ihm klar war, dass seine Frau sich nicht umstimmen lassen würde. Für ihn war der Disput eher ein Wettkampf, aus dem er nicht zwingend als Sieger hervorgehen musste.

»Außerdem haben die Nesbitts eine sehr schwere Zeit durchgemacht«, erklärte Eleanor der Runde. »Die letzten drei Unternehmen, bei denen ihr Mann gearbeitet hat, sind pleitegegangen. In seinem Alter findet er keine Arbeit mehr. Deswegen habe ich Harry Nesbitt als Verwalter engagiert. Er ist Buchhalter, was als Qualifikation ausreichen sollte.«

»Also hast du vor, jeden einzelnen Amerikaner zu retten, Mama?«, fragte James.

»Wenn es sein muss, ja.«

Die Teller wurden abgeräumt. Das Dessert, ein weichlicher, hellbrauner Haufen Pudding, kam ohne schmückendes Beiwerk in Form von Eis, Sahne oder Vanillesauce aus.

»Meine Güte, Eleanor …« Die Enttäuschung des Präsidenten war unüberhörbar. »Kann uns Henrietta Nesbitt nicht was backen? Ich kann mich noch an den Apfelstrudel, die Obstkuchen und diesen deutschen Stollen erinnern, den sie für die Empfänge in Albany gemacht hat. Was soll das hier sein?«

»Pflaumenpudding«, erwiderte Eleanor spitz. »Er stammt nicht von Mrs Nesbitt, sondern von der Cornell University. Ich weiß, dass er nicht besonders appetitlich aussieht, aber er ist sehr nahrhaft und kostengünstig.«

Eleanor blickte in die Runde. Keiner der Gäste schien von ihren Argumenten überzeugt. Sie musste ihre Strategie ändern.

»Sobald sie sich in der Küche eingelebt hat, wird Mrs Nesbitt bestimmt zu kulinarischer Hochform auflaufen«, stellte sie ihrem Mann wie zum Trost in Aussicht.

»Himmel hilf«, murmelte Howe, schob den Teller beiseite und zündete sich eine neue Zigarette an.

Kapitel 9

CHICAGO, ILLINOIS

März 1933

Während der Präsident seinen Triumph feierte, verließ Iris McIntosh Illinois. Fünf Jahre zuvor war sie voller Ehrgeiz in Chicago eingetroffen. Nach dem Ende ihrer Schulzeit hatte es für sie in Baltimore keine Perspektive gegeben, und so hatte sie sich darauf gefreut, ein neues Kapitel in ihrem Leben aufschlagen zu können. Das vergangene war schwierig gewesen. Nur wenige ihrer Mitschülerinnen waren nach dem Abschluss auf ein College für Sekretärinnen gegangen, die meisten hatten sich nicht für weiterführende Ausbildungen interessiert. Miss Burke, ihre Englischlehrerin, hatte Iris von der zweijährigen Lehrerausbildung an der Eastern Illinois University erzählt. Sie sei bestimmt eine gute Lehrerin, hatte Miss Burke gemeint. Iris hatte das Gefühl von Sicherheit, das die festen Mauern der Bildungseinrichtung vermittelten, besonders anziehend gefunden. Aufgrund ihrer hervorragenden Leistungen und der vielen positiven Bewertungen ihrer Lehrer in Baltimore hatte sie sofort einen Studienplatz gefunden. Als Iris Baltimore verlassen hatte, hatte sie geglaubt, ihre Zukunft sei gesichert. Das war ein großer Trost für sie gewesen.

Auf der Rückbank des Buicks eines Pastors aus Fort Wayne, der über die Staatsgrenze nach Indiana fuhr, wurde ihr klar, dass sie an ihren Geburtsort zurückkehren musste. Das war keine bewusste Entscheidung gewesen, sie hatte keine Pläne gehabt, sondern wollte Chicago einfach den Rücken kehren. Die letzten Wochen waren eine echte Herausforderung gewesen. Nachdem sie das YWCA hatte verlassen müssen, hatte sie nachts in verlassenen Fabriken geschlafen und tagsüber vor Suppenküchen angestanden oder nach Arbeit gesucht. In der restlichen Zeit war sie in der Stadt ziellos umhergezogen. Sie fühlte sich entwurzelt. Ohne Familie, Heim oder Karriere hatte sie ihre Bezugspunkte verloren. Manche würden das befreiend finden, aber Iris fand es unerträglich.

Während der vierstündigen Fahrt sprach Iris kaum ein Wort mit dem Pastor, der mit Vornamen Milton hieß. Iris hatte ihn in der Suppenküche in der Wabah Avenue kennengelernt, wo er steif von Tisch zu Tisch gelaufen war und versucht hatte, mit den Leuten ins Gespräch zu kommen. Er besuche die Einrichtung, weil er wissen wolle, wie so etwas funktioniere, erzählte er Iris. Seine Kirche wollte etwas Ähnliches in Fort Wayne einrichten. Sie hatte sofort eingehakt und ihn gebeten, sie mitzunehmen. Diese harten Zeiten hatten sie zu einer Opportunistin gemacht. Frech, dachte sie manchmal, aber genau genommen war sie nur erfinderisch. Trotz seiner feuchten Lippen, der bleichen Haut und dem übergroßen Adamsapfel war er ein netter Kerl, sagte sie sich.

Es war bereits Mitternacht, als sie Chicago verließen. Iris lehnte den Kopf ans Seitenfenster, zog sich die graue Wollmütze tief ins Gesicht und schloss die Augen. Ihr Bauch war voll, zu voll, doch sie genoss dieses ungewohnt satte Gefühl.

Während der Fahrt driftete Iris immer wieder in den Schlaf. Erst als sie kurz vor der Morgendämmerung in Fort Wayne ankamen, sagte Milton: »Sie haben tief und fest geschlafen, Miss McIntosh. Wie Schneewittchen nach dem Apfel.« Er lachte zu laut. »Sogar beim Tanken sind Sie nicht aufgewacht.«

Iris schenkte ihm ein halbherziges Lächeln und streckte sich, so gut es ging.

Er zeigte auf ein einfaches Holzhaus neben der Presbyterianischen Kirche. »Hier wohne ich. Kann ich Sie zum Frühstück einladen? Die Eier mit Speck meiner Frau sind die besten in ganz Fort Wayne.«

Iris konnte sich kaum daran erinnern, wann sie das letzte Mal Eier mit Speck gegessen hatte. Vielleicht bei Lou's an der Lincoln Avenue Anfang letzten Jahres, ungefähr drei Monate bevor sie ihren Job verlor. Iris hatte sich an einem Sonntag mit Lois Page getroffen und sich mit ihr über Clark Gable, Myrna Loy und Lois' neue Frisur unterhalten. Beide hatten keine Ahnung gehabt, dass sie schon im April arbeitslos sein würden.

»Vielen Dank für die Einladung. Das wäre wunderbar!«

Iris beschloss, sich zuerst mal richtig satt zu essen. Dann würde sie sich das Gesicht waschen und weiter Richtung Westen trampen.

Kapitel 10

WASHINGTON, D.C.

März 1933

Als die Journalisten an diesem Morgen ins Oval Office strömten, saß der Präsident bereits am Schreibtisch, Louis Howe stand zu seiner Rechten und sein Pressesprecher Steve Early zu seiner Linken. Hoover hatte die Reporter stets im Ostflügel vor einem Pult empfangen. Seine Pressekonferenzen waren offizielle Anlässe gewesen und alle Fragen mussten vorher in schriftlicher Form vorgelegt werden. Roosevelt wollte den Empfang lockerer gestalten, doch die Journalisten reagierten misstrauisch auf diese Veränderung.

Die Stimmung ist zu ernst, dachte der Präsident. So hatte ich mir das nicht vorgestellt. Während er sich noch fragte, wie er die Atmosphäre etwas lockern könnte, löste sich ein großer, schlanker junger Mann aus den Reihen seiner Kollegen und trat vor den Schreibtisch des Präsidenten. Er trug zwar einen hochwertigen dunkelblauen Anzug, doch sein dunkles Haar war ungekämmt und zerzaust. Seine Augen aber blitzten. Scharfsinnig, dachte der Präsident. In seinem Blick lag noch etwas anderes – Belustigung oder Zweifel?

»Guten Morgen, Herr Präsident. Ich möchte mich bei Ihnen für die Einladung bedanken.« Er streckte den Arm über den Schreibtisch, um Roosevelt die Hand zu schütteln. »Sam Jacobson von *Associated Press.*«

»Nun, nett Sie kennenzulernen, Sam«, antwortete Roosevelt.

»Ich freue mich, dass Sie kommen konnten. Ihr Dialekt verrät mir, dass Sie nicht von hier stammen. Sind Sie aus Queens?«

»Ja, Sir. Forest Hills.«

»Haben Sie 1928 für mich gestimmt?«, fragte der Präsident grinsend.

Jacobson verzog den Mund zu einem schiefen Lächeln. »Kein Kommentar. Wahlen sind in Amerika geheim, Sir«, erwiderte er freundlich.

Roosevelt reagierte amüsiert. »Da haben Sie völlig recht, junger Mann.«

Als Jacobson sich wieder unter seine Kollegen mischen wollte, stellte er fest, dass sich in der Zwischenzeit eine Schlange gebildet hatte. Offenbar wollten nun alle dem Präsidenten die Hand schütteln. Nun, er war ja wohl auch die letzte Hoffnung, die dieses Land hatte. Jacobson fragte sich, ob Roosevelt sich der Last auf seinen Schultern bewusst war. Hoffentlich, dachte er.

Bis endlich alle Reporter im Oval Office versammelt waren und die Tür geschlossen werden konnte, hatte Roosevelt wohl mehr als hundert Hände geschüttelt. Early berichtete ihm später, es seien exakt hundertvierundzwanzig gewesen. Nun standen sie alle da, Stifte und Notizblöcke gezückt. Fünf Fotografen hatten sich in hinterster Reihe auf Stühle gestellt. Der Präsident schenkte den Versammelten ein warmes Lächeln und bedeutete den Fotografen mit einer Handbewegung, sie sollten das Fotografieren nun einstellen. Dann hieß er alle offiziell willkommen.

»Aber bevor ich mich Ihren Fragen widme, würde ich gern ein paar Regeln einführen.«

Allgemeines Aufstöhnen.

»Aber, aber, meine Herren. Sie haben nichts zu befürchten«, versicherte er seinen Gästen. »Wir werden uns jeden Mittwoch und Freitag hier in diesem Raum versammeln. Dumme Fragen werde ich ebenso wenig beantworten, wie ich auf Dinge eingehen werde, die ich nicht besprechen will oder auf die ich keine Antwort weiß.« Der letzte Teil des Satzes löste allgemeine Heiterkeit aus.

»Ich möchte nur direkt zitiert werden, wenn dieses Zitat durch meinen Pressesprecher Steve Early autorisiert wurde. Es wird eine Menge inoffizielle Diskussionen geben, doch wenn irgendwas davon veröffentlicht wird, fliegt der Verantwortliche sofort raus. Verstanden?«

Die Reporter nickten und machten sich Notizen.

Der Präsident saß noch eine Weile stumm da und bedachte jeden Einzelnen mit einem ernsten Blick.

»Nun, momentan gibt es von meiner Seite keine Neuigkeiten, aber eines möchte ich hier erwähnen. Das neue Bankengesetz, die Novelle des Prohibitionsgesetzes und des letzten Wirtschaftsgesetzes sind allesamt sinnvoll und müssen umgesetzt werden, um Ängste zu besänftigen, Einnahmen zu generieren und den Staatsetat auszugleichen. Doch diese drei Maßnahmen haben keinerlei konstruktive Auswirkungen auf die Wirtschaft. Sie bringen den Menschen keine neuen Arbeitsplätze oder höhere Agrarpreise.«

An dieser Stelle hoben fast alle Reporter die Hand. Als kleine Gegenleistung dafür, dass er die Versammlung in Schwung gebracht hatte, wählte Roosevelt den jungen Mann, der ihm als Erster die Hand entgegengestreckt hatte. »Sam Jacobson von *AP*«, sagte Roosevelt.

»Hat die Regierung konkrete Maßnahmen geplant, um diese Ziele zu erreichen?«

»Wir haben noch nichts festgeschrieben, und ich möchte hier nicht zitiert werden, aber ich dachte an ein System, das Bauern finanziell dazu anregt, nicht mehr als eine bestimmte, vom Landwirtschaftsminister festgelegte Menge Getreide zu produzieren. So würden wir Überschüsse vermeiden, die Landwirte würden bessere Preise und damit auch ein höheres Einkommen erzielen.«

»Eine Frage noch, Herr Präsident«, warf Jacobson schnell ein.

Roosevelt nickte.

»Was ist mit der deutschen Aufrüstung? Was wird diese Regierung gegen die Bedrohung durch den Faschismus tun?«

»Wir sollten erst mal abwarten, ob der Faschismus tatsächlich eine Bedrohung ist, bevor wir was dagegen tun.«

Early rief einen weiteren Journalisten auf.

»Francis Jackson von der *New York Times*. Wollen Sie damit sagen, dass die Regierung die Landwirtschaft kontrollieren will?«

Der Präsident nickte.

»Ist das nicht Kommunismus?«, warf Jackson ein.

»Ganz und gar nicht. Ich rufe nicht zur Kollektivwirtschaft auf, im Gegenteil. Die Produktion muss reduziert werden. Nächste Frage!«

»Richard Lee Strout vom *Christian Science Monitor*. Diese Maßnahmen werden die Agrarpreise erhöhen, Herr Präsident, aber was ist mit der Arbeitslosigkeit?«

»Ich dachte da an eine Arbeitsbeschaffungsmaßnahme für Arbeitslose. Diese Leute könnten Brücken bauen, Bäume pflanzen, Staubecken ausheben, Brandschneisen schlagen und derlei Dinge mehr. Die Einzelheiten stehen noch nicht fest.«

»Und diese Arbeitskräfte würden dafür entlohnt?«

»Ja, das würden sie. Dreißig Dollar im Monat, von denen fünfundzwanzig an ihre Familien gehen. Aber wie gesagt, Genaueres wird noch erarbeitet.«

»John Stephenson von der *Washington Post*. Erwarten Sie Gegenwind von den Gewerkschaften?«

»Das sind ungelegte Eier.«

In den folgenden vierzig Minuten ging es munter zwischen den

Journalisten und dem Präsidenten hin und her. Sie scherzten und lachten über die ersten zehn Tage Roosevelts im Weißen Haus. Louis Howe hielt später fest, dies sei einer der besten Auftritte des Präsidenten gewesen. Sam Jacobson nannte Roosevelt in seinen noch an jenem Nachmittag abgetippten Aufzeichnungen einen »Virtuosen«. Er schrieb: »Egal, welches Erbe er uns hinterlassen wird, Franklin Delano Roosevelt wird als der charmanteste Präsident Amerikas in die Annalen eingehen.« Am Abend beim Bier erzählte er seinem Herausgeber, ihm sei noch nie jemand begegnet, der direkten Fragen so geschickt ausweiche, dass er dem Fragenden den genau gegenteiligen Eindruck vermittle.

Es war zwar schon halb elf, doch der Berater Monty Chapel war nicht überrascht, seinen Vorgesetzten noch im Bett vorzufinden. Seine erste Pressekonferenz war ein voller Erfolg gewesen. Jede Zeitung trug dasselbe Titelbild: Roosevelt, der inmitten einer Schar von hundertvierundzwanzig Reportern saß. Jetzt lag der Präsident allein im Bett, ein Tablett mit halb verspeistem Rührei und einer Tasse Kaffee auf dem Schoß.

Monty, der in der Regel gut gelaunt war, warf Franklin die *Washington Post* mit ernster Miene aufs Bett. »Schon gelesen?«

»Hmm.«

»Und, was wollen Sie unternehmen?« Montys sonore Bassstimme klang heute noch tiefer.

»Nichts. Die Pressekonferenz war ein großer Erfolg. Ich freue mich auf die am Freitag.«

»Nein, das meinte ich nicht. Der Artikel auf Seite vier unten.« Der zweiundvierzigjährige Wirtschaftsberater wies auf die Zeitung, dann fuhr er sich um Fassung ringend durchs dichte braune Haar.

Roosevelt hielt Monty das Tablett hin, der es kurzerhand auf dem Tisch abstellte. Nachdem der Präsident sich ausgiebig den

Mund mit einer Leinenserviette abgewischt hatte, knüllte er sie zusammen, stützte sich im Bett auf und warf sie in Richtung des Tabletts.

»Ja, das habe ich auch gesehen.«

»Und?«

»Keine Sorge, ich werde Douglas MacArthur nicht einbestellen.«

»Ich sorge mich nicht.« Monty knöpfte die Weste seines dunkelblauen Nadelstreifenanzugs auf und strich sich die Krawatte glatt. »Aber ich glaube, wir sollten sofort was unternehmen. Wir wollen doch nicht, dass es so läuft wie im letzten Sommer.«

Roosevelt hievte die Beine über den Rand seines schmalen Eisenbetts. »Hilf mir in den Stuhl«, befahl er.

Mit einem Griff unter die Achseln hob Monty den Präsidenten in seinen Rollstuhl. Mit einem Meter fünfundachtzig war der Präsident nur ein wenig größer als sein Berater, doch sein Gewicht erstaunte jeden, der ihm je auf diese Weise Hilfe geleistet hatte. Roosevelts Beine waren zwar mager, der Rumpf und die Brust jedoch waren breit und muskulös.

Der Präsident zündete sich eine Zigarette an, manövrierte den Stuhl an den Schreibtisch und ergriff den Hörer. In diesem Moment betrat Missy, die bereits seit einigen Stunden auf den Beinen war, energisch das Zimmer und hielt ihm einen Stapel Papier vor die Nase. Dann tätschelte sie ihm die Schulter und er drückte ihr kurz die Hand, bevor sie das Zimmer in Richtung Ostflügel wieder verließ.

»Louis, bist du schon angezogen?«, fragte Roosevelt den Mann am anderen Ende der Leitung. »Beweg dich hierher. Es gibt Arbeit.« Er legte auf und nahm Monty ins Visier. »Ich setze Howe darauf an. Er wird die Sache regeln.«

Monty stützte sich mit beiden Händen auf dem Schreibtisch auf. »Aber werden Sie ihnen geben, was sie wollen?«, fragte er.

»Das kann ich nicht. Wir haben nicht genug Geld, Monty. Ich kann ihnen nicht vorzeitig Boni auszahlen, wenn ich gerade ihre Pensionen gekürzt habe. Das Sparschwein ist leer.«

Monty verkniff sich weitere Kommentare, weil er Howe schon vor der Tür husten hörte. Stattdessen stellte er sich ans Fenster mit Blick auf das Jefferson Memorial und lehnte die Stirn an die eiskalte Scheibe. Das Husten hörte und hörte nicht auf. Howes Lungenflügel stellte Monty sich wie zwei leere Fußbälle vor. Asthma und ein Emphysem machten dem engsten Vertrauten des Präsidenten schwer zu schaffen.

Schließlich klopfte es, und wenig später betrat Howe das Zimmer. Er schloss die Tür und trat an den Schreibtisch.

»Guten Morgen, Boss«, grüßte er den Präsidenten, dann nickte er Monty zu. »Guten Morgen, Mister Chapel.«

Monty kam auf ihn zu und schüttelte ihm die Hand. Er schätzte den Mann wegen seines wachen Verstandes und seiner Loyalität, und seine scharfe Zunge amüsierte ihn immer wieder. Howe sprach selten über seine Herkunft, hatte Monty aber anvertraut, dass er zu Beginn seiner Karriere als Journalist in Indiana gearbeitet hatte. Einzelheiten seiner schulischen Laufbahn hatte er allerdings nicht erwähnt.

Der Präsident sah auf und grinste beim Anblick der beiden grundverschiedenen Männer. Louis Howe trug einen alten hellgrauen Anzug, der ihm mindestens zwei Nummern zu groß war. Auf seiner gelben Krawatte prangte ein Kaffeefleck und auf seinem Revers war ein Brandloch. Monty Chapel, mindestens fünfzehn Zentimeter größer als der gebückte Howe und wie immer tipptopp gepflegt, hatte die Hände in den Hosentaschen vergraben und trat ungeduldig von einem Fuß auf den anderen. Es war bekannt, dass Monty sich bei Brooks Brothers in New York einkleiden ließ.

»Was gibt's?«, fragte Howe.

»Monty macht sich Sorgen wegen der Veteranendemonstration. Er will ihnen Geld geben. Ich möchte ihnen Arbeit geben.«

Hitzig fuhr Monty dazwischen. »Ich würde den Veteranen liebend gern beides geben. Sie haben vor nicht allzu langer Zeit für dieses Land gekämpft, und jetzt hat sie diese Krise in Not und Elend getrieben.«

Louis Howe bedachte Montys Kommentar mit einem mokanten Lächeln. »Bolschewik«, murmelte er. »Sie halten wohl auch die Hand auf, wenn es Auszahlungen gibt?«

Howes Dreistigkeit brachte den Präsidenten zum Grinsen. Er machte sich einen Spaß daraus, den Expertenstab zu verspotten, den die Reporter als *»Brains Trust«* des Präsidenten bezeichneten. Howe betrachtete die meisten von ihnen als privilegierte Professoren aus dem Osten, denen es an politischer Intelligenz mangelte. Er hatte seine Ressentiments nie verhehlt, wenn Roosevelt den Stab um politischen Rat ersuchte. Doch der Präsident wusste genau, dass Howe zwar der genialste Stratege des Landes war, dem politischen Tagesgeschäft selbst aber mit wenig Interesse oder Einfällen begegnete.

»Ich glaube nicht, dass ich ein Bolschewik bin, nur weil ich Gerechtigkeit und Entschädigung für die Männer einfordere, die diesem Land gedient haben«, entgegnete Monty kühl. »Viele dieser Veteranen sind kriegsversehrt und leiden unter seelischen Traumata. Letztes Jahr, bei ihrem Marsch in die Stadt, stürmte die Kavallerie mit Tränengas und gezücktem Bajonett das Lager, ohne Rücksicht auf Frauen und Kinder. MacArthur, Patton, Eisenhower …« Er schüttelte ungläubig den Kopf. »Sie haben das Camp in Brand gesteckt, um sie zu vertreiben. Dabei sind Menschen umgekommen. Erinnern Sie sich?«

»Hör zu, Monty«, setzte der Präsident an, »das wird nicht noch mal passieren. Gott sei Dank bin ich weder Hoover noch MacArthur, und du weißt, dass ich mich nie so verhalten würde. Sie werden wie versprochen 1945 ihren Veteranenbonus erhalten. Den habe ich ihnen nicht gestrichen. Außerdem haben wir ihnen zwar die Pensionen gekürzt, aber dafür Arbeit in Aussicht gestellt. Wir alle haben den Weltkrieg mitgemacht, du warst zwar an der Front, aber ich habe die Schlachtfelder besucht. Ich habe mit eigenen Augen gesehen, welche Opfer diese Männer gebracht haben. Ich bitte sie nur um ein weiteres Opfer für ihr Land, bis die Arbeitsbeschaffungsmaßnahmen anlaufen.«

Diesen Vergleich zog der Präsident häufig. Monty hatte den Eindruck, er glaube tatsächlich, sein Land befände sich in einem Krieg gegen die schlechte wirtschaftliche Lage. Obwohl der Feind nicht menschlicher Natur war, hielt Roosevelt den gegenwärtigen Widersacher offenbar für mächtiger als die Deutschen, denen das Land vor fünfzehn Jahren die Stirn geboten hatte. Aber Monty, der mit fünfundzwanzig Jahren in Verdun knietief im Schlamm gekämpft hatte, leuchtete dieser Vergleich nicht ein.

Als sich Montys starre Gesichtszüge wieder etwas entspannt hatten, sagte der Präsident: »Louis, kümmere dich darum, dass die Veteranen eine Unterkunft bekommen – vielleicht am alten Stützpunkt in Fort Hunt. Ich möchte nicht, dass sie wieder in leeren Häusern an der Pennsylvania Avenue ihr Lager aufschlagen oder eine neue Barackenstadt errichten. Wir sorgen für drei Mahlzeiten am Tag, medizinische und sanitäre Versorgung und was dir sonst noch einfällt. Vereinbare ein Treffen mit einem der Organisatoren.« Er wandte sich Monty zu. »Zufrieden?«

»Nein«, erwiderte Monty. »Morgen kehre ich nach New York zurück. Man braucht mich in den nächsten Wochen in Columbia. Ich bin gespannt, ob sich bei meiner Rückkehr schon Fortschritte ergeben haben werden.«

»Vertrau mir doch wenigstens ein bisschen«, bat der Präsident.

»In den nächsten Wochen werden die meisten von ihnen wieder einer bezahlten Arbeit nachgehen, dazu bekommen sie regelmäßige Mahlzeiten und Kleidung. Sie werden sich gebraucht fühlen und ihrem Land dabei helfen, diesen Krieg zu gewinnen.«

Mit einem zögerlichen Nicken sah Monty zu Howe hinüber.

Der zuckte grinsend die mageren Schultern. »Klingt, als hätten wir einen Plan. Ich kümmere mich drum.«

Kapitel 11

FORT WAYNE, INDIANA

April 1933

Erst drei Tage später verließ Iris mit vollem Bauch das Haus des Pastors. Eigentlich hatte sie nicht so lange bleiben wollen, aber der Pastor und seine Frau hatten darauf bestanden. Sie war nun wieder unterwegs und hatte das Gefühl, bereits stundenlang gegangen zu sein, aber keiner hielt an, um sie mitzunehmen. Dabei war Iris klar geworden, dass die Leute Armut bei Frauen sehr viel schlechter ertragen konnten als bei Männern. Alleinstehende Frauen ohne Mann und Kinder erschienen ihnen vermutlich widernatürlich. Wahrscheinlich waren in den Augen der Menschen diese Frauen selbst schuld an ihrer misslichen Lage. Als unverheiratete Frau ohne Einkommen und Obdach stand sie sicher auf der untersten Stufe der Gesellschaft, ungefähr dort, wo auch die Schwarzen standen.

Nach einer Weile erreichte Iris den Güterbahnhof am Rande von Fort Wayne, der wie ausgestorben vor ihr lag.

Plötzlich hörte sie ein Flüstern hinter sich. »Miss. Gehen Sie in Deckung, sonst jagt man Sie weg.«

Iris schnellte herum und erblickte eine Frau. Sie hatte sich hinter einem Stapel Holzkisten verschanzt, die vermutlich dem Transport von Baumwolle oder Wolle dienten. Hastig zog Iris den Kopf ein und kauerte sich neben die Frau. Da bemerkte sie die beiden Zwillingsbrüder, höchstens zehn Jahre alt, die dort ebenfalls Schutz suchten.

»Der Zug da drüben« – die Frau wies auf das andere Ende des Bahnhofs – »fährt bald ab. Letzter Halt Harrisburg in Pennsylvania.«

»Da wollen Sie hin?«

»So sieht's aus.« Mit einem Grinsen spähte die Frau in Richtung Zug. Drei Burschen im Blaumann kletterten auf die Lok. »Machen Sie so was zu ersten Mal?«

Iris nickte. »Ja. Bisher habe ich mich nur von anderen mitnehmen lassen.«

Die Frau hielt ihr die Hand hin. Sie trug einen verwaschenen Rock, dicke Wollstrümpfe und ähnliche Stiefel wie Iris. »Ich bin Molly, und das hier sind Benny und Carter.« Die Jungs begrüßten Iris schüchtern.

Iris stellte sich gerade vor, als die Lok plötzlich ein lautes Zischen ausstieß. »Los geht's«, unterbrach Molly sie. »Mir nach!« Der Zug setzte sich bereits langsam in Bewegung.

Molly warf sich eine Tasche auf den Rücken und verzurrte den Gurt über der Brust. Dann nahm sie ihre Söhne an die Hand und sauste los. Iris sprintete hinterher. Sie wollten in einen der letzten Waggons springen. Unterwegs bemerkte Iris, dass neben ihnen weitere Männer, Frauen und einige Kinder aus dem Dickicht oder hinter Containern hervorkamen, bis schließlich fast fünfzig Leute auf den Zug zueilten.

Zwei Wachmänner traten aus ihrer Hütte. Sie wedelten halbherzig mit Knüppeln und stießen laute Drohungen aus. Doch die blinden Passagiere ignorierten sie und verschwanden stattdessen einer nach dem anderen in den Waggons.

Molly lief auf einen zu, dessen große Tür bereits offen stand. Sie ließ ihre Söhne los und die beiden kletterten geschickt hinein. Molly folgte ihnen erst, als sie sicher war, dass ihre Söhne es geschafft hatten.

»Los, Iris!«, brüllte sie. »Jetzt oder nie!«

Iris packte den Haltegriff und lief schneller, als sie es für möglich gehalten hatte. Ihre Zehen berührten kaum noch den Boden. Hastig warf sie ihre Tasche in den Waggon und kletterte hinterher.

Als sie schließlich rücklings auf dessen hartem, staubigem Boden aufschlug, lachte sie laut los.

»Ganz schön aufregend, hm?«, meinte Molly. »Auf der Highschool war ich Läuferin. Hätte mir nicht träumen lassen, dass ich für so was hier trainiert hab.«

Iris, die noch nach Luft schnappte, lächelte lediglich. Als sich ihr Atem endlich beruhigt hatte, sagte sie: »Läuferin war ich auch, aber so schnell wie gerade war ich noch nie.« Sie richtete sich auf und beäugte die anderen Mitreisenden. Außer Molly und den beiden Jungen saßen noch zwei Männer im Waggon. Alle bereiteten sich in unterschiedlichen Winkeln zwischen den aufgestapelten Kisten mit dem Warenzeichen von General Electric ihr jeweiliges Lager.

Molly klopfte auf den Platz neben sich. »Kommen Sie, setzen Sie sich zu uns«, sagte sie zu Iris. Dann fütterte sie ihre Söhne mit Kräckern.

»Ich hab ein bisschen Brot und Käse.« Iris zog ein Papierpäckchen aus der Tasche. Die Frau des Pastors hatte es ihr am Morgen beim Abschied zugesteckt. Als sie die Schnüre löste, bemerkte sie die konzentrierten Blicke der beiden Jungen, die immer näher an sie heranrückten. Iris legte das Brot und den Käse auf den Boden.

»Hoppla, das ist ja ein ganzer Laib!«, entfuhr es Molly. »Wer hat Ihnen …?«

»Ein guter Samariter«, sagte Iris.

»Bittet, so wird euch gegeben; suchet, so werdet ihr finden; klopfet an, so wird euch aufgetan«, zitierte Molly. »Matthäus. Das ist der einzige Bibelspruch aus der Sonntagsschule, der bei mir hängen geblieben ist.«

»Klingt nach einem guten Ratschlag«, bemerkte Iris, und die beiden Frauen lachten.

Die Jungen, die Molly als Benny und Carter vorgestellt hatte, sahen ihre Mutter erwartungsvoll an. Molly nickte lächelnd. Dann erst nahmen sie sich jeder eine Scheibe Brot und ein kleines Stück Käse.

»Sie haben zwei wohlerzogene Jungs«, sagte Iris.

»Das ist auch nötig«, erwiderte Molly. »Sie sind erst sieben, und ich könnte das hier nicht machen, wenn sie nicht so brav wären, wie sie sind.«

»Sie sehen älter aus.«

Molly tätschelte Carter den Kopf. »Die beiden schlagen nach mir. Sie sind groß für ihr Alter.«

»Woher kommen Sie?«, fragte Iris.

»Aus Seattle.«

»Da sind Sie aber weit gereist«, sagte Iris anerkennend. »Immer mit dem Zug?«

Molly nickte und streckte die Beine aus. »Wir sind eigentlich schon seit Weihnachten unterwegs.« Mit einem Gähnen schob sie sich die grauen Strähnen aus dem Gesicht. »Hier und da haben sich kleine Gelegenheitsarbeiten ergeben – Flicken und so was.«

»Sind Sie Schneiderin?«, fragte Iris.

»Nein, eine Bibliothekarin, die nähen kann«, erwiderte Molly. »Und Sie? Darf ich?«, fragte sie, während sie nach dem Brot griff.

»Ja, sicher. Ich war Lehrerin in Chicago, aber im letzten April haben sie mich entlassen. Ich will nach Baltimore.«

»Dann sollten Sie in Columbus aussteigen«, schlug Molly vor. »Jemand hat mir gesagt, dass der Zug dort hält.«

»Treffen Sie Ihren Mann in Harrisburg?«, fragte Iris.

Molly lachte. »Sie sind ja goldig, Iris. Nein, der hat uns schon vor Weihnachten im Stich gelassen. War Vorarbeiter bei Todd Shipyards. Als sie ihn rauswarfen, warf er uns raus.«

»Wie furchtbar.«

Molly zuckte die Schultern. »Ich habe keine Lust mehr, über das Warum nachzudenken. Zu anstrengend. Wahrscheinlich meinte er, dass er ohne Arbeit niemandem mehr nützt.«

»Und wer ist in Harrisburg?«

»Meine Schwester und meine Mutter. Der Mann meiner Schwester hat noch Arbeit und meint, er könnte uns durchfüttern, bis das hier vorbei ist. Meine Mutter hat noch was gespart. Gott sei Dank hat sie den Banken nie vertraut. Hat ihr Geld in der Kaffeedose versteckt. Es wird eng, aber ich habe ihnen versprochen, jeden Cent zurückzuzahlen. Ich werde mir Arbeit suchen. Aber am wichtigsten ist, dass Benny und Carter wieder zur Schule gehen können.«

Iris rang sich ein Lächeln ab. Für Molly und ihre Söhne gab es einen Funken Hoffnung. In Harrisburg war der Kampf für sie wahrscheinlich vorbei. Iris hingegen hatte keine Ahnung, ob und wann ihr Kampf je enden würde.

Kapitel 12

HYDE PARK, NEW YORK

Mai 1962

Mister Chapel war ein seltsamer Vogel. Ständig meinte er, ich soll ihn Monty nennen, aber das brachte ich nicht fertig. Er war würdevoll und stattlich, aber auf bescheidene Art. Häufig kam er zu mir und bat mich um etwas Extravagantes zum Dinner – so was wie Filet Mignon oder Kaviar –, aber ich glaube, er meinte es nicht ernst, denn er wusste, dass wir mit allem haushalten mussten. Einige seiner Vorschläge brachten mich aber zum Lachen. Ständig lag er mir in den Ohren, dass wir einen Sommelier einstellen sollten. Wo ich noch nicht mal wusste, was das eigentlich war. Ich habe sogar Dad gefragt, aber der hatte auch keine Ahnung. Nachdem er mich wochenlang damit traktiert hatte, beschloss ich schließlich, Mrs Roosevelt über Mister Chapels Vorschlag zu informieren. Sie schüttelte nur den Kopf, erklärte mir, ein Sommelier wäre ein feiner französischer Name für einen Weinexperten, und trug mir auf, Mister Chapel auszurichten, dass das Weiße Haus einen solchen Angestellten nicht brauchte. Heimischer Wein und Champagner wären völlig ausreichend.

Damals herrschte ein ständiges Kommen und Gehen. Familienmitglieder, Freunde und Kollegen. Unter Mrs Roosevelt stand das Haus allen offen. Jeder war willkommen. Es dauerte nicht lange, bis ich die Vorlieben und Abneigungen der meisten Bewohner kannte, vor allem die des Präsidenten. Zu besonderen Anlässen wollte er immer Chicken Maryland oder Chicken à la King, was er natürlich fast nie bekam. Das waren zwar seine Leibspeisen, aber ich war für die Gesundheit des Präsidenten verantwortlich, und bei seinem hohen Blutdruck kam beides nicht infrage.

Obwohl er das Gegenteil behauptete, wusste ich, dass er Kalbsbries und Hirn oder Leber mit Bohnen besonders gern mochte, wenn ich sie kochte. Sein ganzes Gerede darüber, dass ihm meine Gerichte nicht schmeckten und so, das meinte er alles nicht ernst. Er hatte eben einen merkwürdigen Sinn für Humor.

Ich lernte Mrs Roosevelt 1928 bei der *League of Women Voters* kennen. Alles fing mit meinen Stühlen im Mission Style an. Sie waren wunderschön, aus Eiche und sehr stabil. Erst lieh sich ein Nachbar die Stühle für eine Hochzeit aus, und eh ich michs versah, hatte es sich rumgesprochen und meine Stühle waren bei allen heiß begehrt. Dann fragte mich Mrs Saltford eines Tages, ob sie sich die Stühle ausleihen dürfe, denn sie werde eine regionale Versammlung der Damenliga in ihrem Haus in Hyde Park abhalten. Ich sei selbstverständlich auch eingeladen. Früher hatte ich zwar die Suffragetten unterstützt, aber bis zu jenem Nachmittag hatte ich stets die Republikaner gewählt.

Jedenfalls trat Mrs Roosevelt bei dieser Versammlung als Ehrengast auf und hielt eine wunderbare Rede. Sie war so eloquent und ich fand sie sehr sympathisch. Nach einigen Ansprachen und Tamtam wurde ich unversehens zur Schatzmeisterin gewählt. So ein Amt hatte ich noch nie innegehabt und es machte mich ziemlich nervös. Mrs Roosevelt hatte mein Unbehagen wohl bemerkt, denn sie trat direkt nach der Wahl auf mich zu, stellte sich vor und versuchte, mich zu beruhigen. Sie erzählte mir, sie selbst habe auch erst 1921, nach der Erkrankung ihres Mannes, Interesse an der Politik entwickelt und davor keinerlei politische Kenntnisse besessen. Damals sei sie auch besorgt gewesen. Mittlerweile aber fühle sie sich in der Politik pudelwohl. Was hatte ich also zu befürchten?

Wir freundeten uns an, und wenn sie in der Nähe zu tun hatte, kam sie zu Kaffee und Kuchen bei mir vorbei, egal, wie voll ihr Terminkalender war. Da wir beide Mütter und Großmütter waren, hatten wir viel gemeinsam. Sie war zehn Jahre jünger als ich, und ihre beiden Jüngsten waren noch auf dem Internat. Sie vermisste sie sehr, aber so war das nun mal bei den Kindern der Reichen.

Nach unserem Zusammentreffen bei der Regionalversammlung wurde ich zur Anhängerin der Demokratischen Partei. Vorher hatte ich stets die Republikaner gewählt, weil dies Dads politischer Einstellung entsprach. Aber als ich an jenem Abend heimkam, erklärte ich Dad, dass ich bei der Gouverneurswahl für Franklin Delano Roosevelt stimmen würde. Können Sie sich mein Gesicht vorstellen, als er mir verkündete, er sei zu demselben Schluss gekommen – wenn auch aus völlig anderen Gründen? Sein Meinungswandel hatte was mit Hähnchenbrustfilets zu tun. Aber das ist eine andere Geschichte, die mich auch immer wieder zum Schmunzeln bringt …

Kapitel 13

RIPLEY, WEST VIRGINIA

Mai 1933

Die beiden Jüngsten fuhren vorn bei den Eltern mit, während der Rest der Familie, drei Jungen, ein Mädchen und zwei Hunde, mit Iris unter einer Abdeckplane auf der Ladefläche des Ford-Pickups saßen. Es war zwar unbequem und stank nach Öl, aber es war besser, als im Regen an der Straße zu stehen.

Die Familie hatte Iris kurz nach Columbus, Ohio, aufgelesen. Es regnete so stark, dass sie den Namen des Fahrers nicht verstand, doch als er auf die Ladefläche zeigte, kletterte sie hinauf und stieß unter der Plane auf die Kinder, die dort mit ihren Hunden Schutz gefunden hatten. Das Mädchen, wohl sieben Jahre alt, ließ Iris wortlos in ihren nassen Unterschlupf kriechen.

Iris versuchte, ihr Zittern in den Griff zu bekommen, und fragte sich, ob sie schon die Staatsgrenze von West Virginia passiert hatten. Langsam verstummte das laute Prasseln des Regens, hin und wieder ging noch ein Schauer nieder, doch schon bald spürte Iris eine angenehme Wärme. Schließlich schlug der Älteste der Jungen die Plane zurück und alle blinzelten ins Sonnenlicht.

Die Jungen sprachen kein Wort, doch das kleine Mädchen erzählte Iris, sie heiße Betsy, und das sei kurz für Elizabeth. Als Iris ihr zu ihrem schönen Namen gratulierte, kam der Truck plötzlich zum Stehen. Der Fahrer öffnete die Tür und stieg aus.

»Es tut mir leid, Miss, aber wir haben nicht genug, um Ihnen was anzubieten. Es reicht gerade für die Familie, und das Geld brauchen wir fürs Benzin«, erklärte er, während er die Kinder von der Ladefläche hievte.

»Keine Sorge. Ich habe erst heute früh gegessen«, log Iris.

Bis auf zwei Koffer und einige von einer weiteren Plane bedeckte Kisten war die Ladefläche leer. Iris kletterte herunter. Die Familie hatte sich am Straßenrand versammelt. Iris knurrte der Magen. Am Vortag hatte sie die Reste vom Brot und Käse des Pastors gegessen. »Ich heiße Iris McIntosh. Ihren Namen habe ich vorhin leider nicht verstanden.«

Der Mann stellte sich als Henry Wilkins vor. Seine Frau heiße Ruth. Die Namen seiner sechs Kinder nannte er nicht. Er informierte Iris, sie hätten soeben den Ort Ripley in West Virginia hinter sich gelassen und seien in ein paar Stunden in Charleston. Ripley kannte Iris nicht, aber Charleston hatte sie mal mit ihrer Mutter besucht. Damals waren sie mit dem Zug von Baltimore dorthin gefahren, um eine entfernte Verwandte zu besuchen, aber den Namen wusste Iris nicht mehr. Mary, dachte sie, oder vielleicht Marion.

Aber an den Kuchen mit dem wunderschönen weißen Baiserüberzug konnte sich Iris noch bestens erinnern. Ihre Mutter hatte ihr ein zweites Stück gegeben, weil sie im Zug so brav gewesen war. Marjorie, so hatte sie geheißen, Cousine Marjorie. Aus unerfindlichen Gründen fühlte sich Iris nach diesem Geistesblitz erleichtert.

Henry saß mit seiner Familie im spärlichen Schatten des Trucks, während Iris sich in der Nähe herumdrückte. Sie nahm den nassen Hut ab, wrang ihn aus und hängte ihn zum Trocknen über die Seite der Ladefläche. Dasselbe tat sie mit ihrem Mantel. Beim Anblick des scheinbar unendlich langen Highways fragte sie sich, ob die Familie Wilkins sie noch weiter mitnehmen würde. Es waren keine weiteren Autos zu sehen, aber viele Menschen, die zu Fuß unterwegs waren, Koffer, Kinder und Hausrat im Gepäck hatten und alle auf eine Mitfahrgelegenheit hofften. Überall waren die Menschen auf Wanderschaft. Sie verließen die großen Städte, weil sie sich woanders bessere Chancen versprachen. Im ganzen Land streiften sie umher wie hoffnungslose Nomaden. Iris fragte sich, ob sie bleibende Spuren hinterließen.

Ruth wickelte belegte Brote aus und reichte sie ihren Kindern und ihrem Mann. »Tut mir leid, Miss«, murmelte sie mit gesenktem Kopf.

Schließlich nahm Iris allen Mut zusammen. »Würde es Ihnen was ausmachen, mich noch ein Stück mitzunehmen? Natürlich hängt es auch davon ab, wohin Ihre Reise geht.«

»Wir fahren bis nach Culpeper, Virginia«, sagte Henry. »Mein Bruder hat dort eine Farm. Es geht ihm zwar nicht gut, aber er nimmt uns für eine Weile auf, wegen der schlechten Zeiten und so.«

»Woher kommen Sie?«

»Oskaloosa in Iowa. Wir hatten dort eine Farm, haben Mais angebaut, aber das ging den Bach runter. Die Bank hat uns alles weggenommen. Was uns blieb, haben wir verkauft«, erzählte er nüchtern.

»Das tut mir leid. Ich wäre Ihnen dankbar, wenn ich bis Culpeper mitfahren dürfte«, sagte Iris.

Henry nickte, dann signalisierte er den anderen, dass sie wieder in den Pick-up klettern sollten. Iris war froh, dass weder Henry noch Ruth sie nach ihrer Situation befragt hatten. Ruth holte ein paar Äpfel aus einem Stoffsack auf dem Vordersitz und verteilte sie unter der Familie.

Schließlich zog sie noch einen Apfel aus dem Sack, den sie Iris anbot. »Einen haben wir noch«, sagte sie.

»Danke. Sind Sie sicher, dass Sie ihn erübrigen können?« Iris sah von Ruth zu Henry. Der kletterte schulterzuckend hinters Steuer und schlug die Tür zu.

»Ja. Sonst streiten sie nur darum. Besser, wenn Sie ihn essen.« Ruth kletterte auf den Beifahrersitz.

Als Iris sich im Schneidersitz auf die Ladefläche setzte, ließ sich einer der Hunde neben ihr nieder und begrub die Schnauze in ihrem Schoß. Sie betrachtete den Apfel. Er hatte braune Stellen. Der Motor heulte auf und sie biss durch die rote Schale ins Fleisch. Es war bereits mehlig, und unter gewöhnlichen Umständen hätte sie den Apfel sofort weggeworfen. Aber gewöhnlich war hier nichts mehr.

Kapitel 14

WASHINGTON, D.C.

Mai 1933

Eleanor sah von ihrem Brief auf und beobachtete ihre Freundin, die es sich mit übereinandergeschlagenen Beinen auf dem Sofa bequem gemacht hatte. Es sah seltsam aus, wie Hick dort vor dem kalten Kamin saß und las. Eleanors Blick wanderte weiter zu den in Reih und Glied auf dem Kaminsims aufgestellten Fotos von Familie und Freunden, dann hinauf zum Porträt von William Henry Harrison. Sie hatte das Gemälde zwar nicht ausgesucht, aber nun hing es eben dort. Eleanor hätte es leicht gegen das Bildnis eines wichtigeren Staatsmannes mit mehr Charisma eintauschen können, doch im Herzen fühlte sie sich verbunden mit Harrison, dem Präsidenten, der nur zweiunddreißig Tage lang im Weißen Haus residiert hatte. Auf dem Sofa neben Hick schliefen Major und der kleine Terrier Meggie, die zwei Hunde der First Lady.

»Was liest du gerade?«, fragte Eleanor.

»*Das Tal des Himmels* von diesem kalifornischen Schriftsteller John Steinbeck«, antwortete Hick, ohne aufzusehen. »Der ist richtig gut.« Abwesend tätschelte sie Meggie den Kopf.

Das gefiel ihr an Hick am besten. Franklin hatte für Gemütlichkeit nichts übrig. Es war schon sehr lange her, dass sie auf ähnliche Weise mit ihrem Mann zusammengesessen hatte. In den Anfangsjahren ihrer Ehe war Eleanor ein völlig anderer Mensch gewesen. Ständig schwanger, zuverlässig, treu und völlig verhuscht, daher hatte man sie sorgfältig vom gesellschaftlichen und geschäftlichen

Leben ihres Gatten ferngehalten. Nicht, dass es ihr etwas ausgemacht hätte, ihr war es sogar lieber gewesen. Sogar vor dem Bruch in ihrer Beziehung hatten sie keinerlei gemeinsame Interessen gehabt. »Ost ist Ost, West ist West, sie werden nie zueinanderkommen«, sinnierte sie. Dann ließ sie den Stift fallen und erhob sich.

»Was ist los?«, fragte Hick.

»Kommst du morgen mit?«

»Will Howe dich nicht begleiten?«

Eleanor nickte. »Ja, aber ich möchte dich auch dabeihaben. Mir ist schleierhaft, warum Franklin mich dazugebeten hat.«

»Er will, dass du die Veteranen besänftigst und Verständnis für sie zeigst. Für die Männer in Fort Hunt besteht keinerlei Unterschied zwischen deinem Gatten und Herbert Hoover. Die Veteranen wollen ihren Bonus. Franklin sind zwar momentan die Hände gebunden, aber sie werden ihm nicht glauben, wenn es nicht von ganz oben kommt. Und du weißt genau, dass er nicht einfach da auftauchen und sich im Schlamm und Dreck herumschieben lassen kann. Damit würde er sich total blamieren. Der Präsident hat großes Vertrauen in deine Beschwichtigungskünste.«

Eleanor trat ans Fenster und betrachtete nachdenklich das Washington Monument. Am klaren Himmel schien der Vollmond und verlieh dem Obelisken ein überirdisches Glühen. Sie war sicher, dass sie keine der Fähigkeiten besaß, die Hick oder Franklin bei ihr offensichtlich zu erkennen glaubten. Ihr einziges Talent schien darin zu liegen, andere Menschen gegen sich aufzubringen. Abgesehen von Louis und Monty lehnten die Hauptakteure dieser Regierung ihre Ansichten vehement ab. Eleanor hatte durchaus bemerkt, wie sie sich verkrampften, kaum dass sie den Mund öffnete. Zugegeben, sie hatte mit ihrer Meinung nicht gerade hinter dem Berg gehalten, aber wie auch? Die politischen Maßnahmen, die diese Gruppe plante, waren zutiefst frauenverachtend.

Ganze hundertvierzigtausend Frauen und Mädchen waren ohne Obdach, sie wanderten von Stadt zu Stadt auf der Suche nach Arbeit oder, schlimmer noch, verkauften ihren Körper. Aber die Regierung nahm nicht die geringste Notiz von ihnen.

Sogar die heute Morgen von Hick einberufene Pressekonferenz mit ausschließlich weiblichen Pressevertretern hatte unter den meisten Kabinettsmitgliedern und Beratern des Präsidenten Irritationen ausgelöst, denn sie waren allesamt der Meinung, Mrs Roosevelts Absichten würden der Regierung nur Ärger einhandeln. Eleanor freute sich über den Erfolg der Veranstaltung, die ab jetzt im wöchentlichen Turnus stattfinden würde. Das hatte sie zwar noch nicht mit Franklin besprochen, aber die positive Aufmerksamkeit war doch sicher wertvoll, auch wenn sie gelegentlich eine gegenteilige Meinung vertrat.

Eleanor wandte sich wieder Hick zu. »Du hast meine Frage noch nicht beantwortet«, drängte sie.

Hick sah von ihrem Buch auf. »Du weißt genau, dass ich morgen nach New York zurückmuss. Meine Katze wird seit Ende Februar von meinem Nachbarn versorgt, ich muss mich um die Post kümmern und auch mal wieder ins Büro.«

»Warum ziehst du nicht einfach hier ein?«

Hick lachte schallend. »Das wäre das Ende meiner Karriere.«

»Jetzt mach dich nicht lächerlich«, sagte Eleanor grinsend.

»Ich wäre nicht mehr unparteiisch, Eleanor. Bin ich jetzt schon nicht mehr. Wie soll ich objektiv über die Regierung berichten, wenn ich über das größte Insiderwissen in der amerikanischen Geschichte verfüge, aber wegen dir kein Wort darüber schreiben darf?« Sie erhob sich und zündete sich zur Beruhigung eine Zigarette an. Major und Meggie sprangen vom Sofa und ließen sich zu Eleanors Füßen nieder.

Hick seufzte tief. »Frank hat mich wegen seiner Antrittsrede um Rat gebeten. Ich habe sie gelesen. Diese Zeilen sind Gold wert. Dafür hätte mein Chef mir sein letztes Hemd gegeben, aber ich konnte nichts davon verwenden. Ich hab das Zimmer verlassen und wie ein Kleinkind über diese verpasste Gelegenheit geheult.«

Eleanor schwieg.

»Ich hatte sogar darüber nachgedacht, weniger Zeit hier zu verbringen und mich vom Weißen Haus zu distanzieren.«

»Vom Weißen Haus oder von mir?«, fragte Eleanor leise.

»Sei kein Dummerchen. Ich liebe dich, Eleanor. Du hast doch deine Wohnung in Greenwich Village. Früher hast du drei Tage die Woche in New York verbracht.«

»Da habe ich noch unterrichtet. Jetzt werde ich hier gebraucht.«

»Die Situation hier ist untragbar. Meine Arbeit leidet darunter. Meine Karriere auch. Alles, was ich mir seit meinen Anfängen bei der *Minneapolis Tribune* mit neunzehn Jahren aufgebaut habe, geht den Bach runter.«

Aber Hicks Worte ließen Eleanor ungerührt. »Ich könnte dir hier in Washington eine Stelle besorgen, im Weißen Haus«, bot sie an. »Du könntest Zeitschriftenartikel oder ein Buch schreiben. Das mit dem Buch hast du doch selbst mal gesagt.«

»Kannst du dir ernsthaft vorstellen, wie ich für das *Ladies Home Journal* über Rosenzucht oder Patchworkdecken schreibe?«

»Nein, natürlich nicht. Aber du könntest Frauen über Politik und ihre Position in diesem Land und der Welt aufklären. Die meisten Frauen haben keine Ahnung oder sind falsch informiert.«

»Du meinst, ich könnte mich für deine Anliegen einsetzen?«, erwiderte Hicks nüchtern.

Eleanor reagierte nicht.

»Das ist nicht meine Art, Darling.« Hicks drückte die Zigarette aus und umarmte Eleanor fest. »Ich bin erst zufrieden, wenn meine Artikel auf der Titelseite einer nationalen Tageszeitung stehen.«

Eleanor nestelte an den Knöpfen von Hicks Flanellhemd. Ein Lächeln huschte ihr übers Gesicht. »Das verstehe ich zwar, aber ich werde es nicht akzeptieren. Eines Tages bringe ich dich hierher, an meine Seite.«

»Und genau das liebe ich so an dir: deine Hartnäckigkeit«, erwiderte Hicks. »Ganz meine Eleanor.«

Kapitel 15

FAIRFAX COUNTY, VIRGINIA

Mai 1933

Nach dem Abschied von der Familie Wilkins hatte Iris noch mehr als einen Tag gebraucht, um von Culpeper nach Fairfax County zu gelangen. Den größten Teil der Strecke war sie zu Fuß gegangen, den Rest getrampt. Endlich am Ziel angelangt, sah sie sich erst mal erschöpft um. Einzelne Menschen, Paare und Familien bevölkerten die Straßen, so weit das Auge reichte. Viele hatten offenbar ihr gesamtes Hab und Gut dabei. Stühle waren kreuz und quer auf Tische gestapelt. Töpfe, Pfannen, Schlafsäcke und andere Haushaltsgegenstände füllten die Zwischenräume oder hingen seitlich an Drähten von den fest verzurrten Stapeln. Iris fragte sich, wie die Leute hierhergekommen waren und wo sie hinwollten, gelangte aber bald zu dem Schluss, dass die Antwort völlig egal war. Im Moment hatten sie sich jedenfalls alle an diesem Ort versammelt und warteten auf eine Mitfahrgelegenheit.

So zog sie weiter, bis sie schließlich in den frühen Morgenstunden an eine Highway-Tankstelle mit Diner kam. Da sie allerdings noch nicht geöffnet hatte, bereitete Iris sich für ein paar Stunden im Gestrüpp am Straßenrand ein Nachtlager. Es war klar und kühl, doch Mantel und Schlafsack hielten sie warm. Beim Aufwachen knurrte ihr laut der Magen. Seit dem wurmstichigen Apfel auf der Ladefläche des Pick-ups hatte sie nichts mehr gegessen. Als im Diner die ersten Lichter angingen, rappelte sie sich auf und folgte dem Schild für die Toiletten. Ihr Gesicht hatte sie nicht mehr im

Spiegel betrachtet, seit sie sich im Badezimmer der Miltons in Fort Wayne gewaschen hatte. Wahrscheinlich sah sie aus wie eine Bettlerin. Hastig schlich Iris sich an den Tischen und dem Personal vorbei zur Damentoilette.

Übers Waschbecken gebeugt inspizierte sie ihr müdes Gesicht, dann setzte sie die Mütze ab und löste ihr Haar. Ihre Locken, die ihr stets Bewunderung und Komplimente eingetragen hatten, lagen platt und fettig von der langen Wanderschaft am Kopf. An den letzten Haarschnitt konnte sie sich nicht mehr erinnern, aber es war ganz sicher vor ihrer Entlassung gewesen.

Sie nahm etwas Seife und wusch sich gründlich mit heißem Wasser Gesicht und Hals. Dann betrachtete sie sich erneut. Ihre Augen waren blau wie eine Iris, so hatte ihr Vater es ihr erklärt, als sie noch klein gewesen war, und nach dieser Blume hatten ihre Eltern sie dann auch benannt. Ihre Lider waren schwer, sie gab der Müdigkeit für einen Moment nach. Das Haar würde warten müssen, bis sie ein Bad nehmen konnte, deshalb band sie es zusammen und setzte die Mütze wieder auf.

Ein letzter Blick in den Spiegel zeigte Iris, dass sie immer noch aussah wie eine Bettlerin. Da fielen ihr auf einmal Mollys Worte ein: »Bittet, so wird euch gegeben; suchet, so werdet ihr finden; klopfet an, so wird euch aufgetan.« In den letzten zwölf Monaten war Iris zwar forscher geworden, hatte aber bis jetzt nicht den Mut aufgebracht, jemanden um Essen zu bitten. Allerdings hatte sie auch noch nie solchen Hunger verspürt, ihr Magen war so leer, dass sie Galle schmecken konnte.

Entschlossen trat sie an den Verkaufstresen. »Verzeihen Sie, Sir«, sagte sie. »Hätten Sie vielleicht ein wenig zum Frühstück für mich übrig? Ich hab seit Tagen nichts gegessen außer einem Apfel.«

»Klar. Haben Sie Geld?«, fragte der Glatzkopf hinter der Theke, ohne von seiner Zeitung aufzublicken.

»Nein, leider nicht. Ich bin seit April ohne Arbeit. Ich war Lehrerin«, fügte sie hinzu, in der Hoffnung, etwas seriöser zu wirken. »Aber ich hatte gehofft, dass Sie ein wenig Essen für mich übrig hätten. Gern arbeite ich auch dafür. Ich könnte spülen oder Tische abräumen …«

Der Mann hatte den Blick immer noch auf die Zeitung geheftet. »Ich brauch nich noch mehr Aushilfen«, entgegnete er ruppig.

»Ich esse auch Reste, völlig egal. Bitte. Es muss doch was übrig sein, was Sie mir geben könnten.« Iris hatte mittlerweile die Aufmerksamkeit der Gäste auf sich gezogen. Es handelte sich überwiegend um Männer in Anzügen. Ihr schwand langsam der Mut.

Der Wirt beugte sich zu ihr über den Tresen, damit die anderen ihn nicht verstehen konnten. »Jetzt hörnse mal zu, Miss«, sagte er. »Die nächste Suppenküche is in Washington. Wenn ich jeden Bettler hier umsonst durchfüttere, kann ich mich bald nicht mehr vor denen retten.«

»Ich bin kein Bettler«, erwiderte Iris bestimmt.

Er zuckte die Schultern. »Wenns watschelt wie ne Ente und quakt wie ne Ente, dann isses auch ne Ente.«

Iris spürte, dass sie alle anstarrten. Sie bekam einen Kloß im Hals. »Entschuldigen Sie die Belästigung, Sir. Ich danke Ihnen für Ihre Geduld. Auf Wiedersehen.«

Sie drehte sich auf dem Absatz um, aber der Ausgang schien ihr meilenweit entfernt. Einige Gäste starrten ihr nach, doch die meisten konzentrierten sich voll auf ihr Essen. Obwohl ihre Wangen und Augen brannten, bemühte sich Iris nach Kräften um eine freundliche Miene, so als sei es ihre freie Entscheidung, das Restaurant zu verlassen.

Kaum war sie aber um die Ecke, außer Sichtweite der Gäste, brach sie in Tränen aus.

Jubelrufe weckten Louis Howe, der auf dem Beifahrersitz des PD Plymouth kurz eingenickt war. Er richtete sich auf und sah aus dem Fenster. Von Veteranen begleitet schritt die First Lady auf den Wagen zu. Der Saum ihres dunkelblauen Rocks war voller Schlammsprenkel und ihre beigefarbenen Oxford-Schuhe mit einer dicken Schmutzschicht bedeckt. Alle, auch Eleanor, trugen ein breites Lächeln im Gesicht.

Howe stieg aus dem Wagen, um ihr die Tür aufzuhalten.

Vor dem Auto drehte Eleanor sich noch einmal um. Sie hielt kurz inne, dann richtete sie erneute das Wort an die Menge. »Ich möchte nie wieder einen Krieg erleben. Jeder soll dieselbe Anerkennung erhalten, und ich werde denjenigen, die unserem Land gedient haben, auf immer dankbar sein. Hoffentlich müssen wir sie nie wieder um ihre Dienste ersuchen.«

Weitere Jubelrufe unterbrachen sie.

»Danke für Ihre Gastfreundschaft heute Morgen. Ich wünsche Ihnen allen einen wunderbaren Tag.«

Winkend glitt Eleanor auf den Fahrersitz und ließ den Motor an, während Howe schleunigst auf den Beifahrersitz zurückkehrte. Einige Veteranen liefen dem Wagen bis zu den Toren des Lagers hinterher. Unter lautem Jubel bog er schließlich auf den Highway.

»Es ist also gut gelaufen?«

Eleanor nickte, den Blick fest auf die Fahrbahn gerichtet. Sie war zufrieden.

Howe zündete sich eine Zigarette an. »Und was hast du ihnen versprochen? So einen fröhlichen Haufen entrechteter Veteranen hab ich mein Lebtag nicht gesehen.«

»Überhaupt nichts«, erwiderte Eleanor. »Muss das sein? Hier im Auto?«

Howe zog noch einmal kräftig, dann drückte er die Zigarette an der Schuhsohle aus und schob den Stummel wieder in die

Schachtel. »Ich habe dieselben Männer mindestens vier Mal getroffen und ihnen nie etwas versprochen, bin aber jedes Mal um Haaresbreite dem Tod entronnen.«

»Also ich fand die Herren höchst angenehm. Ich habe mit ihnen Kaffee getrunken, dann haben sie mir die Kasernen und das Lazarett gezeigt«, erklärte Eleanor. »Sogar ein paar alte Kriegslieder habe ich mit ihnen gesungen«, fügte sie nach einer Pause hinzu.

Howe schüttelte ungläubig den Kopf. »Wirklich? Ich wusste nicht, dass du Talente auf diesem Gebiet hast.«

Ein Lächeln huschte über Eleanors Gesicht. »Ich habe mich einfach für ihre momentane Lage entschuldigt, dann haben wir ein wenig über den Krieg und meine damalige Tätigkeit für das Rote Kreuz geplaudert. Die Männer waren sehr freundlich.«

»Hast du auch über den Bonus gesprochen?«

»Ich habe ihnen gesagt, dass ich nichts Neues über ihren Bonus weiß.«

Howe nickte anerkennend.

Eleanor wollte eigentlich keine weiteren Einzelheiten über ihren Besuch in Fort Hunt und ihre Unterhaltung mit den Veteranen verraten. Weder Howe noch Franklin würden verstehen, dass die Männer sich eigentlich nur ein offenes Ohr für ihre Ängste und Nöte wünschten. Den Bonus hatten sie nicht mal erwähnt, es war Eleanor gewesen, die das Thema auf den Tisch gebracht hatte, einfach weil sie Offenheit weniger unangenehm fand. Sie hörte zu, als die Männer über ihre schlechte Lage redeten, und stieß bei ihnen auf reges Interesse für ihre Kriegserlebnisse als Helferin beim Roten Kreuz. Sie wünschten sich vor allem Mitgefühl und Verständnis von jemandem, der bereit war, ihnen zuzuhören. Aber Politiker waren eben nur daran interessiert, große Reden zu schwingen.

»Ich werde an dieser Tankstelle halten«, sagte Eleanor. »Meine Schuhe sind ganz schmutzig.« Sie warf einen Blick auf die Tankanzeige. »Und tanken sollten wir auch«, fügte sie hinzu.

»Dann hole ich mir einen Kaffee. Brauche was zum Wachwerden. Möchtest du auch was?«, fragte Howe, als sie auf die Pumpen zusteuerte.

Kopfschüttelnd wandte sich Eleanor an den herannahenden Tankwart. »Voll, bitte.«

Der junge Mann nickte. »Selbstverständlich, Ma'am. Einen wunderbaren Tag wünsch ich Ihnen.«

»Vielen Dank.« Eleanor stieg aus und nahm sich einige Lumpen aus einem Korb, die sie in einen Eimer mit Wischwasser tauchte. Sie zog die Schuhe aus und ging zu Werke, froh, dass sie heute entgegen Tommys Vorschlag nicht ihren hellen Rock angezogen hatte.

»Darf ich Ihnen behilflich sein, Ma'am?«, erkundigte sich der Tankwart.

»Nein, vielen Dank, es geht schon. Aber Sie werden wohl frisches Wasser brauchen, tut mir leid.«

Während der junge Mann ihr versicherte, dass dies kein Problem sei, fiel Eleanor auf, dass er sich bewusst vor ihr aufbaute, offenbar, um sie vor dem Anblick einer Person hinter ihm zu schützen. In ihrer gebeugten Haltung konnte sie lediglich einen kurzen Blick auf ein Paar abgetragene Stiefel und einen ausgefransten Mantelsaum erhaschen.

»Belästige die Dame nicht. Mach, dass du wegkommst!«, zischte der Tankwart der Person zu.

Beim Aufrichten erkannte Eleanor, dass es sich um eine magere junge Frau mit schmutziger Wollmütze handelte. Ihr übergroßer Mantel erinnerte sie an Soldatenmäntel. Die junge Frau wirkte erschöpft, und ein Blick in ihr Gesicht verriet, dass sie geweint hatte.

»Das ist schon in Ordnung, Sir. Ich würde mich gern mit dieser Frau unterhalten«, sagte Eleanor, während sie wieder in ihre Schuhe schlüpfte. Zögerlich trat der Tankwart zur Seite, räumte aber nicht das Feld. »Sie können jetzt gehen«, fügte Eleanor hinzu. »Mein Freund wird die Rechnung begleichen, wenn er seinen Kaffee getrunken hat.«

Der Tankwart nickte misstrauisch und ging, ließ die beiden Frauen aber nicht aus den Augen.

»Was kann ich für Sie tun?«, fragte Eleanor, als der Mann außer Hörweite war.

»Es tut mir furchtbar leid, ich wusste ja nicht … Sie hatten sich gebückt, deshalb habe ich Sie nicht gleich erkannt.« Verschämt trat Iris den Rückzug an, die Frau des Präsidenten der Vereinigten Staaten wollte sie nicht belästigen.

»Alles in Ordnung. Ich bin Eleanor Roosevelt, und Sie sind?«

»Iris McIntosh«, erwiderte ihr Gegenüber klar und deutlich.

»Wollten Sie mich um etwas bitten?«

»Nein, Ma'am. Ich muss weiter. Bitte entschuldigen Sie die Belästigung.« Die Frau wandte sich ab. »Das ist mir schrecklich peinlich.«

»Dazu besteht überhaupt kein Anlass«, sagte Eleanor. »Wohin möchten Sie denn?«

Die Frau blieb stehen und drehte sich wieder um. »Nach Baltimore.«

»Brauchen Sie Geld?«

»Nein, vielen Dank, Ma'am.«

»Ich möchte Sie zum Frühstück einladen.«

»Vielen Dank, Ma'am, aber ich muss weiter.«

»Woher kommen Sie? Wie weit sind Sie schon gereist? Sie sehen müde aus, meine Liebe.« Eleanors Neugier war erwacht. Diese junge Frau schien obdachlos und mittellos zu sein, doch in Manieren und Ausdrucksweise stand sie ihren Schülerinnen in der Todhunter in Nichts nach.

»Aus Chicago.«

»Was haben Sie in Chicago gemacht?«

»Ich war dort Englischlehrerin an einer Highschool.«

»So ein Zufall! Bis letztes Jahr war ich das auch. Wo haben Sie denn unterrichtet?«

»An der Lincoln Park High School in der Orchard Street. Kennen Sie sich in Chicago aus?«

Eleanor trat näher an die Frau heran. »Ja«, erwiderte sie. »Das ist eine ordentliche Schule, sie hat einen guten Ruf. Warum sind Sie gegangen?«

»Man hat mich letztes Jahr im April entlassen. Die Stelle wurde abgebaut, wie man offiziell sagt.« Sie lächelte. »Budgetkürzungen. Es gab keine freien Stellen, deshalb habe ich beschlossen, in meine Heimat Baltimore zurückzukehren.«

Eleanor legte der jüngeren Frau die Hand auf den Arm. »Was haben Sie seitdem gemacht?«

»Dies und jenes. Es war schwer, Arbeit zu finden, aber ich habe mich irgendwie durchgeschlagen.«

»Ist Ihre Familie in Baltimore?«

»Nein. Meine Eltern sind vor zehn Jahren gestorben und ich habe keine Geschwister oder andere Angehörige, bei denen ich … Aber in Baltimore bin ich aufgewachsen.«

»Da haben wir noch was gemeinsam, meine Liebe. Ich bin auch verwaist«, vertraute Eleanor ihr an. »Was wollen Sie denn in Baltimore machen?«

»Vielleicht finde ich dort eine Stelle, hoffentlich als Lehrerin. Aber wenn nicht, probiere ich was Neues. Momentan bin ich nicht wählerisch.«

»Einen Augenblick bitte, Miss McIntosh.« Eleanor holte ihr

Notizbuch aus dem Wagen. Sie gab der Frau ihre Karte und einen Zehn-Dollar-Schein.

»Danke, aber das kann ich nicht annehmen, Ma'am«, sagte Iris leise und versuchte, Eleanor das Geld zurückzugeben.

»Aber natürlich können Sie das«, entgegnete Eleanor und umschloss die Finger der jungen Frau. »Außerdem gebe ich Ihnen hier meine Karte. Sie sollten Ihre Entscheidung noch mal überdenken. Wenn Sie mich nächste Woche in Washington anrufen, kann ich Ihnen sicher bei der Arbeitssuche behilflich sein. Unter dieser Nummer erreichen Sie meine Assistentin Miss Thompson. Sie wird Ihnen einen passenden Termin geben. Ich werde ihr sagen, dass sie Ihren Anruf erwarten soll.«

Iris betrachtete die Karte eingehend, dann sagte sie: »Danke! Vielen herzlichen Dank.« Die First Lady schüttelte Iris' ausgestreckte Hand. In ihrer Miene lag nichts als aufrichtiges Mitgefühl. Iris rang mit den Tränen. »Ich muss mich entschuldigen, ich hatte einen ziemlich schlechten Start in den Tag.«

»Aber sicher, meine Liebe, das verstehe ich. Wir machen harte Zeiten durch. Aber denken Sie über mein Angebot nach. Und nehmen Sie diese hier.« Eleanor holte ihre Lederhandschuhe vom Armaturenbrett und reichte sie Iris. »Ihre Finger sind ja eiskalt.«

»Aber dann frieren Sie doch«, sagte Iris.

»Ich steige wieder in den Wagen. Sie können sie mir bei unserem Treffen nächste Woche wiedergeben.«

Iris nickte und verabschiedete sich hastig, denn sie wollte auf keinen Fall vor der First Lady ihres Landes losheulen.

Eleanor sah der jungen Frau nach, die nun langsam auf das Diner zuging. Dann erst bemerkte sie Howe, der ganz in der Nähe gestanden hatte. Er trat seine Zigarette aus und kam auf sie zu.

»Wie viel hast du ihr gegeben?«

»Das geht dich nichts an«, sagte Eleanor, gab aber dann doch nach. »Zehn Dollar, ein paar Lederhandschuhe und das Angebot, ihr eine Stelle zu verschaffen.«

»Und ich wette um weitere zehn Dollar, dass du sie nie wiedersehen wirst. Darum solltest du nur in Begleitung des Geheimdienstes reisen.«

»Niemand wollte ein Attentat auf mich verüben, Louis«, scherzte sie.

»Nein, es ist viel schlimmer. Man hat dich gerade um zehn Dollar erleichtert und zehn weitere wirst du verlieren.«

Eleanor zuckte die Schultern. »Mag sein, aber ich habe ein gutes Gefühl. Sie war Lehrerin in Chicago.«

»Du bist zu gut für diese Welt, meine Liebe.«

Beim Verlassen der Tankstelle warf Eleanor einen letzten Blick in den Rückspiegel, aber die junge Frau war verschwunden.

Howe, der es sich auf dem Beifahrersitz bequem gemacht hatte, zog sich den Hut tief ins Gesicht.

»Meine Güte, Louis! Was bist du nur für eine Schlafmütze.«

»Das liegt an dem Zimmer, in dem du mich einquartiert hast. Ich kann seinen Geist spüren und das macht mich ganz nervös«, erwiderte Howe. »Das Zimmer selbst ist ja nicht so schlimm, aber dieses Himmelbett … Allein der Gedanke, dass der alte Abraham Lincoln darin geschlafen hat …«

»Ich werde dafür sorgen, dass man dir eines aus Val-Kill liefert. Wir können nicht zulassen, dass du mit den Republikanern ins Bett gehst.«

Howe lachte so heftig, dass er einen Hustenanfall bekam. Er kurbelte das Fenster herunter und atmete die kalte Luft ein. Es ist schon erstaunlich, dachte er. Eleanor war immer dann besonders amüsant, wenn sie es gar nicht darauf anlegte. In den Anfangsjahren, als er ihre Reden noch gegengelesen und ihr Ratschläge gegeben hatte, waren Eleanors Versuche, witzig zu sein, komplett fehlgeschlagen. Sie war das genaue Gegenteil von Franklin, der einen ganzen Saal in wenigen Sekunden zum Lachen bringen konnte. Doch unter seiner langjährigen Weisung hatte Eleanor mittlerweile ihren eigenen Stil entwickelt, der elegant und kultiviert war und hervorragend zu ihr passte.

Iris verharrte noch lange nach Eleanor Roosevelts Abfahrt neben den Mülleimern hinterm Diner. Sie zog die Karte der First Lady und das Geld aus der Tasche und inspizierte beides eingehend. Es dauerte fast eine Viertelstunde, bis sie so weit die Fassung wiedererlangt hatte, dass sie über ihre Möglichkeiten nachdenken konnte. Gerade als sie die Kalbslederhandschuhe überstreifte und dem guten Geschmack der First Lady innerlich Bewunderung zollte, meldete sich ihr Magen mit lautem Knurren. Erhobenen Hauptes marschierte sie ins Restaurant.

Dort bestellte sie sich das spezielle Frühstücksangebot für fünfundzwanzig Cent, das an diesem Morgen aus Spiegeleiern mit Speck, Würstchen, Toast und einer Tasse Kaffee bestand.

Kapitel 16

HYDE PARK, NEW YORK

Mai 1962

Am ersten Dienstag im Juni betrat Iris McIntosh um zehn Uhr morgens zum ersten Mal das Weiße Haus. Tommy, also Miss Thompson, hatte oben Kaffee und Gebäck für vier Personen in Mrs Roosevelts Arbeitszimmer bestellt. Ich ging in die Küche, aber Ida, die Köchin, hatte keine Zeit, auch noch ein Tablett für Mrs Roosevelt vorzubereiten, deswegen kümmerte ich mich darum. Wir hatten nur Cornflake-Makronen. Ich arrangierte zwölf Stück auf einem Teller und stellte ihn zusammen mit einer Kanne Kaffee, einem Kännchen heißer Milch und vier Tassen aufs Tablett. Mrs Roosevelt mochte es, ihren Kaffee auf französische Art selbst zu servieren. Ich rief nach Fields, aber der war beschäftigt, deswegen trug ich die Sachen selbst in den dritten Stock.

Ehrlich gesagt tat mir das arme Ding leid. Ike hatte mir schon gesagt, dass sie einen schlimmen Anblick bot – das Haar ganz durcheinander, ohne Hut, in einem schlecht sitzenden Baumwollkleid und Mantel, beides viel zu groß für sie. Am Morgen in meinem Arbeitszimmer hatte Ike zu mir gesagt: »Ich kann nicht glauben, dass sie jetzt auch Bettler ins Weiße Haus lassen.« Er war der oberste Diener und ein sehr liebenswürdiger Mann. Und obwohl er eindeutig den Republikanern zugeneigt war, hatte er diesmal recht, denn die junge Frau sah wirklich wie eine Bettlerin aus.

Mrs Roosevelt stellte sie mir vor, als wäre sie die Königin von Sheba höchstpersönlich, und bat mich, ihr in einem der Zimmer im dritten Stock ein Bad zu bereiten. Miss McIntosh würde ein paar Tage hier »residieren«, sagte sie. Tommy und Mister Louis McHenry Howe waren bei dem Treffen dabei.

Meine Reaktion »überrascht« zu nennen wäre eine glatte Untertreibung. Und das so kurz nachdem dieses Baby der Lindberghs entführt wurde. War überall in den Zeitungen. Jedenfalls, es waren schon jede Menge Enkel im Haus. Annas Kinder Sistie und Buzzie wohnten auch im Haus, genau wie das kleine Wurm von Elliott, dem dritten Kind. Und Sara, die Tochter von James, dem Ältesten, war noch keinen Monat alt. Ich machte mir große Sorgen deswegen, ganz ehrlich. Mrs Roosevelt hatte ja keine Ahnung, woher dieses junge Ding, diese Iris, wirklich kam. Aber Mrs Roosevelt war eben sehr vertrauensselig und hatte ein weiches Herz. Sie sah immer nur das Gute im Menschen. Irgendwas hatte sie wohl auch an Iris McIntosh gefunden; was, das konnte ich nicht erkennen. Aber Mrs Roosevelt hatte einen ganz besonderen Riecher für solche Sachen.

Ich habe mich mal mit Dad darüber unterhalten, und er meinte, Mrs Roosevelt würde damit wohl die Schwächen ihrer Kinder ausgleichen wollen. Sie musste sich ständig um sie sorgen. Anna hatte ihren Mann, Mister Curtis Dall, wegen eines Reporters aus Chicago, den sie während der Wahlkampagne kennengelernt hatte, verlassen. Und Elliott, ihr drittes Kind, war völlig missraten. Nur vier Tage nach der Amtseinführung des Präsidenten hatte er seine Frau mit Baby im Weißen Haus sitzen lassen. Einfach abgehauen, war irgendwo in Texas auf einem »Selbstfindungstrip«, wie er es nannte. Hat man so was schon gehört? Aber für Kinder, die so privilegiert aufwachsen wie der Nachwuchs der Roosevelts, ist das Leben eben schwierig. Gott sei Dank sind meine Kinder in Armut aufgewachsen und haben nicht übermäßig viel Aufmerksamkeit bekommen.

Ich zeigte Miss McIntosh ihr Zimmer und legte ihr einige Kleidungsstücke auf dem Bett zurecht. Es gab ein Kleid, das mal Anna gehört hatte, ein wunderbares dunkelblaues, noch wie neu. Es hatte weiße Verzierungen, Perlenknöpfe und einen Peter-Pan Kragen. Mrs Roosevelt bat mich, ihre braunen Lederschuhe aus dem Ankleidezimmer zu holen, nie getragene Oxfords von Enna Jettick, und Tommy bestellte Unterwäsche und Strümpfe vom *Palais Royal*.

Als Miss McIntosh im Bad lag, fragte ich, was ich mit ihrer alten Kleidung tun sollte. Sie sagte, ich sollte sie spenden oder verbrennen, es sei ihr egal. Sie hatte das Kleid und den Mantel erst am Vortag für vier Dollar im Gebrauchtwarenladen an der G Street gekauft. Genau in dieser Straße wohnten Dad und ich damals auch, zur Miete in einer gemütlichen Wohnung. Den Laden, von dem sie sprach, kannte ich sogar. Gleich nach der Arbeit gab ich ihnen dort die Sachen zurück.

Schien ganz nett zu sein, die junge Frau. Während ich mich im Zimmer nützlich machte, erzählte sie mir, wie sie Mrs Roosevelt kennengelernt hatte und wie dankbar sie war, ihr an der Tankstelle in Fairfax County in die Arme gelaufen zu sein. Überglücklich war sie, dass sie als Tommys Assistentin arbeiten durfte. Sie war ein drolliges kleines Ding, nur Haut und Knochen, wie sie da in der Badewanne hockte. Musste erst mal was auf die Rippen bekommen, so viel war klar. Nachdem ich ihr das Haar gewaschen hatte, sah sie schon besser aus, aber da musste noch was gemacht werden. Ihre ganze Geschichte fand ich erst später heraus, aber offensichtlich hatte sie harte Zeiten durchgemacht. Ich kann mich noch erinnern, dass sie einen irischen Teint hatte. Sehr hübsch. Blasse Haut, dunkles Haar und blaue Augen. Dad war irischer Abstammung und seine Mutter hatte genauso ausgesehen. Als ich sie danach fragte, erzählte sie mir, die Familie ihres Vaters wäre aus Schottland.

Es war schon witzig, wie sehr sie sich sorgte, weil sie keinerlei Erfahrung als Bürogehilfin hatte. Ich weiß noch, wie wir beide lachten und ich ihr versicherte, dass eine aufgeweckte junge Frau wie sie das bestimmt schnell lernen würde. Ich setzte mich auf den Wannenrand und erzählte ihr, dass auch ich ohne Ausbildung oder Berufserfahrung als Haushälterin im Weißen Haus angefangen und mittlerweile alles wunderbar im Griff hatte. Sie nannte es »Feuertaufe«. Ich fand das ziemlich clever von ihr, denn ich verbrachte ja eine Menge Zeit in der Küche und so.

Kapitel 17

WASHINGTON, D.C.

Juni 1933

Schon am nächsten Tag begann Iris mit der Arbeit. Sie saß Tommy gegenüber in dem Büro neben Mrs Roosevelts Suite. Das Zimmer war groß und himmelblau gestrichen, was eigentlich besser zu einem Schlafzimmer gepasst hätte. An den Wänden hingen Porträts von ehemaligen Präsidenten und Persönlichkeiten mit starrem Gesichtsausdruck, die Iris nicht kannte. Am Fenster stockte ihr kurz der Atem, dann rief sie: »Man sieht ja direkt aufs Washington Monument!«

»Genau, eine tolle Aussicht«, bemerkte Tommy, die hinter ihrem Schreibtisch mitten im Zimmer saß.

»Das kann man wohl sagen«, erwiderte Iris bedächtig. »Unglaublich.«

»Daran gewöhnst du dich schnell«, sagte Tommy, aber Iris konnte sich nicht vorstellen, diesen Anblick jemals alltäglich zu finden.

Um halb sieben hatte ihr ein Dienstmädchen das Frühstück mit Toast und Kaffee auf einem Tablett ans Bett gebracht. Darauf fand sie auch eine Nachricht von Mrs Roosevelt, die sich für ihre Abwesenheit entschuldigte. Sie habe mit dem Frühzug nach New York reisen müssen, sei aber zum Dinner wieder zurück und freue sich auf ein Treffen. Während Iris noch ihren Toast aß und die Nachricht las, klopfte bereits das nächste Dienstmädchen an die Tür und brachte ihr neue Kleider. Iris wusste zwar nicht, woher dieses zweite Ensemble kam, doch sie trank zügig den Kaffee und kleidete sich brav an. Alles war ein wenig zu groß für sie, daher vermutete sie, dass es sich um weitere Stücke handelte, die Anna nicht mehr hatte tragen wollen. Das Kleid war hübsch, in einem sehr hellen Moosgrün gehalten, und hatte bis zum Rocksaum durchgehende weiße Knöpfe, groß wie Vierteldollarstücke. Am besten gefielen Iris die halblangen Ärmel und wie der Rock weich über Taille und Oberschenkel fiel. Sie knotete den Gürtel um die Hüfte, sodass sich das Oberteil am Bauch krauste. Ein schneller Blick in den Spiegel stellte sie vorerst zufrieden. Sobald sie ihren ersten Lohn erhalten und etwas zugenommen hätte, würde sie sich neu einkleiden. Ohne einen neuen Schnitt war bei der Frisur nichts zu machen. Sie fasste ihr Haar zu einem lockeren Knoten am Hinterkopf zusammen und steckte es mit Nadeln fest. Das war zwar nicht der letzte Schrei, musste aber reichen. Iris wollte schleunigst an die Arbeit.

Um Punkt acht Uhr dreißig klopfte Tommy an die Tür und brachte sie ins Büro, das sie von nun an teilen würden.

»Wie geht es dir?«, erkundigte sich Tommy auf dem Weg durch die weitläufigen Flure des Ostflügels.

»Ich bin ein bisschen nervös«, sagte Iris.

»Nur ein bisschen?«

»Na gut, sehr nervös«, gab Iris zu. Beide lachten. »Als Mrs Roosevelt mir eine Stelle anbot, dachte ich, sie würde mich in der Küche oder in der Wäscherei arbeiten lassen. Ich habe im Traum nicht daran gedacht … Allein die Flure flößen mir schon Respekt ein.«

Auf dem Weg hatte Tommy sie bereits einigen Bediensteten vorgestellt – Hauswirtschaftspersonal, Büroangestellte und sogar einem Berater des Präsidenten.

»Abgesehen vom Namen des Mädchens, das die Bilder abstaubte, habe ich sie alle wieder vergessen«, bemerkte Iris unsicher.

Tommy drückte ihr die Hand. »Lass dich nicht verwirren. Das

sind nur die Nerven«, beruhigte sie Iris sanft. »Wir sind ganz normale Menschen und verdienen unser Geld wie alle anderen auch. Der Westflügel ist nicht so schlimm. Da befindet sich zwar das Amtszimmer des Präsidenten, aber ansonsten ist es dort wie in einem Kaninchenbau. Viel gemütlicher als hier.«

Sie erklärte Iris, dass sie es an ihrem ersten Tag langsam angehen lassen würden, dann gab sie ihr einen Stapel Akten zur Ablage und einige Einladungen, die beantwortet werden mussten. Auf jeder Einladung haftete ein kleiner Zettel, auf dem »Ja« oder »Nein« stand. Nachdem sie sich mit dem Telefonprotokoll des Weißen Hauses vertraut gemacht hatte, ging Iris ans Werk.

Es dauerte nicht lange, bis sie spürte, wie viel Freude ihr die Arbeit bereitete. Als sie erst einmal in Schwung gekommen war, sich mit Tommy über Mrs Roosevelts Arbeit unterhalten und am Telefon mit verschiedenen Organisationen gesprochen hatte, die um die Unterstützung der First Lady baten, schwand auch ihre Nervosität. Iris war beeindruckt von Mrs Roosevelts Idealismus und den politischen Maßnahmen, die ihr Mann auf den Weg bringen wollte. Zufällig war Iris nun ein Teil dieser Visionen geworden. Natürlich hatte sie am Kiosk Bilder vom Präsidenten und seiner Gattin gesehen, aber mit echtem Interesse hatte sie schon lange keine Zeitung mehr gelesen. An der letzten Wahl hatte sie nicht teilgenommen – sie wusste nicht mal mehr, wann sie stattgefunden hatte. Aber ihr Vater war Demokrat gewesen und stolz darauf. Seit Woodrow Wilson vor zwölf Jahren hatte kein Demokrat mehr im Weißen Haus residiert. Iris war sicher, ihr Vater wäre vom Wahlsieg Roosevelts begeistert gewesen.

Mehr als ein Jahr lang hatte Iris aus Leibeskräften ums nackte Überleben gekämpft. Sie hatte diesem Ziel alles untergeordnet, war durch eine harte Zeit gegangen und hatte wenige freudvolle Momente erlebt. Doch innerhalb von – sie warf einen raschen

Blick auf die Uhr – drei Stunden hatte ihr Tun plötzlich wieder einen Sinn bekommen. Unwillkürlich lächelte sie, als sie bemerkte, dass sie aufrechter saß, die Schultern gestrafft. Allmählich fand sie wieder zu sich selbst.

Ein Mann schlenderte durch die offene Tür ins Büro. »Hallo miteinander«, grüßte er. Iris spürte, wie ihr das Blut in die Wangen schoss. Diese hübsche Mischung aus Clark Gable, Douglas Fairbanks und Errol Flynn ohne sein dünnes Bärtchen ergab wohl den attraktivsten Mann, den sie je gesehen hatte.

Tommy erhob sich. »Aus New York zurück, wie ich sehe«, bemerkte sie. »Montgomery Chapel, das ist meine neue Assistentin, Miss Iris McIntosh. Iris, das ist Monty.«

Iris erhob sich ebenfalls und schüttelte die ausgestreckte Hand. Monty setzte sich seitlich auf Iris' Schreibtisch und bot beiden Frauen eine Zigarette an. Tommy griff eifrig zu, Iris lehnte dankend ab.

»Bin heute früh zurückgekommen. Wie schön, dass wir während meiner Abwesenheit einen Neuzugang hatten.« Er nickte Iris zu. »Und woher kommen wir?«, fragte er, während er die Zigarette anzündete.

»Chicago. Dort habe ich als Lehrerin gearbeitet, aber die Stelle wurde abgebaut. Glücklicherweise kam ich hier unter. Mrs Roosevelt und Tommy haben sich großzügig um mich gekümmert.« Iris wusste, dass sie viel zu schnell plapperte und zu viel von sich preisgab. Wieder spürte sie die Hitze in ihren Wangen und ihr Herz schlug höher.

Der attraktive Mann auf ihrem Schreibtisch lächelte ihr zu. Ausgehend von seinen Augenfalten und dem ergrauenden braunen Haar schätzte sie ihn auf Mitte vierzig. Iris schob den Stuhl etwas zurück und schlug die Beine übereinander. Dabei stieg ihr sein Duft in die Nase. Er roch nach Zitrone.

»So ein Zufall«, sagte er. »Ich bin auch so was wie ein Lehrer.

Ich unterrichte Wirtschaft an der Columbia University. Aber Ihre Schüler haben Ihnen sicher mehr Aufmerksamkeit geschenkt. Während ich meinen den Unterschied zwischen Angebot und Nachfrage beizubringen versuche, wollen sie nur über unseren Präsidenten und seinen *New Deal* sprechen.«

»Monty ist Professor, Iris. Lass dich von ihm nicht ins Bockshorn jagen. Und er gehört zum Beraterstab des Präsidenten«, erklärte Tommy. »Er ist Mitglied des *Brains Trust«,* fügte sie hinzu und scherzte: »Obwohl man nie darauf kommen würde, wenn man sich so mit ihm unterhält.« Sie lachte kehlig.

»Bestimmt hängen Ihre Studenten an Ihren Lippen«, erwiderte Iris. »In Anbetracht Ihrer Position in Washington gelten Sie vermutlich als Berühmtheit. Wahrscheinlich unterhalten Ihre Studenten sich lieber mit Ihnen über Ihre Rolle bei den aktuellen politischen Entscheidungen, als sich mit Hypothesen in Büchern zu beschäftigen.«

»Sie sind zu liebenswürdig, Miss McIntosh«, erwiderte er. »Waren Sie schon oft in Washington?«

»Nein, kann man nicht sagen. Ich stamme aus Baltimore und war ein, zwei Mal zu Besuch hier, aber wir sind nie lang geblieben. Ich freue mich darauf, die Stadt besser kennenzulernen.«

»Na, dann müssen Sie mir gestatten, sie Ihnen zu zeigen. Ich stamme zwar aus New York, habe aber schon so viel Zeit in der Hauptstadt verbracht, dass ich einen ziemlich guten Stadtführer abgebe. Urteilen Sie selbst.«

War er an ihr interessiert oder einfach nur höflich? Abgesehen von Roy hatte sie schon lange keine Aufmerksamkeit mehr beim anderen Geschlecht erregt. Iris sah Monty eingehend an, während sie versuchte, sich an die untrüglichen Zeichen männlichen Interesses zu erinnern. Er lächelte. Es war ein unverkrampftes, offenes Lächeln – und dann hob er die Braue.

»Ich freue mich schon darauf, Mr Chapel«, sagte Iris.

»Nennen Sie mich doch bitte Monty. Das machen alle.«

»Hast du nichts zu tun, Monty?«, fuhr Tommy dazwischen. »Musst du nicht mit irgendeinem Senator Debatten führen, statt auf den präsidialen Fluren herumzustolzieren und unschuldige Frauenzimmer zu ärgern?«

»Du bist grausam, Tommy«, erwiderte Monty lachend. »Versuch ja nicht, Iris gegen mich aufzustacheln. Ich wollte nur einen guten Eindruck machen. Eigentlich bin ich hier vorbeigekommen, um euch beide zum Mittagessen einzuladen. Solange die Katze aus dem Haus ist …« Er zuckte scherzhaft mit den Brauen wie Groucho Marx.

»Einige von uns müssen arbeiten, Romeo«, entgegnete Tommy schalkhaft. Iris hoffte, dass man ihr die Enttäuschung nicht ansah. »Wir holen uns später ein Sandwich aus der Küche.« Mit diesen Worten scheuchte Tommy den Gast aus dem Büro.

Als sie die Tür geschlossen hatte und wieder an den Platz zurückgekehrt war, sagte sie: »Sei vorsichtig, Iris. Monty gilt in Washington als so was wie ein Frauenheld. Versteh mich nicht falsch, er ist ein Charmeur und sehr amüsant, aber … sei auf der Hut.«

»Vielen Dank, Tommy«, sagte Iris leise.

»Was soll das heißen? ›Danke, Tommy, ich werde mich vorsehen‹, oder: ›Danke, Tommy, aber kümmere dich um deine eigenen Angelegenheiten‹?«

»Ich glaube, ein bisschen von beidem«, antwortete Iris nach einigem Nachdenken.

Nach ihrer Rückkehr am späten Nachmittag bat Mrs Roosevelt Iris zu einem leichten Mittagessen mit Erbsensuppe und Toast in ihre Suite, um sich mit ihr über den ersten Arbeitstag zu unterhalten. Eleanor war von Iris' Interesse an ihrer neuen Tätigkeit beeindruckt. Danach sprachen sie über Eleanors Tag in New York. Eleanor erzählte ihr, sie habe den halben Tag in der Todhunter verbracht, die restliche Zeit auf dem jährlichen Treffen der *Travelers Aid Society*, einer Organisation zur Unterstützung obdachloser junger Menschen. Iris wusste gar nicht, dass es eine solche Organisation gab. Da sprang Eleanor auf und notierte sich etwas auf dem Block auf ihrem Schreibtisch. »Wenn das so ist, müssen wir sie schleunigst bekannter machen.«

Eleanor berichtete Iris, sie habe die Gäste darüber aufgeklärt, wie viele Menschen in den letzten drei Jahren auf der Straße gelandet seien. Viele von ihnen seien noch nicht mal einundzwanzig, doch die *New-Deal*-Koalition kümmere ihr Schicksal gar nicht, geschweige denn, dass sie etwas dagegen unternahmen. Die Programme zur Arbeitsbeschaffung und Unterstützung richteten sich nur an Männer. »Und Frauen«, erklärte Eleanor, »brauchen ganz andere Maßnahmen.« Iris hätte ihr den ganzen Abend über lauschen mögen.

»Sie scheinen mir aber schon viel darüber zu wissen«, bemerkte Mrs Roosevelt.

»Eigentlich nicht. Ich kenne mich nicht so gut aus. Tommy hat mir heute ein wenig über den *New Deal* und Ihre Aktivitäten berichtet«, sagte Iris. In Wahrheit hatte sie Tommy den ganzen Tag lang mit Fragen darüber gelöchert und nach der Arbeit zwei Stunden lang die neuesten Ausgaben der *Washington Post* und der *New York Times* studiert. Die Zeitungen lagen immer noch auf dem Boden ihres Zimmers verteilt.

Schließlich entschuldigte sich Eleanor, sie müsse noch einige Briefe beantworten. Sie übergab Iris einen hellblauen Umschlag, auf dem ihr Name in eleganten Lettern prangte.

»Ihr erster Wochenlohn«, erklärte Eleanor. »Gehen Sie morgen in die Stadt und kaufen Sie sich ein paar neue Kleider. In der

Wisconsin Avenue solle es einige gute Geschäfte geben, wie man mir sagte. Sie können nicht die ganze Zeit in Annas alten Sachen herumlaufen. Um zwölf müssten Sie allerdings zurück sein, da gebe ich eine Pressekonferenz und möchte, dass Sie sich Notizen machen.«

Iris bedankte sich bei ihrer Wohltäterin und zog sich mit flauem Magen angesichts der ihr für den nächsten Tag zugeteilten Aufgabe in ihr Zimmer zurück. Dort legte sie sich, den Umschlag fest an die Brust gedrückt, aufs Bett. Nach einer Weile setzte sie sich wieder auf und griff pochenden Herzens nach dem Hörer des Telefons auf ihrem Nachttisch. Sie sollte Mrs Roosevelt unbedingt darüber informieren, dass sie kein Steno konnte. Wie konnte sie sich dann Notizen machen? Doch dann legte sie wieder auf. Mrs Roosevelt würde es seltsam finden, wenn sie ihr das erst jetzt sagen würde. Sie würde einfach so schnell wie möglich mitschreiben und die Notizen dann sofort danach abtippen. Außerdem hatte sie ein ziemlich gutes Gedächtnis. Mrs Roosevelt wollte sicher kein genaues Protokoll. Sie würde wahrscheinlich ohnehin nicht erwarten, dass Iris Stenografie beherrschte, schließlich war sie Lehrerin und keine Sekretärin.

Nach einer Weile hatte sie sich mit dem Gedanken an ihr großes Glück und Montgomery Chapel beruhigt. Sie lag immer noch rücklings auf dem Bett, als sie den Umschlag öffnete und darin fünfundzwanzig Dollar fand. Schnell rollte sie sich auf den Bauch und spähte in ihre Nachttischschublade, wo noch vier Dollar lagen, die von den zehn Dollar, die Mrs Roosevelt ihr geschenkt hatte, übrig waren. Iris schloss die Augen, atmete tief durch und erstellte im Kopf eine genaue Liste der Kleidungsstücke, die sie für die Arbeit brauchen würde.

Kapitel 18

WASHINGTON, D.C.

Juni 1933

Während der nächsten zwei Wochen lernte Iris, sich im Weißen Haus zurechtzufinden, und machte sich mit dem Dienstpersonal vertraut. Monty tauchte für gewöhnlich zwei bis drei Mal am Tag zu einem Plausch und einer Tasse Kaffee im Büro auf, manchmal lud er Iris auch zu einem Spaziergang in den Garten ein. Iris nutzte diese Gelegenheiten, um Monty zu den politischen Maßnahmen zu befragen, bei denen er dem Präsidenten zur Seite stand. Er flirtete zwar immer noch mit ihr, doch Iris hatte bemerkt, dass er dies mit allen tat – Männern wie Frauen. Außerdem glaubte Iris mittlerweile, dass sein Verhalten kein Flirten war, sondern lediglich Interesse an seinen Mitmenschen ausdrückte. Daher unterdrückte sie die bei diesen Treffen immer wieder in ihr aufsteigenden romantischen Anwandlungen. Sie hatte sich angewöhnt, mit Mrs Roosevelt und Tommy zu Mittag zu essen. Manchmal gesellte sich auch Mr Howe dazu. Von vier Uhr an war sie stets mit Nachmittagsempfängen für verschiedene Frauenorganisationen und Wohltätigkeitsverbände beschäftigt, zu denen Mrs Roosevelt ins Weiße Haus lud. Bei diesen Anlässen hielt die First Lady stets eine selbst verfasste Rede. Manchmal, so hatte Tommy ihr anvertraut, fanden zwei solcher Empfänge sogar zur selben Zeit statt. »Das ist ein logistischer Albtraum«, fügte sie hinzu. »In einem solchen Fall müssen wir Häppchen und Scones am Fließband reichen.«

Als Aushilfe (dieser Titel war ihr von Mrs Roosevelt verliehen worden) war Iris Präsident Roosevelt immer noch nicht vorgestellt worden. Was ihr seltsam vorkam, zumal sie nun schon seit zwei Wochen im selben Haus wie der Präsident der Vereinigten Staaten wohnte, ihn aber noch nie zu Gesicht bekommen hatte. Obwohl sie fast alle Angestellten kannte, war Iris bezüglich der genauen Rangordnung immer noch unsicher. Die tägliche Organisation verlief entspannt und kollegial. Terminpläne wurden stündlich geändert, aber das schien niemanden zu stören. Wenn sie sich bei Mr Howe vorsichtig erkundigte, wann sie wohl den Präsidenten kennenlernen würde, versicherte dieser ihr, dies würde sehr bald geschehen. Der Präsident sei mit allen Angestellten vertraut, doch sein enger Terminplan seit der Amtseinführung hindere ihn daran, unter Menschen zu gehen, was er sonst gern tue.

Iris glaubte, ihn in der vergangenen Nacht gehört zu haben. Sie hatte im Bett gelesen und war schon fast eingeschlafen, als sie schallendes Gelächter im Flur vor ihrer Tür gehört hatte, gefolgt von einem Knirschen, das sie an Fahrradreifen erinnerte. Mit klopfendem Herzen hatte sie dagelegen und an Rochesters verrückte Frau aus *Jane Eyre* denken müssen, die, ihrem Verließ auf dem Dachboden entflohen, nachts auf den Fluren herumspukte. Sie wollte schon aus dem Bett springen und die Tür aufreißen, um endlich einen Blick auf den Phantompräsidenten zu erhaschen, ließ es aber lieber bleiben, weil ihr gerade noch rechtzeitig einfiel, dass sie nichts als ihr neues lavendelfarbenes Negligé trug. Stattdessen schaltete sie das Licht aus und zog sich die Decke bis zum Kinn.

Am Samstagmorgen während ihrer zweiten Woche erwachte sie in Hochstimmung. Hatte sie tatsächlich noch vor einem Monat auf der Straße gelebt? Diese Zeit schien mittlerweile zu einem ganz anderen Leben zu gehören. Sie sprang aus dem Bett und zog die Vorhänge beiseite. Die Sonnenstrahlen fielen direkt auf den weinroten Teppich.

Sie und Tommy hatten sonntags frei, und Iris ging davon aus, dass Monty ihr die Stadt zeigen würde. Mrs Roosevelt hatte sie außerdem gebeten, an einem Treffen der Verbrauchervereinigung *National Consumers League* teilzunehmen, wo die First Lady eine Rede über die *White-Label*-Kampagne der Gruppe halten würde. »Endlich, nach vielen Jahren harter Arbeit«, erklärte Mrs Roosevelt, »hat die Regierung diese Maßnahme in ihren Katalog aufgenommen. Von jetzt an werden Verbraucher endlich erkennen, welche Anbieter und Hersteller nach ethischen Grundsätzen handeln.« Laut Mrs Roosevelt war die Veranstaltung um vierzehn Uhr vorbei. Am Nachmittag wollte Iris sich die Haare schneiden lassen.

Nach dem Bad zog Iris eines ihrer neuen Kleider an, es war olivgrün, mit kleinen Rosen bestickt und hatte einen Wasserfall-Ausschnitt. Sie war froh, dass ihr Gesicht und ihr Körper nicht mehr so ausgemergelt aussahen. Offensichtlich hatte sie in den letzten beiden Wochen ein paar Kilo zugelegt.

Nach dem Frühstück traf sie sich mit Mrs Roosevelt im unteren Stockwerk.

Eleanor ging voraus. »Wir nehmen meinen Wagen«, sagte sie. »Ich kann gut Auto fahren, und es ist mir lieber, wenn ich selbst das Steuer in der Hand halte, obwohl der Geheimdienst das überhaupt nicht gutheißt. Die Agenten folgen uns.«

»Ich habe meinen Block dabei. Soll ich mir während der Versammlung Notizen machen?« Iris hatte sich daran gewöhnt, Pressekonferenzen und Treffen weitgehend zu protokollieren, und Mrs Roosevelt hatte ihre Aufzeichnungen mit den Worten »ausführlich« und »präzise« gelobt.

»Nein, es handelt sich eher um eine Feier als um eine Versammlung. Die League und ich versuchen schon seit Mitte der

Zwanzigerjahre, die Aufnahme ethischer Standards zu erreichen. Für uns ist das ein echter Durchbruch. Ich hoffe, damit der Kinderarbeit und gefährlichen Arbeitsbedingungen in Fabriken ein Ende zu setzen. Hoffentlich erfahren die Arbeiter jetzt eine gerechtere Behandlung.«

Sie schwiegen eine Weile. Die First Lady war eine sichere Fahrerin und sie hatte die Straße stets im Blick.

»Ach, was ich noch fragen wollte«, sagte Eleanor schließlich, »würden Sie uns heute Abend beim Dinner Gesellschaft leisten? Es werden ein paar Leute kommen – John ist aus Harvard zurück, Frank Junior reist aus Groton an, Hick ist schon heute Nachmittag aus New York angekommen, Louis, Monty, Anna und James werden da sein … Ach, und meine Cousine Alice auch«, fügte sie hinzu.

Iris warf Eleanor einen überraschten Blick zu, aber diese lächelte nur. »Ja, Alice Roosevelt – oder Alice Roosevelt Longworth, wie sie jetzt heißt.«

Iris' Mutter hatte ein Bild von Alice Roosevelt an ihrem Hochzeitstag aus der Zeitung ausgeschnitten und an die Küchenwand geheftet. Darauf war die vornehme Dame in weiße Seide gehüllt und hielt ihren Cavalier King Charles Spaniel auf dem Schoß. »Prinzessin Alice« hatte die Presse sie getauft. Ihre Hochzeit war *das* gesellschaftliche Großereignis des Jahres 1906 gewesen, und als Kind hatte Iris das verblichene Bild über dem Küchentisch oft und ausgiebig betrachtet. Ihre Mutter hatte ihr gesagt, es sei in Ordnung, Alice für ihre Schönheit zu bewundern, aber ihr Benehmen sei nicht nachahmenswert. Sie sei eine skandalumwitterte, streitbare Dame, und als Teddy Roosevelts Tochter sollte sie es besser wissen. »Ungezügelt und übermütig« hatte ihre Mutter sie genannt, mit viel zu vielen Verehrern. Wenn sie jetzt an das Bild zurückdachte, erkannte sie die Ähnlichkeiten zwischen Alice und Eleanor. Die

Gesichter beider Frauen wurden von weit auseinanderstehenden, intelligenten Augen beherrscht.

»Sie kann ein wenig einschüchternd wirken«, warnte Eleanor. »Sogar ich hatte jahrelang Angst vor ihr. Aber sie ist unsere Cousine, und ich halte mir stets vor Augen, dass sie erst seit zwei Tagen auf der Welt war, als sie ihre Mutter verlor. Es ist schwierig, ohne Eltern aufzuwachsen.«

»Aber ihr Vater ...«

»Der war Präsident. Er hatte nie viel Zeit für Alice. Er hat sie verwöhnt und schätzte sie für ihre Schönheit, aber ...« Mrs Roosevelt hielt kurz inne. »Er war jedenfalls nicht oft für sie da. Wie dem auch sei, vielleicht sagt sie am Tisch etwas Verletzendes oder Schockierendes zu den Gästen. Kümmern Sie sich nicht darum, so ist sie einfach.«

Beim Umkleiden fürs Abendessen befiel Iris plötzlich großes Unbehagen. Mrs Roosevelts Anmerkungen über ihre Cousine und die Vermutung, dass der Präsident bei diesem Dinner anwesend sein würde, schlugen ihr auf den Magen. Als es an der Tür klopfte, hoffte sie kurz, ein Dienstmädchen möge ihr mitteilen, dass das Dinner nicht stattfinde. Doch es war Monty. Er betrachtete sie kurz.

»Du siehst zauberhaft aus«, sagte er schließlich. »Die Haare sind kürzer. Steht dir ganz ausgezeichnet. So elegant, wie der letzte Pinselstrich in einem Meisterwerk.« Iris wollte sich gern bedanken, aber ihr fiel keine angemessene Reaktion auf ein solches Kompliment ein. Monty betrat ihr Zimmer und betrachtete Iris eingehend. »Du bist eine echte Augenweide. Dem Anlass entsprechend.«

Die Friseurin im Elizabeth Arden Red Door Salon hatte ihr fast drei Zentimeter abgeschnitten und eine Frisur mit tiefem Seitenscheitel verpasst – »Wie Fay Wray«. Dafür hatte sie zwölf Dollar berappen müssen, was Iris unglaublich verschwenderisch vorkam, aber das Ergebnis war es wert.

Monty ergriff ihre Hand und drehte sie langsam im Kreis.

»Ich habe das Gefühl, nicht elegant genug gekleidet zu sein für ein Dinner im Weißen Haus«, gab Iris zu. Ihr Kleid war aus hauchzarter, mit kleinen Herzen bestickter Kunstseide und reichte ihr bis gerade übers Knie. »Aber Tommy hat gemeint, dass sogar die Abendessen hier ziemlich locker vonstattengehen.«

»Du siehst perfekt aus«, sagte Monty. »Absolut perfekt. Besser geht's nicht.«

»Danke. Ich bin ein bisschen nervös. Ich habe Angst, dass mich alle genau unter die Lupe nehmen werden, weil ich die Neue bin.«

»Das einzige Herausforderung dieses Abends werden die Speisen sein«, versicherte er ihr. »Die Leute sind alle nett. Sei einfach ganz natürlich und unverstellt, dann kann dir nichts passieren.«

»Kommt der Präsident auch?«

»Selbstverständlich. Aber er wird dir zu Füßen liegen. Für ein hübsches Gesicht hat er immer was übrig. Sollen wir nach unten gehen?«

Er hielt ihr den Arm hin, und Iris hakte sich unter.

Als Iris und Monty den Yellow Oval Room betraten, saß der Präsident mit dem Rücken zur Tür vor einer Anrichte, auf der Gläser, Wein und Bier standen.

»Ich habe noch nie so viele alkoholische Getränke auf einmal gesehen«, rief Iris erstaunt.

Monty grinste. »Keine Sorge. Es hat alles seine Ordnung. Bier und nicht hochprozentiger Wein sind völlig legal. Das Prohibitionsgesetz hat ohnehin seine Schuldigkeit getan. Im neuen Jahr wird im Land wieder eine feucht-fröhliche Stimmung herrschen.«

Eleanor, die Iris erspäht hatte, gesellte sich zu ihnen. »Guten Abend, ihr beiden«, sagte sie. »Iris, Sie sehen sehr hübsch aus.«

Iris bedankte sich lächelnd.

Mrs Roosevelt ergriff ihren Arm und führte sie durch den Raum. »Ich möchte Sie meinem Mann vorstellen«, sagte sie. »Franklin, ich möchte dir Miss Iris McIntosh vorstellen, meine neue Aushilfe. Iris, das ist der Präsident.«

Roosevelt wendete den Rollstuhl, sodass er Iris im Blick hatte. Obwohl er saß, kam Iris sofort die Bezeichnung »überlebensgroß« in den Sinn. Kopf, Hände und die breite Brust des Präsidenten wirkten erheblich mächtiger als bei anderen Männern, und er hatte ein imposantes Kinn. Noble Gesichtszüge, dachte sie. Er legte die Zigarettenspitze aus Elfenbein auf dem eigens an der Armlehne montierten Aschenbecher ab und schüttelte ihr fest die Hand, wobei er sie eingehend über seinen Kneifer hinweg inspizierte.

»Guten Abend, Herr Präsident. Ich freue mich sehr, Sie kennenzulernen. Es ist mir eine Ehre, hier arbeiten zu dürfen«, sagte Iris. Diese Worte hatte sie während des Ankleidens einige Male im Spiegel einstudiert.

»Das Vergnügen ist ganz meinerseits. Meine Frau singt wahre Lobeshymnen auf Sie«, sagte er. »Aber bitte nennen Sie mich Boss, so wie alle hier. Ich hörte, Sie kommen aus Chicago?«

»Ja, aber eigentlich aus Baltimore.«

»Wein, Bier?«, fragte er.

»Ein Bier bitte, Herr Präsident.«

Roosevelt lächelte.

Die Unterhaltung ging weiter, während er Iris einschenkte. Nachdem er ihr das Glas gereicht hatte, zog er genüsslich an seiner Zigarette.

»Heute gibt es Wildente aus Maryland«, sagte Roosevelt. »Ein paar nette Menschen schicken mir ständig Geschenke; die meisten sind völlig sinnlos, aber gestern trudelte hier ein Paket mit sechs wohlgenährten Krickenten ein. Mögen Sie Wildente, Miss McIntosh?«

»Ja, sehr gerne, Sir.« Es überraschte Iris, wie sehr sich der Präsident über eine Ente freuen konnte. Der Grund für seinen Enthusiasmus schien ihr denkbar trivial, vor allem wenn man bedachte, was dieser Mann seit März schon erreicht hatte. Die Presse hatte diese Phase bereits mit dem Titel »Die ersten hundert Tage« geadelt, wie sie am Morgen gelesen hatte. Seit seiner Amtseinführung vor exakt hundert Tagen hatte Roosevelt bereits fünfzehn Gesetzesvorlagen eingereicht, auf die der Kongress mit fünfzehn Erlassen reagiert hatte, die das Schicksal der Nation zum Guten wenden sollten. Obwohl Mrs Roosevelt dies nicht bestätigt hatte, glaubte Iris, dass man mit dem Abendessen diesen Erfolg feierte.

»Ente schmeckt köstlich«, sagte der Präsident. »Die Köchin sollte nur daran denken, dass man den Vogel schnell durchs Feuer jagen muss. Wenn man ihn zu lange brät, wird er zäh wie Leder, aber zu roh darf er auch nicht sein.«

»Ich bin sicher, Mrs Nesbitt kriegt das hin«, fuhr Eleanor dazwischen. »Iris, kommen Sie, ich werde Sie den anderen vorstellen.«

Sie führte Iris auf einen kleinen Balkon mit Blick auf den South Lawn, auf dem bereits zwei Personen, ein Mann und eine Frau, am Geländer standen und sich unterhielten. Die etwas gedrungene Frau reichte trotz ihrer eindrucksvollen Absätze nicht an ihren männlichen Gesprächspartner heran. Iris hatte nicht den Eindruck, dass die beiden ein Paar waren. Wenn doch, passten sie nicht besonders gut zusammen. Als sie sich näherten, schenkte der Mann auf dem Balkon Iris seine ganze Aufmerksamkeit. Mrs Roosevelt nahm er anscheinend kaum wahr.

»Iris, das Lorena Hickok, eine sehr gute Freundin. Sie arbeitet als Journalistin bei *Associated Press*«, sagte die First Lady.

»Wie nett, Sie kennenzulernen, Iris. Nennen Sie mich Hick. Auf Miss Hickok oder Lorena würde ich wahrscheinlich gar nicht reagieren«, sagte Hick und lachte so laut auf, dass Iris erschreckt zusammenzuckte. »Das ist Sam Jacobson, mein Kollege bei *AP*. Ich glaube, du kennst ihn auch noch nicht, Eleanor, oder? Er hat offenbar einen ziemlichen Eindruck beim Präsidenten hinterlassen.«

»Das habe ich auch schon gehört«, erwiderte Eleanor. »Sie mischen die Leute auf, Mr Jacobson. Ein Mann nach meinem Herzen.«

»Das ist gar nicht meine Absicht, Ma'am.« Er bedachte Eleanor mit einem flüchtigen Blick und wandte sich dann wieder Iris zu. Seine Augen waren dunkelbraun und hatten einen attraktiven Glanz. Er streckte der First Lady seine riesige Pranke entgegen.

»Ich habe Ihre Artikel über den Umgang mit den Juden in Deutschland und das Schweigen der dortigen Regierung gelesen«, sagte Mrs Roosevelt ernst. »Letztes Jahr hat mein Mann dem Teufel seine Seele verkauft, als er mit Hearst eine Abmachung traf.«

Jacobson nickte.

»Während unser Land sich mehr und mehr isoliert, steuert die Welt auf einen Krieg zu.«

»Mittlerweile hat Hitler die gewählte Regierung abgesetzt und sich zum Alleinherrscher erklärt, während in Berlin unschuldige jüdische Männer, Frauen und Kinder angegriffen werden.« Seine Stimme klang nicht sehr kultiviert – Iris hätte sie sogar als näselnd beschrieben –, doch die Autorität, mit der er sprach, gab ihr einen gewissen Schliff.

»Jeder Amerikaner sollte verpflichtet werden, Lion Feuchtwangers Essays zu lesen«, fuhr die First Lady fort. »Aber momentan bleibt uns nichts anderes zu tun, als für Abrüstung zu werben und dafür, dass unser Land dem Völkerbund beitritt und das Protokoll des Internationalen Gerichtshofs unterzeichnet. Solange wir uns nicht engagieren, bleibt der Völkerbund weitgehend machtlos.«

»Habt ihr beiden eigentlich keine fröhlicheren Themen?«, rief Hick. »Ich brauche jetzt erst mal einen Drink.«

Die beiden verließen den Balkon, Eleanor sah nach dem Essen, während Hick die Bar aufsuchte. Iris nahm Sam genauer in Augenschein. Er trug eine Nickelbrille, war offensichtlich intelligent und freundlich, doch er machte Iris aus unerklärlichen Gründen nervös.

Während sie an ihrem Bier nippte, suchte sie krampfhaft nach Worten, doch ihr fiel einfach nichts ein. Sie wusste zwar, dass Mrs Roosevelt mit ihrer Sympathie für eine internationale Ausrichtung ihres Landes der von der Regierung verfolgten Politik des Isolationismus zuwiderlief, doch über die deutsche Militarisierung mochte sie nichts sagen, denn für eine selbstbewusste Meinung reichten ihre Kenntnisse einfach nicht aus.

»Was ist Ihre Aufgabe hier?«, fragte der Reporter. War sein Haar wirklich so schwarz, oder lag es am schwindenden Tageslicht?

»Ich bin Tommys Assistentin«, antwortete Iris. »Sekretärin. Und Sie sind politischer Reporter?«

»Ja.«

»In Washington?«

Jacobson nickte, während er sein Bier trank. Iris bemerkte, dass er sie eingehend musterte.

»Stammen Sie aus Washington?«

Lächelnd schüttelte er den Kopf. »New York. Queens. Und Sie?«

»Aus Chicago. Aber geboren bin ich in Baltimore.«

»In Baltimore habe ich eine Weile gelebt. Meine Ausbildung habe ich bei der *Sun* absolviert.«

»Tatsächlich?« Iris wünschte inständig, ihr würde etwas Intelligentes einfallen. Sie atmete tief durch und trank ihr Bier. Warum war sie eigentlich so erpicht darauf, bei diesem Reporter Eindruck zu schinden, den sie gerade erst seit ein paar Minuten kannte?

Jacobson blickte zum Himmel, dann räusperte er sich. »Sie sehen sehr hübsch aus heute Abend.« Seine Stimme hatte ihre Autorität verloren. »Ihre Frisur ist … reizend. Sie erinnert mich an …«

»Fay Wray?«, unterbrach Iris eifrig.

»Ich wollte gerade Anita Page sagen, aber Fay Wray stimmt auch.«

Beide lachten erleichtert.

»Haben Sie den Film gesehen?«, fragte er.

»Welchen?«

»*King Kong*«, sagte Sam.

Sie schüttelte den Kopf. Den Filmtitel kannte sie nur von Plakaten.

»Er ist gut«, fuhr Sam fort. »Läuft noch im Tivoli.« Iris nickte ermutigend. »Ich meine, wenn Sie wollen … vielleicht … Ich weiß, wie schwer es ist, in einer neuen Stadt Fuß zu fassen, aber wenn Sie …«

»Hey, Iris«, rief Hick, bevor Sam den Satz beendet hatte. Angesichts der verpassten Gelegenheit blieb Iris nichts, als laut aufzuseufzen. »Eleanor braucht Sie drinnen.«

Sams Blicke folgten Iris, die vom Balkon in den Saal eilte.

»Verguck dich nicht in sie, mein Lieber«, mahnte Hick scherzhaft. »Soweit ich weiß, ist sie schon vergeben.«

»An wen?«, fragte Sam überrascht.

Hick hob die Brauen. »Chapel«, sagte sie.

»Chapel? Du machst Witze«, entgegnete Sam erstaunt.

Das brachte Hick zum Lachen. »Findest du es etwa unwahrscheinlich, dass sich eine junge Frau in den attraktivsten, intelligentesten Kerl der gesamten Ostküste verliebt?«

»Nein«, erwiderte er. »Aber sie wirkt so süß, fast schon naiv.«

»Na, das wird sich sehr bald ändern, wo sie doch jetzt hier arbeitet und sich regelmäßig mit Montgomery Chapel trifft.« Mit diesen Worten wandte sich Hick den Häppchen servierenden Dienern zu.

Sprachlos beobachtete Sam Hick dabei, wie diese eine runde Scheibe Toast mit Streichkäse verzehrte.

»Selbstverständlich kann ich mich auch irren«, bemerkte sie, während sie sich den Mund abwischte. »Wir sehen uns drinnen.«

Sam nickte gedankenverloren. Er verharrte auf dem Balkon, bis das Dinner serviert wurde.

Kapitel 19

WASHINGTON, D.C.

Am selben Abend

Nachdem Iris den Balkon verlassen hatte, gesellte sie sich zu Monty, der mit einem Drink in der Hand auf einer Sessellehne saß und mit Anna Roosevelt plauderte.

»Ich sehe, Jillian hat sich gut um Sie gekümmert. Sie sehen fantastisch aus.«

Als Iris sich bei Anna, die den Termin vereinbart hatte, für das Kompliment bedankte, erhob sich die große blonde Frau.

»Bitte entschuldigen Sie mich. Mama ist offenbar ein wenig aufgelöst.« Mit diesen Worten eilte sie zu ihrer Mutter, zu deren Unterstützung sich auch Louis Howe eingefunden hatte.

»Sie ist wunderschön, finden Sie nicht?«, bemerkte Iris.

Monty betrachtete Anna Roosevelt, die sich angeregt mit ihrer Mutter unterhielt. »Kann man wohl so sagen«, erwiderte er. »Wie es aussieht, haben sowohl Vater als auch Mutter ihr die besten Eigenschaften vermacht. Von Eleanor hat sie die Augen und die Statur, ihr Lächeln und den Charme von Frank – aber ich mag keine Blondinen.«

Lächelnd schob Iris sich eine Locke hinters Ohr. Monty war ihr in den letzten Wochen nicht nur zum besten Freund geworden, sondern auch zum Mentor, der sie durch das höchst verwirrende Labyrinth von Protokoll, Etikette und Politik im Weißen Haus führte. Außerdem war er aufmerksam, bemerkte er doch selbst kleinste Veränderungen in ihrem Äußeren wie ein neues

Kleid oder neue Schuhe. Seine Komplimente waren stets ermutigend.

Auch Iris hatte Mrs Roosevelts Erregung bemerkt. »Was ist da los?«, fragte sie Monty.

»Mrs Roosevelt und Mrs Nesbitt möchten das Dinner servieren, aber der Boss will auf Alice warten«, erklärte Monty. »Sie hat schon mehr als eine halbe Stunde Verspätung. Würde mich nicht wundern, wenn sie gar nicht auftauchte. Wäre nicht das erste Mal. Und in der Küche kann man erst nach der Vorspeise mit der Zubereitung der Ente beginnen. Bei Ente hängt alles vom Timing ab, sagt der Präsident. Aber die Suppe ist mittlerweile schon auf den Tellern und wird langsam kalt, behauptet La Nesbitt.«

»Eine vertrackte Situation«, erwiderte Iris halb ironisch.

»Kann man wohl sagen.«

»Meine Güte, Eleanor! Dann soll sie die Suppe eben wieder in den Topf schütten«, hörten sie den Präsidenten schimpfen. »Warum muss sich hier alles nach dem Zeitplan der Haushälterin richten?«

»Wie du willst«, entgegnete Eleanor und ging zum Telefon. »Wir haben lediglich versucht, die Ente nach deinen Anweisungen zuzubereiten. Ich wüsste einfach gern, wie lange wir noch auf Alice warten sollen.«

»So lange es eben dauert«, gab Roosevelt zurück. »Es wird schon keiner verhungern.«

»Alles kein Problem, Mama«, ging Anna dazwischen. »Die Leute sind zufrieden, und es macht sicher niemandem was aus, ein bisschen länger auf Alice zu warten.«

Verbittert sah Eleanor ihre Tochter an.

»Wir warten noch eine Dreiviertelstunde, ja?«, schlug Howe vor. »Aber wenn Alice dann nicht da ist, essen wir ohne sie.«

Zufrieden wandte sich der Präsident wieder seinem Bier und

den Gesprächspartnern zu. Eleanor fügte sich, doch an den schmalen Lippen und der gerunzelten Stirn erkannte Iris, wie ungehalten die First Lady tatsächlich war.

Nach vierzig Minuten bat der Präsident, mittlerweile ebenfalls ungeduldig, seine Gäste endlich zu Tisch. Das schien Eleanor nur noch mehr zu erzürnen. Sie ging ans Telefon, um der Küche grünes Licht zu geben, dann führte sie die Gäste ins Esszimmer.

Gus, Roosevelts Leibwächter, schob den Präsidenten ans Kopfende des Tisches. Monty geleitete Iris unter Sams skeptischem Blick an ihren Platz und setzte sich dann neben sie. Beim Anblick der französischen Zwiebelsuppe flüsterte er: »Sieh dir das an! Entsetzlich. Allein die Farbe. Zwiebelsuppe sollte aussehen wie Sirup und nicht wie ein trüber Tümpel. Man hätte die Zwiebeln länger köcheln lassen müssen.«

Iris wollte etwas erwidern, aber Monty war nicht mehr zu bremsen. »Und der Käse!« Er inspizierte seinen Teller. »Mein Gott, sie hat einfach irgendwelche Käsescheiben draufgelegt.«

»Pst, man kann dich hören! Das ist doch nicht so schlimm.«

»Aber es muss Gruyère sein!«

Iris versuchte, ihn zu beschwichtigen. »Dieser Käse schmeckt sicher auch.« Doch selbst sie, die vor nicht allzu langer Zeit ihren kulinarischen Tiefpunkt erlebt hatte, fand die Brühe auf ihrem Teller wenig appetitlich.

Nach dem ersten Löffel stellte sie fest, dass die Suppe fad und wässrig schmeckte. Ein Blick in die Runde machte ihr klar, dass die Vorspeise trotz der späten Stunde von niemandem mit Genuss verzehrt wurde. Mr Howe hatte sie gar nicht erst angerührt. Als sie zu Sam Jacobson hinübersah, trafen sich ihre Blicke. Er lächelte vorsichtig. Hastig wandte sie sich ab.

»Wünschen Sie noch ein wenig Wein?«, fragte Fields, der Butler.

»Ja, bitte«, sagte Iris.

Fields schenkte ihr ein Glas Weißwein ein, und sie trank den ersten Schluck. Er war sauer.

Der Präsident zwinkerte ihr zu. »Sauterne aus Texas, glaube ich«, bemerkte er leise.

Doch weil Iris den Witz nicht verstand und weder den Präsidenten noch seine Frau beim ersten Dinner beleidigen wollte, lächelte sie nur höflich.

Schließlich schob Roosevelt seinen halbleeren Teller weg. »Nun, McIntosh, erzählen Sie was von sich«, sagte er.

Alle verstummten, wie immer, wenn der Präsident sprach. Monty stupste sie unterm Tisch ermutigend mit dem Knie an.

»Wie schon gesagt, komme ich aus Chicago, wo ich als Lehrerin gearbeitet habe.«

»Iris hat ihre Stelle verloren, Franklin«, fügte Eleanor streng hinzu. »Vor über einem Jahr. Haushaltskürzungen.«

Roosevelt ließ sich davon nicht beirren. »Das tut mir leid. Was haben Sie in der Zwischenzeit gemacht?«, fragte er.

Iris wollte ihre Geschichte nicht vor allen Gästen ausbreiten, vor allem nicht in dieser illustren Runde. Sie bezweifelte, dass außer Eleanor Roosevelt jemand von ihnen Verständnis für sie haben würde, wahrscheinlich würde man sie sogar für dreist oder dumm halten. Ehrlich gesagt schämte sie sich dafür, eine wohlhabende Frau auf einem Tankstellenparkplatz angebettelt zu haben. Beim Gedanken daran schauderte es sie.

»Nun …« Sie zögerte. »Dies und jenes«, erwiderte sie schließlich ausweichend.

»Aber unterrichtet haben Sie nicht?«, rief Louis Howe vom anderen Ende des Tisches.

Iris spürte, wie ihr das Blut in die Wangen schoss, und senkte den Blick. So indisponiert er auch wirken mochte, sein Hörvermögen war offenbar in bester Ordnung.

»Nein.« Als sie wieder aufsah, bemerkte sie, dass sie die volle Aufmerksamkeit des Tisches hatte. »Ich konnte nirgendwo Arbeit finden.«

Über ihre Misere zu sprechen war Iris unangenehm. Zwar war ihr klar, dass sie keine Schuld trug für das, was ihr zugestoßen war, aber es war ihr trotzdem peinlich. Vor allem vor Monty. Was würde er davon halten?

Während die Teller abgeräumt wurden, öffnete sich die Tür zum Esszimmer und erlöste Iris aus ihrem Dilemma. Alice Roosevelt Longworth betrat den Raum. Ihr Haar war ergraut und sie trug viel Make-up, Iris indessen erkannte in ihr immer noch die junge Braut aus dem Zeitungsausschnitt.

Trotz des lauen Sommerabends zierte ein Pelz ihre Schultern. Frauen, die durch den Raum zu schweben schienen, hatten für Iris bis dahin nur in Kinofilmen existiert. Doch hier war Alice, die definitiv ans Kopfende des Tisches schwebte, den Präsidenten auf die Wange küsste und dann an die gegenüberliegende Seite des Tisches weiterglitt, um seine Frau auf identische Weise zu begrüßen. Erst danach durfte Fields ihr die Pelzstola abnehmen.

»Guten Abend allerseits«, begrüßte sie die Gäste fröhlich. »Entschuldigt die Verspätung.«

Iris kam es seltsam vor, dass sie keinen Grund für ihr spätes Erscheinen nannte, aber vermutlich hatte eine Frau ihres Standes das nicht nötig. Früher war sie hier zu Hause gewesen, und ihr Vater hatte am Kopfende des Tisches gesessen. Eleanor erhob sich mit einem warmen Lächeln.

»Nicht der Rede wert, meine Liebe. Setz dich doch bitte. Du hast die Vorspeise verpasst, aber der Hauptgang kommt gleich.«

»Vor dem Essen könnte ich wirklich einen Drink vertragen. Wärst du so freundlich, Franklin? Tust du mir den Gefallen? Ich hatte einen sehr anstrengenden Tag.«

Iris fragte sich zwar, wie so ein anstrengender Tag für Prinzessin Alice wohl aussah, war aber froh, dass die Ankunft des hochwohlgeborenen Gasts für Ablenkung gesorgt hatte.

»Die Ente ist auf dem Weg nach oben. Wir können leider nicht länger warten«, sagte Eleanor.

Alice lachte ungerührt. »Du bist ja so witzig, Eleanor.« Dann richtete sie sich an die Runde. »Ich stelle mir gerade einen Schwarm Enten vor, die durch die Flure des Weißen Hauses watscheln und in den Aufzug hüpfen … wirklich sehr albern.«

Eleanor lächelte trotz der Unhöflichkeit ihrer Cousine. »Ich glaube, du meinst eine Schar, meine Liebe.«

»Pardon?«

»Die Bezeichnung für eine Gruppe Enten auf dem Boden lautet ›Schar‹, meine Liebe. ›Schwarm‹ benutzt man nur, wenn die Enten fliegen.«

Wortlos sah Alice ihre Cousine an.

Da stieß sich der Präsident vom Tisch ab. »Aber sicher bekommst du einen Drink von mir«, sagte er, vom Entenproblem scheinbar völlig unbeeindruckt. »Fields, könnten Sie Mrs Nesbitt bitten, mit der Ente zu warten?«

Fields nickte, und Alice setzte sich neben den Präsidenten.

Roosevelt blickte in die Runde. »Ich glaube, du kennst die meisten Gäste bereits. Außer Iris McIntosh und Sam Jacobson.«

Nachdem Alice die Neuzugänge höflich begrüßt hatte, berichtete sie atemlos von den Strapazen ihres Tages. Eigentlich hatte sie Lady Astor um drei zum Tee treffen wollen, doch ihr Wagen hatte eine Reifenpanne gehabt und der Chauffeur mehr als eine Stunde für die Reparatur gebraucht. Sie verstand das Problem zwar nicht genau, doch es hatte ihr große Umstände bereitet.

Iris' Gedanken kehrten zu der Ente zurück, und sie fragte sich, was wohl in der Küche vor sich ging.

»Alice«, unterbrach Eleanor ihre Cousine. »Iris war gerade dabei, uns ihre Erlebnisse im letzten Jahr zu schildern. Weißt du, sie hat die Wirtschaftskrise nämlich am eigenen Leib erfahren.«

Iris sank der Mut. Um Zeit zu gewinnen, ordnete sie ihr Besteck und faltete sorgfältig die Serviette, doch sie war sich der erwartungsvollen Blicke der versammelten Gäste deutlich bewusst.

»Nur zu, Iris«, forderte Mrs Roosevelt sie auf.

Ihr blieb nichts anderes übrig, als die Wahrheit zu erzählen. Also berichtete sie der Runde über ihre Erlebnisse der vergangenen vierzehn Monate. Wie sie trotz aller Versuche, eine neue Anstellung zu finden, schließlich aus der Herberge geworfen worden war und für einige Wochen bei Freunden in Chicago Unterschlupf gefunden hatte, aber schließlich wie viele andere auch in einem Lager namens Hooverville gelandet war, ihre Mahlzeiten entweder in Suppenküchen oder im Lager eingenommen hatte, wo die Bewohner alles, was sie gefunden oder erbettelt hatten, in einen Topf warfen. Jeder, der etwas zum Gericht beigetragen hatte, durfte davon essen, erzählte sie. Weil ein junger Mann zudringlich geworden sei, habe sie das Lager verlassen und sei fast einen Monat lang von Chicago nach Virginia unterwegs gewesen, bis sie schließlich in Fairfax County Mrs Roosevelt getroffen habe.

Als sie schloss, war es sehr still im Raum und Iris fühlte sich plötzlich stärker als je zuvor. In manchen Gesichtern meinte sie Anteilnahme und Mitleid zu erkennen, während andere, wie der Präsident und Monty, über die harten Zeiten im Allgemeinen nachzudenken schienen. Berichte über Hoovervilles und Suppenküchen in der Zeitung zu lesen war etwas völlig anderes, als eine Bettlerin zu bewirten. Sam Jacobsons Gesicht hatte einen sehr ernsten Ausdruck angenommen, den sie nicht deuten konnte.

»Und diese Hoovervilles, wie sind die so? Erzählen Sie mal«, bat der Präsident interessiert.

»Ich weiß nicht, wie es in anderen Lagern zugeht, aber in meinem war alles bestens organisiert, es gab einen Bürgermeister, ein Rathaus und eine Kantine. Sogar die Straßen hatten Namen …«

»War es dort gefährlich?«, wollte der Präsident wissen.

»Nein, überhaupt nicht. Es gab eine Art Polizei. Eine Gruppe vernünftiger Männer kümmerte sich um Gesetz und Ordnung.«

»Aber der junge Mann …«, forschte Roosevelt vorsichtig nach.

»Der Sohn des Bürgermeisters; ich habe ihm Lesen beigebracht. Er war wie ein Kind im Körper eines Mannes … hat mir Avancen gemacht … Man hat ihn aufgefordert, das Lager zu verlassen, so lauteten die Regeln, aber ich hielt das für unfair. Ohne seine Eltern hätte er nicht überlebt. Also bin ich gegangen.«

Der Präsident nickte bedächtig.

»Du siehst, Franklin, wir haben es hier mit einer intelligenten, gebildeten jungen Frau zu tun, die von den Umständen gezwungen wurde, in einer Barackenstadt zu hausen. Doch keine der Maßnahmen des *New Deal* befassen sich mit der Situation von obdachlosen Frauen ohne Anstellung.« Eleanors sonst so klare und beruhigende Stimme klang auf einmal laut und scharf. Mit Unbehagen rutschte Iris auf dem Stuhl herum.

Just in diesem Augenblick wurde die Ente aufgetragen, was die Stimmung allerdings nicht aufheiterte.

Iris war Mrs Roosevelt zwar dankbar und zollte ihr großen Respekt, doch in diesem Moment hatte sie Mitleid mit dem Präsidenten, denn seine Hoffnung auf Entenbraten hatte sich in Holzkohle aufgelöst. Seit März hatte der Präsident Höchstleistungen vollbracht, und auch wenn er dabei die Probleme der Frauen vernachlässigt haben sollte, diese Zumutung hatte er einfach nicht verdient. Die Ente war zäh wie Leder. Während ihrer Obdachlosigkeit hatte Iris von sogenannter »Hobo-Suppe« aus ausgekochtem Schuhleder gehört. Weil Iris ihre Stiefel dringend gebraucht hatte, war sie nie in den Genuss gekommen, doch sie hätte das berüchtigte Gericht der Hauptspeise des Abends ohne Zögern vorgezogen. Eine gut zubereitete Ente war das Mindeste, was der Präsident für seine Leistungen und seinen Mut verdient hatte, für sechzehn Stunden Arbeit am Tag und viele schlaflose Nächte.

Das Dinner war schnell vorüber, das Geschirr hastig abgeräumt. Um Mitternacht wurde der Kaffee serviert. Iris beobachtete den Präsidenten, der seine Tasse leerte. Als er sie ansah, schenkte sie ihm ein freundliches, mitfühlendes Lächeln. Da legte er seine Hand auf ihre. »Schön, dass wir Sie bei uns haben, McIntosh. Es tut mir leid, dass Sie so viel durchmachen mussten. Ich freue mich darauf, Sie besser kennenzulernen, aber jetzt muss ich Ihnen leider eine gute Nacht wünschen. Ich bin völlig erledigt.«

Roosevelt drückte ihr die Hand.

Als er aus dem Zimmer gerollt war, verließen auch die Gäste einer nach dem anderen den Tisch. Monty entschuldigte sich bei Iris und gesellte sich auf einen Plausch zu Louis Howe.

Hick setzte sich zu ihr. »Sie sind sehr tapfer, Iris«, sagte sie. »Ich bin nicht sicher, ob ich das durchgestanden hätte, ohne dabei kaputtzugehen.«

»Alles ist machbar, wenn man keine andere Wahl hat.«

»Was ist mit Ihren Eltern? Eleanor sagte mir, sie seien tot.«

»Sie starben, als ich dreizehn war. Meine Mutter zuerst, dann mein Vater. Alle sagten, er sei an gebrochenem Herzen gestorben. Aber eine solche Krankheit existiert nicht.«

»Welchen Beruf hatte Ihr Vater?«

»Er nannte sich einen Dichter. Meine Mutter nannte ihn einen Säufer.«

»Ah, mein Vater hatte denselben Beruf«, erwiderte Hick. »Er war ein herzloser Mistkerl. Ich bin abgehauen, sobald ich dazu in der Lage war.«

»Mein Vater war liebevoll, aber ich glaube, er trieb meine Mutter zur Verzweiflung.« Iris hielt kurz inne. »Er hatte nur diesen einen Fehler, aber der hat ihn das Leben gekostet.«

»Und wer hat Sie großgezogen?«

Iris betrachtete ihre geballten Fäuste. »Meine Großeltern«, sagte sie schließlich.

»Gut, dass Sie die hatten«, bemerkte Hick, dann klopfte sie auf den Tisch und erhob sich. »Ich bin völlig erschlagen. Gute Nacht, Miss McIntosh. Es war interessant, mit Ihnen zu plaudern.«

Als Hick den Tisch verlassen hatte, unterdrückte Iris ein Gähnen, stand auf und strich sich den Rock glatt. Da stand plötzlich Sam Jacobson neben ihr.

»Es war mir ein Vergnügen, Sie kennenzulernen«, sagte er. »Was für eine Geschichte, die Sie da erzählt haben.«

Obwohl sie nichts als Freundlichkeit in seiner Stimme hörte, stieß ihr seine Verwendung des Wortes »Geschichte« sehr sauer auf. Wollte er damit etwa andeuten, sie hätte alles nur erfunden? Außerdem war sie müde. Das Aufwühlen ihrer Vergangenheit und die anschließenden Fragen hatten sie erschöpft. »Alles, was ich erzählt habe, entspricht der Wahrheit, Mr Jacobson.«

»Natürlich! Verzeihen Sie meine unbedachten Worte. Ich wollte damit nur sagen, dass Sie damit bestimmt einigen Leuten die Augen geöffnet haben. Politiker und Wohltäter behaupten, sie würden die Wirtschaftskrise bekämpfen. Das tun sie wohl auch, aber sie haben sie nie aus erster Hand gesehen oder am eigenen Leib erfahren.«

»Ich verstehe, Mr Jacobson. Aber der Präsident und Mrs Roosevelt tun alles, was in ihrer Macht steht, um das Schicksal dieser Nation zum Besseren zu wenden.«

»Offenbar kann ich mich heute nicht gut ausdrücken, aber würden Sie mich bitte Sam nennen?«, fragte Jacobson. »Ich meinte damit nicht den Präsidenten oder seine Frau, sondern Politiker im Allgemeinen.«

»Ich könnte mir vorstellen, dass es einem Journalisten einige Schwierigkeiten bereitet, wenn er sich nicht gut ausdrücken kann. Gute Nacht, Mr Jacobson.« Mit diesen Worten wandte Iris sich ab. Noch im selben Moment taten ihr die harschen Worte leid, doch sie war zu müde, um sich zu entschuldigen. Sie gesellte sich zu Monty und Howe, die am anderen Ende des Tisches saßen.

Es war schon nach eins, als Monty sie schließlich zu ihrem Zimmer begleitete. Vor der Tür drehte Iris sich zu ihm um. »Der Auftritt heute Abend war mir sehr peinlich. Ich hätte schweigen sollen. Jetzt werden die Leute mich mit anderen Augen sehen, fürchte ich.«

Monty ergriff ihre Hände. »Sei doch nicht albern, Kleines. Du warst wunderbar, erfrischend. Zum ersten Mal in der Geschichte des Weißen Hauses war jemand so offen. Und noch wichtiger finde ich, dass ich Alice Roosevelt zum ersten Mal sprachlos erlebt habe.«

Er küsste die Innenflächen ihrer Hände. Iris spürte eine innere Erregung bei der Vorstellung, dass aus Monty Chapel mehr als ein Freund und Mentor werden könnte.

»Wo ist deine Familie?«, fragte er.

»Ich habe keine«, erwiderte sie leise. »Man könnte mich wohl als Waisenkind bezeichnen.«

Er sah sie lange an. Dann trat langsam ein Grinsen auf seine Lippen. »Du hast Glück«, sagte er. »Meine Eltern sind verrückt. Sie sitzen auf Long Island und geben sich langsam dem Wahnsinn hin. Glücklicherweise bin ich Einzelkind.«

Iris lachte.

»Dieser junge Reporter von *AP*, Sam Jacobson, fand dich offenbar sehr attraktiv.«

»Na, ich weiß nicht«, erwiderte Iris, während sie innerlich über ihr schäbiges Verhalten den Kopf schüttelte. »Wir sind ständig aneinandergeraten.«

Monty strich ihr sanft über die Wange und schob ihr eine Strähne aus dem Gesicht. Bei der Berührung bekam Iris am ganzen Körper Gänsehaut.

»Darf ich dir morgen Washington zeigen?«, fragte er. »Die üblichen Sehenswürdigkeiten mit abschließendem Abendessen im ›Montmartre‹. Dort kannst du mal erleben, wie echte französische Zwiebelsuppe schmeckt.«

»Klingt wunderbar. Ich freue mich schon jetzt darauf.«

Monty trat so nah an Iris heran, dass sie die Tür im Rücken spürte. Dann beugte er sich zu ihr herab und küsste sie zärtlich auf die Wange.

»Du bist nicht allein, Kleines«, flüsterte er.

Sie hob erwartungsvoll den Kopf, doch er wich zurück.

»Bis morgen. Ich hole dich um elf hier ab.«

Leise pfeifend verschwand er im Flur.

Eleanor saß noch am Schreibtisch und arbeitete, als Hick ins Wohnzimmer kam. Sie war bereits in ihren Baumwollschlafanzug geschlüpft und hatte sich abgeschminkt. Ihr Gesicht ist so sauber, dass es glänzt, dachte Eleanor.

Sie hatte sich nach dem Dinner noch nicht umgezogen.

»Wann willst du eigentlich ins Bett?«, fragte Hick. »Es ist schon zwei Uhr.«

»Ich muss noch einen Brief fertig schreiben«, erwiderte Eleanor, ohne von der Arbeit aufzusehen. »Aber leg dich doch schon mal hin.«

Stattdessen setzte Hick sich aufs Sofa und wartete auf die übliche Nachbesprechung. Als Eleanor endlich den Stift fallen ließ und den Brief in einen Umschlag schob, bemerkte Hick: »Wie ich sehe, hast du wieder mal eine Streunerin aufgelesen.«

»Meinst du Iris?«

Hick nickte.

Eleanor schilderte ihrer Freundin die genauen Umstände ihres Zusammentreffens mit Iris, auf die die junge Frau beim Dinner nicht genauer eingegangen war.

»Junge, Junge, eine echte Streunerin! Was für eine Story. Zeitungen stehen ja auf solche Geschichten: vom Tellerwäscher zum Millionär und so«, bemerkte Hick.

»Mit fünfundzwanzig Dollar die Woche ist man wohl kaum Millionär.«

»Stimmt. Aber von der Straße ins Weiße Haus …«

»Es gibt keine Story.«

»Sie hat mir erzählt, ihr Vater sei Alkoholiker gewesen. Die Mutter starb, als sie noch klein war, und danach ist ihr Vater an gebrochenem Herzen gestorben. Poetisch. Und tragisch. Hast du sie deshalb unter deine Fittiche genommen? Weil sie eine Seelenverwandte ist?«

»Ich habe diese Geschichte gerade zum ersten Mal gehört«, entgegnete Eleanor ruhig. »Bei unserem ersten Treffen sah ich eine intelligente, kultivierte, bescheidene junge Frau, deren Potenzial brachlag. Kannst du vielleicht heute Abend mal keine Reporterin sein?«

Doch Hick gab sich nicht geschlagen. »Aber das wäre eine wunderbare Geschichte aus dem Leben.«

»Iris erzählt ihre Geschichte nicht gern«, erwiderte Eleanor. »Nachdem sie heute Abend so viel Mut bewiesen hat, möchte ich ihr mehr Verantwortung übertragen. Diese Kolumne für die *Women's Home Companion* wächst sich zum echten Problem aus. Tommy meinte, ich bekäme mehr als fünfundsiebzigtausend Zuschriften die Woche. Ihr fehlt die Zeit, sie alle zu lesen, und ich schaffe es erst recht nicht. Iris versteht die Sorgen und Nöte der Menschen, sie kann die Briefe sichten und die Spreu vom Weizen trennen. Außerdem kann sie gut schreiben.« Eleanor nahm sich den Stift und kaute nachdenklich darauf herum. »Vielleicht könnte sie einige Artikel unter meinem Namen verfassen. Wäre das ethisch und journalistisch vertretbar?« Doch Hick kam gar nicht dazu, die Frage zu beantworten. »Ich werde gleich morgen früh mit ihr sprechen. So, wenigstens einer Person habe ich heute Abend eine neue Zukunftsperspektive eröffnet. Jetzt sollten wir uns der deinen zuwenden.«

Hick hob die Brauen. »Ich dachte, das wäre geklärt.«

»Aber *AP* hat dein Gehalt gekürzt. Du solltest dir was Neues suchen.«

»*AP* hatte keine Wahl. Ich bin nicht sauer deswegen. Meine Loyalität zu dir schränkt mich ein, das ist so klar wie Kloßbrühe.«

»Soll ich ein Treffen mit meinem Agenten arrangieren? Nur, damit du weißt, welche Möglichkeiten du im Buchbereich oder bei den Zeitschriften hättest.«

Hick erhob sich. »Es ist spät. Wir sollten zu Bett gehen«, sagte sie nüchtern. »Tut mir leid, dass die Ente ein solcher Reinfall war. Ich glaube, du brauchst eine zugänglichere Haushälterin oder einen weniger sturen Mann.«

»Wir stehen ja noch am Anfang. Mrs Nesbitt wird sich schon noch machen, und Franklin wird seine Erwartungen eben ein bisschen herunterschrauben müssen.«

Kapitel 20

WASHINGTON, D.C.

Juni 1933

»Wie geht es deinen Füßen?«, fragte Monty, als sie aus dem Restaurant kamen.

»Geht schon.« Beim Gedanken an die vielen Meilen, die sie vor nicht allzu langer Zeit zurückgelegt hatte, musste Iris grinsen.

Monty ergriff ihre Hand. »Möchtest du mit mir auf einen letzten Drink ins Hotel kommen?«

Iris wusste, dass Monty bei seinen Aufenthalten in der Hauptstadt stets im Mayflower-Hotel abstieg. Sie antwortete jedoch nicht sofort, sondern blieb einen Augenblick lang auf dem Gehweg stehen und atmete die Nachtluft ein. Eine sanfte Brise strich um den Saum ihres rosa Kleids.

Er knöpfte die Hemdsärmel zu und zog seine Jacke über. »Ich könnte auch mitkommen ins Weiße Haus«, schlug er vor. Es war das erste Mal, dass Iris ihn ohne Krawatte sah. »Aber da ist immer so viel los. Ein einziges Kommen und Gehen.« Er rückte den Hut zurecht.

Monty lag vollkommen richtig. Mr Howe und Gus Gennerich, der Leibwächter des Präsidenten, wohnten praktisch im Weißen Haus, und Hick hatte sich ebenfalls für eine Woche dort einquartiert. Ständig liefen irgendwelche Geheimagenten über die Gänge. Mrs Roosevelt empfing dauernd Gäste zum Dinner, die dann über Nacht oder auch länger blieben. Außerdem waren da noch Anna und James und ihre Familien. Es war erst neun Uhr, und wenn sie jetzt zurückkehrten, wären sie sicher nirgends ungestört. Ab morgen würde sie sich nach einer eigenen Wohnung umschauen, beschloss Iris. Sowohl Tommy als auch die Nesbitts hatten eine kleine Wohnung in der Nähe. Sie würde schon etwas Passendes und Bezahlbares finden.

»Ja, lass uns noch ins Hotel gehen«, sagte Iris schließlich.

Monty stoppte ein Taxi.

Die kurze Fahrt verlief überwiegend schweigend. Iris lehnte den Kopf ans Fenster. Sie war nicht müde, ganz im Gegenteil, sondern regelrecht aufgekratzt. Für einen Moment schloss sie die Augen und ließ den Tag mit Monty Revue passieren. Sie waren von Denkmal zu Denkmal gepilgert, vom Kapitol bis zur Kongressbibliothek. Nur den Besuch der Museen im Smithsonian hatten sie aus Zeitmangel vertagen müssen.

Monty war ein ungewöhnlicher Mann, und er gab Iris immer wieder Rätsel auf.

Erst gestern Abend hatte er sich öffentlich über das Essen echauffiert, nur um heute vor ihren Augen mit Hochgenuss einen Hotdog vom Stand vor dem Lincoln Memorial zu verdrücken. Manchmal scherzte er selbst über ernste Themen, doch beim Anblick der historischen Stätten hatte er stets nachdenklich, ja sogar feierlich gewirkt. Obwohl sie zwei Wochen lang täglich mehrere Stunden in seiner Gesellschaft verbracht hatte, wusste Iris sehr wenig über diesen Mann. Doch eines war ihr sonnenklar: Sie fand ihn überaus attraktiv. Welche Frau täte das nicht? Und sie hatte noch immer keine Schwäche an ihm entdeckt.

Ihr war den ganzen Tag über aufgefallen, dass andere Frauen sie und Monty beäugten. Sie fragte sich, was sie wohl dachten. Waren sie eifersüchtig oder sahen sie das, was hinter der geschliffenen Fassade lag? Trotz ihres Eifers und ihrer Bemühungen hatte Iris in den letzten zwei Wochen im Weißen Haus gelegentlich das Gefühl gehabt, sie würde hier nicht hingehören – als wäre sie nur eine Bettlerin in schicken Klamotten.

Sie schlug die Augen wieder auf und sah Monty an. »Warum hast du so lange gewartet, mit mir auszugehen?«

»Wir kennen uns doch erst seit zwei Wochen!«, rief er. »Ich habe mich wie ein Gentleman benommen. Außerdem bin ich älter, da wollte ich keinen Korb riskieren. Wieso hast du es denn so eilig?«

»Wie alt bist du?«

»Zweiundvierzig. Im Dezember werde ich dreiundvierzig«, antwortete er nüchtern.

Lächelnd schloss sie erneut die Augen.

»Ehrlich gesagt«, fuhr er fort, »hat Jacobson mir den letzten Schubs gegeben. Ich habe bemerkt, dass er beim Dinner gestern Abend ein Auge auf dich geworfen hatte. Da wusste ich, dass ich mich aus der Deckung wagen musste.«

Iris grinste. »Konkurrenz belebt das Geschäft.« Beim Gedanken an Sam fühlte sie sich etwas selbstbewusster.

»So in der Art«, erwiderte Monty sanft.

»Mrs Roosevelt behauptet, du seist ein Kriegsheld«, sagte Iris mit geschlossenen Augen. Ihr war ganz schwindelig.

»Kriegsveteran wäre wohl eine passendere Bezeichnung.«

Mrs Roosevelt hatte erwähnt, dass Monty im Krieg gewesen sei, und Tommy sprach von ihm als einem Junggesellen, daher ging Iris davon aus, dass er nie geheiratet hatte. Doch vielleicht stimmte das auch nicht. Seinem Geschmack und seiner Bildung nach zu urteilen stammte er aus einer wohlhabenden Familie. Seine Eltern lebten auf Long Island, doch er nannte New York seine Heimatstadt. Wenn sie ganz ehrlich war, scherte Iris sich allerdings nicht sonderlich um seine Lebensgeschichte. Er war verständnisvoll und sehr amüsant. Was ging sie seine Herkunft an? In diesem

Augenblick erinnerte sie sich plötzlich an Sam Jacobson. Sie schlug die Augen auf. »Wer ist Lion Feuchtwanger?«, fragte sie.

»Ein deutscher Dramatiker und Intellektueller«, sagte Monty.

»Mrs Roosevelt hat gestern beim Dinner gemeint, jeder Amerikaner sollte seinen Essay lesen. Was meinte sie damit?«

»Vor Kurzem erschien ein Leitartikel von ihm mit dem Titel ›*Hitler's War on Culture*‹. Internationalisten wie Mrs R finden, man sollte ihn unbedingt lesen. Ich besorge dir eine Abschrift.«

»Sie hat auch gesagt, der Präsident habe seine Seele an William Randolph Hearst verkauft.«

Er sah sie an und öffnete die Arme. Iris folgte seiner Einladung und kuschelte sich an seine Brust. Es fühlte sich an, als wäre sie am schönsten Platz der Erde.

»Der Präsident hat Hearst versprochen, niemals dem Völkerbund oder dem Internationalen Gerichtshof beizutreten, um sich so seine Nominierung zu sichern«, erklärte er mit gedämpfter Stimme. »Das hat seine Gattin sehr erzürnt«, fügte er in einer gelungenen Imitation des Präsidenten hinzu.

»Und wo stehst du, Monty? Bist du Internationalist oder Isolationist?«

»Ich betrachte mich als Mann von Welt, Kleines.«

»Jetzt mal ernsthaft …«

Er legte ihr den Finger auf die Lippen. »Psst«, flüsterte er. »Morgen reden wir wieder über Politik. Wir haben alle Zeit der Welt.«

Monty sperrte die Tür auf. Das Hotelzimmer war so groß, dass Iris kurz überlegte, ob es nicht eigentlich eine Suite sei. Es gab einen Wohnbereich mit Schreibtisch und goldenem Brokatsofa. Auf einem Regal stand zwischen verschiedenen Likörflaschen und Gläsern ein Radio. Weil sie wusste, dass Monty bei seinen Besuchen stets dasselbe Zimmer buchte, hatte sie Fotos oder andere persönliche Gegenstände erwartet, doch das einzig Persönliche, das sie entdecken konnte, war sein an die Wand gelehnter Attaché-Koffer. Sie nahm auf dem Sofa Platz, und Monty goss ihr ein Glas Cognac ein.

»Hast du schon mal Cognac probiert?«

»Nur, als ich krank war.«

Monty lächelte. »Das hier ist *L'Esprit de Courvoisier.* Du musst daran schnuppern, bevor du ihn trinkst.«

Iris tat es Monty gleich und steckte die Nase tief ins große Glas. »Das klingt jetzt albern, aber es riecht wie Früchtebrot«, bemerkte Iris.

»Ja, es riecht tatsächlich nach Früchtebrot«, stimmte er zu. »Jetzt trink einen Schluck.«

Wegen des Aussehens und des Geruchs des bernsteinfarbenen Getränks hatte sie einen süßen, schweren Geschmack erwartet.

»Was schmeckst du?«

»Kaffee!«, rief sie überrascht. »Außerdem erinnert es mich an die Zigarren, die mein Vater immer rauchte. Schmeckt überhaupt nicht süß.«

»Genau. Hervorragende Nase, feiner Gaumen.«

Ein solches Kompliment hatte Iris noch nie bekommen, und sie war froh, dass sie Eindruck bei Monty gemacht hatte.

»Wie gefällt es dir überhaupt so im Weißen Haus?«, fragte er. »Wir reden immer über den *New Deal*, aber nie über deine Arbeit.«

»Ehrlich gesagt«, setzte Iris vorsichtig an, »hat man mich gerade befördert.«

»So schnell? Warum hast du mir das nicht erzählt?«

»Ich wollte nicht damit prahlen. Mrs Roosevelt hat es mir erst heute früh gesagt.«

Monty hob sein Glas. »Gratulation!«, rief er. »Da musst du dich doch nicht schämen, Kleines. Das sind wunderbare Neuigkeiten!

In D. C. gehen die Leisen und Schüchternen unter. Eigenlob stinkt nicht.« Er senkte sein Glas und sah sie mit ernstem Blick an. »Ich bin so stolz auf dich. Habe ich gleich gewusst, dass du nicht lange Tommys Assistentin bleiben wirst. Welche Aufgabe hat man dir denn übertragen?«

Sie erzählte ihm von *Women's Home Companion*, und sie sprachen noch ein wenig über ihre neue Tätigkeit, doch die Unterhaltung verebbte schließlich. Schließlich sagte Monty unverblümt und ohne jedwede Schüchternheit: »Ich würde gern die Nacht mit dir verbringen.«

Iris war bereits klar gewesen, dass der Abend letztlich hierhin führen würde, doch Montys unumwundenes Geständnis überrumpelte sie ein wenig. Ihr schoss das Blut in die Wangen, und ihr Herz schlug ihr bis zum Hals.

Schließlich stellte sie ihr Glas ab und sagte: »Das würde ich auch gern.«

»Sehr schön«, sagte Monty.

»Warte einen Moment«, bat Iris und ging ins Bad. Ein so großes Badezimmer hatte sie noch nie gesehen. In der Ecke stand sogar ein roter Samtsessel. Darauf ließ sie sich nieder, holte tief Luft und wünschte, sie hätte mehr Erfahrung. Schließlich ging sie auf die Toilette und wusch sich die Hände. Neben der Spüle entdeckte sie Zahncreme. Sie drückte einen Klecks auf den Zeigefinger und rieb sich damit über die Zähne. Es wäre völlig unsinnig, ihren Lippenstift aufzufrischen, entschied sie. Als sie sicher war, die nötigen Vorbereitungen getroffen zu haben, ging sie zurück ins Schlafzimmer.

Monty wartete schon nackt vor dem Bett. Iris schnürte es die Kehle zu. Sie hatte nur zwei sexuelle Begegnungen mit Männern gehabt, und beide Male war man sich zunächst in Unterwäsche unter der Decke nähergekommen. Mit steigender Erregung musterte sie seinen schlanken, muskulösen Körper. Seine Brust war unbehaart, doch ein feiner Flaum bedeckte seine gebräunten Beine und Arme. Eine rosa Narbe verlief wie eine brüchige Linie von der rechten Achsel über Brust und Bauch. Obwohl sie sich nicht auskannte, glaubte sie zu erkennen, dass er bereits eine Erektion hatte. Er trat näher und küsste sie sanft.

»Lass mich das machen«, bat er.

Monty begann, Iris zärtlich und liebevoll auszuziehen. Mit leichten Bewegungen öffnete er ihr Kleid, und als es ihr schließlich von den Schultern glitt, legte er es vorsichtig zur Seite.

»Heb die Arme«, sagte er und half ihr aus dem Unterrock, den er zusammen mit dem Kleid auf einen Sessel neben dem Bett legte. »Lass dich anschauen. Du bist wunderschön.«

Die Freude über dieses Kompliment stand Iris deutlich ins Gesicht geschrieben. Er hatte sie »wunderschön« genannt! Ihre Mutter hatte mal gesagt, sie sehe »interessant« aus, und Iris würde ihren schlanken Körper mit den langen Beinen »sportlich« nennen, obwohl manche ihn sogar als »knabenhaft« bezeichnet hatten. Als bei anderen Dreizehnjährigen die Hüften breiter und die Brüste größer wurden, hatte Iris' Körper partout keine weiblichen Rundungen annehmen wollen. Keiner außer ihrem Vater, dessen Wahrnehmung oft getrübt gewesen war, hatte sie jemals als »wunderschön« bezeichnet.

Montys sanfte, beruhigende Stimme half ihr, sich langsam zu entspannen. Er saß auf der Bettkante und musterte sie ausgiebig. Es war ein sonderbares, aber auch befreiendes Gefühl, nur in Unterwäsche vor ihm zu stehen. Erstaunlicherweise fühlte sie sich dabei weder gehemmt noch beschämt, ja sie genoss es sogar, das Objekt seiner Begierde zu sein.

Monty liebte sie mit derselben Zuwendung, mit der er sie zuvor entkleidet hatte. Iris war sich bewusst, dass sie sexuell noch völlig unerfahren war, aber durch Monty eröffnete sich eine vollkommen neue Welt. Er streichelte und beglückte sie, neugierig, forschend. Als seine Zunge in sie eindrang, entfuhr ihr ein Seufzer, der ihm ein unterdrücktes Lachen entlockte. Danach gab sie sich vollends dem süßen Schmerz hin.

»Meine Güte«, keuchte sie.

Schließlich legte er sich neben sie und saugte hingebungsvoll und mit großer Befriedigung an ihrer Brust. Obwohl das noch kein Mann bei ihr getan hatte, empfand sie es als völlig natürlich. Wieder spürte sie dieses innere Prickeln, und ihr Atem wurde schneller. Sie schloss die Augen und ließ die Hand langsam über die Narbe zu seinem Penis wandern. Ohne nachzudenken, nahm sie ihn sanft in die Hand.

»Fester«, wies er sie an.

Sie folgte seinem Wunsch.

Kurz darauf bat er sie zu warten, rollte sich zum Nachttisch und zog etwas aus der Schublade. Iris vermutete, dass es sich um einen Überzieher handelte. Er drehte sich wieder um, spreizte sanft ihre Oberschenkel und drang in sie ein.

Als sie schließlich zum zweiten Mal in dieser Nacht zum Höhepunkt kam, erlaubte sie sich endlich, laut zu stöhnen. Monty tat es ihr gleich, dann ließ er von ihr ab, legte sich neben sie und öffnete einladend die Arme. Iris kuschelte sich rasch an seine Brust, wo sie sich geborgen fühlte.

Als sie erwachte, war es bereits sieben Uhr morgens. Sofort fragte sie sich nach den Konsequenzen der vergangenen Nacht. War sie jetzt sein Mädchen? Würde er ihr einen Heiratsantrag machen? Oder würden sie einfach so weitermachen wie vorher? Der Gedanke, Monty zu heiraten, erschien ihr ziemlich abwegig. Schon allein wegen des Altersunterschieds. Außerdem konnte sie sich Monty einfach nicht als Ehemann vorstellen. Immer noch nackt schlich sie sich auf Zehenspitzen ins Bad. Als sie zurückkam, war auch Monty wach.

Er stützte sich auf dem Ellenbogen ab und betrachtete sie eingehend. »Guten Morgen, Kleines. Du bist wunderschön. Weißt du das?«

Ohne zu antworten, glitt sie unter die Decke und schmiegte sich an ihn. Sie küssten sich.

»Ich muss los. Um halb neun muss ich im Büro sein«, sagte Iris.

»Du kannst hier duschen und frühstücken, dann nimmst du dir einfach ein Taxi. Uns bleiben also noch zwanzig Minuten, wenn du nicht zu lange unter der Dusche bleibst.«

Iris, der die Schätzung durchaus plausibel erschien, schmiegte sich noch enger an seinen warmen Körper. Monty schob ihr die Hand zwischen die Schenkel und flüsterte: »Wollen wir mal was anderes probieren?«

Iris wusste zwar nicht, was er damit meinte, doch sie nickte zögerlich. Mit einem geschickten Manöver schob Monty sich unter sie und hob sie auf seinen Schoß. Er drang in sie ein und legte ihr die Hände an die Hüfte, um ihre Bewegungen zu dirigieren. Als er die richtige Stellung gefunden hatte, lehnte er sich zurück, hielt sich am Kopfende fest und gab einen lustvollen Seufzer von sich. Die ganze Zeit über sah er Iris an.

Zuerst fühlte Iris sich furchtbar nackt. Beim Liebesspiel der vergangenen Nacht, in der Dunkelheit und eng von Montys Körper umschlungen, hatte sie sich sicher und geborgen gefühlt, und er hatte die Kontrolle gehabt. Doch jetzt, in dieser Position, fühlte Iris sich von ihrer Verantwortung überfordert. Ihre Bedenken verflogen allerdings rasch, denn sie spürte tief in ihrem Inneren das wohlbekannte Prickeln. Je mehr sie die Bewegungen ihrem Instinkt überließ, desto weniger dachte sie an sich oder Monty. Ihr Bewusstsein konzentrierte sich auf diesen einen Punkt, der in diesem Augenblick ihr ganzes Wesen in sich zu vereinigen schien.

Erst als alles vorüber war, merkte Iris, wie sehr sie geschwitzt hatte. Mit einem tiefen Seufzer kuschelte sie sich an Montys Brust. Diese wunderbare Erlösung!

Trotz dieser beglückenden Erfahrung schämte sie sich, weil sie die Kontrolle verloren hatte. Sie wusste nicht, was sie sagen sollte.

Als hätte er ihre Gefühle geahnt, bemerkte Monty sanft: »So muss Sex sein: eine Welle der ungehemmten Leidenschaft. Schäm dich nicht deswegen. Es war perfekt.«

»Danke, Monty.« Nachdem sie ihn ein letztes Mal geküsst hatte, schlug sie unwillig die Bettdecke zurück.

Kapitel 21

HYDE PARK, NEW YORK

Mai 1962

Die Leute schickten dem Präsidenten andauernd Geschenke, meistens Lebensmittel. Dank dieser Gaben kam ich gut mit meinem Haushaltsplan zurecht. Mangos und Froschschenkel aus Florida, Kakis aus Kalifornien, Rindfleisch, Enten, Wachteln, Bergschafe, Karibus, Wild, Bachforellen, Austern, Muscheln, Truthähne, Schildkröten, Lachs und ganz besonders viel Schinken, unglaubliche Mengen davon, haben sie ihm geschickt. Dad musste einen eigenen Schinkenkeller einrichten, damit wir sie alle lagern konnten.

Dann war da natürlich noch das ganze Obst. Gleich kistenweise schickten sie uns die preisgekrönten Früchte aus allen Winkeln des Landes. Manchmal kam sogar eine Königin mit. Wissen Sie, damals krönten sie junge Damen zur Kirschkönigin oder Pfirsichkönigin. Ich glaube, keine von ihnen hat je den Präsidenten getroffen, aber ich war immer da und habe sie empfangen und Geschenke entgegengenommen. Meist hatte Mister Early auch einen Fotografen bestellt.

Mrs Roosevelt hat sich immer damit gebrüstet, dass der Präsident einen ganz einfachen Geschmack hat, und mit Eiern und Speck zufrieden wäre. Ich glaube, das stimmte nicht so ganz. Ich weiß, dass er gern Wildgeflügel aß und sich besonders freute, wenn ich ihm von einer frischen Lieferung Enten, Wachteln oder Rebhühnern erzählte. Manchmal kam er sogar in die Küche, um sich die Vögel anzusehen. Wir hängten die Tiere dort auf, aber bald waren es so viele, dass Dad einen alten Wäscheschrank leer machen musste, um sie dort zu lagern. Das Aufhängen der Vögel nahm der Präsident besonders genau. Er bestand darauf, sie bis zu zehn Tage an den Füßen aufzuhängen. Dad und ich hatten darin schon jahrelang Erfahrung: Wir hängten sie immer erst fünf Tage an den Köpfen auf. Der Präsident hatte zwar seine eigenen Vorstellungen, aber er musste ja nicht alles wissen.

Das erste Jahr im Weißen Haus war wirklich anstrengend. Sie mögen lachen, aber in unserer Küche hatte ich es mit diplomatischen Beziehungen genauso schwer wie der Präsident im Oval Office. Unter unseren ersten Staatsgästen waren der Kaiser Haile Selassie aus Äthiopien und Ras Desta Demtu, der äthiopische Botschafter. Beide waren Kopten und aßen weder Fleisch noch Butter, Käse oder andere tierische Produkte. Das stellte mich vor eine echte Herausforderung, kann ich Ihnen sagen, und bei all dem durfte ich die Haushaltskasse nicht überstrapazieren. Also servierte ich Melone, Muschelcocktail mit Kräckern, gefüllte Oliven, Blaubarsch mit Kresse-Gurkensalat und zum Nachtisch Ananaseis mit gefüllten Datteln. Man hat mich oft für meine Speisepläne kritisiert. Wenn ich sparsam kochte, hieß es, ich halte mich nicht an Vorgaben, und wenn ich ein bisschen mehr ausgab, wies man mich darauf hin, dass meine Ausgaben zu hoch sind. Es war ziemlich schwer, die goldene Mitte zu finden, und anspruchsvolle Gäste machten es umso schwerer.

Ich erinnere mich an eine Gruppe japanischer Abgesandter, die zum Mittagessen geladen waren. Zu diesem Anlass hatte ich extra einen chinesischen Koch engagiert, einen älteren Herren namens Jing Oh. Weder ich noch Ida oder Elizabeth wussten, wie man ein asiatisches Menü zubereitete, deshalb hielt ich es für eine gute Idee, einen zu engagieren, der's wissen musste. Als der alte Jing erfuhr, dass er eine Gruppe Japaner bekochen sollte, stürmte er wütend aus dem Haus und ward nie mehr gesehen. Ich durfte die Sache natürlich ausbaden, also stellte ich hastig ein Menü aus Krabbensuppe und Maisbrot zusammen. Mrs Roosevelt erklärte mir später, dass die japanische Invasion der Mandschurei bei den Chinesen großen Unmut ausgelöst hatte, was vielleicht der Grund für Mister Ohs Verhalten gewesen war. Seinen Lohn hat er natürlich nicht gekriegt.

Mrs Roosevelt stand immer hinter mir und unterstützte jede meiner Entscheidungen. Das tat ich auch. Im ersten Jahr, ganz am Anfang, hatte sie alle Weißen im Haushalt gefeuert und ausschließlich Schwarze eingestellt. Sie war der Ansicht, dass das Personal einträchtiger zusammenarbeitet, wenn alle die gleiche Hautfarbe haben. Dem kann ich nur zustimmen. Diese Entscheidung hat ihr viel Kritik eingehandelt. Aber sie war der Meinung, dass arbeitslose Weiße leichter eine neue Stellung finden als arbeitslose Schwarze.

Um diese Zeit hatten wir Ramsay MacDonald in Washington zu Gast. Er war damals Premierminister von Großbritannien. Ich glaube, er wollte mit dem Präsidenten eine Vereinbarung treffen. Die beiden konnten sich nicht ausstehen, aber ich weiß noch, dass Mister MacDonald sich sehr gut mit Mrs Roosevelt verstand. Sie hatten dieselben Ansichten über Weltfrieden und Abrüstung. Er war ein entzückender Gentleman. Er und Mrs Roosevelt setzten alles daran, einen neuen Krieg zu verhindern. Beide hatten die Zeichen der Zeit deutlich erkannt.

Kapitel 22

WASHINGTON, D.C.

Juli 1933

»Was ist das denn für ein langweiliger Fummel, Kleines?«, fragte Monty, als er in Iris' Büro kam.

»Gefällt es dir nicht?« Iris erhob sich, sah hinab auf ihr dunkelblaues Kleid und strich die gestärkte Chemisette glatt. Sie kam sich darin professionell vor. »Ist doch die ideale Reisekleidung, oder?«

»Ein bisschen zugeknöpft, wenn du mich fragst, aber vermutlich genau das Richtige für zwei Frauen, die ohne Begleitung unterwegs sind. Du willst ja keine Aufmerksamkeit erregen.«

Iris setzte sich wieder. »Na, zu bieder soll es nun auch nicht sein«, erwiderte sie mit gespielter Beleidigung.

Monty schloss die Tür, kniete sich vor sie hin und legte ihr die Hände auf die Schenkel.

»Ich bin nur schnell gekommen, um dir zu sagen, dass ich nicht mitkomme nach Campobello. Mrs R hat mich gebeten, in Washington zu bleiben und mit Wallace und Hopkins dieses Fiasko mit den Farmern auszufechten.«

Iris konnte ihre Enttäuschung kaum verbergen.

»Wieso ist das so wichtig? Kann es nicht warten?«

Monty schob ihr eine Hand unters Kleid und tätschelte ihren Hintern. »Offenbar nicht«, sagte er. Iris warf einen hastigen Blick zur Tür. Glücklicherweise hatte Monty sie abgesperrt. »Wallace will die Subventionen für Farmer streichen, um eine künstliche Knappheit zu erzeugen. Mrs R ist ziemlich aufgebracht.«

Er massierte Iris die Schenkel und spreizte ihre Beine.

»Was hast du vor?«, fragte sie.

»Ich soll eine Lösung finden. Ich werde Hopkins vorschlagen, dass die Föderale Notfalladministration den Überschuss aufkauft und ihn unter den Hilfsorganisationen verteilt. Dazu muss ich aber hart mit Wallace und Hopkins verhandeln. Beide sind sture Böcke. Und dem Boss habe ich die Sache noch nicht mal vorgelegt.«

Iris hielt den Vorschlag für ziemlich pragmatisch. Harry Hopkins war ein vernünftiger Mann, mit dem Monty bereits bei vielen anderen Maßnahmen des *New Deal* eng zusammengearbeitet hatte. Beide respektierten sich und, was noch wichtiger war, als Vorsitzender der Föderalen Notfalladministration würde Hopkins dafür sorgen wollen, dass jegliche Überschussproduktion schnell bei denjenigen landete, die sie am nötigsten brauchten.

Wallace hingegen war ein schwieriger Typ, als Politiker unerfahren und als Mensch unberechenbar. Monty hatte Iris gegenüber seine Bedenken geäußert, als Roosevelt Wallace zum Landwirtschaftssekretär ernannt hatte. Er hielt Wallace für eine seltsame Wahl und verstand nicht, was der Präsident sich dabei gedacht hatte. Wallace war Anhänger des russischen Mystikers Nicholas Roerich. Dagegen hatte Monty nichts, aber er fragte sich, warum der Präsident mit seinen konventionellen Ansichten über Religion keine Einwände dagegen hatte.

Iris sah ein, dass Monty in Washington bleiben musste, und stimmte ihm trotz ihrer Enttäuschung zu. In einer Zeit, in der Menschen verhungerten, erschienen ihr Getreideverbrennungen und Massenschlachtungen unangemessen und kurzsichtig.

Montys Daumen bewegten sich zu ihren Innenschenkeln.

»Der Präsident ist nicht erreichbar«, sagte sie.

»Ich weiß. Deswegen wollte ich alles vorbereiten und ihn vor vollendete Tatsachen stellen.« Monty grinste. »Dieser vierzehntägige Segeltörn mit seinen Jungs in Campobello ist sein Urlaub, da will ich ihn nicht stören. Bei seiner Abreise konnte er ja nicht ahnen, dass diese Sache mit Wallace solche Wellen schlagen würde.«

Als Mrs Roosevelt sie auf die Insel einlud, hatte Iris keine Ahnung gehabt, wo und was Campobello eigentlich war, und auch nicht gewusst, dass die Roosevelts an der kanadischen Küste ein Sommerhäuschen besaßen. Monty erzählte ihr, der Präsident oder Mrs Roosevelt hätten sich seines Wissens seit Jahren schon nicht mehr dort aufgehalten.

Er hielt einen Moment inne. »Wo ist Tommy?«

»Zu Tisch«, sagte Iris. »Sie kommt bald zurück.«

»Meinst du, wir könnten uns kurz in dein altes Zimmer schleichen?«

»Der brasilianische Botschafter ist momentan dort einquartiert«, informierte sie ihn.

»Der hat sicher nichts dagegen.«

»Wenn Tommy nicht hier ist, muss ich im Büro die Stellung halten … falls jemand anruft.« Iris schloss die Augen und legte die Hände auf Montys Schultern. In diesem Augenblick klingelte das Telefon. Verärgert schlug sie die Augen auf und bedachte den Apparat mit einem bösen Blick.

»Ich muss rangehen, das ist bestimmt Mrs Roosevelt.« Zögernd ließ Monty sie los.

»Ja, Mrs Roosevelt, er ist hier.« Sie übergab ihm den Hörer.

»Bin schon auf dem Weg«, sagte Monty. »Ja, sie werden vor Ihrer Abreise heute Nachmittag fertig sein … Okay, bis dann.« Er legte auf und wandte sich Iris zu. »Ich muss los. Wann fährst du?«

»Gegen vier, glaube ich. Mrs Roosevelt möchte zum Abendessen in Val-Kill sein. Wir machen dort einen Zwischenstopp. Von dort aus werden Nancy Cook und Marion Dickerman uns begleiten. Tommy fährt morgen die ganze Strecke in einem durch.«

»Nan und Marion werden dein Kleid sicher mögen. Sei bloß vorsichtig!«, warnte Monty scherzend.

Iris sah ihn fragend an.

»Die beiden sind lesbisch.«

»Wer?«, fragte sie überrascht.

Iris' Reaktion brachte ihn zum Lachen. »Nan und Marion«, sagte er. »Aber keine Sorge, du hast nichts zu befürchten. Sie sind einander schon viele Jahre treu ergeben.«

Iris dachte noch darüber nach, als Monty nachlegte. »Über Hick weißt du Bescheid, oder? Mrs Roosevelt und Hick?«

Sie sah ihn ungläubig an. »Mrs Roosevelt? Weiß der Präsident davon?«

Monty hob die Brauen. »Aber sicher – so erklärt sich die Rolle seiner Privatsekretärin Missy LeHand.«

»Nein!«, rief sie.

»Doch!«, entgegnete er. »Wir brauchen alle etwas Liebe im Leben.«

»Gibt es diese Art … Arrangement schon lange?«

»Es heißt, FDR habe vor dem Krieg eine Affäre mit einer jungen Frau namens Lucy Mercer gehabt. Die ging über mehrere Jahre, bis sie schließlich aufflog. Ich kenne keine Einzelheiten, aber die Scheidung der Ehe der Roosevelts stand wohl im Raum. Seine Mutter hat Franklin gedroht, ihn aus der Familie auszuschließen. Er musste die Liebe seines Lebens für seine politische Karriere opfern, und Eleanor hat ihm diesen Betrug nie vergeben. Soweit ich es verstanden habe, änderte sich nach dieser Affäre das Verhältnis der Roosevelts zueinander. Aus Eheleuten wurden Partner. In den folgenden Jahren sind sie zwar auch Freunde geworden, aber ich bezweifle stark, dass die beiden seitdem je wieder im selben Bett geschlafen haben. Eleanor ist über die Jahre etwas milder geworden, aber ich glaube nicht, dass sie ihm je verziehen hat. Sie duldet seine Beziehung zu Missy, so wie er ihre Freundschaft mit Hick hinnimmt.«

Iris stand der Mund offen. Sie war vollkommen sprachlos.

»Hast du dich nie in eine Frau verguckt?«, fragte Monty mit ernsthaftem Interesse. »Ihre Schönheit oder ihre Persönlichkeit bewundert und dich gefragt, wie es wohl wäre, sie zu berühren oder mit ihr zu schlafen?«

Während Monty sich eine Zigarette anzündete, dachte Iris über die Frage nach. Die Vorstellung, eine Frau zu lieben, fand sie nicht abstoßend. In ihrem Kollegenkreis in der Schule oder bei den Frauen im Lager hatten immer wieder mal derlei Gerüchte kursiert. Einige hatten sich sehr abwertend über diese Frauen geäußert, als fühlten sie sich nur zum weiblichen Geschlecht hingezogen, weil sie nicht hübsch genug wären oder einfach keinen Mann abbekämen, aber Iris war sicher, dass dahinter sehr viel mehr steckte. Dank Monty hatte sie mittlerweile eine bessere Vorstellung davon, wie Frauen einander Vergnügen bereiten könnten, aber das tägliche Miteinander fand sie viel interessanter. Hielten sie beim Abendessen Händchen? Benahmen sie sich wie andere Liebespärchen auch? Aßen sie Truthahnbraten zu Thanksgiving?

»Nein«, antwortete sie schließlich. »Habe ich nicht. Was ist mit dir? Unter Männern gibt es so was sicher auch.«

Monty schenkte ihr sein charmantestes Lächeln. Tiefe Lachfalten umspielten seine Augen, und Iris sah ihn forschend an, um eine Antwort auf ihre Frage zu finden. Doch er tätschelte ihr lediglich den Kopf und sagte: »Lass uns nicht über die Roosevelts und ihre Eigenheiten sprechen, wenn wir uns vielleicht zwei Wochen lang nicht sehen.«

Iris ließ nicht locker. »Ich würde es nur gern verstehen.« Sie erhob sich. »Vielleicht bin ich ja prüde, aber …«

»Zerbrich dir nicht den Kopf darüber«, sagte er beschwichtigend. »Du bist süß und unschuldig, und das liebe ich an dir am meisten.« Er drückte ihr die Schultern und küsste sie sanft auf die Stirn.

Iris stockte der Atem. Hieß das, er liebte alles an ihr oder nur einen Teil von ihr? Es war an der Zeit, etwas Selbstbewusstsein zu zeigen. Monty war mehr als ein Liebhaber, er war auch ihr bester Freund. Wenn er in der Stadt war, trafen sie sich jeden Tag während der Arbeit und verbrachten die Nächte miteinander, entweder im Mayflower-Hotel oder in ihrer Wohnung in der 6th Street – ihrem »Liebesnest«, wie er es nannte. Wenn er nicht da war, vermisste sie ihn. Er erklärte ihr die Politik und die gesellschaftlichen Gepflogenheiten in Washington. Außerdem dachte sie ständig an ihre verwegenen, wilden Nächte mit ihm.

»Ich liebe dich, Monty«, verkündete sie.

Er reagierte nicht sofort. Mit ernstem Gesicht drückte er seine Zigarette aus und fing ihren feierlichen Blick auf.

»Ich liebe dich auch.«

Iris küsste ihn leidenschaftlich. »Ich werde dich vermissen«, flüsterte sie zum Abschied.

»Ich dich auch, Kleines.« Er umarmte sie fest, und sie küssten sich erneut.

»Ich muss wirklich gehen«, sagte er schließlich, dann fügte er hinzu: »Wie ich höre, ist Sam Jacobson mit auf dem Presseschiff. Er ist schnell zum Liebling des Präsidenten aufgestiegen.«

»Er ist ein netter Kerl«, sagte Iris. »Mrs Roosevelt hält auch große Stücke auf ihn.«

Monty nickte zustimmend, aber Iris merkte, dass Sams Anwesenheit auf der Insel ihn beunruhigte. Iris drückte ihm schnell noch einen Kuss auf, um ihm zu zeigen, dass sie an Jacobson kein Interesse hatte. Zielsicher fand Montys Hand ihre Brust unter dem

Kleid. Er umspielte sanft ihre Brustwarze, bis sie sich sichtbar unter dem gestärkten Stoff abzeichnete, woraufhin er spielerisch hineinkniff.

»Benimm dich! Wir sehen uns Ende des Monats«, murmelte er, während er härter zukniff.

Iris sah ihrem Geliebten tief in die Augen und schmiegte sich enger an ihn an. Er drückte sein Knie gegen ihren Schoß. Eine Weile rieben sie sich aneinander, bis Iris vor Erregung laut keuchte.

Kapitel 23

HYDE PARK, NEW YORK

Juli 1933

Iris genoss den Abend mit Nancy Cook und Marion Dickerman. Zwei so ungewöhnliche Frauen hatte sie noch nie getroffen. Nan, die Extrovertiertere von beiden, war klein und kompakt und trug ihr graues Haar stoppelkurz. Sie hatte wache braune Augen und eine herzliche Art, sodass sich Iris sofort mit ihr wohlfühlte. Marion war groß, schlank und offenbar erheblich jünger als Nan. Obwohl sie entschieden zurückhaltender war, hielt sie an diesem Abend das Zepter fest in der Hand. So hatte Marion das späte Mittagessen mit Spaghetti und Hackbällchen zubereitet und serviert. Sie entschuldigte sich für die einfache Speise, aber Iris, die Spaghetti nicht kannte, fand das Essen wunderbar exotisch.

Beide Frauen rauchten und tranken Bourbon – Angewohnheiten, die Iris' Mutter stets als unziemlich für kultivierte Damen bezeichnet hatte –, zum Essen servierten sie Rotwein. Doch Iris, die es für vernünftiger hielt, Mrs Roosevelts Beispiel zu folgen, nahm mit Eistee Vorlieb. Nach dem Essen führten die drei älteren Frauen sie durch die von den Frauen im Jahr 1927 gegründete Möbelmanufaktur von Val-Kill.

»Wie viele Angestellte haben Sie hier?«, fragte Iris.

»Zwischen drei und acht, manchmal mehr«, antwortete Nan. »Eigentlich hatten wir den Betrieb gegründet, um den Farmern hier eine Möglichkeit zu bieten, sich ein Zubrot zu verdienen. Aber das war vor der Wirtschaftskrise.«

Iris fuhr mit der Hand über einen Klapptisch. »Das ist ein wunderbares Stück. Sie stellen ja richtig feine Möbel her.«

»Nan ist die Künstlerin«, sagte Marion. »Sie hat ihr Können durch die Fertigung von Gliedmaßen aus Holz für Kriegsheimkehrer perfektioniert.«

»Marion ist die Vorsitzende von Todhunter«, fügte Mrs Roosevelt hinzu. »Noch ein Unternehmen, das wir gemeinsam gegründet haben.«

Nan schenkte Iris eine große, gerade erst fertiggestellte Eichenkommode und organisierte den Transport nach Washington. Iris war entzückt von dem Stück, doch sie konnte sich beim besten Willen nicht vorstellen, wie es in ihre winzige Wohnung in der 6th Street passen sollte.

Auf dem Weg zurück zum Sommerhaus Stone Cottage, wo sie einen Zwischenstopp auf dem Weg nach Campobello einlegten, musste Iris immer wieder an Monty denken. Was würde er wohl sagen, wenn er wüsste, dass sie mit drei Frauen, die Frauen liebten, über Geschäfte sprach?

»Was ist so lustig?«, fragte Mrs Roosevelt. »Sie grinsen ja wie ein Honigkuchenpferd.«

»Nichts Besonderes«, antwortete Iris. »Sie müssen sehr stolz auf Ihre Leistungen sein.«

»Ich hatte viel Glück«, entgegnete die First Lady gelassen.

Beim Kaffee sprachen sie über Politik. Iris erfuhr, dass sowohl Nan als auch Marion als Suffragetten auf die Straße gegangen und in den Zwanzigerjahren bei der *Women's Division* der Demokraten in New York sehr engagiert gewesen waren. Obwohl Iris der Diskussion nicht ganz folgen konnte, denn die Themen wechselten zu schnell und die Frauen teilten viel Vorwissen, bemerkte sie rasch, dass Mrs Roosevelts Freundinnen intelligent und witzig waren. Sie hatte die First Lady noch nie so herzhaft lachen sehen,

Eleanor war entspannt und fühlte sich sichtlich wohl in dieser Runde.

Während sich die anderen unterhielten, ließ Iris den Blick durchs Zimmer schweifen. An den Wänden hingen mehrere Fotografien, von denen eine besonders amüsant war. Sie zeigte Mrs Roosevelt, Nan und Marion in identischer Aufmachung auf der Veranda von Stone Cottage. Alle drei trugen Tweedjacken und Knickerbocker, Kniestrümpfe, helle Herrenschuhe und Krawatten. Iris erhob sich, um es sich genauer anzusehen.

»Das Foto wurde 1925 gemacht, als das Cottage gerade fertig war«, erklärte Marion.

»Die Klamotten hat Eleanor extra für uns machen lassen«, fügte Nan hinzu. »Wir fanden sie zum Schreien komisch, aber auch irgendwie passend. Franklin war ähnlicher Ansicht, wenn ich mich recht erinnere. Er hat das Bild geschossen.«

Mrs Roosevelt strickte. »Er war sehr stolz auf uns. Drei Frauen gründen ein Unternehmen. Das Grundstück hat er uns zur Verfügung gestellt und ein Cottage mit Swimmingpool darauf gebaut. Die Sache hat ihn damals wohl mehr fasziniert als uns.«

»Also haben Sie auch hier gelebt, Mrs Roosevelt?«, fragte Iris.

»Manchmal sind wir aus Albany hergekommen. Bei uns im Haus war immer zu viel los. Dies hier war mein Rückzugsort.«

»Vor allem vor Franklins Mutter Sara«, murmelte Nan.

Die drei Frauen wechselten vielsagende Blicke.

»Meine Schwiegermutter ist manchmal etwas …« Die First Lady suchte nach Worten.

»Herrisch?«, schlug Nan vor.

»Tyrannisch?«, sagte Marion.

»Nennen wir es ›dominant‹«, schloss Eleanor schließlich diplomatisch. »Stone Cottage wurde mein Refugium, so, wie es Campobello einmal gewesen war. Aber das Sommerhaus auf Campobello hat Franklins Mutter 1909 für uns gekauft, und bemerkenswerterweise hat Sara mir erlaubt, es so einzurichten, wie es mir gefiel. Das war tatsächlich das einzige Mal, dass ich bei solchen Dingen das Sagen hatte.«

»Wie lange liegt Ihr letzter Aufenthalt auf Campobello schon zurück?«, fragte Iris.

»Zwölf Jahre.«

»Zwölf Jahre!«, entfuhr es Iris.

»Auf Campobello erkrankte Franklin an Polio. Das war im August 1921, die schrecklichste Zeit unseres Lebens. Als wir die Insel im Dezember desselben Jahres verließen, wollten wir nie mehr zurück.«

Die Frauen verließen Hyde Park und Stone Cottage kurz nach dem Frühstück und machten sich zunächst auf den Weg Richtung Norden. Nach einer Übernachtung in Maine reisten sie schließlich weiter nach Campobello. Als Mrs Roosevelt den Plymouth gegen Mittag des darauffolgenden Tages vor dem zweistöckigen Haus mit seinen Schindeln aus Rotzedernholz und grünen Fensterläden auf Campobello Island parkte, fragte Iris sich, wie man ein solches Haus wohl ernsthaft als »Cottage« bezeichnen konnte. Auf der Straße vor dem Haus standen bereits einige Autos. Eines gehörte Louis Howe. James Roosevelt trat aus dem Haus und kam ihnen über den Kiesweg entgegen. Der junge Mann mit der Nickelbrille sah seinem Vater sehr ähnlich.

Nachdem er seiner Mutter einen Kuss auf die Wange gegeben hatte, begrüßte er auch Iris, Nan und Marion, dann holte er ihr Gepäck aus dem Kofferraum.

»Wie war die Fahrt?«, erkundigte er sich.

»Eintönig, aber ich hatte wunderbare Gesellschaft. Und bei dir?«, fragte Eleanor.

James hatte, da nichts auf der Welt den Präsidenten so sehr begeistern konnte wie das Segeln, als Belohnung für die letzten vier zermürbenden Monate im Amt einen vierzehn Meter langen Schoner mit dem Namen *Amberjack II* gemietet. Damit konnte der alte Hobbysegler als Kapitän an der Küste entlang nach Campobello schippern, während James, Franklin Jr und John ihm als Crew zur Seite standen.

Dieser bescheidene Plan hatte sich schnell zu einem Sicherheitsalbtraum ausgewachsen, denn der Geheimdienst bestand darauf, die *Amberjack II* mit zwei Zerstörern, einer großen Motorjacht und drei Kuttern der Küstenwache zu begleiten. Außerdem hatte FDR noch zwei weitere Schiffe für den Konvoi geordert: Eines sollte seine Freunde auf die Insel bringen, das andere die Lieblingsreporter des Präsidenten.

»Pa war brillant. Man hat überhaupt nicht gemerkt, dass er seit zwölf Jahren nicht mehr in diesen Gewässern gesegelt ist. Er hat das Boot ohne Karte navigiert.«

»Im Lubec Channel kann es verdammt heikel werden«, erklärte Eleanor Iris. »Und in der Passamaquoddy Bay herrscht ständig Nebel.«

»Als wir gestern Morgen in Welshport ankamen, begrüßte man uns mit zweiundzwanzig Böllerschüssen, die gesamte Fangflotte und jedes Ruderboot der Gegend kamen uns entgegen«, erzählte James.

»Wo ist er jetzt?«, fragte Eleanor.

»Er spielt mit seinen Pressegästen Bridge.«

»Gibt es schon was Neues aus London?«

»Weiß ich nicht genau. Während wir hier draußen waren, hat er ein paar Telegramme bekommen. Am besten fragst du Louis.« Mit diesen Worten trug James schleunigst das Gepäck ins Haus.

Als sie aufwachte, inspizierte Iris vom Bett aus die Tapete in dem ihr von Mrs Roosevelt zugeteilten Schlafzimmer. Sie war mit Veilchen bedruckt, Mrs Roosevelts Lieblingsblumen, wie diese ihr anvertraut hatte. Das Zimmer, wunderschön, groß und luftig, bot einen Blick über die Friars Bay und die kleine Stadt Eastport in Maine. Wasser und Himmel leuchteten tiefblau. Iris hielt diese Aussicht für die schönste, die sie je gesehen hatte.

Ein Blick auf die Armbanduhr verriet ihr, dass es schon vier Uhr war und sie den Großteil des Nachmittags verschlafen hatte. Sie stand auf und öffnete das Fenster weit. Dies war erst ihr zweiter Urlaub am Meer. Den ersten hatte sie im Alter von zehn Jahren mit ihrem Vater in Atlantic City verbracht. Von ihrem damaligen Ausflug wusste Iris nur noch, dass das Wasser furchtbar kalt gewesen war und sie Meersalz-Toffees gegessen hatten. Der fünftägige Aufenthalt war ein spontaner Einfall gewesen, weil ihre Mutter wochenlang mit nervösen Kopfschmerzen im Bett gelegen hatte.

Im Unterrock am offenen Fenster dachte Iris darüber nach, wie ihr Vater sich diesen Urlaub damals wohl hatte leisten können. Sie schloss die Augen und versuchte, sich an die Unterkunft zu erinnern. Eine Pension. Das Essen war ihnen von einem älteren Herrn in mottenzerfressenem Anzug mit zittrigen Händen serviert worden. Hatte ihr Vater sie während dieser Zeit allein gelassen? Hatte er gewartet, bis sie eingeschlafen war, um ins Casino zu gehen? Hatte er so den Urlaub finanziert? Iris konnte sich das nicht vorstellen. Sie konnte sich nicht erinnern, irgendwann allein gewesen zu sein. Aber ihr fiel es ohnehin schwer, ihren Vater als Alkoholiker zu verstehen und an seine ständige Abwesenheit und schlechten Angewohnheiten zurückzudenken. Lieber erinnerte sie sich an sein unverkrampftes Lächeln und daran, dass er spontan Gedichte aufsagte und gern tanzte.

Sie beschloss, sich anzuziehen und hinunter ans Wasser zu gehen. Mrs Roosevelt hatte ihr gesagt, sie brauche ihre Dienste am Nachmittag nicht. Sie wählte eine leichte Tweedhose im Stil von Amelia Earhart mit weißer Bluse und weizengelber Strickjacke. Dann schlüpfte sie in ihre weißen Turnschuhe. Kaum war sie unten angelangt, verschwand die Sonne hinter einer Wolke, und es kam eine kühle Brise auf. Louis Howe saß auf einem Liegestuhl auf der Veranda. Er war vornübergebeugt, die Ellbogen auf den Knien, und rauchte. Statt das Meer zu betrachten, fixierte er seine Schuhe. Als sie vorüberging, sah er auf und winkte ihr höflich zu. Iris zögerte einen Moment lang, sie überlegte, ob sie stehen bleiben und Konversation machen sollte.

»Hallo! Alles in Ordnung?«, fragte sie.

Howe sah sie kopfschüttelnd und entmutigt an, dann senkte er den Blick wieder.

Iris trat an die Brüstung der Veranda und sah hinüber zum zweihundert Meter entfernten Anleger, wo Mrs Roosevelt und Sam Jacobson sich angeregt unterhielten. Mrs Roosevelts Körpersprache nach zu urteilen war sie sehr zornig. Sam, lässig in hellbrauner Hose und weißem Hemd mit geöffnetem Kragen, nickte immer wieder. Aus dieser Entfernung wirkte er ganz anders, irgendwie markant, und sein schwarzes Haar hob sich deutlich von den Quellwolken hinter ihm ab.

Unsicher, ob sie sich zu den beiden gesellen sollte, ging Iris hinunter auf den Rasen, doch in diesem Moment drehte Mrs Roosevelt sich um und marschierte vom Anleger direkt auf sie zu. Sie blieb vor Iris stehen und musterte sie mit einem seltsamen Blick. In ihren Augen standen Tränen, aber sie waren kein Ausdruck von Sorge oder Trauer. Ihre Körperhaltung und ihr verbissener Kiefer vermittelten eine eindeutige Botschaft: Wut. Eleanor packte Iris am Oberarm und sah ihr direkt ins Gesicht. Der Griff war so fest, dass Iris sich die vom Wind in Stirn und Augen geblasenen Haare nicht aus dem Gesicht streichen konnte. Sie hatte den Eindruck, Mrs Roosevelt habe etwas sagen wollen und sich dann aber eines Besseren besonnen, woraufhin sie in Richtung Cottage davonstürmte. Iris sah ihr hinterher. Auf der Veranda blieb die First Lady kurz stehen, wechselte ein paar Worte mit Howe, der sich erhoben hatte, dann gingen sie gemeinsam ins Haus.

Einige Minuten lang stand Iris wie angewurzelt da. Sam blieb auf dem Anleger und blickte Richtung Eastport. Schließlich gesellte sich Iris, von Neugier getrieben, zu ihm. Als sie auf einmal neben ihm auftauchte, sah Sam sie völlig überrascht an.

Sam bot ihr den Platz neben sich an.

»Ihnen muss furchtbar kalt sein«, bemerkte sie. »Hier ist der Wind ja richtig frisch.«

»Gerade war es noch sonnig. Das Wetter ändert sich so schnell hier.« Er sah sie an, und beide lächelten unsicher. Sam nahm die Brille ab und rieb sie mit einem Taschentuch sauber. Er schien gefasst zu sein, doch seine Miene verriet eine gewisse Erregung. Es war nicht der Zorn, den sie in Mrs Roosevelts Gesicht gesehen hatte, Sam sah eher enttäuscht aus.

»Alles okay?«, erkundigte sie sich behutsam.

»Nein, das kann man nicht behaupten.«

»Kann ich was für Sie tun?«

»Präsident Roosevelt hat die Londoner Konferenz platzen lassen. Er hat jede Chance auf eine friedliche Lösung zunichte gemacht«, sagte er, dann setzte er die Brille schweigend wieder auf. »Wissen Sie, wann er uns das gesagt hat?« Er schüttelte ungläubig den Kopf. »Während wir Bridge spielten.«

Iris war nicht sicher, wie sie darauf reagieren sollte. Sie wusste, dass die Konferenz Währungen stabilisieren wollte und dass der Präsident den Dollar dafür an den Goldpreis binden müsste.

»Also wird er den Dollar frei schwanken lassen?«

Sam nickte. »Er hat gesagt, diese Vorgehensweise diene dem amerikanischen Interesse am besten, deshalb werde er sich nicht von Fremdstaaten unter Druck setzen lassen, die ihre riesigen Kriegsschulden gegenüber Amerika noch immer nicht beglichen hätten. Er hat zwar klargemacht, dass er nicht zitiert werden wolle, aber wenn wir Campobello auf die Datumszeile schrieben, sei bestimmt noch ein gutes Hedgegeschäft drin«, sagte Sam bissig.

»London war eine Chance auf wirtschaftliche Gleichberechtigung und eine Möglichkeit, Nationalismus und Aufrüstung zu kontrollieren.«

»Sie sind gut informiert«, bemerkte er.

Iris zuckte die Schultern. Sie hatte sich tatsächlich gut informiert, aber diese Einschätzung stammte von Monty.

»Der Mann hat Nerven«, fuhr Sam fort. »Hitler wird sich freuen. Ein weiterer Krieg lässt sich nur verhindern, wenn Amerika in der Weltpolitik die Führung übernimmt.«

Iris wollte anmerken, dass das Hauptinteresse des Präsidenten momentan wohl eher darin liege, Amerika aus der Wirtschaftskrise zu befreien. Erst Amerika retten, dann die Welt. Aber Sam Jacobson und Mrs Roosevelt waren leidenschaftliche Anhänger der Friedensbewegung, daher vermutete Iris, die beiden würden in diesem Augenblick ohnehin keine andere Sichtweise gelten lassen. Sie wechselte das Thema. »Mrs Roosevelt war wohl ziemlich wütend. Haben Sie gerade darüber gesprochen?«

Sam nickte. »Roosevelt hat sie noch nicht mal in seine Pläne eingeweiht. Ich war gezwungen, ihr die Nachricht zu überbringen, als ich sie gerade zufällig am Strand traf. Den Weltfrieden retten, Abrüstung, Amerikas Beitritt zum Völkerbund und zum Internationalen Gerichtshof … Seit 1918 arbeitet sie auf nichts anderes hin. Und er hielt es nicht mal für nötig, sich mit ihr abzusprechen.«

»Das erscheint mir aber nicht weiter ungewöhnlich. Schließlich ist sie kein Kabinettsmitglied.«

»Sie ist viel wichtiger als das, Iris. Sie ist sein Gewissen.«

Lange fiel zwischen den beiden kein Wort. Iris tat es leid, dass Sam so aufgewühlt war. Sie umschlang ihre Knie und betrachtete sein Profil – die hervorstehenden Wangenknochen, die lange, schmale Nase und das ausgeprägte Kinn – und fragte sich unwillkürlich, wie es wohl sein mochte, ihn zu küssen. Er hatte dünne, aber attraktiv geformte Lippen. Plötzlich wandte er sich ihr zu.

»Vielleicht hatte der Präsident gar nicht vor, die Nachricht auf diese Weise zu verkünden«, überlegte Iris. »Sie meinten, er habe es beim Bridge erzählt. Das erscheint mir recht spontan.«

Sam sah sie über den Rand seiner Brille hinweg an. »Dieser Bericht des Präsidenten war in etwa so spontan wie seine Amtsantrittsrede. Er wusste schon seit Wochen, wie die Konferenz ausgehen würde. Obwohl er gar nicht anwesend war, hielt er alle Karten in der Hand. Er hat einfach gewartet, bis er nicht mehr in Washington war, um der Welt die Nachricht zu überbringen.«

»Es tut mir leid«, sagte Iris schließlich. »Diese Sache bedeutet Ihnen offensichtlich sehr viel.« Das klang ziemlich dünn. Zögerlich drückte Iris ihm den Arm, ob als Zeichen ihres Mitgefühls oder aus Freundschaft, wusste sie selbst nicht so genau. Klar war nur, dass ihre Worte eine unterstützende Geste brauchten.

Er betrachtete die Hand auf seinem Arm. Iris zog sie schnell wieder weg und schlug einen lockereren Ton an: »Ich habe Dr. Feuchtwangers Essay gelesen. Da kann einem ja angst und bange werden.« Kaum hatte sie die Worte ausgeprochen, erkannte Iris, dass ihre Beschwingtheit für dieses ernste Thema völlig unangemessen war. Sie spürte, wie sie trotz der kalten Luft heiße Wangen bekam.

»Ich finde ihn realistisch«, bemerkte er leise, ohne sie anzusehen.

Der Essay hatte sie über Hitlers Machtergreifung, den Faschismus und den von Hitler angeheizten Judenhass aufgeklärt. Monty hatte ihr ebenfalls zu einem besseren Verständnis verholfen und alle offenen Fragen beantwortet, doch sie fühlte sich immer noch nicht kompetent genug, dieses Thema mit einem Juden zu diskutieren. Sie hatte Angst, herablassend zu klingen. Aus unerfindlichen Gründen wollte sie bei Sam unbedingt einen guten Eindruck hinterlassen.

»Das muss Ihnen nicht unangenehm sein«, sagte Sam, als hätte er ihre Gedanken gelesen. »Die meisten Nichtjuden finden das Thema Hitler und die Juden schwierig.« Lächelnd blickte er hinaus aufs Meer. »Wir können uns gern über was anderes unterhalten, wenn Sie noch etwas länger hier sitzen möchten. Was halten Sie von Baseball?«

Lachend schüttelte sie den Kopf. Eine Weile betrachteten sie schweigend die Bucht, dann ergriff Sam erneut das Wort.

»Hätten Sie sich je träumen lassen, Iris, dass Sie eines Tages als Gast des Präsidenten der Vereinigten Staaten auf Campobello Island sitzen?«

»Nein«, erwiderte sie. »Meine Träume sind viel bescheidener.«

Er grinste. »Tatsächlich? Als Kind träumte ich davon, in der Major League zu spielen.«

»Und wie sind Sie dann Journalist geworden?«

»War einfach kein guter Baseballspieler«, erwiderte er nüchtern. Beide lachten.

Er musterte sie aufmerksam. »Bestimmt waren nicht alle Ihre Träume bescheiden«, hakte er nach.

Nachdenklich beobachtete Iris das aufgewühlte Meer.

»Ich wollte früher Schauspielerin werden«, erzählte sie zögernd. »Mit siebzehn spielte ich den Zweiten Musikanten bei unserer Schulaufführung von *Was ihr wollt*. Das war zwar nur eine Nebenrolle, aber als ich nach der unermüdlichen Arbeit im Ensemble endlich im Rampenlicht stand und den Applaus nach der Premiere erlebte, war ich wie elektrisiert.«

»Warum haben Sie nicht weitergemacht?«, fragte er sanft.

»Es war ein alberner Traum«, sagte sie achselzuckend.

In Wahrheit war Iris atemlos und ganz kribbelig vor Aufregung von der Aufführung nach Hause gekommen und hatte ihrer Pflegemutter Mrs Woods erklärt, dass sie Schauspielerin werden wolle. Daraufhin hatte Mrs Woods sie liebevoll angesehen und verkündet: »Das kommt gar nicht infrage, meine Liebe. ›Schauspielerin‹ ist ein anderes Wort für ›Flittchen‹. Lehrerin ist eine viel bessere Wahl.« Durch das harsche Urteil ihrer Ziehmutter ernüchtert, hatte Iris ihren Wunsch recht bald aufgegeben. Aber auf der Bühne hatte sie sich wie eine Prinzessin gefühlt. Dieses Erlebnis hatte sie nie vergessen.

»Aus Ihnen wäre eine großartige Schauspielerin geworden«, sagte Sam aufrichtig.

Iris hob den Kopf und sah ihn fragend an.

»Hübsch genug sind Sie ja«, fügte er erklärend hinzu. »So meinte ich das.«

Sie lächelte und spürte, wie ihr das Blut in die Wangen schoss. Schnell schaute sie wieder aufs Wasser. »Aber es fehlt mir an Talent.«

»Ich weiß nicht. Soweit ich das sehe, besteht zwischen Hollywood und dem Weißen Haus kein großer Unterschied«, bemerkte er trocken.

Iris wollte gerade loslachen, doch ein Blick in Sams verbissenes Gesicht verriet ihr, dass er es ernst meinte.

An diesem Abend gab der Präsident eine Cocktailparty für zweiundzwanzig Gäste. Damit feierte er seine triumphale Rückkehr nach Campobello. Iris war dabei, genau wie Sam Jacobson, dessen

Laune sich gegen Abend wieder gebessert hatte. Mrs Roosevelt glänzte durch Abwesenheit.

Monty hatte Iris erzählt, dass man FDRs Cocktailpartys unter keinen Umständen verpassen solle. Obwohl er ihr auch gesagt hatte, dass Mrs Roosevelt dieser Art Festivitäten – abgesehen von Geburtstagen und Jubiläumsfeiern – grundsätzlich fernblieb, hatte er vergessen, sie über Missy LeHands Rolle dabei aufzuklären.

An diesem Abend war Missy Gastgeberin und übernahm alle gesellschaftlichen Pflichten, die ansonsten der Dame des Hauses zustanden. Ihr intimes Verhältnis zum Präsidenten – sie hielt seine Hand, flüsterte ihm ins Ohr und nannte ihn F. D. – überraschte Iris. Ihr Benehmen erschien ihr impertinent, ja geradezu respektlos. Wüsste man es nicht besser, würde man sie glatt für die Gattin des Präsidenten halten. Offensichtlich war Missy mehr als eine Sekretärin, aber Iris hatte den Eindruck, sie prahle regelrecht mit ihrem Verhältnis zu ihm. Außer ihr nahm offenbar niemand, nicht einmal Roosevelts Kinder, Anstoß an seinem Techtelmechtel mit der Sekretärin.

Allerdings wirkte die heitere Gelassenheit unter den Gästen, die zu den Klängen von Bing Crosby, Kate Smith und Al Jolson aus dem Grammofon tranken, lachten und tanzten, recht aufgesetzt. Iris wusste jedoch, dass die gedrückte Stimmung nicht der seltsamen Beziehung des Präsidenten zu Missy geschuldet war. Eine unheilvolle Vorahnung lag über dem Abend, und der Versuch, die Atmosphäre aufzulockern, hob die Bedrohung nur umso deutlicher hervor.

Louis Howe war der Einzige, dessen zerfurchtes Gesicht die Wahrheit widerspiegelte. Er saß mit Scotch und Zigarette allein am Fenster.

»Sie sehen besorgt aus, Mr Howe«, bemerkte Iris. »Kann ich Ihnen helfen?«

»Keiner kann den Schaden abmildern, den dieser Tag angerichtet hat«, erwiderte er. »Nicht mal ich.«

»Sprechen Sie von Mrs Roosevelt? Sie wirkte ziemlich aufgelöst heute Nachmittag.«

Howe nickte. »In den vielen Jahren, die ich die beiden nun kenne, habe ich oft erlebt, wie er sie erzürnt hat, aber das hier ist anders. Frank hat sie mit seinem Spielchen bis ins Mark erschüttert. Abrüstung, Weltfrieden, wirtschaftliche Gleichberechtigung … Das sind Themen, die ihr am Herzen liegen. Und Frank hat sie alle auf einen Streich zunichte gemacht.«

An Howes Miene erkannte Iris den Ernst der Lage.

»Ich habe es ihm gesagt, Iris. Er sollte es zuerst mit ihr besprechen. Setze deinen Plan durch, wenn es sein muss, habe ich gesagt, aber besprich es vorher mit ihr. Sie mag es nicht, wenn man sie nicht einweiht und sie am Ende wie eine Idiotin dasteht. Aber das ist nicht alles. Sie ist der festen Meinung, Franklin habe die letzte Chance vertan, einen neuen Krieg zu verhindern.«

»Vielleicht hat sie sich mittlerweile beruhigt«, merkte Iris an.

»Keine Chance. Diese Frau ist halb Elefant, halb Löwe. Sie vergisst nie etwas und wird wie ein Raubtier zurückschlagen. Glauben Sie mir. Ich war den ganzen Nachmittag über bei ihr und habe versucht, sie zu beruhigen. Sie lässt sich auf keine Diskussion ein.«

»Was ist mit Tommy?«, fragte Iris.

»Tommy spricht gerade mit ihr, aber ich glaube, nicht mal sie wird die First Lady diesmal beschwichtigen können.«

Iris setzte sich neben Howe und ließ den Blick durch den Raum schweifen. Immer wieder sahen Gäste auf ihre Armbanduhren oder hinüber zur großen Standuhr in der Ecke, immer wieder verstummte das Gelächter und die Blicke wanderten nervös zur Tür. Als die First Lady schließlich den Raum betrat, war es bereits spät, fast neun Uhr.

Mrs Roosevelt verkündete, das Dinner sei serviert. Sie trug ein einfaches dunkelrotes Kleid mit Gürtel. Ihr Haar war im Nacken zu einem Knoten gebunden.

Die Gäste folgten ihr hinaus. Es gebe frisch gefangenen Fisch, von einigen Fischern und ihren Frauen als Willkommensgruß an den Präsidenten im Hof zubereitet. Auf dem Rasen hatte man Tische aufgebaut und mit rot-weiß-blauen Decken geschmückt. Ballons und Lampions in denselben Farben hingen von den Bäumen und Giebeln des Hauses. Ein Trio erschien auf der Veranda und spielte *»Happy Days Are Here Again«*. Alles war perfekt, geradezu zauberhaft. Schade um den Aufwand, dachte Iris.

Mrs Roosevelt verzichtete auf einen Teller. Sie saß weit entfernt vom Präsidenten an einem Tisch und nippte wortlos und mit versteinerter Miene an ihrem Eistee. Sie mied die Blicke der Gäste. Iris nahm sich einen Teller und eine bescheidene Portion Fisch. Sie war froh, dass Sam ihr einen Platz neben sich anbot, weil sie nicht sicher war, ob Mrs Roosevelt ihre Gesellschaft wünschte. Iris beobachtete, wie die anderen Gäste ihre Plätze einnahmen. Gelegentlich wehte eine starke, eiskalte Windböe vom Meer herüber, aber Iris, die die Versammlung beim Essen stets im Blick behielt, hatte nicht das Gefühl, dass sich die aufgeheizte Stimmung dadurch abkühlte.

Als James sich anschickte, einen Toast auf seinen Vater auszusprechen, ergriff Mrs Roosevelt schließlich das Wort. Erleichtert sahen die Gäste, wie sie sich erhob und ihrem Sohn bedeutete, sich wieder zu setzen. Alle waren auf diesen Auftritt vorbereitet und keiner versuchte, sie aufzuhalten, zu beschwichtigen oder anzustacheln. Mit eiskaltem Blick setzte sie an.

Warum man sich nicht mit ihr beratschlagt habe, wollte sie wissen. Warum der Präsident ihr die Nachricht auf Campobello überbracht habe. Ob er sich vorstellen könne, was dies für die Welt bedeute. Warum er Hitler gegenüber den Kopf in den Sand stecke. Meine Güte, rief sie, was brauche er denn noch? Der Mann habe seine Ziele doch schon vor zehn Jahren in *Mein Kampf* deutlich dargelegt!

Die Tirade dauerte wenig länger als eine Minute, und während der ganzen Zeit saß Roosevelt wortlos und mit einem Ausdruck würdevoller Gelassenheit am Tisch. Iris war sicher, dass er die Konsequenzen seines politischen Schachzugs nach achtundzwanzig Jahren Ehe mit Eleanor durchaus vorausgesehen hatte.

Schließlich trank Mrs Roosevelt einen letzten Schluck Eistee und marschierte zurück ins Haus. Tommy folgte ihr. Einige Sekunden später ging in einem der Schlafzimmer im zweiten Stock das Licht an.

Das Fest war ruiniert, egal, wie sehr sich James und seine Geschwister auch bemühten. Nach und nach kamen die Gäste wieder aus der Deckung, zogen sich aber schleunigst in ihre Zimmer oder Autos zurück. Sam verabschiedete sich von Iris und ging mit drei anderen Reportern über den Rasen zum Anleger, wo ihr Schiff ankerte. Howe, die Hände in den Hosentaschen, trat neben den Präsidenten und flüsterte ihm etwas ins Ohr. Roosevelt nickte, während Gus ihn in Richtung Haus über den Rasen schob. Missy folgte ihnen kurze Zeit später.

Als schließlich Sprühregen einsetzte, ließ Iris sich auf den Stufen der Veranda nieder und sah den Fischern und ihren Frauen dabei zu, wie sie die Reste der Feier in ihre Lastwagen packten.

Kapitel 24

HYDE PARK, NEW YORK

Mai 1962

Wahrscheinlich übertreibe ich nicht, wenn ich behaupte, dass ich in meinem ersten Jahr als Haushälterin an drei Fronten zu kämpfen hatte. Der erste Kampf galt dem Staub. Das Problem bestand darin, dass der Präsident und Mrs Roosevelt allerlei Zierrat und Bilder sammelten. Der Präsident besaß die umfangreichste und wertvollste Sammlung von Kunstdrucken im ganzen Land. Jeder bewunderte die Drucke und Fotografien, die die Wände zierten, aber alles, was ich sah, wenn ich durch die Gänge und Zimmer lief, waren Staubfänger. Es dauerte Tage, die drolligen und gerahmten Aufnahmen, die Mrs Roosevelt aufgehängt hatte, von Staub zu befreien. Und kaum war man fertig, konnte man schon wieder von vorn anfangen!

Tja, und der zweite Kampf galt dem Diebstahl. Unzählige mit dem Wappen des Präsidenten geschmückte Tabletts wurden in die Gästezimmer hinaufgetragen, kamen aber nie zurück. Diese winzigen Salzlöffel, die wir zum Dinner auslegten, schienen sich regelmäßig in Luft aufzulösen. Der arme Fields suchte die Schuld bei sich, meinte, er hätte besser aufpassen müssen, aber man kann Leute wie Italo Balbo oder Lord Beaverbrook doch nicht einfach beim Dessert beschuldigen, ein Fischmesser gestohlen zu haben!

Dann war da noch der Schmutz, gegen den ich und mein Personal jeden Tag ankämpfen mussten, vor allem bei dem ständigen

Kommen und Gehen. Im Weißen Haus war es wirklich schier unmöglich, mal in einem Rutsch durchzuwischen und zu putzen. Wenn Mrs Roosevelt und der Präsident auf Reisen waren, wies ich die Mädchen immer an, die Zimmer mal so richtig auf Vordermann zu bringen: Gardinen waschen und bügeln, Böden wischen und polieren – das volle Programm. Sogar, wenn jemand nur mal am Nachmittag unterwegs war, ergriffen wir sofort die Gelegenheit, das jeweilige Zimmer gründlich zu reinigen. Der Kampf hörte nie auf. Ach, und wenn ich erst an die offiziellen Empfänge denke, vor allem die mit Buffet! Von heruntergefallenem Essen und verschütteten Getränken war der Boden danach immer ganz dreckig und klebrig.

Weihnachten fand stets im Weißen Haus statt, Thanksgiving dann in Warm Springs oder manchmal in Hyde Park. Dort versammelte sich die ganze Familie mit einigen Freunden. Normalerweise hatten wir zwischen vierundzwanzig und dreißig Gäste. Bei den Roosevelts gab es das Weihnachtsessen am Weihnachtsabend. Mrs Roosevelt, die wie ein fleißiges Bienchen den ganzen Tag über Kinderheime und Wohltätigkeitsveranstaltungen für benachteiligte Kinder besucht und in Suppenküchen ausgeholfen hatte, huschte meist erst kurz vor dem Servieren in den Speisesaal. Bei diesen Anlässen hatte sie für jedes Kind ein kleines Geschenk.

Ich kann mich noch an mein erstes Weihnachtsmenü im Jahr 1933 erinnern. Unser Speiseplan war immer noch auf Sparen ausgelegt, aber Mrs Roosevelt erlaubte mir, ein wenig mehr auszugeben, weil sowohl der Truthahn als auch die Würstchen und die Kastanien Geschenke an den Präsidenten waren.

Krabbencocktail mit Salzstangen
Klare Brühe mit Schaumklößchen
Geringelte Selleriestreifen mit gefüllten Oliven
Fischfilet mit Sauce Maréchale
Gurkenscheiben
Brötchen
Truthahn mit Walnussfüllung und Deerfoot-Würstchen
Cranberrygelee
Zwiebeln in Sahnesauce
Grüne Bohnen
Karamellisierte Süßkartoffeln
Salat mit weißen und roten Trauben
Käsestangen
Plumpudding mit Karamellkruste und Eiscreme
Kuchen (klein)
Gebäck
Kaffee
Bonbons

Eigentlich wollte ich die Walnussfüllung unbedingt nach Hausfrauenart zubereiten, aber der Präsident bestand darauf, den Truthahn in einem Ring aus Würstchen zu servieren. Er meinte, Weihnachten ohne Deerfoot-Würstchen sei kein richtiges Weihnachten.

Mrs Roosevelt sprach gern davon, dass Weihnachten für sie an Heiligabend begann. Sie verbrachte den Tag für gewöhnlich mit offiziellen Anlässen, eilte von einer Veranstaltung zur nächsten und wünschte allen ein frohes Fest. Im Namen des Präsidenten schüttelte sie viele Hände und posierte für zahlreiche Fotos. Danach ging sie in Begleitung des Präsidenten auf den Lafayette Square, wo dieser die Lichter am Weihnachtsbaum der Stadt entzündete. Dann ging es zurück ins Weiße Haus, wo zwei Weihnachtsfeiern stattfanden. Die erste, für die Büroangestellten, Geheimdienstmitarbeiter und Polizeikräfte des Weißen Hauses, fand im Oval Office statt, die zweite, für die Hausangestellten und ihre Familien, im East Room. Können Sie sich vorstellen, dass Mrs Roosevelt für jeden ein persönliches Geschenk hatte? Sie führte sogar ein kleines Notizbuch, in dem sie jedes Geschenk vermerkte, damit sie niemandem zweimal dasselbe schenkte. Die Geschenke waren mit großer Sorgfalt ausgesucht und immer persönlich.

Mein Weihnachten hingegen begann bereits am Tag nach Thanksgiving, denn zu der Zeit buk ich die ersten von hundert Früchtestollen, die Mrs Roosevelt zu Weihnachten an Freunde, Bekannte und Verwandte verschickte. Sie stellte Päckchen mit hausgemachten Früchtestollen, Marmelade, Gebäck und verschiedenen Naschereien zusammen. Die Marmeladen und so überließ ich den Köchinnen Elizabeth und Ida, aber bei den Früchtestollen wollte ich selbst Hand anlegen. Dunkle Früchtestollen mochte ich am liebsten. Mein Rezept enthielt viele Gewürze, die die Küche mit festlichem Duft erfüllten. Trotz der harten Arbeit machte es mir Spaß. Das Anrühren eines Teigs für Früchtestollen kann ich als Aufmunterung in trüben Tagen wärmstens empfehlen. Dabei kommt sofort Weihnachtsstimmung auf!

Kapitel 25

WASHINGTON, D.C.

Dezember 1933

Trotz Montys Kritik, vor allem an den Marshmallows im Salat, zählte Iris Mrs Nesbitts Weihnachtsmenü zu ihren besseren kulinarischen Leistungen. Der Truthahn war zwar trocken, die Bohnen zu weich und die Soße klumpig, aber es war auch nicht leicht, alles zur rechten Zeit fertig zu bekommen, wenn man für dreißig Personen kochte. Monty hielt dagegen, dass es sich hier schließlich ums Weiße Haus handele, und wenn die Küche des Weißen Hauses es nicht mal schaffe, einen Truthahnbraten richtig zuzubereiten, wie solle die Regierung dann erst größere Probleme in den Griff bekommen? Für Monty war Essen eine wichtige Angelegenheit, das hatte Iris schon mitbekommen.

»Ich sage lediglich, dass es wichtig ist, was man sich in den Mund steckt. Essen ist mehr als Nahrungsaufnahme. Es beeinflusst den Gemütszustand, stärkt die Nerven und kann die Sicht auf die Welt oder persönliche Umstände verändern«, informierte Monty die Runde.

»Dem stimme ich zu«, sagte der Präsident. »Aber es ist genauso wichtig, in diesen schwierigen Zeiten sparsam zu kochen. Wir können hier nicht Kaviar speisen, während der Rest der Nation sich mit Hammel oder Hase als Weihnachtsbraten begnügen muss.«

Monty nickte freudlos. Iris war froh, dass seine Bemerkungen keinen neuerlichen Streit zwischen Mrs Roosevelt und ihrem Mann ausgelöst hatten. Seit dem Vorfall in Campobello schenkte der

Präsident den Gefühlen seiner Frau wieder mehr Aufmerksamkeit. Monty hatte Iris erzählt, dass dieser Sinneswandel vermutlich Howe geschuldet sei. Dieser Mann war viel mehr als Staatssekretär, engster Vertrauter und Freund des Präsidenten, er war Vermittler und Eheberater der Roosevelts, und das war echte Knochenarbeit.

Direkt nach seiner Rückkehr von der Insel hatte der Präsident sich um die Aufnahme offizieller Beziehungen zur Sowjetunion bemüht. Amerika hatte Russland nach der bolschewistischen Revolution vor sechzehn Jahren die offizielle Anerkennung verweigert, was Mrs Roosevelt schon immer ein Dorn im Auge gewesen war. Nach mehreren geheimen Treffen mit Maxim Litwinow, dem Volkskommissar für Auswärtige Angelegenheiten, hatte der Präsident am Morgen des 17. November ein Dokument zur Wiederaufnahme von diplomatischen Beziehungen mit Moskau unterzeichnet.

Mrs Roosevelt war begeistert und verkaufte der Presse das Ganze umgehend als den ersten konstruktiven Beitrag des Präsidenten zu den internationalen Beziehungen Amerikas. Roosevelt, der es sowohl William Randolph Hearst als auch seiner Frau recht machen musste, war damit ein beeindruckender Schachzug gelungen.

»Doch«, fuhr der Präsident nun fort, »man kann mit Fug und Recht behaupten, dass der *New Deal* schon Früchte trägt und an diesem Weihnachtsfest mehr Menschen einen Braten auf dem Tisch haben als letztes Jahr, auch wenn es Hammel ist. Seit November haben wir bereits drei Millionen Menschen Arbeit verschafft, und Hopkins geht fest davon aus, dass wir bis Mitte Januar über vier Millionen erreicht haben werden.«

»Vier Millionen Männer, meinst du«, fügte Mrs Roosevelt schnippisch hinzu.

Daraufhin ließ der Präsident den Löffel fallen und betrachtete seine Frau spöttisch über den Rand seines Kneifers hinweg.

»Für Frauen existiert noch immer kein *New Deal*«, erklärte sie.

»Aber meine Liebe, wir gehen davon aus, dass es auch für Frauen und Familien positive Auswirkungen haben wird, wenn die Männer wieder Arbeit haben.«

»Nicht alle Frauen sind verheiratet.«

Iris hoffte inständig, Mrs Roosevelt möge sie nicht vor der ganzen Runde zu ihren einschlägigen Erfahrungen befragen. Sie hielt den Blick starr auf ihr Dessert gerichtet und wünschte sich dringend, jemand würde das Thema wechseln.

»Jetzt, wo ich darüber nachdenke«, fuhr Mrs Roosevelt fort, »werde ich mich 1934 ganz diesem Thema widmen. Wenn du dich nicht um das Problem kümmern willst, werde ich das machen. Ich habe auch schon was in petto. Iris …«

Als hätte sie Iris' Verlegenheit gespürt, unterbrach Hick ihre Freundin. »Was ist mit Ihnen, Herr Präsident? Was haben Sie für 1934 in petto?«

»Fragen Sie mich das als Reporterin?«, entgegnete Roosevelt.

»Ich habe seit Juli keinen Artikel mehr geschrieben, Herr Präsident. Ich spiele jetzt für Ihr Team, erinnern Sie sich?«

»Und das tun Sie ganz großartig.«

Iris lauschte dem Schlagabtausch mit solcher Anspannung, dass sie sich glatt auf die Lippe biss. Seit sie von der Beziehung zwischen Hick und Mrs Roosevelt wusste, hatte Iris sich immer wieder ermahnen müssen, nicht hinter jedem Geplänkel zwischen dem Präsidenten und Hick etwas Zweideutiges zu vermuten. Sie musste eben akzeptieren, dass manche Leute ihr Leben etwas unkonventionell gestalteten, wie Monty ihr geraten hatte.

Hick lächelte. »Ich arbeite gern für Hopkins. Er ist schnell und schafft Tatsachen. Seit Juli habe ich im Rahmen meiner Untersuchung über die Auswirkungen des *New Deal* in Amerika bereits vierzehn Städte bereist, und ich muss sagen, dass sich der Alltag vieler Menschen in diesem Land verbessert hat.«

Damit hatte sie recht. Die zuständigen Behörden und Organisationen hatten die Lebenssituation vieler Männer dahingehend verbessert, dass sie endlich nicht mehr von Arbeitslosengeld abhängig waren und stattdessen wieder eine Stelle hatten.

»Also, unter uns, Herr Präsident: Was kommt als Nächstes?«

»Es geht genauso weiter. Ich will, dass Amerikaner wieder Arbeit haben, und natürlich, dass ländliche Gebiete ans Stromnetz angeschlossen werden.«

»Sozusagen zwei Fliegen mit einer Klappe schlagen«, betonte Monty.

»Genau. Wenn wir auf dem Land Kooperativen gründen, die unsere Stromtrassen und Trafos bauen, schafft das neue Arbeitsplätze. Im Gegenzug werden ländliche Regionen endlich ans Stromnetz angeschlossen. In Tennessee haben sie schon einige Fortschritte bei der Elektrifizierung gemacht, aber wir müssen den Süden besser unterstützen. Wir brauchen eine Behörde, die sich darauf konzentriert, den Menschen auf dem Land Strom zu liefern.«

»Eindrucksvoll!«, rief Hick. »Das war auch bitter nötig.«

»Deswegen ziehen wir das auch durch«, bekräftigte der Präsident seine Aussage. »Nichts bekämpft die Armut im Süden effektiver als Elektrizität.«

»Trotzdem müssen wir auch Deutschland im Blick behalten. Das Land ist aus der Genfer Abrüstungskonferenz und aus dem Völkerbund ausgetreten. Hitler ist wild entschlossen, er will unbedingt Krieg«, warf Eleanor ein.

Während Iris dem Gespräch lauschte, dachte sie über ihre eigenen Pläne für 1934 nach.

Ihr Arbeitsplatz im Weißen Haus war sicher, und sie erwachte jeden Tag voller Tatendrang. Sie schätzte sich glücklich, Mrs Roosevelt bei ihrer Arbeit für den *Women's Home Companion* unterstützen zu dürfen, aber das tat sie nun schon seit fast einem Jahr, und es wurde langsam langweilig. Monty hatte ihr geraten, die Angelegenheit mit Mrs Roosevelt zu besprechen.

»Seit neun Monaten bist du nun schon hier«, sagte er. »Du kannst mehr, als nur ihre Post zu sortieren. Dafür bist du zu klug. Sag ihr, du möchtest ein Projekt übernehmen, bei dem du vollen Einsatz zeigen kannst.«

»Sie lässt mich auch ein bisschen schreiben«, verteidigte Iris die First Lady.

»Egal, Kleines, du solltest viel mehr tun als das.«

Es war ein guter Ratschlag, aber Iris wollte nicht undankbar erscheinen.

Nach dem Kaffee standen die Gäste auf und fanden sich zu neuen Gruppen zusammen. Iris unterhielt sich, die Tasse noch in der Hand, mit Mrs Roosevelt.

»Beim Essen kam mir der Gedanke …« – Mrs Roosevelt führte Iris zum Sofa – »… dass man Camps errichten könnte. Camps, nur für bedürftige Frauen und Mädchen. Was halten Sie davon?«

»Eine wunderbare Idee!«, rief Iris.

»Ich möchte, dass Sie das Projekt leiten«, fuhr Mrs Roosevelt fort. »Wir werden Harry mit an Bord nehmen, aber Sie übernehmen die Führung. Sie sind eine intelligente junge Frau, wir können Sie nicht auf ewig dazu verdonnern, meine Post zu sortieren. Bei dieser Aufgabe werden Sie viel reisen, auf Konferenzen sitzen und um Spenden betteln, aber das schaffen Sie schon.«

Iris war nicht sicher, ob sie wieder mal Riesenglück gehabt hatte oder ob Mrs Roosevelt ihre Unzufriedenheit bemerkt hatte. Sie war so überglücklich über ihre neue und viel verantwortungsvollere

Aufgabe, dass ihr die Tränen kamen. Zwar war sie Mrs Roosevelt dankbar, aber mehr noch war sie stolz auf ihre Leistung.

»Nun zu einem anderen Thema«, sagte Eleanor. »In welcher Beziehung stehen Sie eigentlich genau zu Monty Chapel?«

Iris starrte sie entsetzt an. Wie sollte sie diese Frage beantworten? Ihre Beziehung war nicht in Worte zu fassen. Sie waren ein Paar und auch wieder nicht. Nie hatten sie über Ehe oder Kinder gesprochen. Sie gingen miteinander aus, aber nicht im alltäglichen Sinn. Und ihre Beziehung war nur scheinbar geheim, denn jeder im Weißen Haus wusste davon.

»Ich bin nicht sicher.«

»Es ist offenbar ernst, und da Sie keine Eltern oder einen sonstigen Vormund haben, möchte ich Ihnen in dieser Angelegenheit meinen Rat anbieten.«

Iris nickte.

»Monty Chapel ist amüsant und sehr intelligent; er ist eine Art charmanter Halunke«, sinnierte Mrs Roosevelt. »Im Krieg war er ein tapferer Soldat, davon zeugen seine vielen Auszeichnungen.«

Monty sprach selten über seine Herkunft oder seine Familie. Auch seine Kriegserfahrungen hatte er nie erwähnt.

»Aber er lässt sich leicht verführen«, fuhr die First Lady fort. »Er hat keine Kontrolle über seine Triebe. Bei diesem Thema kenne ich mich aus.«

Iris war nicht sicher, ob sie über sich oder ihren Mann sprach. Unruhig rutschte sie auf dem Sofa herum.

»Ich nehme an, Ihre Beziehung zu Mr Chapel ist körperlicher Natur. Haben Sie an Verhütung gedacht?« Sie sprach unumwunden und völlig unverkrampft.

Mrs Roosevelts mitfühlender, aber bohrender Blick brachte Iris ganz durcheinander. Wie bizarr, am Weihnachtsabend mit der First Lady über ihr Liebesleben zu sprechen.

»Darum kümmert sich Monty«, antwortete sie schließlich leise.

»Sie müssen die Dinge in die Hand nehmen, meine Liebe«, entgegnete Mrs Roosevelt bestimmt. »Sie werden Karriere machen. Da können Sie keine ungewollte Schwangerschaft gebrauchen.«

Iris nickte gehorsam. Monty war zwar vorsichtig, aber sie erinnerte sich an ein oder sogar zwei Male, wo sie im Rausch der Gefühle gegen die Vernunft gehandelt hatten.

»In zehn Jahren habe ich sechs Kinder geboren. Ich liebe sie von ganzem Herzen, aber wenn ich eine Wahl gehabt hätte … Sie bekommen von mir die Nummer eines sehr guten Arztes, der Ihnen ein Pessar einsetzt.«

Iris räusperte sich. »Gut. Danke, Mrs Roosevelt.«

»Seien Sie ja vorsichtig!«

Die Frauen wünschten einander frohe Weihnachten, dann zog Eleanor sich für den Abend zurück. Iris blieb noch eine Weile auf dem Sofa sitzen, bis sie die Fassung wiedererlangt hatte.

»Mrs Roosevelt hat mit mir über Verführung und Triebkontrolle gesprochen«, sagte Iris, als sie mit Monty in ihre Wohnung zurückkehrte. »Mit dem Thema kenne sie sich bestens aus. Was hat sie damit gemeint?«

Monty lockerte seine Krawatte. »Ist die Heizung an? Hier ist es eiskalt.« Er quetschte sich an der Kommode aus Val-Kill vorbei und ließ sich aufs Bett fallen. »Du brauchst wirklich eine größere Wohnung. Oder du wirfst dieses furchtbare Teil raus.« Er zeigte auf die mit Bücher- und Zeitschriftenstapeln belegte Kommode.

»Ich kann mir keine größere Wohnung leisten«, sagte sie.

»Ich gebe dir was dazu.«

»Dann lasse ich mich von dir aushalten.«

Monty grinste. »Genau.«

»Außerdem hat Mrs Roosevelt mich befördert.«

»Tatsächlich? Gut gemacht, Kleines! Wohin denn?«

Doch Iris wollte nicht über ihre neue Stellung sprechen, sie war noch beim vorigen Thema.

Während sie durchs Zimmer lief und die Heizkörper kontrollierte, fragte sie erneut: »Und? Was meinte sie mit Triebkontrolle?«

»Ihren Mann, ihren Vater, ihren Bruder, ihre Kinder … Die Liste ist endlos.«

Iris sah ihn fragend an.

»Ihr Vater und Bruder waren beide Alkoholiker. Ihre Kinder machen, was sie wollen, ohne Rücksicht auf Verluste. Ihr Mann hat ihr Leben zerstört, als seine Affäre mit Lucy Mercer aufflog.«

»Das ist eine ganze Menge«, erwiderte Iris nachdenklich, während sie die Schuhe auszog und die Strumpfhalter löste. »Ich frage mich, ob sie dem Präsidenten die Sache mit Lucy ganz verziehen hat.«

»Das bezweifle ich«, sagte Monty. »Wie, glaubst du, hat Henrietta Nesbitt wohl die Stelle bekommen?«

»Was willst du damit sagen?«

»Sie ist Eleanors Rache. Der Präsident ist ein leidenschaftlicher Esser, und seine Frau macht die für diese Aufgabe am schlechtesten qualifizierte Person zur Haushälterin. Endlich, fünfzehn Jahre später, geht die Rache durch den Magen.« Monty lachte.

»Mr Howe hat Mrs Roosevelt als Kreuzung zwischen Elefant und Löwe beschrieben«, bemerkte Iris.

»Wie passend!«, fand Monty. »Aber wir führen hier eine ziemlich unpassende Unterhaltung. Schließlich ist Weihnachten.«

Iris zuckte die Schultern. Alles war so kompliziert. Die Zugeständnisse, die diese Leute über die Jahre gemacht hatten, waren enorm. Ein einziges Nachgeben, Verhandeln, Kompromisseschließen. Sie fragte sich, ob die Roosevelts wirklich glücklich waren.

Vielleicht. Sie bewohnten dieselbe Welt, gingen aber ihrer eigenen Wege.

Als Iris sich neben Monty aufs Bett setzte, schob er ihr die Hand unters Hemd.

»Zur Feier des Tages habe ich mir was Neues überlegt. Als Geschenk an uns beide sozusagen.«

»Ach, das Armband war völlig ausreichend.« Iris grinste, weil sie ahnte, was kam. Monty hatte ihr das silberne Schmuckstück bereits am Morgen geschenkt. Ein feines Bettelarmband mit einem einzigen Anhänger: ein winziges Paar Stiefel, das an das Schuhwerk von Landstreichern erinnerte.

Monty ignorierte die ironische Bemerkung, kramte in seiner Reisetasche herum und holte etwas heraus, was wie ein großes, hölzernes Buttermesser aussah. Das hatte sie nicht erwartet.

Während er damit herumspielte, fügte er erklärend hinzu: »Ich hatte mir vorgestellt, du würdest die hübschen Seidenstrümpfe ausziehen und mich damit ans Bett fesseln. Dann darfst du mit mir anstellen, was du willst. Mit dem hier.«

Sie schüttelte verständnislos den Kopf.

»Ich glaube, ich habe eine saftige Strafe verdient …«

Während Monty in den frühen Stunden des zweiten Weihnachtstages neben ihr schlief, dachte Iris weiter über das Thema Versuchung nach. Sie musterte sein attraktives Gesicht im Dämmerlicht und musste sich eingestehen, dass sie bis über beide Ohren verliebt war. Er war perfekt, und genau deshalb konnte sie sich auch keine gemeinsame Zukunft mit ihm vorstellen.

Als Monty ihr das Paddel in die Hand gedrückt hatte, war Iris zwar zunächst perplex gewesen, hatte dann aber mitgespielt. Er war begeistert gewesen, viel erregter, als sie ihn je erlebt hatte. Das heizte sie wiederum unheimlich an. Ihr Liebesspiel erreichte in dieser Nacht einen neuen Höhepunkt, doch irgendwas daran stieß Iris ab. Was sagte das über sie aus? Vielleicht war sie einfach prüde. Ging sie Kompromisse ein, um einen triebgesteuerten Mann wie Monty halten zu können? Wenn nicht ihn, wen gab es sonst für sie? Verschreckte, unerfahrene Jungs, die bis zum Höhepunkt auf eine Stelle neben ihrem Kissen stierten? Sie strich über die Narbe auf Montys Bauch und fragte sich, wie er zu diesem schrecklichen Andenken gekommen war.

Monty drehte sich zu ihr und berührte sie sanft an der Brust.

Iris wies auf die Narbe. »Woher hast du die?«, fragte sie.

»Unsere Stellung kam unter Granatenbeschuss«, murmelte er, während er sich eine Zigarette anzündete.

Mehr sagte er nicht. Stattdessen nahm er sich ein Buch vom Stapel auf ihrem Nachttisch und blätterte darin herum. »Bertold Brecht: *Gesammelte Werke*. Interessant.«

»Die hat mir Mrs Roosevelt geschenkt«, log sie.

Gut, dass Sam ihr keine Widmung hineingeschrieben hatte. Seit ihrer Begegnung auf Campobello hatte Iris ihn regelmäßig im Weißen Haus getroffen. Einmal hatten sie gemeinsam in einem Delikatessenladen am Dupont Circle zu Mittag gegessen. Sie spürte, dass er wegen Monty auf Distanz zu ihr ging, obwohl sie ihn nie erwähnte. Sein Geschenk hatte er sorgfältig ausgesucht, denn während ihrer Treffen hatte er ihr von Brechts Zusammenarbeit mit Feuchtwanger erzählt.

Wozu diese Lüge? Sie war nicht sicher. Iris bewunderte Sams Leidenschaft, Intellekt, Besonnenheit und Humor. Außerdem fand sie ihn mittlerweile recht attraktiv. Nicht so wie Monty, aber ihr gefiel sein neugieriges, offenes Gesicht, das seine Gefühle und Gedanken deutlich widerspiegelte.

Monty legte das Buch beiseite und widmete sich stattdessen ihrer abgegriffenen Ausgabe von *Bildnis einer Dame*. »Warum hast du das eigentlich die ganze Zeit hier liegen? Ich habe dich nie darin lesen sehen.«

»Ich habe es einfach gern in der Nähe«, antwortete sie aufrichtig. »Ich lese es … wenn mir danach ist.«

Achtlos blätterte er darin herum, die Zigarette im Mundwinkel. »Wahrscheinlich ziehst du Vergleiche zwischen Isabel Archers Leben und deinem.« Sein Ton war scharf, sogar etwas streng. »Jacobson ist natürlich Caspar Goodwood, und ich bin der böse Gilbert Osmond.«

Iris war erstaunt, wie gut Monty den Roman kannte. Das Buch lag schon seit Monaten neben ihrem Bett, doch er hatte es nie erwähnt. Wann hatte er diese Parallelen gezogen?

Während Monty eine willkürlich aufgeschlagene Seite las, lagen sie schweigend nebeneinander. Seine Zigarette knisterte.

»Das ist doch lächerlich«, lachte sie schließlich und zog sie ihm aus dem Mund. »Für einen Vergleich mit Osmond bist du viel zu fies.«

Er warf das Buch auf den Tisch und wandte sich ihr zu. Sein Ernst war einer gewissen Belustigung gewichen.

»Jetzt mal im Ernst«, sagte Iris. »Viele Leute haben mich vor dir gewarnt, Monty. Mrs Roosevelt hat dich sogar einen ›charmanten Halunken‹ genannt.«

»Das verstehe ich als Kompliment.«

»So hat sie das wohl nicht gemeint.«

Monty starrte nachdenklich an die Decke. »Hältst du unsere Beziehung für einen Fehler?«, fragte er.

»Nein, überhaupt nicht …«, stammelte sie, überrascht von der Heftigkeit seiner Reaktion. »Es ist nur … du erzählst so wenig von dir, von deiner Vergangenheit.«

»Zum Beispiel?«

»Nehmen wir mal deine Narbe.«

»Habe ich dir doch gerade erklärt.«

»Nicht besonders ausführlich.«

»Es ist in Verdun passiert«, sagte er. »Unsere Stellung kam unter Granatenbeschuss durch den Feind. Fast alle im Bataillon wurden getötet oder verwundet. Man brachte mich in ein Feldlazarett und entfernte die meisten Bombensplitter. Wie du siehst«, er schlug die Bettdecke zurück, »haben sie mich nicht besonders schön wieder zusammengeflickt.«

»Hat man dich heimgeschickt?«

»Ja, aber der Krieg war schon während meiner Genesung vorbei. Sonst noch Fragen?«

»Ja«, antwortete sie. Er hob die Braue. »Wie würdest du unsere Beziehung beschreiben?«

Er dachte kurz nach. »Dafür gibt es keine Worte.«

Iris stützte sich auf den Ellbogen und starrte ihn an. »Wie soll ich das denn jetzt verstehen?«

»Wenn wir unsere Beziehung nicht genau definieren, geben wir ihr damit die Freiheit, sich weiterzuentwickeln und zu verändern. Findest du das nicht gut?«

»Wenn man es so betrachtet«, sagte sie.

»Sonst noch was?«

»Nur noch was Kleines«, flüsterte sie. Iris hatte Monty noch nie nach seinem sexuellen Appetit befragt, denn ihr hatten die richtigen Worte gefehlt und sie wollte nicht spießig oder wertend wirken. Aber dies war die Nacht der Premieren, und deshalb sprang sie ins kalte Wasser. »Das Schlagen und Fesseln«, flüsterte sie. »Warum findest du das so erregend?«

Er verschränkte die Hände hinter dem Kopf und dachte nach. Schließlich sagte er: »Ich glaube, es ist das Abgeben von Macht. In Wahrheit ist man zwar nicht hilflos, es ist nur eine Fantasie. Aber man ist trotzdem verletzlich.«

Sie nickte langsam. Nur ein Mann mit Macht konnte daran Gefallen finden, sie abzugeben.

»Du solltest es auch mal probieren«, fuhr er fort. »Ich schlage dich natürlich nicht, da kommt man erst langsam hin. Aber gefesselt zu sein macht …«, er suchte nach dem richtigen Wort, »… heiß.«

Iris kuschelte sich auf die Seite und betrachtete die Narbe, die sie so gut kannte. Jede Falte, jede Wölbung, jede Delle.

»Gut«, erwiderte sie, denn es war die Nacht der Premieren. Monty hatte einen kleinen Teil von sich preisgegeben, und sie wollte sich revanchieren.

Kapitel 26

HYDE PARK, NEW YORK

Mai 1962

Der Tod von Louis Howe überschattete den Wahlkampf von 1936. Er war nach einer langen Krankheit verstorben. Ich kann mich erinnern, wie er völlig in sich zusammengesunken in seinem Zimmer saß, in ein Cape gehüllt, das Mrs Roosevelt ihm geholt hatte. Der Mann war schon Jahre zuvor, bei unserer ersten Begegnung, sehr gebrechlich gewesen, denn er hatte Asthma, aber sein Emphysem hat ihm schließlich den Garaus gemacht.

Howe war ein komischer Vogel. Je schlimmer seine Krankheit, desto mürrischer wurde er. Eines Tages verlangte er Käse für die Ratten, »das Zeug, was Sie in die Fallen legen«. Ich hatte keine Ahnung, was er von mir wollte, also ließ ich ihm pikanten Cheddar aufs Zimmer bringen. Einmal schrie er mich am Telefon an und behauptete, ich könnte nicht mal ein Steak richtig braten, und erklärte mir dann geschlagene zwanzig Minuten lang, wie ich es seiner Meinung nach machen sollte. Irgendwann in dieser Zeit hat er dem Präsidenten sogar mal gesagt, er solle sich zum Teufel scheren – und das in aller Öffentlichkeit! Roosevelt hat es einfach hingenommen, schließlich war Howe nicht mehr er selbst.

Die Speisen, die er bei uns bestellte, wurden von Tag zu Tag sonderbarer. Ich weiß noch, dass er eines Abends nach Polenta, klarer Brühe, ausgelösten Austern, Schweinelende, Kartoffelsalat und Windbeuteln verlangte. Ich fragte seinen Arzt, ob derart reichhaltige Speisen überhaupt gesund für ihn wären, und der meinte:

»Er kann bestellen, was er will, aber Sie geben ihm nur Orangensaft und Suppe.« Da musste ich herzhaft lachen.

Am Ende war er so krank, dass man ihn ins Bethesda Naval Hospital einlieferte. Ich habe gehört, dass er die meiste Zeit unterm Sauerstoffzelt gelegen hat. Nach seiner Einlieferung hat man ihm nur noch ein paar Tage gegeben, aber er hat ein ganzes Jahr durchgehalten. Als es dann mit ihm bergab ging, war Mrs Roosevelt Tag und Nacht an seiner Seite.

In der Nacht seines Todes aber war Mrs Roosevelt nicht bei ihm. Sie musste auf einer Konferenz für besseren Wohnraum für Schwarze eine Rede halten. Als Mister Howe so krank wurde, nahm sie ihre Verpflichtungen nicht mehr so regelmäßig wahr. Obwohl sie ein schlechtes Gewissen hatte, ihn verlassen zu müssen, wollte sie wahrscheinlich diesmal nicht schon wieder einen Termin absagen. In den Zeitungen stand am nächsten Tag, dass ihre Rede ein Triumph gewesen wäre, dass sie die Menschen zu Tränen gerührt hätte. An dem Abend kam sie ziemlich spät zurück ins Weiße Haus. Das gesamte Personal wusste schon Bescheid, nur sie nicht. Das hat ihr wahrscheinlich auch wehgetan. Mister Hopkins hat ihr die Nachricht überbracht.

Sie hat die Beerdigung mit allem Drum und Dran selbst arrangiert, jede Kleinigkeit. An diesem Tag wehten alle Flaggen auf Halbmast. Im East Room wurde eine offizielle Trauerfeier abgehalten, dann wurde er auf dem Friedhof in Fall River, Massachusetts, beigesetzt. Der Präsident und Mrs Roosevelt sind mit dem Zug dorthin gefahren, aber sie blieben nur eine Nacht.

Ich will ja nicht schlecht von Toten reden, aber was Mrs Roosevelt an Mister Howe gefunden hat, verstehe ich nicht. Die beiden waren so ein komisches Paar, sie so kultiviert und er so ungehobelt. Aber die Frau hätte ja sogar an Al Capone eine nette Seite gefunden.

Kapitel 27

WASHINGTON, D.C.

April 1936

Iris legte auf. Es war vier Uhr nachmittags, und ihr fiel das Arbeiten schwer. Sie und Monty waren erst in der Nacht von der Beerdigung nach Washington zurückgekehrt. Sie erhob sich vom Schreibtisch und sah hinab auf den Rosengarten. Schon seit einiger Zeit hatte sie ein eigenes Büro, doch sie vermisste die munteren Schwätzchen mit Tommy, vor allem an Tagen wie diesem. Die hohen halbmondförmigen Fenster des kleinen Badehauses waren beschlagen. Der Präsident war also gerade schwimmen. Sein tägliches Ritual war ihm heilig, nicht mal der Tod seines engsten Freundes und Vertrauten hinderte ihn daran.

Auf der gesamten Fahrt von Fall River nach New York hatten sie und Monty kein Wort gewechselt. Sie übernachteten in Montys Wohnung in Manhattan, die völlig anders aussah als erwartet. Sämtliche Zimmer standen voller Möbel, von denen manche so ungünstig platziert waren, dass sie sich nur mit Müh und Not daran vorbeidrängen konnte, ohne die darauf abgestellten Lampen oder Bilder umzustoßen. So viele Lampen hatte sie noch nie gesehen. Bücherregale, die vom Boden bis zur Decke reichten, bedeckten die Wände des Esszimmers, davor lagen weitere Stapel, meist Bücher über Politik, Philosophie und Wirtschaft, aber zwischen *Das Kapital* und Keynes' *Vom Gelde* stieß Iris sogar auf eine Ausgabe von *Alice im Wunderland*. In den Küchenschubladen lagen unzählige Korken und verbrauchte Streichholzheftchen. Wieso warf er die Sachen nicht weg? Im Badezimmerschrank fand sie lauter alte Postkarten. Iris würde die Wohnung nicht als schmutzig oder ungepflegt bezeichnen, nur als vollgestopft. Es beunruhigte sie, dass er so lebte, und ihr wurde klar, dass Monty ihr immer noch fremd war.

»Ich dachte, dir gehört ein Haus«, sagte Iris.

»Es gehört mir ja auch, aber es wurde in einzelne Wohnungen aufgeteilt. Die anderen vier sind vermietet.«

Monty traf Howes Tod überraschend hart. Bevor Iris zu Bett ging, kam sie noch ins Wohnzimmer, wo Monty mit einem Glas Scotch auf dem Sofa saß und eine Medaille anstarrte.

»Ist das deine?«, fragte sie sanft.

Er nickte. »Eine Siegesmedaille.«

»Sie ist wunderschön.« Iris nahm sie in die Hand und betrachtete das gestreifte Band mit dem daran hängenden Abzeichen der geflügelten Siegesgöttin. »Wofür hast du sie bekommen?«

»Kriegsdienst.«

»Mrs Roosevelt hat mir erzählt, du hättest viele Orden und Auszeichnungen bekommen.«

»Jeder, der im Krieg war, hat so eine Medaille.«

»Wo sind die anderen?«

Er zuckte die Schultern.

»Hast du die für Verdun gekriegt?«

Er nickte. Sie gab ihm die Medaille zurück, trat ans Fenster und sah hinab auf die Kreuzung Madison Avenue und 91st Street. Die Straßen waren menschenleer.

»Möchtest du darüber sprechen?«

Monty schüttelte den Kopf. Seine Miene war ernst, aber nicht mürrisch. Er ist traurig, tieftraurig, dachte Iris und ging allein ins Bett. Als sie um sechs in der Früh erwachte, lag er neben ihr.

Die Fahrt von New York nach Washington verlief etwas gelöster.

Doch sein Gesicht war von Müdigkeit und Trauer gezeichnet. Zum ersten Mal seit Beginn ihrer Beziehung sah sie ihm sein Alter an.

»Mir war gar nicht klar, dass du mit Howe befreundet warst, und schon gar nicht so eng«, sagte Iris am Stadtrand von Philadelphia.

»War ich auch nicht. Aber er war ein alter Veteran.« Monty starrte unverwandt auf die Straße.

»Er war ständig da, oder? Im Weißen Haus, meine ich«, sagte Iris zögernd. »Man wird ihn vermissen. Er hat eine große Lücke hinterlassen.«

Monty schwieg.

Als die beiden um halb neun am nächsten Morgen ins Weiße Haus gekommen waren, waren sie ihrer Wege gegangen. Seitdem hatte Iris Monty nicht mehr gesehen. Ohne große Motivation, die Anrufe zu beantworten, die während ihrer Abwesenheit aufgelaufen waren, verließ sie das Büro.

Sie flanierte durch die Gänge. Das gewohnte Treiben, das Stimmengewirr und Klappern unzähliger Sohlen waren verstummt, nicht mal die froh gelaunten Stimmen der Enkelkinder waren zu hören. Als sie an Montys Büro vorbeikam, sah sie, dass sein Platz leer war.

Im Rosengarten setzte sie sich auf eine Bank. Es war April, und die Sonne hatte noch keine rechte Hitze, doch sie schloss die Augen und streckte ihr Gesicht dem Licht entgegen. Erst als sie jemand sanft an der Schulter berührte, bemerkte sie, dass sie nicht allein war.

»Pardon, Iris.« Es war Gus, der Leibwächter des Präsidenten. Er ging in die Hocke und hielt sich an der Banklehne fest. Sein muskulöser Körper war in einen Bademantel gehüllt. »Der Präsident möchte, dass Sie ihm im Hallenbad Gesellschaft leisten.«

Roosevelt schwamm noch immer seine Bahnen, als sie durch die Terrassentür hereinkam. Seine starken Arme glitten durchs

Wasser, ohne es aufzurühren. Er besaß eine Schulterspanne von locker einem Meter. Weil er sie am Rand des Pools bemerkt hatte, schwamm er zum Ausstieg und bedeutete Gus, ihm aus dem Wasser zu helfen. Der ehemalige Sergeant der New Yorker Polizei watete die Treppe hinab in den Pool und hob Roosevelt geschickt in seinen Rollstuhl, wo sein Bademantel schon bereit lag. Kaum hatte er ihn angezogen, steckte schon eine Zigarette in seiner Elfenbeinspitze.

»Möchten Sie auch eine?«

»Vielen Dank, Sir.« Iris griff zu und beugte sich zur ausgestreckten Hand des Präsidenten hinab, der ihr Feuer gab.

»Warum nennen Sie mich nicht Boss, McIntosh, wie alle anderen auch?«

»Schwierig. Sie sind nun mal der Präsident.«

Er lachte. »Ja, das bin ich wohl.«

Roosevelt lehnte sich im Rollstuhl zurück und zog genüsslich an seiner Zigarette. Iris musterte ihn flüchtig. Er starrte ins Wasser. Beide schwiegen, bis Iris zu Ende geraucht und den Stummel im Aschenbecher auf dem Tisch ausgedrückt hatte.

»Mein herzliches Beileid«, sagte sie sanft. »Bei der Trauerfeier und Beerdigung hatte ich keine Gelegenheit, mit Ihnen zu sprechen. Ich weiß, dass Mr Howe Ihnen viel bedeutet hat.«

»Wir kannten uns seit 1911. Fünfundzwanzig Jahre. Er ist mir überallhin gefolgt. Vom Senat in New York nach Washington, wo ich meine Stelle als Vizesekretär der Marine antrat, dann nach Albany und schließlich ins Weiße Haus. Er hat mir mal gesagt, dass es keine Kunst sei, jemanden zum Präsidenten zu machen. ›Gib mir einen Mann, der relativ nüchtern bleibt, sich rasiert und jeden Tag ein sauberes Hemd trägt, und ich mache ihn zum Präsidenten.‹« Roosevelt grinste. »Ich glaube, er war meiner Karriere weit mehr verpflichtet als ich selbst.«

»Er war einzigartig.«

»Während der Erkrankung standen er und meine Frau mir treu zur Seite. Als ich es nicht konnte, hat er die Geschäfte übernommen. Hat mit mir zusammengearbeitet, damit ich nicht in Vergessenheit geriet. Dieser Mann war mir über alle Maßen treu ergeben. Ohne ihn hätte ich 1932 nicht gewonnen.«

Iris nickte. »Alle sagen, dass er unermüdlich für den Wahlkampf gearbeitet habe.«

Seufzend steckte Roosevelt sich die nächste Zigarette in die Spitze. Danach schwieg er wieder.

»Was soll ich jetzt nur machen?«, fragte er schließlich.

»Wie meinen Sie das?« Iris war nicht sicher, ob der Präsident sich auf den Nachmittag bezog oder sich diese Frage generell stellte.

»In zwei Monaten tritt die Demokratische Versammlung zusammen. Im September beginnt der Wahlkampf. Das erste Mal in meiner Karriere bin ich auf mich allein gestellt. Wie soll ich ohne ihn auskommen?« Er beugte sich vor und legte seine riesige Hand auf ihre.

Iris brauchte lange, bis sie etwas erwidern konnte. Offensichtlich erwartete er eine durchdachte Antwort und keine leeren Worte. Sie war nicht sicher, warum er bei ihr Ermutigung suchte, doch sie hatte vor, sie ihm zu geben. Sein Blick flehte förmlich darum. Es war ihre Pflicht.

Schließlich sagte sie sachlich: »Howe ist nicht mehr da. Das ist schmerzlich, und er wird bei der Kampagne fehlen. Aber sie muss nicht darunter leiden. Im Weißen Haus gibt es genug Männer, die Ihnen genauso eng verbunden sind. Monty, Hopkins, Jim Farley, Stanley – Sie haben selbst mal gesagt, es gebe keinen besseren Redenschreiber als Stanley High. Und eifrigere Befürworter des *New Deal* als Tom Corcoran und Ben Cohen werden Sie nicht finden.

Die Liste ließe sich endlos fortsetzen. Und vergessen Sie nicht Mrs Roosevelt. Meiner Meinung nach, Herr Präsident, ist sie die größte Bereicherung für Ihre Kampagne.«

Roosevelt musterte sie neugierig, bevor er sprach. »Sie haben eine gute Beobachtungsgabe, McIntosh. Einen scharfen Blick.«

»Vielen Dank, Herr Präsident.«

»Können Sie schwimmen, McIntosh?«, fragte er.

»Nein. Ich habe es nie gelernt.«

»Nun, das müssen wir ändern. Es ist unheimlich gesund und erfrischend. Hilft mir jedes Mal, Probleme von einer anderen Seite zu betrachten, hebt die Stimmung, beseitigt Zweifel, all das. Ich kann es Ihnen beibringen.«

Sie nickte. »Aber Sie schwimmen nachmittags doch immer mit Mrs Roosevelt.«

»In letzter Zeit kommt sie nicht mehr so oft runter. Sie hat sich viel vorgenommen. Es kommt mir vor, als wäre sie kaum noch hier.«

»Sie hat viel zu tun«, sagte Iris. »Aber ich würde es gern lernen.«

»Gut. Wir treffen uns heute Nachmittag um vier. Dann leisten Sie uns bei der Kinderstunde Gesellschaft, ja? Erst Cocktails, danach Dinner.«

Iris zögerte, doch sie konnte dem Präsidenten nichts abschlagen. »Sicher, gern«, erwiderte sie.

Auf dem Weg zurück ins Büro verspürte sie leichte Gewissensbisse, als wäre sie eine Verräterin.

Kapitel 28

WASHINGTON, D.C.

August 1936

Obwohl Iris schon seit drei Jahren im Weißen Haus war, hatte sie noch nie an der sogenannten »Kinderstunde« teilgenommen, diesen sechzig Minuten voller Spiel und Spaß für Erwachsene, denen sich FDR jeden Abend hingab. Wenn Monty in Washington war, hatte er sie schon oft dazu eingeladen, doch sie hatte stets abgelehnt, weil sie Mrs Roosevelt gegenüber nicht treulos erscheinen wollte. Soweit sie wusste, war die First Lady noch nie zur Kinderstunde eingeladen worden, denn Missy spielte stets die Gastgeberin. Doch nach der heutigen Unterhaltung mit dem Präsidenten im Hallenbad war es Iris unmöglich, die Einladung erneut auszuschlagen. Sie hatte ihre Abendgarderobe sorgfältig ausgewählt. Zwar war Dinner bei den Roosevelts selten ein förmliches Ereignis, aber Iris wollte gut aussehen. Sie trug ihr elegantestes Kleid, von dem sie sicher war, dass es noch niemand im Weißen Haus gesehen hatte. Es bestand aus auffälligem, fuchsiafarbenem Krepp, und das in schrägen Bahnen gewickelte Oberteil betonte ihre Taille.

Während sie sich ankleidete, dachte Iris über die Beweggründe des Präsidenten nach, sich ihr anzuvertrauen. Lag es daran, dass sie ihm politisch nicht gefährlich werden konnte, oder brauchte er lediglich ein offenes Ohr? Vielleicht war sie schlicht zur rechten Zeit am richtigen Ort gewesen? Obwohl sie keine befriedigende Antwort fand, fühlte sie sich geschmeichelt, dass er sich ihr geöffnet und seine Schwäche preisgegeben hatte. Auf diese Weise trafen sie sich auf Augenhöhe. Doch dadurch war Iris, die sich nie um diese Stellung bemüht hatte, auf die Seite des Präsidenten gezogen worden, und jetzt fragte sie sich besorgt, wie Mrs Roosevelt wohl darauf regieren würde.

Im Wohnzimmer der Roosevelts sah sie sich rasch nach Monty um. Aber er war nicht da.

»Willkommen«, grüßte stattdessen Sam Jacobson.

Überrascht wandte Iris sich um.

»Warum so bedrückt?«

»Bin ich gar nicht. Habe nur nach einem freundlichen Gesicht Ausschau gehalten.«

»Sie haben es gefunden.« Er lächelte herzlich, dann fügte er hinzu: »Sie sehen heute Abend sehr hübsch aus.«

»Danke.« Iris freute sich, dass ihre Mühe nicht umsonst gewesen war, und es entzückte sie besonders, dass Sam Jacobson davon Notiz genommen hatte.

»Kann ich Ihnen was zu trinken bringen?«

Sie nickte, und Sam ging an die Bar, wo der Präsident mit Cocktailshaker in der Hand und Zigarettenspitze im Mundwinkel alle Drinks wie immer höchstpersönlich mixte. Sam war bei der Kinderstunde regelmäßig Gast des Präsidenten und nahm häufig auf Einladung von Mrs Roosevelt am Abendessen teil. Monty nannte Sam und seinesgleichen »Dauergäste« des Weißen Hauses – Leute, die der Präsident und seine Frau gern um sich scharten. Es gab allerdings nicht viele, die in beider Gunst standen. Monty war so jemand, Sam auch. Und Louis Howe war es gewesen. Jetzt war Iris anscheinend ebenfalls in diesen elitären Kreis aufgenommen worden.

Sam trat zu Roosevelt und deutete auf Iris. Der Präsident hob den Blick und winkte seiner neuen Vertrauten fröhlich zu. Iris wollte gerade zurückwinken, da griff jemand von hinten ihre Hand. Monty war da. Übertrieben galant küsste er ihre Fingerspitzen.

»Du hast ja richtig gute Laune«, sagte sie.

»Na klar«, erwiderte der. »Die Tweedsmuirs kommen heute Abend zum Essen.«

»Und?« Iris wusste zwar, dass der kanadische Generalgouverneur und seine Frau zu Gast waren, aber sie verstand nicht, warum Monty das so begeisterte.

»Weißt du es nicht?«

Iris schüttelte verwirrt den Kopf.

»Und du willst belesen sein?«, spottete er. »Lord Tweedsmuir ist John Buchan.«

Iris schüttelte den Kopf erneut.

»Er hat *Die Neununddreißig Stufen* geschrieben«, erklärte er.

Jetzt grinste sie. Es war schön, Monty so heiter zu sehen. Seine Reaktion auf Howes Tod hatte sie beunruhigt, aber an diesem Abend war er wieder ganz er selbst.

»Ach natürlich, mein Schatz.« Iris drückte innig seinen Arm. Sie hatte das Buch zwar nicht gelesen, aber im Jahr zuvor mit Monty den Film gesehen.

»Eine Sekunde«, sagte er, als er Harry Hopkins sah. »Ich muss Harry nur was sagen, bevor ich es vergesse.« Monty drückte ihr einen flüchtigen Kuss auf die Wange und eilte davon.

Kaum war er gegangen, trat Sam mit einem Martini neben sie.

»Danke«, sagte Iris. »Jetzt sehen Sie bedrückt aus.«

Er hob freudlos die Brauen.

»Mögen Sie Monty nicht?«

»Doch, doch. Er ist schlau, witzig und ein erstklassiger Berater. Der Präsident hätte keinen Besseren finden können.« Er zögerte, bevor er fortfuhr. »Aber Sie schon.«

»Sind Sie eifersüchtig?«, fragte Iris überrascht.

Sam schob die Hände tief in die Hosentaschen. »Ehrlich gesagt, ja, ein bisschen. Aber eigentlich mache ich mir Sorgen.«

Ihre Überraschung über seine Enthüllung dauerte nicht an, denn sein bevormundender Ton machte sie wütend. »Sorgen? Weswegen denn? Wir sind schon seit drei Jahren zusammen, da wird er mich jetzt wohl kaum verführen und dann sitzen lassen.« Sie lachte ein wenig zu laut. »Oder stört Sie der Altersunterschied? Die unterschiedliche Herkunft? Meinen Sie, er sollte mir langsam einen Antrag machen? Dass seine Absichten nicht aufrichtig sind?« Sie sah ihn verärgert an. »Worin genau liegt Ihre Sorge begründet?«

Sam war ebenfalls klug, und sie folgte meist seiner politischen Meinung, doch in Herzensangelegenheiten würde sie sich nicht von ihm beeinflussen lassen. Erstens waren seine Einwände gegen Monty eindeutig egoistisch, und zweitens hatte sie gehört, dass er nicht oft mit Frauen ausging, wenn überhaupt. Als gut aussehender und sympathischer Junggeselle war er unter den Sekretärinnen und Schreibkräften des Weißen Hauses Objekt der Begierde. Hick neckte ihn oft damit. Das zeige nur, wie wenig attraktive Junggesellen es in der Hauptstadt gebe.

Sam schüttelte den Kopf. »Vergessen Sie meine Bemerkung. Aber haben Sie nicht manchmal das Gefühl, dass Chapel zu gut ist, um wahr zu sein?« Mit einem angedeuteten Nicken machte er sich davon.

Iris blieb mit ihrem Martini in der Hand mitten im Raum stehen. Sie sah hinüber zu Monty, der sich nun mit Missy unterhielt. Seine warme, lebhafte Stimme hob ihre Laune. Lächelnd fing er ihren Blick auf und winkte sie zu sich. Sam hatte ja keine Ahnung.

Beim Abendessen hatte man Iris den Platz zu Montys Linken zugewiesen, zu seiner Rechten saß Lord Tweedsmuir. Monty war hocherfreut, denn er hatte sich den Abend über bereits gut mit dem Autor unterhalten, und Iris freute sich, dass dieser Umstand ihn von seinen ständigen Nörgeleien über das Essen abhielt. Der Präsident thronte wie immer an der Stirnseite des Tisches, und Mrs Roosevelt, die für gewöhnlich ihm gegenübersaß, hatte sich heute Abend einen Platz neben Sam ausgesucht. Iris konnte die bösen Blicke der beiden förmlich spüren. Sie kreuzte die Füße und betrachtete stoisch ihre im Schoß gefalteten Hände. Diese Strafe musste sie wohl über sich ergehen lassen, schließlich hatte sie beide gekränkt.

Der Präsident zwinkerte Iris zu. »John«, sagte er. »McIntosh hier ist auch schottischer Abstammung.«

»Vom Clan McIntosh!«, rief der Autor enthusiastisch. »Ihre Familie stammt aus Inverness, wissen Sie?«

»Nein, das war mir nicht bekannt. Von meinen Vorfahren weiß ich nicht viel, nur, dass sie nach der Auswanderung nach Amerika im Revolutionskrieg gegen die Engländer gekämpft haben. Zumindest hat mein Vater mir das erzählt«, erklärte sie, dann fügte sie verlegen hinzu: »Das hätte ich dem Stellvertreter des Königs in Kanada vermutlich nicht verraten dürfen.«

Ihre Freimütigkeit brachte Tweedsmuir und den Präsidenten zum Lachen.

»Das Motto Ihres Clans lautet: ›*Touch not the cat bot a glove.*‹« Der Generalgouverneur sprach in breitem Schottisch.

»Wie bitte?«, fragte Iris nach.

»Man sollte eine Katze nie ohne Handschuhe anfassen«, klärte er sie auf.

»Ein kluger Ratschlag, finde ich«, meinte Roosevelt.

»In der Tat«, stimmte Iris zu. Sie blickte zu Mrs Roosevelt, die ihren Suppenteller im Gegensatz zu den Gästen geleert hatte.

»Und was ist Ihre Aufgabe hier, Miss McIntosh?«, erkundigte sich Tweedsmuir, während Fields seinen vollen Teller Fischsuppe abräumte.

Bevor Iris antworten konnte, ergriff Mrs Roosevelt das erste Mal, seit sie sich zu Tisch begeben hatten, das Wort. »Iris koordiniert unsere Frauencamps, Lord Tweedsmuir.«

»Erzählen Sie mir davon«, sagte er zu Iris. »Das könnte auch meine Frau interessieren.«

Bei der Vorspeise schilderte Lady Tweedsmuir ihre Erfahrungen mit Hilfsorganisationen in Kanada. »Spenden zu empfangen ist eine Sache, aber die Menschen brauchen einen Sinn im Leben. Sie brauchen Arbeit«, schloss sie.

»Genau«, stimmte Iris zu. »Und darum geht es in den Camps. Die Frauen erhalten ein Einkommen von zweiundzwanzig Dollar fünfzig im Monat …«

»Weniger als Männer in ähnlichen Camps«, fügte Mrs Roosevelt süßlich hinzu.

»Ja, das ist richtig. Aber wir versuchen, die Summe zu erhöhen.« Iris bemühte sich, die positiven Aspekte ihres Projekts zu betonen. »Die Frauen erfüllen eine Reihe von Aufgaben wie Nähen, Schreibarbeiten oder die Herstellung von Spielsachen …«

»Weil man meint, dass Frauen nicht geeignet seien für schwere körperliche Arbeit wie die, die von den Männern in den Camps verrichtet werden«, warf Mrs Roosevelt ein. »Unsere Damen könnten aber so viel mehr leisten, so viel mehr beitragen.«

»Mrs Roosevelt hat völlig recht. Leider sind sie in ihrer Arbeit durch ihr Geschlecht eingeschränkt …«, erklärte Iris.

»Oder durch stereotype Vorstellungen, um genauer zu sein«, korrigierte Mrs Roosevelt.

Iris nickte artig und unterdrückte ihren Ärger. Sie hatte viel Arbeit in die Camps gesteckt, aber Mrs Roosevelt würdigte ihre

Leistungen herab. »Wenigstens bilden sie sich weiter, beziehen ein Gehalt und leisten einen Beitrag zur Gesellschaft.«

»Aber mit so wenig Gewicht«, sagte die First Lady zu den Tweedsmuirs. »Ich hatte so große Hoffnungen für die Frauencamps …«

Vor lauter Wut, Scham und Verlegenheit bekam Iris die nächsten Worte der First Lady nicht mehr mit. Sie starrte stumm auf eine Vase mit gelben Chrysanthemen, die mitten auf dem Tisch stand. Noch nie hatte sie in der Kritik der First Lady gestanden. Es war schlimmer, als sie es sich hätte ausmalen können.

»Und wie viele Frauen wohnen in diesen Camps?«, fragte Lady Tweedsmuir, an Iris gewandt, deren Aufmerksamkeit sich immer noch auf den Blumenschmuck richtete.

Iris riss sich zusammen. »Wir haben neunzig Camps für über fünftausend Frauen.«

»Beeindruckend.«

»Gar nicht«, unterbrach Mrs Roosevelt höflich. »Wenn man bedenkt, dass mehr als dreihundertfünfzigtausend Männer gegenwärtig in ähnlichen Camps untergebracht sind.«

Iris spürte Montys tröstende Hand auf dem Knie. Er wusste genau, dass mit Mrs Roosevelt nicht gut Kirschen essen war, wenn sie schlechte Laune hatte. Besser den Mund halten und warten, bis ihr Zorn verraucht war.

Mit diesem Gedanken entzog Iris sich der Unterhaltung und nahm vorsichtig ihr Besteck in die Hand. Das Kalbfleisch war bleich. Sie musterte die aufgeschnittene Niere mitten auf dem Teller. Der Anblick des kreuzweise aufgetrennten Organs hob ihre Stimmung nicht. Nichts an diesem Abend war besonders appetitlich. Iris hob den Blick und nahm sich ein Brötchen. Sam sah sie an. In seinem Blick lag pure Zärtlichkeit.

»Na ja, wie Sie wissen, nehmen die Konservativen die Camps mittlerweile unter Beschuss. Sie nennen sie ›Brutstätten für Kommunisten«‹, erklärte Sam der Runde. »Deswegen bleiben vielleicht viele Frauen dem Programm fern.«

Sam hatte die volle Aufmerksamkeit der Gäste. Er wandte sich Iris zu. »Es ist mir völlig schleierhaft, was Bildung für Frauen mit Kommunismus zu tun haben soll.«

»Das ist einfach Engstirnigkeit, aber Sie haben recht«, erwiderte Iris ermutigt. »Wir haben sehr viel Kritik von der konservativen Presse einstecken müssen. Die Lager für Männer zwar auch, aber die Vorstellung, Frauen Arbeit und Bildung zu bieten, scheint einigen geradezu unamerikanisch vorzukommen.«

Gelächter. Ein Zeichen der Solidarität. Dankbar sah sie Sam an. Mrs Roosevelt aß schweigend ihre Vorspeise.

»Wie geht es mit der Kampagne voran, Herr Präsident?«, erkundigte sich Tweedsmuir.

Der Präsident schob den Teller weg und stützte sich auf den Tisch. »Die ist schon in trockenen Tüchern, John«, sagte er. »Dreiundfünfzig Prozent der Amerikaner glauben, die Krise sei vorüber, meine Umfragewerte sind bei sechzig Prozent. Wenn jetzt bis November nichts Unvorhersehbares passiert, ist die Sache geritzt.«

Ungläubig sah Iris den Präsidenten an. Seine noch am Nachmittag geäußerten Bedenken hatten sich in Luft aufgelöst. Er war erstaunlich arrogant.

»Aber das ist erst in ein paar Monaten, Herr Präsident«, warf Sam ein. »Da kann noch einiges passieren. Die Republikaner haben noch nicht mal ihren Kandidaten gewählt.«

»Wir vom *Women's Committee* sehen das anders, Sam«, sagte Mrs Roosevelt. »Wir nehmen die Bedrohung durch die Republikaner sehr ernst.«

»Wen haben sie denn, Sam?«, warf der Präsident gelassen ein. »Borah, Hiram Johnson, Pinchot. Sie werden garantiert Landon nehmen.«

»Alf Landon sitzt fest im Sattel«, erwiderte Sam. »Die Rechtschaffenheit in Person. Der Mann verkörpert den mittleren Westen im Anzug. Die Amerikaner mögen ihn.«

»Aber er ist langweilig und hat ein schwaches Programm«, behauptete der Präsident.

»Genau«, stimmte Monty zu. »Und der Boss hat bewiesen, dass die Amerikaner Führungspersönlichkeiten mit ein bisschen Charisma mögen. Außerdem könnten die Republikaner Gary Cooper nominieren, und wir würden trotzdem gewinnen.« Er ließ Iris' Knie los und zählte die Errungenschaften der Regierung an den Fingern ab. »Seit 1932 ist das Volkseinkommen um mehr als fünfzig Prozent gestiegen, sechs Millionen neue Arbeitsplätze wurden geschaffen, die Arbeitslosenzahlen sind um mehr als ein Drittel zurückgegangen und die Industrieproduktion hat sich verdoppelt.« Er zuckte die Achseln. »In diesem Jahr ist die Wahl wie ein Rennen mit einem Pferd.«

Eigentlich mochte Iris es, wenn Monty so leidenschaftlich argumentierte, doch an diesem Abend ging er ihr damit auf die Nerven. Sie verschränkte die Arme.

Als der Präsident Sams Unbehagen bemerkte, schlug er einen leichteren Ton an. »Machen Sie sich keine Sorgen, Sam. Ich werde Wahlkampf machen. Ich werde Reden halten. Ich werde Amerika nicht unterschätzen.«

Das waren zwar die richtigen Worte, aber es mangelte dem Präsidenten an Inbrunst.

»Schön, dass die Leute mal über was anderes reden als über den König und diese Frau, die den britischen König dazu gebracht hat, abzudanken«, merkte Lady Tweedsmuir leichthin an, als der Teller mit dem halb gegessenen Kalbfleisch und Süßkartoffeln abgeräumt wurde.

»Oder die Olympiade«, fügte ihr Mann hinzu.

»Wie steht Kanada eigentlich zu der Angelegenheit?«, fragte Mrs Roosevelt, die seit dem Angriff auf Iris geschwiegen hatte.

»Jüdische Gruppen und Linke rufen zum Boykott auf, genau wie hier«, erklärte Lord Tweedsmuir.

»Und das zu Recht«, sagte Mrs Roosevelt. »Die Nazis in Deutschland haben keinen Hehl aus ihrem Rassismus, Antisemitismus und Militarismus gemacht. Wir hätten auch boykottieren sollen. Die ganze Welt hätte das tun sollen.«

»Aber Politik und Sport sind zwei verschiedene Dinge«, mischte Roosevelt sich ein.

»Hitler ist da aber anderer Meinung. Er hat betont, jüdische Athleten seien bei den Spielen nicht willkommen. Die Spiele in Berlin stattfinden zu lassen verspottet die olympischen Ideale«, gab Eleanor zurück.

»In Deutschland wurden fünfunddreißig jüdische Athleten von den Spielen ausgeschlossen, weil die Nazis sie nicht als deutsche Bürger anerkennen«, sagte Sam. »Die Olympiade war kein Sportereignis, sondern eine Bühne für Hitler, der damit sein Drittes Reich von der Welt absegnen lassen wollte.«

»Sollten wir uns nicht mit der Rassentrennung in unserem eigenen Land befassen, bevor wir zum Boykott eines internationalen Sportereignisses aufrufen?«, fragte Monty.

Sam beugte sich vor. »Was wollen Sie damit sagen?«

»Seien wir doch ehrlich, Sam«, erwiderte Monty, die Ellbogen auf den Tisch gestützt. »Amerika hat bezüglich Rassismus, Segregation und der Anerkennung von Bürgerrechten nicht gerade eine weiße Weste. Die Olympiade von 1932 hat das deutlich gezeigt, oder sehen Sie das anders?«

»Sie können doch Hitlers Umgang mit den Juden nicht mit Amerikas Behandlung der Schwarzen gleichsetzen«, entgegnete Sam aufgebracht.

»Kann ich das nicht?«, ätzte Monty. »Sie können mir doch nicht erzählen, dass schwarze Athleten dieselben Chancen haben wie weiße. Die Jim-Crow-Gesetze im Süden machen es schwarzen Sportlern unmöglich, Erfolg zu haben. Jesse Owens, Ralph Metcalfe – eigentlich alle Schwarzen in der olympischen Mannschaft – kommen von Universitäten im Norden, die für weiße Studenten da sind. Wären sie nicht so hervorragende Sportler, hätte man sie nie dort aufgenommen.«

»Also meinen Sie, die Sportverbände sollten Hitlers Wunsch folgen und alle Juden aus ihren Mannschaften entfernen?«, fragte Sam hitzig.

»Ich spreche von Menschen, die in Glashäusern sitzen, mehr nicht.«

»Sam Stoller und Martin Glickman wurden eine Stunde vor dem Finale aus der Staffel genommen und gegen Owens und Metcalfe ausgetauscht.« Sam war mittlerweile rot im Gesicht. »Das olympische Komitee der Vereinigten Staaten wurde von Goebbels unter Druck gesetzt, der nicht wollte, dass zwei jüdische Goldmedaillengewinner den Führer in Verlegenheit bringen.«

»Amerika hat trotzdem Gold gewonnen, und darum ging es doch wohl, oder?« Monty verengte die Augen zu Schlitzen.

Sam schlug auf den Tisch. »Aber auf dem Rücken der jüdischen Athleten!«, rief er.

Iris hatte Sam noch nie so zornig gesehen. Nach seinem mutigen Solidaritätsbekenntnis während Mrs Roosevelts Rundumschlag wollte sie ihm gern zur Seite stehen. Aber egal, was sie sagte oder tat, sie würde damit Monty in den Rücken fallen. Also hob sie wortlos den Blick und sah den Präsidenten an, der sie verschlagen angrinste.

»Jetzt aber mal halblang, Burschen«, ging Roosevelt dazwischen. »Beide Argumentationen werfen ein schlechtes Licht auf mich.«

Sam und Monty lächelten verkrampft, ließen die Schultern sinken und zogen die Ellbogen vom Tisch. Iris sah, wie sie sich mit einem letzten wutentbrannten Blick taxierten.

»Das ist wahr«, sagte Mrs Roosevelt ernst. »Amerika hat sich in Sachen Rassentrennung nicht mit Ruhm bekleckert, aber die Weigerung dieser Regierung, die Bedrohung durch den Faschismus anzuerkennen, ist genauso schlimm. In seiner Rede vor dem Völkerbund hat Haile Selassie den Untergang des Westens vorausgesagt, wenn er sich jetzt nicht mit aller Macht gegen den Faschismus stemme.«

»Ganz richtig«, stimmte Lord Tweedsmuir zu. »Die Lage ist schlimm. Äthiopien hat mein tiefstes Mitgefühl. Mussolini hat einiges verantwortet. Dass die Italiener heutzutage noch solche Gräueltaten wie die in Abessinien verüben …«

Mrs Roosevelt war offensichtlich sehr aufgebracht. »Sie gehen mit Waffen und Giftgas gegen Zivilisten vor. Damit verstoßen sie gegen alle Regeln des Genfer Abkommens, aber keiner rührt auch nur einen Finger.«

»Und wo bleibt dann dein hochgelobter Völkerbund?«, spöttelte Roosevelt.

Eleanor sah ihn kurz an, bevor sie zu einer Antwort ansetzte. Sie schob den Stuhl zurück und schlug die Beine übereinander.

»Dem Völkerbund sind ja wohl die Hände gebunden, oder siehst du das anders, Franklin? England und Frankreich sind wegen ihrer Interessen in Afrika besorgt. Sie würden den Kontinent lieber aufteilen und Mussolini einen Teil abgeben, als ihn aufzuhalten. Und ohne die Unterstützung Englands und Frankreichs kann der Völkerbund nichts tun. Währenddessen verkauft Amerika weiter Öl und andere Waren nach Italien. Die Welt unterstützt ein Monster, befeuert seinen Vormarsch. Wohin soll das deiner Meinung nach führen?«

Mrs Roosevelt klang bei dieser Gelegenheit ganz anders als beim Schlagabtausch auf Campobello, denn ihre Stimme war bedrohlich heruntergedimmt.

Am Tisch herrschte Schweigen, bis Fields schließlich das Dessert auftrug.

Erfreut stellte Iris fest, dass es diesmal Eiscreme gab. Sie hatte bisher nur ein Brötchen gegessen. Lord Tweedsmuir, bemerkte sie, bekam lediglich einen Obstteller. Auch der Präsident nahm davon Notiz.

»Ich kann nicht glauben, dass so ein Hungerhaken wie Sie auch noch Diät hält. Sie haben den ganzen Abend nichts angerührt. Und jetzt essen Sie auch noch Obst statt Eiscreme!«

»Die Sache verhält sich etwas anders, Herr Präsident. Ich leide unter verschiedenen Allergien. Mein Frau würde es ›Abneigungen‹ nennen.«

»Das hätten Sie uns sagen sollen. Das Weiße Haus stellt sich auf alle Wünsche ein, egal, wie ausgefallen sie auch sein mögen.«

»Nun, das habe ich auch getan, oder besser gesagt, meine Sekretärin. Aber keine Sorge, die Liste war so lang, da habe ich nicht erwartet, dass die Küche auf alle meine kulinarischen Vorlieben eingeht.«

»Die Küche des Weißen Hauses sollte stets die kulinarischen Vorlieben seiner Gäste berücksichtigen, John«, erwiderte der Präsident. Er wandte sich seiner Frau zu. »Eleanor, könntest du bitte erklären, warum du letztes Jahr fast zwanzigtausend Dollar für eine neue Küche ausgegeben hast, die groß genug ist, um für tausend Gäste zu kochen, aber Fluffy Nesbitt nicht in der Lage ist, den Wünschen eines einzelnen Gastes zu entsprechen?«

»Fluffy?«, fragte Tweedsmuir amüsiert.

Mrs Roosevelt wandte sich dem Generalgouverneur zu. »Mein Mann versucht, ironisch zu sein, Lord Tweedsmuir. Es tut mir furchtbar leid«, entschuldigte sie sich. »Das ist mir wirklich peinlich. Erst beißt mein Hund Ihren Premierminister während des Frühstücks in die Hand, und jetzt das hier.«

Iris tauschte einen schnellen Blick mit Monty. Im Gegensatz zur First Lady, der die Sache entsetzlich unangenehm gewesen war, hatte der Präsident sich nicht nur darüber amüsiert, dass der Terrier den Premier gebissen hatte, sondern das Ganze auch noch als lustige Anekdote bei der Pressekonferenz publik gemacht. Die Nachricht war prompt auf den Titelseiten gelandet. Mrs Roosevelt war außer sich gewesen. Beeindruckend, dass sie die Angelegenheit schon wieder mit Humor betrachten konnte.

»Die Kanadier werden uns Amerikaner für die schlechtesten Gastgeber der Welt halten«, sagte Mrs Roosevelt. Tweedsmuir lachte herzhaft. »Da muss ein Missverständnis vorliegen. Soll ich die Küche bitten, Ihnen noch etwas zuzubereiten? Nicht, dass Sie hungrig ins Bett gehen müssen.«

Tweedsmuir lehnte höflich ab.

»Mrs Nesbitt scheint einfach nicht in der Lage zu sein, den Geschmack unserer Gäste zu treffen«, bemerkte der Präsident mit ernstem Unterton. Er beschwerte sich nicht, sondern benannte einfach eine Tatsache. »Wie oft habe ich sie schon gebeten, keine Süßkartoffeln mehr zu servieren?« Seine Stimme wurde etwas lauter, und er sah seine Frau direkt an. »Egal, wie sie sie zubereitet, es bleiben immer noch Süßkartoffeln. In den letzten vierzehn Tagen hat sie sie gekocht, gebraten, püriert, gebacken, mit Sahnesoße, Obst und sogar mit Marshmallows serviert.« Er hielt kurz inne. »Du glaubst wohl, ich merke das nicht, aber das tue ich sehr wohl.« Die Stimme des Präsidenten war mittlerweile so angeschwollen, als hielte er eine Rede vor dem Kongress.

»Ich spreche mit Mrs Nesbitt, Franklin«, sagte Eleanor schlicht.

Der Kaffee wurde im Red Room serviert. Monty nahm umgehend Lord Tweedsmuir in Beschlag, der es sich auf dem Sofa bequem gemacht hatte. Iris, die allein dastand, nutzte die Gelegenheit, um mit Sam zu plaudern. Er stand unter dem Porträt von Rutherford B. Hayes.

»Danke«, sagte Iris, »für Ihre Hilfe beim Abendessen.«

Er lächelte schwach und trank einen Schluck Kaffee. »Gern geschehen.«

»Stimmt was nicht?«, fragte sie.

»Es ist der Präsident«, sagte er. Sie blickten zu Roosevelt, der auf der anderen Seite neben Lady Tweedsmuir in seinem Rollstuhl saß.

»Ja, während des Essens war er ziemlich …« Sie suchte nach dem passenden Wort.

»Großspurig?«, schlug Sam spontan vor.

Sie nickte.

»Wahrscheinlich muss er das sein«, bemerkte Sam nachdenklich. »Er ist immer noch der Präsident. Wenn er uns und den Rest von Amerika glauben machen will, dass er gewinnt, muss er das auch selbst glauben.«

»Dann war das Ganze heute eine Inszenierung?«, fragte sie.

Sam nickte. »›Wir haben nichts zu fürchten außer der Furcht selbst.‹ Das war nur eine Rede, Worte auf Papier. Als er gewählt wurde, wusste er nicht, ob er Amerika tatsächlich retten könnte, aber er musste die Nation glauben machen, dass es so sei. Präsident wird der, der den Längeren hat.«

Iris lachte.

»Man würde nie darauf kommen, dass ich gut schreiben kann«, sagte Sam schmunzelnd.

»Sie waren heute aber auch ziemlich großspurig«, meinte Iris nach einer Weile.

Er nickte, und das Lächeln erlosch.

»Wollten Sie beweisen, dass Ihrer länger ist als der von Monty Chapel?«

»Kindisch?«, fragte er.

»Süß.«

»Fühlen Sie sich jetzt geschmeichelt?«

Iris nickte. Sie sahen sich nur ein paar Sekunden lang an, doch das reichte. Sam räusperte sich und fuhr sich durchs Haar.

»Ich sage Ihnen, wer den Längsten in ganz Washington hat«, sagte er, nachdem er die Fassung wiedererlangt hatte.

»Wer?«, fragte Iris.

»Henrietta Nesbitt«, lautete seine Antwort. »Diese Frau hat den Präsidenten in die Knie gezwungen, und das mit einer Süßkartoffel!«

»Auf dich hatte man es heute aber abgesehen«, bemerkte Monty, als er sich neben Iris ins Bett legte.

»Auf dich auch«, entgegnete sie.

Monty wandte sich ab, um seine Zigarette auszudrücken, dann rutschte er näher, schmiegte den Kopf an Iris' Schulter und legte ihr die Hand auf den Bauch. Sie seufzte.

»Was ist los?«, fragte er.

Sie schüttelte den Kopf. »Nichts.«

Er strich sanft mit dem Daumen über ihr Seidennachthemd.

»Jacobson ist endlich bei dir gelandet, hm?«, fragte Monty.

Iris musste sich eingestehen, dass Sam wohl etwas mit ihrer unzufriedenen Rastlosigkeit zu tun hatte. Vor Monty konnte man nichts verheimlichen. Er hatte einen wachen Verstand und eine scharfe Beobachtungsgabe. Zwischen ihr und Sam war etwas, und es wurde stärker. Aber ihre Gefühle für Monty waren dadurch nicht abgekühlt. Wie er vorhergesagt hatte, war ihre Beziehung gewachsen und hatte sich weiterentwickelt. Sie war so wichtig für ihr seelisches und geistiges Wohlbefinden, dass sie sich nicht vorstellen konnte, ohne sie zu sein.

»Wovon redest du überhaupt?«, fragte sie mit gespielter Lässigkeit.

»Seit du in Washington bist, hängt er an dir wie ein schlechter Geruch«, behauptete Monty. »Und du empfindest etwas für ihn.«

»Er ist ein Freund, Monty, mehr nicht«, betonte sie. Dann wechselte sie das Thema. »Ich habe mich heute blamiert. Ich hätte besser vorbereitet sein müssen.«

Monty strich ihr langsam und sanft von der Stirn bis zum Kinn. »Keiner ist auf einen solchen Angriff vorbereitet. Mach dir keine Sorgen, Kleines. Außer den Tweedsmuirs ist bisher noch jeder an diesem Tisch Opfer einer derartigen Attacke geworden. Betrachte es als Einweihungsritual.« Vorsichtig küsste er erst ihre Stirn, dann ihre Lippen.

»Das Problem besteht darin, dass ich für die Camps nicht viel mehr herausholen kann«, erklärte sie. »Sie werden tatsächlich als kommunistisch wahrgenommen, und jetzt, wo die Wirtschaft sich erholt, nehmen viele Frauen das Angebot nicht mehr an. Außerdem ist Mrs Roosevelt so oft auf Reisen … Sie muss so viele andere Verpflichtungen wahrnehmen.«

Monty küsste ihre Lider, dann ihre Wangen.

»Manchmal …«, fuhr sie zögernd fort, »überlege ich ernsthaft, etwas anderes auszuprobieren.«

»Zum Beispiel?« Er streichelte ihr den Arm.

»Politik«, sagte sie.

Monty schwieg nachdenklich.

»Du lachst ja gar nicht«, sagte sie erwartungsvoll.

»Wieso sollte ich?«, entgegnete er. »Das ist überhaupt nicht abwegig. Du bist intelligent und zäh genug, aber …«

»Aber?«

»Aber das kann man nicht einfach so machen. Man muss sein Handwerk verstehen. Es geht dabei darum, den Präsidenten in Angelegenheiten zu beraten, die die ganze Nation betreffen. Das muss man lernen. Du brauchst noch eine Ausbildung. Du musst studieren, Wirtschaft, Jura oder Politikwissenschaften.«

Sie stöhnte auf. »Das dauert doch Jahre.«

»Wahrscheinlich«, erwiderte er mitfühlend. »Aber spätestens mit dreißig wirst du damit fertig sein.«

Sie setzte sich auf, schubste Monty zurück aufs Bett und setzte sich rittlings auf ihn. »Ich haben Hunger, Monty«, sagte sie. »Großen Hunger.«

Er hob den Zeigefinger und zeichnete ihre Lippen nach. »Mit dem Mund könntest du ganz Washington und weite Teile der Ostküste verschlingen.«

»Das meinte ich nicht«, sagte sie, dann öffnete sie die Lippen und liebkoste mit der Zunge seinen Finger.

»Ich weiß«, antwortete er.

Kapitel 29

WASHINGTON, D.C.

September 1936

Monty stand in der Tür zu Iris' Büro. »Hast du einen Schneebesen?«, wollte er wissen.

Perplex ließ sie den Stift sinken.

»Ein Küchengerät, mit dem man Eiweiß schlägt?«, fügte er ironisch hinzu.

»Mir ist durchaus bekannt, was ein Schneebesen ist, aber ich besitze keinen.«

»Ich komme heute Abend vorbei und zeige dir, wie man Käsesoufflé macht.«

»Was ist denn mit dir los?«

»Erkläre ich dir heute Abend. Ich bringe alles mit.«

An diesem Abend saß Iris auf einem Barhocker in ihrer Küche und sah Monty fasziniert zu, wie er mit einer Hand vier Eier am Rand einer Metallschüssel aufschlug. In der Küche war er in seinem Element. Er bewegte sich wie ein Balletttänzer. Nachdem er ihr den Schneebesen in die Hand gedrückt hatte, wandte er sich dem Backofen zu, nahm die Töpfe und Pfannen heraus, die Iris dort aufbewahrte, und stellte sie auf den Herd. Während der Ofen vorheizte, rieb er den Gruyère.

»Steif, Kleines, der Eischnee muss steif sein«, erklärte er, während sie sich einen Schluck Wein genehmigte.

Also schlug Iris weiter mit aller Kraft auf das Eiklar ein.

»Wie gut, dass du in eine größere Wohnung gezogen bist«, bemerkte er ernst, während er den Käse vom Brett in einen Topf schob. »Im Liebesnest hätte ich uns nämlich kein Soufflé machen können.«

Er rührte alles kräftig durch, dann hob er den Eischnee unter die Masse.

Schließlich goss er alles in eine Auflaufform und fuhr mit dem Finger geschickt unter den Rand.

»Wieso machst du das?«

»Damit das Soufflé aussieht wie ein Hut.«

Iris hatte zwar keine Ahnung, wovon Monty redete, aber sie mochte seine bildreiche Sprache.

»In zwanzig Minuten müsste es fertig sein«, informierte er sie, als er die Form in den Ofen schob. »So, wo ist mein Wein?«

Iris suchte mit Blicken die Küche ab. Monty war ein hervorragender Koch, aber ordentlich war er nicht. Überall standen Tassen, Messbecher, Messer und Schüsseln herum. Nach dem Essen wäre sie diejenige, die aufräumte.

Nachdem Monty sein Weinglas endlich aufgespürt hatte, sagte Iris: »Und worüber wolltest du reden?«

Sie ließen sich auf der Couch im Wohnzimmer nieder.

»Mrs R. Sie hat das ganze Team in Aufregung versetzt.«

»Aber sie ist doch auf Campobello«, bemerkte Iris, während sie Zeitungen und Papiere zur Seite räumte.

»Sie hat dem Präsidenten, Stanley High, Steve Early, Charlie Michelson, Jim Farley, mir und allen anderen ein Memorandum geschickt … Sie bezichtigt uns doch tatsächlich der Wahlkampfverschleppung.« Er raufte sich die Haare. »Obendrein hat sie eine Liste mit acht Sofortmaßnahmen beigefügt. Sie ist die First Lady, nicht die Präsidentin! Farley und Wallace wollen ihren Kopf.« Monty zog das Schreiben aus der Hosentasche.

Iris las es sorgfältig durch. »Na ja, sie hat nicht ganz unrecht.«

Immer, wenn Iris, die die Kampagne gewissenhaft verfolgte, Artikel über Landon in der Zeitung las oder ihn im Radio hörte, spürte sie ihre zunehmende Frustration. Er bekam allein dadurch Zulauf, dass das Lager des Präsidenten nichts dagegenhielt. Die Leute würden demjenigen ihre Stimme geben, der am präsentesten war. Wie lange wollten sich die Demokraten noch auf ihren Lorbeeren ausruhen?

Sie zuckte die Achseln. »Es ist eigentlich noch nichts passiert, aber Landon hat bei den Prognosen bereits die Nase vorn«, bemerkte sie. »Er macht Werbung im Radio und seine Publizisten … Mrs Roosevelt ist auf Campobello, um ihr *Women's Committee* zu mobilisieren, und sie ist richtig auf Zack, aber ihre ganze Mühe wird umsonst sein, wenn der Präsident nicht bald eine härtere Gangart anschlägt.«

»Sie kann doch Farley, dem Vorsitzenden des *Democratic National Committee* und Postminister, nicht einfach in einem Memorandum Handlungsanweisungen erteilen.« Monty schüttelte den Kopf. »Diesmal ist sie eindeutig zu weit gegangen.«

»Sie ist einfach nur besorgt«, widersprach Iris. »Der Präsident hat Landon von Anfang an nicht ernst genommen. Er lässt es sich auf seiner Jacht gutgehen, während Landon auf Stimmenfang ist. Jim Farley geht dem Präsidenten zu sehr um den Bart. Es gibt einfach niemanden mehr, der Roosevelt die Meinung geigen kann.«

Monty beugte sich vor und rieb sich die Stirn. »Wir brauchen Howe.«

»Ganz genau«, stimmte sie zu. »Du hast mir selbst erzählt, dass er bei der Kampagne 1932 für die gesamte politische Strategie verantwortlich war.«

Monty nickte. Iris studierte erneut das Memorandum, während sie ihm das Knie tätschelte.

»Weißt du«, sagte sie schließlich langsam, »Eleanor Roosevelt ist vielleicht nicht Louis Howe, aber dieses Memorandum hat was von einem politischen Strategiepapier.«

Monty nahm ihr das Dokument aus der Hand und las es erneut durch.

»Wenn man von den kleinen Seitenhieben absieht, finden sich hier ein paar richtig frische Ideen«, sagte Iris. »Ihr Jungs seht das nicht, weil ihr euch ungerecht behandelt fühlt.«

Monty beugte sich zu ihr hin und drückte ihr einen Kuss auf. »Vielleicht ist das ein Ansatzpunkt«, gab er zu. »Du hast wirklich Köpfchen. Hast du schon weiter über deine Studienpläne nachgedacht?«

»Ein bisschen.« Gedankenverloren sortierte sie die Zeitschriften auf dem Tisch.

Genau genommen hatte sie ziemlich lange darüber nachgedacht und sogar schon an die juristischen Fakultäten der George Washington University, Georgetown University und Howard University geschrieben. Sie hatte sich mit einem Entwurf des Briefs an Sam gewandt, damit er ihr mit seinen sprachlichen Fähigkeiten zur Seite stehe. »Es ist ganz wunderbar, Iris«, hatte er gesagt, »aber ich glaube nicht, dass du damit einen der hart umkämpften Studienplätze für Jura an einer Uni bekommst.«

»Warum?«, hatte sie mit großen Augen gefragt. »Warum sagst du das? Hältst du es für einen verrückten Traum?«

Er lachte. »Nein, es ist ein wunderbarer Traum, aber der Brief ist zu emotional«, erklärte er. »Du musst dir bewusst machen, an wen du hier schreibst. Dieser Brief geht nicht an Mrs Roosevelt. Du schreibst an Rechtsanwälte, und die sind allesamt männlich. Ich glaube, du musst aggressiver auftreten, männlicher eben.«

Sie nickte nachdenklich, dann bat sie ihn um weitere Unterstützung. Sie trafen sich eine Woche lang jeden Mittag im Delikatessenladen am Dupont Circle und feilten so lange an den Anschreiben, bis sie zufrieden waren. Iris war richtig traurig gewesen, als die Woche vorüber war und die Briefe in die Post wanderten.

Monty konnte sie natürlich nicht erzählen, wie weit sie in der Angelegenheit schon gekommen war. Er wäre gekränkt, dass sie ihn nicht um Hilfe gebeten hatte. Das kam für sie allerdings nicht infrage. Mit einem Fingerschnipsen hätte er sie schon am nächsten Tag an der Columbia University untergebracht und wahrscheinlich alle Studienkosten im Voraus bezahlt. Montys Art von Hilfe konnte man nicht ablehnen.

Er hob ihr Kinn und sah sie ernst an. »Du solltest gründlicher darüber nachdenken«, riet er ihr, dann warf er das Memorandum auf den Tisch, drückte ihr einen Kuss auf und eilte in die Küche. »Das Soufflé ist fertig«, rief er.

Innerhalb von Minuten stand er mit der Auflaufform und zwei Gabeln vor Iris. Sie bewunderte die goldgelbe Kruste, die sich vom Rand über das luftige Soufflé zog, und erkannte sofort, was Monty mit dem »Hut« gemeint hatte.

Kapitel 30

HYDE PARK, NEW YORK

Mai 1962

Lord Tweedsmuir präsentierte mir die längste Liste an Unverträglichkeiten, die mir je untergekommen war. Natürlich gab es viele Gäste im Weißen Haus, die die eine oder andere Speise nicht essen konnten, aber Lord Tweedsmuir mochte weder Suppe noch Fisch, Geräuchertes, Schwein, Kalb, Rüben, Süßkartoffeln, Rosenkohl, Kohl, Tomaten, Zwiebeln, Pastinaken, Karotten, Sellerie, Salat, Cremespeisen, Eiscreme oder Soßen. Das kam mir regelrecht pingelig vor. Außerdem hat ihm seine Spezialdiät überhaupt nichts gebracht, denn nicht lange nach diesem Essen, 1940, ist er gestorben.

Es gab Zeiten, in denen ich mich wirklich von der Presse und der Öffentlichkeit angegriffen fühlte. Beiden bereitete es anscheinend große Freude, mich lächerlich zu machen. Eine Schlagzeile lautete: »FDR WILL *NEW DEAL*, ABER KEINEN SPINAT – KRISE IM WEISSEN HAUS«. Diese Reporter hielten sich für besonders schlau. Aber ihnen war überhaupt nicht klar, wie viele böse Briefe ich deswegen von der Bevölkerung bekam. Das war mir sehr unangenehm.

Den Leuten war nämlich gar nicht bewusst, dass ich mich mit viel wichtigeren Dingen rumschlagen musste als den Vorlieben und Abneigungen des Präsidenten. Es war meine Aufgabe, für seine Gesundheit zu sorgen. Sein Bluthochdruck war ein großes Problem, und ich musste mich darum kümmern, dass es nicht noch schlimmer wurde. Das war nicht leicht, zumal der Präsident außer Kartoffeln kein Gemüse mochte. Häufig hatte ich das Gefühl, der Präsident wusste meine Mühe überhaupt nicht zu schätzen. Stattdessen gab es pikierte Mitteilungen vom Oval Office an die Küche, in denen man sich über zu weich gekochte Bohnen oder wässrigen Spinat beschwerte. Aber ich ließ mich trotz der harschen Kritik nicht beirren. Mrs Roosevelt stand natürlich immer auf meiner Seite.

Mittlerweile ist mir klar geworden, dass der Präsident mit dem Meckern am Essen den Druck der Verantwortung kompensierte, die er auf seinen breiten Schultern trug. Vor den Wahlkampagnen wurde er besonders pingelig und griesgrämig. Da er an den Rollstuhl gefesselt war, blieb ihm ja auch keine andere Möglichkeit, als seinen Ärger an mir auszulassen. Aber ich habe es mit Fassung getragen. Es war einfach Teil meiner Arbeit, auch mal was auszuhalten. Ich betrachtete mich als unsichtbares, aber wichtiges Rad im Regierungsgetriebe.

Bei den Wahlen von 1936 erzielte die Regierung einen erdrutschartigen Sieg. Der Präsident gewann mehr als sechzig Prozent der Stimmen. Verluste gab es nur in Maine und Vermont. Es war der größte Sieg in der Geschichte. Alfred M. Landon hatte keine Chance, denn die Amerikaner verehrten das Präsidentenpaar. Während der Bekanntgabe hielten sich die Roosevelts in Hyde Park auf. Am Morgen darauf wurden sie in Washington von dreihunderttausend jubelnden Menschen begrüßt. Ich hatte noch einen weiteren Grund zur Freude über den Wahlsieg des Präsidenten. Mrs Roosevelt hatte mir versprochen, dass ich im Falle einer neuen Amtszeit endlich neue Vorhänge für den East Room kaufen durfte.

DIE ZWEITE AMTSZEIT

1937–1941

Hail to the Chief

Kapitel 31

WASHINGTON, D.C.

Februar 1937

»Wo gehst du hin?«, murmelte Iris schlaftrunken in ihr Kissen. Es war halb sieben am Freitagmorgen. Monty saß auf der Bettkante und band sich die Schuhe zu.

»Schlaf weiter, Kleines.« Er beugte sich vor und küsste sie auf die Stirn. »Man hat mich ins Weiße Haus gerufen.«

Iris setzte sich neugierig auf. »Warum?« Sie wollte unbedingt wissen, welche Katastrophe sich wohl über Nacht ereignet hatte.

»Keine Ahnung. Hat was mit dem Verfassungsgericht zu tun. Am Telefon hat Missy nicht allzu viel verraten.«

»Na gut.« Sie ließ sich wieder in die Kissen fallen und schloss die Augen.

»Tut mir leid wegen heute«, flüsterte Monty. »Wir holen das bald nach, versprochen.«

Sie hatten ein langes Wochenende in Baltimore geplant. Ihre Heimatstadt war Iris' ursprüngliches Ziel gewesen, als sie Chicago vor vier Jahren verlassen hatte. Doch mit ihrer Ankunft in Washington war es in den Hintergrund gerückt. Monty hatte ihr allerdings ständig in den Ohren gelegen. Er wollte Washington für ein Wochenende entfliehen, und Baltimore schien ihm der perfekte Ort dafür. Weil seine Arbeit ihn immer öfter in der Hauptstadt festhielt, hatte er sich schweren Herzens für ein Jahr von seinem Amt an der Columbia University beurlauben lassen, obwohl ihm und auch Iris schon damals klar gewesen war, dass sich diese Auszeit länger hinziehen würde. Der Präsident beherrschte es meisterhaft, den Menschen um sich herum das Gefühl zu geben, sie seien unersetzbar.

Iris konnte sich kaum noch an ihre Geburtsstadt erinnern, aber Monty hatte ihr erzählt, dass sie einen Besuch wert sei, und sich umfassend über ihre Architektur und Geschichte ausgelassen. Es war ihr etwas unangenehm, Monty, dem Erben eines Hauses in Manhattans Upper East Side, zu offenbaren, aus welch ärmlichen Verhältnissen sie stammte.

Sie wusste noch, dass sie mit ihrer Familie für kurze Zeit in einer Zweizimmerwohnung in der 34th Street in Hampton gelebt hatte. Ihr Vater hatte sie voller Hoffnung angemietet, nachdem er in einer nahe gelegenen Mühle als Gelegenheitsarbeiter untergekommen war. In der dunklen, feuchten Wohnung überlagerte der Schimmelgestank alle anderen Gerüche, sogar den nach Hefe von der Brennerei des Vaters. Ihre Mutter beklagte sich unablässig über Lärm, Schimmel, Dunkelheit und Enge, aber ihr Vater lächelte nur, wirbelte sie herum und behauptete, sie sei die schönste Frau in ganz Amerika.

Als ihre Mutter an dem Kleid, das sie zum Debütantinnenball getragen hatte, Schimmel entdeckte, schrie sie so laut, dass Iris, damals zwölf Jahre alt, furchtbar erschrak.

Sie fand ihre Mutter auf dem Boden sitzend, über die edle Robe gebeugt. Stundenlang weinte sie. Vom Debütantinnenball hatte sie immer so gern erzählt. Bei solchen Gelegenheiten nahm sie das weiße Seidenkleid aus dem Schrank und hielt es hoch, damit Iris es bewundern konnte. Manchmal legte sie Iris die Perlenkette ihrer eigenen Mutter an, die sie damals getragen hatte. Iris wusste sogar noch den Namen ihres Begleiters: Harrison Dewey II.

An jenem Abend war ihr Vater nur angeheitert nach Hause gekommen. Iris war erleichtert, dass er nicht völlig betrunken war. Er machte Anstalten, die Mutter wie immer herumzuwirbeln, aber sie blieb schlaff in seinen Armen hängen. Als sie kurz darauf im Schlafzimmer verschwand und die Tür hinter sich schloss, flüsterte er: »Was hat sie heute so geärgert?«

»Sie hat Schimmel auf ihrem Ballkleid gefunden.«

Er nickte verständnisvoll.

Am darauffolgenden Tag verbrannte ihre Mutter das Kleid in einer Mülltonne in der Seitenstraße unter der Wohnung. Iris saß am Fenster und beobachtete sie dabei. Sie hatte noch nie einen traurigeren Menschen gesehen. Die Perlenkette bekam sie nie wieder zu Gesicht.

Die Atmosphäre der folgenden Woche im Weißen Haus konnte Iris nur als »angespannt« bezeichnen. Der Präsident hatte sich mit seinen Beratern verkrochen, um die Nachwehen des Gesetzes zur Neuordnung des *Supreme Courts*zu besprechen, das der Präsident am Freitag im Kongress vorgestellt hatte. Die Angestellten eilten von Büro zu Büro und tuschelten miteinander über die Kontroverse. Iris hatte Monty nicht mehr gesehen, seit er ihr Bett im Mayflower-Hotel verlassen hatte. An diesem Nachmittag riss sie ein sanftes Klopfen aus der Arbeit. Sam Jacobson stand an der Bürotür.

»Hi«, sagte er. »Darf ich reinkommen?«

Lächelnd bot Iris ihm einen Stuhl an. Sie freute sich über seinen Besuch. Zwar war sie ihm immer wieder mal über den Weg gelaufen, aber seit ihrer geheimen Zusammenkünfte am Dupont Circle hatte sie nicht mehr ausführlich mit ihm gesprochen. Das letzte Treffen lag bereits einige Monate zurück. Er hatte sich in regelmäßigen Abständen erkundigt, ob es schon eine Reaktion auf ihre Bewerbungen gebe, aber zu einem längeren Gespräch war es nicht gekommen, weil Iris stets zu irgendeinem Termin hetzen musste. Seit jenem Juli hatte sie oft am Schreibtisch über ihre Gefühle für den schlanken Journalisten nachgedacht, der ihr jetzt gegenübersaß, und war zu dem Schluss gekommen, es sei für sie am besten, sich von ihm fernzuhalten.

»Schon was gehört?«, fragte er.

»Absagen von Georgetown und Howard«, erwiderte sie düster. »Aber bei der George Washington University stehe ich auf der Warteliste, also besteht noch Hoffnung.«

»Das ist ja super!«, rief er. »Wann bekommst du Bescheid?«

Iris zuckte die Achseln. »Wahrscheinlich dauert es noch. Das Ganze ist ziemlich frustrierend. Ich will, dass was passiert, aber es geht nicht vorwärts. Es entzieht sich meiner Kontrolle. Ich weiß gar nicht, was ich tun soll, wenn ich keinen Platz bekomme … Fünfzig Mal am Tag sehe ich nach der Post.«

»Du könntest nachfragen, ob Mrs Roosevelt etwas tun kann. Vielleicht rückst du dann auf der Liste nach oben«, schlug Sam vor.

Iris beugte sich vor. »Fändest du das in Ordnung?«, fragte sie. Sie hatte zwar selbst schon darüber nachgedacht, die Idee aber verworfen, weil sie sich auf diese Weise keine Vorteile verschaffen wollte. Aber aus Sams Mund klang es so selbstverständlich.

»Ich kann daran nichts Verwerfliches finden«, sagte er. »Da werden sich eine ganze Menge Leute tummeln, die nur durch Beziehungen oder Geld reingekommen sind. Mrs Roosevelt würde damit lediglich gleiche Bedingungen schaffen.«

Iris nickte. Sie musste sich nur überlegen, wie sie Mrs Roosevelt die Angelegenheit verkaufen könnte. »Ich denke drüber nach«, sagte sie.

Sam lächelte schweigend, machte aber keine Anstalten zu gehen. Während Iris erneut die Stifte und Papiere auf dem Schreibtisch ordnete, fiel ihr Blick auf die *Washington Post*.

»Ich habe deinen Artikel gelesen«, setzte sie an. »Hat mir gefallen.«

»Und ich hatte erwartet, dass du mir was an den Kopf wirfst, wenn ich bei dir auftauche.«

Iris sah ihn fragend an.

»So wie du Roosevelt vergötterst …«

Sie hob die Braue, dann faltete sie die Zeitung auseinander. Nach einer Weile zitierte sie aus der Titelgeschichte: »›Die Unabhängigkeit der Justiz, dieser Schutz vor Unterdrückung durch die Regierung, ist die wertvollste menschliche Errungenschaft. Weil wir sie schon so lange besitzen, nehmen wir sie als gegeben hin. Für amerikanische Bürger ist ein unabhängiges Gericht eine Selbstverständlichkeit. Für sie ist es unvorstellbar, dass Gerichte wie in Russland, Deutschland und Italien als langer Arm der Regierung herhalten müssen. Der Schutz der Konstitution obliegt so lange dem Verfassungsgericht, bis das Volk dies ändert.‹ Das ist meine Lieblingsstelle. So gut ausgedrückt … so leidenschaftlich!«

»Ich schreibe besser, als ich mich im Gespräch ausdrücken kann«, sagte Sam mit Blick auf seine Schuhe.

»So würde ich das nicht ausdrücken.« Bei ihrem sanften Ton hob Sam den Kopf und sah sie an.

Iris war nicht sicher, warum sie flirtete. Während der vergangenen Woche war Monty nicht erreichbar gewesen, was zur Folge hatte, dass sie sich seit vielen Jahren zum ersten Mal wieder wie eine alleinstehende Frau vorkam. Sie fragte sich, ob sie sich einsam fühlte oder ob sie das bisschen Freiheit nutzen wollte, das sie durch Montys Abwesenheit genoss.

Sam sah sie ernst an. »Wie geht es Chapel dieser Tage?«, fragte er.

Der jähe Themenwechsel enttäuschte sie. »Weiß ich nicht so genau«, setzte sie an. »Er arbeitet Tag und Nacht und ist auf alle sauer, die gegen den Präsidenten wettern.« Sams Lachen brachte sie zum Grinsen. Dann schlug sie einen ernsteren Ton an. »Aber er ist besorgt, genau wie alle anderen.«

»Der Präsident hat auch in der Vergangenheit hoch gepokert, aber dieses Mal … hat er wirklich den Vogel abgeschossen. Es ist einfach so … diese Nummer passt überhaupt nicht zu ihm«, sagte Sam.

»Seit seinem Wahlsieg hält er sich für unangreifbar«, meinte Iris.

»Ist er aber nicht«, entgegnete Sam knapp. »Jeder, die Presse, der Kongress, das Kabinett – alle haben sich gegen ihn verschworen und stoßen ins selbe Horn. Aber er ist wild entschlossen, die Sache durchzusetzen. Der Präsident der Vereinigten Staaten kann sich eine derart verheerende Schwäche nicht leisten.«

»Eitelkeit?«

Er nickte.

»Es gibt schlimmere Schwächen.« Ihr gekränkter Unterton war nicht zu überhören.

»Hat deine Loyalität einen Rückschlag erlitten?«, fragte Sam vorsichtig.

Iris hatte noch gar nicht darüber nachgedacht, was sie vom neuesten Schachzug des Präsidenten halten sollte. Roosevelt hatte mit gezinkten Karten gespielt. Es war hinterhältig, den *Supreme Court* mit Richtern zu besetzen, die der *New-Deal*-Regierung ergeben waren.

Sie zuckte die Achseln. »Glaube ich nicht. Der Zweck heiligt die Mittel.«

»Wie kommst du denn zu dieser Erkenntnis?«, fragte Sam.

»Einige Gesetze des *New Deal* wurden bereits vom *Supreme Court* für ungültig erklärt und bei anderen steht das Urteil noch aus. Der Präsident will einfach das Beste für sein Land. Es gibt mehrere Maßnahmen des *New Deal*, die kurz vorm Scheitern stehen.«

»Vielleicht hätte er die Gesetze nicht mit heißer Nadel stricken sollen. Er ist schließlich selbst Jurist«, hielt Sam dagegen. »Er hätte sich einfach vergewissern müssen, dass die Entwürfe wasserdicht sind, bevor er sie vorlegt.«

»Meine Güte, Sam!«, stöhnte sie auf. »Kannst du dich an den Winter von 1932 und '33 erinnern? Die Menschen sind gestorben. Ohne Obdach, ohne Arbeit … Er hat die Gesetze durchgepeitscht, weil er die Wirtschaft schnell retten wollte. Den Luxus, die Entwürfe festzuzurren, hat er einfach nicht gehabt.«

»Die Maßnahmen des *New Deal* waren nicht ordentlich durchdacht – und weißt du, wer hinter dem neuesten Gesetz steckt?«, fragte Sam. Iris schwieg.

»Cummings und Reed.«

Iris hatte mal mitbekommen, wie Monty den Justizminister und den Generalstaatsanwalt als Laurel und Hardy des Gerichtswesens bezeichnete. Er legte sich ständig mit ihnen an. Keiner von beiden hatte angeblich genug Ahnung vom Verfassungsrecht, aber genau auf diesen Bereich wirkten sich die Umwälzungen des Gesetzesvorhabens aus.

Sie erhob sich und ging um Fassung ringend im Büro auf und ab. Sam musterte ihren roten Rock. »Ich stimme dir zu«, sagte sie. »Er hätte das nicht hinter verschlossenen Türen ausbrüten sollen, aber du darfst nicht gleich alles schlechtreden, was er für bedürftige Menschen geleistet hat. Präsident Roosevelt steht für viel mehr als für diesen einen Fehltritt.« Vor Erregung hatte sie ganz heiße Wangen.

Sam trat auf sie zu und ergriff ihre Hände. Besorgnis stand ihm ins Gesicht geschrieben. »Es tut mir leid«, sagte er hastig. »Es tut mir so leid.«

»Nein. Mir tut es leid. Ich habe überreagiert.« Iris seufzte. »Der Präsident hat geschlampt, das stimmt. Aber seine Motive kann ich voll unterschreiben.«

Sam hatte sie nicht losgelassen. Sie betrachtete ihre Hände, dann brach es aus ihr heraus. »Warum möchte ich dich jetzt küssen?«, fragte sie erschüttert.

»Sexuelle Anspannung vermutlich.« Sam zog seine Hand weg.

»Vermutlich«, sagte sie, als er das Büro verließ.

Mrs Roosevelts Tür stand immer offen. Tommy hatte ihr zwar geraten, sie geschlossen zu halten, denn auf diese Weise würde sie mehr schaffen, aber Mrs Roosevelt war dagegen. Sie meinte, sie brauche den täglichen Rummel und genieße es, wenn die Leute auf ein Schwätzchen bei ihr vorbeischauten.

Iris wusste, dass Mrs Roosevelt in der Stadt war. Seit ihrer Begegnung mit Sam vor mehr als einer Woche hatte Iris schon mit der First Lady reden wollen, doch offenbar war sie immer unterwegs, meist, um sich in anderen Städten für einen guten Zweck zu engagieren. Das Reisen fiel dem Präsidenten schwer, sodass die First Lady viele seiner Repräsentationsaufgaben übernehmen musste.

Sie stand vor Mrs Roosevelts Büro, aber die Tür war verschlossen, was Iris wunderte, denn sie hatte sich extra telefonisch bei Tommy vergewissert, dass die First Lady im Weißen Haus war. Iris stutzte umso mehr, weil hier immer alles offen stand, selbst wenn Mrs Roosevelt unterwegs war.

Vorsichtig klopfte sie an. Stille. Sie klopfte erneut.

»Herein!«, rief schließlich eine gepresste Stimme.

Iris trat ins Zimmer. Mrs Roosevelt stand am Fenster und schaute hinaus. Sie hielt Meggie im Arm und kraulte dem alten Terrier den Nacken. Als sie sich umwandte, sah Iris, dass sie weinte.

»Was kann ich für Sie tun, meine Liebe?«, fragte die First Lady. »Wir haben ja seit Wochen nicht mehr miteinander gesprochen.«

»Passt es Ihnen gerade, Mrs Roosevelt, oder komme ich ungelegen?«, fragte Iris höflich.

»Selbstverständlich passt es. Wie albern von mir, so die Fassung zu verlieren.«

Sie wies auf das Sofa, und Iris setzte sich. Mrs Roosevelt gesellte sich zur ihr und setzte Meggie auf den Boden. Der Hund kuschelte sich neben seinen Spielgefährten Major auf den Teppich.

Sie wies auf die Tiere. »Ich werde die beiden vermissen«, sagte sie.

»Werden sie woandershin gebracht?«

»Die kleine Meggie hat wieder was angestellt. Sie hat auf dem Friedhof von Rock Creek ein Kind gebissen, als ich letzte Woche mit den beiden spazieren war.«

»Davon habe ich gar nichts gehört«, sagte Iris überrascht.

»Wir halten es für das Beste, wenn Meggie in eine Familie kommt, die mehr Zeit für sie hat.«

»Und Major?« Iris betrachtete den Deutschen Schäferhund.

»Ich kann die beiden nicht trennen. Sie sind seit Albany zusammen.« Lächelnd gab sie sich der Erinnerung hin. »Mrs Nesbitt hat eine Familie in Hyde Park gefunden, die beiden Hunden gern ein neues Heim bieten würde.«

Meggie und Major waren Mrs Roosevelts treue Begleiter. Es würde ihr das Herz brechen, sich von ihnen zu trennen. Aber Meggie verhielt sich Fremden gegenüber zunehmend aggressiv. Beide Hunde waren ihrem Frauchen bedingungslos ergeben. Major, ein ehemaliger Polizeihund, war gut erzogen, aber Meggie leider nicht.

»Das tut mir leid«, sagte Iris. »Aber bei einer Familie auf dem Land sind sie vermutlich glücklicher.«

»Vergessen wir das«, sagte die First Lady bestimmt. »Was bringt Sie zu mir?«

»Ich bin nicht sicher, ob ich Sie oder den Präsidenten damit belästigen sollte«, stammelte Iris nervös, aber Mrs Roosevelt nickte ermutigend, »aber ich glaube … Nun, ich denke darüber nach, noch mal zu studieren.«

»Wie interessant«, erwiderte Mrs Roosevelt enthusiastisch. »Welches Fach?«

»Jura.« Nervös suchte Iris im Gesicht ihrer Arbeitgeberin nach Anzeichen von Skepsis. »Verfassungsrecht.«

»Wie interessant«, sagte sie erneut. »Sie wissen schon, dass es nicht leicht sein wird als Frau, vor allem hier in Washington. Das Gerichtswesen ist ein Männerverein, eine der ältesten und undurchschaubarsten Seilschaften des Landes. Sie werden zehnmal härter arbeiten müssen, damit man Sie ernst nimmt«, warnte Mrs Roosevelt. »Aber ich halte das für eine sehr gute Idee, Iris. Sie können die Schwächen meines Mannes ausbügeln. Er war eigentlich nie ein guter Jurist, müssen Sie wissen. Er hatte nie wirklich Interesse daran.«

Iris lächelte, erfreut, dass sie Mrs Roosevelts Zustimmung hatte. Sie erzählte ihr kurz, wie sie ihr Vorhaben umsetzen wollte, und hoffte, die First Lady würde ihr ihre Unterstützung anbieten, bevor sie sie darum bitten müsste.

»Ich habe mich gefragt …«, setzte sie nervös an.

»Ich tue alles, was in meiner Macht steht, um Ihnen zu helfen«, erklärte Eleanor. »Ich werde dem Dekan der Juristischen Fakultät an der George Washington University noch heute Nachmittag schreiben. Wenn alles gut läuft, können wir Ihre Arbeitszeit hier reduzieren, damit Sie mehr Zeit zum Studieren haben. Es wird schwer, aber Sie schaffen das, Iris.«

»Danke, Mrs Roosevelt. Sie wissen gar nicht, wie sehr ich Ihre Hilfe zu schätzen weiß.«

»Was ist mit Kindern, Iris? Können Sie sich vorstellen, Mutter zu sein?« Mrs Roosevelts Art, völlig unvermittelt das Thema zu wechseln, überraschte Iris jedes Mal aufs Neue.

Damals, als Mrs Roosevelt ihr geraten hatte, sich ein Pessar einsetzen zu lassen, hatte Iris kurz über das Thema nachgedacht, aber danach war ihr der Gedanke an Kinder nie wieder gekommen.

»Ich möchte Sie nicht bevormunden, meine Liebe, aber die meisten Frauen verspüren irgendwann im Leben einen Kinderwunsch. Auch wenn Sie sich das jetzt nicht vorstellen können.«

Iris dachte an Monty. Schwierig, ja geradezu unmöglich, sich ihn als Vater vorzustellen. Sie hatten das Thema Ehe oder Kinder nie erwähnt.

»Wie alt sind Sie jetzt? Siebenundzwanzig?« Iris nickte. »Und mit Monty sind Sie nun seit vier Jahren zusammen?«

»Ja, richtig.«

Mrs Roosevelt nickte, mitfühlend, wie Iris zu erkennen glaubte. »Ein schwieriger Balanceakt – Karriere und Kinder. Aber es ist zu schaffen. Es muss keine Entscheidung für eine einzige Seite sein.«

»Ich werde darüber nachdenken, Mrs Roosevelt«, sagte Iris auf dem Weg zur Tür.

Sie war nur ein paar Schritte über den Flur gegangen, da blieb sie stehen und lehnte sich an die Wand. Ihr Herz klopfte zum Zerspringen. Sie hielt sich die Hände vor den Mund, um nicht vor Glück laut loszuschreien.

Am nächsten Morgen erhielt Iris eine Zusage von der George Washington University. Umgehend rief sie Sam im Büro an, doch der war nicht am Platz. Eine Stunde später probierte sie es erneut, aber er war immer noch nicht da. Iris meldete sich am Empfang, wo man ihr mitteilte, dass Sam in Philadelphia sei und erst spät zurückkehre. Da machte sich Iris auf den Weg zum Westflügel, zu Monty.

An diesem Abend feierte Monty mit ihr im »Montmartre«. Während sie bei Champagner auf ihre Vorspeise warteten, erzählte Monty ihr von seinem Vorhaben, mit ihr zur Feier ihres Erfolgs ein Wochenende in New York zu verbringen. Er hatte Karten für die Premiere von *Babes in Arms*, dem neuen Musical von Rodgers und Hart, geschenkt bekommen. Außerdem würde er so zwei Fliegen mit einer Klappe schlagen, erklärte er. Mrs Roosevelt hatte ihn gebeten, die Ausstellung *»An Art Commentary on Lynching«* zu besuchen, deren Veranstalter schwarze Bürgerrechtler waren.

»Morbide, ich weiß«, seufzte Monty, »aber du kennst ja FDRs Beziehung zum Süden. Eine Teilnahme käme einem Affront gleich, aber Mrs Roosevelt möchte die Initiatoren auch nicht vor den Kopf stoßen.«

Iris wusste Bescheid. Im Vorfeld der Wahlen hatte man Mrs Roosevelt um Stillschweigen gebeten. Sie solle damit aufhören, die Lynchjustiz in den Südstaaten anzuprangern und die schwarze Bürgerrechtsbewegung zu unterstützen, hatten der Präsident und seine Berater gefordert. Ohne den Süden werde Roosevelt nicht gewinnen, hieß es. Obwohl sie mittlerweile nicht mehr schweigen musste und die Gesetzesvorlage zugunsten der Schwarzen abgelehnt worden war, erschien ihr ein offizieller Besuch der Ausstellung offenbar immer noch als taktisch unklug.

Iris nickte abwesend, trank Champagner und fragte sich, wann sie Sam wohl endlich die freudige Nachricht überbringen könnte.

Beim Verlassen des Restaurants war Iris angetrunken. Auf dem Heimweg, bei Monty untergehakt, dachte sie immer wieder an Sam. Dennoch plauderte sie übers Wochenende in Manhattan und malte sich ihre Zukunft als Juristin aus.

»Ich kann es immer noch nicht fassen, Monty. Du? Kannst du dir vorstellen, dass ich Juristin werde?«, murmelte sie angesäuselt.

Er schlang ihr den Arm um die Taille. »Aber klar, Kleines«, erwiderte er lächelnd. »Dir traue ich alles zu.«

Iris lachte noch über diese irrwitzige Entwicklung ihrer Zukunft, als sie in die 30th Street bog und Sam Jacobson auf der Haustreppe sitzen sah. Schlagartig änderte sich ihre Laune.

»Sam!«, rief Iris mit unterdrückter Freude.

»Jacobson.« Monty nickte ihm zu. »Was machen Sie denn hier?«

»Ich wollte kurz was mit Iris besprechen.« Er erhob sich und zog den Hut. »Es geht um eine Idee für einen Artikel.«

Iris war klar, dass er log.

»Tja, da sind Sie aber ein bisschen spät dran, mein Junge.«

Iris hatte noch nie gehört, dass Monty irgendwen als »mein Junge« bezeichnete.

»Tut mir leid. Es ist mir nur gerade eingefallen, und da bin ich kurz vorbeigekommen …«

Iris sagte nichts, aber ihr Herz und ihre Gedanken rasten.

»Waren Sie aus?«, fragte Sam freundlich.

»Ja, wir haben gefeiert«, erwiderte Monty. »Iris hat einen Platz an der Uni ergattert.«

Sie sah Sam schuldbewusst an. Sein Lächeln erlosch und er begann, seinen Hut zu bearbeiten. Sie hatte Sam diese Nachricht persönlich mitteilen wollen, um ihm zu zeigen, wie sehr sie seine Hilfe und Ermunterung zu schätzen wusste. Er sollte wissen, wie sehr sie ihre gemeinsamen Mittagessen im Delikatessenladen vermisste. Sie wünschte, sie könnte ihm wenigstens erzählen, dass sie versucht hatte, ihn anzurufen.

»Wirklich?«, fragte er zögernd. »Das sind ja tolle Neuigkeiten. Gratulation.« Mit diesen Worten setzte er den Hut auf und trat auf den Gehweg. »Ich muss los. Es ist schon spät.«

Bevor sie auch nur ein Wort sagen konnte, hatte Sam sich schon umgedreht und war Richtung M Street verschwunden.

»Ich frage mich, was er hier wollte«, sagte Monty argwöhnisch beim Betreten der Wohnung.

»Was meinst du damit? Er wollte doch nur meine Meinung zu einer Idee hören.« Iris war sicher, dass dies nicht stimmte, aber sie freute sich unbändig über Sams unerwarteten Besuch. Doch wenn sie Monty liebte, was sie zweifellos tat, warum wollte sie dann Sam? Die beiden Männer waren sehr unterschiedlich. Wollte sie vielleicht zu viel?

»Macht er das öfter? Mit dir über seine Ideen für Artikel reden?«

»Manchmal«, log Iris.

»Für einen Journalisten stellt er ziemlich dumme Fragen«, ätzte Monty. »*Waren Sie aus*?«

»Er schreibt besser, als er sich im Gespräch ausdrücken kann«, entgegnete Iris sanft.

Sie hatte keine Ahnung, warum sie sich so zu Sam hingezogen fühlte. Monty sah besser aus, war charmanter, umgänglicher, gebildeter, selbstbewusster, weltgewandter und überhaupt besser. Doch schon bei der Vorstellung von Sams Hand auf ihrer überlief sie ein Schaudern.

Monty machte es sich auf dem Sofa bequem und löste seine Krawatte, Iris zog die Schuhe aus und kuschelte sich seufzend an ihn.

»Danke für den heutigen Abend«, sagte sie. »Er war fantastisch.« Sie küsste ihn, aber er reagierte nicht. »Was ist los?«

»Du weißt, dass du mir sagen kannst, wenn zwischen dir und Sam Jacobson was läuft«, erklärte er ruhig. »Es ist offensichtlich, dass er was für dich empfindet. Du kennst mich gut genug, um zu wissen, dass ich nicht zu Eifersuchtsszenen neige. Ich betrachte es vielmehr als Möglichkeit, unsere Beziehung weiterzuentwickeln.«

Seine Bemerkung traf sie wie ein Schlag. Iris setzte sich auf und musterte ihn. »Es ist nichts zwischen uns«, sagte sie. »Ich liebe *dich*, Monty.«

Eine Weiterentwicklung, eine weniger intensive Beziehung zu Monty Chapel kam für Iris noch nicht infrage.

Kapitel 32

HYDE PARK, NEW YORK

Mai 1962

Ich wusste von Anfang an, dass Iris McIntosh ein schlaues junges Ding war, und so freundlich. Sie hatte immer Zeit für ein Schwätzchen oder eine Tasse Kaffee. Ich glaube, Mrs Roosevelt hat ihr zu einem Platz an der Juristischen Fakultät verholfen. Sie waren sehr eng befreundet. Für sie war Miss McIntosh wohl so was wie eine Ziehtochter. Jedenfalls hatte sie einen großen Anteil an ihrer Karriere.

Aber es war schon auffällig, dass Mrs Roosevelt ihr erheblich mehr unter die Arme griff als ihren eigenen Kindern. Wussten Sie zum Beispiel, dass die First Lady sich völlig quer stellte, als Mister Roosevelt seinen Sohn nach Mister Howes Tod nach Washington holte? Obwohl das für ihn einen beruflichen Aufstieg bedeutete – James arbeitete vorher bei einer Versicherung in Boston –, beharrte sie darauf, dass er zu unerfahren sei, um Mister Howes Rolle einzunehmen. Na ja, am Ende hat sie ja auch recht behalten. James landete mit einem durchbrochenen Magengeschwür in der Mayo Clinic. Danach trat er zurück und zog nach Kalifornien. Der Präsident wollte seinen ältesten Sohn vermutlich in der Nähe haben. Es muss ihn schwer getroffen haben, im selben Jahr Mister Howe wegen dieses Emphysems und Gus wegen eines Herzinfarkts zu verlieren.

Bei den anderen Kindern lief es ähnlich. Der Präsident hat ihnen überall im Land Stellen besorgt. Elliott ging in den Westen und arbeitete schließlich für William Randolph Hearst. Anna und ihr zweiter Mann, der Reporter John Boettinger, zogen nach Seattle und arbeiteten ebenfalls für Hearst. Sie können sich ja vorstellen, wie Mrs Roosevelt dazu stand. Die jüngeren Söhne, Franklin Jr und John, profitierten so gut wie gar nicht vom Einfluss des Präsidenten. Als ihr Vater gewählt wurde, waren beide noch im Internat. Vielleicht war es gar nicht schlecht für sie, dass sie nichts mit dem Weißen Haus zu tun hatten.

Während des Zweiten Weltkriegs hatten sie allerdings trotz der Position ihres Vaters keinerlei Vorteil. Alle vier Jungs leisteten Kriegsdienst und erhielten Auszeichnungen.

Iris war nicht auf Vorteile aus, und sie war der First Lady und dem Präsidenten treu ergeben. In den Monaten, in denen der Präsident schwer mit seinen Überlegungen zum *Supreme Court* beschäftigt und mit dem Essen besonders pingelig war, hat sie nie ein schlechtes Wort über seine Entscheidungen verloren. Ich habe Miss McIntosh immer nur in den höchsten Tönen von ihm reden hören.

Kapitel 33

NEW YORK CITY, NEW YORK

April 1937

Iris schlenderte Arm in Arm mit Monty durch die Ausstellung und betrachtete die vielen Fotos, Bilder und Skizzen. Sie waren schockierend, manche regelrecht makaber. Die Veranstaltung bot einen scharfen Kontrast zum vergangenen Abend: Premiere eines Broadway-Musicals, gefolgt von einem Essen im renommierten Restaurant »The Russian Tearoom«. Bei ihrer Ankunft in seiner Wohnung hatte Monty ihr ein Kleid von Coco Chanel geschenkt. So etwas Wundervolles hatte sie noch nie gesehen: schwarze, mit Glasperlen bestickte Seide, dazu eine passende Pelerine. Der Abend war perfekt gewesen. Doch jetzt stand sie vor den Bildern geschlagener, leblos von Bäumen baumelnder oder misshandelter Schwarzer, neben deren Leichen weiße Männer, Frauen und Kinder stolz posierten. Monty flüsterte ihr ins Ohr: »Vom Erhabenen zum Skurrilen.«

Iris nickte. »Fürchterlich.«

»Monty, Iris!«

Sie fuhren herum.

Hick kam auf sie zu. Sie hatte etwas zugelegt, doch auf ihren roten Lippenstift und die hochhackigen Pumps hatte sie trotzdem nicht verzichtet. Mit pochendem Herzen erkannte Iris hinter ihr Sam Jacobson.

»Ich wusste nicht, dass ihr beide auch herkommen wolltet«, sagte Hick.

»Mrs Roosevelt hat uns gebeten, sie hier zu vertreten«, erklärte Monty.

»Ich habe schon seit Wochen nichts mehr von Eleanor gehört«, bemerkte Hick. »Bin schon lange nicht mehr in Washington gewesen.« Sie wies auf ihre Begleitung. »Sam ist gerade dabei, sich von allen in der Stadt zu verabschieden. Er geht in ein paar Tagen als Kriegsreporter nach Spanien.«

»Ach?«, sagte Iris erstaunt. Sie hatte Sam schon länger nicht mehr gesehen. Bald nach ihrem letzten Zusammentreffen auf der Treppe vor ihrer Wohnung hatte er einen Auftrag in Kalifornien angenommen. Iris hatte es von Sams Kollegen erfahren und war enttäuscht gewesen, dass er es ihr nicht persönlich gesagt hatte. Das gleiche Gefühl erfasste sie auch jetzt. »Wie lange war das schon geplant?«

»Nicht lange. Hick hat mich darauf gebracht, und ich fand es nicht schlecht, für eine Weile wegzugehen.« Er bedachte Iris mit einem unverbindlichen, geradezu arroganten Blick.

»Ich wollte auch gehen«, warf Hick ein, »aber Eleanor hat mich davon abgebracht. Sie meinte, es könnte leicht passieren, dass eine Bombe mich in Stücke reißt.«

»Schreiben Sie über die Ausstellung?«, erkundigte sich Monty, um von Hicks düsterer Bemerkung abzulenken.

»Ich hatte mir gedacht, ich sollte die Gelegenheit nutzen«, sagte Sam.

»Lasst uns doch was trinken gehen«, schlug Hick vor. »Hier um die Ecke ist eine Bar, in der sich die Reporter gern treffen. Hast du alles gesehen, Sam?«

Nickend verstaute Sam Notizbuch und Stift in seiner Manteltasche.

Eine halbe Stunde später war Hick bereits mehr als leicht angeheitert. Sie kippte den Whiskey Sour so schnell in sich hinein, dass keiner mithalten konnte. »Du weißt, dass Frank sie davon abgehalten hat, vom Besuch dieser …« Auf der Suche nach dem richtigen Wort gestikulierte sie wild herum. Doch den anderen war ohnehin klar, dass sie die Ausstellung meinte. »Und das Gesetz gegen das Lynchen der Schwarzen war ihr auch enorm wichtig.«

»So ist die Politik nun mal, Hick. Du weißt, dass die Leute in den Südstaaten engstirnig sein können. Der Boss hatte keine Wahl, wenn er ihre Stimmen bekommen wollte«, bemerkte Monty.

Ihre Stimme wurde lauter. »Man hat sie während der Kampagne mundtot gemacht. Jede ihrer Reden unterlag der Zensur des Außenministeriums, und das nicht nur bei innenpolitischen Themen.« Sie leerte ihr Glas in einem Zug, dann sah sie sich nach der Kellnerin um.

»Sie hat mit einer Deutschen in London korrespondiert, einer geflohenen Jüdin«, fuhr Hick fort, nachdem sie sich einen weiteren Drink organisiert hatte. »Die Frau hat versucht, den Präsidenten auf die Zustände in Deutschland aufmerksam zu machen. Sie wandte sich an Eleanor, hat sie regelrecht angefleht. Danach hat das Außenministerium einfach ihre Briefe zensiert. Sie haben Eleanor geraten, diplomatische Beziehungen den Experten zu überlassen.«

Iris, Monty und Sam wussten, dass Hick mehr ausplauderte, als sie sollte. »Roosevelt war auch auf deutsche Unterstützung angewiesen«, entgegnete Monty sachlich. »Schlimm, aber darum geht es nun mal beim Wahlkampf: die Gunst der Leute und Wählerstimmen gewinnen.«

Hick wandte sich Sam zu. »Was sagst du dazu?«, forderte sie. »Du bist doch Jude.«

»Was soll ich sagen?«, erwiderte er ruhig. »Ich verachte Hitler und das, was er tut. Aber er wird so lange damit weitermachen, bis die Welt endlich Notiz davon nimmt. Präsident Roosevelts Schweigen signalisiert Hitler lediglich, dass er keinen echten Gegner hat. Der Präsident muss endlich handeln.«

Iris musterte Monty, um zu erkennen, ob er die Regierung verteidigen würde. Aber Sams sachliche Analyse war zutreffend. Dem konnte auch Monty nichts entgegensetzen.

»Hast du McLaughlins Artikel gelesen?«, fragte Hick. Kathleen McLaughlin hatte in der *New York Times* geschrieben, für den Wahlkampf sei die First Lady Bereicherung und Belastung zugleich.

»Zu behaupten, Eleanor schicke FDR über einen Kummerkasten an seinem Bett Briefe, um ihn in seinen Entscheidungen zu beeinflussen – was für ein Mist!«, rief Hick. »Ach, ich weiß gar nicht, wozu ich überhaupt darüber rede. Ich hatte eine andere, in San Francisco.«

Die anderen tauschten verlegene Blicke.

»Zwischen uns ist es aus«, fuhr sie fort. »Sie hat nie Zeit.«

»Warum gehst du nach Spanien? Um die Stimme gegen den Faschismus zu erheben?«, fragte Iris Sam in die Stille hinein.

»Ella«, fuhr Hick ungerührt fort. »Wir haben eine Weile zusammen gewohnt, aber dann ist sie mit einer anderen abgehauen. Das war das erste Mal, dass mir jemand das Herz brach.«

»Das ist ein Grund von vielen«, antwortete Sam auf Iris' Frage. »Ich muss mal an die Luft.« Er erhob sich und verließ die Bar.

Iris sah ihm nach. Er war breiter geworden, hatte etwas zugenommen, doch es stand ihm. Und seine olivfarbene Haut hatte durch den Aufenthalt an der Westküste eine attraktive Bräune bekommen.

Monty beobachtete Hick, die mit halb geschlossenen Augen und brennender Zigarette zwischen den Fingern auf ihrem Barhocker schwankte.

»Ich glaube, sie braucht auch frische Luft«, sagte Monty. »Ich bringe sie auf den Hof. Es ist nicht gut, wenn ihre ehemaligen Kollegen sie so sehen. In Ordnung?«

»Ja, klar, mach das.«

Monty versuchte, Hick diskret durch die Hintertür aus der Bar zu bugsieren. Iris sah, wie schwer er sich tat, sie mit ihrem Gewicht an den voll besetzten Tischen vorbeizumanövrieren. Als sie außer Sichtweite waren, ging Iris zur Vordertür hinaus. Sam lehnte, die Hände in den Hosentaschen, an der Hauswand. Iris stellte sich neben ihn.

»Wann geht es los?«, fragte sie leise.

»Übermorgen.«

»In welcher Stadt wirst du stationiert sein?«

»Bilbao.« Er sah sie an.

»Wolltest du es mir noch sagen?« Sie sah ihn traurig an.

»Ja, und zwar an dem Abend vor deiner Wohnung.« Er trat einen Schritt auf sie zu.

Sie stellte sich auf die Zehenspitzen und flüsterte ihm ins Ohr: »Warum hast du es dann nicht getan?«

»Das weißt du genau«, antwortete er. »Ich wollte dir einen Brief schreiben«, sagte er nach einigem Zögern.

Iris trat einen Schritt zurück. »Was? Einen Brief?«, entgegnete sie wütend.

Er schüttelte ungläubig den Kopf. »Was ist hier los, Iris?«, fragte er. »Du flanierst in Abendrobe von Chanel am Arm deines reichen Freundes durch Manhattan und posierst mit ihm auf dem roten Teppich, und ich soll dir derweil den Hof machen? Weißt du, dass die Clubs, bei denen er Mitglied ist, mich nicht mal durch die Hintertür lassen würden? Und du bist beleidigt? Du hast mir ja nicht mal von deinem Platz an der Universität erzählt!«

Sie ließ die Schultern hängen. Seine Vorwürfe trafen völlig zu.

Monty war zwar nicht intolerant, aber er ging in Clubs ein und aus, zu denen Juden keinen Zutritt hatten. Und an jenem Abend hätte sie Sam von ihrer Aufnahme an der Juristischen Fakultät erzählen müssen und nicht Monty. Sams Erwähnung ihrer »Abendrobe von Chanel« traf sie wie eine Beleidigung.

»Ich habe versucht, dich anzurufen, aber du warst in Philadelphia. Du solltest es als Erster erfahren«, erklärte sie wenig überzeugend. Sie machte keinen Versuch, Monty zu verteidigen.

Sam wandte sich ab und starrte auf die Straße. Dann sah er sie wieder an. »Hast du dich nie gefragt, was es mit Chapel auf sich hat, Iris?«

»Was sollte es mit ihm auf sich haben?«, fragte sie verwirrt.

»Meine Güte! Mach doch mal die Augen auf«, rief er. »Du bist im Westen von Baltimore aufgewachsen. Wo ist dein gesunder Menschenverstand?«

»Wovon redest du eigentlich?«, fragte sie. »Wenn es was über Monty zu wissen gibt, dann raus damit!«

Er sah sie kurz an, dann seufzte er. »Ach, es ist nichts. Reine Missgunst.«

Sie standen eine Weile schweigend da, während Iris über Sams Gefühlsausbruch nachdachte. Was gab es über Monty zu wissen? Hatte er Bestechungsgelder angenommen? Manipulierte er im Auftrag einer Gewerkschaft oder einer Lobby den Präsidenten oder dessen Politik? Aber er hatte doch Geld. Viel Geld. Vielleicht spekulierte Sam über Montys Treue. Monty sah gut aus und war charmant, aber Iris vertraute ihm. Einen Seitensprung hätte sie doch sicher bemerkt – ein vergessener Brief, Lippenstift auf dem Kragen oder der Duft eines fremden Parfüms. Sie biss sich auf die Lippe. Vielleicht war Sam tatsächlich nur missgünstig.

Iris warf einen raschen Blick zur Tür. »Du ziehst in den Krieg. Ich dachte nur … das ist eine große Sache. Eine große, gefährliche

Sache. Ich dachte, wir wären Freunde. Ich werde mir Sorgen machen.« Sie ergriff Sams Hand. »Ich werde mir *wirklich* Sorgen um dich machen.«

Sam betrachtete schweigend ihre verschränkten Finger.

Iris löste die Verbindung und legte ihm die Hände auf die Schultern. Er beugte sich vor und küsste sie leidenschaftlich. Dieser Kuss war erregend und befreiend zugleich. Er ergriff ihre Hand und führte sie um die Ecke, wo er sie erneut küsste.

»Geh nicht«, flüsterte sie. »Bleib in Washington.«

»Und was ist mit Chapel?«

Sie liebte Monty, und er war so tief mit ihrem Leben verbunden, dass sie sich nicht einmal vorstellen konnte, sich von ihm zu trennen. Für Sam war ihr Schweigen Antwort genug. Er dreht sich um und ging davon.

»Wo gehst du hin?«, rief Iris ihm hinterher.

»Nach Spanien«, erwiderte er.

»Freuen Sie sich auf den Semesterbeginn?«, fragte Mrs Roosevelt.

»Ja, aber September ist noch so lange hin«, antwortete Iris.

Sie genoss die wöchentlichen Zusammenkünfte mit Mrs Roosevelt, doch wegen des dicht gefüllten Terminkalenders der First Lady mussten sie oft ausfallen. Die Gespräche fanden während des Frühstücks statt. Normalerweise unterhielten sie sich über die Camps für Frauen und andere Projekte, die Mrs Roosevelt an Iris übertragen wollte. Die Arbeit im Weißen Haus war vielseitig. Oft verbrachte Iris ein oder zwei Tage damit, Harry, Monty oder andere Berater bei ihren Aufgaben zu unterstützen. Es hatte sie nie gestört, dass sie deswegen ihre Arbeit unterbrechen musste. Egal, ob Ostflügel oder Westflügel, im Weißen Haus waren alle Angestellten wie eine große Familie, ihre Familie.

»Im September werden wir Ihre Arbeitslast verringern. Vielleicht ziehen wir Sie von den Camps ab, dann können Sie Franklins juristische Berater oder die Strategieabteilung unterstützen. Das passt gut zu Ihrer Ausbildung. Was meinen Sie? Ich spreche mal mit dem Präsidenten darüber.«

»Das wäre fantastisch!«

»Tom Corcoran könnte Ihnen eine Menge beibringen«, fuhr die First Lady fort. »Könnten Sie sich vorstellen, mit Tom zu arbeiten?«

»Es wäre mir eine Ehre«, erwiderte Iris entzückt. »Er ist genial. Keiner kennt sich mit Verfassungsrecht besser aus.«

Während Eleanor sich der *Washington Post* zuwandte, lehnte Iris sich auf ihrem Stuhl zurück. Die Wärme der durchs Lünettenfenster ins Zimmer scheinenden Sonne machte sie ganz schläfrig. Sie schloss die Augen, ihren Becher an die Brust gedrückt. Die First Lady wurde oft wegen ihres quäkenden Tonfalls verspottet, aber Iris fand es wunderbar beruhigend, Eleanor beim Vorlesen der Zeitungsartikel zuzuhören.

Plötzlich beugte sich Mrs Roosevelt vor. »Jetzt sehen Sie sich das an«, sagte sie aufgeregt. »Die spanische Stadt Guernica ist bombardiert worden. Am sechsundzwanzigsten, also vor drei Tagen. Die Deutschen haben die Stadt aus der Luft angegriffen.« Sie las weiter. »Eine ruhige Marktstadt. Der Angriff fand um halb fünf an einem Markttag statt und traf die Bevölkerung völlig unvorbereitet. Unschuldige Zivilisten, Männer, Frauen und Kinder, wurden einfach niedergemetzelt. Laut Artikel liegt die Zahl der Opfer bei tausendfünfhundert. Schrecklich. Ganz schrecklich!«

Mrs Roosevelt faltete die Zeitung zusammen und erhob sich. »Amerika trägt an diesem Angriff eine Mitschuld, Iris. Es ist, als hätten wir die Bomben selbst abgeworfen. Diese armen Menschen. Und was macht Franklin? Er sollte offiziell Stellung beziehen.«

Aufgebracht trat die First Lady ans Fenster und sah hinaus auf den Rasen. »Dieses Embargo gegen Spanien ist kriminell. Es unterscheidet nicht zwischen Aggressoren und Opfern. Statt zuzuschauen und den Deutschen Kupfer und Stahl zu verkaufen, die sie dann zu Bomben und Munition für die Nationalisten verarbeiten, sollte Amerika lieber die demokratischen Parteien unterstützen.«

Iris stellte die Tasse ab und erhob sich ebenfalls. Sie hatte einen ganz trockenen Mund und spürte, wie sich der Schweiß auf ihrer Oberlippe sammelte. »Wo ist Guernica?«

Mrs Roosevelt wandte sich um. »Was ist denn los, meine Liebe? Sie sind ja ganz blass.«

»In welchem Teil Spaniens liegt Guernica?«

Die First Lady nahm die Zeitung vom Tisch und suchte im Artikel nach weiteren Informationen. »Die Stadt liegt fünfzehn Meilen von Bilbao entfernt. Warum?«

Eine Welle der Übelkeit überkam sie. Plötzlich wurde ihr eiskalt, dann verlor sie das Bewusstsein.

Als sie wenig später wieder zu sich kam, kniete Mrs Roosevelt neben ihr und tupfte ihr mit einer Serviette den Mund ab. »Ihre Lippe ist aufgeplatzt, meine Liebe. Sie haben sich an der Tischkante gestoßen. Können Sie sich aufsetzen?«

Iris nickte, Mrs Roosevelt half ihr auf die Beine und geleitete sie zum Sofa. »Legen Sie sich hin, Iris. Hier, legen Sie den Kopf auf meinen Schoß. Bleiben Sie eine Weile so liegen«.« Sie hob die Serviette und untersuchte die Verletzung. »Ist nicht so schlimm. Soweit ich sehen kann, wird nichts davon zurückbleiben.«

»Sam ist als Kriegsreporter in Bilbao«, sagte Iris. Sie war völlig außer sich.

Mrs Roosevelt musterte sie aufmerksam. »Wie lange sind Sie schon in ihn verliebt?«

»Das ist mir gerade erst klar geworden.«

Die First Lady lächelte milde. »Ich frage gleich beim Außenministerium nach. Sie sollen prüfen, ob er evakuiert wurde. Sicher ist ihm nichts passiert.«

»Danke.«

Eleanor strich Iris sanft über die Stirn, bis sie wieder Farbe im Gesicht hatte.

»Warum fühlen sich Männer eigentlich immer berufen irgendetwas zu tun?«, fragte Iris nach einigen Minuten.

»Ich glaube, diese Berufung spüren wir alle, aber nur einige wenige sind tapfer genug, ihr zu folgen«, erklärte Mrs Roosevelt. »Der Präsident hat alles daran gesetzt, als Soldat in den Krieg zu ziehen, aber als Amerika sich den Kämpfen anschloss, war er bereits Vizesekretär der Marine. Und so hat er auf seine Weise gedient.«

Iris schloss die Augen und genoss die Berührung. »Mein Vater hat sich auch zum Kriegsdienst gemeldet«, gestand Iris, »aber sie wollten ihn nicht haben. Er hatte Asthma. Ich weiß noch, dass er seinen Ärger darüber an meiner Mutter ausgelassen hat.«

»Mit Gewalt?«, fragte Mrs Roosevelt.

»Er hat versucht, sie zu erwürgen«, erwiderte Iris unumwunden. »Mein Vater kannte nur zwei Gemütszustände: Zorn und Euphorie. Ich habe lange gebraucht, das zu erkennen. Als ich jung war, hielt ich ihn für unfehlbar.«

»Das ist nichts Ungewöhnliches«, sagte Mrs Roosevelt. Sie untersuchte Iris' Lippe. »Weiß Sam, was Sie für ihn empfinden?«

»Weiß ich nicht genau. Wir haben uns nicht im Besten getrennt.«

»Und Monty?«

Iris schüttelte den Kopf. »Mit Monty kann ich mir keine Zukunft vorstellen, aber ohne ihn auch nicht.«

»Sie müssen sich über einiges klar werden, meine Liebe. Am besten wäre etwas Abstand von Washington und Monty. Kommen Sie nächste Woche mit mir nach Val-Kill. Ich werde das Cottage ein wenig auf Vordermann bringen, bevor die Vortragsreise beginnt. Sie können Tommys Zimmer haben. Nan und Marion sind in der Stadt. Dort komme ich immer auf die besten Gedanken.«

»Ja, das klingt gut«, sagte Iris dankbar. »Könnten Sie jetzt das Außenministerium anrufen?«

»Aber sicher. Bin schon dabei.«

Auf dem Weg zum nachmittäglichen Schwimmen mit dem Präsidenten war Iris immer noch beunruhigt. Mrs Roosevelt hatte im Außenministerium angerufen, doch dort lagen keine Meldungen über verletzte oder getötete Amerikaner vor. Sie war zwar etwas weniger angespannt, wollte aber noch die endgültigen Meldungen abwarten. Iris sprang in den Pool und schwamm wie besessen, als könnte sie so ihre Sorgen vertreiben.

»Sie sind ein echtes Naturtalent, McIntosh«, bemerkte der Präsident nach ihrer letzten Runde. »Sie schwimmen ja wie ein Weltmeister.«

»Danke, Herr Präsident«, keuchte Iris. Sie drehte sich auf den Rücken und ließ sich eine Weile treiben, bis sich ihr Atem wieder beruhigt hatte.

Als sie aus dem Wasser kam, saß der Präsident bereits wieder im Rollstuhl, eine brennende Zigarette in der Spitze. Iris gesellte sich zu ihm.

»Ich habe da was für Sie, McIntosh«, sagte Roosevelt, während er die Zigarette ausdrückte. Er zog eine blaue Schatulle aus der Tasche seines Bademantels. »Ich möchte mich für Ihre Arbeit in der Regierung bedanken und Ihnen alles Gute für Ihre berufliche Zukunft wünschen.«

Iris löste das Band und wickelte das Geschenk aus. Auf dem schwarzen Samtinlett lag ein winziger Silberhammer. Sie schenkte dem Präsidenten ein breites Lächeln.

»Ich habe gesehen, dass Sie ein Bettelarmband tragen, und Missy hat den Anhänger für mich besorgt. Gefällt er Ihnen?«

»Aber ja, Herr Präsident. Er ist ganz entzückend. Obwohl ich bezweifle, dass ich es bis in den Richterstand schaffe.«

»Man weiß ja nie«, erwiderte Roosevelt. »Sie sind klug, McIntosh. Ich glaube, Leute wie Sie werden wir in naher Zukunft brauchen.«

»Meinen Sie Spanien?«

»Spanien, China, Deutschland, Japan«, listete er auf. »Es wird viel schneller eskalieren, als uns lieb ist.«

Während Iris den Anhänger bewunderte, dachte sie über die Position des Präsidenten nach. Amerika war grundsätzlich isolationistisch, aber wenn es einen Weltkrieg geben sollte, würden die Vereinigten Staaten sich daran beteiligen müssen. Dann müsste der Präsident den Kongress und die Nation von einem Kurswechsel überzeugen.

»Meine Frau hat mir von Sams Lage berichtet«, bemerkte der Präsident. Iris schloss die Schatulle und stellte sie auf den Tisch. »Ich werde ein bisschen herumtelefonieren. Mal sehen, was ich herausfinden kann.«

»Danke, Sir.«

Der Präsident lächelte. »Wann nennen Sie mich endlich Boss?«

»Ich weiß nicht, Herr Präsident«, erwiderte Iris. »Vielleicht, wenn ich mein Studium abgeschlossen habe.«

»Abgemacht?«, fragte Roosevelt.

»Abgemacht!«, stimmte Iris zu.

In der ersten Maiwoche verabschiedete sich Iris von Monty und fuhr früh am Morgen mit Mrs Roosevelt nach Hyde Park. Die First Lady war im Laufe der Woche nach dem Angriff auf Guernica zunehmend zorniger geworden. Franco behauptete, die Basken hätten ihre eigene Stadt überfallen, und Deutschland leugnete die Bombardierung. Von der amerikanischen Regierung lag keine offizielle Stellungnahme vor. Mrs Roosevelt nannte dies eine »Verschwörung des Schweigens«.

Sie rief zu Hilfsaktionen auf und bat im Namen des baskischen Volks offiziell um Unterstützung. In einer Radiosendung sowie in Zeitungsartikeln und in einer Rede an der Georgetown University missbilligte sie Francos und Hitlers Diktaturen und kritisierte Amerikas Isolationismus. Iris' Kummer hingegen war rein persönlicher Natur. Sie hatte noch immer nichts von Sam gehört. Jeden Tag veröffentlichte das Außenministerium neue Namen von Verletzten und Toten. Bis jetzt war seiner nicht darunter gewesen. Sie hatte Sams Chef bei *Associated Press* kontaktiert, der kurz vor dem Angriff das letzte Mal von Sam gehört hatte. Das habe ihn allerdings nicht überrascht, sagte er. In einem Kriegsgebiet sei Korrespondenz mitunter schwierig. Er habe mit anderen Reportern ähnliche Erfahrungen gemacht.

Iris erblickte eine Tankstelle. »Können wir hier anhalten, Mrs Roosevelt? Ich würde mich gerne frisch machen.« Sie fuhren vom Highway ab.

»Ich tanke den Wagen, Iris. Kann ich Ihnen was mitbringen?«

»Nur die Zeitung, bitte.«

Iris saß, den Kopf auf die Hände gestützt, auf der Toilette. Ihr war bitterkalt. Sie fühlte sich traurig und einsam, und Monty fehlte ihr. Er war der Einzige, der sie aufmuntern konnte, wenn sie so bedrückt war. Was sollten ihr ein paar Tage in Val-Kill bringen? Sie würde genauso unschlüssig wie zuvor nach Washington zurückkehren, und zwar direkt in Montys Arme. Denn er war der Mann, den sie liebte. Oder etwa nicht? Doch die Vorstellung, Sam könnte von einer Bombe in Spanien in Stücke gerissen worden sein, quälte sie zutiefst. Iris versuchte, sich auf rationalem Wege ihrer Gefühle klar zu werden. Während Monty wie ein Lehrer war, traf sie sich mit Sam auf Augenhöhe. Monty war ihr Liebhaber, Sam ihr Freund. Monty zog sie in seinen Bann, Sam unterhielt sie. Während Monty ihr immer nur den kleinen Finger gab, erhielt sie von Sam stets die ganze Hand. Sie war nun schon seit vier Jahren mit ihm zusammen und konnte sich einfach nicht von ihm trennen. Aber ihre Gefühle für Sam ließen sich nicht leugnen.

Zurück auf dem Highway schlug sie die *New York Times* auf, die Mrs Roosevelt ihr besorgt hatte. Eilig suchte Iris auf der Titelseite nach Neuigkeiten aus Bilbao, aber in allen Artikeln ging es nur um die *Hindenburg*. Es stimmte, dachte sie, Mrs Roosevelt hatte recht: Die Amerikaner hatten kein Interesse an internationaler Politik. Das Unglück um die *Hindenburg*, die bei ihrer Landung in New Jersey in Flammen aufgegangen war, machte größere Schlagzeilen als die vielen Tausend unschuldigen Toten in Spanien.

Zerknirscht blätterte sie in der Zeitung, während Mrs Roosevelt schweigend den Wagen lenkte. Ein Artikel auf Seite drei handelte davon, dass der Präsident die Neutralitätserklärung von 1935 verlängert hatte. Das erwähnte Iris lieber nicht. Sie wusste genau, dass sie damit feigerweise einer Schimpftirade auswich, aber sie fand die Stille einfach zu wohltuend. Dann sah sie ihn, in der ersten Spalte auf Seite sechs: Sams Namen in der Autorenzeile. »Er ist am Leben!«, rief Iris. »Sein Name steht unter diesem Artikel!«

Mrs Roosevelt ergriff ihre Hand und drückte sie fest. »Was schreibt er?«

Iris las laut vor: »Donnerstags ist in Guernica Markttag. In dieser Stadt haben die Menschen keine Angst vor Luftangriffen, schließlich ist Guernica kein Militärzentrum. Es hat keinen strategischen Wert, keine Verteidigung, keine Munitionsdepots. Während die Bürger wie jeden Donnerstag auf dem Markt einkauften und verkauften, machten sich General Francos Bomber mit deutschen und italienischen Piloten am Steuer bereit zu einem der brutalsten und hinterhältigsten Angriffe der internationalen Kriegsgeschichte. Zuerst warfen kleinere Bataillone gezielt schwere Bomben und Handgranaten über der gesamten Stadt ab. Als Nächstes flogen Kampfmaschinen im Sinkflug über das Gebiet, um diejenigen im Kugelhagel niederzustrecken, die dem Angriff panisch zu entfliehen versuchten. Die meisten wurden dabei auf der Flucht erschossen. Schließlich tauchten ganze zwölf Flieger auf einmal am Himmel auf und warfen schwere Brandbomben auf das, was von Guernica noch übrig war.«

Iris hielt inne und lehnte sich zurück. »In dieser Art geht es noch weiter.«

»Diese brutalen Ungeheuer!«, rief Mrs Roosevelt. »Ein geplanter Angriff auf Zivilisten. Warum hören die Menschen nicht damit auf, die Zivilisation zu zerstören?«

Iris war das in diesem Moment herzlich egal. Mit geschlossenen Augen atmete sie tief durch. Sie spürte ihren Körper, hörte ihren Herzschlag, Mrs Roosevelts Stimme und das Geräusch der Reifen auf der Fahrbahn. Als sie die Augen wieder aufschlug und die Bäume am Wegesrand vorbeirauschen sah, lächelte sie beim Anblick der durch die Äste auf ihre Beine scheinenden Sonne, die helle Sprenkel auf ihre schwarze Hose malte. In diesem Augenblick wusste Iris genau, was zu tun war.

Während der fünf Tage in Val-Kill blieben die beiden Frauen unter sich. Iris und Mrs Roosevelt waren schon früh auf den Beinen, sie machten lange Spaziergänge und aßen üppige Mahlzeiten. Mrs Roosevelt kümmerte sich ums Frühstück, das meist aus Rührei mit Speck oder Schinken bestand. Das Mittagessen fiel regelmäßig aus. Die restliche Zeit verbrachte die First Lady damit, sich auf ihre Vortragsreise vorzubereiten oder im Cottage Möbel umzustellen. An den Abenden brachte sie Iris das Stricken bei. Iris hingegen verbrachte ihre Zeit damit, einen Brief an Sam zu verfassen.

Unzählige Entwürfe landeten im Müll. Sie wusste genau, was sie sagen wollte, doch kaum hatte sie die Worte aufs Papier gebracht, kamen sie ihr schon wieder völlig unpassend vor. Wie sich herausstellt, dachte Iris, kann ich mich weder im Gespräch ausdrücken, noch kann ich schreiben. Stundenlang saß sie am See in der Hoffnung, die Landschaft möge sie inspirieren, aber vier Tage später hatte Iris lediglich zwei Briefe an Monty verfasst. Sie beschloss, nach dem Abendessen einen letzten Versuch zu starten. Wenn sie dann nicht die richtigen Worte fände, sollte es eben einfach nicht sein.

»Das war köstlich, Iris«, sagte Mrs Roosevelt nach dem Essen. »Ich wusste gar nicht, dass Sie so gut kochen können. Der Lachs war wunderbar zart, und war das eine Sauce Hollandaise?«

»Ja, genau. Das ist nicht schwer. Monty hat es mir gezeigt«, erklärte Iris. »Er kocht hervorragend, und Sie wissen ja, wie Monty ist: Er macht keine halben Sachen!«

»Nein, das kann man nicht behaupten«, sagte Mrs Roosevelt. »Nun, Iris, sind Sie schon zu einem Entschluss gekommen?«

Seufzend legte Iris ihr Besteck auf den Teller. »Ja und nein«, erwiderte sie aufrichtig. »Ich glaube, ich liebe Sam, und das möchte ich ihm gerne schreiben, aber ich kann es nicht. Irgendwas hält mich zurück. Wahrscheinlich ist es Monty.«

»Monty hält Sie nicht auf«, sagte Mrs Roosevelt sachlich. »Liegt es daran, dass er Jude ist?«

»Das betrachte ich nicht als Problem«, erwiderte Iris nachdenklich. »Am Anfang war ich deswegen etwas nervös. Durch seinen Glauben erschien er mir fremd. Aber jetzt denke ich an ihn als einen ganz normalen Mann, einen Journalisten.«

»Viele Leute werden darin ein Problem sehen«, sagte Mrs Roosevelt. »Ich weiß noch, dass ich bestimmten Veranstaltungen fernblieb, wenn *meine Leute* in der Minderheit waren. Franklin hatte nie ein Problem mit Juden, aber ich war da früher sehr engstirnig.«

Während Iris darüber nachdachte, ob in Sams Glauben der Grund für ihr jetziges Zögern liegen könnte, fuhr Mrs Roosevelt fort: »Ich kann mich noch an den Abend vor vielen Jahren erinnern, als Franklin Felix Frankfurter das erste Mal zum Essen mitbrachte. Das war noch während des Krieges, glaube ich.«

Frankfurter war Professor in Harvard und ein Mitglied der Expertenrunde um den Präsidenten. Iris kannte ihn nur durch Monty, der Frankfurter wegen seiner Intelligenz und seines Sachverstands bewunderte. Der Jurist nahm nie an der Kinderstunde teil und hielt sich vom inneren Kreis des Präsidenten fern. Iris wusste nicht genau, ob dies Absicht oder den Umständen geschuldet war.

»Hinterher nannte ich Frankfurter Franklin gegenüber einen ›lustigen, aber sehr jüdischen kleinen Mann‹«, gab Mrs Roosevelt freimütig zu. »So was Schreckliches habe ich damals gesagt. Wenn Sie Sam wirklich lieben, müssen Sie Ihrer Beziehung eine Chance geben.« Sie sah Iris eindringlich an. »Manchmal müssen wir schmerzliche Entscheidungen treffen. Aber das Leben ist kurz.«

Iris sah sie fragend an.

»Nehmen Sie zum Beispiel Gus Gennerich. Der Herzinfarkt und Tod seines Leibwächters hat den Präsidenten hart getroffen. Gus hat die letzten zehn Jahre für meinen Mann gearbeitet. Er hat ihm jeden Wunsch von den Augen abgelesen, ihn getragen, angezogen, gebadet, ins Bett gebracht … und die ganze Zeit über darauf gewartet, sich seinen Traum zu erfüllen. Er hatte hier oben eine Farm gekauft, wussten Sie das? Für diese Farm hat er gelebt, aber er konnte sich nicht von Franklin losreißen. Er ist nur fünfzig Jahre alt geworden, Iris.«

»Das wusste ich gar nicht«, sagte Iris.

»Mich von Nan und Marion loszusagen, war eine der schwersten Entscheidungen meines Lebens. Aber sie konnten Hick nicht leiden, und das machte unseren Umgang unmöglich. Ich war gezwungen, mich von meinen ältesten und liebsten Freundinnen zu trennen, doch für Hick habe ich es gern getan.«

»Aber Sam und ich … Das ergibt einfach keinen Sinn. Er erwischt mich immer auf dem falschen Fuß. Und ich ihn. Er kritisiert meine Ansichten … Mit Monty ist alles so leicht.«

»Ich weiß, es ist eine Binsenweisheit, Iris, aber das Herz spricht eine klare Sprache, auch wenn sie nicht immer logisch ist. Außerdem sind Dinge wie Liebe und Beziehungen nie einfach, meine Liebe. Man muss hart daran arbeiten, doch wem es gelingt, der wird reich belohnt.«

Iris nickte, und die beiden Frauen räumten den Tisch ab.

Spät an diesem Abend schrieb Iris endlich ihren Brief an Sam. Er war vermutlich nicht besonders mitreißend, dachte sie, doch Sam würde schon verstehen, was sie sagen wollte. Sie klebte den adressierten Umschlag zu und legte ihn auf die Kommode. Vor dem Einschlafen behielt sie ihn fest im Blick. Wie so ein kleines Ding ein ganzes Leben verändern kann, dachte sie.

Kapitel 34

WASHINGTON, D.C.

Juli 1937

Als Iris und Monty die Wohnung betraten, war es schon weit nach Mitternacht. Iris ließ sich aufs Sofa fallen, zog die Schuhe aus und legte die Füße auf den Tisch. Monty schenkte ihnen einen Brandy ein und gesellte sich zu ihr.

»Was ist denn heute mit dir los?«, fragte er erstaunt. »Als könntest du kein Wässerchen trüben. ›Danke, Mister Hemingway. Es wäre mir eine Ehre, Ihr neues Buch zu lesen‹«, äffte er ihre höfliche Reaktion auf das Angebot des Schriftstellers beim Abendessen nach.

Sie grinste. »Was hätte ich denn sonst sagen sollen? ›Nein danke, ich finde Ihre Bücher blöd?‹«

»Warum hast du ihm nicht erzählt, dass dir der Erzählstil von Henry James besser gefällt als seine maskuline Prosa?«, scherzte Monty.

»Haha, sehr witzig«, gab sie zurück. »Wahrscheinlich hätte er mir dann einen Schlag verpasst.«

An diesem Abend hatten sich Iris und Monty im Weißen Haus eine Vorführung des Films *The Spanish Earth* angesehen, eine Produktion von Ernest Hemingway und Martha Gellhorn. Anschließend hatte ein Essen mit dem Präsidenten und seiner Frau stattgefunden, zu dem einige Kriegsreporter und der Regisseur Joris Ivens geladen worden waren. Hick und Harry waren ebenfalls unter den Gästen gewesen.

»Wie hat dir der Film gefallen?«, fragte Iris.

»Sehr informativ, aber zu propagandistisch«, sagte Monty.

Iris nickte. »Ja, Frank Capra ist eindeutig besser.«

Er lachte. »Und die gebratenen Tauben. Hast du Roosevelts Gesicht gesehen, als man sie servierte?«

»Die Dinger waren hart wie Stein«, bemerkte Iris.

Monty kicherte. »Damit werde ich morgen am ersten Loch auf dem Golfplatz in East Pontomac den ersten Abschlag spielen«, sagte er. »Aber eines muss man Mrs Nesbitt lassen: Sie schafft es immer wieder, den Abend aus der Deckung ihrer Küche heraus zu bombardieren.«

»Der Präsident tut mir leid«, sagte Iris ernst. »Heute hat er es wirklich von allen Seiten abbekommen.«

Hemingway und Gellhorn hatten den ganzen Abend über auf Roosevelt eingeredet und versucht, ihm ein Zugeständnis abzuringen, dass Amerika Spanien im Krieg zur Seite stehen würde. Auch Mrs Roosevelt mischte kräftig mit. Obwohl Monty und Harry die beiden Schriftsteller mit größter Mühe zu bremsen versuchten, gaben die beiden erst Ruhe, als Roosevelt ihnen klipp und klar verkündete, dass Amerika sich nicht einmischen werde.

»Man sollte doch meinen, der Mann hätte zumindest eine schmackhafte Mahlzeit verdient«, bemerkte Iris.

»Er ist der Präsident. Das hält er schon aus.«

»Er schon, aber sein Magen?«

Monty lachte. »Heute bist du besser gelaunt.«

Iris legte ihm die Beine in den Schoß, und er massierte ihr sofort die Füße. In letzter Zeit war sie unkonzentriert und trübsinnig gewesen. Seit Mai hatte Iris Sam immer wieder Briefe geschickt, aber nie eine Antwort bekommen. In den letzten Monaten hatte sie das Gefühl gehabt, in ein tiefes Loch gefallen zu sein.

»Ist es wegen Jacobson? Machst du dir Sorgen?«

»Ein bisschen, ja«, log sie. »Aber mehr Sorgen bereitet es mir, dass mein Studium bald beginnt. Der September ist nicht mehr weit. Ich werde jeden Tag nervöser. Ich bin nicht mehr sicher, ob ich intelligent genug dafür bin.«

Er tätschelte ihr mit einer ermutigenden, aber wenig überzeugt wirkenden Geste das Bein.

»Hemingway und Gellhorn? Haben die was miteinander?«, fragte sie, um das unangenehme Schweigen zu beenden.

»Und ob«, erwiderte Monty. »Er ist zwar verheiratet, aber es ist ziemlich offensichtlich. Sie sind füreinander geschaffen.«

»Ich mag sie. Sie brennt vor Leidenschaft«, sagte Iris nachdenklich. »Aber ich könnte das nicht. In einem Kriegsgebiet leben, Artikel schreiben, während rund um einen herum Bomben fallen.«

»Du unterschätzt dich maßlos, Kleines«, entgegnete Monty.

»Was, meinst du, empfinden Hick und Mrs Roosevelt wohl füreinander?«, fragte sie nach einer Weile. »Ihre Trennung scheint ja wohl nicht zu funktionieren. Bei denen geht's ziemlich auf und ab, findest du nicht?«

»Ja, schon. Wahrscheinlich ist die Beziehung einfach bequem wie ein alter Morgenrock. Man sollte ihn eigentlich wegwerfen ...«, sagte Monty. »Außerdem arbeitet sich Mrs Roosevelt gern an Menschen ab.« Augenzwinkernd drückte er ihren Schenkel.

Iris nickte gedankenverloren.

»Was empfindest du für mich?«, fragte sie dann. Sams Andeutungen vor der Bar waren ihr nicht aus dem Sinn gegangen. Obwohl sie keinerlei Anzeichen dafür gefunden hatte, dass Monty ein Doppelleben führte, vermutete sie hinter Sams Äußerungen mehr als reine Eifersucht.

Monty stellte sein Glas ab und sah sie an. »Meinst du das ernst?«, fragte er. Dann schob er ihre Beine weg. »Du bist intelligent, witzig, zielstrebig, mutig, leidenschaftlich und ziemlich hübsch«, sagte er.

»Du hast alles, was ich brauche, Kleines. Ich bin verrückt nach dir.«

»Wirklich?«

»Wirklich.«

Iris ergriff seine Hand und küsste sie zärtlich. »Ich bin auch verrückt nach dir«, murmelte sie. »Ich muss es dir nur öfter sagen.«

»Du machst das schon ganz gut.«

»Lass uns ins Bett gehen«, sagte sie. »Ich bin völlig erschöpft.«

In dieser Nacht schliefen sie nicht miteinander, stattdessen kuschelten sich Iris und Monty aneinander und nickten sofort ein.

Kapitel 35

HYDE PARK, NEW YORK

November 1937

Es war Iris' erster Besuch in Springwood. Sie wusste nicht mehr, wie oft sie schon in Val-Kill gewesen war, aber das Elternhaus des Präsidenten hatte sie noch nie gesehen, obwohl es nur zwei Meilen entfernt lag. Erst als Monty langsam über die Schotterpiste auf das Anwesen zufuhr, konnte sie dessen volle Größe ermessen.

Vor dem Haus angekommen, stellte er den Motor ab. Iris bewunderte den Prachtbau durch die Seitenscheibe. Weil ihr warmer Atem das Fenster beschlug, musste sie sich mit dem Ärmel ihres Mantels ein Sichtloch freiwischen. Es war eines Präsidenten würdig – und völlig anders als das Haus auf Campobello Island oder Stone Cottage in Val-Kill. Mit seinen Flaggen, Säulen und dem halbmondförmigen Balkon, der um das gesamte erste Stockwerk verlief, sah es aus wie eine kleinere Version des Weißen Hauses.

»Wow«, rief sie. »Ich bin fast froh, dass ich nicht hier übernachte.« Mrs Roosevelt hatte sie eingeladen, die Feiertage um Thanksgiving herum mit ihr, Hick und Tommy in Val-Kill zu verbringen.

»Ziemlich Respekt einflößend, nicht?«, meinte Monty. »Ich werde dich vermissen, wenn du dich mit deinen Damen in den Wald zurückziehst.«

»Mach dich nicht lächerlich«, mahnte sie scherzhaft. »Du siehst mich doch jeden Tag, und Val-Kill ist nicht weit weg.«

»Vielleicht können wir ja ein Rendezvous im Wald organisieren.«

Lachend drückte sie ihm einen Kuss auf. »Könnte zwar ein bisschen kalt werden, aber das kriegen wir bestimmt irgendwie hin.«

Sie stiegen aus und betraten das Haus. Während sie im Foyer die Wintersachen auszogen, sah Iris sich neugierig um. An den Wänden hingen zahlreiche Gemälde und Zeichnungen, die sich in der Hauptsache mit historischen Seeschlachten beschäftigten. Über der Haustür prangte ein großes Porträt von Napoleon. Das Interesse des Präsidenten an Schiffen und der Geschichte der Seefahrt war unverkennbar. Ein Hausmädchen kam herbei und nahm ihnen die Mäntel ab. Monty war offenbar gut mit der jungen Frau bekannt. Er ergriff ihre Hand und küsste sie auf die Wange.

»Der Präsident befindet sich mit Mr Hopkins und Mr James Roosevelt im Wohnzimmer«, teilte sie ihnen mit, »und die Tür ist geschlossen.«

»Danke, Mary«, sagte Monty. »Was ist mit Mrs Roosevelt? Ist sie schon eingetroffen?«

»Noch nicht.«

»Wir werden uns die Zeit vertreiben, bis der Präsident so weit ist.«

Mary bot an, ihnen im Esszimmer Kaffee zu servieren.

»Ist es in Ordnung, wenn ich mich kurz etwas frisch mache?«, fragte Monty Iris.

»Aber sicher«, sagte sie.

Sie ging durchs Zimmer und sah sich die Gemälde genauer an, bis sie schließlich vor der lebensgroßen Bronzestatue des jungen Präsidenten stand. Die Figur saß, doch die Beine waren ab der Mitte der Oberschenkel abgetrennt. Sie fragte sich, ob das Kunstwerk vor oder nach seiner Polioerkrankung in Auftrag gegeben worden war. Auf einer in den Sockel eingelassenen silbernen Plakette fand sie die Antwort: 1911, also vorher. Wie prophetisch, dachte sie. An der Wand hinter der Skulptur waren etwa vierzig ausgestopfte Vögel aufgereiht, darunter Schwalben, Eulen, Grasmücken, Spatzen und viele andere, die Iris nicht kannte. Während sie die makabre Sammlung betrachtete, hörte sie jemanden mit schweren Schritten hinter ihr die Treppe herunterkommen.

Lächelnd drehte sie sich zu dem Mann um, denn sie war sicher, dass es sich um Monty handelte. Sie wollte gerade etwas besonders Kluges über das ornithologische Arrangement von sich geben, doch als sie Sam Jacobson auf dem Treppenabsatz erkannte, verschlug es ihr die Sprache. Sein plötzliches Auftauchen in Springwood und vor allem sein Aussehen brachten sie völlig aus der Fassung. Seine Haut war sonnengegerbt und sein vormals spitz zulaufendes Gesicht voller und runder geworden. Er hatte eine völlig neue Präsenz, das war es. Dieser Mann war eine imposante Erscheinung.

Er trat näher. »Hallo Iris«, sagte er. »Schön, dass du da bist.«

Ihre Kehle war trocken, Tränen standen ihr in den Augen.

»Gut siehst du aus«, fuhr er fort. »Ich habe mich schon gefragt, ob du an diesem Wochenende auch hier sein würdest. Vor allem, weil Mrs Roosevelt mich zu Thanksgiving eingeladen hat.«

Sieben Monate lang hatte sie kein Wort von ihm gehört. Iris hatte ihm jede Woche einen Brief geschrieben, aber nie eine Antwort erhalten.

»Der Präsident hat als kleiner Junge ausgestopfte Tiere gesammelt«, erklärte er mit Blick auf das skurrile Panoptikum.

Auch an seinem Benehmen hatte sich eindeutig etwas verändert. Selbstsicherer war er geworden. Offenbar hatte ihm der Aufenthalt im Kriegsgebiet gut getan, so seltsam der Gedanke auch erscheinen mochte.

Er trat näher an sie heran. »Dein Haar ist etwas länger, oder?«, fragte er und strich ihr sanft über die Wange. »Steht dir hervorragend.«

Iris hielt es nicht mehr länger aus. Sie eilte an ihm vorbei die Treppe hinauf und machte sich auf die Suche nach Monty.

Obwohl sie eingeladen war, blieb Iris der auch in Springwood an diesem Abend stattfindenden Kinderstunde fern. Stattdessen leistete sie Mrs Roosevelt, Tommy und Hick in Stone Cottage Gesellschaft. Erst gegen acht wollten sie zum Abendessen nach Springwood fahren. Iris stand zwar überhaupt nicht der Sinn danach, aber sie kleidete sich dennoch dem Anlass entsprechend. Zur Hose mit Hahnentrittmuster wählte sie eine dunkelrote Bluse mit langen, weiten Ärmeln. Mit einem letzten Blick in den Spiegel stellte sie den breiten Kragen auf und verließ das Zimmer. Sie fand Mrs Roosevelt strickend im Wohnzimmer vor dem Kamin. Bis zum Aufbruch war noch eine Stunde Zeit. Hick saß mit angewinkelten Beinen an Mrs Roosevelts Schreibtisch und tippte, während Tommy in der Ecke einige der zahlreichen Kolumnen Mrs Roosevelts Korrektur las. Als Iris das Zimmer betrat, schauten alle drei von der Arbeit hoch.

»Das Ensemble sieht aber hübsch aus, Iris«, bemerkte Mrs Roosevelt. »Steht Ihnen ausgezeichnet. Mir kommt es nie in den Sinn, auch mal eine Hose anzuziehen. Wahrscheinlich bin ich ein Kind meiner Generation.«

Lächelnd ließ sich Iris auf dem Sofa nieder. Die gefalteten Hände um die Knie geschlungen starrte sie ins Feuer. Sie hatte das Gefühl, ein Felsbrocken laste auf ihrer Brust.

»Sie sehen aus, als hätte man Ihr Todesurteil verkündet, Iris«, sagte Mrs Roosevelt leise. Iris hörte, wie das Tippen hinter ihr jäh verstummte.

Hick erhob sich vom Schreibtisch. »Möchtest du auch was trinken?«, fragte sie Iris. »Ich nehme einen Scotch, und du?«

Ausnahmsweise war Iris Mrs Roosevelts Meinung egal. »Ich nehme auch einen. Pur, bitte.«

»Tommy?«

»Scotch klingt gut«, erwiderte Tommy.

»Okey-dokey«, sang Hick auf dem Weg in die Küche.

Die Frauen schwiegen. Iris konzentrierte sich auf das Klappern der Stricknadeln und das unregelmäßige Zischen des Feuers. Gelegentlich hob die First Lady den Blick von dem Pullover, den sie strickte, und musterte Iris. Als Hick ihr den Drink reichte, fehlte ihr fast die Kraft, das Glas an die Lippen zu führen.

»Ich glaube, ich kann da heute Abend nicht hingehen, Mrs Roosevelt«, sagte Iris schwach. »Mir ist schlecht.« Hastig stürzte sie den Scotch hinunter.

»Ich weiß auch erst seit gestern, dass Sam wieder im Land ist«, sagte Mrs Roosevelt. »Als ich es erfuhr, waren Sie schon mit Monty auf dem Weg hierher. Ich dachte, es wäre gut, wenn Sie sich wiedersähen. Deswegen habe ich ihn eingeladen.«

»Ich habe ihm so viele Briefe geschrieben, aber er hat nie geantwortet. Ich komme mir so albern vor. Heute Nachmittag im Haus … Ich war wie gelähmt. Außerdem ist Monty auch noch da.« Iris legte den Kopf in die Hände und blieb eine Weile so sitzen. »Was für ein Schlamassel.«

Eleanor und Hick tauschten Blicke.

»Weißt du, Iris, ich kann mir weiß Gott Schlimmeres vorstellen als das«, sagte Hick. »Die beiden attraktivsten Kerle in Washington sind hinter dir her.«

»Wenn es nach mir ginge«, warf Tommy ein, »fiele die Wahl eindeutig auf Sam. Ich würde Sam nehmen. Er gefällt mir besser.«

Iris kaute am Daumennagel und dachte nach.

»Aber ich muss schon zugeben«, fuhr Tommy fort, »Monty Chapel hast du definitiv gezähmt. Das ist eine reife Leistung.«

Mrs Roosevelt warf ihrer Sekretärin einen warnenden Blick zu.

»Gezähmt?«, fragte Iris.

Tommy war plötzlich furchtbar mit den Papieren auf ihrem Schoß beschäftigt. »Nun ja, er hatte mal einen ziemlich schlechten Ruf«, erklärte sie.

»Als was?«, hakte Iris nach.

»Er war als Schürzenjäger bekannt, Iris«, sagte Hick unverblümt. »Er hat sich gern amüsiert. Aber das hat sich geändert. Eindeutig.«

Iris runzelte die Stirn. Warum war sie so überrascht? Viele hatten sie vor Monty gewarnt – Tommy, Mrs Roosevelt, Sam.

»Das ist Schnee von gestern, meine Liebe«, sagte Mrs Roosevelt. »Du musst dich entscheiden, und es ist gut, dass es endlich so weit ist.«

»Das Problem ist«, jammerte Iris, »dass ich nicht weiß, ob Sam mich noch will. Sieben Monate ohne Antwort sind eine lange Zeit.«

»Vielleicht sind die Briefe nicht angekommen oder …«, setzte Hick an.

»… oder er wartet darauf, dass Sie sich von Monty trennen«, fügte Mrs Roosevelt mit festem Blick hinzu. »Es kann alle möglichen Gründe geben, warum er Ihnen nicht geantwortet hat.«

»Das ist nicht das einzige Problem«, erklärte Iris. »Ich kann heute beim Abendessen und morgen bei der Thanksgiving-Feier nicht mit Monty und Sam am selben Tisch sitzen.«

Mrs Roosevelt legte ihr Strickzeug beiseite und setzte sich neben Iris aufs Sofa.

»Zuerst kümmern wir uns um heute Abend, und wegen morgen machen wir uns später Sorgen. Sie sitzen zwischen Hick und mir. Tommy sitzt gegenüber. Das wird schon gehen«, versicherte sie Iris und legte ihr den Arm um die Schultern. »Heute Abend kümmern wir uns um Sie, aber morgen sind Sie gefragt, Iris. Sie müssen eine Entscheidung treffen.«

Das Abendessen war köstlich, das Chicken Maryland perfekt angerichtet, aber Iris brachte keinen Bissen herunter. Mrs Roosevelt, Hick und Tommy konnten sie nicht vor Monty und Sam schützen. Obwohl sie kaum zu ihnen hinübersah, spürte sie die Blicke beider Männer.

»Sam«, begann der Präsident, »seit wann sind Sie wieder hier?«

Sam legte sein Besteck nieder. »Seit letzter Woche, Sir«, erwiderte er. »Und während meiner Abwesenheit scheint sich das Land zurückentwickelt zu haben.«

»Was wollen Sie damit sagen, mein Junge?«, fragte Roosevelt.

Eleanor zeigte sich ungehalten über die vorgetäuschte Ahnungslosigkeit ihres Mannes.

»Die Aufstände der Arbeiter, die Haushaltskürzungen, die Börse«, sagte sie. »Sie müssen sich vorkommen wie in einem fremden Land.«

»Wussten Sie, meine Herrschaften, dass meine Frau die erste First Lady ist, die sich einer Gewerkschaft angeschlossen hat?«

»Als Kolumnistin bin ich der Zeitungsgewerkschaft beigetreten«, erklärte Mrs Roosevelt. »Bei den Streiks mache ich aber nicht mit – zumindest nicht in absehbarer Zukunft.«

Die Gäste lachten.

»Der Reform des Arbeitsrechts war ein notwendiges Übel«, behauptete Harry Hopkins. »Das Recht der Arbeiter, sich in Gewerkschaften zusammenzuschließen, ist ein Grundrecht der Demokratie. Leider hat das zu einer Streikwelle geführt …«

»… die die industrielle Produktion fast zum Stillstand gebracht hat«, unterbrach Mrs Roosevelt.

»Ich werde die Streiks nicht mit Gewalt niederschlagen«, entgegnete der Präsident.

»Aber Sie könnten inoffiziell darauf Einfluss nehmen«, schlug Monty vor. »Seit Juni geht nichts mehr vorwärts. Die Produktion bei General Motors ist praktisch lahmgelegt.«

»Wir werden das aussitzen«, sagte der Präsident lässig. »Die Wirtschaft muss lernen, sich selbstständig zu regenerieren. Warten wir doch einfach, bis die Lage sich wieder entspannt hat. Wir dürfen nicht vom Kurs abweichen. Es kann nicht sein, dass wir auf ewig Geld für die Maßnahmen des *New Deal* lockermachen.«

»Aber Boss, diese drastischen Einschnitte kommen einfach zu plötzlich. Die Wirtschaft kann das nicht kompensieren. Im letzten Monat hatte die Börse ihren schlimmsten Tag seit 1929«, sagte Monty.

»Die Presse spricht von einer Krise in der Krise«, fügte Mrs Roosevelt hinzu. »›Die Roosevelt-Rezession‹.«

»Die Medien mögen es gern dramatisch, Eleanor«, sagte Roosevelt mit Blick auf Sam und Hick. »So schlimm ist es nun auch wieder nicht.«

»Doch, das ist es, Boss«, widersprach Monty. »Wir müssen die Sparpolitik aufgeben.«

Hopkins hob sein Glas. »Bravo!«, rief er.

»Wie dem auch sei«, sagte der Präsident, offensichtlich um Ablenkung bemüht, »wie kommen Sie mit Ihrem Buch voran, Hick?«

»Sehr gut. Besser als erwartet.«

»Und wie ist der neue Job?«

»Die Arbeit bei der Weltausstellung ist etwas völlig Neues für mich. Ich hätte nie gedacht, dass ich mal in der Öffentlichkeitsarbeit landen würde, aber es macht mir einen Heidenspaß«, sagte Hick enthusiastisch.

»Sie schreiben ein Buch?«, fragte Sam.

Hick nickte. »Über die Wirtschaftskrise – basierend auf den Berichten, die ich für Hopkins geschrieben habe.«

»Wie interessant!«, sagte er. »Ich schreibe auch eins. Über den Krieg in Spanien.«

Unfreiwillig warf Iris ihm einen Blick zu. »Wirklich?« Das war das Erste, was sie an diesem Abend sagte. »Heißt das, dass du wieder zurückgehst?«

»Es kommt darauf an.«

Mit ernstem Blick versuchte sie, seine Botschaft zu entschlüsseln.

»Die Situation in Spanien wird immer unberechenbarer. Jeden Tag werden Massaker verübt. Der Faschismus treibt in ganz Europa sein Unwesen. Amerika kann sich nicht ewig heraushalten. Die Welt steht kurz vor einem Krieg.«

Sam hatte die Gäste mit einem Schlag zum Schweigen gebracht.

»Und es betrifft nicht nur Europa. Da ist auch noch Japans Überfall auf China«, fügte Mrs Roosevelt kopfschüttelnd hinzu.

»Winston Churchill ruft England zur Aufrüstung auf«, ergänzte Hick. »Er ist ein leidenschaftlicher Gegner der Nazis.«

»Amerika will Frieden«, verkündete der Präsident vollmundig. »Im letzten Monat habe ich in Chicago eine Rede gehalten, sozusagen als Test.«

»Die Quarantäne-Rede?«, fragte Sam. »Davon habe ich gelesen. Die Reaktionen waren gemischt. Die *New York Times* und *Washington Post* waren auf Ihrer Seite. Nur die Zeitungen von Hearst haben sich sehr kritisch geäußert.«

»Aber genau die Hearst-Blätter beeinflussen die öffentliche Meinung«, erklärte Roosevelt. »Amerika wird sich einfach nicht einmischen, ob es denen nun gefällt oder nicht.«

Nach dem Kaffee verließen die Gäste den Tisch und tummelten sich in der Bibliothek und im Wohnzimmer. Iris wollte gerade in den Mantel schlüpfen, als Monty auf sie zutrat.

»Ich brauche frische Luft«, erklärte sie. Hastig wickelte sie sich den Schal um den Hals.

»Geht es dir gut?«, fragte Monty. »Du warst so still beim Essen.«

»Bin nur ein bisschen müde. Die kalte Luft wird mir gut tun.«

»Soll ich mitkommen?«

Sie schüttelte den Kopf. »Du kannst dir schon mal einen Brandy einschenken und mit dem Präsidenten eine Zigarre rauchen. Ich bin gleich wieder da.«

»Wir könnten mit dem Auto eine kleine Spritztour machen«, schlug er vor.

»Schon in Ordnung. Mir geht es gut.« Sie lächelte. »In ein paar Minuten bin ich wieder da. Versprochen.«

Iris trat hinaus auf die Veranda. Sie atmete die kalte, schneidende Luft so tief ein, dass sie ihr in Nase und Lunge brannte. Der Himmel war klar, und der Mond schien auf die umstehenden Bäume. In kürzester Zeit hatte sie das Haus umrundet und stand auf einem Felsvorsprung mit Blick auf den Hudson River. Sie sah zurück aufs Haus. Alle Fenster im ersten Stock waren hell erleuchtet, die oberen Stockwerke hingegen dunkel. Sie setzte sich auf eine Bank und versuchte, die Stimmen zu ignorieren, die aus der Bibliothek zu ihr herüberdrangen. In der Nacht waren alle Geräusche überdeutlich zu hören. Iris lauschte nur dem Fluss. Nach einer Weile fiel eine Tür ins Schloss, dann ertönten Schritte, die sich schmatzend über den nassen Rasen auf sie zubewegten.

»Wie geht es dir an der Universität?«, fragte Sam, als er sich neben ihr niederließ.

»So weit, so gut«, erwiderte Iris. Sie war nicht überrascht, dass Sam ihr gefolgt war. »Es ist anstrengend … eine echte Herausforderung. Ich arbeite momentan mit dem Präsidenten an seiner Strategie, was mir beim Studium hilft … Obwohl ich alle, über die wir in den Seminaren sprechen, persönlich kenne und meine Dozenten mich anders behandeln, weil sie das wissen … na ja, egal«, sagte sie schließlich, als sie merkte, dass sie zu viel redete.

»Ich habe deine Briefe bekommen. Danke. Danke, dass du mir geschrieben hast.«

»Warum hast du nicht geantwortet?«

»Ich möchte nicht Teil einer Dreiecksbeziehung sein, Iris. Du hast mir durch nichts zu verstehen gegeben, dass du dich von Chapel trennen möchtest.« Nach einer langen Pause sagte er schließlich: »Ich liebe dich, aber ich möchte dich nicht mit einem anderen teilen.«

»Ich liebe dich auch«, murmelte sie. »Und ich weiß, dass ich dich mies behandelt habe. Es tut mir leid.«

Nach diesem Liebesschwur sah Iris Sam kurz an.

»Ich würde dich gerne verstehen, aber es gelingt mir nicht ganz«, sagte er.

»Ich verstehe mich selbst nicht.« Sie ließ den Blick über den Fluss schweifen. »Gehst du zurück nach Spanien?«

»Spielt das eine Rolle?«

Sie überlegte sich die Antwort genau. »Ich möchte keine Gefühle in unsere Beziehung investieren, wenn du sowieso nicht bei mir bleibst.«

»Das klingt ziemlich berechnend.«

»Ich würde es ›pragmatisch‹ nennen.«

Er ergriff ihre Hand. »Stellst du mir etwa ein Ultimatum?«

»Ja, so kann man es wohl nennen«, erwiderte sie leise.

»Ich muss zurück. Ich möchte das Buch zu Ende schreiben, und ich glaube wirklich, dass ich von Spanien aus was bewegen kann. Du hast gehört, was der Präsident über die Meinungsmacht der Zeitungen gesagt hat.«

Eine Weile hielten sie sich schweigend an den Händen.

»Du könntest mit mir nach Spanien kommen«, schlug er vor.

»Und dann? Mein Leben ist hier in Washington«, sagte sie und sah hinaus in die Dunkelheit. »Ich liebe dich, Sam. Aber ich gebe nicht alles auf, was ich hier erreicht habe, um dir nach Spanien zu folgen.«

Sie legte ihm den Kopf auf die Schulter. Er nahm sie in den Arm und drückte sie fest an sich. Die Vorstellung, mit ihm nach Spanien zu gehen, klang verlockend, geradezu unwiderstehlich.

Nach einer Weile atmete Iris tief durch, als wollte sie sich wappnen. Dann löste sie sich aus der Umarmung und richtete sich auf.

»Ich werde morgen sehr früh aufbrechen«, sagte sie unvermittelt.

»Du feierst nicht mit uns Thanksgiving?«

»Ich schaffe das nicht. Es wird sich schon eine Ausrede finden.«

»Kommt Chapel mit?«

»Wahrscheinlich.«

»Ich verstehe dich nicht … ganz und gar nicht.«

»Ich brauche ihn.«

»Tust du nicht«, entgegnete er streng.

Sie schwiegen.

»Wie lange willst du noch hierbleiben?«, fragte sie schließlich.

»Nur ungefähr eine Woche.«

Sie sah ihn an. Dann küsste sie ihn leidenschaftlich.

»Bitte komm mit«, flüsterte er.

»Wie kannst du das von mir verlangen, wenn du selbst nicht bereit bist zu bleiben?«, fragte Iris.

»Dann mach mit Chapel Schluss.« Sam sah ihr direkt ins Gesicht und wischte ihr eine Träne von der Wange.

»Stellst du mir etwa ein Ultimatum?«, fragte sie mit unterdrücktem Grinsen.

Er seufzte und rückte ein Stück von ihr ab. »So kann man es wohl nennen«, sagte er.

Zögernd beschloss sie, die quälende Unterhaltung zu beenden.

»Auf Wiedersehen, Sam. Wir haben einfach den falschen Zeitpunkt erwischt. Wir müssen uns beide um ein paar Dinge kümmern.«

Sie erhob sich und ging mit den Tränen kämpfend zurück ins Haus.

Als Iris Monty bat, mit ihr über Thanksgiving nach New York zu fahren, stellte er keine Fragen. Sie behauptete, sie sei erschöpft und habe keine Lust, mit den dreißig oder mehr nach Springwood geladenen Gästen zu plaudern.

Ein paar Stunden später, in Montys Wohnung, schaltete er die Heizung ein, und sie zogen ihre Mäntel aus. Iris war müde. In der Nacht zuvor hatte sie unruhig geschlafen. Sie ließ sich schwer aufs Sofa fallen, dabei stieß sie an den kleinen Ecktisch und brachte eine von Montys Lampen zum Wackeln. Es war klar, was als Nächstes passieren würde, und ihr entfuhr ein Schrei.

Als die Kristalllampe schließlich auf dem Boden landete und in tausend Scherben zerbrach, die sich überall auf dem Parkettboden verteilten, brach sie in Tränen aus. Innerhalb von Sekunden war Monty an ihrer Seite.

»Es tut mir leid, tut mir so leid«, rief sie.

»Hey, es ist doch nur eine Lampe. Davon habe ich Hunderte«, sagte er ungerührt und machte eine ausschweifende Geste.

Tränen rannen ihr übers Gesicht.

Er legte ihr den Arm um die Schultern und drückte sie fest,

während sie schluchzte. »Es geht um mehr als diese Lampe, oder?«, fragte er nach einer Weile.

Iris nickte.

»Jacobson.«

Sie nickte erneut.

»Was ist los, Iris? Ich weiß, dass er gestern Abend mit dir draußen war. Du warst über eine Stunde weg.«

Iris war gar nicht aufgefallen, dass es so lange gedauert hatte.

»Läuft zwischen euch beiden was?«, fragte er beiläufig.

Etwas ruhiger sagte sie: »Da läuft nichts.«

»Aber du liebst ihn?«

Sie zuckte mit den Schultern. »Er geht zurück nach Spanien.«

»Dann ist er ein Idiot«, behauptete Monty.

Iris sah ihn an und lächelte. »Es ist nichts passiert. Ein Kuss. Zwei Küsse. Alles vorbei. Ach, es hat ja noch nicht mal angefangen.«

Monty tätschelte ihr die Wange.

»Aber es ist nicht nur wegen Sam. Auch das Studium macht mir Sorgen, ich werde es bestimmt vermasseln«, entfuhr es ihr.

»Was redest du da?«, sagte er sanft.

»Ich habe letzte Woche meinen ersten Test zurückbekommen«, setzte sie an.

»Die Prüfung über den vierzehnten Zusatzartikel zur Verfassung?«

Sie nickte. »Ich habe nur ein C Minus bekommen, dabei habe ich so hart daran gearbeitet, Monty! Professor Barnes hat behauptet, meine Theorien seien dilettantisch und meine Argumente hölzern. Als ich zu ihm ins Büro ging, um mir die Note abzuholen, weißt du, was er da gesagt hat?«

Monty zog die Braue hoch.

»Er hat zu mir gesagt: ›Wie tief man doch sinken kann!‹« Bei der Erinnerung an den herablassenden Ton des Professors schämte Iris sich immer noch.

»Hör zu, Kleines!« Monty ergriff Iris' Hände. »Die Leute werden versuchen, dich klein zu machen. Barnes wird nicht der Letzte sein. Du bist nicht nur eine Frau, sondern du arbeitest auch noch für den Präsidenten. Du solltest ihre Kritik als Ansporn begreifen, nicht als Entmutigung.«

»Aber ich gehe doch nicht mal nach Harvard oder Dartmouth oder Brown. Ich weiß, dass die anderen Studenten glauben, ich sei nur hier, weil ich für den Präsidenten arbeite. Sie müssen mich verachten! Das ist doch die reinste Mauschelei.«

»Das ist überhaupt keine Mauschelei«, erwiderte Monty. »Mauschelei ist, wenn der Boss seinem neunundzwanzigjährigen Sohn den Job von Louis Howe gibt.«

»Ich mag James, er ist intelligent.«

»Ich will gar nicht leugnen, dass er ein sympathischer Kerl und nicht dumm ist, aber du bist James Roosevelt weit überlegen. Ich habe deine Fähigkeiten schon erkannt, als ich dich das erste Mal in Tommys Büro gesehen habe«, sagte er. »Du hattest vielleicht nicht die Möglichkeiten von James, dem Präsidenten oder Mrs Roosevelt, aber du bist klug und willensstark. Du wirst deine Mitstudenten schnell überholen. Sieh dir doch an, wie weit du schon gekommen bist. Noch vor fünf Jahren hast du in einer Barackenstadt gewohnt. Außerdem – wenn der Präsident das Jurastudium geschafft hat, dann schafft es jeder.«

Das brachte sie zum Lachen. Getröstet kuschelte sie sich an ihn.

»Also bist du immer noch mein Mädchen?«

»Daran wird sich nie was ändern«, erwiderte sie. »Und was ist mit den Küssen?«

»Du hast mich doch nicht verlassen, oder?«

Darauf brauchte Iris gar nicht zu antworten. Die Entscheidung war gefallen.

Er küsste sie auf die Stirn. »Was möchtest du heute machen?«, fragte er. »Ich habe nichts zu essen hier, aber wir könnten in ein Hotel gehen. Im Waldorf gibt es ein gutes Thanksgiving-Menü.«

»Lass uns einfach ins Bett gehen«, sagte Iris.

»Dein Wunsch ist mir Befehl.«

Kapitel 36

HYDE PARK, NEW YORK

Mai 1962

Für mich war Thanksgiving immer eine echte Herausforderung, aber ich kann mich noch an ein bestimmtes Thanksgiving erinnern, und zwar das von 1938, das ich heute noch als »Fest der dummen Gänse« bezeichne – und das nicht nur, weil der Präsident zwölf wilde Gänse, vier Truthähne und eine siebenundzwanzig Pfund schwere Pute geschenkt bekam!

Eigentlich wollte ich die schwere Pute für die Küchenmannschaft zubereiten. Die Truthähne waren für die Gesellschaft in Hyde Park, und die wilden Gänse schickte Mrs Roosevelt an Bedürftige. In dem Jahr wollte Mrs Roosevelt einer besonderen Familie helfen – Mutter, Vater und zwei Kinder, alle blind. Sie lebten in Lancaster, Pennsylvania. Sie bat mich darum, ihnen eine wilde Gans zu schicken.

Also bat ich eines der Mädchen, das Paket zu packen und aufzugeben. Genauer gesagt drückte ich ihm einfach die Liste mit den Adressen in die Hand. Die dumme Nuss hat alles durcheinandergebracht. Sie war nur eine Aushilfe, müssen Sie wissen. Als am Tag vor Thanksgiving eine Blinde im Weißen Haus anrief und meinte, die geschickte Pute passt nicht in ihren Ofen, wurde mir klar, dass sie statt der wilden Gans die siebenundzwanzig Pfund schwere Pute bekommen haben musste. Wilde Gänse wiegen nur ungefähr zwölf Pfund, wenn sie besonders groß sind. Das hieß natürlich, dass die Küchenmannschaft für Thanksgiving nichts zu essen hatte und uns eine wilde Gans abhanden gekommen war.

Du liebe Güte! Ich hängte mich sofort ans Telefon und brüllte meine Assistentin an: »Hol mir sofort die Pute zurück, und besorge eine neue Gans für die blinde Familie!« Das hört sich jetzt vielleicht witzig an, aber damals war uns nicht zum Lachen zumute. Zu Beginn meiner Zeit als Haushälterin waren alle in der Küche überglücklich, dass sie überhaupt Arbeit hatten. Sie beschwerten sich weder über viele Stunden oder schlechte Bezahlung, noch weigerten sie sich, die ihnen von mir zugeteilten Aufgaben zu übernehmen. Aber als es der Wirtschaft wieder besser ging, nahmen auch die Beschwerden zu. Ich habe mir wegen der Arbeitseinteilung den Kopf zerbrochen und dafür gesorgt, dass alle Wünsche berücksichtigt wurden. Ungefähr zu diesem Zeitpunkt verlangte die Küchenmannschaft wieder eine Lohnerhöhung. Wenn ich ihnen an Thanksgiving bis ein Uhr keine ordentliche Pute servierte, hatte ich spätestens um zwei die Gewerkschaft an der Strippe. Tja, da saß ich wohl ziemlich in der Patsche.

Meine Assistentin hat schließlich im Willard-Hotel eine wilde Gans aufgetrieben. Immer, wenn ich solche Probleme hatte, waren die Hotelküchen meine letzte Rettung. In der Zwischenzeit hatte ich bei Wells Fargo angerufen, die mir die Pute aus Lancaster holten und sie so schnell wie möglich nach Washington schickten. Die Gans vom Willard-Hotel wurde von Washington nach Lancaster geschickt. Am Ende hat alles funktioniert. Aber an diesem Abend, dem Abend vor Thanksgiving, habe ich bis spät in der Nacht im Weißen Haus gewartet. Ich glaube, es war Mitternacht, als die Pute endlich eintraf. Bis heute habe ich nicht herausgefunden, was mit der verschwundenen Gans passiert ist.

Kapitel 37

WASHINGTON, D.C.

Januar 1938

Eleanor und Hick saßen in der Suite der First Lady einander gegenüber. Eleanor strickte, und Hick tat so, als würde sie lesen, doch ihr Blick huschte unkonzentriert über die Seiten. Schließlich faltete sie seufzend die Zeitung zusammen und erhob sich. Mit verschränkten Armen trat sie ans Fenster und spähte hinaus. Als es an der Tür klopfte und Tommy eintrat, schraken beide Frauen aus ihren Gedanken.

»Tut mir leid, dass ich stören muss«, sagte Tommy, »aber ich habe gerade einen Anruf von Ihren Leuten bei der Friedensliga der Frauen bekommen. Sie wollen, dass Sie heute Abend an einer Versammlung teilnehmen, um über Chamberlains Absage bei der Washingtoner Konferenz zu sprechen.«

Unvermittelt wandte sich Hick Eleanor zu und sah sie zugleich bittend und anklagend an.

»Im Terminkalender ist noch alles frei«, bemerkte Tommy.

»Aber sicher. Bitte kümmern Sie sich darum, Tommy«, erwiderte die First Lady nach kurzem Nachdenken.

»Sie werden den Zug um eins nehmen müssen.«

Die First Lady nickte.

»Gut. Kann ich sonst noch was für Sie tun?«, fragte Tommy.

»Sie sind doch hier reingeplatzt«, fuhr Hick sie an, »was sollten wir da von Ihnen wollen?«

»Ich dachte ja nur …«, murmelte Tommy beim Rausgehen.

Kurze Zeit später legte Eleanor ihr Strickzeug in ihre ausgeblichene Teppichtasche und verschränkte die Hände im Schoß. »Das war aber ein bisschen ruppig, Liebes. Was ist denn los?«

»Was los ist?«, zischte Hick. »Ich bin extra hergekommen, um mit dir das Wochenende zu verbringen, und statt dir, wie versprochen, die Tage freizuhalten, lässt du alles stehen und liegen, um dich mit einem Haufen von Weltverbesserern zu treffen.«

Für Eleanor kam dieser Gefühlsausbruch völlig aus heiterem Himmel. Hick war ihr in der letzten Zeit so ausgeglichen vorgekommen, ja regelrecht glücklich. Eleanor wollte gerade etwas erwidern, aber Hick war noch nicht fertig. Sie schob die Hände tief in die Hosentaschen und setzte ihre Tirade fort: »Außerdem sind wir nie allein. Die Leute gehen hier ein und aus wie in einem Hotel, und du bist die großzügigste Gastgeberin der Stadt. Hopkins haust gerade in meinem Zimmer, während ich mit dem Gästebett im Zimmer seiner Tochter Vorlieb nehmen muss. Du hast mich hierher eingeladen, weil wir seit August nicht ein einziges Mal allein waren, aber ich habe das Gefühl, dass ich dir im Weg bin.«

»Du bist mir nicht im Weg«, erwiderte Eleanor. »Aber Harry hat gerade seine Frau verloren, und er steht im Moment ein wenig neben sich. Es ist besser, wenn er und die kleine Diana eine Zeit lang hierbleiben.«

Hick ließ sich schwer neben Eleanor aufs Sofa fallen. »Warum musst du eigentlich jedem helfen? Der Mann ist erwachsen und trägt Regierungsverantwortung. Meinst du nicht, dass er sich selbst helfen kann?«

»Es ist doch nur vorübergehend, und jeder braucht mal Hilfe, egal, wer man ist.« Eleanor legte besorgt die Stirn in Falten. »Ich bin der Friedensliga schon seit Jahren verpflichtet. Die Welt steht am Abgrund, Hick. Ich kann nicht ignorieren, was in Europa vor sich geht. Die Washingtoner Konferenz wäre ein großer Schritt in

Richtung Weltfrieden gewesen. Chamberlains Absage ist eine … eine Katastrophe. Die Konferenz wird nun nicht stattfinden. Die Liga muss sich eine neue Strategie überlegen. Ich werde mit dem Spätzug zurückkommen. Bis Mitternacht bin ich wieder bei dir.«

»Wieso ist dir das alles so wichtig? Warum sind dir alle anderen so wichtig?« Hicks Stimme war sanfter geworden und sie legte den Kopf in Eleanors Schoß.

Eleanor zuckte die Schultern. »Einer muss sich ja kümmern, und ich habe das Gefühl, die ganze Welt bricht gerade auseinander. Ich habe ein bisschen Macht und kann vielleicht etwas Einfluss ausüben. Genau wie ich Harry helfen kann.«

»Es war doch klar, dass Chamberlain nicht kommen würde. Er verabscheut den Präsidenten, seit Frank sich auf dieser Konferenz in London 1933 so danebenbenommen hat.« Hick verzog missmutig das Gesicht, aber Eleanor nahm ihre Worte mit Humor.

»Dann ist er ein Narr. Er schneidet sich damit ins eigene Fleisch.«

»Und davon hat er weiß Gott genug, wenn ich recht informiert bin.« Beide Frauen lachten. Eleanor strich Hick sanft über die Stirn. Hick schloss die Augen, und ihre Gesichtszüge entspannten sich.

»Hast du sonst noch was auf dem Herzen?«, fragte die First Lady.

Hick schüttelte zwar den Kopf, aber Eleanor sah, wie ihre Freundin die Lippen zusammenpresste.

»Was ist los?«, drängte sie.

»Ich habe gerade eine Besprechung von *This Troubled World* gelesen. Sie war fantastisch. Geradezu euphorisch. Viel besser als die Besprechungen deines letzten Buches.« Hick sprach leise und ließ die Augen geschlossen, als würde sie den Mut verlieren, wenn sie das Gesicht ihrer Freundin sehen könnte.

»Es kommt mir vor, als gingen mein Leben und meine Karriere gerade den Bach runter, während du soeben deinen zweiten Bestseller herausgebracht hast. Deine Kolumne – deine von mehreren Zeitungen veröffentlichte Kolumne – hat unzählige Leser. Jedes Mal, wenn wir uns unterhalten, bist du gerade wieder auf einer Vorlesungsreise irgendwo im Land unterwegs. Und ich? Ich bewege mich rückwärts und habe einen Job, den ich verabscheue.«

»Ich hatte ja keine Ahnung, Liebes. Ich wusste nicht, dass dir die Arbeit so wenig gefällt.«

Mit grimmigem Gesicht setzte Hick sich auf. »Wenn du dich für mich interessieren würdest, Eleanor, wäre dir das aufgefallen. Den Reportern die Füße küssen, den jungen Emporkömmlingen, die ich ausgebildet habe, Honig ums Maul schmieren … das finde ich unerträglich. Ich sollte als Korrespondentin in Berlin oder London oder Madrid arbeiten, dazu bin ich geboren. Stattdessen hänge ich hier fest und ärgere mich so sehr, dass ich jeden Tag verbitterter werde.«

»Was ist mit deinem Buch? Wollen wir uns nicht noch mal mit meiner Agentin treffen und über mögliche Verlage sprechen?«

»Hör endlich auf, mir ständig deine Hilfe anzubieten!«, rief Hick. »Ich weiß genau, dass du mir den Job bei der Weltausstellung besorgt hast.«

Eleanor sah sie entgeistert an. »Damit hatte ich nichts zu tun. Diese Stelle hast du aufgrund deiner Fähigkeiten bekommen.«

Mit bitterem Blick erhob sich Hick vom Sofa. »Ich sehe doch, wie mich alle anschauen. Sie haben keinen Respekt vor mir, weil ich mir die Stelle nicht erarbeitet habe.«

»Ich verspreche dir, Liebes«, beharrte Eleanor, »ich hatte nichts mit der Sache zu tun.«

»Auch wenn du nicht direkt Einfluss genommen hast, reicht es doch aus, dass ich die beste Freundin der First Lady bin. Dadurch habe ich eine Sonderstellung, und das mag ich nicht. Schon als Kind, als ich von zu Hause abgehauen bin, habe ich die Dinge selbst in die Hand genommen. Ich habe mich von ganz unten hochgearbeitet, verdammt noch mal!«

»Mir ist schon klar, dass unsere Situation, gelinde gesagt, etwas ungünstig ist. Aber ich bin die First Lady, und du bist meine beste Freundin. Diesen Umstand kann ich nun mal nicht ändern.«

Beide schwiegen, und keine der beiden wusste so recht, was sie als Nächstes sagen sollte. Schließlich ergriff Eleanor das Wort.

»Wenn du keinen Spaß daran hast, bei der Weltausstellung zu arbeiten, kann ich dir empfehlen, dich beim Komitee demokratischer Frauen zu bewerben. Molly Dewson geht bald, und dann müssen sie die Stelle neu besetzen.«

»Du kapierst es einfach nicht, oder?«, fragte Hick frustriert.

Sie trat vor den Kamin und betrachtete das Sims aus Walnussholz. Es war nicht besonders tief und auch nicht lang, aber Eleanor hatte mehr als vierzig gerahmte Bilder ihrer engsten Freunde darauf aufgereiht.

»Ich werde nach New York zurückgehen«, sagte Hick schließlich. »Ich brauche ein wenig Zeit für mich.«

»Wie du willst«, erwiderte Eleanor. »Wir könnten denselben Zug nehmen.«

»Wenn ich mich beeile, schaffe ich den um elf.«

Eleanor verkniff sich eine Reaktion. »Bist du am dreißigsten zurück, wenn Franklin Geburtstag hat?«

»Mal sehen.« Mit einem flüchtigen Kuss auf Eleanors Wange verließ Hick das Zimmer.

Die First Lady warf einen Blick auf die Uhr. Sie hatte noch genug Zeit, um die Unterlagen für die Versammlung zusammenzusuchen und ein leichtes Mittagessen zu sich zu nehmen, bevor sie zum Bahnhof fuhr.

Kapitel 38

WASHINGTON, D.C.

März 1938

»Pack deine Tasche, Kleines«, rief Monty fröhlich, als er das Büro betrat, das Iris mit Tom Corcoran teilte. »Wir fahren nach Warm Springs.«

»Ich weiß, Tom hat es mir erzählt«, sagte sie, »aber ich habe wirklich keine Zeit. Ich muss eine Abhandlung über die Prärogative des Kongresses schreiben.«

»Sag Corcoran, er soll das für dich machen«, scherzte Monty.

Iris schüttelte den Kopf.

»Ach, komm schon. Der Boss will dir unbedingt Warm Springs zeigen, und ich helfe dir mit dem Aufsatz, wenn wir nächste Woche zurück sind.«

Tom Corcoran kam ins Büro und Monty sagte: »Eine kleine Auszeit wird dir guttun. Den ganzen Tag mit Tom, dem Langweiler, im Büro festzusitzen ist schlecht für die Gesundheit.«

»Halt den Mund, Chapel«, murmelte Tom. »Hör auf, die Frauen zu belästigen, und kümmere dich um deine Arbeit.«

»Ich versuche gerade, Iris zu überreden, mit nach Warm Springs zu kommen«, erklärte Monty. »Erklärst du ihr die Prärogative, wenn wir wieder zurück sind?«

»Klar doch, ich kann mir gar nichts Schöneres vorstellen«, sagte er abwesend, während er auf seinem Schreibtisch herumwühlte. Er schob einige Papiere, Aktenordner und Dokumente zusammen und bildete damit neue Stapel. Offenkundig suchte er etwas.

Iris lächelte. Sie arbeitete gern mit Tom zusammen. Abgesehen von Monty war er der intelligenteste Mann, den sie kannte. Er war großzügig, amüsant, Kettenraucher, leidenschaftlicher Trinker und gehörte mit nur neununddreißig Jahren schon zu den einflussreichsten Männern in der amerikanischen Politik. Die Presse nannte ihn gern »FDRs Spießgesellen«, doch auf Iris wirkte er eher wie ein irisch-katholischer Dynamo, der tat, was zu tun war, um die Gesetze des *New Deal* durch den Kongress zu peitschen.

»Also abgemacht!«, rief Monty begeistert. »Du kommst mit nach Warm Springs.«

»Außerdem«, bemerkte Tom, die Zigarette locker im Mundwinkel, »brauchen wir sie, wenn unsere Mission da unten Erfolg haben soll.«

»Was meinst du damit?«, wollte Iris wissen. »Was habt ihr beiden wieder ausgeheckt?«

Monty setzte sich seitlich auf Iris' Schreibtisch. »Einen kleinen Anschlag.«

»Wir müssen den Boss vom ausgeglichenen Haushalt abbringen«, erklärte Tom. »Monty hat eine Vorlage für ein Ausgabenpaket zusammengestellt, das die Wirtschaft ankurbeln wird.«

»Aber der Boss muss von Leuten wie Wallace und Farley und all den anderen Neinsagern ferngehalten werden«, ergänzte Monty. »Er ist nirgendwo glücklicher als in Warm Springs. Alkohol, gutes Essen, alle haben ein Mädchen dabei …«

»Der perfekte Zeitpunkt, um ihn damit zu überfallen«, schloss Tom.

»Fährt Harry auch mit?«

Die Männer nickten.

»Und wen hat er dabei?«

»Dorothy Hale«, sagte Monty vorsichtig.

»Die Schauspielerin?«, fragte Iris überrascht.

»Die miese Schauspielerin«, erwiderte Tom.

»Sie ist sehr hübsch«, sagte Iris. »Aber Barbara ist doch erst vor sechs Monaten gestorben.«

»Ich nehme an, Dorothy versucht, sich einen reichen Mann zu angeln. Sie ist über dreißig, eine Witwe aus der High Society mit vielen Schulden und einer Karriere, die ihren Zenit überschritten hat«, spekulierte Monty.

»Ist Harry so wohlhabend?«, fragte Iris.

Monty zuckte die Schultern. »Er hat genug, würde ich sagen«, erwiderte er lässig. »Aber er ist nicht Rockefeller, wenn du das meinst.«

Als er das fehlende Dokument gefunden hatte, verließ Tom das Büro, aber Monty blieb noch ein bisschen, wie er es immer tat. Als er sein Zigarettenetui aus der Brusttasche zog, sagte Iris verärgert: »Musst du nicht arbeiten?«

»Doch, eigentlich schon«, antwortete er, von ihrem scharfen Ton überrascht.

»Du lungerst die ganze Zeit hier rum, als hätte ich nichts Besseres zu tun, als dich zu unterhalten.«

Er erhob sich und steckte das Zigarettenetui wieder ein. »Was ist denn mit dir los?«

»Ich habe keine Zeit, das ist los.« Iris nahm den Hörer in die Hand und begann mit einem vielsagenden Blick zur Tür zu wählen. Als Monty gegangen war, legte sie auf.

Iris hatte Dorothy Hale weder auf der Bühne noch auf der Leinwand gesehen. Sie wusste nur, dass sie einen bestimmten Ruf hatte und als besonders schlechte Schauspielerin galt. Trotzdem hatten sie Montys und Toms abfällige Bemerkungen verärgert. Die Frau versuchte auch nur, sich irgendwie durchzuschlagen. Und woher wollten sie wissen, dass ihre Gefühle für Harry nicht echt waren? Außerdem war Iris nicht gerade erpicht darauf, nach Georgia zu fahren. Bei Montys und Toms Intrige wollte sie auch nicht mitmachen.

Mit einem resignierten Seufzer machte sie sich wieder an die Arbeit und wünschte sich, die Reise wäre schon längst vorüber.

Am Donnerstagnachmittag holte der Präsident Iris und Monty vom Bahnhof ab. Als sie aus dem Zug stiegen, sahen sie ihn am Steuer eines Plymouth PA mit heruntergelassenem Verdeck sitzen. Drei Männer – Farmer, wie Iris an ihrer Kleidung zu erkennen glaubte – lehnten am Automobil und plauderten mit dem Präsidenten. Sein Lachen übertönte sogar das Zischen der Lokomotive. Vier Männer vom Geheimdienst hatten sich links und rechts vom Auto positioniert.

»Kommen Sie zu mir nach vorne, McIntosh«, rief Roosevelt, nachdem Monty das Gepäck im Kofferraum verstaut hatte.

Der Präsident setzte den Wagen so ruckartig zurück, dass Iris mit dem Kopf nach vorn schnellte. Instinktiv hielt sie sich am Armaturenbrett fest. Die Männer vom Geheimdienst sprinteten zurück zu ihrem Wagen und rasten dem Präsidenten hinterher. Bremse, Kupplung und Gaspedal waren so angeordnet, dass der Präsident sie mit den Händen bedienen konnte. Roosevelt war ein sicherer Fahrer, hier und da hupte er winkenden Menschen am Straßenrand zu und grüßte sie zum Teil mit Namen. Iris hielt sich an Tür und Armaturenbrett fest, während der Präsident im Affentempo um die Kurven jagte. Er fährt doch mindestens sechzig, dachte Iris. Sie kniff die Augen zusammen, um sich vor dem grellen Sonnenlicht und dem aufgewirbelten Staub zu schützen. Die ganze Zeit über plauderte der Präsident gut gelaunt über interessante Sehenswürdigkeiten am Wegesrand, Maisfelder und Baumwollplantagen, die er besucht hatte, und über das beste Eisgeschäft der Stadt.

»Und wie gefällt es Ihnen?«, fragte er neugierig, als sie schließlich unvermittelt vor einem kleinen Holzhaus am Ende eines langen Schotterwegs stoppten.

»Es ist wunderschön, Herr Präsident«, sagte Iris, während sie den mit vier Säulen geschmückten Eingang und die breiten Türen bewunderte, die ins Haus führten. Sie bemerkte, dass die Einfahrt sich auf gleicher Höhe mit der Veranda und dem Eingang befand. »Es sieht tatsächlich aus wie ein kleines Weißes Haus, oder?« Mit dieser Frage bezog sie sich auf den Spitznamen, den man dem Wohnsitz des Präsidenten in Warm Springs gegeben hatte.

Roosevelt schlug mit der Hand aufs Steuer. »Ganz genau«, rief er.

Iris' anfängliche Bedenken wegen der Reise legten sich augenblicklich. Sie hatte den Präsidenten noch nie so glücklich erlebt.

Im Foyer erklärte Roosevelt Iris, der erste Punkt auf der Tagesordnung sei der Besuch des benachbarten Rehabilitationszentrums, das er in den Zwanzigerjahren hatte bauen lassen, danach würden sie in einem der Therapiebecken schwimmen gehen, nur sie beide.

Dort angekommen begrüßte er die Patienten und fragte jeden Einzelnen nach seinen Erfahrungen mit der Kinderlähmung und der jeweiligen Behandlung. Iris fühlte sich etwas fehl am Platz, als würde sie mit ihrem gesunden, aufrechten Körper diese kranken Menschen verspotten. Sie würde nie nachvollziehen können, wie sie sich fühlten. Aber Roosevelt begegnete den Kranken mit seinem typischen ungezwungenen Charme. In der Öffentlichkeit war Roosevelt nie im Rollstuhl zu sehen. Sowohl bei seiner Rede zur Lage der Nation als auch bei Ansprachen im Kongress, der Annahme der Nominierung als Präsidentschaftskandidat und bei seiner Antrittsrede war er von seinem Sohn auf der einen und einem Stock auf der anderen Seite gestützt aufs Podium getreten. Sechs

Kilo schwere Eisenschienen auf beiden Seiten bewahrten ihn davor, beim Gehen einzuknicken. Aber in Warm Springs befand er sich unter Menschen, die wussten, wie sich die Krankheit anfühlte. Die Patienten würden seine Führungsqualitäten niemals infrage stellen, nur weil er gehbehindert war. Beim Abschied versprach der Präsident den Kindern, am nächsten Morgen mit ihnen schwimmen zu gehen.

Die Sonne ging bereits unter, als Iris und er endlich am Schwimmbecken standen. Iris zog den Frotteemantel aus und lief ins Wasser, das warm war wie in der Badewanne. Mühelos ließ sie sich treiben. So entspannt hatte sie sich noch nie gefühlt.

»Das ist ja wunderbar!«, rief sie dem Präsidenten zu. »Ich muss mich nicht mal bewegen, um mich über Wasser zu halten.«

»Das liegt am hohen Magnesiumgehalt«, erklärte der Präsident. »Deswegen ist es hervorragend als Therapie für Poliokranke geeignet.«

»Hier sieht's überhaupt nicht nach Krankenhaus aus«, bemerkte Iris.

»Das soll es auch nicht. Ich habe die Anlage und alle Gebäude wie einen Universitätscampus entworfen«, sagte er. »Ende nächsten Jahres wird hier sogar eine Schule gebaut. Einige Kinder sind monatelang von zu Hause weg und verpassen ziemlich viel vom Unterricht. Zur Heilung gehört aber nicht nur ein starker Körper, sondern auch ein starker Geist.«

Iris ließ sich auf dem Rücken treiben und betrachtete den Himmel. Sie hörte, wie der Präsident sanft durchs Wasser glitt. In kürzester Zeit war er zu ihr herübergeschwommen. Sie hob den Kopf und sah, dass seine Beine dicht an der Oberfläche trieben. Lächelnd sagte sie: »Jetzt weiß ich, warum Sie so gerne hier sind.«

»Hier kann ich ganz ich selbst sein«, sagte er. »Als ich 1926 alles aufbaute, investierte ich mein gesamtes Hab und Gut in diese

Anlage. Alles, was ich besaß. Eleanor war entsetzt.« Die Erinnerung brachte ihn zum Lachen.

»Ich war ständig hier, immer, wenn es der Terminplan erlaubte«, fuhr er fort. »Meine Mutter wollte, dass ich in den Ruhestand ging und mich wie ein Großgrundbesitzer in Springwood niederließ. Aber ich war doch erst neununddreißig. Das erste Mal war ich 1924 hier. Das Schwimmen in den warmen Quellen hat mein Leiden sofort gelindert. Es dauerte nicht lange, bis ich wieder gehen konnte. Es gab so viel mehr zu erreichen. Ich wollte noch nicht aufgeben.«

Nach einigem Nachdenken fügte er hinzu: »Eleanor ist nicht gerne hier, war sie nie. Ich verstehe das. Sie hat Val-Kill. Aber wie man so schön sagt: Liebe wächst mit der Entfernung.« Er lächelte zärtlich.

»Wo wir gerade beim Thema sind«, fuhr er fort, »ich bin froh, dass Sam Jacobson wieder in Washington ist.«

Obwohl das Wasser warm war, schauderte Iris. »Sam Jacobson?«, wiederholte sie.

»Genau der«, erwiderte der Präsident. »Der wichtigste Mann auf der Pressekonferenz jeden Mittwoch. Bombardiert mich regelmäßig mit Fragen zum Faschismus, Militarismus …« Er schüttelte den Kopf.

Iris konnte es nicht fassen, dass Sam erst zwei Tage zuvor im Weißen Haus gewesen sein sollte. »Ich wusste gar nicht, dass er wieder da ist.«

»Sein Buch ist fertig, jetzt sucht er einen Verlag«, sagte Roosevelt.

Iris tauchte bis zu den Ohren ins Wasser. Sie wollte nichts mehr hören. Der Himmel färbte sich langsam rosa. Iris sah zu, wie die Wolken sich veränderten. Dann schloss sie die Augen und nahm nur noch ihren Atem und den süßen Geruch der rund um sie herum wachsenden Königinblumen wahr.

Kapitel 39

WARM SPRINGS, GEORGIA

März 1938

Als Iris das Wohnzimmer betrat, hatten die anderen Gäste bereits ihre Drinks in der Hand. Eine große Kristallschüssel mit rubinroter Bowle stand auf einem kleinen Tisch. Iris trat näher und nahm das Getränk in Augenschein. Sehr verlockend, dachte sie. Gerade, als sie sich einschenken wollte, umfasste Monty von hinten ihre Taille und küsste sie auf die Wange.

»Pass bloß auf, der Fusel hat's in sich«, scherzte er, holte sich aber Nachschub.

Von der ausgelassenen Stimmung gänzlich unberührt ging Iris nicht auf Montys Bemerkung ein. Sie löste sich aus der Umarmung, wandte sich von ihm ab und ließ den Blick durchs Zimmer wandern.

»Gute Nachrichten«, fuhr er fort. »Als du heute Nachmittag mit dem Boss schwimmen warst, ist Harry eingetroffen. Nach dem Essen präsentieren wir dem Präsidenten unseren Plan. Schau ihn dir an.« Monty machte eine Kopfbewegung in Richtung Roosevelt. Missy stand an seiner Seite, die Hand auf seinen Arm gelegt. Er unterhielt sich angeregt mit Tom, einen Drink in der einen Hand, Zigarettenspitze in der anderen. »So, wie der aussieht, wird er alles absegnen.«

Bevor er weiterreden konnte, fiel ihm Iris ins Wort. »Ich möchte mich mit Miss Hale unterhalten«, sagte sie und ging.

Iris hatte die Schauspielerin sofort erkannt, als sie den Raum betreten hatte. Mit ihrem Auftreten und ihrem Aussehen bot sie einen krassen Gegensatz zu ihrem Begleiter, dessen langer Hals, schmaler Kopf und hervorstehende Augen Iris stets an einen Vogel Strauß erinnerten. Während der ganzen Zeit, die Iris sie nun beobachtet hatte, hatte Hale ihre Haltung nicht verändert und auch kein einziges Wort gesagt. Harry hatte sich leicht von ihr abgewandt, während er mit Toms Frau plauderte. Dorothy Hale war hier völlig fehl am Platz, sie wirkte wie ein einsamer Paradiesvogel. Mit einem spöttischen Halblächeln auf ihren vollen, roten Lippen musterte sie die Versammlung. Als Einzige unter den Gästen hielt sie keinen Drink, sondern ein silbernes Zigarettenetui mit einem eingravierten Muster in der Hand, das Iris aus der Ferne nicht genauer erkennen konnte. Aber etwas am Verhalten dieser Frau kam ihr bekannt vor. Waren sie sich nicht irgendwie ähnlich? Iris trat neben sie.

»Guten Abend. Miss Hale?« Sie streckte ihr die Hand entgegen. »Ich bin Iris McIntosh. Wie nett, Sie kennenzulernen.« Jetzt erkannte Iris, dass es sich bei dem eingravierten Muster um Fleur-de-Lis handelte.

»Bitte, nennen Sie mich Dorothy.« Sie bot Iris eine Zigarette an. Als sie sich nach vorne beugte, um sich Feuer geben zu lassen, roch Iris ihr Parfüm und schloss für einen Augenblick die Augen, um den Duft auf sich wirken zu lassen, bevor er sich mit dem Rauch vermischte. Jasmin.

»Sollen wir hinausgehen? Hier ist es so stickig.«

Iris folgte der Schauspielerin auf die Terrasse. Auf dem Weg zum Springbrunnen vor dem Haus betrachtete sie Dorothys Kleid. Es war aus cremefarbenem Krepp, und der Rock hatte eine kleine Schleppe. Samtbänder in Hellorange verliefen kreuz und quer über ihren Rücken. Die Haut ihrer wohlgeformten Schultern war makellos. Sie hatte die Farbe von Honig.

Sie setzten sich auf den kalten, steinernen Rand des Brunnens und rauchten schweigend ihre Zigaretten. Iris schaute in den Sternenhimmel, warf aber immer wieder verstohlene Seitenblicke auf das attraktive, markante Profil ihrer Begleiterin.

»Was machen Sie im Weißen Haus, Iris?«, fragte Dorothy.

»Ich arbeite mit Tom Corcoran in der Innenpolitik«, erwiderte sie. »Außerdem studiere ich.«

Die Schauspielerin nickte, schien aber nicht sonderlich interessiert.

»Ihr Kleid ist wunderschön«, sagte Iris bewundernd.

»Es ist viel zu übertrieben für diesen Anlass«, erwiderte Dorothy und zuckte mit ihren perfekten Schultern.

»Arbeiten Sie gerade?«, fragte Iris.

Dorothy runzelte die Stirn.

»Am Broadway oder in Hollywood?«, fügte Iris hinzu.

Die Schauspielerin schüttelte den Kopf.

»Wo haben Sie Harry kennengelernt?«

»In New York. Auf einer Party.« Sie ging nicht weiter ins Detail, doch Iris beließ es dabei. Dorothy malte mit der Zigarette eine Acht ins Wasser und warf die Kippe dann weg. Sie blickte Iris direkt ins Gesicht: »Offenbar fühlen wir uns beide von älteren Männern angezogen. Sie sind die Begleitung von Monty Chapel, nicht wahr?«

»Wir sind nur zusammen hier«, korrigierte Iris. »Kennen Sie ihn?«

»Ich habe von ihm *gehört*.«

Monty war ein bekanntes Mitglied der Regierung und der New Yorker Gesellschaft. Dorothy Hale bewegte sich in ähnlichen Kreisen. Es wäre seltsam, wenn sie noch nichts von Monty gehört hätte. Doch ihr Ton und die spezielle Betonung ließen Iris aufhorchen. Sie dachte noch über die Worte nach, als sich die Tür öffnete und Monty auf sie zukam.

»Ein wunderschöner Abend«, bemerkte er, »aber ich fürchte, das Essen wird gleich serviert.«

Dorothy erhob sich und berührte Iris' Hand. »Es war nett, mit Ihnen zu plaudern, Iris. Wir sehen uns drinnen.«

Kaum war sie gegangen, setzte sich Monty neben Iris und zündete sich eine Zigarette an.

»Ich dachte, das Essen wird gleich serviert?«, fragte sie.

Er schüttelte den Kopf. »Das war gelogen.«

»Seid ihr euch schon mal begegnet?«

»Nein«, antwortete er leichthin.

»Sie meinte, sie habe schon von dir *gehört*.« Iris hoffte, Dorothys Ton getroffen zu haben.

»Na, vermutlich stimmt das auch. Was ist denn nur los mit dir heute Abend?« Er sah sie an.

Sie ignorierte die Frage und trat die Zigarette aus. »Wie finanziert sie sich nur? Sie hat mir gesagt, sie habe momentan keine Arbeit.«

»Sie lebt von der Großzügigkeit reicher Männer«, antwortete er. »Seit dem Tod ihres Gatten hatte sie eine Reihe reicher Liebhaber. Harry ist nur einer von vielen.«

»Gehörtest du auch mal dazu?« Iris erinnerte sich an die vielen Warnungen – und natürlich an Sams Andeutungen kurz vor seiner ersten Reise nach Spanien.

»Was meinst du damit?«

»Warst du einer ihrer Liebhaber?«

»Du machst dich lächerlich«, spottete er. »Warum versuchst du mit aller Gewalt, einen Streit zu provozieren, Iris?« Er nannte sie selten beim Vornamen. »Ist es, weil Jacobson in der Stadt ist?«

»Woher weißt du das?«

»Ich habe ihn am Mittwoch gesehen. Ich dachte, du wusstest es schon.«

»Ich habe es heute erfahren«, gab sie zu. »Aber ich habe dir doch schon gesagt, dass zwischen uns nichts läuft.«

»Ich habe aber das Gefühl, dass du das gerne hättest.«

Iris sah vor sich auf den Boden. Es war nicht fair von ihr, sich aufgrund der Vorurteile anderer gegen Monty aufbringen zu lassen.

»Jetzt machst du dich lächerlich«, sagte sie versöhnlich. Sie ergriff seine Hand. »Es tut mir leid. Dorothy Hale hat mich etwas aus der Fassung gebracht. Ihr Ton … Ich kann es nicht erklären.«

Die beiden saßen noch eine Weile schweigend am Brunnen. Aus dem Haus drang Musik von einem Grammofon. Monty warf die Zigarette weg und trat sie aus. Dann erhob er sich und streckte ihr die Hand entgegen. Wortlos nahm Iris sein Angebot an. Er umarmte sie fest, während sie zu Bing Crosbys *»Let Me Whisper I Love You«* tanzten. Sie kuschelte sich enger an Montys Hals, und er summte ihr leise ins Ohr.

Doch in Montys Umarmung wurde ihr klar, dass nicht nur Dorothy Hales Worte sie aufgewühlt hatten. Warum war Sam nur wieder in Washington? An Thanksgiving hatte sie eine Entscheidung getroffen. Sie war gegangen und hatte ihn allein auf dem Felsvorsprung zurückgelassen. Seine Rückkehr verunsicherte sie. Als das Lied vorüber war, küsste sie Monty.

»Es wird alles gut, Kleines.« Er grinste schief. »Dafür werde ich schon sorgen.«

Sie umarmte ihn leidenschaftlich.

»Hör mal, mir ist gerade was eingefallen«, sagte er. Obwohl die Musik verklungen war, wiegten sie sich immer noch. »Weißt du, dass die Kirche drüben am Krankenhaus gerade frisch renoviert wurde?«

Sie nickte unsicher.

»Wollen wir nicht einfach morgen dort heiraten?«

Überrascht löste sich Iris aus der Umarmung und starrte Monty an. »Aber wir haben doch noch nie übers Heiraten oder Kinderkriegen geredet«, stammelte sie, um sich wieder zu sammeln.

»Was gibt es da zu besprechen? Wir lieben uns. Wenn wir so weit sind, können wir auch Kinder kriegen. Obwohl das ziemlich bald geschehen muss, wenn ich noch mit ihnen Ball spielen will.« Er lachte.

Sag einfach Ja, dachte sie. Nur dieses eine kleine Wort. Sag's einfach. »Wo sollen wir wohnen?«

»Wir könnten uns eine Wohnung oder ein Haus in Washington kaufen. Ich weiß, wie sehr dir Georgetown gefällt. Ich vermiete meine Wohnung in New York und gebe meine Suite im Mayflower-Hotel auf.«

»Das kommt alles etwas überraschend«, sagte Iris. »Ich hatte heute Abend keinen Antrag erwartet. Ehrlich gesagt bin ich völlig perplex.«

»Wie lautet deine Antwort?«, fragte er. »Wir sind füreinander geschaffen, Kleines.«

»Sind wir das?«, erwiderte sie zweifelnd.

»Davon bin ich zumindest immer ausgegangen«, gab er zurück.

Sie betrachtete seine Miene. Die gute Laune war wie weggeblasen. Schnell wandte sie sich ab. Vor lauter Schuldgefühlen war ihr ganz schlecht. Sie wünschte, Mrs Roosevelt wäre jetzt bei ihr.

»Lass mich eine Nacht darüber schlafen«, bat sie, obwohl ihr klar war, wie fadenscheinig das klang. »Ich muss auch an mein Studium denken.«

»Und an ein paar andere Dinge.«

Iris wich seinem Blick aus. Sie spürte seine Hand auf ihrem Arm. Er küsste ihren Nacken und ging zurück ins Haus.

»Wir sehen uns drinnen, Iris«, rief er ihr über die Schulter zu.

Das Abendessen hätte köstlicher nicht sein können. Gemüsesuppe mit Okraschoten, Brathähnchen mit Cremesoße und Kartoffelpüree, dazu Bohnen mit Speck und Pfirsichpudding als Nachspeise. Doch Iris stocherte darin herum und brachte kaum einen Bissen herunter. Immer wieder warf sie Monty verstohlene Blicke zu – und mit jedem Blick schwand ihr Appetit mehr.

Seit sie wieder hereingekommen war, hatte Monty sie ignoriert. Gerade schenkte er sich ein großes Glas Bourbon ein und leerte es in einem Zug. Beim Essen wechselte er kein Wort mit ihr. Iris hatte aufgehört, seine Drinks zu zählen, aber schon beim Dessert war er völlig betrunken. Schließlich schlug Harry vor, die Männer sollten sich ins Büro des Präsidenten zurückziehen.

Judy Corcoran legte eine neue Platte auf, und Missy ließ sich in einem Sessel nieder, lehnte den Kopf zurück, schloss die Augen und wippte im Takt der Musik mit dem Fuß. Dorothy Hale stand mit einer Zigarette am Fenster. Iris war speiübel. Die Atmosphäre im Wohnzimmer erdrückte sie. Mit vorgetäuschtem Gähnen verließ sie unter Entschuldigungen das Zimmer.

Draußen auf der Veranda atmete sie tief durch, aber die kühle Abendluft konnte ihre Übelkeit nicht lindern. Sie ging hinunter in den Garten und lief ums Haus. Als sie unter einer Kiefer stand, sich krümmte und mit beiden Händen den Bauch hielt, hörte sie hinter sich eine leise Stimme.

»Alles in Ordnung, Schätzchen?«

Iris richtete sich auf und drehte sich um. Vor ihr stand eine Schwarze.

»Mir ist schlecht«, jammerte Iris.

»Das sehe ich, Schätzchen.« Die Frau legte Iris sanft die Hand auf den Rücken. »Alles draußen?«

Iris schüttelte den Kopf.

»Kommen Sie mit in die Küche.«

Die Frau nahm sie am Arm und führte sie zurück ins Haus. Durch einen Seiteneingang betraten sie die Küche. Tisch und Bank standen voll mit Töpfen und Kochutensilien. Die Frau räumte sie beiseite und wies Iris einen Platz zu. Der junge Mann, der zuvor am Tisch des Präsidenten serviert hatte, aß nun die Reste.

»Das hier ist mein Junge«, sagte die Frau, während sie ein Geschirrtuch unter den Wasserhahn hielt. Iris lächelte. »Ich bin Daisy Bonner, die Köchin des Präsidenten hier in Warm Springs.« Sie faltete das Handtuch zusammen und legte es Iris auf die Stirn. »Halten Sie das fest, Schätzchen«, wies sie sie an.

Iris gehorchte brav.

»Sie müssen Iris McIntosh sein«, sagte die Frau. »Der Präsident hat mir von Ihnen erzählt. Sie sind ein schlaues Mädchen.«

Iris wollte etwas erwidern, aber die aufsteigenden Tränen schnürten ihr die Kehle zu.

»Hey, Lonnie«, sagte Daisy zu ihrem Sohn. »Du kannst hinten weiteressen.«

Mit einem Nicken verließ der Junge die Küche. Kaum war die Fliegengittertür zugeklappt, brach Iris in Tränen aus. Sachte nahm Daisy ihr das Tuch aus der Hand und gab ihr stattdessen ein sauberes, gebügeltes Taschentuch. Sie setzte sich auf Lonnies Platz und sah Iris eine Weile lang beim Weinen zu. Schließlich ergriff sie das Wort.

»So, jetzt reicht's, Schätzchen.« Sie tätschelte Iris die Hand. »Das sind genug Tränen für einen Abend. Ich mach Ihnen ein bisschen Ingwertee.«

Iris sah Daisy an. Sie blickte ernst durch eine dicke, schwarz gerahmte Brille. Iris schnäuzte sich und trocknete die Augen. »Das wäre schön. Danke.«

Daisy trat an die Spüle und füllte einen Wasserkessel. »Na, an meinem Essen haben Sie sich bestimmt nicht den Magen verdorben.

So wenig, wie Sie gegessen haben. Lonnie hat mir erzählt, die Frau mit den Hosen hat nix gegessen.«

Iris musste lächeln. »Nein, Ihr Essen hat wunderbar geschmeckt.« Sie zögerte kurz. »Ich habe heute jemanden gekränkt, sehr gekränkt.«

Daisy wiegte nachdenklich den Kopf und kümmerte sich weiter um den Tee. Schweigend hielt sie Iris schließlich eine dampfende Tasse hin. Iris schnupperte daran. Der intensive Duft kitzelte sie im Rachen.

»Haben Sie was dagegen, wenn ich Ihnen Gesellschaft leiste?« Daisy zeigte auf eine zweite Tasse.

»Ganz und gar nicht.«

Den Blick starr in die Tasse gerichtet, fragte Iris: »Wie lange arbeiten Sie schon für den Präsidenten, Mrs Bonner?«

»Seit seinem Einzug 1924. Ich war Köchin im Meriwether Inn. Als er es abreißen ließ, um das Krankenhaus zu bauen, hat er mich als Köchin übernommen. Und wenn er hier ist, koche ich immer für ihn. Ich kann mit Stolz behaupten, dass ich ihm sein erstes Essen in Warm Springs gekocht habe.« Sie lachte unverkrampft. »Ich bilde mir ein, dass er deswegen immer wiederkommt.«

Iris dachte an Mrs Nesbitt, als sie sagte: »Damit haben Sie wahrscheinlich recht.«

Daisy trank ihren Tee aus. »Das Geschirr spült sich nicht von allein, Miss Iris«, sagte sie, während sie sich erhob. »Entschuldigen Sie mich bitte.«

Iris folgte ihr an die Spüle und nahm sich ein Geschirrtuch. »Ich trockne ab.«

»Seien Sie bloß vorsichtig damit, Schätzchen«, sagte Daisy wenig später, als sie sah, wie Iris sich die Bowleschüssel griff. »Die hier hat der alte Roosevelt dem Präsidenten und seiner Frau zur Hochzeit geschenkt.«

Bei diesen Worten hielt Iris die Schüssel noch fester. »Sie machen mich ganz nervös.«

Während die Frauen nebeneinander arbeiteten, fragte Daisy: »Wen haben Sie heute Abend gekränkt? War es Mr Chapel? Er kommt nun schon seit fast acht Jahren nach Warm Springs, aber so viel wie heute Abend hat er noch nie getrunken.«

»Er hat mir vor dem Abendessen einen Heiratsantrag gemacht, und ich habe nicht Ja gesagt«, gestand Iris. Sie musste sich einfach jemandem mitteilen.

»Haben Sie ihm 'nen Korb gegeben?«

Iris schüttelte den Kopf. »Ich habe nicht geantwortet, sondern um Aufschub gebeten.«

»Manchmal ist das schlimmer als ablehnen«, meinte Daisy.

»Ich weiß.«

»Mr Chapel ist ein komischer Vogel, das kann man wohl sagen. Er ist anscheinend nicht dumm. Geld hat er auch, sagt man, und er ist gut und gern der attraktivste Mann, den man in Georgia je gesehen hat.« Daisy musterte Iris eingehend. »Ein bisschen älter als Sie, oder?« Iris nickte. »Aber wenn Sie ihn lieben, spielt das keine Rolle.«

Iris liebte Monty, daran bestand kein Zweifel. Aber sie beide verband eine seltsame Form der Liebe. Jetzt, wo sie den Vergleich hatte, verstand sie, dass ihre Liebe zu Monty auf Abhängigkeit beruhte. Ihre Gefühle für Sam hingegen waren frei von solchen Zwängen.

»Wenn Sie mich fragen«, fuhr Daisy unumwunden fort, während sie sich mit vollem Einsatz an einem schweren Kochtopf zu schaffen machte, »kann ich mir Sie beide nicht als Ehepaar vorstellen.« Sie musterte Iris eindringlich, dann schob sie mit dem Handrücken die Brille hoch.

»Und warum?«, fragte Iris neugierig. Wie gerne hätte sie eine Antwort auf die Frage, die sie nun schon seit Jahren quälte. Vielleicht hatte Daisy Bonner, die Köchin des Präsidenten, endlich eine Lösung parat.

»Hören Sie zu, Schätzchen, wie ich das sehe, wollen alle Frauen irgendwann heiraten und Kinder kriegen. Machen Sie sich nichts vor. Sie können sich Karrierefrau nennen, aber das ist egal, weil alle Frauen irgendwann eine Familie gründen wollen. Das ist nur natürlich. Warum, glauben Sie, ist Miss Hale die ganze Zeit so still und traurig? Es geht ihr nicht ums Geld, sie ist einsam.«

»Und Sie glauben, Mr Chapel will weder Frau noch Familie?«, fragte Iris.

Daisy schüttelte den Kopf. »Wenn er sich hätte einfangen lassen wollen, wäre das schon längst passiert. Er glaubt vielleicht, dass er Sie heiraten möchte, aber es ist wohl eher die Angst, Sie zu verlieren. Auch er ist einsam. Aber das ist kein Grund, jemanden zu heiraten.«

Es war schon nach Mitternacht, als Iris und Daisy Bonner endlich fertig waren. Dennoch kochte Daisy ihnen noch eine Tasse Kamillentee, damit sie besser einschlafen könnten. Im Haus war es mucksmäuschenstill. Kaum hatten Daisy und Lonnie die Küche durch die Hintertür verlassen, setzten sich zwei Männer vom Geheimdienst an den Tisch. Einer zog ein Kartenspiel aus der Hosentasche. Iris schlich so leise wie möglich durchs dunkle Wohnzimmer, doch die Dielen knarrten unter ihren Füßen. Obwohl es fast zwei Uhr nachts war, sah sie noch Licht unter der Tür zu dem Zimmer, das sie sich mit Monty teilte. Iris hatte gehofft, erst am Morgen wieder mit Monty reden zu müssen. Sie wappnete sich gegen seinen Ärger und trat ein, doch sie hörte lediglich sein sonores Schnarchen.

Er trug immer noch die Kleidung vom Abend, nur das Hemd war bis zum Bauch aufgeknöpft. Iris zog sich die Schuhe aus und trat ans Bett. Auf dem Nachttisch stand ein Glas Bourbon, und im

Aschenbecher brannte noch eine Zigarette. Iris drückte sie aus, dann zog sie Monty die Schuhe von den Füßen, stellte sie unters Bett und löste vorsichtig seine Krawatte. Im Schein der Lampe betrachtete sie sein Gesicht und strich ihm zärtlich die Haare aus der Stirn. Dann öffnete sie behutsam die restlichen Knöpfe seines Hemdes und inspizierte seine Narbe. Sie war grob und nicht zu übersehen, aber das wusste sie ja schon. Meinte er es vielleicht wirklich ernst? Oder lag es nur an Sam Jacobson, dass er ihr heute einen Antrag gemacht hatte? Es fiel ihr schwer, sich Monty als einsamen Menschen vorzustellen. Nachdenklich setzte sie sich aufs Bett und streichelte ihm die Wange. Wäre es so falsch, seinen Antrag anzunehmen?

In Gedanken versunken saß sie im trüben Licht, als Monty sich plötzlich auf die Seite rollte. Dabei fiel ihm etwas aus der Hand. Sie beugte sich vor und hob das Stück Papier vom Boden auf. Es handelte sich um das Foto eines jungen Mannes in Militäruniform. Sie betrachtete es genauer.

Das war ganz sicher nicht Monty. Der junge Mann war zwar hübsch, aber seine Gesichtszüge waren feiner und das Haar, das unter seiner Mütze hervorquoll, war heller. In Gedanken ging Iris die Möglichkeiten durch. Ein Bruder konnte es nicht sein, denn Monty war Einzelkind. Sein Vater war es auch nicht, dafür war das Bild noch nicht alt genug. Montys Vater müsste schon über siebzig oder sogar über achtzig sein. Dieser junge Mann hier hatte im ersten Weltkrieg gedient.

Ein Freund, dachte Iris. Ein enger Freund, der gefallen war. Sie erinnerte sich, wie Monty auf Louis Howes Tod reagiert hatte. Ein »alter Veteran« hatte Monty ihn genannt. Schließlich legte sie das Foto zurück auf den Nachttisch, schaltete das Licht aus und kroch ins Bett.

Iris erwachte erst, als Monty die Vorhänge zurückzog.

»Guten Morgen, du Schlafmütze«, begrüßte er sie fröhlich. »Es ist schon fast Mittag.«

Sie rollte sich auf den Rücken und blinzelte ins Licht. Monty stand frisch geduscht, rasiert und im grauen Dreireiher vorm Bett. In Anbetracht der Ereignisse des vergangenen Abends fand sie seine Munterkeit verstörend. Sie räusperte sich. »Wie geht es dir? Du hast gestern Abend ganz schön viel getrunken.« Ihre Stimme klang rau.

»Frisch wie der junge Morgen«, erwiderte er. »Wo warst du nach dem Abendessen? Hast du mit Dorothy Hale einen gehoben? Du hast dich ja noch nicht mal ausgezogen.«

Sie richtete sich auf. »Ich bin spazieren gegangen.« Ein Blick zum Nachttisch zeigte ihr, dass das Foto verschwunden war. »Ich wollte über deinen Antrag nachdenken.« Von ihrer nächtlichen Unterhaltung mit Daisy Bonner in der Küche mochte sie Monty nicht erzählen, weil sie sonst nur lästige Fragen beantworten müsste.

»Tja, jetzt kannst du dir mit deiner Entscheidung Zeit lassen«, bemerkte er. »Der Boss hat mich sofort nach Washington zurückbeordert. Er ist mit dem Plan einverstanden, und ich soll die Zahlen noch mal durchgehen. Am Vierzehnten soll alles so weit fertig sein, dass er es dem Kongress vorlegen kann.«

»Ach, aber ich dachte, wir könnten noch mal darüber reden …«

»Ich nehme den Zug um halb eins.«

Iris rutschte an die Bettkante. »Dann fahre ich mit dir zurück. Auf dem Weg können wir miteinander sprechen.«

»Sei nicht albern«, sagte er leichthin, während er seinen Hut zurechtrückte. »Du fährst wie geplant nächste Woche zurück. Genieße die freien Tage. Ich werde sowieso das ganze Wochenende über arbeiten müssen.«

»Aber ich möchte nicht ohne dich hier sein«, sagte sie. »Tut mir leid wegen gestern Abend.«

»Wieso denn, Kleines? Wenn du mehr Zeit brauchst, verstehe ich das. Wir besprechen alles am Mittwoch, wenn du wieder da bist. Ich hole dich am Bahnhof ab, dann können wir zusammen essen gehen.«

Iris passte es ganz und gar nicht, dass er ging, obwohl so viele Dinge zwischen ihnen ungesagt waren. Sie wollte ihn nach dem Foto fragen. Aber offenbar würde das bis nächste Woche warten müssen.

Monty nahm seine Tasche. Er hatte schon gepackt. »Wir sehen uns in Washington.« Als er sich zu ihr hinabbeugte, um sie zu küssen, sprang sie auf und fiel ihm in die Arme.

»Ich liebe dich, Monty, wirklich!« Das entsprach der Wahrheit. Es war wichtig, dass er ihr glaubte. Seine lockere Art war bestimmt nur Fassade. Trotz ihrer Gefühle für Sam wollte sie Monty nicht verlieren.

»Ich weiß.« Er schaute sie eine Weile ernst an, bevor er schließlich das Zimmer verließ.

»Auf Wiedersehen«, murmelte sie, als die Tür ins Schloss fiel.

Sie ließ sich aufs Bett fallen und zündete sich eine Zigarette an. Obwohl sie nur ein halbes Glas Bowle getrunken hatte, fühlte sie sich, als hätte sie wild gefeiert. Ihr Hirn war wie vernebelt, und sie spürte einsetzende Kopfschmerzen. Es war völlig widersinnig, bei dieser Angelegenheit an Sam zu denken. Er hatte sich seit seiner Rückkehr nach Washington kein einziges Mal bei ihr gemeldet. Es war vorbei. Sie musste ihn vergessen. Außerdem war ihre Beziehung zu Monty in den fünf Jahren immer enger geworden. Und er hatte ihr einen Heiratsantrag gemacht! Da war es doch völlig egal, ob aus Eifersucht oder Einsamkeit, wie Daisy meinte. Das musste doch nicht heißen, dass sie nicht glücklich miteinander wären. Das

Fundament für ein glückliches Leben hatten sie doch schon gelegt. Iris konnte einfach nicht begreifen, warum sie es selbst zerstörte.

Fest entschlossen, den Schaden nach ihrer Rückkehr nach Washington wiedergutzumachen, schlüpfte sie in den Badeanzug und machte sich auf den Weg zum Schwimmbad.

Kapitel 40

WASHINGTON, D.C.

März 1938

Der Zug fuhr am späten Mittwochnachmittag in Washington ein. Iris hatte sich den Empfang am Gleis bereits lebhaft in allen Farben ausgemalt. Sie würde Monty zwischen den Kofferträgern und Passagieren stehen sehen, seinen Hut in den Händen haltend, und er würde milde lächeln. Iris würde auf ihn zueilen, sich in seine Arme werfen, ihn küssen und ihm sagen, dass sie ihn heiraten werde.

»Es tut mir leid, dass ich so dumm war«, würde sie ihm sagen. »Du bist der Einzige für mich.«

Sie würden sich noch einmal küssen, dann würde er etwas sagen wie: »Ich liebe dich, Kleines. Du machst mich zum glücklichsten Mann der Welt.«

Von der Leidenschaft des Augenblicks erfasst, würde er sie herumwirbeln. Vielleicht würde er sie sogar nach hinten beugen und sie küssen, wie es die Stars in Hollywood taten.

Nachdem er ihr Gepäck geholt und dem Träger ein Trinkgeld gegeben hätte, würden sie in ein Taxi steigen und vielleicht im »Montmartre« essen gehen, denn dort hatten sie vor vielen Jahren zum ersten Mal miteinander zu Abend gegessen. Dann würden sie ins Mayflower-Hotel oder in ihre Wohnung fahren. Vielleicht würde das Abendessen sogar ausfallen. Egal. Iris wollte einfach, dass ihr persönlicher Hollywood-Film endlich anfing. Ihr Leben sollte weitergehen. Nichts machte sie unglücklicher als Stillstand.

Als der Zug hielt, sah sie ungeduldig aus dem Fenster, weil sie hoffte, ihn schon von Weitem zu erkennen. Doch vergebens. So packte sie zunächst ihre Sachen zusammen und stellte sich dann in die Schlange vor der Waggontür. Immer wieder spähte sie aus dem Fenster, während sie sich langsam in Richtung Ausstieg bewegte. Als sie schließlich aus dem Zug auf den Bahnsteig trat, blickte sie nach rechts und links, konnte Monty aber nirgends sehen. Wollte er ihr eine Lektion erteilen? Nein, das war nicht seine Art.

Während sie sich ein neues Szenario ausdachte, überlegte sie, in Montys Büro im Weißen Haus anzurufen, entschied sich aber dann doch dagegen. Wozu noch mehr Zeit verschwenden? Wahrscheinlich hatte er schlicht zu viel zu tun und ihre Verabredung am Bahnhof vergessen. Der Präsident war am Vortag nach Washington zurückgekehrt. Monty hatte die Vorlage bestimmt gleich mit ihm besprechen wollen. Sie würde ihn einfach direkt im Büro überraschen.

»Schön, dass Sie wieder da sind, Iris«, grüßte Bert, der sie durchs Tor winkte.

»Finde ich auch«, erwiderte sie fröhlich.

»Wie war's in Georgia?«

»Wunderbar«, antwortete sie. »Haben Sie Mr Chapel gesehen?«

»Nee, der ist um Mittag gegangen. Moment.« Bert studierte die Anwesenheitsliste. »Um zehn Minuten nach zwölf.«

Diese Auskunft ließ Iris erstarren. »Wirklich? Sind Sie sicher?«

Der Mann sah ein zweites Mal nach und nickte. »Doch, doch. Zehn nach zwölf steht hier. Die Liste ist immer korrekt.« Iris sah auf die Uhr. Schon fast sechs.

»Ja, natürlich. Danke, Bert.«

So schnell sie konnte, hastete sie zum Westflügel. Jetzt waren ihre Pläne für das Wiedersehen völlig durcheinander. Sie war nervös, denn Montys Verhalten, die Tatsache, dass er sie nicht am Bahnhof abgeholt und schon um zwölf sein Büro verlassen hatte, war völlig untypisch. Normalerweise war er sehr rücksichtsvoll, vor allem, wenn es um sie ging.

Hinter der Milchglasscheibe seiner unverschlossenen Bürotür war alles dunkel. Sie betrat das Zimmer. Mit zunehmend mulmigem Gefühl betrachtete sie seinen völlig leer geräumten Schreibtisch. Hastig schlug sie die Tür zu und eilte über die verwinkelten Flure des Westflügels zum Oval Office.

Iris klopfte an Missys Tür, dann trat sie ein. Die Privatsekretärin des Präsidenten saß an ihrem Schreibtisch.

»Iris, seit wann sind Sie zurück? Sollten Sie nicht erst um neun ankommen?«, fragte Missy. Angespannt blätterte sie in ihrem großen ledergebundenen Terminkalender.

Kopfschüttelnd sagte Iris: »Nein, ich hatte den Frühzug gebucht.«

»Ach, da muss ich was falsch verstanden haben.« Missy räusperte sich. Sie hatte hektische Flecken im blassen Gesicht.

Iris war klar, dass hier etwas nicht stimmte. Missy ließ sich nicht so leicht erschüttern.

»Wo ist Monty?«, fragte Iris. »Er war nicht am Bahnhof, und in seinem Büro ist er auch nicht. Alles ist leer geräumt.«

Missy räusperte sich erneut. »Es gab ein wenig Ärger«, erklärte sie mit mitfühlendem Blick. »Wahrscheinlich ist es besser, wenn Monty es Ihnen selbst sagt.« Mit einem kurzen Blick auf die Uhr fügte sie hinzu: »Es ist noch nicht zu spät.«

»Zu spät wofür?«, fragte Iris mit zittriger Stimme.

Da öffnete sich die Tür zum Oval Office. »Kommen Sie doch herein, Miss McIntosh«, lud Roosevelt sie ein.

Kaum hatte Iris sich auf dem Sofa im Oval Office niedergelassen, fragte der Präsident: »Möchten Sie was trinken?«

Sie rutschte an die Kante. »Nein, danke«, sagte sie. »Ich möchte nur wissen, was hier los ist. Haben Sie Monty gefeuert? War seine Vorlage schlecht?«

»Die Vorlage war exzellent. Ich werde sie nächste Woche dem Parlament präsentieren. Das war eine der besten Strategien, die er je entwickelt hat.«

»Wo ist er?«

Der Präsident antwortete nicht sofort, sondern sah Iris ernst an. »Monty hat beschlossen, eine Auszeit zu nehmen.«

Iris starrte ihn ungläubig an. »Aber das hat er mir gar nicht erzählt! Eine Auszeit?«

»Es ist alles sehr schnell gegangen, meine Liebe. Die Sache wurde erst heute Morgen offiziell genehmigt.« Roosevelt sprach mit behutsamer Stimme. Er trat ein wenig näher und ergriff Iris' Hand. Hatte sie etwa Schuld daran?

»Er hat mir einen Antrag gemacht«, sprudelte es aus ihr hervor. »Monty hat mir einen Antrag gemacht, den ich nicht sofort angenommen habe. Heute wollte ich ihm mein Jawort geben. Dass er gekränkt ist, wusste ich, aber …«

»Das hier hat nichts mit Ihnen zu tun«, versicherte Roosevelt, dann fuhr er mit gedämpfter Stimme fort: »Er hat sich in eine peinliche Lage gebracht.«

»Peinliche Lage?«

»Im Zug, auf dem Rückweg von Warm Springs …« Der Präsident hielt inne und sah Iris eindringlich an, als wollte er ihr mit Blicken bedeuten, was er nicht aussprechen mochte.

»Es tut mir leid, aber ich weiß nicht, worauf Sie hinauswollen. Reden Sie mit mir!«, bat Iris.

Zögernd sagte Roosevelt schließlich: »Monty hat einem Kofferträger einen unsittlichen Antrag gemacht.«

Iris fehlten die Worte. Der Kloß in ihrem Hals wanderte hinunter in die Brust. Wie taub saß sie dem Präsidenten gegenüber auf dem Sofa im Oval Office und versuchte, sich darüber klar zu werden, was genau Monty falsch gemacht haben könnte. Sie hatte ja noch nicht mal gewusst, dass es am Bahnhof auch weibliche Kofferträger gab.

Der Präsident wartete auf eine Reaktion.

»Selbstverständlich bin ich schockiert, entsetzt sogar«, stammelte sie. »Aber warum muss er deswegen eine Auszeit nehmen? Das ist doch sicherlich eine Privatangelegenheit zwischen Monty und mir.«

»Er hat gedroht, damit zur Presse zu gehen«, erklärte Roosevelt unverblümt.

Iris sah ihn verwirrt an. »Monty?«

»Nein, der Kofferträger. Mr Francis Slattery.«

Plötzlich klopfte Iris das Herz bis zum Hals. Fassungslos sah sie den Präsidenten an.

»Sie sind ja ganz blass, McIntosh. Ich hole Ihnen jetzt doch was zu trinken.«

Hastig schenkte der Präsident ihr ein Glas Bourbon ein und drückte es ihr in die Hand. »Sie wussten nicht, dass es um einen Mann geht, oder?«, fragte er leise.

Kopfschüttelnd stierte sie in ihr Glas. Dann trank sie es in einem Zug leer. Auf einmal schämte sie sich nur noch.

»Dieser Slattery will Geld. Ich habe Monty geraten, ihm nichts zu geben. Wenn er das tut, verhilft er dem Kerl nur zu einer noch größeren Story.«

»Und jetzt?«

»Wir schicken Monty im Gefolge des Botschafters nach Tokio. Mit Slattery werden wir schon irgendwie fertig, aber Monty muss für eine Weile verschwinden. Er ist ein bekanntes Gesicht in dieser Regierung.«

Iris verstand sofort. Es gab keine andere Lösung. Er hatte die Regierung im Stich gelassen und sie fast in einen Skandal verwickelt.

»Wann wird er Washington verlassen?«

»Sein Flug geht heute Abend.«

»Ich war nicht sicher, ob du kommen würdest«, sagte Monty an der Tür.

Sie betrat seine Suite. »Fast hätte ich es auch nicht getan.« Vier gepackte Koffer standen mitten im Zimmer. »Also hattest du doch recht.«

Monty sah Iris entgeistert an.

»Ich bin tatsächlich prüde.«

Mit einem matten Lachen machte er sich daran, ihr einen Drink einzuschenken. Iris setzte sich auf ebenjenes Sofa, auf dem sie bestimmt schon hundertmal gesessen hatte. Als sie über den Stoff strich, überkam sie plötzlich eine große Traurigkeit.

»Ich hatte alles perfekt geplant«, sagte sie und rang um Fassung. »Ein wildromantisches Wiedersehen am Bahnhof, wo ich deinen Antrag annehmen würde, gefolgt von einer leidenschaftlichen Nacht.«

»Offenbar habe ich meine Hemmungen ein bisschen zu früh abgelegt«, sagte er reuevoll. In Gedanken versunken hob er sein Glas und trank. »Es tut mir so leid, Kleines.«

Iris nickte.

»Du wolltest mir dein Jawort geben?«

»Richtig«, murmelte sie. »Ich war so aufgeregt.«

Monty stellte seinen Scotch ab und ergriff ihre Hand. »Das kannst du doch immer noch tun.« Seine Stimme klang fast flehend. »Komm mit mir nach Japan. Ironischerweise wird dieser Schlenker meiner Karriere in meinem Lebenslauf besonders gut aussehen, und außerdem ist es ja nicht für lange. Was sagst du dazu?«

Sie schüttelte den Kopf. »Ich kann nicht. Alles hat sich geändert. Dieses …« Sie suchte nach dem richtigen Ausdruck. »… Techtelmechtel finde ich schwer zu verdauen.«

Iris war klar, dass sie ihn mit dieser Bemerkung gekränkt hatte. Aber es entsprach der Wahrheit. Sie würde Monty nie wieder so sehen wie vorher. Der Bann, unter dem sie gestanden hatte, seit sie Monty vor Jahren in Tommys Büro zum ersten Mal begegnet war, war endlich gebrochen.

»Hat es auch andere Männer gegeben?«, fragte sie. Obwohl sie die Antwort fürchtete, wollte sie endlich Klarheit haben.

»Gelegentlich«, antwortete er.

»Auch, als wir schon zusammen waren?«

»Gelegentlich«, wiederholte er.

Mit einem tiefen Seufzer umklammerte sie ihr Glas. Während sie gierig trank, fragte sie sich, wie sie so blind hatte sein können, aber dennoch weigerte sich ihr Verstand, die Wahrheit zu akzeptieren.

»Hast du dich mit dem Kofferträger eingelassen, weil ich am Freitag gezögert habe?« Sie brachte es nicht über sich, den Mann beim Namen zu nennen.

»Ja«, sagte Monty, »und nein. Ich war sauer – eifersüchtig wahrscheinlich. Möglicherweise habe ich wegen deines Zögerns schlechte Laune gehabt. Aber als ich diesen jungen Mann in seiner Uniform im Zug gesehen habe …« Er hielt einen Moment inne. »Er hat mich an jemanden erinnert.«

»An den Jungen auf dem Foto?«, fragte Iris, obwohl sie die Antwort schon kannte.

Monty nickte. »Woher …?«

»Deine letzte Nacht in Warm Springs. Du bist mit dem Bild in der Hand eingeschlafen. Ich habe mich gefragt, wer das wohl sein könnte.« Sie sah ihn ernst an. »Hast du ihn sehr geliebt?«

»Ja, über alles.«

»Was ist passiert?«

»Eine Bombe hat ihn vor meinen Augen in tausend Stücke gerissen«, erwiderte Monty regungslos. »Ich konnte ihn nicht retten.«

»Stammt deine Verletzung daher?«, fragte sie behutsam.

Er nickte. »Ja, es ist am selben Tag passiert.«

»Es tut mir so leid.« Iris sprach voller Mitgefühl, denn sie wollte, dass es Monty gut ging. »Ich wünschte, du hättest das nicht durchmachen müssen.«

In den letzten Stunden hatte sich ihr Leben dramatisch verändert. So viele Fragen quälten sie, sie suchte verzweifelt nach Erklärungen für Dinge, für die es vermutlich keine gab. Als sie ihre Gläser geleert hatten, saßen sie Händchen haltend und schweigend auf dem Sofa. Iris hielt den Blick starr auf Montys Gepäck gerichtet und versuchte sich vorzustellen, wie ihr Leben ohne ihn aussehen würde. Sie war wütend auf ihn, es machte sie zornig, dass er ihre Pläne durchkreuzt und seine Karriere in Washington zerstört hatte, aber sie wusste auch, dass sie ihn schrecklich vermissen würde. Schon jetzt spürte sie die Lücke, die er in ihrem Leben hinterlassen würde.

»Du bedeutest mir alles«, sagte sie schließlich. »Ich weiß nicht, wie ich ohne dich zurechtkommen soll.«

»Danke für das Kompliment, Kleines. Aber du hast dich immer schon gut allein durchgeschlagen. Du hast zwar Selbstzweifel, aber das ändert nichts daran. Nach Washington zu kommen, einfach im Weißen Haus aufzutauchen … Du bist eine eindrucksvolle Frau, Iris McIntosh. Und du bist das Beste, was mir in meinem Leben passiert ist.«

Seine Worte machten es nur noch schlimmer. Noch nie hatte jemand sie so genannt.

»Es macht mich kreuzunglücklich, dass ich alles versaut habe.« Er blickte unverwandt auf ihre ineinander verschränkten Finger. »Aber ich kann einfach nicht über meinen Schatten springen.«

»Dir mangelt es an Beherrschung.« Iris erinnerte sich an die Unterhaltung mit Mrs Roosevelt beim Weihnachtsessen vor einigen Jahren.

»Genau so ist es.«

»Ich wünschte, wir hätten mehr Zeit.«

»Dann fiele uns der Abschied nur noch schwerer.« Er breitete die Arme aus und Iris rutschte näher an ihn heran. Sie kuschelte sich eng an seine Brust und ließ ihrem Kummer freien Lauf.

Monty streichelte ihr sanft den Rücken. »Na, na«, flüsterte er. »Wenn es irgendwas gibt, was ich für dich tun kann, sag mir Bescheid. Dein Wunsch ist mir Befehl.«

»Kannst du mein Schutzengel sein?«

»Ich bin alles, was du willst«, erwiderte er aufrichtig.

Sie lächelten und umarmten sich noch einmal innig.

»Bist du noch mein Mädchen?«, flüsterte Monty ihr besorgt ins Ohr.

»Auf immer und ewig.« Sie sprach die Wahrheit, und dennoch war ihr klar, dass sie ohne Monty ein völlig anderes Mädchen sein würde.

Kapitel 41

WASHINGTON, D.C.

April 1938

Am 14. April 1938 stellte der Präsident im Kongress einen Antrag zur besonderen Bewilligung von Mitteln in Höhe von drei Komma vier Milliarden Dollar, um die erlahmte Wirtschaft wieder anzukurbeln – eine Wirtschaft, die er selbst zum Erlahmen gebracht hatte, wie Monty zwei Wochen zuvor in Warm Springs erklärt hatte.

»Den Kongress dazu zu bringen, das Staatssäckel zu öffnen, ist für den Präsidenten nur der erste Schritt, wenn er seinen Ruf wiederherstellen will«, hatte Monty Iris erklärt. »Seit dem Debakel vor dem Verfassungsgericht hat die Regierung kleine Brötchen backen müssen.«

Der Kongress entsprach dem Antrag des Präsidenten. Während der Kinderstunde an diesem Abend herrschte ausgelassene Stimmung. Roosevelt war in Feierlaune, Harry Hopkins und Tom Corcoran triumphierten. Monty wurde mit keiner Silbe erwähnt. Die Gesellschaft plauderte angeregt über die bevorstehende Hochzeit des jüngsten Präsidentensohnes in Nahant, Massachusetts. Iris war eingeladen, und man erwartete ihre Teilnahme. Allein der Gedanke daran ermattete sie. Nach einem Drink entschuldigte sie sich wegen Kopfschmerzen und ging. Es lag einzig und allein an ihrer Einsamkeit, dass sie sich so schlecht fühlte. Die Lücke, die sich am Abend vor Montys Abflug nach Tokio aufgetan hatte, klaffte immer weiter auseinander.

Iris verließ das Weiße Haus durchs Eingangstor und machte sich auf den Weg zum Lafayette Square. Dort setzte sie sich auf eine Metallbank, um nicht in ihre leere Wohnung zurückkehren zu müssen. Die Sonne war schon ein paar Stunden zuvor untergegangen, aber immer noch strömten die Menschen in Scharen über den Platz. Iris zündete sich eine Zigarette an und dachte traurig an Monty. Er war so wichtig für den *New Deal* gewesen, doch nur zwei Wochen nach seiner Abreise war sein Name bereits vergessen. Iris brauchte Zeit, um zu trauern, und es machte sie wütend, dass niemand, nicht ein einziger seiner engen Kollegen, ähnlich empfand. Es war wie damals, als außer ihr niemand um ihren Vater getrauert hatte.

Iris hatte durch eine Nachbarin vom Tod ihres Vaters erfahren, und sie hatte es zuerst nicht glauben wollen. Ihr Vater war so jung gewesen, noch nicht einmal vierzig.

»Wo?«, hatte Iris Mrs Woods gefragt.

Mrs Woods sonst so gütiges Gesicht war sehr ernst geworden. »Er ist auf der Straße zusammengebrochen. Es war sein Asthma.«

»Wo er jetzt ist, wollte ich wissen.«

»In St. Agnes«, sagte Mrs Woods. »Ein paar Männer haben ihn dorthin gebracht. Es war zu spät. Er ist auf dem Weg dorthin gestorben.«

Obwohl sie erst dreizehn Jahre alt war, wusste Iris aus leidvoller Erfahrung, dass der Alkohol bei ihrem Vater Asthmaanfälle auslöste, und seit dem Tod seiner Frau vor sechs Monaten hatte er mehr und mehr getrunken. Immer häufiger war er nicht nach Hause gekommen. Iris hatte sich daran gewöhnt, für sich selbst zu sorgen und zu verschwinden, wenn der Hauswirt wegen der Miete kam. Gelegentlich tauchte ihr Vater mit ein bisschen Geld zu Hause auf, manchmal sogar mit etwas mehr, und gab Iris genug für Essen und Miete. Iris wollte ihren Vater ein letztes Mal sehen, um sich von ihm zu verabschieden, aber Mrs Woods erlaubte es nicht.

»Du wirst jetzt bei uns wohnen«, sagte Mrs Woods zu ihr. »Nur, bis die Dinge geregelt sind.« Sie drückte Iris an ihren mütterlichen Busen, dann zeigte sie ihr das Gästezimmer und schlug vor, sie solle sich ein wenig ausruhen.

Während Iris auf dem Eisenbett lag, das die nächsten fünf Jahre ihres sein sollte, hörte sie Mr Woods, der von seiner Arbeit als Mechaniker bei J. G. Brill Co. heimkehrte, wo er Straßenbahnen reparierte.

Iris legte sich auf die Seite und umschloss ihre Knie. Ihr Magen war leer, und der diffuse Hungerschmerz war schlimmer als alles, was sie je gespürt hatte. Da klopfte Mrs Woods vorsichtig an die Tür.

»Iris, Liebes, kann ich dir irgendwas bringen? Möchtest du was essen?«, fragte sie.

»Nein, danke«, lehnte Iris höflich ab. »Ich habe keinen Appetit.«

Mrs Woods ging wieder in die Küche zu ihrem Mann, wo die beiden sich flüsternd unterhielten, während Mrs Woods das Abendessen zubereitete. »Morgen werde ich ihre Großeltern anrufen«, hörte Iris sie leise sagen. »Abigail hat mir aufgetragen, ich solle sie verständigen, wenn irgendwas passiert.«

Iris hatte nicht geahnt, dass ihre Großeltern noch lebten. Sie wusste, dass die Eltern ihres Vaters gestorben waren; er hatte oft und mit zärtlichen Worten über sie gesprochen. Ihre Mutter hatte behauptet, ihre Eltern seien nicht mehr am Leben, allerdings kaum über sie geredet. Den Gedanken, noch lebende Verwandte zu haben, empfand Iris als sehr tröstlich.

»Das Mädchen ist ohne ihn besser dran«, bemerkte Mr Woods. »Betrunken und faul, schlimmer geht's nicht.«

»Das mag ja sein«, räumte seine Frau ein, »aber seine Tochter hat ihn sehr geliebt. Kinder können die Schwächen ihrer Eltern nicht erkennen.«

Mrs Woods redete nie wieder über den Anruf bei den Großeltern oder das, was dabei besprochen worden war. Iris lebte bis zu ihrem achtzehnten Lebensjahr bei dem kinderlosen Paar.

Als Iris sich von der Bank auf dem Lafayette Square erhob, war ihr vor Sehnsucht nach Monty ganz schlecht. Warum hatte er das nur getan? Warum hatte er sich nicht beherrschen können? Dann dachte Iris an den Kofferträger, Mr Francis Slattery. In den Zeitungen war der Skandal nicht vorgekommen, und sie fragte sich, wie man das Problem letztendlich gelöst haben mochte.

Kapitel 42

NAHANT, MASSACHUSETTS

Juni 1938

Die Hochzeit zwischen John Aspinwall Roosevelt und Anne Lindsay Clark aus Boston fand am 18. Juni 1938 statt. In der historischen Kirche von Nahant hatten sich bestimmt dreihundert Gäste eingefunden, schätzte Iris. Aber Annes Familie könne es sich leisten, erklärte Tom Corcoran ihr während der Zeremonie. Nach dem Essen trat Iris zum Rauchen auf den Balkon des Tennisclubs. Sie trug ein Abendkleid von Elizabeth Hawes, das Monty ihr unbedingt hatte kaufen wollen, nachdem sie es in einer Modezeitschrift bewundert hatte. Es war ziemlich aufsehenerregend, und sie erinnerte sich daran, dass er ihr wegen der tiefroten, im Diagonalschnitt gefertigten Seidenrobe Komplimente gemacht hatte.

Iris' Blick wanderte von den spärlich beleuchteten Tennisfeldern zu ihrer Linken hinüber zum ausgelassenen Treiben auf der Tanzfläche zu ihrer Rechten. An den Türrahmen gelehnt verlor sie sich in Gedanken an Monty. Sie waren übereingekommen, sich während seines Aufenthalts in Japan nicht zu schreiben, und Iris stellte sich vor, wie anders der Abend verlaufen wäre, wenn er sich beherrscht hätte.

Sie hatte den ganzen Nachmittag über weder mit dem Präsidenten noch mit Mrs Roosevelt gesprochen. Das letzte Mal hatte sie die beiden bei ihrer Ankunft an der Anlegestelle in Salem am vergangenen Tag gesehen. Iris war mit Tom und Judy nach Nahant gefahren. Sie waren eine Stunde vor dem Eintreffen der Jacht des

Präsidenten in Salem angekommen. Überall in der Stadt wimmelte es von Gratulanten und Presseleuten, die hofften, einen Blick auf den Präsidenten und seine motorisierte Eskorte zu erhaschen, mit der er die zehn Kilometer bis zum Ferienort Nahant nördlich von Salem fahren würde.

»Wahnsinn!«, rief Tom verblüfft, als er die Menschenmassen sah. »Wer hat behauptet, der Präsident habe nichts mehr zu melden?«

»Und sehen Sie sich nur die vielen Journalisten an«, fügte Iris hinzu.

Alle paar Meter standen Pressefotografen auf Leitern und Kisten, sogar auf Bäume waren sie geklettert.

»Was schätzt du, wie viele Menschen sind wohl hier?«, fragte Judy.

»Wenn auf dem ganzen Weg nach Nahant so viele Leute herumstehen, dann müssen es mindestens fünfzigtausend sein«, vermutete Tom.

Das sechsköpfige Hochzeitsorchester unterbrach seinen Vortrag, und der Sänger bat alle unverheirateten Frauen auf die Tanzfläche. Hastig trat Iris in den Schatten, rauchte ihre Zigarette zu Ende und suchte in der Tasche nach Nachschub. Das Orchester spielte wieder auf.

Der Präsident gesellte sich zu ihr. »Sie erregen ziemliches Aufsehen, wie Sie da so stehen, ganz mysteriös in Schatten gehüllt. Hinreißend sehen Sie aus. Wie geht es Ihnen denn?«

»Gut, Sir«, antwortete sie. »Die Zeremonie war sehr schön. John und Anne scheinen sehr glücklich miteinander zu sein.«

Der Präsident nickte, dann sagte er ernst: »Hoffentlich bleibt es so, aber man weiß nie. Wir müssen uns an den Lauf der Dinge anpassen.«

Iris dachte über seine Worte nach. Er sprach wohl aus Erfahrung, vermutete sie beim Gedanken an Missy und Hick.

»Ich würde Sie gern auffordern, McIntosh«, sagte er. »Sie haben noch kein einziges Mal getanzt, ich habe Sie den ganzen Abend über beobachtet.«

Sie lächelte schuldbewusst, holte sich einen Stuhl und setzte sich neben den Präsidenten.

»Wissen Sie«, fuhr er fort, »ich glaube, ich habe mich auf der Tanzfläche in Eleanor verliebt. Es war auf einer Weihnachtsfeier im Haus ihrer Tante Corinne, und keiner hat sie aufgefordert. Sie war erst vierzehn, aber schon sehr groß und eine sehr ernste junge Dame. Die jungen Burschen hatten ziemlich Angst vor ihr.« Er lächelte wehmütig. »Aber sie war hinreißend. Ich hatte als Einziger den Mut und das Selbstbewusstsein, sie anzusprechen. Dabei war sie sanft wie ein Engel.«

»Was für eine schöne Erinnerung«, bemerkte Iris. Sie hatte die Roosevelts noch nie als Liebespaar betrachtet. Die beiden lebten ihr Leben, jeder für sich.

»Ich bekomme immer noch Herzklopfen, wenn sie zu einer Rede ansetzt«, sagte er. »Sie wissen doch, wie sie dann immer so kleine Fältchen um die Augen bekommt und ihr Mund sich leicht öffnet.«

Iris lächelte, denn sie wusste genau, welchen Gesichtsausdruck er damit meinte. »Wo haben Sie geheiratet?«

»In New York, im Haus von Eleanors Cousine Susie«, sagte er. »Das war eine ziemlich feierliche Angelegenheit. Ihr Onkel Teddy hat sie an den Altar geführt und dabei allen die Show gestohlen, wie es sich für den Präsidenten auf einer Hochzeit gehört.«

Iris grinste. »Das habe ich heute Nachmittag gemerkt«, bemerkte sie. In diesem Augenblick spielte das Orchester die Melodie von »*Don't Be That Way*« von Benny Goodman, und der Balkon leerte sich im Handumdrehen.

Der Präsident lachte. »Erzählen Sie mir von Ihrer Familie. Wo haben Ihre Eltern geheiratet?«

»Sie sind miteinander durchgebrannt, Herr Präsident«, erzählte Iris. »Ich weiß nicht genau, wo sie geheiratet haben.«

»Ach was!« Offensichtlich hatte sie seine Neugier geweckt. Er zündete sich eine neue Zigarette an. »Und warum?«

Iris schüttelte den Kopf. »Ich nehme an, die Familie meiner Mutter war mit meinem Vater nicht einverstanden.« Sie drückte ihre Zigarette aus, dann sah sie den Präsidenten an. »Ich kenne die genaue Geschichte nicht. Ich war noch ein Kind, als beide starben.«

»Sie sind bei Ihren Großeltern aufgewachsen, oder?«

Iris zögerte, dann schüttelte sie den Kopf. »Sie wollten mich nicht«, vertraute sie ihm an. »Meine Nachbarn, ein älteres Ehepaar, haben mich bis zu meinem achtzehnten Lebensjahr in Pflege genommen. Sie starben, als ich auf dem College war.«

Der Präsident musterte sie eindringlich, als wäre sie ein Kunstwerk, das ihm zum ersten Mal präsentiert wurde. Dann nahm er ihre Hand und drückte sie herzlich. Die beiden saßen eine ganze Zeit lang wortlos nebeneinander auf dem Balkon und betrachteten den makellos grünen Rasen auf den Tennisplätzen.

Kaum war die Musik verklungen, trat Missy auf den Balkon und flüsterte dem Präsidenten etwas ins Ohr. Er nickte.

»Die Pflicht ruft, McIntosh.« Er hob ihre Hand an seine Lippen und küsste sie sanft.

Nach den Ansprachen tummelten sich die Gäste wieder auf dem Balkon. Iris verließ die Gesellschaft und eilte hinab zu den Tennisplätzen. Von oben drangen Stimmen und Gelächter bis in den Garten, doch sie war sicher, dass keiner ihre Abwesenheit bemerkte. Barfuß umrundete sie die sechs Plätze, immer genau an der Markierung entlang. Sie genoss das Gefühl des kalten, weichen Rasens unter ihren nackten Füßen und empfand die strengen Linien der Markierung als beruhigend.

Als sie um die Ecke bog und ihren Weg auf der Doppellinie fortsetzen wollte, hörte sie eine bekannte Stimme rufen: »Iris, meine Liebe, was machen Sie denn hier so allein?«

Iris blieb stehen und sah sich um. Die First Lady kam auf sie zumarschiert. Ihre blaue Abendrobe leuchtete im Mondlicht. Die Presse hatte diese Farbe »Eleanorblau« getauft. Eleanor selbst nannte sie »Hyazinthe«. Diese Farbe hatte sie bereits getragen, als ihr Mann seine erste Amtszeit antrat.

»Ich wollte nur ein bisschen allein sein«, antwortete Iris.

»Das waren Sie schon den ganzen Abend über«, bemerkte Mrs Roosevelt streng. »So geht's nicht weiter.«

Iris sah sie entgeistert an.

»Sie haben die letzten beiden Monate herumgesessen wie ein Trauerkloß«, fuhr die First Lady fort. »Jetzt reicht es. Hören Sie auf, einem Mann nachzuweinen, der Sie gedemütigt hat.«

Dagegen konnte Iris nichts einwenden. Die Wahrheit traf sie hart und unerwartet.

»Reden Sie mit mir, Iris! Was ist mit Ihnen los?«

»Ich vermisse ihn. Ich vermisse Monty ganz fürchterlich«, gestand Iris. »Nichts ist mehr, wie es war. So blöd es auch klingt, ich komme mir vor, als wäre mein Leben vorbei.«

Das Gesicht der älteren Frau wurde sofort weicher. Sie legte Iris den Arm um die Schulter und führte sie wortlos auf die Zuschauertribüne. Eine Weile saßen die Frauen schweigend nebeneinander, bis Mrs Roosevelt schließlich sagte: »Ich weiß, dass es sich so anfühlt. Aber Ihr Leben ist nicht vorbei, es hat sich nur gewendet«, sagte sie mitfühlend. »Vielleicht sogar zum Besseren.«

»Ich kann mir nicht vorstellen, wie daraus etwas Gutes entstehen sollte«, entgegnete Iris. »Ich fühle mich so leer. Mir ist alles egal.«

»Füllen Sie die Leere mit sinnvollen Aktivitäten, Iris. Sie werden das nicht hören wollen, aber Monty war für Sie nur eine Krücke.«

Iris sah sie erbost an.

»Versuchen Sie, auf eigenen Beinen zu stehen. Es wird Ihnen guttun. Sie brauchen ihn nicht mehr.«

Sie wusste, dass die ältere Frau es nur gut meinte, aber mit ihren Worten streute die First Lady nur Salz in die Wunde.

»Hat Ihnen schon jemand von Lucy Mercer erzählt?«, fragte Mrs Roosevelt sanft.

Iris zögerte mit der Antwort. Schließlich sagte sie: »Monty hat so was erwähnt.«

»Lucy war meine Sekretärin. Die Kinder liebten sie abgöttisch. Auch mir war sie ans Herz gewachsen. Als ich herausfand, dass mein Mann mit ihr eine Affäre hatte, war ich am Boden zerstört. Mir wurde klar, dass ich meinen Ehemann verloren hatte. Ich war allein. Die Leere war unerträglich.«

»Was haben Sie gemacht?«

»Zuerst war ich wütend, dann traurig, und schließlich stürzte ich mich in die Arbeit«, sagte Eleanor nüchtern. »Ich habe mich engagiert, mich verschiedenen Komitees angeschlossen und für Frauen und sozial Benachteiligte eingesetzt. Dabei merkte ich, dass ich mehr kann, als nur die Frau von Franklin Delano Roosevelt zu sein. Mir ging es besser, und wir haben unsere Ehe auf ein neues Fundament gestellt. Wir begegneten uns auf Augenhöhe. Als Franklin dann an Polio erkrankte und lange Zeit außer Gefecht gesetzt war, zwang Louis Howe mich, ins kalte Wasser zu springen und mich politisch zu engagieren. Da entdeckte ich, dass ich schwimmen konnte.«

»Ich glaube nicht, dass ich Ihre Widerstandskraft besitze«, sagte Iris.

»Seien Sie nicht albern. Natürlich haben Sie die«, entgegnete

Mrs Roosevelt scharf. »Sie haben die Weltwirtschaftskrise ganz allein überstanden. Jetzt arbeiten Sie für die Regierung und studieren Jura. Erzählen Sie mir nicht, Sie hätten keine Widerstandskraft.«

In diesem Licht hatte Iris sich noch nie betrachtet. Wahrscheinlich hatte sie sich während der Beziehung zu Monty tatsächlich zeitweise aufgegeben. Und dann war da noch Sam. So viel Energie hatte sie darauf verwendet, sich über ihn Sorgen zu machen. Ihr wurde klar, dass beide Beziehungen sie völlig in Anspruch genommen hatten.

»Die Welt steht an einem Wendepunkt«, fuhr Mrs Roosevelt fort. »Wenn sie sich so entwickelt, wie ich vermute, werden wir alle guten Leute brauchen, die uns zur Verfügung stehen.«

»Ich verstehe«, sagte Iris. »Danke.«

Mrs Roosevelt erhob sich. »Wir sehen uns am Montag im Büro, meine Liebe.« Sie tätschelte Iris die Schulter und machte sich auf den Weg zum Clubhaus.

Iris blieb allein auf der Holzbank zurück und sah zu, wie Eleanor Roosevelt in ihrem blauen Kleid in der Nacht verschwand. Sie dachte über die Worte des Präsidenten und seiner Frau nach und kam schließlich zu dem Schluss, dass auch sie an einem Wendepunkt stand.

Ohne Hoffnung oder Plan wartete Iris einige Tage später auf dem Flur vor dem Oval Office. Sie wollte sich endlich mit Sam aussprechen. Er war bereits seit zwei Monaten aus Spanien zurück, und sie hatten sich noch immer nicht getroffen. Absurd! Washington war zu klein, als dass sie sich nicht irgendwann durch Zufall begegnen würden. Aber sie hielt es auch nicht aus, jeden Tag Angst zu haben, ihm vielleicht bei der Arbeit in die Arme zu laufen. Sie brauchte einen klaren Verstand für ihre Arbeit und ihr Studium.

Die wöchentliche Pressekonferenz des Präsidenten war bald

vorbei. Iris hatte sich bei Missy erkundigt, daher wusste sie, dass Sam Jacobson unter den Teilnehmern war. An die Wand gelehnt wartete sie, bis die Tür sich öffnen und die Journalisten herauskommen würden.

Einige Minuten später kamen ihr die ersten bereits entgegen, sie verstauten die Notizblöcke in Mappen und Taschen. Diejenigen, die sie erkannten, winkten ihr zu oder grüßten sie. Iris stellte sich auf Zehenspitzen und reckte den Hals. Sam kam als einer der Letzten aus dem Büro des Präsidenten. Als er sie sah, machte er einen Schritt zur Seite, um die Nachzügler vorbeizulassen, wobei er den Blick nicht für eine Sekunde von ihr abwandte.

»Hallo Fremder!«, sagte Iris, als sie endlich allein waren. »Wie geht es dir?« Sie streckte ihm die Hand entgegen.

Er schüttelte sie kurz. »Gut. Und dir?« Sein Haar war kurz geschnitten, und er hatte sich frisch rasiert.

Ihr Herz klopfte wie wild, und sie wusste sofort wieder, warum sie sich in ihn verliebt hatte: Es waren seine bedächtigen Bewegungen, die unsicheren Worte, die verlegenen Blicke und die Gewissheit, dass auch sein Herz bei ihrem Anblick höher schlug.

»Alles bestens. Ich wollte dir nur mal Guten Tag sagen. Wir haben uns ja schon seit Monaten nicht mehr gesehen. Du hast es wahrscheinlich eilig, kann ich dich begleiten?«

Er nickte, und sie gingen gemeinsam in Richtung Ausgang.

»Ich will nicht behaupten, dass ich vorhatte, dich anzurufen«, setzte er an, »weil das nicht der Wahrheit entspricht. Ich bin dir aus dem Weg gegangen, Iris.« Mehr sagte er nicht.

»Ja, das habe ich mir schon gedacht.«

»Aber es ist schön, dich zu sehen«, fügte er hastig hinzu.

»Ja, das finde ich auch. Wie kommst du mit dem Buch voran?«

»Es ist fertig, jetzt suche ich einen Verlag dafür. Der spanische Bürgerkrieg stößt bei den meisten Amerikanern nicht auf besonders großes Interesse, aber ich glaube, Scribner's würde es machen wollen.«

»Gratulation«, sagte sie. »Ein guter Verlag. Ernest Hemingway steht dort unter Vertrag, oder?«

Er nickte lächelnd. »Noch ist nichts unterschrieben, aber ich fahre morgen nach New York, um mich noch einmal mit ihnen zu treffen.«

»Das ist ein gutes Zeichen«, meinte Iris.

»Ja, könnte sein.« Er sah sie an. »Ich fand es interessant, deinen Namen auf der Liste der Leute zu finden, die den Präsidenten auf seiner Tour nächsten Monat begleiten.«

Iris blieb unvermittelt stehen und starrte ihn an. »Was?«

»Die Tour, die er im Rahmen seines Wahlkampfs geplant hat. Für die demokratischen Vorwahlen. Um Kandidaten zu unterstützen, die für den *New Deal* stehen. Du fährst mit, zumindest steht es in der Pressemitteilung.« Er drückte sie ihr in die Hand.

Iris las die Veröffentlichung schnell durch. Man hatte sie nicht informiert, aber das war nichts Neues. Der Präsident improvisierte gern. Sie hätte am liebsten das Thema gewechselt, denn sie war aus einem anderen Grund gekommen.

Allerdings wollte sie die Vergangenheit auch nicht neu aufrollen. Nun, da Monty von der Bildfläche verschwunden war, fand sie es wichtig, ihr Leben so unkompliziert wie möglich zu gestalten. Bevor sie sich jedoch verabschieden konnte, sagte Sam: »Das mit Chapel tut mir leid. Das ist bestimmt hart für dich, aber ein guter Karrieresprung für ihn. Stand das schon lange an?«

»Nein, es ist alles ziemlich schnell gegangen.«

»Ach so«, erwiderte er nickend. »Aber ziemlich hart für dich.«

Sie fragte sich, ob er über den Kofferträger Bescheid wusste. Hatte er mit seiner Anspielung vor der Bar in New York eine solche Affäre gemeint?

Sie sahen sich noch eine Weile an, weil sie beide nicht sicher waren, mit welchen Worten sie ihr Treffen beenden sollten. Iris wünschte, er hätte Monty nicht erwähnt.

»Ich glaube, es ist schon zu viel passiert, als dass aus uns noch was werden könnte«, sagte Sam schließlich. »Es war einfach immer der falsche Zeitpunkt.«

»Stimmt«, pflichtete Iris hastig bei. »Wir haben unsere Chance verpasst, Sam. Aber gut zu wissen, dass wir noch Freunde sind.«

»Es war schön, dich mal wiederzusehen.« Sie schüttelten sich die Hände.

»Auf Wiedersehen«, sagte sie.

Iris war froh, dass ihr Treffen mit Sam so gut verlaufen war. An diesem Nachmittag kam sie bei der Arbeit zu dem Entschluss, dass dies die beste Lösung war. Als Liebespaar waren sie in einer Sackgasse gelandet. Jetzt konnten sie den Weg der Freundschaft beschreiten.

Steve Early betrat das Büro und legte ihr die Pressemitteilung auf den Schreibtisch, die sie schon kannte. Sie gab ihm das Papier ungelesen zurück.

»Habe ich schon gesehen«, sagte sie mit hochgezogener Braue. »Nett, auf diese Weise zu erfahren, dass ich ein paar Monate lang durch Amerika reisen werde.«

»Das ist erst in letzter Minute entschieden worden«, erklärte Early. »Sie wissen doch, wie der Boss ist.«

»Außerdem hast du bis September Semesterferien«, bemerkte Tom.

»Aber ich wollte im Sommer so viel wie möglich für das nächste Semester vorbereiten«, protestierte Iris. »Professor Barnes sitzt mir ständig im Nacken.«

Obwohl es ihr meist gelang, fiel es Iris immer noch schwer,

Arbeit und Studium miteinander in Einklang zu bringen. Außerdem hatte Barnes ihr im letzten Herbst wohl oder übel die höchste Punktzahl geben müssen, und sie wollte auf keinen Fall riskieren, dass ihre Leistungen jetzt wieder schlechter wurden. Der Mann sollte ja nicht meinen, dass das alles dem Zufall geschuldet sei.

»Roosevelt bei der Arbeit zuzusehen, aus nächster Nähe mitzuerleben, wie er verhandelt und hart durchgreift, ist besser als zwanzig juristische Texte. So eine Gelegenheit kannst du nicht ausschlagen.«

»Was willst du damit sagen?«, wollte Iris wissen.

»Weil so viele Leute zu Johns Hochzeit gekommen sind, hält sich der Präsident jetzt für besonders beliebt. Er will die Partei von Konservativen und Gegnern des *New Deal* säubern. Alle Zweifler, die sich gegen die Rechtsreform oder die Sparmaßnahmen ausgesprochen haben, sollen weg«, erklärte Tom. »Er hat die Nase voll, ständig vom Kongress ausgebremst zu werden. Was du hier miterleben wirst, Iris, ist eine Säuberungsaktion.«

»Er tut zwar so, als wäre er auf Wahlkampftour, doch in Wirklichkeit handelt es sich um eine Säuberungsaktion, da gibt es keinen Zweifel«, pflichtete Early Tom bei. »Er kann es kaum erwarten, meine Liebe, und es werden die Fetzen fliegen.« Er und Tom lachten verschwörerisch.

Monty hatte Iris einmal erzählt, dass er es ignorieren könne, wenn Kritiker den Präsidenten als zweitklassigen Rechtsanwalt und brachialen Ökonomen bezeichneten, dass es ihn aber wütend mache, wenn man Roosevelt einen schlechten Politiker schimpfte. »Die Kunst der Politik«, hatte Monty gesagt, »beherrscht der Präsident meisterhaft.«

Vielleicht wäre ein Tapetenwechsel gar nicht so schlecht, dachte Iris. Steve und Tom waren unterhaltsam, und es wäre eine Gelegenheit, neue Leute kennenzulernen. Wahrscheinlich würden sie auch einige ausgewählte Journalisten begleiten. Möglicherweise wäre es gut für ihre Freundschaft zu Sam, wenn sie eine Zeit lang nicht in Washington wäre. So könnte sie neu anfangen, ohne ständig an die Vergangenheit erinnert zu werden.

»Welche Journalisten hat der Präsident denn noch eingeladen?«

»Die Üblichen.« Early zog ein Notizbuch aus der Hosentasche und las die Liste laut vor. »Tom Silsby, James Pendergast, Sam Jacobson, Austin Sinclair, Barbara Morton.«

»Hat man sie schon informiert?«

»Noch nicht. Ich werde sie heute Nachmittag anrufen«, antwortete Early. »Am besten erledige ich das sofort.«

Als Early das Büro verließ, entfuhr Iris ein Seufzer. Sie trommelte mit dem Stift auf dem Schreibtisch herum und starrte das Telefon an.

»Was ist los, Iris?«, fragte Tom.

»Hast du schon was Neues über Francis Slattery gehört?«

»Über wen?«

»Montys Kofferträger.«

Langsam schüttelte Tom den Kopf. »Der ist ganz still geworden. Er ist ein ganz junger Bursche. Wahrscheinlich hat er sich lieber nicht mit dem Weißen Haus anlegen wollen.«

»Wahrscheinlich«, stimmte Iris ihm zu.

Kapitel 43

BALTIMORE, MARYLAND

September 1938

Als der Präsident das Palmenzimmer im Hotel Belvedere verließ, erhob sich Steve Early von seinem Platz zur Rechten des Sprecherpults, um mit dem »Aufwischen« zu beginnen, wie er es gern nannte.

Die letzte Pressekonferenz der Reise war ähnlich negativ verlaufen wie auch der Rest der zweimonatigen Tournee. Nur zwei der insgesamt acht Kandidaten, die der Präsident für die Vorwahlen in ihrem Staat unterstützt hatte, waren erfolgreich gewesen. Sowohl die Presse als auch konservative Demokraten und Republikaner hatten Roosevelts Einmischung in den Wahlprozess scharf kritisiert. Charles Dapper, ein Reporter aus Washington, fasste die Konsequenzen des Manipulationsversuchs in der *Washington Post* wie folgt zusammen: »Präsident Roosevelt kann nicht für eine dritte Amtszeit kandidieren, auch wenn er sich das noch so sehr wünscht.« Sam Jacobson hatte die drei Themen Gerichtsreform, Haushaltskürzungen und das Fiasko mit den Vorwahlen als »Roosevelts narzisstischer Dreifachschlag« zusammengefasst.

Während Steve Early sich mit den letzten Fragen der Reporter auseinandersetzte, dachte Iris über ihre Rückkehr nach Washington nach. In nur einer Stunde würde der Zug abfahren. In den letzten zwei Monaten hatte sie acht Staaten bereist, und sie war völlig erschöpft. Der Gedanke daran, in der Woche nach dem Labor

Day wieder an die Uni zurückzukehren, munterte sie allerdings auf. Obwohl sie in den letzten zwei Monaten sehr viel gelernt hatte, war die Erfahrung völlig anders als erwartet ausgefallen. Die Tour hatte sie viel Kraft gekostet, jetzt wollte sie sich mit Feuereifer wieder ihrem Studium widmen.

»Müde?«, fragte Tom.

Iris nickte. Auch der Präsident sah mitgenommen aus. Die Enttäuschung stand ihm ins Gesicht geschrieben. Er hatte riskant gespielt und hoch verloren. Ob dieses Manöver seiner Arroganz geschuldet war, wie die Presse behauptete, oder dem Wunsch danach, die Position der Regierung zu festigen, wie Iris hoffte, war letzten Endes egal, weil sich seine Taktik als völliger Fehlgriff erwiesen hatte. Der Präsident hatte der Regierung schlimmen Schaden zugefügt.

Iris war betrübt darüber, dass Sam Jacobson seine Teilnahme als Pressevertreter abgelehnt hatte, denn sie hatte gehofft, ihre Beziehung während der Reise wieder aufnehmen zu können, wenn auch auf einer anderen Ebene.

Steve Early beantwortete gerade die letzte Frage, und die meisten Reporter bewegten sich bereits in Richtung Ausgang. Iris und Tom warteten an der Tür, bis die letzten den Raum verlassen hatten. Lächelnd nickte Iris Ed Boyce zu, Sams Chef bei *AP*, der an seiner Stelle an der Reise teilgenommen hatte. Boyce unterhielt sich mit einem jüngeren, kleineren Mann, den Iris noch nie gesehen hatte, doch der grinste sie an, als wären sie alte Bekannte. Wahrscheinlich ein Reporter aus Baltimore, dachte sie.

Im Vorübergehen meinte Iris den Reporter aus Baltimore flüstern zu hören: »Das ist doch die Kleine von Chapel, oder?« Iris fuhr herum und blickte den Männern nach. Ed nickte.

Sie blieben im Ausgang stehen und zündeten sich Zigaretten an. Tom löste sich von Iris und gesellte sich zu Steve. Iris ging ein paar Schritte um die Ecke, sodass Boyce und der andere Reporter sie nicht sehen konnten, und lauschte.

»Sie ist hübsch«, sagte der Unbekannte. »Bei der würde ich nicht noch mit anderen rummachen. Aber wenn man ein Warmduscher ist …«

Boyce fuhr seinen Kollegen scharf an: »Hör mal! Chapel ist ein feiner Kerl.«

»Na ja, ich hab ihn nie kennengelernt«, bemerkte der andere. »Aber, feiner Kerl oder nicht, ich habe keine Ahnung, wie du seine Fisimatenten aus den Zeitungen herausgehalten hast.«

»Und wie hast du davon erfahren?«

»Es gab da so ein Gerücht. Also stimmt es?«

Boyce nickte.

»Hattest du was mit der Vertuschung zu tun? Oder haben die vom Weißen Haus ganz allein dafür gesorgt?«, wollte der Reporter wissen.

»Weder noch«, entgegnete Boyce ungerührt. »In Washington laufen die Dinge anders. Das Intimleben von Leuten, die in der Öffentlichkeit stehen, gilt hier als Privatangelegenheit. Wir spielen keine schmutzigen Spielchen. Kennst du Sam Jacobson?«

Der Reporter aus Baltimore nickte.

»Er hat dem Jungen das Maul gestopft.«

Kaum hatte Iris den Taxifahrer bezahlt, hastete sie zum Eingang der *Associated Press* an der E Street. Voller Vorfreude hatte sie Tom ihr Gepäck in die Hand gedrückt und war mit dem Taxi direkt vom Bahnhof hergeeilt. Es war vier Uhr nachmittags, als sie den Liftboy bat, sie in den sechsten Stock zu bringen.

»Ich möchte zu Sam Jacobson, bitte«, sagte Iris der Sekretärin am Empfang. »Richten Sie ihm bitte aus, Iris McIntosh möchte ihn sprechen.«

Die Frau nahm den Hörer und wählte. »Iris McIntosh ist hier für Sie, Sam«, sagte sie. »Ja, Iris McIntosh.« Sie warf Iris zur Bestätigung einen schnellen Blick zu. Iris nickte. Die Empfangssekretärin legte auf.

»Er ist gleich bei Ihnen«, teilte sie Iris mit. »Nehmen Sie doch so lange Platz.«

Aber Iris war viel zu aufgeregt, um sich zu setzen. Ihr Herz raste. Die Zeit verstrich quälend langsam, jede Sekunde schien eine Stunde zu dauern. Endlich hörte sie Schritte und schließlich Sam, der sich bei der Empfangssekretärin bedankte. Bei der Erkenntnis, dass Sam Montys Ruf gerettet hatte, war ihr etwas klar geworden. Im Palmenzimmer des Belvedere-Hotels war sie plötzlich so sehr von ihrer Liebe zu Sam überwältigt worden, dass ihr die Vorstellung einer rein platonischen Beziehung zu ihm völlig absurd erschien. Plötzlich konnte Iris sich ein Leben ohne ihn nicht mehr vorstellen.

Dann stand Sam vor ihr, die Hände in den Hosentaschen vergraben. »Hallo Iris. Lange nicht gesehen«, sagte er. Seine Stimme klang sachlich, aber freundlich. »Wie geht es dir?«

»Ganz gut«, erwiderte sie. »Hast du heute Abend schon was vor?«

Sam schüttelte den Kopf. »Nö.«

»Wie wäre es mit einem gemeinsamen Abendessen?«

Sam musterte sie ein paar Sekunden lang, als müsste er erst über die Einladung nachdenken.

»Gern«, sagte er schließlich.

Iris atmete aus.

»Weißt du noch, wo ich wohne?«

Sam nickte.

»Dann sehen wir uns um sieben, ich koche uns was.« Sie verharrte noch eine Weile und blickte ihm tief in die sanften braunen

Augen. Als er sich schließlich abwandte, glaubte sie, den Hauch eines Lächelns auf seinen Lippen zu erkennen.

Nachdem Iris die Ente vorbereitet hatte, zog sie sich um, denn sie trug immer noch denselben Rock und die Bluse, die sie vor Stunden auf der Pressekonferenz in Baltimore getragen hatte. Sie konnte gar nicht glauben, dass sich in so kurzer Zeit alles geändert hatte. Unschlüssig stand sie vor dem Schrank. Schließlich wählte sie eine dunkelblaue Hose und ein hellgelbes, kurzärmliges Strickoberteil. Sie legte beides aufs Bett und sprang unter die Dusche. Fertig angezogen warf sie einen Blick auf die Uhr. Fünf vor sieben. Sie war so kribbelig, dass sie regelrecht dankbar war, als es endlich an der Tür klopfte. Mit einem letzten Blick in den Spiegel und angehaltenem Atem machte sie auf.

Obwohl sie Sam erwartet hatte, kam es ihr seltsam vor, ihn und nicht Monty auf der Türschwelle zu erblicken. Sie zögerte kurz, dann bat sie ihn herein. Er reichte ihr einen Blumenstrauß, eine Schachtel Pralinen und eine Flasche Wein.

»Ich glaube, ich habe ein bisschen übertrieben«, sagte er zerknirscht. Er trug nicht mehr den Anzug, sondern ein weißes, leicht aufgeknöpftes Hemd mit dunkelgrüner Hose.

»Wie lieb!«, sagte sie und nahm ihm die Geschenke ab. »Das ist lieb von dir«, fügte sie sanft hinzu.

Sie hielt die Flasche Wein hoch und fragte: »Dürfen Juden Wein trinken?«

»Koscheren Wein schon«, antwortete er und hängte seinen Hut an den Stuhl.

Sie las das Etikett. »Ist der hier koscher?«

»Nein«, sagte er grinsend. »Darauf achte ich nur im Haus meiner Eltern.«

Hätte sie das nur früher gewusst, hätte sie sich den frustrierenden

Besuch auf dem Markt sparen können. An den völlig überfüllten Ständen hatten die Leute versucht, noch schnell vor dem Feiertagswochenende letzte Einkäufe zu erledigen, und Iris kannte kaum Gerichte, die für Juden geeignet schienen. Darum hatte sie sich schließlich für Ente entschieden.

»Es tut mir übrigens leid«, fuhr sie nervös fort, während sie die Blumen in eine Vase stellte. »Du hattest wahrscheinlich schon Pläne fürs Wochenende, und dann bin ich einfach so in dein Büro geplatzt …«

»Ich hätte sogar ein Dinner mit dem Premierminister von England abgesagt, um den Abend mit dir verbringen zu können«, sagte er aufrichtig.

Sie entspannte sich wieder. »Also übertreffe ich glatt Winston Churchill.«

»Aber klar doch.«

Sam öffnete den Wein und schenkte ein.

»*L'chaim*, auf das Leben«, prostete Sam ihr zu.

Iris hob das Glas, stellte es jedoch hastig wieder ab. »Ich möchte dir danken, Sam. Danke für das, was du für Monty getan hast.«

Er sah sie an und räusperte sich. »Wie hast du das herausgefunden?«

»Ist doch egal.« Sie legte die Hand auf seinen Arm. »Wäre Montys Geschichte publik gemacht worden, hätte das seine Karriere beendet. Ich weiß, was du von ihm hältst. Das war bestimmt nicht einfach.«

»Ich habe es nicht für Chapel getan«, bemerkte er, »sondern für dich. Ihr wart nun mal ein ziemlich öffentliches Paar, Iris. Es hätte auch dich ruiniert. Und deswegen fiel mir die Entscheidung sehr leicht.«

»Wie?«, fragte sie. »Wie hast du es geschafft, dass die Geschichte nicht rauskam?«

»Francis Slattery ist rein zufällig mit seinem Anliegen an mich geraten. Er hätte sich mit jedem treffen können«, erklärte Sam. »Ich war zur richtigen Zeit am richtigen Ort. Jedenfalls hat er mir alles erzählt. Ich habe ihn bei Laune gehalten und in der Zwischenzeit ein bisschen in seinem Privatleben herumgeschnüffelt. Dabei bin ich auf etwas gestoßen, das Chapels Techtelmechtel in den Schatten stellte.«

»Was?«, fragte sie neugierig.

»Francis Slattery ist Mitglied bei der Kommunistischen Partei«, sagte er nüchtern, während er es sich auf dem Sofa bequem machte. »Mir ist das natürlich völlig egal, aber ich konnte es gegen ihn verwenden.«

»Lieber schwul als rot«, bemerkte sie.

»So sieht's wohl aus«, stimmte er zu. »Ich habe ihm klargemacht, dass seine Verbindung zu den Kommunisten publik wird, wenn wir die Story veröffentlichen. Das FBI würde sich der Sache annehmen. Er ist noch jung, es brauchte nicht viel, um ihn abzuschrecken.«

Jetzt, da Iris genau Bescheid wusste, erkannte sie plötzlich das ganze Ausmaß dieser Affäre. Sams kluges Manöver und seine Loyalität ihr gegenüber imponierten ihr sehr. Außerdem fand sie sein rücksichtsloses Vorgehen gegen den Kofferträger nahezu erregend. Diese Seite kannte sie noch gar nicht an ihm.

»Trotzdem möchte ich dir danken«, sagte sie. »Nach allem, was passiert ist, hätte ich verstanden, wenn du uns nicht geholfen hättest.«

»Ich weiß.«

»Hast du es geahnt, Sam? Ich meine, wusstest du von Montys … Neigungen?«

»Es gab immer Gerede«, sagte er. »Vor allem in New York. Hier eher nicht. Aber ich wollte den Namen eines guten Mannes nicht wegen eines Gerüchts ruinieren, egal, was ich von ihm halte.«

Iris spürte, wie ihr das Herz aufging. »Wie du dir vorstellen kannst«, sagte sie schüchtern, »ist es, nach allem, was war, aus zwischen mir und Monty.«

Er nickte.

Iris musterte sein ernstes Gesicht, dann streckte sie die Hand aus und legte sie auf seine. Sam war in den fünf Jahren, seit sie ihn kannte, immer attraktiver geworden. Sein Alter, seine Reife und die Erfahrungen in Spanien waren ihm gut bekommen. Aber das war nicht alles, was sie in diesem Augenblick an ihm so anziehend fand. Es war vielmehr das, was sie hinter seiner Miene zu erkennen glaubte. Iris sah genau, was er für sie empfand. Seine Gefühle hatten sich tief in sein Gesicht gegraben, sie erkannte sie an seiner schmalen Nase, am kantigen Kiefer, am wohlproportionierten Kinn und auf der starken Stirn. Am deutlichsten jedoch sah sie seine Zuneigung in seinen dunklen Augen. Sie küsste ihn innig. Dann stand sie auf. »Ich kümmere mich mal um die Ente«, sagte sie.

Sie verspeisten den Braten mit großem Appetit. Iris hatte lediglich ein Sandwich im Zug gegessen. Beim Gedanken an das, was sie in Washington erwarten würde, hatte sie ein seltsames Kribbeln im Magen verspürt, eine Mischung aus Hochstimmung und Schrecken, doch jetzt war sie völlig ruhig. Sie plauderte mit Sam über alltägliche Dinge. Spanien war kein Thema, Politik ebenso wenig. Sie lernten einander völlig neu kennen, ohne Monty, das Weiße Haus oder internationale Politik. Hier saßen zwei ganz normale Menschen beim Abendessen – zwei Liebende. Sie erinnerten sich sogar zärtlich an ihr erstes Treffen, ein Abendessen, bei dem ebenfalls Ente serviert worden war.

»Ich hätte gar nicht gedacht, dass du eine so gute Köchin bist«, sagte Sam nach dem Essen.

Iris zögerte kurz, bevor sie antwortete. »Mein Vater hat ziemlich viel gekocht. Meine Mutter hatte dazu kein Talent. Manchmal, aber nicht oft, kam mein Vater mit einer Ente nach Hause.«

»Ging er gern auf die Jagd?«, fragte Sam. »Bist du nicht in Baltimore aufgewachsen?«

Iris schüttelte grinsend den Kopf. »Vermutlich hat er die Viecher beim Kartenspiel gewonnen. Einmal hat ein Exemplar sogar noch gelebt, aber er hat es nicht fertiggebracht, es umzubringen.«

Sam lachte. »Und dann?«

»Dann hatte ich eben ein neues Haustier, bis meine Mutter das Fenster offen stehen ließ und die Ente davonflog.«

»Deine Kindheit klingt viel aufregender als meine.«

»Aufregend, ja, so kann man es auch nennen.« Sie lächelte und wechselte das Thema. »Wie ist übrigens dein Termin bei Scribner's gelaufen?« Sie erhob sich, um den Tisch abzuräumen.

Seine Miene erhellte sich. »Ganz gut«, erwiderte er. »Sie wollen mein Buch rausbringen. Ich habe den Vertrag unterschrieben.«

»Das ist ja wunderbar, Sam! Ich freue mich so für dich«, rief sie erfreut, doch sie hätte gerne mehr gesagt.

Sam half ihr beim Abräumen, dann setzten sie sich wieder aufs Sofa.

»Ich liebe dich immer noch«, gestand sie. »Ich glaube, ich habe nie aufgehört.«

»Ich weiß, dass ich dich schon immer geliebt habe«, sagte er mit unerwarteter Klarheit. »Schon damals, als ich dich auf dem Balkon zum ersten Mal gesehen habe. Da wusste ich, dass du die Richtige bist. Du kamst mit Mrs Roosevelt auf mich zu, und ich hatte noch nie zuvor jemanden gesehen, der so attraktiv war wie du. Ich war vollkommen sprachlos und so nervös, aber du hast versucht, mit mir zu reden. Dann hast du mich nach dem Essen abserviert, und mir war klar, dass ich bei dir keine Chance hatte.«

»Ich war auch nervös. Du wirktest so klug und selbstsicher. Wahrscheinlich hat mich das irritiert … Ach … Jetzt bin ich diejenige, der die Worte fehlen.«

»Und dann habe ich mich mit dir verabreden wollen …« Bei der Erinnerung an seinen tollpatschigen Annäherungsversuch schlug Sam dramatisch die Hände über dem Kopf zusammen.

Iris stand auf und nahm seine Hand. Er hob überrascht den Kopf.

»Würdest du gern die Nacht mit mir verbringen?«, fragte sie.

Er lächelte. »Bist du sicher?«

»Ich glaube, jetzt ist endlich der richtige Zeitpunkt.«

Iris hatte sich an Sams Brust gekuschelt, während er schlief. Sie spürte seine kratzigen Brusthaare und schob eine Hand unter die Wange. Das Gefühl war ihr neu. Sie rutschte ein wenig zur Seite, um es sich bequemer zu machen, da erwachte Sam und drückte ihr einen Kuss auf die Stirn.

»Das war sehr schön«, sagte er. »Hoffentlich … Hattest du einen …? Ich möchte dich glücklich machen, Iris, das ist mir wichtiger als alles auf der Welt.«

Sie schüttelte den Kopf. »Diesmal nicht, aber das ist nicht schlimm. Es passiert eben nicht jedes Mal. Für Frauen ist es anders.«

Er verzog das Gesicht. »Ich war zu schnell. Das hier habe ich mir so oft vorgestellt, und als du nackt aus dem Badezimmer kamst …«

»Wir wollten uns lieben und das haben wir auch getan«, erwiderte sie. Dann schob sie die Bettdecke weg und rollte sich auf den Rücken.

Auf den Ellenbogen gestützt musterte Sam ihren nackten Körper. »Du bist überhaupt nicht schüchtern, oder?«, fragte er.

Sie schüttelte den Kopf. »Nicht mehr«, murmelte sie und legte sich auf die Seite.

Er streichelte ihr die Hüfte. »Tut mir leid, dass es so schnell ging. Ich möchte, dass jedes Mal für uns beide wunderbar ist.«

»Ist nicht so wichtig«, erwiderte sie sanft. »Ich brauche einfach ein bisschen mehr Small Talk, bevor ich zum Geschäftlichen komme.« Sie streichelte ihm zärtlich über den Arm. Ihre Wortwahl brachte ihn zum Grinsen.

»Ich habe noch nie mit einer Frau über Sex gesprochen«, gestand Sam.

Iris küsste ihn. »Hast du viele Frauen gehabt, als du in Spanien warst?«

»Ein paar.« Er liebkoste sanft ihre Brustwarzen.

Iris schloss die Augen und stöhnte leise auf. »Waren es Spanierinnen?« Ihr Atem ging schneller, Sams Bewegungen wurden leidenschaftlicher.

»Nein, Amerikanerinnen«, flüsterte er. Sie drängte sich näher an ihn heran. Sam küsste sie, dann fuhr er fort: »Aber keine war wie du.«

»Wie bin ich denn?«

»Perfekt.«

Iris sah ihn an. »Ich bin nicht perfekt, Sam.«

»Für mich bist du das.«

»Es ist gefährlich, wenn du so über mich denkst«, sagte sie ernst, dann legte sie den Kopf in den Nacken, weil Sam ihre Kehle mit Küssen bedeckte.

»Das ist mir egal.«

Iris schlang die Beine um seinen Körper und küsste ihn leidenschaftlich.

Sie kamen in dieser Nacht noch zwei Mal zusammen zum Höhepunkt und schliefen dann endlich zufrieden ein.

Der Duft von gebratenen Eiern weckte Iris am nächsten Morgen. Seit vielen Monaten fühlte sie sich zum ersten Mal wieder richtig erholt.

Kapitel 44

HYDE PARK, NEW YORK

Mai 1962

Die Zwischenwahlen im Jahre 1938 waren eine Enttäuschung für den Präsidenten, da beißt keine Maus einen Faden ab. Er kam eines Morgens im November zu mir runter und warf mir die Morgenzeitung hin.

»Was steht heute auf dem Speiseplan, Mrs Nesbitt?« Das hat er gesagt, soweit ich mich erinnere. »Im Parlament sitzen jetzt doppelt so viele Republikaner, und der Senat hat auch acht dazubekommen. Ich brauche was zum Aufmuntern.« Der Präsident war schwer aus der Fassung zu bringen. Ich habe ihn oft sagen hören: »Wenn man erst mal zwei Jahre damit zugebracht hat, seinen Zeh wieder beweglich zu kriegen, sieht man manche Dinge etwas anders.« So sehr ich auch nachdenke, ich kann mich beim besten Willen nicht daran erinnern, was an diesem Tag auf dem Speiseplan stand, aber meistens konnte ich da sowieso nichts machen, denn das Essen wurde einen Monat im Voraus geplant. Einfach so eine Mahlzeit zu ändern hätte meinen ganzen Plan durcheinandergebracht.

Der Präsident kam in diesen Tagen mit immer mehr Sonderwünschen zu mir. Ich glaube, er fand es zunehmend schwierig, den Erwartungen der Nation gerecht zu werden. Nach Hitlers Einmarsch in Österreich verlor der Präsident gänzlich seinen Appetit. Wissen Sie, Amerika war in dieser Zeit völlig auf sich bezogen. Auch wenn der Präsident Europa hätte helfen wollen, hätte er zuerst sein altes Motto aufgeben müssen. »Frieden zu jedem Preis« lautete es.

Ich muss zugeben, dass auch mir übel wurde, wenn ich daran dachte. Können Sie sich vorstellen, dass die Nazis beim Einmarsch in Wien sogar bejubelt wurden? Es gab keinerlei Widerstand, und man bewarf Hitlers Truppen sogar mit Blumen. Als ich das im Radio hörte, schämte ich mich meiner österreichischen Herkunft. Aber die wahren Verlierer waren die Juden. Dann fiel Hitler in der Tschechoslowakei ein, obwohl er sich Österreich noch gar nicht richtig einverleibt hatte. Der Mann war einfach unersättlich.

Hätte der Präsident in jenen Monaten auf mich gehört, ich hätte ihm geraten, militärisch einzugreifen. Das war auf jeden Fall auch Mrs Roosevelts Anliegen, dabei war sie überzeugte Pazifistin! Man hätte Deutschland in die Schranken weisen müssen. Auch wenn es an den Wahlurnen nicht zu erkennen war, begann sich die öffentliche Meinung zu drehen. Obwohl meine Jungs, Buck und Garvan, alt genug waren, um eingezogen zu werden, wollte ich unbedingt, dass wir Hitler stoppten.

Aber zurück zum Thema. Sie können mir nicht weismachen, dass Pingeligkeit beim Essen nicht ansteckend ist. Während dieser Zeit zog Mister Hopkins ins Weiße Haus. Ihm gehörte die blaue Suite. Seine Tochter wurde zur Schutzbefohlenen von Mrs Roosevelt. Ich glaube, Mrs Roosevelt hatte das Schlimmste erwartet, aber die kleine Diana vergötterte sie regelrecht, und die First Lady empfand ebenso für das kleine Mädchen. Das alles geschah, kurz nachdem diese Schauspielerin, Dorothy Hale, aus dem Fenster ihrer Wohnung gesprungen war. Mister Hopkins war deswegen ziemlich mitgenommen, wenn ich mich recht erinnere, auch wenn er sie zu diesem Zeitpunkt bereits verlassen hatte. Aber genau auf diese Tatsache stürzten sich die Klatschblätter. Wie dem auch sei, Mister Hopkins hatte irgendwelche Magenprobleme. Er führte die Liste der Männer mit Magengeschwüren im Weißen Haus an. Dazu zählten diejenigen, die bei Tisch ihre Teller wegschoben und bei allem die Nase rümpften. Man hatte mir eine Liste mit achtundvierzig Zutaten aufgeschrieben, auf die ich wegen Mister Hopkins zu verzichten hatte. Der Präsident war umzingelt von Leuten mit Abneigungen und Unverträglichkeiten, und ich bin fest davon überzeugt, dass er sich im Laufe der Jahre bei ihnen angesteckt hatte. Mrs Roosevelt hingegen aß alles.

In diesem Sommer verbrachte sie viel Zeit mit dem Weltjugend-Kongress. Sie glaubte, die Zukunft der Welt hinge von der Jugend ab, und sie war eine Frau der Tat. Trotz großer Widerstände seitens der katholischen Kirche, die Mitglieder dieser Gruppe zu Kommunisten erklärte, nahm sie an dem Kongress am Vassar College teil. Ich erinnere mich noch an ihr Bild auf der Titelseite der *Washington Post*. Sie saß mit Kopfhörern wie jeder andere im großen Hörsaal und lauschte den Delegierten – und wissen Sie, was sie dabei tat? Sie strickte! Dieses Bild symbolisiert für mich alles, was Mrs Roosevelt ausmachte.

Kapitel 45

WASHINGTON, D.C.

November 1938

»Du hast ja einen ziemlichen Eindruck gemacht auf der Pressekonferenz heute Morgen«, scherzte Iris, als sie Sam gegenüber auf die Sitzbank rutschte.

Er sah von seiner Speisekarte auf.

»Wenn du den Präsidenten weiterhin wegen seiner Einwanderungspolitik und der Flüchtlinge so ins Gebet nimmst, machst du dich auf Dauer ziemlich unbeliebt«, sagte sie, während sie die Speisekarte studierte. »Was nimmst du?«

Sam reagierte nicht.

»Und?«, hakte sie nach, was ihr umgehend einen bösen Blick eintrug.

»Das ist nichts, worüber man Witze machen sollte, Iris!«

»Darüber mache ich doch gar keine Witze«, entgegnete sie gekränkt. Mit »darüber« meinte sie die letzten Ereignisse in Deutschland: eine Reihe von Angriffen auf Juden, die jetzt schon unter dem Namen »Kristallnacht« um die Welt gingen. »Ich meinte deine Fragen. Wie es aussieht, setzt du den Präsidenten damit ganz schön unter Strom. Steve hat mir alles brühwarm erzählt.«

»Na, das halte ich für ein Gerücht«, erwiderte Sam. »Er hat mir nicht eine einzige klare Antwort gegeben.«

Iris seufzte. Ihre gute Laune schwand allmählich. Während sie vorgab, die Speisekarte zu lesen, ärgerte sie sich darüber, dass sie das Thema überhaupt angeschnitten hatte. Statt ein Gericht zu wählen, dachte sie über den ernsten Mann nach, der ihr gegenübersaß. Sie fand es seltsam, dass Sam einerseits seinen Glauben so leichtfertig abtat und sich andererseits so für die Gläubigen einsetzte. Doch es war unmöglich, auf diesen Zwiespalt hinzuweisen, ohne damit einen handfesten Streit auszulösen. Sam behauptete, sein bedingungsloser Einsatz für die Juden habe nichts mit seiner Religion zu tun. Er wolle sich lediglich dem Faschismus entgegenstellen, wie er es schon in Spanien getan habe. Es war sinnlos, dieses Thema mit Sam zu besprechen. Ihre Gegenargumente ließen sie nur noch gleichgültiger und hartherziger erscheinen.

Iris ergriff seine Hand. »Es tut mir leid«, sagte sie.

»Man hat die Juden ihrer Menschenrechte beraubt. In nur einer Woche sind zwanzigtausend von ihnen verhaftet und in Arbeitslager verschleppt worden. Sie dürfen weder Schulen noch Universitäten besuchen. Du lieber Himmel, Iris, sie dürfen nicht mal mehr Auto fahren. Sogar der Kontakt mit Nichtjuden ist verboten. In Deutschland würde man uns glatt verhaften!«

Gekränkt, dass Sam ihre beschwichtigende Geste nicht würdigte, zog sie die Hand wieder weg. »Hier ist es auch nicht so viel anders«, bemerkte sie beiläufig. »Man würde es etwa als ungehörig betrachten, wenn ich mich in Begleitung eines Schwarzen in der Öffentlichkeit zeigen würde.«

»Das meinst du doch wohl nicht ernst!«, rief er erzürnt. »In Amerika ist das nicht verboten.«

Sie betrachtete ihn kühl. »Aber in einigen Staaten würde man es durchaus als sittenwidrig oder unmoralisch betrachten und bestrafen. Da besteht wirklich kein großer Unterschied.«

»Du klingst genau wie Chapel«, entgegnete er bissig.

Iris wusste, dass sie ihn am besten nicht noch mehr mit einer Reaktion provozierte.

»Der Präsident hat verkündet, er werde die Flüchtlingsquote nicht ändern«, fuhr Sam fort. »Zehntausende Juden bitten um Asyl, aber er bewegt sich keinen Millimeter.«

»Das kann er auch gar nicht. Er bezieht sich damit auf ein Einwanderungsgesetz von 1924. Er kann die Gesetze nicht nach Lust und Laune ändern.«

»Ich brauche keinen Geschichtsunterricht, Iris.«

»Ich bin doch nur pragmatisch. Er ist der Präsident, nicht Gott. Die Wirtschaft ist extrem wackelig. Arbeitslosigkeit ist immer noch ein Thema. Der Kongress wird sich nicht dafür aussprechen, zweihunderttausend mittellose Einwanderer ins Land zu holen.«

Iris schaute wieder in die Speisekarte und tat so, als wählte sie ein Gericht aus. Unter dem Tisch zuckte ihr Fuß.

»Jetzt klingst du wie ein Anwalt«, sagte er nach einer Weile. Er hatte einen milderen Ton angeschlagen.

Sie sah ihn an. Seine Gesichtszüge hatten sich entspannt.

Sam beugte sich vor und ergriff ihre Hand. »Warum verteidigst du Roosevelt immer? Du hast es gerade selbst zugegeben, er ist nur ein Mensch, und als solcher kann er auch Fehler machen.«

»Das weiß ich. Ich war dabei, als er diese Fehler beging«, antwortete Iris. »Aber ich weiß auch, dass er sich nicht gern in die Karten schauen lässt. Im Moment hat er es mit einem Kongress zu tun, der gegen ihn ist, und mit einem antisemitischen Außenministerium, das außerdem gegen den *New Deal* ist. Hinzu kommt, dass die Gerichtsreform und die Vorwahlen immer noch in den Köpfen der Bürger sind. Außerdem sollten wir die Rezession nicht vergessen. Momentan bringt man dem Präsidenten da draußen nicht gerade viel guten Willen entgegen. Er wird schon die richtigen Schritte einleiten, wenn die Zeit gekommen ist«, sagte sie und vergrub sich wieder in die Speisekarte.

Sam stützte die Ellbogen auf. »Weißt du was Genaueres, Iris?«, fragte er eifrig.

»Nein, aber ich vertraue dem Präsidenten voll und ganz.«

Doch Iris wusste tatsächlich Genaueres. Vier Tage nach der Kristallnacht hatte der Präsident ohne Wissen des Außenministeriums im Oval Office eine Versammlung einberufen und seine Exekutivgewalt ausgereizt, um die Einwanderungsvorschriften zu ändern und fünfzigtausend jüdischen Flüchtlingen die Einreise zu ermöglichen. Nur Harry Hopkins, Steve Early und Staatssekretär Cordell Hull waren anwesend gewesen. Steve hatte Iris später eingeweiht.

»Und jetzt kommt das Sahnehäubchen«, hatte er ihr anvertraut. »Der Boss glaubt, dass Hitler innerhalb von Monaten sein Verhalten ändern würde, wenn er es mit fünfzigtausend Kriegsflugzeugen zu tun bekäme und man die Kapazität zur Produktion von zehntausend weiteren schaffen könnte.«

»Tatsächlich?«, hatte Iris ihn unterbrochen. »Er will die Vereinigten Staaten für einen Krieg aufrüsten?«

Steve schüttelte ungeduldig den Kopf. »Nein, die Flieger würden an die Alliierten geliefert. Hopkins sprach das aus, was klar auf der Hand lag: Der Kongress würde solche Ausgaben nie genehmigen.«

Iris nickte. Harry hatte es auf den Punkt gebracht.

»Und dann kam Roosevelt! Sie wissen doch, wie er manchmal so frech grinst und dabei ganz genüsslich an seiner Zigarette zieht, bevor er den Vogel abschießt?«

Iris nickte.

»Na, er hat Harry erzählt, er könne die Flugzeuge bauen, ohne dass dem Finanzministerium irgendwelche Kosten entstünden, und es als Arbeitsbeschaffungsmaßnahme deklarieren.«

Iris schüttelte fasziniert den Kopf. »Was für ein Plan!«

»Haben Sie so was schon mal gehört, Iris?«, fragte Steve amüsiert. »Es ist durchtrieben, aber verfassungsrechtlich völlig in Ordnung.« Er setzte sich auf ihren Schreibtisch und in seinem Gesicht spiegelte sich Anerkennung für den geschickten Schachzug des Präsidenten. Dann bemerkte Iris, wie sich seine Miene verfinsterte. »Es verstößt doch nicht gegen die Verfassung, oder?«

Iris dachte kurz nach. »Ich glaube nicht. Großbritannien und Frankreich sind noch nicht in den Krieg verwickelt, also findet das Neutralitätsgesetz keine Anwendung«, antwortete sie. »Warum war Tom nicht beim Treffen dabei?«

»Mit seiner Einstellung?«, rief Steve. »Mit seinen irisch-katholischen Wurzeln würde er jegliche Unterstützung der Briten als Betrug empfinden.«

Während Iris im Diner Sam gegenübersaß, ließ sie dieses Gespräch noch mal Revue passieren und versuchte gleichzeitig, einen neutralen Gesichtsausdruck zu wahren. Das war schwierig. Iris war hin- und hergerissen. Wenn sie Sam von den Aktivitäten des Präsidenten erzählte, wäre er beruhigt, aber sie durfte den Präsidenten nicht verraten. Er würde ihm eben auch einfach vertrauen müssen.

Sam nickte nachdenklich. »Wahrscheinlich sind Journalisten darauf abgerichtet, Politikern zu misstrauen.«

Und ihren Freundinnen, dachte Iris.

»Er ist ein guter Mensch«, sagte sie. »Du hast viele Stunden in seiner Gesellschaft verbracht, hast mit ihm getrunken, geangelt und bist mit ihm gesegelt. Er hat dich als Freund in sein Haus eingeladen. Du weißt, dass er ein guter Mensch ist.«

»Aber es geht nicht um den Menschen, sondern um den Politiker«, machte Sam deutlich.

»Da gibt es keinen Unterschied«, entgegnete Iris bestimmt.

Kapitel 46

HYDE PARK, NEW YORK

Mai 1962

1939 hatte General Franco Spanien unterworfen, Italien war längst in der Hand der Faschisten und das Dritte Reich stand felsenfest. Im Weißen Haus herrschte düstere Stimmung, man konnte es förmlich riechen. Rund um die Uhr, Tag und Nacht wurden Besprechungen und Versammlungen einberufen. Männer in Anzügen gingen ein und aus – und natürlich Miss McIntosh. Sie war unermüdlich im Einsatz und nahm an allen Besprechungen teil. Kein Wunder, dass sie so schnell Karriere gemacht hat. Alles war streng geheim, ich sollte nichts mitbekommen, aber füttern sollte ich sie alle! Nach Dads Tod im Jahr zuvor fiel es mir leichter, über Nacht im Weißen Haus zu bleiben. So konnte ich sogar um Mitternacht belegte Brote oder um vier Uhr morgens Thermoskannen voller Kaffee auftragen.

Ich musste nicht Radio hören oder Zeitung lesen, um zu wissen, wie schlecht die Dinge in Europa standen. Das erkannte ich am Appetit des Präsidenten. Zu Beginn des Jahres war der Mann schon anstrengend gewesen, aber er wurde immer schlimmer. Außerdem machte ihn der Umstand, dass er nicht mehr jeden Tag schwimmen konnte, umso gereizter.

Offen gestanden war ich das ganze Jahr über in Gedanken beim königlichen Besuch. Sobald Mrs Roosevelt mir mitgeteilt hatte, dass King George und Queen Elizabeth im Juni zwei Tage im Weißen Haus verbringen würden, nutzte ich die Gelegenheit, um neue

Läufer zu kaufen. Sie können sich sicher vorstellen, womit ich die darauffolgenden drei Wochen beschäftigt war: Läufer schleppen.

Die britische Regierung überließ nichts dem Zufall. Ich konnte mich vor lauter offiziellen Anordnungen gar nicht mehr retten. Das ging von der Qualität des Wassers zum Zubereiten des königlichen Tees bis zur genauen Anzahl der Bügel im königlichen Kleiderschrank. Es war zum Mäusemelken! Schon Monate im Voraus erteilten mir Leute aus dem ganzen Land gute Ratschläge, wie ich mit dem König und der Königin umgehen sollte. Ich quittierte das mit einem Lächeln und sagte mit bester britischer Gelassenheit: »Wir kriegen das schon hin.«

Es kamen sogar Briefe von Köchen, richtigen Chefköchen, die mir bei der Planung der Speisekarte behilflich sein wollten. Aber Mrs Roosevelt beschwichtigte mich stets mit ihrer beruhigenden Stimme. »Machen Sie sich keine Sorgen, Mrs Nesbitt. Unsere Planung steht, und dabei bleibt es.« Diese Worte waren mir eine große Hilfe.

Die Laune des Präsidenten verbesserte sich zunehmend, je näher der Termin rückte. Es war das erste Mal, dass ein Regierungsoberhaupt aus England zu einem Staatsbesuch nach Amerika kam, und dem Präsidenten war wahrscheinlich bewusst, dass dies ein historischer Moment war. Beim Zusammenstellen des Speiseplans fragte ich ihn, ob er ein Gericht mit Schildkröte als erstes Abendessen für die Gäste aus England angemessen finde. Wissen Sie, was er dazu sagte? »Schildkröte? Meine Liebe, ich probiere alles.«

Die Königin hatte einen richtigen Spatzenappetit! Aber sie hielt ja auch Diät. Der König hingegen aß wie ein Scheunendrescher und trank wie ein Besenbinder. Sein Teller war immer leer. Die beiden waren ein freundliches junges Paar mit zwei entzückenden kleinen Mädchen, die aber in London geblieben waren. Als ein paar Monate später die ersten Bomben auf London fielen, hatten sie mein vollstes Mitgefühl. Ich versuchte, mich mit Backen von diesen schrecklichen Ereignissen abzulenken. Am Tag, an dem Großbritannien Deutschland den Krieg erklärte, buk ich die ersten Früchtestollen für Weihnachten, obwohl es doch erst September war.

Kapitel 47

WASHINGTON, D.C.

September 1939

Iris und Sam saßen nebeneinander auf dem Sofa. Sie hielten sich an den Händen und lauschten der Rede des Präsidenten im Radio. Es hatte sich so eingebürgert, dass Iris anlässlich der Kamingespräche des Präsidenten im Weißen Haus weilte. Normalerweise waren auch Missy, Hick, Steve und Harry Hopkins anwesend. Manchmal auch Roosevelts Redenschreiber Sam Rosenman und Robert Sherwood, wenn sie gerade in der Stadt waren. Auch Mrs Roosevelt nahm immer daran teil, strickte und hörte zu. Oft wurden die Reden des Präsidenten nachbesprochen, während der höchstpersönlich die Cocktails mixte. Iris bereiteten diese Abende große Freude. Es gefiel ihr, im Nachhinein über Inhalt und Präsentation der Vorträge zu sprechen. Sie empfand es als großes Privileg, mit ihren neunundzwanzig Jahren mit Menschen wie Rosenman, Mrs Roosevelt und Hopkins diskutieren zu dürfen.

Doch an diesem Abend wusste Iris schon, als sie die Rede hörte, dass sie keine Lust dazu verspüren würde, sie hinterher zu analysieren. Es war ihr diesmal nicht wichtig, im Nachgang über die Bedeutung oder möglichen Ziele mit den gebildeten und informierten Vertretern der Washingtoner Gesellschaft zu diskutieren. An diesem Sonntagabend wollte sie nichts sehnlicher, als einfach dem Programm zu lauschen, wie es alle anderen Amerikaner auch taten.

Während sie neben Sam im Wohnzimmer saß, stellte Iris fest, dass es ihr schwerfiel, ihre jahrelange Erfahrung zu vergessen und nicht jeden Satz und jedes Wort des Präsidenten auf die Goldwaage zu legen. Sie war nicht sicher, ob Roosevelts Stimme vom Schrecken oder Vertrauen gezeichnet war. Obwohl Iris seine Stimme und die vielen Tonlagen genau kannte, war es ihr unmöglich, seine Intention zu erspüren. Wollte er der Bevölkerung versichern, dass Amerika in keinen Krieg verwickelt werde, oder wollte er sie genau auf dieses Szenario vorbereiten? Die Ansprache war doppeldeutig. Mit Absicht? Der Präsident war nicht nur für seinen makellosen Vortrag bekannt, sondern auch für seine klaren Worte. Warum sollte es diesmal anders sein?

Gegen Ende der Rede drückte Iris Sams Hand ganz fest. Die Stimme des Präsidenten hatte einen höchst emphatischen Ton angenommen.

»Dieses Land wird neutral bleiben, doch ich kann nicht verlangen, dass ein jeder Amerikaner auch im Geiste neutral bleibt. Sogar jemand, der neutral bleiben möchte, kann nicht gezwungen werden, seinen Verstand oder sein Gewissen vor den Tatsachen zu verschließen. Ich habe nicht nur ein Mal, sondern schon oft gesagt, dass ich den Krieg erlebt habe und verabscheue. Das wiederhole ich immer und immer wieder. Ich hoffe, die Vereinigten Staaten müssen sich nicht in diesen Krieg einmischen. Ich glaube, dass unser Land das auch nicht tun wird, und ich versichere Ihnen, dass die Regierung alles daransetzen wird, damit es nicht dazu kommt.

Solange es in meiner Macht steht, dies zu verhindern, wird der Frieden in den Vereinigten Staaten erhalten.«

Nach der Ansprache stellte Sam das Radio ab. »Was hältst du davon?«

Iris zuckte die Schultern. »Es klingt, als sei es unabwendbar, dass Amerika in den Krieg zieht, obwohl Präsident Roosevelt alles versuchen wird, das zu verhindern.«

»Was ist mit der dritten Amtszeit? Gibt es da schon was Neues?«

»Mrs Roosevelt packt die Koffer«, antwortete Iris. »Sie hat Mrs Nesbitt angewiesen, die Lagerräume leer zu räumen und alles nach Val-Kill und Springwood zu bringen. Sie geht offenbar fest davon aus, dass die Roosevelts aus dem Weißen Haus ausziehen.«

Iris ging in die Küche. Sie hob den Deckel von der Gemüsesuppe, die sie nach dem Rezept Daisy Bonners aus Warm Springs kochte, und rührte darin herum.

»Der Präsident verhandelt gerade mit Collier's wegen einer Stelle als Mitherausgeber. Er möchte über das Jahr verteilt einige Artikel schreiben, ein paar historische Texte verfassen und Hyde Park wieder zu einer Farm machen. Er ist achtundfünfzig, Sam, und müde.«

»Glaubst du wirklich, dass er das Land kurz vor einem drohenden Krieg einfach so im Stich lässt?«

»Niemals«, erwiderte Iris ernst.

Nach dem Abendessen rückte Sam mit seinem Vorhaben heraus. Iris brachte kein Wort hervor, sondern öffnete stumm das Fenster und setzte sich aufs Sims. Während sie sich eine Zigarette anzündete, wurde ihr klar, dass sie diese Situation hätte voraussehen müssen. Natürlich wollte Sam nach Europa gehen. Dort wurde gerade Geschichte geschrieben. Doch sie hatte gehofft, sie hätten gemeinsam etwas viel Wichtigeres geschaffen, etwas, das auch ein Jobangebot von Edward R. Murrow nicht erschüttern könnte.

Ohne sich umzudrehen, fragte sie: »Würdest du auch gehen, wenn wir verheiratet wären?«

»Möchtest du heiraten?«

Sie schüttelte den Kopf. »Jetzt nicht.«

»Sei doch nicht so widerspenstig, Iris«, sagte Sam emotionslos. »Es ist auch so schon schwierig genug.«

Er räumte ab, danach hörte sie, wie er in der Küche das Geschirr spülte. Wir sind schon so gut wie verheiratet, dachte Iris. Vor sechs Monaten hatte Sam seine kleine Wohnung aufgegeben und war mit ihr zusammengezogen. Seitdem hatte sie sich so sehr an den gemeinsamen Alltag gewöhnt, dass sie es überhaupt nicht mehr mochte, wenn sie lange arbeiten oder im Weißen Haus übernachten musste. Es gab nichts, was sie lieber vernahm als beim Aufwachen am Morgen Geräusche aus der Küche, wo Sam das Frühstück zubereitete.

Schneller, als sie es je für möglich gehalten hatte, waren ihr seine kleinen Ticks lieb geworden, Sams Ernsthaftigkeit hatte sich in Leidenschaft verwandelt, seine Zielstrebigkeit in Hingabe. Und innerhalb weniger Wochen war Sam zu einem souveränen, rücksichtsvollen Liebhaber herangereift. Obwohl es nicht jedes Mal wunderbar war, wurde es immer besser.

Iris hörte das Wasser ablaufen. Kurz darauf wurden Schränke geöffnet und geschlossen, Sam räumte offenbar das trockene Geschirr weg. Ein paar Minuten später kam er zurück ins Wohnzimmer, stellte sich hinter sie und umfasste ihre Hüfte.

»Du hast mich nicht mal gefragt, ob ich mitkomme«, sagte sie leise.

»Es ist gefährlich, Iris«, erklärte er. »Höchstwahrscheinlich wird England bald bombardiert.«

»In Spanien war es damals genauso gefährlich, und trotzdem wolltest du mich dabeihaben.«

»Aber du bist im Weißen Haus unabkömmlich und genießt die Arbeit so sehr. Und nächstes Jahr machst du den Abschluss an der Uni. Ich würde dich niemals bitten, das alles meinetwegen aufzugeben.«

Sams Antwort beschwichtigte sie ein wenig, deshalb kam sie auf einen anderen Aspekt. »Aber beim Radio?« Sie drehte sich zu ihm um. »Du hast dich doch noch nie fürs Radio interessiert. Deine Liebe gilt der Zeitung, und in Washington bist du für die Kriegsberichterstattung doch bestens aufgehoben. Außerdem hast du hier gute Kontakte …«

»Ich werde Reportagen für die großen Nachrichtensendungen schreiben«, erklärte Sam. »Murrow sitzt jetzt in London. Und von dort wird auch gesendet.«

»Wirst du auch dort arbeiten?«

»Keine Ahnung. Wahrscheinlich nicht. Ein Kriegsberichterstatter muss vor Ort sein.«

»Also könnte es sein, dass du irgendwo auf einem Schlachtfeld eingesetzt wirst?«, fragte Iris.

Sam sah sie an. »Ed Murrow hat mir einen Job angeboten. Da ist es mir herzlich egal, ob ich in einem Büro Stifte spitzen oder im Unterstand Granaten ausweichen muss«, entgegnete er. »Er hat mein Buch gelesen und bewundert meine Arbeit. Es geht ihm um mich persönlich, Iris!«

»Also suchst du mal wieder nach Anerkennung?«

Frustriert wandte Sam sich ab. »Ganz bestimmt nicht«, erwiderte er und marschierte aufs Sofa zu. »Während des Anschlusses war Murrow in Warschau. Da ist er in die nächste Maschine nach Wien gestiegen. Er hat über die Ereignisse berichtet, während sie noch geschahen. So schnell sind Zeitungen nicht.« Er setzte sich und stützte sich mit den Ellbogen auf den Knien ab.

Das Angebot Murrows war die Chance seines Lebens. Diese Tatsache machte es Iris nicht eben leichter, Sams Abreise zu akzeptieren. Sie setzte sich neben ihn und legte ihm den Kopf auf die Schulter. Automatisch nahm er sie in den Arm.

»Hör zu«, sagte er. »Die letzten sechs Monate waren wie ein Traum, Iris, ein wundervoller Traum. Aber ich kann es nicht zulassen, dass er alle anderen Lebensträume erstickt.«

»Wie lange?«, fragte sie.

»Ich kann dir keinen endgültigen Zeitraum nennen. Vielleicht ein paar Monate oder, wenn ich meine Sache gut mache, solange der Krieg eben dauert. Manche behaupten ja, es würde ohnehin bis Weihnachten vorbei sein.«

Sams Worte boten Iris keinerlei Trost. Der Erste Weltkrieg hatte vier Jahre gedauert. Bei seiner Rückkehr wäre sie vielleicht schon dreiunddreißig. Würde ihre Beziehung so lange überstehen?

»Natürlich machst du deine Sache gut«, sagte sie missgünstig. »Du bist ein hervorragender Reporter.«

Kapitel 48

WASHINGTON, D.C.

Juni 1940

Die Roosevelts hatten Iris zu einer Kreuzfahrt auf die *Potomac* eingeladen, die Jacht des Präsidenten. Mindestens einmal im Monat nahm sich der Präsident eine Auszeit und segelte einfach drauflos. Doch in diesem Jahr war dieses monatliche Ritual seiner stetig steigenden Arbeitslast zum Opfer gefallen. Die Eskalation des Kriegs in Europa, die Kapitulation Frankreichs, die Evakuierung Dünkirchens und der Druck auf ihn, für eine dritte Amtszeit zu kandidieren, ließen dem Präsidenten wenig Zeit für Entspannung. In der Vergangenheit hatte Iris schon oft an diesen vergnüglichen Ausflügen teilgenommen. Normalerweise bestand die Crew aus dem Präsidenten, Harry und Missy, Tom und Steve Early. Gelegentlich war auch Monty an Bord gewesen, Mrs Roosevelt dagegen in letzter Zeit eher selten, denn durch ihre vielen Verpflichtungen war sie nicht mehr oft in Washington. Bei dieser besonderen Gelegenheit aber waren nur sie und das Präsidentenpaar anwesend. Iris freute sich, endlich wieder mit Mrs Roosevelt Zeit verbringen zu können. Seitdem sie mit Tom Corcoran im Westflügel arbeitete, hatte sie nur noch flüchtigen Kontakt mit ihr, Tommy oder Hick gehabt. Die Dreiermannschaft segelte auf dem Potomac River Richtung Süden bis zur Occoquan Bay. Der Präsident hatte vor, etwas weiter nördlich, in der Belmont Bay, vor Anker zu gehen. Diese geschützte Stelle unterhalb des Mason Neck State Park war erheblich idyllischer gelegen als die breite, böige Occoquan Bay. Drei

Kutter der Küstenwache lagen ein paar Meter entfernt vor Anker. Mrs Roosevelt verstaute ihr Strickzeug in der Teppichtasche und öffnete die Schnallen des Picknickkorbs.

»Sie fragen sich vermutlich, weswegen wir Sie heute hierher eingeladen haben, McIntosh«, sagte der Präsident, bevor er in sein Sandwich biss. »Warum zum Teufel schmiert sie eigentlich keine Butter auf die Brote, Eleanor?«

»Butter ist teuer und macht dick, außerdem kann man gut darauf verzichten«, erwiderte seine Frau. »Wolltest du Iris nicht gerade erzählen, warum wir sie heute auf unsere Segeltour mitgenommen haben?«

Der Präsident ließ sich nicht beirren. »Aber erst mit Butter schmeckt ein Schinkensandwich richtig gut. Frisches Weißbrot, hauchdünn geschnittener Beinschinken und eine dicke Schicht Butter.«

»Dein Arzt hätte vermutlich einiges gegen dein Rezept einzuwenden«, sagte Eleanor. »Iris, der Präsident hat einen Vorschlag. Soll ich weitermachen, Franklin?«

Der Präsident beäugte enttäuscht sein Sandwich, bevor er antwortete.

»McIntosh, ich plane, ein Komitee einzuberufen, das sich damit beschäftigt, wie wir am Kongress vorbei eine Lösung für diese Sache mit den Schiffen finden, die Churchill braucht. Ich möchte, dass Sie uns bezüglich der verfassungsrechtlichen Konsequenzen beraten.«

Sie hob die Hand an die Brust. »Ich?«, fragte sie ungläubig. Es war das erste Mal, dass jemand ihren Rat suchte.

»Sehen Sie, Iris«, fuhr Mrs Roosevelt fort, »der Präsident erhält jede Woche ein Telegramm oder einen Anruf von Churchill, der ihn um Lieferungen bittet, Kriegsmaterial und dergleichen. Das ist alles gut und schön …«

»Wir könnten es als Überschuss bezeichnen und so die Neutralitätsgesetze umgehen«, warf der Präsident ein. »Dünkirchen liegt erst eine Woche zurück. Innerhalb von fünf Wochen haben wir die Briten komplett neu aufgerüstet. Aber die Schiffe – das ist eine völlig andere Geschichte.«

»Die fünfzig Schiffe, die Churchill haben möchte, wurden doch bereits eingemottet. Was geht das den Kongress an?«, wollte Iris wissen.

»Es geht darum, welche Botschaft wir Deutschland mit dieser Geste übermitteln«, erklärte Roosevelt. »Der Kongress befürchtet, dass die Nazis es als Kriegserklärung verstehen könnten. Außerdem würden unsere Flieger im Falle einer Kapitulation Großbritanniens in die Hände des Feindes fallen.«

»Und dann ist da noch die Wahl«, fügte Mrs Roosevelt mit einem vorsichtigen Blick auf ihren Mann hinzu. »Falls wir überhaupt noch ein weiteres Mal kandidieren.«

»Die Republikaner werden das zum Wahlkampfthema machen: FDR schwächt die Verteidigung unseres Landes«, bemerkte Iris.

Der Präsident und seine Frau nickten ernst.

Iris beobachtete einen am strahlend blauen Himmel kreisenden Adler, während sie über eine Antwort nachdachte. Es war eine Aufgabe, an der sie sich so richtig abarbeiten konnte, es würde sie ablenken von Sam und der Lücke, die seine Abreise in ihrem Leben hinterlassen hatte. Der Adler stieß hinab und schwebte eine Weile über dem Wasser. Wenn sie ehrlich war, lag der einzige Grund für ihr Zögern darin, dass sie an ihrer Eignung zweifelte. Sie hatte ihre Fähigkeiten nie einer praktischen Prüfung unterzogen.

Sie versuchte, Zeit zu gewinnen. »Aber was ist mit Tom? Ich habe mein Studium doch noch nicht mal abgeschlossen. Tom kennt die Verfassung in- und auswendig.«

»Tom darf davon nichts erfahren, er gehört zu den Isolationisten und steht Großbritannien feindlich gegenüber«, erwiderte der Präsident pragmatisch.

»Es ist eine wunderbare Gelegenheit, Iris«, sagte Mrs Roosevelt. »Du solltest dich von deiner Loyalität zu Tom nicht davon abhalten lassen. Du wirst in der Schaltzentrale der Macht sitzen.«

Iris suchte den Himmel nach dem Adler ab. Er war verschwunden. Sie wandte sich wieder dem Präsidenten zu. »Vielen Dank, Sir. Es ist mir eine Ehre.«

»Ich freue mich«, sagte der Präsident. »Für diese Sache brauche ich Leute, denen ich vertrauen kann. Ich werde auch das Kabinett umstellen. Henry Stimson und Frank Knox werden Woodring und Edison als Kriegsminister und Marineminister ersetzen. Harry wird zum Sekretär des Kriegskabinetts befördert.«

Iris verstand, warum der Präsident Harry für diesen Posten vorgesehen hatte; der Mann war ein überzeugter Gegner der Nazis. Aber dass die Wahl auf Stimson und Knox gefallen war, irritierte sie. »Die beiden sind doch Republikaner«, sagte Iris.

»Es ist von großer Wichtigkeit, dass das Kabinett parteiübergreifend agiert«, sagte Mrs Roosevelt. »Knox und Stimson sind Interventionisten. Auch sie unterstützen eine Reform der Neutralitätsgesetze.«

»Und ich soll mit ihnen arbeiten?«, fragte Iris.

Der Präsident nickte. »Und mit anderen, mit Harry zum Beispiel. Stimson und Knox wollen auch ein paar ihrer Leute darauf ansetzen. Richter Robert Patterson vom Berufungsgericht wird Stimsons Untersekretär. John J. McCloy stellvertretender Sekretär. Knox will James Forrestal, den Investmentbanker, als seinen Untersekretär. Es haben aber noch nicht alle zugesagt.« Roosevelt und seine Frau tauschten Blicke. »Das Komitee wird aus ungefähr zwölf Leuten bestehen.«

»Wann fangen wir an?«, fragte Iris.

»Montag in einer Woche. Ich werde mich auf die Versammlung vorbereiten, aber Sie, Harry, Stimson und Knox können schon mal loslegen. Es ist sehr dringend. Wir müssen diese Kähne nach England bekommen«, sagte der Präsident nachdrücklich.

Er reichte Iris eine Cola, und Mrs Roosevelt widmete sich wieder ihrem Strickzeug. Der Präsident nahm sich ein Seil und begann mit geschickter Hand verschiedene Knoten zu binden. Dabei summte er leise vor sich hin. Nach einer Weile stimmte Mrs Roosevelt ein. Iris trank und sah dem Paar bei der Arbeit zu.

Der Präsident bemerkte ihr Interesse. »Kommen Sie mal rüber, McIntosh«, rief er ihr zu. »Ich zeige Ihnen, wie's geht.«

Iris nahm neben ihm Platz. »Das hier ist ein Palstek, der ist am leichtesten«, sagte er zum Einstieg.

In den darauffolgenden Stunden saßen die drei strickend, Knoten bindend und Cola trinkend auf der *Potomac*.

Am nächsten Morgen kam Iris früh zur Arbeit. Sie schenkte sich einen Kaffee ein und setzte sich mit einer Zigarette an den Schreibtisch. Nervös schlug sie einen Aktenordner auf, den sie ebenso schnell wieder schloss, dann schob sie unmotiviert irgendwelche Unterlagen auf dem Schreibtisch herum, wobei sie unablässig mit dem Fuß auf den Boden tappte. Die halb gerauchte Zigarette drückte sie achtlos aus. Als sich die Tür endlich öffnete, zuckte sie erschreckt zusammen.

»Tom.« Schnell sprang sie auf.

»Hi, Iris. Wie war dein Wochenende?«, fragte er freundlich, bevor er sich an den Schreibtisch setzte.

»Gut, ganz gut«, erwiderte sie unverbindlich. »Und deins?«

»Nicht schlecht. Judy und ich haben uns endlich *Rebecca* angeschaut. Was für ein Film! Gegen Mrs Danvers ist die Nesbitt der reinste Engel.« Tom sah sie Beifall heischend an, doch als er ihre angespannte Miene sah, fragte er besorgt: »Was ist los?«

Iris setzte sich auf einen der Stühle vor seinem Schreibtisch. Obwohl sie sich wohl schon hundertmal überlegt hatte, wie sie es ihm beibringen sollte, blieben ihr die Worte fast im Halse stecken. »Der Präsident hat mich gebeten, ihn bei der Arbeit zu … beraten«, sprudelte es schließlich doch aus ihr hervor. »Also, es geht um die fünfzig Schiffe, die wir an Großbritannien liefern sollen«, stammelte sie.

Tom sah sie eindringlich an.

»Er will, dass *ich* ihn wegen der verfassungsrechtlichen Auswirkungen berate.« Sie hoffte, dass ihre Betonung Erklärung genug war.

Er ließ sich schwer auf seinen Stuhl fallen. »Und was hast du ihm gesagt?«

»Dass es mir eine Ehre sei«, antwortete sie aufrichtig.

Tom schwieg eine ganze Weile. Iris war nicht sicher, ob sie an den Schreibtisch zurückkehren oder das Büro vielleicht besser verlassen sollte.

»Ich freue mich für dich, Mädchen«, sagte er schließlich, dann erhob er sich und streckte ihr die Hand entgegen. »Wirklich, das ist fantastisch.«

Iris schlug ein. »Es tut mir leid, Tom, ich habe deswegen ein ganz schlechtes Gewissen.«

»Das musst du nicht«, erwiderte er. »Wenn du nicht zugesagt hättest, hätte er jemand anderen gefragt. Das ist die Chance, Mädchen, ergreife sie!«

Iris war nicht sicher, welche Folgen diese neue Dynamik im Westflügel für Tom haben würde. Wenn Harry die rechte Hand des Präsidenten war, dann war Tom bis vor Kurzem noch seine Linke gewesen.

»Lass uns was trinken«, schlug er vor, »zur Feier des Tages.«

»Es ist noch nicht mal neun«, protestierte Iris. Tom zuckte die Schultern und holte eine Flasche Scotch mit zwei Gläsern aus dem Aktenschrank.

Sie tranken wortlos, und Iris war vollkommen klar, dass der Anlass dafür mitnichten ein feierlicher war. Kaum hatten sie die Gläser geleert, räumte er sie zusammen mit der Flasche wieder in den Schrank und setzte sich zurück an seinen Platz. Erst nach etwa einer Stunde sah er von seiner Arbeit auf.

»Hey, Iris«, rief er.

Iris vermutete, dass er sie um einen Spitzer bitten oder ihr eine lustige Anekdote erzählen wollte. »Denk immer daran, egal, welches Gefühl er dir auch vermittelt, in Wirklichkeit stehst du allein da.«

Tom richtete seine volle Konzentration wieder auf die Arbeit, doch Iris wollte an diesem Tag überhaupt nichts mehr gelingen.

Kapitel 49

WASHINGTON, D.C.

Eine Woche später

Am Montagmorgen um acht stand Iris allein im sogenannten *»Fish Room«* des Weißen Hauses. Sie legte die Tasche auf den Tisch und strich sich ein letztes Mal übers Haar. Die Kleidung für diesen Tag hatte sie sorgfältig ausgewählt, wollte sie doch so seriös wie möglich wirken. Als sie herausgefunden hatte, dass Knox sechsundsechzig Jahre alt war und Stimson sogar dreiundsiebzig, vermutete sie, es werde ihnen schwerfallen, eine Frau ernst zu nehmen, vor allem wenn sie wie Iris auch noch jung und unerfahren war. Vor lauter Nervosität brachte sie beim Frühstück keinen Bissen herunter. Am Wochenende hatte sie versucht, so viel wie möglich über Stimson, Knox, Patterson, McCloy und Forrestal in Erfahrung zu bringen, aber Sorgen machten ihr die anderen, die noch dabei sein würden und deren Namen sie nicht kannte. Um zwei Minuten nach acht sah sie auf die Uhr, dann betrachtete sie die Bilder an der Wand. Roosevelt hatte sie persönlich ausgesucht, alle hatten etwas mit Fischen zu tun, deswegen hatte er dem Raum gegenüber vom Oval Office auch seinen Namen verpasst.

Mitten auf dem Tisch stand ein großer Kaffeespender, daneben ein Tablett mit Gebäck und Kuchen. Sie warf einen kurzen Blick darauf, wandte sich aber schnell wieder ab.

Obwohl ihre Jacke nur halblange Ärmel hatte, wurde es Iris in dem fensterlosen Raum langsam zu warm. Mit einem Blick aufs Oberlicht fragte sie sich, wie heiß es hier wohl um die Mittagszeit werden würde. Sie wollte die Jacke nicht jetzt schon ausziehen, bevor noch jemand eingetroffen war, also zog sie stattdessen einen Ordner aus der Tasche und fächelte sich damit Luft zu. Einen Augenblick später öffnete sich die Tür.

Stimson, Knox und eine Schar düster dreinschauender Männer betraten den Raum. Einen davon erkannte sie: Richter Patterson. Iris lächelte ihnen zu und wollte sich gerade vorstellen, als Stimson an ihr vorbeirauschte und verkündete: »Hier ist es stickig. Würden Sie bitte einen Ventilator oder zwei organisieren, meine Liebe?«

Ohne Zögern ließ er sich auf einem Stuhl nieder und arrangierte seine Unterlagen, ohne Iris eines Blickes zu würdigen. Leicht hätte sie seinem Wunsch entsprechen können, denn das Telefon stand direkt neben der Tür und sie kannte die Durchwahl zu Mrs Nesbitts Apparat.

Stattdessen stellte sie sich vor den Tisch und sagte: »Ich bin Iris McIntosh, Sir.«

Mit einem Schlag hatte sie die volle Aufmerksamkeit der Versammlung.

»Ich bin als Beraterin für verfassungsrechtliche Fragen hier. Aber ich kenne die Durchwahl der Haushälterin, falls *Sie* Ventilatoren anfordern möchten.«

Während sie scheinbar ungerührt ihre Unterlagen hervorholte, spürte sie genau, dass die anderen sie beobachteten. Als sie den Kopf hob, sah sie direkt in Stimsons Gesicht, doch sie wich seinem Blick nicht aus.

»Wie schön, Sie kennenzulernen, Miss McIntosh. Entschuldigen Sie bitte die Verwechslung.«

Er erhob sich, streckte ihr die Hand entgegen und stellte ihr nacheinander die anderen Männer am Tisch vor, Knox und Patterson, McCloy und Forrestal. Die letzten drei schätzte Iris um die vierzig, McCloy war offenbar der Jüngste. Die anderen waren juristische Mitarbeiter und Assistenten. Stimson bat den jüngsten unter ihnen, sich mit Mrs Nesbitt in Verbindung zu setzen. Mitten in der Vorstellungsrunde betrat Harry den Raum. Er sah aus, als hätte er die ganze Nacht über wachgelegen. Seine Augen waren gerötet und in seinem Mundwinkel hing eine Zigarette. Er ließ einen schweren Haufen Dokumente und Akten auf den Tisch fallen und machte sich sofort am Kaffeespender zu schaffen. Dann schnappte er sich zwei Donuts, die er oben auf dem Stapel deponierte.

»Nun gut«, sagte er ohne Umschweife. »Wir sollten loslegen.«

Iris ging davon aus, dass sie vollzählig waren, und damit blieb sie die einzige Frau am Tisch. Es würde schon nicht so schlimm werden. Diese Herrenrunde war eigentlich ganz freundlich, und Stimsons Reaktion auf ihre sanfte Zurechtweisung war sehr charmant gewesen. Doch dann öffnete sich die Tür erneut. Bevor Iris noch Zeit hatte, den verspäteten Gast ins Auge zu fassen, rief Harry schon: »Schön, dass Sie wieder da sind, Chapel. Schnappen Sie sich einen Kaffee und setzen Sie sich.«

Um sechs Uhr beendete die Gruppe die Versammlung. Man hatte wenig erreicht: Die Neutralitätsgesetze waren in alle Einzelteile zerlegt und im Detail analysiert worden, doch Iris hielt sie ohnehin nicht für das Problem. Ihre eigentliche Aufgabe war sehr viel einfacher. Die in diesem Raum versammelte Expertenrunde sollte es dem Präsidenten ermöglichen, ohne den Kongress zu agieren. Schließlich war es Thomas Jefferson auch ohne den Kongress gelungen, fünfzehn Millionen Dollar auszugeben und Amerika auf seine doppelte Größe auszuweiten. Warum konnte der Präsident dann nicht auch fünfzig Schiffe nach England liefern? Obwohl Iris das Hindernis klar erkannte, machte es ihr Montys plötzliches Auftauchen unmöglich, sich auf die Lösungsfindung zu konzentrieren.

Bei seinem Anblick hatte sie zunächst an eine Wahnvorstellung geglaubt. Er steckte in einer Offiziersuniform. Am Schulterabzeichen erkannte sie, dass er den Rang eines Majors innehatte. Er zog den Hut und stellte sich der Runde vor. Mit einem kurzen Kopfnicken, das Iris galt, setzte er sich ans hintere Ende des Tisches. Er hatte sich kaum verändert, ein wenig ergraut war er, aber noch genauso attraktiv wie immer. Iris war verärgert, dass weder Mrs Roosevelt noch der Präsident daran gedacht hatten, sie über Montys Teilnahme zu informieren, doch sie verstand auch, warum sie es nicht getan hatten. Montys Anwesenheit hätte ihre Entscheidung beeinflussen können.

Die halbstündige Mittagspause fand um Punkt zwölf statt. Es gab Sandwiches und Limonade. Monty verbrachte die kurze Zeit im Gespräch mit Knox, einem früheren Mitglied der Kavallerie und Kriegsveteran des Ersten Weltkriegs, der in Monty einen Gleichgesinnten vermutete. Iris sah immer wieder zu ihm hinüber, weil sie darauf wartete, dass Monty endlich allein war. Ihre erste Begegnung seit fast zwei Jahren sollte nicht in Gesellschaft von Knox stattfinden. Doch der ältere Herr rührte sich nicht vom Fleck. Als Harry die Gruppe schließlich aufforderte, wieder an die Arbeit zu gehen, waren die beiden immer noch ins Gespräch vertieft. Den ganzen Nachmittag über spürte sie, dass Montys Blick auf ihr ruhte. Einmal lächelte und zwinkerte er ihr sogar zu, als sie mitten in einer Diskussion von ihrem Dokument aufsah. Ihre Gefühle gerieten völlig durcheinander. Sie war hin- und hergerissen zwischen freudiger Erregung und nervöser Vorahnung, doch das stärkste Gefühl von allen war ihre unbändige Freude über seine Rückkehr. In den vergangenen Jahren war die Erinnerung an Francis Slattery und die anderen Männer verblichen, und sie hatte sich mit Montys Neigungen arrangiert, vor allem, weil ihr klar geworden war, dass sie nichts mit ihr zu tun hatten.

»Gut, meine Dame und Herren«, verkündete Harry um sechs Uhr, »für heute ist es genug. Morgen früh sehen wir uns wieder hier.«

Während alle anderen ihre Unterlagen zusammenpackten, blieben Monty und Iris einfach sitzen und blickten einander an. Der Raum war leer, als Monty endlich das Wort ergriff.

»Und, was gibt's Neues?«

»Nicht viel«, erwiderte Iris. »Zurück aus der Wildnis, hm?«

»Ja, das kann man wohl sagen. Du hast ja richtig Karriere gemacht. Als ich deinen Namen auf der Liste sah, war ich ganz begeistert. Beraterin. Nicht schlecht!«

»Danke. Wieso trägst du eigentlich Uniform?«

»Ich bin versetzt worden. Die Briten brauchten Hilfe, und der Boss meint offenbar, dass ich in Tokio genug Buße getan habe. Ich werde die Schiffe nach England bringen und als Attaché vor Ort für die Kommunikation und Nachschub sorgen.« Mit einem Lächeln fügte er dann hinzu: »Außerdem weiß ich, dass du auf Männer in Uniform stehst.«

Lachend erhob sie sich.

»Gehst du heute Abend mit mir essen?«, fragte er. »Ich habe uns um sieben einen Tisch im ›Montmartre‹ reserviert.«

Sie nickte. »Aber ich muss erst noch was erledigen.«

»Kein Problem«, erwiderte er schulterzuckend.

Iris ließ die Tasche fallen und fiel Monty unter Tränen um den Hals.

»Ich hab dich so vermisst«, flüsterte sie, während sie sich an seinen Hals kuschelte.

»Ich dich auch, Kleines«, erwiderte er und schlang die Arme fest um ihre Taille.

Iris und Monty hatten schnell wieder in ihren alten Rhythmus hineingefunden. Beim Abendessen mit Artischockenherzen und Chateaubriand an Sauce béarnaise plauderten sie entspannt über die vergangenen zwei Jahre. Als der Kellner schließlich den Tisch abräumte und die Krümel vom Tischtuch wischte, hatten sie sich über die wichtigsten Neuigkeiten aus dieser Zeit ausgetauscht.

»Du siehst sehr hübsch aus.« Das Kompliment überraschte sie. »Ein wenig zugelegt hast du, jetzt bist du etwas voller im Gesicht. Aber das steht dir gut. Jetzt ähnelst du glatt der Grable. Mrs Nesbitt hat immer schon behauptet, du bräuchtest was auf die Rippen.«

Iris wusste, dass sie zugenommen hatte. Gemütlichkeit hatte nun mal ihren Preis. Obwohl sie nur ein paar Pfund mehr wog, hatte sie während ihres Zusammenlebens mit Sam eine ganze Kleidergröße zugenommen.

»Und deine Frisur«, fuhr Monty fort. »Wie lange trägst du das Haar schon so?«

»Seit ein paar Monaten«, antwortete Iris und fuhr sich über ihre seitlich eingedrehten Haartollen. »Gefällt's dir?«

»Ganz entzückend. Die Engländerinnen nennen diesen Stil ›*Victory Rolls*‹.«

»Nun, damit leiste ich meinen Beitrag zur Völkerverständigung«, erwiderte Iris trocken.

Monty grinste.

Iris strich über den Stiel ihres Weinglases. »Hast du jemanden kennengelernt?«, fragte sie nach einer Weile. »Eine Frau?« Eigentlich hatte sie auch nach einem Mann fragen wollen, um Monty zu zeigen, wie tolerant sie geworden war, brachte es dann aber doch nicht über sich.

»Eigentlich nicht«, antwortete er ausweichend. »Ich habe den größten Teil meines Exils damit verbracht, über dich nachzudenken und darüber, wie schrecklich ich mich dir gegenüber verhalten habe. Ich wünschte, ich könnte es wieder gutmachen.«

»Aber bist du jetzt glücklich?«

Monty schien diese Frage sehr ernst zu nehmen und ließ sich mit der Antwort Zeit. »Ich glaube schon«, sagte er schließlich. »Japan hat eine sehr disziplinierte und geordnete Gesellschaft. Auch die Regierung ist so. Die haben keine Zeit für Spielchen. Für Politik allerdings auch nicht. Es war erfrischend. Dieser Aufenthalt hat meinen Horizont erweitert.«

Er sah sie an. »Erzähl mir von Jacobson«, forderte er sie auf. »Was ist zwischen euch?«

Monty hörte teilnahmsvoll zu, während Iris ihm von ihrer Beziehung zu Sam erzählte.

»Ich liebe ihn sehr, aber er ist vor fast neun Monaten nach Europa gegangen«, schloss sie. »Er schreibt, und ich bin nicht sicher, wo ich mit ihm stehe.« Müde zuckte sie die Achseln, denn sie war es leid, darüber nachzudenken. »Ich bin einsam, glaube ich, und egal, wie viel ich arbeite, es geht mir trotzdem nicht besser.«

Monty gab ihr weder einen Rat, noch äußerte er seine Meinung.

»Möchtest du Nachtisch?«, fragte er nach einer Weile.

»Nein, ich möchte nach Hause. Mir ist eine Idee gekommen, die ich für morgen noch ausarbeiten muss«, antwortete sie. »Bist du wieder im Hotel Mayflower untergebracht?«

Mit einem Nicken bezahlte Monty die Rechnung. »Und du? Wohnst du noch in der 30th Street?«

»Hmm«, brummte sie gähnend.

»Ich werde dafür sorgen, dass das Taxi dich zuerst nach Hause bringt.«

In den folgenden Tagen hatte Monty sich im Fish Room immer neben Iris gesetzt. An diesem Montagmorgen, exakt eine Woche nach ihrem ersten Treffen, hielt Stimson einen Vortrag über die Leihgabe von Schiffen an Drittstaaten in Not. Monty strich einen Satz auf der Titelseite der *Washington Post* an und schob Iris die Zeitung unter die Nase.

Der markierte Satz lautete: »Wendell Willkie, der einzige Republikaner mit Sexappeal.« Daneben hatte Monty ein Fragezeichen gesetzt.

Hastig kritzelte Iris etwas auf ihren Notizblock und schob ihn Monty zu. »Im Vergleich zu den Republikanern in diesem Raum ist er tatsächlich attraktiv. WW war sein Leben lang Demokrat, bevor er die Partei wechselte. Das erklärt seinen Sexappeal.« Keiner, weder Stimson noch Knox, McCloy, Forrestal oder Patterson, besaß auch nur einen Hauch davon. Lachend stieß Monty sie unter dem Tisch an, und sie stieß zurück.

Willkie wurde als Präsidentschaftskandidat der Republikaner für die kommende Wahl gehandelt. Iris musste zugeben, dass er erheblich attraktiver war als andere Politiker, und das Wissen darüber, dass er seit Jahren verheiratet war und gleichzeitig eine Affäre mit der Herausgeberin der *New York Herald Tribune*, Irita Van Doren, hatte, machte Willkie sogar noch attraktiver. Doch Iris fand, es mangele ihm an Charisma. Als Präsident konnte sie sich ihn einfach nicht vorstellen.

»Hat noch jemand was hinzuzufügen?«, fragte Stimson.

»Ja!«, sagte Iris. Sie trank einen Schluck Wasser. Plötzlich wurde sie ganz ernst. »Ich glaube, dass wir die Antwort weder in den Neutralitätsgesetzen noch in den Spionagegesetzen von 1917 finden werden. Wir haben wirklich jeden Winkel ausgeleuchtet.« Sie zog einen Ordner aus der Tasche und sah in die Runde. Alle Blicke ruhten auf ihr. Sie hatte die ganze letzte Woche über an ihrem Konzept gearbeitet. Sie hatte recherchiert, geprüft, noch mal geprüft und sogar ihre Professoren eindringlich über die Folgen befragt, die sich aus ihrem Lösungsweg ergeben könnten. Obwohl sie eigentlich hinter ihrem Vorschlag stand, hatte sie jetzt in diesem heißen Raum das Gefühl, er habe überhaupt keine Chance. Sie fürchtete sogar, man würde sie auslachen. Aber es gab kein Zurück.

»Und?«, drängte Stimson.

Iris holte tief Luft. »Der Präsident ist durchaus in der Lage, Großbritannien die Schiffe zu liefern, wenn er es in seiner Funktion als Oberbefehlshaber der Armee tut.«

»Schiffe an Großbritannien zu verleihen verstößt gegen internationale Gesetze«, erinnerte Monty sie. »Und die Spionagegesetze verbieten es sogar, Churchill die Schiffe zu schenken.«

»Wir könnten sie als Handelsware deklarieren«, schlug Iris vor. »Wir müssen nur im Gegenzug eine Ware finden, die wir wollen und die Churchill gern hergibt. Es entspricht der Verfassung, ich habe das Ganze bestimmt hundertmal abgeklopft.«

Iris wartete, während die Männer über ihren Vorschlag nachdachten. Knox und Stimson diskutierten eifrig, aber den genauen Wortlaut konnte Iris nicht verstehen, weil sie flüsterten. Patterson und Forrestal blätterten hektisch in ihren Unterlagen, entweder waren sie verärgert, dass Iris eine Lösung gefunden hatte, oder sie wollten sich persönlich vergewissern, dass ihr Plan nicht gegen die Verfassung verstieß. Die jüngeren Assistenten taten es ihnen gleich. Sie sah Monty an. Sein Gesicht trug einen Ausdruck, den sie noch nie gesehen hatte, eine Art zufriedenes Halblächeln. Er zwinkerte ihr aufmunternd zu.

»Ein gewagter Schachzug«, murmelte Stimson schließlich, doch er schien zunehmend überzeugter. »Es könnte tatsächlich funktionieren.«

»Mir gefällt der Vorschlag«, setzte Harry an. »Wir sollten ihn dem Präsidenten vorlegen. Am besten formulieren wir es gleich aus. Iris, du bringst es auf Papier, und verwende dabei so viel Juristengeschwafel wie möglich.«

»In Ordnung«, sagte sie zögernd, denn sie war immer noch perplex, dass ihre Idee tatsächlich einfach so akzeptiert wurde. »Es wird ein paar Tage dauern, vielleicht sogar eine Woche. Und dann müssen wir es dem Justizminister vorlegen. Vor der Endfassung muss ich natürlich wissen, mit welcher Ware wir handeln wollen.«

Die Männer nickten. »Uns wird schon was einfallen – und wenn es fünfzig Pints warmes Bier sind«, scherzte Harry, dann machten sie sich an die Arbeit.

Kapitel 50

KISMET, NEW YORK

Juli 1940

Hick lag auf dem Sofa in ihrem engen Wohnzimmer, eine Ausgabe der Zeitschrift *Fortune* in der einen und ein Glas Bourbon in der anderen Hand. Nach jedem Schluck deponierte sie das Glas mit einer lässigen Handbewegung auf der Sofalehne über ihrem Kopf. Eleanor, an einem kleinen Kartentisch hinterm Sofa sitzend, war sicher, dass es jeden Moment umkippen würde.

Schließlich widmete sie sich aber wieder dem Tippen ihrer Kolumne. Ungeduldig suchte sie nach dem richtigen Buchstaben, den sie, kaum dass sie ihn gefunden hatte, kraftvoll mit dem Zeigefinger traktierte. Warum hatte sie sich nur auf Hicks Vorschlag eingelassen und war ohne Tommy hergekommen? Sie kochte innerlich. Während der zehn Tage in Kismet musste sie insgesamt vier Kolumnen schreiben, aber ohne Tommy, die ihr Diktat abzutippen und zu korrigieren pflegte, würde sie den Termin niemals schaffen. Jedes Mal, wenn sie die Tasten nur anschaute, fiel ihr schon nichts mehr ein. So konnte sie einfach nicht arbeiten.

»Jetzt hör dir das mal an, Eleanor«, sagte Hick. »Die Umfragen hier sagen, dass Frank wieder Präsident wird, wenn man ihn aufstellt, aber wenn nicht, würde der entsprechende Kandidat der Demokraten haushoch gegen die Republikaner verlieren. Interessant, oder?«

Eleanor fand das überhaupt nicht interessant, und sie hoffte inständig, dass ihr Mann die Ergebnisse dieser Umfrage nicht zu

Gesicht bekommen hatte. Sie fürchtete, es brauchte nicht viel, um ihn zu einer erneuten Kandidatur zu bewegen.

»Jaja, ganz interessant«, sagte sie abwesend und wischte sich mit einem Tuch, das sie in der Rocktasche gefunden hatte, über Gesicht und Nacken.

Hick spähte über die Sofalehne. »Meinst du, er will sich noch mal aufstellen lassen?«, fragte sie.

Während sie nach dem »F« suchte, zischte Eleanor: »Keine Ahnung. Du weißt doch, dass Franklin mir nicht alles erzählt.«

»Ich hatte nur gedacht, dass er das Thema vielleicht mit dir besprochen hat, weil es dich ja auch betrifft«, merkte Hick vorsichtig an. »Für eine dritte Amtszeit zu kandidieren ist eine große Sache, privat und historisch gesehen.«

»Ich weiß.« Nachdem Eleanor die gesuchte Taste endlich gefunden hatte, hieb sie ungeduldig darauf ein. »Aber er hat es mit niemandem besprochen. Nicht mal mit Harry.« Sie verzog das Gesicht. »Diese Schreibmaschine ist uralt, Hick«, rief sie, wobei sie mit beiden Händen auf die Tischplatte schlug. »Ich werde dir morgen eine neue kaufen.«

Hick lachte. »Ich frage mich, wo du in Kismet ein Schreibmaschinengeschäft finden willst. Es wird vermutlich auf ganz Fire Island keins geben. Außerdem handelt es sich hier um Old Faithful, meine treue Freundin. Ich habe sie mir von meinem ersten Gehaltsscheck gekauft. Sie hat mich noch nie im Stich gelassen.«

»Warum musstest du dir ausgerechnet ein Haus in so einem abgelegenen kleinen Kaff zulegen?«, maulte Eleanor. »Keine Geschäfte, kein Telefon, keine Autos …«

»Keine Menschenmengen, die dich um deine Meinung bitten, keine Ablenkungen, keine Komitees, keine Tommy …«, setzte Hick die Liste bissig fort, bevor sie sich wieder ihrer Zeitschrift zuwandte.

Damit hatte sie recht. In den vier Tagen, die sie nun in Kismet verbracht hatte, war Eleanor etwas Wichtiges klar geworden. Sie hatte einfach überhaupt keine Lust mehr, ihr Leben, ihre Arbeit und ihre Hobbys für einen anderen Menschen auf Eis zu legen, egal, wie sehr sie ihn auch liebte. Dies war eine grundlegende Entdeckung, weil sie sich bisher immer für vollkommen selbstlos gehalten hatte. Sie war nicht sicher, wann genau sich diese Wandlung vollzogen hatte. Hick griff ein weiteres Mal hinter sich, um an ihren Bourbon zu kommen.

»Meine Güte, Hick!«, schimpfte Eleanor. »Setz dich gefälligst hin, wenn du trinken willst. Du wirst das Glas noch umstoßen und alles verschütten.« Sie erhob sich. »Und zieh dir die Schuhe aus, wenn du schon auf dem Sofa herumlümmelst«, sagte sie und marschierte hinaus auf die wackelige Veranda.

Ans Geländer gelehnt blickte Eleanor auf die Great South Bay. Die Lichter von Long Island strahlten heller, je tiefer die Sonne sank. Man konnte die Insel nur mit einer Fähre verlassen. Doch Eleanor hatte Hick ohnehin versprochen, die nächsten zehn Tage mit ihr in dem Haus zu verbringen, auf das ihre Freundin so stolz war: die heruntergekommene Strandhütte, die sie drei Monate zuvor gekauft hatte. Kurze Zeit später trat Hick neben sie ans Geländer. Eleanor hörte eine Mücke an ihrem Ohr vorbeisirren. Sie landete auf Hicks Hand. Erst, als das Insekt ihre Freundin gestochen hatte, schlug sie danach, fester als nötig.

»Hey! Was sollte das denn jetzt?«, rief Hick.

»Da war eine Mücke auf deiner Hand«, erklärte Eleanor gleichmütig. »Du weißt doch, wie sehr die Biester auf dich stehen.«

»Ich will wissen, was das *gerade* sollte«, beharrte Hick.

Wortlos sahen die Frauen der letzten Fähre nach Bayport hinterher.

»Tut mir leid«, erklärte Eleanor. »Ständig löcherst du mich mit der Frage, ob Franklin noch mal kandidiert – das macht mich ganz nervös. Und es ist so heiß hier die ganze Zeit, so stickig.«

»Ich bin einfach neugierig«, erwiderte Hick sanft. »Es betrifft mich schließlich auch. Ich will wissen, woran ich bin. Was ich zum Beispiel im nächsten Jahr mache, würde mich interessieren. Reibe ich mich beim Komitee Demokratischer Frauen auf oder lebe ich mit dir in Val-Kill?«

Eleanor nickte. Obwohl sie das Schlimmste befürchtete, wollte sie ihre Ängste nicht mit Hick teilen. Im Januar hätte sie jeden ausgelacht, der behauptet hätte, Franklin werde für eine dritte Amtszeit kandidieren. Sie hatte sich bereits für verschiedene Projekte verpflichtet, einen weiteren Fünf-Jahres-Vertrag für fünfundvierzig Vorträge im ganzen Land unterschrieben. Sie hatte sich darauf gefreut und der Gedanke daran, von der Last des Präsidentenamtes befreit zu sein, hatte sie mit neuer Energie erfüllt. Aber nun, nur sechs Monate später, vermutete sie, ihr Mann werde es erneut versuchen. Ihr war klar, dass er das Präsidentenamt jetzt, wo die Welt vor einem Abgrund stand, nicht einfach aufgeben konnte. Diese Dinge wollte sie Hick aber nicht erklären, denn die Wahrheit würde ihr das Herz brechen.

»Franklin macht die Sache mit sich selbst aus«, erwiderte Eleanor. »Mehr kann ich dir nicht sagen, Darling.«

Kapitel 51

WASHINGTON, D.C.

August 1940

»Setzen Sie sich, McIntosh«, sagte der Präsident, als Iris das Oval Office betrat. Er kam hinter seinem Schreibtisch hervor und streckte ihr die Hand entgegen. Einigermaßen erstaunt schüttelte Iris sie und nahm dann auf dem Sofa Platz. »Jetzt ist alles in trockenen Tüchern. Churchill hat dem Handelsabkommen zugestimmt. Für einen Zeitraum von neunundneunzig Jahren dürfen wir acht britische Marinestützpunkte nutzen. Das Justizministerium hat grünes Licht gegeben.«

»Wann geht's los?«

»Am 6. September liefern wir fünfzig Schiffe nach Nova Scotia. Dort werden sie den Briten übergeben«, sagte der Präsident. »Ich wollte, dass Sie es als Erste erfahren.«

Iris fehlten die Worte.

»Und Bob Jackson möchte Sie kennenlernen. Er war sehr beeindruckt von Ihrem Schriftsatz«, fuhr der Präsident fort. »Ich habe zugestimmt, aber nur unter einer Bedingung: Er darf Sie mir nicht für das Justizministerium abwerben.« Roosevelt grinste.

Der Justizminister war beeindruckt von meinem Schriftsatz, dachte Iris stolz und setzte sich gleich etwas aufrechter hin.

»Das war hervorragende Arbeit«, sagte er. »Und dass die Transaktion auch noch Vorteile für Amerika bringt … Also, selbst für die überzeugten Anhänger der isolationistischen Fraktion dürfte dies als Ausgleich für die Nichtbeachtung ihrer Prinzipien ausreichen.«

»Wir haben das zusammen ausgearbeitet«, erklärte Iris schnell. »Monty hatte die Idee mit den Stützpunkten, Richter Patterson und seine Leute haben mir bei der Formulierung des Schriftsatzes geholfen …«

Der Präsident ergriff erneut ihre Hand. »Ich weiß, McIntosh«, sagte er. »Trotzdem bin ich stolz auf Sie. Ich wollte nur, dass Sie das wissen. Das ganze Team hat hart gearbeitet, aber auf Sie bin ich besonders stolz.«

Iris lächelte. »Danke, Herr Präsident!«

»So«, fuhr er fort, »jetzt brauche ich Ihre Hilfe in einer anderen Angelegenheit.« Er drehte sich zur Tür und rief: »Missy! Bring mir unseren neuen Mitbewohner.«

Iris sah den Präsidenten erwartungsvoll an. So erfüllt war sie vom Lob dieses Mannes, dass sie mit einem Mal das Gefühl hatte, es mit der ganzen Welt aufnehmen zu können. Hitler stoppen? Kein Problem, geben Sie mir bis sechs Uhr Zeit, Boss, dachte sie enthusiastisch.

Seltsam, wie sich manchmal alles fügte. Erstaunlich, wie Menschen ohne ihr Wissen geformt werden von ihrer Umgebung und denjenigen, mit denen sie Tag für Tag zusammen sind. Iris hätte sich nie träumen lassen, dass sie einmal zu der Frau heranreifen würde, die sie heute war.

Eine Minute später kam Missy herein, einen Welpen im Arm. Sie legte dem Präsidenten das Tier in den Schoß.

»Schauen Sie, sie verwöhnt ihn jetzt schon«, beklagte sich Roosevelt. »Wir haben ihn erst heute Morgen bekommen.«

»Aber er ist so süß«, säuselte Missy. »Wie kann man ihn da nicht verwöhnen?«

»Dieser kleine Scottish Terrier war ein Geschenk meiner Cousine Daisy. Sie meinte, es sei gut, wenn ich während der nächsten Amtszeit einen vierbeinigen Begleiter hätte«, erklärte der Präsident.

Iris erhob sich. »Was für ein schönes Tier.« Sie nahm das kleine Fellknäuel auf den Arm und herzte es.

»Sie müssen mir dabei helfen, einen passenden Namen zu finden. Daisy hat ihn ›*Big Boy*‹ getauft, aber Missy kann den Namen nicht ausstehen, und ehrlich gesagt finde ich ihn auch nicht besonders passend.«

Iris fühlte sich erneut auf die Probe gestellt. Da sie selbst nur eine Ente als Haustier besessen hatte, konnte sie herzlich wenig zur Namensfindung beitragen.

Missy ermunterte sie. »Sie mit Ihren schottischen Wurzeln können uns vielleicht am besten beraten.«

Der Welpe schleckte Iris hingebungsvoll übers Gesicht. »Er ist ganz schön frech«, sagte sie nachdenklich. »Erinnert mich an eine Figur aus einem Gedicht, das mein Vater mir gern vortrug, als ich noch ein Kind war. Es hieß ›*The Song of Outlaw Murray*‹.«

In Gedanken ging sie die Ballade durch, die sich jedes Mal ein klein wenig verändert hatte, wenn ihr Vater sie am Fußende ihres Bettes aufsagte. Er hatte stets behauptet, das Gedicht stamme aus seiner Feder. Erst als sie Lehrerin wurde und das Werk in einem Band von Sir Walter Scott entdeckte, erfuhr sie die Wahrheit.

»Kurz gesagt geht es darin um den Anführer eines alten schottischen Clans namens John Murray. Er wilderte in den Wäldern des Königs. König Jakob konnte ihn einfach nicht dingfest machen, also ernannte er Murray kurzerhand zum königlichen Wildhüter. Er ging als ›*Murray the Outlaw of Falahill*‹ in die Annalen ein.«

Sie sah erst den Hund, dann den Präsidenten an. »Sie könnten ihn John Murray nennen«, schlug sie vor.

»Wie wäre es mit *Outlaw*?«, sagte Missy.

Der Präsident nahm den Hund auf den Arm und musterte ihn eindringlich. »Fala«, befand er schließlich.

Missy und Iris waren einverstanden. »Fala passt perfekt«, sagte

Missy und kniete sich neben dem Präsidenten hin, um den Welpen liebevoll zu streicheln.

»Wie wollen Sie Ihren Triumph feiern?«, wollte der Präsident wissen, nachdem das Tier nun einen passenden Namen trug.

Über eine Feier hatte sich Iris noch gar keine Gedanken gemacht. Bis vor ein paar Minuten hatte sie ja noch nicht mal gewusst, dass es etwas zu feiern gab.

»Ich bin heute Abend leider auf einer Wahlkampfveranstaltung«, erklärte er. Vor einer Woche hatte er eine endgültige Entscheidung treffen müssen und beschlossen, erneut zu kandidieren. »Jetzt, da die Sache mit den Schiffen unter Dach und Fach ist, kann ich mich auf Willkie konzentrieren. Was halten Sie von ihm, McIntosh?«

»Die Wähler scheinen ihn wegen seiner Aufrichtigkeit und Verbindlichkeit zu mögen, für ihn spricht außerdem, dass er aus einfachen Verhältnissen stammt, glaube ich«, sagte sie. »Aber seine mangelnde Etikette wird ihm wahrscheinlich das Genick brechen. Diese Bemerkung über die Frauen …« Iris stieß einen leisen Pfiff aus und verdrehte die Augen.

In der vergangenen Woche hatte Willkie verkündet, er werde den Arbeitsminister aus den Reihen der Gewerkschaften ernennen – und es sei bestimmt keine Frau, hatte er hinzugefügt. Ein Seitenhieb auf Roosevelts Arbeitsministerin Frances Perkins.

»Warum musste er auch unbedingt die Hälfte der amerikanischen Bevölkerung beleidigen?«, scherzte der Präsident. »Der Bursche tut mir fast ein bisschen leid.«

Iris grinste. »Fassen Sie ihn bloß nicht mit Samthandschuhen an.«

»Wie dem auch sei, vielleicht werden meine Frau und ich nach den Wahlen ein Fest zu Ihren Ehren organisieren, sozusagen als Dank für Ihre Leistungen.«

»Dann hätten wir gleich zwei Gründe zum Feiern«, sagte Iris, tätschelte Fala ein letztes Mal und verließ dann das Oval Office.

Iris war auf dem Weg zum Fish Room, um ihre Unterlagen zu holen. Dieser Raum war in den letzten beiden Monaten ihr zweites Zuhause gewesen. Eines Nachts war sie sogar auf einem Stapel Papiere und Gesetzestexten eingeschlafen. Als sie um fünf in der Früh wieder erwachte, konnte sie sich nicht entscheiden, ob es nun zu früh oder zu spät war, um nach Hause zu gehen. Danach hatte sie für solche Fälle etwas Kleidung zum Wechseln im Weißen Haus deponiert.

Monty wartete schon auf sie.

»Hast du die Neuigkeiten gehört?«, fragte sie.

Er nickte.

Sie stöhnte auf. »Der Präsident hat mir doch glatt weisgemacht, ich sei die Erste, die davon erfährt.«

Er trat auf sie zu. »Du kennst ihn doch: Er möchte, dass sich jeder fühlt, als sei er was Besonderes«, sagte er. »Aber du warst die Einzige, die er in sein Büro gerufen hat. Harry hat es uns erzählt.« Er ergriff ihre Hände. »Da hast du ja eine Wahnsinnsidee aus dem Hut gezaubert. Und der Schriftsatz erst …« Er schüttelte den Kopf. »Nicht übel.«

»Danke für das Kompliment«, erwiderte sie und verstaute das Sammelsurium der letzten Wochen in ihrer Aktenmappe. Als sie auf einen kleinen Zettel stieß, den sie zusammengefaltet in die Tasche gesteckt hatte, runzelte sie die Stirn. Sie biss sich auf die Lippe und starrte auf den Tisch.

»Was ist los?«

»Ich habe heute eine Nachricht erhalten«, sagte sie. »Aus dem Verfassungsgericht, aus Felix Frankfurters Büro.«

»Und?«

»Er hat mich zu einem Gespräch in sein Büro eingeladen«, erwiderte Iris mit wenig Enthusiasmus. »Warum, wollte er mir nicht sagen.«

»Das ist ein dickes Ding, Kleines!«, rief Monty mit aufgerissenen Augen. »Er will dir einen Job anbieten.«

»Glaubst du wirklich?«, fragte Iris skeptisch.

»Aber sicher. Ich kenne Frankfurter gut. Obwohl wir während unserer gemeinsamen Zeit oft unterschiedlicher Meinung waren, habe ich ihn als einen guten Mann erlebt. Wenn man vom Verfassungsgericht einen Posten angeboten bekommt, ist das eine ziemliche Ehre.«

»Also soll ich mich mit ihm treffen?«

»Selbstverständlich!«, erwiderte Monty. »Du musst die Stelle ja nicht nehmen. Hör dir einfach an, was er zu sagen hat.«

Sie nickte. »Wahrscheinlich hast du recht.«

Monty tätschelte ihr den Arm. »Deine Loyalität für den Präsidenten sollte dich nicht zurückhalten.«

Sie dachte über Montys Ratschlag nach, dann sagte sie: »Und du wirst vermutlich im September mit den Schiffen das Land verlassen, oder?«

»Korrekt.«

»Also bleibt uns nicht viel Zeit.«

»Stimmt.«

»Dann sollten wir uns beeilen.« Iris wusste genau, wie ihre Feier aussehen sollte.

Als Iris sich später in Montys Armbeuge kuschelte, fiel ihr Blick auf den Schrank, eine weitere Anschaffung aus Val-Kill. Monty konnte die Möbel aus Val-Kill nicht ausstehen. Er nannte sie »klobig und trist«. Doch er hörte besorgt zu, als Iris ihm erzählte, was vor Kurzem geschehen war: Die Partnerschaft zwischen Nan,

Marion und Eleanor war wegen eines fürchterlichen Streits schließlich aufgelöst worden. Jetzt befassten sich Anwälte mit der Aufteilung des Anwesens, was Mrs Roosevelt so erschüttert hatte, dass sie eine ganze Woche lang das Bett nicht verließ.

»Das ist eigentlich wie eine Scheidung«, sagte Monty betrübt. »Diese drei Frauen waren so eng miteinander verbunden. Es ist immer wieder erstaunlich, wohin die Liebe führen kann.«

Der mächtige Kleiderschrank mit seinen schweren Türen aus Walnussholz beherbergte Sams Kleidung. Seine Anzüge, Hemden, Schuhe und Hosen waren fein säuberlich auf Bügeln aufgereiht und warteten auf die Rückkehr ihres Besitzers. Seine Krawatten, ganze vier an der Zahl, hingen auf der Rückseite der linken Tür. Wenn Iris den Kopf nur leicht drehte, hatte sie den Badezimmerschrank im Blick. Darin lagen sein Rasierer und die Tube mit dem Rasierschaum neben ihren Kosmetikutensilien, dem Parfüm und der Zahnbürste. Seine Sachen, die Bücher, Schallplatten, Manschettenknöpfe und ein Kamm, lagen in der Wohnung herum. All diese Dinge waren stumme Zeugen ihrer Beziehung, die trotz der räumlichen Trennung weiterging.

Sie kuschelte sich noch enger an Monty. Die Sonne ging gerade erst unter. Hatte sie Gewissensbisse? Ihre Gefühle waren eine Mischung aus Schuld und Trauer. Trauer über das, was hätte sein können. Sie hatte vor der Einsamkeit kapituliert. Als Monty und Iris sich an diesem Nachmittag auszogen, war es, als sähen sie sich zum ersten Mal nackt. Iris öffnete das Fenster, ließ aber die Vorhänge zugezogen, um den stillen Nachmittag auszusperren. Die Sonne drang trotzdem ins Zimmer und tauchte alles in ein weiches Licht. Sie schlüpften ins Bett, zogen sich die Decke über die Ohren und sahen einander lange an. Von der Straße drangen Geräusche zu ihnen herauf: Stimmen, Autolärm, eine Sirene. Doch Monty und Iris hatten sich hier eine kleine Oase geschaffen.

Abgesehen von der Uniform und einigen grauen Haaren war Monty genau der Mann, mit dem sie vor sieben Jahren zum ersten Mal geschlafen hatte. Und doch war alles anders. Sie küssten sich zärtlich, vorsichtig sogar, vielleicht aus Angst vor dem, was passieren würde. Monty strich ihr sanft über die Haut, und sie merkte, dass sich sein Liebesspiel verändert hatte. Iris zeichnete die unregelmäßige Narbe auf seinem Bauch nach, und er duldete ihre Berührung. Sie drängte sich enger an ihn heran, bis ihre Körper nahtlos ineinander übergingen. Zärtlich streichelten sie sich und flüsterten einander zu, als wollten sie sich Mut machen für das, was als Nächstes kommen musste. Beim Sex verloren sie alle Hemmungen. An Sam hatte sie zu keinem Zeitpunkt gedacht.

Mit einem tiefen Seufzer schlug Monty die Augen auf. »Schön, dich wiederzuhaben«, sagte er schläfrig. »Es war besser, als ich es in Erinnerung hatte.« Er küsste sie auf die Stirn. »Wie spät ist es?«

»So gegen acht, vermute ich mal«, sagte Iris.

»Hast du was zu essen im Haus?«

»Glaube schon. Kochst du uns was?«

»Was willst du denn haben?«, fragte er, schlug die Decke zurück und setzte sich auf.

Als sie nicht sofort antwortete, sah er sie über die Schulter hinweg an und fragte: »Und?«

»Ich möchte, dass du deine Suite im Mayflower-Hotel aufgibst und bis zu deiner Abreise zu mir ziehst«, sagte Iris nachdrücklich.

Monty schlüpfte wieder unter die Decke. Auf den Ellbogen gestützt musterte er sie eindringlich. »Und was ist mit Jacobson?«

»Der ist da, wo er schon die letzten elf Monate verbracht hat«, erwiderte sie ohne Zögern.

Monty sah sie skeptisch an.

»Hier geht es nicht um Rache. Ich liebe Sam, das habe ich dir auch gesagt, aber er ist nun schon seit fast einem Jahr fort.«

»Und jetzt …«

»Wir kennen uns doch viel zu gut, um befangen zu sein, Monty. Meine Gefühle für dich sind so tief, dass ich mich selbst davor erschrecke. Mit dir zusammen zu sein ist wie ein Grundbedürfnis … Ach, was rede ich da.« Sie seufzte über ihre Unfähigkeit, die Gefühle für Monty in Worte zu fassen oder sie wenigstens zu verstehen. »Ich möchte mit dir das Leben genießen, auch wenn es nur für einen Monat ist. Ich habe noch ein paar Tage Urlaub übrig, da könnten wir doch verreisen.«

Monty rollte sich auf den Rücken, faltete die Hände hinterm Kopf und starrte an die Decke.

Sie kuschelte sich an seine Brust. »Manchmal wünschte ich, ich wäre mit dir nach Japan gegangen.«

Lachend strich er ihr übers Haar. »Sei froh, dass du das nicht getan hast«, sagte er munter. »Japan ist eine Männergesellschaft. Du hättest es ganz schrecklich gefunden.«

Er stand auf und schlüpfte in die Hose. »Natürlich ziehe ich bei dir ein. Ich werde gleich im Hotel anrufen, damit sie meine Sachen rüberschicken.« Monty beugte sich vor und küsste sie. »Ich freue mich schon darauf, mit dir Ehepaar zu spielen.«

Hocherfreut über seine Antwort räkelte sich Iris im Bett und beobachtete ihn beim Anziehen.

Im Türrahmen drehte er sich noch mal um. »Mach ein bisschen Platz in diesem fürchterlichen Ungetüm von Schrank, bevor meine Sachen kommen«, wies er sie grinsend an, bevor er zum Hörer griff.

Beim Blick in den Schrank erkannte Iris die Konsequenzen dieses scheinbar so bescheidenen Wunsches.

Kapitel 52

HYDE PARK, NEW YORK

November 1940

Iris saß auf einer Bank und blickte hinab auf den Hudson River. Im Haus herrschte reges Treiben. Freunde und Hauspersonal verfolgten das Wahlgeschehen. Obwohl im ersten Stock alles erleuchtet war, drangen keinerlei Geräusche nach draußen. Ein gutes oder schlechtes Omen? Iris hielt die Armbanduhr ins Mondlicht: Mitternacht. Ihre Gedanken wanderten zu jenem Thanksgiving-Fest, als sie mit Sam auf dieser Bank gesessen hatte. Damals waren sie sich kurz nähergekommen, aber schon kurz darauf hatte er sie verlassen. Dann dachte sie an Monty. Sechsunddreißig wundervolle Tage hatten sie miteinander verbracht – dann hatte auch er sie wieder verlassen.

Aus dem Haus drangen Jubelschreie nach draußen. Iris zuckte zusammen. Gute Nachrichten! Noch während sie überlegte, ob sie wieder hineingehen sollte, öffnete sich die Tür. Sie erkannte den Mann, der auf sie zukam, an der Figur: Harry.

»Es ist vorbei, Iris«, rief er schon von Weitem. »Wir haben gewonnen!«

»Liegen Ihnen schon genaue Zahlen vor?«, fragte Iris.

Harry setzte sich neben sie. »Noch nicht, aber Frank hat in jeder großen Stadt gewonnen, außer in Cincinnati. Wir haben in achtunddreißig Staaten gesiegt, Willkie nur in zehn. Außerdem haben wir sechs Sitze im Parlament dazugewonnen.«

»Das ist ja hervorragend, Harry!«, sagte Iris. »Ich wusste doch, dass wir uns keine Sorgen machen müssen. Seine Reden ... Allein die in Cleveland letzte Woche.« Bei dem Gedanken daran schüttelte sie den Kopf. »Die Wähler haben ihm aus der Hand gefressen. Er hat ihnen das Gefühl gegeben, einer von ihnen zu sein.«

»Ich war mir nicht so sicher, Iris«, gab Harry zu. »Eine ganze Zeit lang stand die Sache auf Messers Schneide.«

»›Ich sehe ein Amerika, das sich unserer Freiheit verpflichtet fühlt – vereint in Toleranz und religiösem Glauben, ein Volk, das sich dem Frieden verschrieben hat, ein Volk, das auf seine Stärke vertraut, weil es in Körper und Geist sicher und furchtlos ist‹«, zitierte Iris aus der letzten Wahlrede des Präsidenten. »Das ist ziemlich unschlagbar, Harry. Roosevelt als Kriegstreiber zu bezeichnen hat Willkie die Niederlage eingetragen, die er verdient hat.«

»Keiner glaubt so sehr an den Präsidenten wie du, Iris.«

Sie zuckte die Schultern, weil sie nicht sicher war, ob sie Harrys Bemerkung als Beleidigung oder Kompliment auffassen sollte. »Die Roosevelts dürfen das Weiße Haus nicht verlassen. Das Land wäre nicht mehr dasselbe ohne sie.«

»Was machen Sie überhaupt so ganz allein hier draußen?«, fragte er. »Fühlen Sie sich etwa einsam?«

»Ein bisschen«, gestand sie.

»Ich auch«, sagte er leise. »Wen vermissen Sie mehr, Chapel oder Jacobson?«

Die direkte Frage erstaunte sie.

»Weiß nicht«, sagte sie schließlich. »Ich vermisse jeden auf andere Art. Aber ich mache mir auf dieselbe Art Sorgen um sie.«

»Wegen der Bombenangriffe auf London?«

Iris nickte. »Es ist falsch, Zivilisten zu bombardieren, um den Willen eines Landes zu brechen.«

»Diese Taktik haben die Briten selbst in den Zwanzigerjahren im Irak das erste Mal eingesetzt«, erinnerte Harry sie.

»Das macht die Sache irgendwie nur noch schlimmer«, erwiderte Iris.

»Ist Jacobson auch immer noch in London?«

»Ja, aber er ist für Paris zuständig. Ich weiß nicht genau, was das heißt.«

Die beiden saßen eine Weile schweigend nebeneinander. Iris dachte darüber nach, dass Außenstehende wie Harry offenbar meinten, beide Männer spielten eine zentrale Rolle in ihrem Leben. Warum musste man sich nur entscheiden?

»Aber Sie haben doch Diana«, sagte Iris schließlich in Anspielung auf seine Tochter.

»Ich bin kein guter Vater, Iris«, bemerkte er. »Ich verbringe zu viel Zeit woanders, mit der Arbeit. Wir sind uns fremd.«

»Wie war das mit Dorothy Hale?« Trotz ihres kurzen Gesprächs mit der Schauspielerin hatten Iris die ungewöhnliche Verbindung zwischen ihr und Harry und auch der spätere Selbstmord der Frau tief berührt.

»Ich habe sie auf einer Feier kennengelernt, und sie hat sich mir an den Hals geworfen«, sagte Harry. »Barbara war gerade erst gestorben und ich noch ziemlich angeschlagen …«

»Ich verstehe«, versicherte Iris ihm.

»Aber es gab nichts, was uns verbunden hätte. Sie kannten Barbara – meine Frau war das genaue Gegenteil von Dorothy.« Er hielt kurz inne. »Ich glaube nicht, dass sich Dorothy wegen mir umgebracht hat. Wir waren ganz bestimmt nicht ineinander verliebt. Sie war einsam. Dorothy war einfach eine sehr einsame Frau.«

Iris und Harry saßen noch eine Weile auf der Bank und betrachteten den Hudson River, der unter ihnen ruhig dahinfloss. Iris dachte über Harry und sein Leben nach. Verwitwet, krank, von seinem Kind entfremdet verbrachte er jeden Augenblick seines Lebens mit Arbeit. Ihm hatte der Krebs so übel mitgespielt, dass er das Bett hüten musste, und er fand nur dann Erleichterung, wenn er telefonieren und die Zeitungen lesen konnte, während er in ständigem Kontakt mit dem Oval Office stand. Die Vorstellung, so zu enden, erschreckte sie zutiefst.

»Jetzt schauen Sie uns an!«, rief Iris schließlich. »Was sind wir doch für traurige Gestalten. Wir sollten wieder ins Haus gehen und feiern.« Sie sprang auf, ergriff Harrys Hand und zog ihn von der Bank. Arm in Arm gingen sie ins Haus, um sich in den Trubel zu stürzen.

DIE DRITTE AMTSZEIT

1941–1944

Oberster Befehlshaber

Kapitel 53

ANTIGUA, KARIBIK

Dezember 1940

»Wie lange geht das schon so?«, flüsterte Harry mit Blick auf den Präsidenten, der, einen Brief in der Hand, im Liegestuhl lag.

Iris, schräg hinter dem Stuhl, konnte die Miene des Präsidenten nicht deuten. »Seit er gestern diese Nachricht erhalten hat«, antwortete sie. »Er hat nichts gegessen, will nicht angeln, sitzt einfach nur hier rum oder kommt gar nicht erst aus der Kabine.«

Der Präsident bot einen seltsamen Anblick, wie er mit geöffnetem Hemdkragen und ausgeleiertem Strohhut auf dem Kopf im Schatten einer mächtigen Kanone auf dem Deck der *USS Tuscaloosa* im Liegestuhl ruhte.

»Was heckt ihr beiden denn schon wieder aus?«, scherzte Missy, die gerade das Deck betreten hatte. »Spioniert ihr den Präsidenten aus?«

Iris und Harry lachten gedämpft.

»Du weißt doch sicher, was in dem Brief steht, oder?«, fragte Harry.

Missy schüttelte den Kopf. »Der kam mit dem Wasserflugzeug der Marine, das gestern neben uns gelandet ist. Er rückt nicht mit der Sprache heraus, sondern schickt mich ständig weg, wenn ich ihm zu nahe komme.«

»Wenigstens wirkt er nur nachdenklich, nicht erschreckt oder besorgt«, bemerkte Iris, um Optimismus bemüht. »Er wird es uns sicher erzählen, wenn er lange genug darüber gegrübelt hat.«

Die drei gingen ihrer Wege. Iris beschloss, in die Kabine zurückzukehren und Sam zu schreiben. Obwohl sie sich regelmäßig Briefe schickten, hatte sie ihn seit fünfzehn Monaten nicht mehr gesehen. Als sie im September erfolgreich ihr Studium abgeschlossen hatte, hatte er zwar aus London angerufen, aber die Verbindung war so schlecht gewesen, dass sie ihn kaum verstanden hatte. Am Anfang waren ihre Briefe noch romantisch, voller Sehnsucht und Leidenschaft gewesen. Iris hatte ihre Gefühle unkontrolliert niedergeschrieben. Mittlerweile klang alles, was sie verfasste, bemüht und gestelzt. Sie war sich klar darüber, dass es an ihrer neu entfachten Beziehung zu Monty lag. Es wäre ihr verschlagen vorgekommen, seitenweise über Sehnsucht und Traurigkeit zu schreiben, während sie ihre Tage mit Monty in der Wohnung verbrachte, die sie einst mit Sam geteilt hatte. Sie fragte sich gelegentlich, meist spät in der Nacht, ob Sam nicht vielleicht auch jemanden kennengelernt hatte. Obwohl sie wusste, dass es unfair war, fand sie diese Vorstellung deprimierend. Fünfzehn Monate waren eine lange Zeit, wenn man sich liebte. Iris zückte ihren Stift. Eine halbe Stunde später war sie fertig und las sich den Brief ein letztes Mal durch.

Der erste Absatz handelte nur von der Wahl. Sie wusste, dass Sam die Nachrichten aus Washington bereits gehört hatte, deswegen versuchte sie, ihm Dinge zu berichten, die nicht in den Zeitungen standen. In knappen Sätzen schilderte sie, wie Mrs Roosevelt ihrem Mann auf der Parteiversammlung zur Seite gestanden und die Delegierten davon überzeugt hatte, Henry Wallace als Kandidaten für das Vizepräsidentenamt zu unterstützen, obwohl ihn niemand mochte, auch sie nicht. Iris schrieb: *Ihre Rede war sehr überzeugend, sie schaffte es, alle Delegierten hinter dem Präsidenten zu versammeln. Die Situation war Mrs Roosevelt sehr unangenehm, aber sie erzählte mir hinterher, sie betrachte dieses Vorgehen als einen der kleinen Kompromisse, die man zur Machterhaltung eingehen müsse.*

Knapp erwähnte sie ihren Anteil an dem Handel mit den Schiffen, diese dienten ihr wunderbar als Überleitung zu ihrem jetzigen Aufenthalt an Bord der *USS Tuscaloosa*. Der Präsident hatte beschlossen, die neu ausgehandelten Nutzungsrechte für britische Marinestützpunkte als Anlass für eine Kreuzfahrt in die Karibik zu verwenden. *Erst haben wir auf Kuba Zigarren gekauft*, schrieb Iris, *und jetzt liegen wir vor Antigua vor Anker. Wenn er nicht gerade mit Angeln oder Schwimmen beschäftigt ist, besichtigt er einen seiner neuen Stützpunkte. Aber größtenteils nutzt er die Gelegenheit, um sich vor Antritt seiner nächsten Amtszeit im Januar noch ein wenig zu erholen.*

Ihre letzten Worte lauteten: *Gib auf dich acht. In Liebe, Iris*. Dieser Schluss gefiel ihr zwar nicht, aber es wäre auch nicht richtig gewesen, mehr Gefühl hineinzulegen.

Als sie den Umschlag adressierte, klopfte es an der Tür. Es war Missy, die ihr ausrichtete, der Präsident wolle sie sehen.

Sie legte den Brief in den Postsack und machte sich auf den Weg zur Offiziersmesse.

Missy, Henry Stimson und Frank Knox hatten sich bereits dort versammelt. Sie warteten nur noch auf Harry. Der Präsident wirkte ernst, aber nicht besorgt. Auf dem Tisch lagen Abschriften eines Dokuments parat. Iris setzte sich und begann zu lesen, was die anderen schon wussten.

Es handelte sich um den Brief. Iris blätterte schnell zur letzten von acht Seiten. Der Brief war mit *Hochachtungsvoll, Winston S. Churchill* unterzeichnet. Erstaunt widmete sie sich der ersten Seite, als Harry eintrat, sich setzte und ebenfalls zu lesen begann.

Das viertausend Worte lange, von Winston Churchill verfasste Dokument war nicht weniger als ein Bittbrief, in dem der Premierminister um finanzielle Unterstützung warb. Wenn er kein Geld bekomme, seien Englands Kassen in einem Monat leer. Ohne das nötige Geld für Kriegsgeräte aus Amerika, schloss Churchill, sei Großbritannien bald seiner letzten Substanz beraubt. Als schließlich jeder das Dokument gelesen hatte, waren alle Augen auf den Präsidenten gerichtet. »Also funktioniert Geld gegen Ware jetzt nicht mehr, weil Großbritannien pleite ist. Wie lösen wir das Problem?«

Iris las den Brief erneut. Solange Großbritannien sofort bezahlte, hatte Amerika dem Land trotz der Neutralitätsgesetze Kriegsmaterial liefern können. Wenn sofort Geld floss und die Briten die Ware selbst abholten, konnten sie kaufen, was sie wollten. Aber ohne die finanziellen Mittel blieb ihnen dieser Weg versperrt.

»Wir reden hier nicht von fünfzig eingemotteten Schiffen, Boss«, sagte Harry. »Dieser Churchill will Lieferungen für die gesamte Kriegsdauer. Diese Bitte müssen wir ihm leider ausschlagen.«

»Aber das geht nicht, Harry!«, rief Iris aufgebracht. »Ohne Hilfeleistungen wird Großbritannien zerstört.« Schnell senkte sie den Blick wieder, damit niemand ihre Verzweiflung bemerkte.

»Das finde ich auch«, mischte Knox sich ein. »Stellen Sie sich vor, Großbritannien gewinnt entgegen aller Erwartungen den Krieg, und wir haben dem Land nicht geholfen. Was dann? Die Amerikaner können sich weiterhin einer freien Weltordnung erfreuen, aber zu welchem Preis?«

»Und das ist nur der bestmögliche Ausgang. Stellen Sie sich den schlimmsten vor«, mahnte Stimson.

Eine Weile lang saß die Gruppe schweigend da.

»Nun gut«, sagte Harry schließlich. »Wie soll es jetzt weitergehen? Welchen Vorschlag habt ihr? *Ladies first.*« Er wandte sich Iris zu.

Sie dachte laut nach. »Diesmal kommen wir am Kongress nicht vorbei. Der Präsident kann nicht einfach Waren verschenken, und

Großbritannien hat nicht genügend Stützpunkte für einen weiteren Handel.«

»Es ist mir nicht klar, wie wir es hinbekommen sollen, dass die Sache mit den Bestellungen von Kriegsgeräten weiterläuft«, sagte Knox kopfschüttelnd. »Aber das müssen wir.«

Im Zimmer wurde es still, aber es lag etwas in der Luft, dieselbe angespannte Erwartung wie kurz vor Sonnenaufgang.

»Glücklicherweise, meine Damen und Herren, habe ich bereits eine Idee«, sagte Roosevelt auf einmal.

Auf einen Schlag galt ihm die volle Aufmerksamkeit aller.

Er ließ sich Zeit mit seiner Ausführung. »Wir werden den Briten *leihen*, was sie brauchen, egal, wie viel es kostet. Sie werden uns alles zurückzahlen, wenn sie dazu in der Lage sind, oder sie liefern uns *Naturalien*. Wir streichen alle Dollarzeichen aus der Vereinbarung. Es geht um das Gebot der Menschlichkeit, wenn Sie so wollen.« Er hielt kurz inne. »Das ›Leih-und-Pacht-Gesetz‹, so werden wir es nennen. Die Einzelheiten können wir in Washington aushandeln, aber ich glaube, dass wir hier eine solide Lösung gefunden haben.«

»Glauben Sie, der Kongress wird das akzeptieren?«, fragte Harry den Präsidenten.

»Der Kongress akzeptiert das, was das Land akzeptiert. Ich werde es zuerst der Öffentlichkeit präsentieren. Sie aufrütteln. Die Bürger müssen wissen, was auf dem Spiel steht.«

Als die Versammlung sich langsam auflöste, fragte der Präsident: »Wie finden Sie den Namen für das Gesetz?«

»Auf jeden Fall besser als ›Fish Room‹«, sagte Harry.

Kapitel 54

WASHINGTON, D.C.

Dezember 1940

Eine Woche später stieg Iris zu ihrer Wohnung hinauf. Sie war froh, wieder in Washington zu sein. Der Aufenthalt am Meer war erholsam gewesen, und die Sonne hatte ihre trübe Stimmung gehoben. Ihr war klar geworden, dass sowohl Monty als auch Sam Teil ihres Lebens waren. Diese Erkenntnis hatte sie weder erschüttert noch überrascht. Iris musste lediglich entscheiden, wer welche Rolle einnehmen sollte. Zwei Personen konnten nicht gleichzeitig die Hauptrolle spielen.

Vor der Tür stellte sie die Koffer ab und suchte nach dem Wohnungsschlüssel, der sich in den äußersten Winkel ihrer Handtasche verkrochen hatte, als wäre er wegen ihrer langen Abwesenheit beleidigt. Sie hatte ihn gerade gefunden, als sich die Tür von selbst öffnete. Es war Sam.

»Ich habe dich gehört«, sagte er. »Braun bist du geworden.«

Fassungslos starrte Iris ihn an, den Schlüssel noch in der erhobenen Hand. »Ich war auf Kreuzfahrt«, murmelte sie etwas gefasster. »In der Karibik. Das habe ich dir auch geschrieben, aber den Brief kannst du noch gar nicht erhalten haben.«

»Schön, dich endlich wiederzusehen, Iris!«

»Seit wann bist du wieder da?«

»Seit fast einer Stunde«, erwiderte er. »Komm rein.«

Er nahm ihren Koffer. »Warum hast du mir kein Telegramm geschickt, damit ich weiß, dass du kommst?«

»Ich habe es auch erst vor einem Tag erfahren. Roosevelt hat sich von der Karibik aus mit Murrow in Verbindung gesetzt. Er will ein Interview über das Leih-und-Pacht-Gesetz geben. Murrow weiß, dass ich einen guten Draht zum Präsidenten habe, und deshalb … Außerdem wollte ich über die Feiertage zu Hause sein. Chanukka fällt dieses Jahr auf den Fünfundzwanzigsten. Aber das ist alles nebensächlich …« Er schwieg und zog sie an sich.

Als sie sich küssten, begriff Iris, dass sie noch immer keine Entscheidung über die beiden Männer in ihrem Leben getroffen hatte. Ihre Sehnsucht nach Sam hatte sich angefühlt wie Folter. »Ich habe dich so vermisst, aber fünfzehn Monate sind eine sehr lange Zeit.«

Er sah sie zärtlich und doch anklagend an.

»Was willst du damit sagen?« Er löste sich aus der Umarmung, trat einen Schritt zurück und vergrub die Hände in den Hosentaschen.

Sie bedauerte ihre unbedachte Äußerung und versuchte sofort, den Schaden zu begrenzen.

»Ich habe mir Sorgen gemacht, dass du vielleicht eine andere kennengelernt hast«, sagte sie, um größtmögliche Gelassenheit bemüht.

Sein Ausdruck verriet Iris, dass es in seinem Leben keine andere Frau gab. Er war gekränkt, dass sie überhaupt auf eine solche Idee kommen konnte. Für Sam war die Vorstellung völlig absurd.

»Ich kann dir ehrlich sagen, Iris, dass ich nicht einmal Augen für eine andere hatte. Und du?«, fragte er, offensichtlich verstört.

Während Iris es sich neben ihm bequem machte, versuchte sie sich vorzustellen, welche Wirkung eine ehrliche Antwort auf Sam hätte. Schließlich beschloss sie, dass die Wahrheit zu gefährlich wäre. Damit würde sie zwar ihr Gewissen erleichtern, doch ihr graute vor der Kränkung, die sie Sam damit zufügen würde.

Bevor sie noch reagieren konnte, sagte er: »Ich weiß, dass Chapel hier war.«

Unschlüssig, ob er meinte, Monty sei in der Wohnung oder in Washington gewesen, sah Iris sich hektisch nach Spuren seiner Anwesenheit im letzten Sommer um. Hatte sie etwas übersehen? Eine Zahnbürste? Ein Paar Socken in der Schublade? Beiden war bewusst gewesen, wie schnell Neuigkeiten in der Washingtoner Gesellschaft die Runde machten, daher waren sie mit äußerster Diskretion vorgegangen. Sie betrachtete ihre Knie, um etwas Zeit zu gewinnen, schämte sich aber sofort für ihr Taktieren.

»Er war hier in Washington«, sagte sie unbestimmt. »Wegen seiner Arbeit an dem Schiffs-Deal. Das ging doch sicher überall in England durch die Presse.«

»Hast du wieder was mit ihm angefangen?«, wollte Sam wissen.

»Wir haben zusammengearbeitet. Ein paarmal sind wir miteinander essen gegangen. Mehr nicht.« Sie hob den Kopf und blickte ihm direkt in die Augen, so, wie sie es beim Präsidenten unzählige Male zuvor gesehen hatte. »Es ist nichts passiert. Ich liebe dich.«

Obwohl diese letzten Worte der Wahrheit entsprachen, hatte Iris immer noch Schuldgefühle.

Sam legte ihr die Hand aufs Bein. »Verzeih«, sagte er. »Ich bin müde und aufgekratzt zugleich. So hatte ich mir das Wiedersehen nicht vorgestellt. Eigentlich hatte ich was ganz Besonderes geplant.«

Sie sah ihn fragend an.

»Eigentlich«, fuhr er fort, »wollte ich die Tür öffnen, vor dir auf die Knie gehen und dir dies geben.« Er zog eine kleine Samtschatulle aus der Manteltasche. »Aber du sahst so überrascht aus, mich zu sehen, dass es mich ganz aus dem Konzept gebracht hat.«

Iris nahm die Schachtel und öffnete sie. Darin lag ein schmaler Silberring mit einem geschliffenen Diamanten.

»Der ist ja wunderschön!«, sagte sie leise. »Wolltest du noch was dazu sagen?«

»Hmhm.«

»Ich höre.«

»Ich wollte dich fragen, ob du mich heiratest.«

Iris schwieg.

»Jetzt, wo du dein Studium abgeschlossen hast, dachte ich, könnten wir auch heiraten.«

»Hast du vor, in Amerika zu bleiben?«

Er schüttelte den Kopf. »Nein, ich kehre im neuen Jahr mit Murrow zurück nach London. Ich möchte, dass du mitkommst.«

»Was ist mit den Bombenangriffen?«

»Darüber habe ich schon nachgedacht«, erklärte er. »Wir könnten uns ein Haus auf dem Land kaufen, in Hampshire oder Surrey. Meine Wohnung in London könnte ich behalten und am Wochenende zu dir rauskommen. So machen Ed und Janet Murrow das auch.«

»Braucht man in Hampshire oder Surrey viele Anwälte, die auf Verfassungsrecht spezialisiert sind?«

Er schwieg. Iris schloss die Schatulle und legte sie auf den Tisch.

»Ich habe Hunger«, sagte sie nach einer Weile, »und nichts im Haus. Lass uns essen gehen.«

Bei ihrer Rückkehr lag die Schatulle mit dem Ring immer noch auf dem Tisch. Sie schlichen darum herum wie die Katzen um den heißen Brei. Kaum hatten sie die Mäntel ausgezogen, bugsierte Iris Sam ins Schlafzimmer.

»Bin gleich bei dir«, sagte sie auf dem Weg ins Bad.

Iris zog sich aus, wusch sich das Gesicht und warf einen gründlichen Blick in den Spiegel. Sie dachte zurück an jenen Tag im Mai an der Tankstelle, als sie Mrs Roosevelt über den Weg gelaufen war, und daran, wie verzagt sie damals gewesen war. Sanft strich sie sich über Stirn und Kinn. War sie noch immer dieselbe? Hätte diese Frau Sam ins Gesicht gelogen?

Während des Essens hatte sie gründlich über seinen Antrag nachgedacht, alle Argumente abgewogen und überlegt, ob es funktionieren würde. Beim Cocktail hatte sie beschlossen, dass es nicht klappen konnte. Sam jetzt zu heiraten wäre völlig ungeschickt.

Sam verfolgte sie mit Blicken, als sie zum Bett ging und unter die Decke schlüpfte. Sie legte ihm den Arm auf die Brust.

»Ich werde dich nicht heiraten«, sagte sie. »Ich danke dir für den Antrag, und den Ring finde ich ganz entzückend, ehrlich. Aber ich kann Washington jetzt nicht verlassen und mich in England zur Ruhe setzen. Das würde uns beide kaputtmachen.«

Er atmete laut aus.

»Aber«, fuhr sie fort, »ich finde, wir sollten uns dadurch nicht die Beziehung kaputtmachen lassen.«

»Was schlägst du vor?«, fragte er.

»Lass uns die Feiertage genießen. Mehr bleibt uns nicht. Aber ich möchte auch nicht, dass wir die Zeit unserer Trennung mit Warten verschwenden.«

Mit einem Nicken tätschelte er ihr die Schulter. »Du bist sehr pragmatisch.«

Sie seufzte. »Eigentlich nicht. Aber wahrscheinlich zieht Amerika in den Krieg, Sam. Wir können es uns nicht leisten, sentimental zu sein.«

Sie kuschelte sich enger an ihn heran. »Wer weiß schon, was nächstes Jahr ist? Vor sieben Jahren hätte ich nicht mal in meinen kühnsten Träumen geglaubt, dorthin zu kommen, wo ich jetzt bin.«

Er umschlang sie fester. Ganz intuitiv erkundeten sie einander, jede Wölbung, jede Vertiefung ihrer Körper.

»Wir nehmen jeden Augenblick, wie er kommt?«, flüsterte er.

»Jeden wunderbaren Augenblick.«

»Vielleicht ist der Krieg bald wieder vorbei«, sagte er nach einer Weile.

»Vielleicht.«

»In vier Jahren bist du deinen Job sowieso los«, neckte er sie.

»Mag sein«, sagte sie. Doch beim Gedanken daran, wie das Leben außerhalb des Weißen Hauses für sie weitergehen sollte, ergriff sie leise Furcht.

Kapitel 55

HYDE PARK, NEW YORK

Mai 1962

Das Weihnachtsfest im Jahr 1940 verlief ohne Zwischenfälle. Glücklicherweise hatte ich eine Woche davor alle Früchtestollen und Geschenkkörbe vorbereitet, sodass ich nicht noch in letzter Minute herumhetzen musste, was sonst oft passierte. Die Verwandten reisten an, Anna und die Kinder kamen aus Seattle, und James war natürlich auch da. Er und Betsey hatten sich in dem Jahr scheiden lassen, deswegen waren die Kinder über die Feiertage bei ihr in Baltimore. Aber das war sowieso besser, denn er erholte sich noch von der Operation seines Magengeschwürs. Mister Hopkins und Diana saßen zusammen mit Mister Henry Wallace, dem neuen Vizepräsidenten, und seiner Frau Ilo am Tisch.

Das große Ereignis des Jahres 1940 ereignete sich für mich am 25. Dezember. An diesem Abend war Mister Clark Gable bei uns zu Gast. Er war ein großer Unterstützer des Präsidenten, und Mrs Roosevelt hatte ihn und seine Frau Carole Lombard eingeladen, eine wichtige Rede des Präsidenten im Radio anzuhören. Mister Roosevelt hat während seiner Zeit im Weißen Haus mehr Reden im Radio gehalten, als ich zählen kann, aber diese hier war was Besonderes. In der vorangegangenen Woche hatten CBS und NBC immer dafür Werbung gemacht. Jeder wusste, dass was in der Luft lag. An diesem Abend waren die Straßen Washingtons wie leer gefegt. Elizabeth, unsere Köchin, und ich saßen in meinem Arbeitszimmer und lauschten der Ansprache.

Eine Zeile aus dieser Rede ist mir im Gedächtnis geblieben: »Man kann einen Tiger nicht durch Streicheln in ein Kätzchen verwandeln.« Da habe ich zu Elizabeth gesagt: »Damit meint er Adolf Hitler und Mister Churchill, musst du wissen.« Der Präsident konnte sich immer schon geschickt ausdrücken. Meiner Meinung nach hat er die Bürger mit dieser Rede auf den Krieg vorbereitet.

Nach dem Essen hat Mrs Roosevelt mich dazu eingeladen, mit den Gästen Kaffee zu trinken, weil sie wusste, wie sehr ich Clark Gable mochte. Als ich ins Zimmer kam, gratulierten Mister Gable und Miss Lombard dem Präsidenten gerade mit folgenden Worten: »Wir müssen die Speerspitze der Demokratie werden.« Ich kann mich noch an Gables scherzhafte Bemerkung erinnern, er sagte, er wünschte, Drehbuchautoren in Hollywood würden sich auch so gut ausdrücken wie der Präsident. Er hatte recht. Mit dieser einen Ansprache setzte er sein Leih-und-Pacht-Gesetz bei den Bürgern und beim Kongress durch.

Mrs Roosevelt stellte mich Mister Gable vor. Er sagte mir sofort, dass ihm das Essen sehr gut geschmeckt habe, dabei war es nur Chipped Beef, unser ganz normales Abendessen am Sonntag, und das erzählte ich ihm auch. Aber er beharrte darauf, dass es vorzüglich war. Vorzüglich, so hat er das wirklich ausgedrückt. Nach einer Weile hatte ich den Mut, ihm zu gestehen, dass *Vom Winde verweht* mein Lieblingsfilm ist. Mindestens fünf Mal habe ich ihn schon gesehen. Nach Dads Tod im Jahr 1938 hat er mir Trost gespendet. Obwohl Mister Gable schon viel Lob und sein Film so viele Auszeichnungen bekommen hatte, war er offenbar hocherfreut über mein Kompliment. Aber ich habe auch nicht damit hinterm Berg gehalten, dass mir das Ende nicht gefallen hat.

Nach Roosevelts offizieller Kriegserklärung ging Mister Gable zur Air Force. Und das war nicht nur Show. Er flog Kriegseinsätze über Deutschland und wurde schließlich sogar zum Captain ernannt und später mit einem Orden ausgezeichnet. Auch Miss Lombard war nicht untätig. Sie reiste quer durchs Land und verkaufte Kriegsanleihen für den Präsidenten. Wie tragisch, dass sie 1942 bei einem Flugzeugabsturz ums Leben kam. Den armen Mister Gable traf ihr Tod sehr schwer, das habe ich in der Zeitschrift *Fotoplay* gelesen.

Aber an jenem Abend hatte der Präsident einen gesegneten Appetit, das weiß ich noch genau. Er hatte nichts zu mäkeln. Wieso sollte er auch? Die Öffentlichkeit stand auf seiner Seite, und der Kongress hatte sein Leih-und-Pacht-Gesetz durchgewinkt. Doch lange hielt das nicht vor. Schon im Sommer 1941 war er wieder die Pingeligkeit in Person.

Kapitel 56

WASHINGTON, D.C.

Juli 1941

Iris saß mit dem Präsidenten auf dem Rücksitz seiner Limousine, ein Lincoln, den er wegen seines Sonnenverdecks *Sunshine Special* getauft hatte. Obwohl strahlender Sonnenschein herrschte, bestand Roosevelt darauf, das Verdeck zu schließen. Die Flagge des Präsidenten war entfernt worden, und Mrs Roosevelt folgte der Limousine im eigenen Wagen. Auf Iris' Schoß lag ein großer Strauß violetter Lisianthus.

»Die werden ihr gefallen, McIntosh«, sagte der Präsident leise. »Was sind das für Blumen?«

»Im Volksmund heißen sie ›Prärie-Enzian‹, Sir«, antwortete sie. »Der Mann im Blumenladen sagte mir, es handele sich um eine widerstandsfähige Blume mit zarten Blüten.«

Der Präsident lächelte. »Die sind sehr hübsch.«

Das waren die einzigen Worte, die sie während der fünfzehnminütigen Fahrt wechselten.

Vor dem rückwärtigen Teil des Doctors Hospital in Georgetown warteten bereits drei Beamte des Geheimdienstes. Ein Rollstuhl wurde an die rückwärtige Tür der Limousine manövriert, und der Leibwächter hob den Präsidenten hinein. Mrs Roosevelt stand schon mit einem großen Obstkorb im Eingang.

Die Gruppe folgte der First Lady durch den Flur des Krankenhauses zum Aufzug. Zusammen mit den drei Beamten bestiegen die Roosevelts den Aufzug nach oben. Die anderen Männer blieben im Erdgeschoss. Vor dem Zimmer angekommen, wies Roosevelt seinen Leibwächter an, vor der Tür zu bleiben, während er mit Iris und seiner Frau hineinging.

Missy lag im Bett, nur Kopf und Schultern lugten unter der Bettdecke hervor. Sie war wach und verfolgte die Bewegungen ihrer Besucher mit Blicken. Zaghaft hob sie die linke Hand, um sie zu begrüßen. Vor zwei Wochen hatte die Zweiundvierzigjährige nach einem Abendessen mit dem Präsidenten einen so heftigen Schlaganfall erlitten, dass die rechte Gesichtshälfte gelähmt blieb. Iris war entsetzt, Missy LeHand in diesem Zustand zu sehen. Ihre feinen Gesichtszüge waren komplett entstellt.

Mrs Roosevelt drückte einer Krankenschwester den Obstkorb in die Hand und wechselte flüsternd ein paar Worte mit ihr. Auf dem Weg nach draußen nahm die Frau Iris den Blumenstrauß ab. Der Präsident setzte sich ans Bett seiner engsten Vertrauten, die ihm über zwei Jahrzehnte treu zur Seite gestanden hatte, und ergriff ihre Hand. Mit einem warmen Lächeln betrachtete er ihre tiefblauen Augen. Es war der traurigste Anblick, den Iris je gesehen hatte. Deutlich erkannte sie die Anstrengung in Missys Gesicht, als diese versuchte, die zärtliche Geste zu erwidern. Mrs Roosevelt lief im Zimmer herum, zog verwelkte Sträuße aus Vasen, brachte Missy frisches Wasser und strich die Bettdecke glatt.

Iris trat näher ans Bett und überbrachte Missy ihre Genesungswünsche. Die Kranke versuchte zu sprechen, den Blick starr auf Iris gerichtet. Als sie merkte, dass sie keine Worte formen konnte, stand ihr die Enttäuschung ins Gesicht geschrieben.

»Ist schon gut, Missy«, sagte Iris. »Sie müssen nicht sprechen.« Sie trat ans Fenster.

Missys Krankenzimmer war geräumig und gemütlich, sie hatte Ausblick auf den Garten des Krankenhauses. Draußen herrschte herrliches Sommerwetter. Iris beobachtete das Krankenhauspersonal bei der Mittagspause und Patienten, die in Begleitung ihrer Besucher langsam durch den Garten spazierten. Dann wandte sie sich wieder der Kranken zu. Mrs Roosevelt saß strickend am Fußende des Bettes. Während sie darauf wartete, dass der Präsident oder seine Frau das Schweigen brachen, zählte Iris die Vasen im Zimmer. Es waren zwölf. Die Stille wurde unerträglich. Nach einer Weile setzte sie sich neben Missy aufs Bett.

»Ohne Sie ist im Weißen Haus nichts mehr wie früher«, sagte sie.

Missy erwiderte Iris' Blick und strich mit der linken Hand über ihre Finger.

»Letzte Woche ist Harry aus Russland zurückgekehrt«, erzählte Iris, um Fröhlichkeit bemüht. »Können Sie sich vorstellen, dass Harry Hopkins doch tatsächlich mit Josef Stalin über die Einzelheiten des deutschen Einmarsches gestritten hat?« Iris hielt einen Moment inne. »Offenbar hat ihm Stalins Entschlossenheit, den Deutschen die Stirn zu bieten, aber ziemlich imponiert.«

Missy drückte Iris die Hand.

»Wahrscheinlich würden Sie genauso reagieren, wenn Ihr sogenannter Verbündeter Ihnen vier Millionen Soldaten auf den Hals gehetzt hätte.«

Iris seufzte.

»Der Präsident hat die Sowjets zu Empfängern von Hilfsgütern im Rahmen des Leih-und-Pacht-Gesetzes erklärt.« Missys Augen leuchteten. »Das Außenministerium hat sich natürlich wie erwartet auf die Hinterbeine gestellt. Sie haben behauptet, der Kommunismus sei eine größere Gefahr als der Faschismus.« Iris schüttelte fassungslos den Kopf.

Mrs Roosevelt erhob sich. »Ich muss jetzt gehen, Missy, Liebes. Um elf geht mein Zug.« Sie beugte sich vor und küsste sie auf die

Stirn. Nachdem sie sich von Iris und dem Präsidenten verabschiedet hatte, verließ sie das Zimmer.

»Mrs Roosevelt wird in ein paar Tagen zu einer neuen Vortragsreise aufbrechen. Sie fährt nach Florida. Können Sie sich vorstellen, wie heißt es dort sein wird?« Iris wandte sich dem Präsidenten zu. In seinen Augen glänzten Tränen.

»Wir sollten auch gehen, Herr Präsident«, bemerkte Iris, bevor sie sich von Missy verabschiedete. »Bis bald. Und machen Sie sich keine Sorgen wegen der Arbeit, es ist alles unter Dach und Fach.«

Schnell trat Iris zur Tür und öffnete sie. »Wir gehen jetzt«, sagte sie zu dem Beamten.

Rasch kehrte sie noch mal ans Bett zurück und sagte: »Ich komme in ein paar Tagen wieder, Missy.« Sie küsste die Frau auf die Wange. »Wenn Sie irgendwas brauchen, geben Sie mir einfach Bescheid, dann bringe ich es Ihnen.«

Als der Leibwächter an den Rollstuhl herantrat, hob der Präsident die Hand.

»Warten Sie!«, befahl er. »Auf Wiedersehen, Missy, Schatz«, sagte er zärtlich. »Ich werde erst in ein paar Wochen wiederkommen können. Ich bin unterwegs auf einer Art Angeltour.« Vom gegenüberliegenden Ende des Bettes meinte Iris zu erkennen, dass der Präsident Missy zuzwinkerte, und sie fragte sich, ob das Absicht war. Doch in Roosevelts Gesicht entdeckte sie viel mehr: Er schürzte die Lippen zu einem angedeuteten Kuss, aber von seiner Position im Rollstuhl aus war Missys Mund für ihn unerreichbar. Die Sehnsucht, mit der die beiden sich in diesem Moment ansahen, berührte Iris tief.

Der Leibwächter schob Roosevelt aus dem Zimmer. Im Flur sagte Iris: »Ich komme gleich nach. Wir treffen uns im Auto.« Sie verschwand auf der Damentoilette, betrat eine Kabine und verschloss die Tür. Dann gab sie sich ihren Tränen hin, denn sie hatte sich entschieden etwas anzunehmen, das der Präsident nicht ertragen konnte.

Kapitel 57

WASHINGTON, D.C.

August 1941

Ein Klopfen an der Tür ließ Iris von der Arbeit aufsehen. Harry stand auf der Schwelle.

»Spannende Angeltour, die Sie und der Präsident da unternommen haben«, sagte sie grinsend, schob sich den Stift hinters Ohr und lehnte sich zurück.

»Tut mir leid, Iris«, erwiderte Harry. »Das war streng geheim. Ich durfte es niemandem verraten. Nicht mal Mrs Roosevelt war informiert.«

Erst als sie die Schlagzeilen in der Morgenausgabe der *Washington Post* gelesen hatte, war Iris aufgegangen, was das Augenzwinkern des Präsidenten an Missys Bett zu bedeuten gehabt hatte. Er und Harry waren zu einer verdeckten Mission aufgebrochen: einem Treffen mit dem britischen Premierminister vor der Küste Neufundlands. Offiziell hatte man verlautbaren lassen, man sei mit der *Potomac* auf einer zehntägigen Angeltour vor der Küste Neuenglands unterwegs, stattdessen aber hatte man sich mit der atlantischen Flotte getroffen, und der Präsident hatte die Reise an Bord der *Augusta* in Richtung Neufundland fortgesetzt, während die *Potomac* unter der Flagge des Präsidenten nach Massachusetts zurückgekehrt war. Die Presse hielt man mit regelmäßigen Meldungen bei Laune. Unterdessen wurde am Ende einer dreitägigen Konferenz die Atlantik-Charta unterzeichnet, eine Absichtserklärung der beiden Staatsoberhäupter über deren gemeinsame Kriegsziele. So fassungslos war Iris über den Artikel auf der Titelseite gewesen, dass sie darüber glatt ihren Kaffee vergessen hatte.

»Was für ein Versteckspiel!«, rief sie. »Ich kann es immer noch nicht fassen. Und Mrs Roosevelt hatte keine Ahnung davon?«

Harry schüttelte den Kopf. »Nur ich und der Boss und ein paar Jungs vom Geheimdienst.«

Sie setzte sich auf ihren Schreibtisch und verschränkte die Arme. »Gute Arbeit, Harry«, sagte sie. »Mit tollem Resultat. Wie war Churchill so?«

Harry ließ sich auf einem Stuhl in der Nähe der Tür nieder und schlug die langen Beine übereinander. Er zündete sich eine Zigarette an. »Anders als der Boss.« Mit geschlossenen Augen, so als müsse er erst nachdenken, wie er den britischen Premierminister beschreiben sollte, sagte er schließlich: »Ziemlich trinkfest. Ernst, aber gut gelaunt. Er wollte unbedingt, dass wir eine Kriegserklärung unterzeichnen. Das war offenbar sein Ziel. Doch egal, die beiden haben sich blendend verstanden. So ehrlich habe ich den Boss selten verhandeln sehen.«

Nach einem genüsslichen Zug an seiner Zigarette fügte er hinzu: »Und komisch war er. Richtig komisch.«

»Komisch? Meinen Sie witzig oder seltsam?«

»Amüsant.«

»Amüsanter als Stalin?« Iris grinste.

Lachend sagte Harry: »Schwer zu glauben, ich weiß. Die Kollektivierung und Enteignungen – alles sehr spaßig.«

Während der oberste Berater des Präsidenten ihr die Details der geheimen Mission verriet, fühlte Iris sich auf einmal ganz sonderbar – stolz oder geehrt, vielleicht privilegiert? Ein bisschen von allem. Wie seltsam es doch war, Geschichte so hautnah mitzuerleben. Noch vor kurzer Zeit hatte sie an der Straße auf eine Mitfahrgelegenheit gewartet und war auf Züge aufgesprungen. Jetzt fiel es ihr schwer, sich daran zu erinnern, wann sie das letzte Mal Geldsorgen gehabt hatte. Oder Hunger. Die Arbeit im Weißen Haus war ein Traum, auch wenn sie ihn niemals geträumt hatte. Konzentriert lauschte sie Harrys Worten. Was hätte ihr Vater wohl von ihrem engen Verhältnis zum Präsidenten gehalten und davon, dass sie mit seinem engsten Vertrauten über Winston Churchill plauderte? Hätte ihr Vater sich je vorstellen können, dass seine Tochter eine solche Karriere machte? Doch wären ihre Eltern nicht so früh gestorben, hätte sie es wohl nie bis ins Zentrum der Macht der Regierung Roosevelt geschafft. Irgendwie ergab alles einen Sinn. Sie fragte sich nur, welchen.

Kapitel 58

WASHINGTON, D.C.

Oktober 1941

Um zehn Minuten vor fünf erhob sich Iris vom Schreibtisch und schloss die Tür. Auf der Rückseite hing ein Kleid, das sie sich extra für das heutige Abendessen gekauft hatte. Die Farbe hatte ihr sofort gefallen, mehr noch als das Kleidungsstück selbst. »Tango Pink« hatte die Verkäuferin sie genannt. Ein Blick in den Spiegel zeigte Iris, dass ihr das Kleid nicht nur wegen der Farbe gut stand. Das gerüschte Oberteil mit dem geraden, tiefen Ausschnitt, das sich bis zu den Hüften an ihren Körper schmiegte, unterstrich ihre Kurven und verlieh ihr eine Wespentaille. Schön fand sie außerdem, dass das Kleid nicht bis zum Boden, sondern nur bis zur Wade reichte. Lediglich die Schulterpolster missfielen ihr, denn sie erinnerten sie an die Epauletten der Uniformjacken. Für den seit Anfang des Jahres in der Damenmode aufgekommenen Militärlook hatte Iris nichts übrig, sie hielt den Trend sogar für besorgniserregend. Sie zog gerade die Nadeln aus ihrem strengen Nackenknoten und türmte die Haare zu einer eleganteren Hochsteckfrisur auf, als sie von einem energischen Klopfen unterbrochen wurde.

Hick streckte den Kopf zur Tür herein. »Ich habe mich erboten, nach dir zu schauen, Kindchen«, sagte sie. »Wo bleibst du denn?«

Beim Anblick von Iris' Aufmachung entfuhr Hick ein Pfiff. »Für Monty?«

»Wahrscheinlich schon«, gestand Iris zögernd.

»Ist Sam noch auf der Bildfläche?«

»Manchmal«, erwiderte Iris unverbindlich. »Es ist nicht besonders realistisch, eine Beziehung über so große Distanz aufrechtzuerhalten.«

Hick nickte wissend.

»Geh doch schon mal vor«, sagte Iris. »Ich komme gleich nach.«

Nachdem sie ihr Make-up aufgefrischt und ein letztes Mal über ihr Kleid gestrichen hatte, eilte sie ins Büro des Präsidenten.

Sie war völlig außer Atem. Ein Blick in die versammelte Runde sagte ihr, dass die Veranstaltung schon in vollem Gange war. Harry gab gerade den Kellner für den Präsidenten.

Iris erblickte denjenigen, den sie gesucht hatte: Er saß auf dem Sofa, einen Martini in der Hand, und plauderte mit zwei Gästen. Einer von ihnen war offenbar der japanische Botschafter, der andere hieß Joseph Grew und war der amerikanische Botschafter in Japan. Iris hoffte, Monty würde sie sehen, bevor jemand ihren Auftritt ruinierte. Er amüsierte sich gerade über etwas, das einer der Botschafter gesagt hatte, als er den Kopf leicht nach links drehte und sein Blick auf Iris fiel. Abrupt stellte er sein Glas ab, nickte den Männern höflich zu, und trat neben sie.

»Was für ein Kleid!«, rief Monty anerkennend, dann küsste er sie auf die Wange und ergriff ihre Hand, um sie herumzuwirbeln und das Kleid von allen Seiten zu bewundern. »Wie nennt sich diese Farbe?«

Erfreut über sein Interesse sagte sie: »Tango Pink.«

»Genau der richtige Name für einen innigen Tanz«, sagte er verführerisch. »Du brauchst was zu trinken.« Er führte sie an die Bar.

Seit ihrem letzten Treffen war genau ein Jahr vergangen, aber erst in diesem Moment wurde ihr klar, wie sehr sie ihn vermisst hatte.

Monty wies auf den Botschafter. »Nomura stelle ich dir später vor«, versprach er. »Erzähl mir, was hier so passiert ist.«

Den Rest der Kinderstunde verbrachten Monty und Iris damit, über Washington und London zu plaudern. Sie hatten bei Montys Abreise vor einem Jahr beschlossen, sich nicht zu schreiben, weil eine regelmäßige Korrespondenz nur unnötige Umstände bereitet hätte.

»Harry hat mir von Missys Schlaganfall erzählt«, sagte Monty. »Ich war fassungslos. Der Boss muss am Boden zerstört sein.«

»Es ist wirklich traurig«, erwiderte Iris. »Sie hat auch keine rechten Fortschritte gemacht. Der Präsident hat sie in ein Pflegeheim in Virginia einweisen lassen. Dort ist es ganz schön. Ich versuche, sie alle paar Wochen zu besuchen. Er fährt regelmäßig hin, Mrs Roosevelt auch. Aber sie ist bestimmt einsam.«

Mit ernster Miene strich Monty Iris über die Finger.

»Und wie macht sich Grace Tully so als ihre Nachfolgerin?«

»Na ja, Missy kann sie nicht ersetzen, aber sie ist ordentlich und gründlich. Sie hat alles, was eine Sekretärin braucht, nehme ich an«, erwiderte Iris. »Aber Missys siebten Sinn hat sie natürlich nicht.«

»Vielleicht ist das eine Eigenschaft, die man nur besitzt, wenn man eng mit jemandem verbunden ist«, vermutete Monty nachdenklich.

Iris sah hinüber zum Präsidenten und dachte eine Weile über Montys Bemerkung nach. Schließlich fragte sie: »Wie lange bleibst du?«

»Eine Woche oder zwei. Hoffentlich zwei.«

»Hattest du vor, bei mir zu wohnen?«

Monty grinste. »Wo denn sonst?«

Während der Präsident sprach, blickte Iris in die Runde. Stimson, Knox und Harry nickten eifrig und schauten mal Roosevelt, mal den japanischen Botschafter an. Monty, Grew und Mrs Roosevelt lauschten zurückgelehnt, aber mit ernster Miene und voller Aufmerksamkeit. Hick war nicht zum Essen geblieben. Sie müsse früh am Morgen in New York sein, hatte sie erklärt, aber Hick blieb an solchen Abenden ohnehin selten im Weißen Haus.

»Auf dem Pazifik ist genug Platz für alle«, bemerkte der Präsident. »Es würde uns allen schaden, wenn dort ein Krieg ausbräche, Admiral. Die beste Vorgehensweise ist die Fortsetzung der Gespräche zwischen Ihnen und Cordell Hull.«

»Ich bin froh, dass Sie das so sehen, Herr Präsident«, erwiderte Nomura höflich. »Ich werde Tokio umgehend über Ihre Einschätzung unterrichten. Aber ich fürchte, meine Verhandlungen mit Ihrem Außenminister haben sich nicht so entwickelt, wie meine Regierung es erhofft hatte.«

»Jetzt aber zum letzten Mal, Admiral!«, lenkte Roosevelt geschickt ab. »Nennen Sie mich doch bitte Frank. Das haben Sie doch schon mal getan, wenn ich mich recht erinnere.«

Nomura nickte flüchtig.

»Sie müssen wissen«, sagte der Präsident in die Runde, »der Admiral und ich kennen uns schon aus meiner Zeit als Vizesekretär der Marine, als er Marineattaché in Washington war. Ich weiß, es entspricht dem Protokoll, aber es macht sich nicht gut, wenn ein alter Freund mich ›Herr Präsident‹ nennt.«

Der Botschafter nickte erneut.

»Ein Treffen mit dem Premierminister wäre, glaube ich, eine gute Sache, Frank«, schlug Grew vor. »Er möchte Sie gerne sehen. Sagen Sie ihm einfach, wo. Konoye hat Hawaii vorgeschlagen, aber Alaska wäre auch eine Möglichkeit. «

»Nun, warten wir ab, was die nächsten Treffen mit Hull ergeben, dann können wir uns über weitere Schritte unterhalten«, entgegnete Roosevelt.

Iris sah, wie Grew dem japanischen Botschafter einen hastigen Blick zuwarf. Sie beobachtete Monty, der dem Gespräch mit zusammengekniffenen Lippen und besorgter Miene folgte. Er schob den Teller mit dem orientalischen Hühnchengericht weg, ohne auch nur einen Bissen davon gegessen zu haben.

»Halten Sie Cordell Hull für kompetent genug?«, fragte Mrs Roosevelt in Anspielung an die Herkunft des in Tennessee geborenen Außenministers. »Er ist recht unflexibel und ein wenig … altmodisch in seinen Vorstellungen.«

»Hull ist der ideale Mann dafür«, erwiderte Harry. »Das Außenministerium muss in die Gespräche involviert sein.«

Stimson und Knox murmelten zustimmend.

»Vielleicht ist es doch nicht so unklug, ein Treffen mit dem Premierminister Konoye zu vereinbaren, wie es Joseph vorgeschlagen hat«, drängte Mrs Roosevelt.

»Das sehe ich auch so«, unterstützte Monty sie taktvoll. »Die Japaner sind ein spezielles Volk. Verhandlungen müssen mit großem Geschick geführt werden.« Er nickte Nomura respektvoll zu.

Schweigend dachte Iris über die Argumente nach und über diejenigen, die sie vorbrachten. Natürlich lagen ihre Sympathien bei Monty, aber ihr Verstand folgte Hopkins und den Hardlinern. Iris mochte Nomura. Er war höflich und clever. Doch ihrer Einschätzung der Situation im Pazifik zufolge war es vermutlich bereits zu spät für eine Deeskalation.

Der Tisch wurde abgeräumt. »Abwarten«, sagte Roosevelt erneut. »Abwarten.«

Diese unverbindliche Antwort provozierte Nomura, der sich prompt offenbarte.

»Herr Präsident«, setzte er an, »mir sitzt ein Termin im Nacken. Der Premierminister erwartet bis November eine Lösung.«

»Oder was?«, fragte Roosevelt.

»Krieg, Herr Präsident«, erwiderte Nomura ungerührt.

Direkt nach dem Abendessen nahm Nomura Abschied. Monty trommelte missmutig mit dem Löffel auf dem Tischtuch herum, als spielte er zum Todesmarsch auf. Knox, Stimson und Hopkins diskutierten angeregt darüber, ob es vorteilhaft sei, auf Zeit zu spielen. Grew strich sich nachdenklich über den Schnäuzer. Der Präsident hörte konzentriert zu. Mrs Roosevelt erhob sich und bestellte eine weitere Runde Kaffee. Dann herrschte Stille. Monty legte den Löffel hin und ergriff das Wort.

»Sie haben mich aus England zurückbeordert, damit ich Ihnen hier als Berater zur Seite stehe«, sagte Monty, um Sachlichkeit bemüht. »Treffen Sie sich mit Konoye. So lautet mein Ratschlag. Wenn der Krieg mit Japan noch abzuwenden ist, dann so.«

»Die Sache ist die, Monty«, sagte Harry, »wir sind für einen Krieg im Pazifik nicht gerüstet.«

»Es muss keinen Krieg im Pazifik geben«, klärte Monty ihn auf. »Wenn wir Japan den Krieg erklären, befinden wir uns durch den Dreimächtepakt mit Deutschland und Italien automatisch im Krieg mit Europa.«

»Genau aus dem Grund müssen wir die Sache hinauszögern«, mischte Stimson sich ein.

»Die Japaner sind wild entschlossen, Südostasien zu erobern. Nichts wird sie aufhalten. Schon jetzt haben sie den Süden Indochinas im Griff«, fügte Knox hinzu. »Burma, Malaya, Niederländisch-Ostindien und die Philippinen sind als Nächstes dran.«

Monty wandte sich dem Präsidenten zu. »Wenn Sie sich mit Konoye treffen und das Ölembargo aufheben, ziehen sich die Japaner vielleicht zurück. Sie expandieren doch nur, um sich Rohstoffe zu sichern. Japan ist vom Handel abhängig.«

»Vielleicht«, bemerkte Harry skeptisch. »Aber wenn nicht, heißt es, wir hätten Appeasement-Politik betrieben. Wir brauchen kein zweites München.«

»Ich habe gründlich darüber nachgedacht, Harry, die ganzen letzten Tage«, sagte Monty im Versuch, die Angelegenheit von einer anderen Warte aus zu beleuchten. »Der Exportstopp nach Japan wird den Lebensstandard der Japaner drastisch verschlechtern.«

Iris erkannte, dass die anderen ihre Meinung nicht geändert hatten.

»Betrachten wir es mal so«, fuhr Monty fort. »Der Lebensstandard des normalen Japaners würde dann dem einer völlig verarmten amerikanischen Familie in der schlimmsten Phase der Wirtschaftskrise entsprechen.«

Er wartete, bis die Versammlung die Information verdaut hatte.

»Amerika stürzt Japan in den Bankrott. Deswegen erobert die Regierung neue Territorien. Wir haben ihnen gar keine andere Wahl gelassen«, schloss Monty.

Hardliner machten ihn zornig, das wusste Iris mittlerweile. In jeder Situation gab es immer noch Spielraum für Verhandlungen, davon war Monty überzeugt. Iris musterte ihn mitfühlend.

»Was ist mit China?«, fragte Stimson wenig überzeugt.

Monty sah ihn ungläubig an.

»Ich wäre dafür, das Embargo vorübergehend zu lockern, wenn die Japaner sich aus China zurückziehen.«

»Vor vier Jahren, beim Einmarsch der Japaner in China, hat dieses Land keinen Finger gerührt. Im Gegenteil, statt den Chinesen zu helfen, haben wir unsere Exporte nach Japan erhöht«, sagte Monty. »Und jetzt willst du die Verhandlungen mit einer Bedingung eröffnen? So kann man mit den Japanern nicht umgehen. Ich habe zwei Jahre lang in Japan gelebt und kenne die Umgangsformen der Menschen.«

Monty holte tief Luft, bevor er fortfuhr. »Unsere Beziehungen zu Japan haben sich seit Beginn des neuen Jahrhunderts zunehmend verschlechtert. Das Außenministerium hat das Land von oben herab und mit Borniertheit behandelt. Hull ist völlig ungeeignet für diese Aufgabe. Er ist arrogant und kommt aus den Südstaaten.«

Montys eindringliche Worte verblüfften die anderen.

»Mrs Nesbitt hat mit viel Mühe ein Abendessen für Nomura gekocht, an dem man genau erkennen kann, wie ungeschickt unser Land sich Japan gegenüber verhält«, erklärte er.

Iris hatte sofort das kalt gewordene Hühnchen mit Ananas und Mandeln vor Augen, das sie nicht angerührt hatte.

»Amerika weiß nichts über die Japaner. Sie kennen nur japanische Soldaten, die in Karikaturen als Vollidioten mit vorstehenden Vorderzähnen und dicken Brillengläsern vor den Augen dargestellt werden, und glauben, das entspreche der Wahrheit. Wir unterschätzen ihre militärische Stärke.«

»Man kann bei Japan nicht dieselbe Messlatte anlegen wie bei anderen Nationen«, unterbrach Grew. »Es wäre hochriskant zu glauben, wirtschaftlicher Druck würde den Krieg verhindern. Habe ich Sie je in die Irre geführt, Frank?«

Harry verzog das Gesicht. »Tatsache ist aber, dass wir in Europa und im Atlantikraum Verpflichtungen haben. Einen Krieg im Pazifik können wir uns nicht leisten. Die Japaner haben mehr Kriegsschiffe in der Region als Großbritannien, die Niederlande und Amerika zusammen. Uns bleibt nur die Verzögerungstaktik, bis wir besser gerüstet sind.«

»Und wann wird das sein?«, fragte Mrs Roosevelt.

»Im nächsten Frühjahr.«

Es herrschte Schweigen, sie waren in einer Pattsituation. Der Präsident war offensichtlich hin- und hergerissen.

»Ist der Krieg unausweichlich?«, fragte Iris nach einer Weile.

»Was denken Sie, McIntosh?«, wollte Roosevelt wissen.

»Ich schließe mich Montys Meinung an. Hull ist alt und dickköpfig. Er sollte von den Verhandlungen ferngehalten werden.« Sie sah den Präsidenten kurz an. »Ein Treffen zwischen Ihnen und Konoye wäre sehr hilfreich. Sie sind ein hervorragender Verhandlungspartner, und ich bin sicher, dass Sie die Wogen glätten können.«

Bevor sie weitersprach, nahm sie Monty fest ins Visier.

»Wenn wir uns allerdings einig sind, dass Japan entschlossen ist, sich Südostasien einzuverleiben, und Sie das nötige Öl dazu liefern … Dann wäre das eine Katastrophe. Wie Harry richtig anmerkte, hätten wir damit ein zweites Münchner Abkommen.«

»Und diese Vereinbarung machte Chamberlain den Garaus«, fügte Harry hinzu.

Monty räusperte sich.

»Eine seit vierzig Jahren zerrüttete Beziehung kann nicht durch ein Treffen gerettet werden – es ist zu spät.« Iris richtete ihre nächsten Worte an Monty: »Japan will sich seinen Anteil am asiatischen Kuchen sichern, genau wie Hitler es in Europa getan hat. Beide wollen nicht mehr länger von Exporten abhängig sein.«

»Nichts ist unausweichlich, Iris«, erwiderte Monty ruhig.

»Ich fürchte, diesmal ist es das«, sagte der Präsident.

»Was schlägst du vor, Franklin?«, fragte Mrs Roosevelt ungehalten. »Dass wir uns zurücklehnen, die Flotten aufrüsten und darauf warten, dass Japan den ersten Schuss abfeuert?«

»Genau das schlage ich vor«, sagte der Präsident ernst. Nie zuvor hatte er sein Kinn dermaßen herrisch vorgeschoben.

Es war schon drei Uhr morgens, als Iris und Monty endlich nach Hause kamen. Nachdem die Entscheidung des Präsidenten gefallen war, hatte Mrs Roosevelt noch einmal Kaffee bestellt, und die Runde hatte noch zwei Stunden lang angeregt über die Einzelheiten diskutiert. Monty hatte dem Kurs – oder dem Nicht-Kurs, wie er trocken bemerkte – des Präsidenten schließlich unter Zögern zugestimmt. Alle waren sich einig, dass die Japaner irgendwann nach dem November angreifen würden, und so blieb ihnen nur, japanische Depeschen abzufangen, um mehr über Zeitpunkt und Ort herauszufinden. Die Japaner seien in dieser Hinsicht unberechenbar, behauptete Grew. Harry solle die Kommandeure im Pazifik darüber in Kenntnis setzen, dass man Feindseligkeiten seitens Japan erwarte und entsprechende Vorkehrungen zu leisten seien.

Fast ohne ein Wort zu wechseln, waren Iris und Monty Händchen haltend die gesamte 30th Street entlanggelaufen. Nach der hitzigen Debatte des Abends und der konzentrierten Strategiebesprechung hing Iris ihren Gedanken nach. Sie machte sich Sorgen. Das Wissen darum, was einen erwartete, machte es nicht einfacher. Den Ersten Weltkrieg hatte sie nicht miterlebt, Monty aber schon.

Er legte Hut und Mantel ab und setzte sich aufs Sofa. Nachdem er die Krawatte gelockert hatte, streckte er die Hand nach ihr aus.

»Bist du böse auf mich?«, fragte sie, bevor sie sich neben ihm niederließ.

Er schüttelte den Kopf. »Ich bin traurig.«

Sie neigte fragend den Kopf.

»Was du heute Abend gesagt hast, war genial«, stellte er fest. »Du hast dich nicht ablenken lassen, sondern einen unglaublich klaren Weg durch den ganzen Schlamassel aufgezeigt. Du hast keinerlei Hilfe gebraucht, überhaupt nicht gezögert.«

»Dann verstehe ich dich nicht.«

»Du brauchst mich nicht mehr«, erklärte er. »Früher habe ich dir alles erklärt, die Politik, unsere Beziehung zum Ausland, Sex, egal, was es war, ich fühlte mich sicher, dich immer beeindrucken zu können.«

Iris rückte näher an ihn heran. Er umfasste ihre Taille.

»Ich wette, du würdest mich mittlerweile auch in der Küche in den Schatten stellen«, scherzte er.

Sie hob das Kinn und lächelte, doch in ihren Augen glänzten Tränen. Er umarmte sie noch fester und es war, als wären sie eins. Iris streifte die Schuhe ab.

»Vielleicht hatte Howe ja recht«, sagte Monty reumütig.

»Wieso?«

»Er hat mich einen Bolschewiken genannt«, sagte Monty. »Vielleicht bin ich das ja mehr, als ich wahrhaben will.«

»Man ist doch kein Bolschewik, nur weil man sich sorgt, wenn das Land in den Krieg zieht«, sagte sie.

Monty seufzte erschöpft und lehnte den Kopf zurück. Iris schloss die Augen.

Dann tätschelte er ihr das Knie. »Hey!«, sagte er auf einmal munter. »Hast du dich eigentlich damals mit Frankfurter getroffen?«

»Ja, habe ich.« Sie lachte kurz auf. »Es kommt mir vor, als wäre das schon Jahre her.«

»Und?«

»Er hat mir eine Stelle angeboten – als seine Assistentin«, erzählte sie. »Es war ein gutes Angebot, aber …« Iris schüttelte den Kopf.

»Ich verstehe«, sagte Monty mitfühlend. »Du bist glücklich, wo du bist, nicht wahr?«

Sie nickte.

»Ich bin müde.« Monty seufzte erneut. Sie wollte sich aus der Umarmung befreien, aber er ließ sie nicht los. »Nein, ich meine nicht nur jetzt gerade. Überhaupt.«

»Überhaupt?«

»Heute Abend warst du so lebendig, voller Tatendrang … Das habe ich verloren. Politik ist ein Spiel, das ich gern gespielt habe. Doch jetzt langweilt und frustriert es mich nur noch.«

»Das ist doch klar«, erwiderte sie. »Du arbeitest schon lange in Washington. Vielleicht hat es dir deswegen so gut in Japan und England gefallen – weil es eben nicht Washington war.«

»Vielleicht. Die Vorstellung …« Er hielt inne, dann korrigierte er sich. »Die Unausweichlichkeit eines neuen Weltkrieges macht mir richtig Angst. Ich hätte nie gedacht, dass ich das noch mal erleben muss.« Iris musste an das Foto des Jungen denken, das sie in Warm Springs entdeckt hatte. Sie hatte nur aus Loyalität zu Monty für ein Treffen zwischen dem Präsidenten und Konoye plädiert.

»Hat dich Howes Tod deswegen so schwer getroffen?« Montys Reaktion auf Howes Ableben hatte sie nie vergessen.

Monty schwieg so lange, dass Iris schon glaubte, er sei eingeschlafen. Als sie fast selbst eingenickt war, brach er endlich das Schweigen.

»Ja, wahrscheinlich«, antwortete er. »Er war der Letzte der alten Garde. Ein tapferer Soldat.« Er hielt kurz inne. Schließlich sagte er: »Im Alter werde ich richtig sentimental und verdrießlich.«

»Du bist nicht alt.«

»Ich werde in ein paar Monaten fünfzig. Machst du dir deswegen Sorgen?«

»Kein bisschen«, murmelte sie müde. »Und du?«

»Ein wenig«, sagte er und sah sie an. Iris fielen fast die Augen zu. »Wie stehst du nun zu Jacobson?«

»Wir nehmen die Dinge, wie sie kommen. Mehr können wir nicht tun. Wenn wir in den Krieg ziehen, wird er vermutlich zurückkommen.«

»Aha«, sagte er und küsste sie auf die Stirn. »Aha.«

»Ich werde dich immer brauchen, Monty«, sagte sie, bevor sie die Augen schloss. Trotz ihrer Müdigkeit klang ihre Stimme klar und deutlich.

Monty erhob sich, nahm sie auf den Arm und trug sie ins Schlafzimmer.

Kapitel 59

WASHINGTON, D.C.

Dezember 1941

Iris erkannte sie schon an ihrem Gang. Mrs Roosevelt kam aus dem Oval Office. Als die First Lady sie auf dem Flur stehen sah, breitete sie die Arme aus. Die beiden Frauen umarmten sich lange. Mrs Roosevelt duftete nach Seife. Lux. Seltsam, dass etwas Einfaches wie der Geruch einer Seife in Zeiten von Not und Aufruhr Trost spenden konnte.

»Ich muss wieder zu den Gästen, Iris«, sagte sie. »Sie wissen noch nichts von dem Angriff. Ich muss so tun, als sei nichts gewesen.«

»Wie geht es ihm?«, fragte Iris.

Mrs Roosevelt dachte nach, bevor sie antwortete. »Er ist ganz entspannt«, sagte sie und ging.

Vor der Tür zum Oval Office hielt Iris kurz inne. Hatte sich der Präsident durch die Vorfälle verändert? Als sie eintrat, telefonierte er gerade. Harry erhob sich und umarmte sie. Er war kreidebleich. Er verließ den Raum und Grace trat ein, die dem Präsidenten eine handschriftliche Notiz vor die Nase hielt. Er nickte, ergriff das Papier und bedeutete Iris, Platz zu nehmen. Als das Gespräch beendet war, rief er: »In der nächsten halben Stunde bitte keine Anrufe durchstellen, Grace. Ich brauche eine Pause.«

Der Präsident lehnte sich zurück und verschränkte die Hände vor dem Bauch. Er atmete tief ein und schloss kurz die Augen. Als er sie wieder aufschlug, sagte er: »Haben Sie schon zu Mittag gegessen?«

Iris schüttelt den Kopf.

»Machen Sie uns ein Schinkensandwich?«

Sie nickte und ließ sich nicht anmerken, wie überrascht sie über die Bitte war. Wahrscheinlich brauchte er etwas Trost. Etwas ganz Alltägliches wie ein Schinkensandwich, um zu vergessen, dass der Alltag ab jetzt vorbei war.

»Nesbitt ist in der Küche und macht gerade Mittagessen für Eleanor. Sehen Sie zu, dass sie sich nicht einmischt. Schneiden Sie den Schinken hauchdünn, Iris«, wies er sie an.

»Ich weiß, und dick Butter aufs Brot«, fügte sie hinzu.

»Mrs Roosevelt hat mir erzählt, Sie seien ganz entspannt«, sagte Iris beim Essen.

»War das böse gemeint?«

»Überhaupt nicht. Einfach eine Beobachtung.«

»Die Würfel sind endlich gefallen. Heute Abend trete ich vors Kabinett, morgen dann vor den Kongress.«

»Um den Kriegszustand auszurufen?«

Er nickte.

Als Iris ihr Sandwich aufgegessen hatte, wischte sie sich den Mund mit einer Serviette ab und sagte: »Es tut mir leid, dass es so weit gekommen ist.«

»Es hat mich nicht überrascht. Das wissen Sie. Aber das Angriffsziel …« Er schüttelte fassungslos den Kopf. »Der Geheimdienst hatte Informationen, die auf die Philippinen hindeuteten. Ich dachte, sie würden einen Wachposten beschießen. An so etwas wie das hier habe ich in meinen schlimmsten Träumen nicht gedacht. Die gesamte Flotte ist zerstört. Und die vielen Opfer. Erste Berichte sprechen von mehr als zweitausend Soldaten und Zivilisten.« Seufzend faltete er die Serviette zusammen, zog sie glatt und legte sie auf seinen Teller.

»Es ist nicht der Krieg, der mir Sorgen bereitet.« Roosevelt rieb sich die Stirn. »Sondern der große Verlust.«

Mrs Roosevelt hatte sie in die Arme geschlossen. Harry auch. Iris vermutete, dass Millionen von Amerikanern sich bei der Nachricht des bevorstehenden Kriegs zum Trost in den Armen halten würden. Sie fragte sich, ob dem Präsidenten wohl eine ähnliche Geste der Liebe und Unterstützung zuteil geworden war. Kurzerhand ging sie neben dem Rollstuhl des Präsidenten in die Hocke, schlang die Arme um seinen Oberkörper und drückte ihr Gesicht an seine Wange. Es war eine unbequeme Haltung, ihre Knie stießen an die Reifen, doch sie spürte sogleich, wie er sich in ihrer Umarmung entspannte. Nun fühlte sich alles viel natürlicher an. Iris küsste ihn auf die Wange, dann richtete sie sich wieder auf.

»Alles ist so viel umständlicher, wenn man im Rollstuhl sitzt«, bemerkte er, während er sich die Tränen aus den Augen wischte. »Danke, McIntosh.«

»Es war mir ein Vergnügen, Herr Präsident.«

»Nun.« Er räusperte sich. »Es tut mir leid, dass ich Sie an einem Sonntag herzitiert habe, aber ich brauche Ihre Hilfe.«

»Das ist doch selbstverständlich.«

Er steckte sich eine Zigarette in die Spitze aus Elfenbein. »Schnappen Sie sich einen Notizblock und setzen Sie sich. Morgen trete ich vor den Kongress. Ich möchte Ihnen meine Rede diktieren. Sie wird kurz sein.«

»Aber sollte das nicht Grace …?«

»Ich möchte, dass Sie das machen.« Er sah sie ernst an. »Ich möchte, dass Hopkins auch dabei ist.«

»Ich verstehe.«

Iris holte sich Notizblock und Stift aus Graces Büro. Bei ihrer Rückkehr wartete Harry schon auf sie. Die drei tauschten Blicke, denn sie waren sich im Klaren über den Ernst der Lage. Schließlich nickte der Präsident, als wäre nun der rechte Zeitpunkt gekommen: Jetzt musste es geschehen, es gab keinen Aufschub mehr. Er manövrierte seinen Rollstuhl hinter den Schreibtisch.

Harry und Iris warteten darauf, dass er das Wort ergriff.

»Nun«, sagte er voller Überzeugung. »Lassen Sie uns beginnen.«

Kapitel 60

WASHINGTON, D.C.

Dezember 1941

»Das war ein leckeres Abendessen, Iris«, sagte Janet Murrow. »Ich werde Ihnen beim Abräumen helfen. Übrigens vielen Dank, dass wir bei Ihnen übernachten dürfen.«

»Momentan gibt es in Washington einfach keine Unterkunft, nicht für Geld und gute Worte«, meinte Iris bedauernd. »Es tut mir wirklich leid, dass Sie mit dem Sofa und dem Boden vorliebnehmen müssen.«

Sie ließ Janet den Tisch abräumen und bat Sam, das Radio einzuschalten.

Er sah auf die Armbanduhr. »Wir haben noch zehn Minuten.«

Iris stapelte Teller und Gläser aufeinander, um sie leichter transportieren zu können. »Wir wollen doch aber nichts verpassen«, sagte sie.

»Iris ist dem Präsidenten treu ergeben, Ed«, erklärte Sam lächelnd.

Edward R. Murrow zündete sich eine neue Zigarette an und setzte sich aufs Sofa. Iris hatte sich über den Mann noch keine Meinung gebildet. Später würde sie ihn Sam gegenüber als »schneidig, aber zuweilen zwielichtig« beschreiben. Sie schätzte, dass er nur wenig älter als sie war, er trug einen maßgeschneiderten englischen Anzug, der ihm allerdings nicht gut stand. Obwohl er der Ansager der CBS-Nachrichten war, hielt er sich beim Abendessen zurück und überließ die Unterhaltung seiner charismatischen Frau.

Das einzige Thema, über das er sich angeregt unterhielt, war seine Kindheit. Eindringlich beschrieb er seine ärmliche, aber glückliche Jugendzeit als Sohn eines Farmers in North Carolina und die darauffolgenden Jahre, nachdem die Familie Richtung Westen nach Washington State gezogen war.

»Wie lang arbeiten Sie schon für Roosevelt?«, fragte Murrow.

»Ich bin schon seit 1933 im Weißen Haus tätig«, erwiderte Iris. »Zuerst habe ich für Mrs Roosevelt als Bürohilfe gearbeitet, aber mittlerweile arbeite ich überwiegend für den Präsidenten.«

»Iris hat beim Schiffs-Deal mit England eine wichtige Rolle gespielt«, bemerkte Sam.

»Wie ist es Ihnen gelungen, auf dem Höhepunkt der Wirtschaftskrise eine Stelle bei der Regierung zu ergattern?«, wollte Murrow wissen.

Iris warf einen Blick auf Sam, bevor sie antwortete. »Auf dem ganz normalen Weg«, sagte sie. »Ich habe mich auf eine Zeitungsannonce beworben.«

»Waren Sie nicht früher Lehrerin?«, hakte Murrow nach.

»Ich war wohl trotz meiner mangelnden Qualifikation als Sekretärin die beste Kandidatin«, erwiderte sie frech.

Iris war nicht sicher, wie viel Murrow über ihre Vergangenheit wusste. Es würde sie sehr wundern, wenn Sam ihm viel darüber erzählt hätte. Iris war immer noch unangenehm berührt beim Gedanken an den Morgen ihres ersten Treffens mit Mrs Roosevelt, und sie befürchtete, dass ihr der Aufstieg im Weißen Haus von Journalisten wie Murrow als unangemessene Bevorzugung ausgelegt werden könnte.

Iris wandte sich Murrows Frau zu. »Und was machen Sie in London?«

»Im Moment arbeite ich in der Koordinierung der Kriegshilfe. Außerdem bin ich Schriftstellerin«, sagte sie mit Blick auf ihren

Mann. »Aber das habe ich aufgegeben. Wahrscheinlich ist Ed froh, dass ich nicht mehr mit ihm konkurriere.« Sie lachte. »Er braucht mich als Hausfrau, um Gäste zu empfangen und ihm den Rücken freizuhalten, damit er arbeiten kann. In der Familie kann es nur einen Star geben.«

»Die Kriegshilfe läuft gut«, bemerkte Iris. »Sie können stolz auf Ihre Leistungen sein.«

»Es fängt an!«, rief Sam dazwischen.

Alle wurden still und lauschten der Ansprache des Präsidenten. Iris betrachtete Murrow eingehend, während sie zuhörte. Er zündete sich an der noch brennenden Zigarette eine neue an. Seine Miene verzog sich nur, als er die Augen zusammenkniff, um sie vor dem aufsteigenden Rauch zu schützen. Er saß auf dem Sofa, die Beine übereinandergeschlagen, und beugte sich immer wieder mal vor, um Asche abzustreifen. Iris fiel auf, dass er noch seinen Mantel trug. Sam hatte seinen schon beim Betreten der Wohnung ausgezogen und seine Krawatte gelockert.

Nach zwanzig Minuten, am Ende der Übertragung, holte Iris tief Luft.

»Möchten Sie vielleicht Kaffee?«, fragte sie. »Der wird in den nächsten Monaten nämlich rationiert.«

Sam grinste. »Ist das Insiderwissen?«

»Folge lieber meinem Rat.«

In der Küche hörte sie, wie Sam und Murrow sich angeregt über Einzelheiten der Rede unterhielten. Wenn sie nicht explizit von den Roosevelts eingeladen wurde, lauschte Iris den Kamingesprächen in ihrer Wohnung. Es war ihr lieber, dem Präsidenten zunächst einmal zuzuhören, ohne jedes einzelne Wort auf die Goldwaage zu legen. Ihr war klar geworden, dass der Präsident vor allem eine besondere Stimmung erzeugen wollte. Die inhaltlichen Einzelheiten waren nur Zierde.

Als sie wieder ins Wohnzimmer kam, fragte Sam: »Und? Was hältst du davon?« Er wandte sich lächelnd seinen Gästen zu. »Iris hat sich jedes einzelne Wort gemerkt und wird alles genau wiedergeben können.«

»Die Rede war gut. Sehr gut sogar.«

»Was genau daran?«, fragte Murrow neugierig.

Mit hochgezogener Augenbraue zitierte Iris: »›Wir stecken nun in diesem Krieg. Wir sind dabei – voll und ganz. Jeder Mann, jede Frau, jedes Kind ist Teil dieses gewaltigsten Unterfangens in der Geschichte Amerikas. Gemeinsam müssen wir schlechte Nachrichten und gute Nachrichten ertragen, die Niederlagen und die Siege – die Unwägbarkeiten des Krieges.‹«

Vorsichtig stellte Iris die Kaffeekanne auf den Tisch, dann ging sie in die Küche, um Tassen zu holen.

Janet blickte in die Runde. »War das der genaue Wortlaut?«, fragte sie. »Ich dachte, du machst Witze, Sam.«

»Sie hat die Rede wahrscheinlich vorher gelesen«, vermutete Murrow.

»Außer Hopkins, Rosenman und Sherwood bekommt niemand die Reden des Präsidenten vorher zu Gesicht«, versicherte Sam ihnen.

»Können Sie die gesamte Rede zitieren?«, wollte Janet wissen.

Iris lachte. »Nein. Nur diese drei Sätze, die sind am wichtigsten. Das ist alles, worauf es ihm ankam.«

Erst spät löste sich die Runde auf.

»Es fallen keine Bomben mehr auf London«, flüsterte Sam hoffnungsvoll, als Iris aus dem Bad kam. »Der Blitzkrieg ist vorbei.«

Die Verdunklung ihrer Fenster, eine Sicherheitsmaßnahme, blockierte jegliches Licht. Sam hob die Decke an, und Iris schlüpfte neben ihm ins Bett.

»Es wäre jetzt nicht mehr gefährlich, wenn du mit mir nach London kommen würdest.«

»Um als Hausfrau zu fungieren und dir den Rücken freizuhalten?«, fragte Iris sarkastisch.

»Janet leistet viel mehr als das«, erklärte Sam. »Sie ist nicht nur in der Kriegshilfe aktiv. Sie war auch an der Kinderlandverschickung während des Blitzkriegs beteiligt. Sie tut mehr, um Menschen an der Heimatfront zu helfen, als die meisten britischen Frauen.«

»Ich weiß, aber so eine Frau bin ich nicht.«

Sam schwieg.

»Du bist kaum in London«, sagte Iris schließlich. »Letzte Woche warst du in Moskau, und in ein paar Tagen geht es nach Hawaii. Ich wäre ständig allein.«

»Wir brauchen ja nicht zu heiraten«, sagte er.

»Das ist es ja gar nicht, was mir Sorgen macht«, erwiderte Iris.

»Und wie Murrow und Janet müssen wir auch nicht leben.«

»Ich weiß. Mit ein bisschen Glück müssen wir das nie.« Iris hoffte inständig, dass die Unterhaltung damit beendet wäre. Und um ein für alle Mal das Thema zu wechseln, sagte sie: »Churchill kommt nach Washington.«

Sam stützte sich auf und sah sie ungläubig an. »Warum hast du das beim Essen nicht erwähnt? Das ist ja unglaublich!«

»Pst!«, mahnte sie ungeduldig. »Ich vertraue darauf, dass du das vertraulich behandelst. Bei Murrow bin ich mir da nicht so sicher.«

Er versuchte gar nicht erst, seinen Freund in Schutz zu nehmen. Sam war lang genug in Washington gewesen, um zu wissen, wie der Hase lief.

»Kennst du das genaue Ankunftsdatum?«

»Vermutlich Ende nächster Woche. Es hängt von seiner Überfahrt ab.«

»Was?«, rief Sam ungläubig. »Er kommt mit dem Schiff?«

»Pst!«, wiederholte Iris. »An Bord eines Kriegsschiffs. Der Präsident hat versucht, den Besuch aufzuschieben – momentan wimmelt es im Atlantik vor U-Booten –, aber der Mann hat sich nicht abhalten lassen.«

»Wer kommt mit?«

»Eine Reihe hoher Militärs. Lord Beaverbrook natürlich auch.« Sie hielt inne. »Und Monty«, fügte sie hinzu, obwohl sie wusste, was sie damit auslöste. »Er arbeitet jetzt für den gemeinsamen Operations- und Planungsstab und agiert als Verbindungsmann zwischen Washington und London.«

Iris hörte die Laken rascheln, dann war alles still.

Nach einer Weile sagte Sam: »Also könnten die Deutschen mit einem Torpedo die gesamte britische Führungsriege auslöschen. Wenn das britische Volk nur halb so mutig ist wie seine Regierung …«

Sam drehte sich auf den Rücken. Iris legte den Kopf auf seine Brust und streichelte ihn.

»Schade, dass du zur Pressekonferenz nicht da bist. Churchill ist sehr unterhaltsam, hat Harry gemeint. Er und der Präsident werden ein gutes Duo abgeben.«

Sam kuschelte sich tiefer ins Laken und roch an ihrem Haar. Sie blieben lange still, doch Iris erkannte an seinem Atem, dass er noch nicht eingeschlafen war.

»Jede Nacht, wenn ich die Augen schließe, sehe ich dich«, murmelte er schlaftrunken, »und es ist immer ein wenig anders. Manchmal trägst du den roten Rock, der mir so gut gefällt, ein anderes Mal siehst du aus wie damals, als ich dich zum ersten Mal auf dem Balkon des Weißen Hauses gesehen habe. Das Bild von dir verändert sich ständig. Aber dein Haar duftet immer gleich. Egal, wo ich bin auf der Welt, diesen Duft vergesse ich nie. Du kannst dir gar nicht vorstellen, wie wunderbar das ist.«

Iris küsste ihn auf die Brust.

»Wenn ich an dich denke, habe ich immer das Bild von dir auf dem Anleger von Campobello Island vor Augen. Erinnerst du dich?«, fragte sie. Sie spürte sein Nicken. »Ich wollte dich unbedingt küssen und deine Angst verjagen.«

»Das wusste ich nicht; ich wünschte, du hättest es getan«, erwiderte er. »Ich kann mich nur daran erinnern, dass wir uns über Baseball, Bücher und Kindheitsträume unterhielten und dass es sehr windig war. Du hattest Turnschuhe an, und mir war kalt.« Er zog sie enger an sich heran und murmelte: »Wie lange muss ich dich noch teilen, Iris?«

Erschreckt flüsterte sie: »Mich teilen? Mit wem denn?«

Sam antwortete nicht sofort. Mit klopfendem Herzen starrte Iris in die Dunkelheit.

»Es hört sich dumm an, kindisch, aber ich meine: mit dem Präsidenten. Und deiner Arbeit.«

Iris fuhr sich mit der Zunge über die Lippen und entspannte sich wieder.

»Ich gehöre dir ganz und gar«, sagte sie, während ihr Herz sich wieder beruhigte. »Ich bin doch jetzt auch hier bei dir.«

»Ich liebe dich«, sagte er.

»Ich liebe dich auch.«

Sie schmiegten sich aneinander und küssten sich leidenschaftlich, bis Iris sich schließlich widerwillig aus der Umarmung löste. »Murrow und Janet liegen direkt nebenan«, sagte sie und rutschte auf ihre Seite des Bettes.

»Dann müssen wir eben leise sein«, sagte er und zog sie wieder an sich heran.

Kapitel 61

HYDE PARK, NEW YORK

Mai 1962

Winston Churchill eroberte das Weiße Haus im Sturm. Ich habe noch nie einen Mann mit so viel Energie erlebt. Mrs Roosevelt sorgte dafür, dass der Monroe Room zum Kartenzimmer umfunktioniert wurde. Wir schoben Möbel von hier nach dort und wieder zurück, nur damit es aussah wie in der Londoner Kommandozentrale. Es stand sogar ein Wachposten vor der Tür! Aber der Präsident war richtig witzig. Wenn er das Mittagessen bestellte, verlangte er immer den dümmsten Kellner, damit auch ja keiner seine Kriegsgeheimnisse ablauschte und verriet.

Mrs Roosevelt quartierte den Premierminister im Lincoln Room ein, dem ehemaligen Zimmer von Mister Howe. Das gefiel dem Premierminister überhaupt nicht. Er legte sich aufs Bett und sagte: »Passt nicht. Bett stimmt nicht.« Dann wanderte er im zweiten Stock herum, legte sich auf jedes einzelne Bett und überprüfte alle Schränke. Am Ende entschied er sich für den Rose Room.

Ich weiß noch, wie er aus einem der Zimmer kam und Fields, dem Butler, direkt in die Arme lief. Ohne viel Federlesen ließ er eine Reihe von Anordnungen auf ihn herabregnen. Vor seinem Zimmer sollte nicht gesprochen werden und im Flur sollte unter keinen Umständen gepfiffen werden. Pfeifen könne er auf den Tod nicht ausstehen, sagte er. Außerdem wollte er vor dem Frühstück ein Glas Sherry aufs Zimmer serviert haben, vor dem Mittagessen ein paar Gläser Scotch & Soda und vor dem Schlafengehen französischen Champagner und gut gereiften Brandy. Der Mann war vielleicht eine Marke.

Der Präsident wies das Personal an, ihm jeden Wunsch zu erfüllen. Die Briten hatten zu diesem Zeitpunkt schon länger mit rationierten Lebensmitteln leben müssen, und der Präsident wollte auf keinen Fall, dass bei dem Besuch des Premiers und seiner Abordnung Schmalhans Küchenmeister wäre. Ich war vollkommen zufrieden damit, denn sie sollten ja nur für eine Woche bleiben. Es wäre kein Problem gewesen, eine Woche lang etwas mehr auszugeben als sonst. Aber nichts da! Am Ende verbrachten sie doch tatsächlich dreieinhalb Wochen im Weißen Haus.

Ich musste immer an dieses Theaterstück denken: *Der Mann, der zum Essen kam*. Mrs Roosevelt hatte mir den Theaterbesuch in New York im letzten Jahr zum Geburtstag geschenkt. Das Theaterstück war ein großer Erfolg. Sie hatte es ausgesucht, weil sie der Meinung war, das Thema würde mich interessieren.

Aber ich muss zugeben, dass Mister Churchill ausgehungerter und magerer aussah, als ich ihn mir vorgestellt hatte. Ich servierte ihm während seines Aufenthalts häufig Rinderbraten, weil ich wusste, dass Rind in England schwierig zu bekommen war und die Engländer es sehr gerne aßen. Diese Leute hatten einen gesegneten Appetit, das kann man wohl sagen. Zum Abschied schenkte der Präsident jedem von ihnen eine Kiste Zitronen und Orangen.

Der Präsident und Mister Churchill verstanden sich blendend. Die meiste Zeit über verbarrikadierten sie sich mit den anderen Militärs im Kartenzimmer und waren zu jeder Tages- und Nachtzeit auf den Beinen. Aber ich weiß auch noch, wie sie ständig in den verschiedenen Schlafzimmern ein- und ausgingen, wie Schuljungs auf Klassenfahrt, und Mister Churchill gern einen Anzug mit Reißverschluss trug, der aussah wie eine Mischung aus Strampler und Overall. Er hatte ganz viele davon, in verschiedenen Stoffen und Farben. Ich hatte noch nie zuvor einen Mann gesehen, der so was trug, aber wahrscheinlich wollte er es einfach gern bequem haben. Außerdem lief er barfuß herum. Barfuß oder in Socken.

Kapitel 62

WASHINGTON, D.C.

Dezember 1941

»Herr Premierminister!« John Lambert von *Newsweek* sprang auf. »Finden Sie nicht, dass Singapur der Schlüssel zur Situation im Pazifik ist?«

Churchill dachte gut über seine Antwort nach, wobei er genüsslich an seiner riesigen Zigarre zog. »Der Schlüssel ist das Engagement und Zusammenstehen der amerikanischen und britischen Demokratien in diesem Konflikt.«

Steve Early deutete auf einen weiteren Journalisten. »Rex Wells, *New York Herald Tribune*«, sagte er.

»Herr Premierminister, können Sie uns sagen, wann wir den Jungs eine Abreibung verpassen?«

»Wenn alles gut läuft«, sagte Churchill, »wird es schneller gehen, als wenn es schlecht läuft.«

Die zur Pressekonferenz im Oval Office versammelten Journalisten lachten schallend.

Iris beugte sich zu Monty und sagte: »Er versteht es noch besser, Fragen auszuweichen, als der Präsident.«

Monty nickte. »Er ist ein Entertainer, daran besteht kein Zweifel. Schau dir Roosevelt an.«

Iris sah den Präsidenten breit grinsen.

»Er präsentiert ihnen seinen neuen besten Freund.«

»Das scheint mir doch ein wunderbarer Schlusssatz zu sein, Freunde«, rief Steve Early, um das Gelächter zu übertönen. »Danke für Ihre Fragen. Der Präsident und der Premierminister stehen Ihnen nächste Woche wieder hier zur Verfügung.«

»Was machst du nach der Arbeit?«, fragte Monty, während die Journalisten aus dem Zimmer strömten. »Ich habe heute Abend frei, wenn du willst, können wir zusammen essen. Ein spezielles Abendessen, meinte ich.«

»Der Präsident hat mich eingeladen, mit ihm schwimmen zu gehen, aber danach habe ich Zeit.«

»Ich wusste gar nicht, dass ihr das immer noch macht.«

»Machen wir auch nicht. Oder vielmehr, das letzte Mal ist schon ewig her. Aber er hat mir heute Morgen einen Zettel hingelegt.« Sie zuckte die Schultern.

»Sei vorsichtig! Churchill ist in London dafür bekannt, dass er gern nackt schwimmen geht.«

Ungläubig starrte Iris den fülligen Mann neben Roosevelt an. »Ach was! Ist nicht wahr!«

Monty grinste nickend. Er tätschelte ihr das Knie, dann erhob er sich und ging davon.

Als Iris durch den Rosengarten lief, war es bereits dunkel und es schneite. Unter ihrem dicken Frotteebademantel trug sie feste Schuhe, eine Badekappe und einen Badeanzug. Aus der Schwimmhalle drang eine wohlige Wärme ins Freie, und sie beeilte sich, schnell über den Rasen ins Gebäude zu kommen. Die Fenster waren völlig beschlagen, doch sie konnte sehen, dass innen alles hell erleuchtet war. Als sie eintrat, fühlte sie sich wie verzaubert. Dampf stieg aus dem Becken auf und lag wie ein Schleier über dem Wasser. Die Armbewegungen des schwimmenden Präsidenten durchschnitten die Schleier nur kurz, innerhalb von Sekunden schlossen sich die Schwaden wieder zu einer dichten Decke zusammen. Die eingeschaltete Unterwasserbeleuchtung entlockte

Iris ein Lächeln. Mrs Roosevelt behauptete immer, das würde zu viel Strom verbrauchen. Doch das Licht erzeugte eine märchenhafte Stimmung, die Iris sehr mochte. Dazu waren bunte Weihnachtslichter quer durch den Raum gespannt. Das war neu. Iris war begeistert. Trotz des Angriffs der Japaner und der Kriegserklärung war der Präsident in Hochstimmung. Fala sprang von seinem Lieblingsplatz auf dem Stuhl des Präsidenten und begrüßte sie fröhlich. Sie beugte sich hinab, um ihn zu streicheln, und setzte ihn wieder zurück.

Nachdem sie ihre Schuhe und den Bademantel ausgezogen hatte, streifte Iris sich ihre Schwimmbrille über und sprang schnell ins Wasser. Erst nachdem sie ein paar Bahnen geschwommen war, merkte sie, dass der Präsident sich am Beckenrand aufhielt. Sie schwamm zu ihm hinüber.

»Sie sind eine hervorragende Schwimmerin, McIntosh«, sagte der Präsident. Unter der Bewegung seiner starken Arme blieb das Wasser fast still. »Ich glaube nicht, dass ich Ihnen hier noch was beibringen kann. Meine Arbeit ist getan.« Er lachte, und Iris stimmte ein.

»Vielen Dank, Sir«, sagte sie. »Sie haben hier eine wunderbare Stimmung erzeugt. So macht Schwimmen noch mehr Spaß.«

Roosevelt lachte erneut, dann schwamm er wieder seine Bahnen. Iris tat es ihm nach. Es war schon sechs Uhr, als sie sich mit den Ellbogen am Beckenrand abstützte und die Beine gemächlich baumeln ließ. Der Präsident ließ nicht lange auf sich warten und gesellte sich zu ihr.

»Es gibt was, das Sie für mich erledigen können«, sagte er. Sein Ton war ernst.

Iris sah ihn an.

»In Kalifornien werden Rufe laut nach der Ausweisung, Rückführung – oder wie man es auch immer nennen will – von Amerikanern japanischer Abstammung, die an der Pazifikküste leben«, erklärte er.

Sie nickte und hielt die Beine still.

»Die konservativen Vereine sind dabei federführend. Die Landwirte haben sich gleich drangehängt. Sie glauben, dass sie sich so die Erträge der Flächen unter den Nagel reißen können, die die dort angesiedelten Japaner schon seit Jahren beackert haben«, sagte Roosevelt.

»Was soll ich für Sie tun?«, fragte Iris.

»Ich möchte wissen, ob das mit dem Verfassungsrecht vereinbar ist.«

Sie war fassungslos, dass Roosevelt es überhaupt in Betracht zog, dieser Form von Fanatismus und Gier nachzugeben.

»Ich kann Ihnen jetzt schon sagen, dass es auf jeden Fall gegen die Verfassung verstößt. Der vierzehnte Zusatzartikel garantiert allen Menschen Bürgerrechte, die in diesem Land geboren sind, unabhängig von ihren Wurzeln oder dem Status ihrer Eltern«, entgegnete Iris ungehalten. »Außerdem gelten sie als Bürger des jeweiligen Bundesstaates, in dem sie ihren Wohnsitz haben. Möglicherweise gelänge es Ihnen, Immigranten der ersten Generation auszuweisen, wenn diese keine Aufenthaltsgenehmigung im Sinne des Einwanderungsgesetzes von 1924 haben, aber nicht ihre Kinder, die in Amerika geboren wurden und in Kalifornien leben.«

Sie verzichtete darauf, auch noch den fünften Zusatzartikel anzuführen, der das Leben, die Freiheit und den Besitz amerikanischer Bürger schützte, denn das war ihr zu offensichtlich.

»Finden Sie heraus, ob es eine Möglichkeit gibt, die Verfassung auszuhebeln«, wies der Präsident sie leise an. »Die Konservativen machen sich Sorgen wegen möglicher Sabotage. Sie mobilisieren die Bevölkerung.«

Iris vermutete, dass Roosevelt sich Sorgen machte, die Wähler in Kalifornien zu verlieren, falls er für eine weitere Amtszeit kandidierte.

»Wie viele Amerikaner japanischer Abstammung leben überhaupt an der Pazifikküste?«, fragte Iris, mehr, um Zeit zu gewinnen, als aus Neugier. Die genaue Anzahl wäre ohnehin unwichtig, denn Bürger aus ihren Häusern zu vertreiben und ihrer Lebensgrundlage zu berauben war ein Verbrechen.

»Vierzigtausend Immigranten der ersten Generation haben keine Staatsbürgerschaft, und ungefähr achtzigtausend erlangten durch ihre Geburt die amerikanische Staatsbürgerschaft.«

»Wohin würde man sie denn zurückschicken? Nach Japan?«

»Im Moment ist das alles nur Spekulation«, erwiderte der Präsident ungerührt. »Wir würden sie in einen anderen Bundesstaat schicken.«

»Ihnen neue Häuser zur Verfügung stellen?«, fragte Iris fordernd.

»Nein, man würde sie vermutlich für die Dauer des Krieges in Internierungslager stecken«, sagte er. Es war der Ton des Präsidenten, der Iris am meisten zusetzte; er sprach so, als wäre es die normalste Sache der Welt, Menschen aus ihren Häusern zu vertreiben und sie in Gefängnisse zu sperren.

Iris stieg aus dem Wasser und ließ sich auf dem Beckenrand nieder. Wütend riss sie sich die Badekappe vom Kopf.

»Schauen Sie sich die Sache einfach mal an«, befahl der Präsident. »Mehr verlange ich nicht von Ihnen. Sprechen Sie mit Eleanor, sie ist gerade aus Kalifornien zurückgekehrt. Finden Sie heraus, wie meine Frau die Situation einschätzt.«

Sie erhob sich. »Ich muss jetzt leider gehen, Herr Präsident«, sagte sie knapp. Sie konnte ihre Enttäuschung kaum verbergen. »Danke für das gemeinsame Schwimmen, aber ich habe jetzt eine Verabredung.«

Nass, wie sie war, schlüpfte sie in Bademantel und Schuhe und eilte durch den Rosengarten zurück ins Haus.

Iris marschierte schnurstracks zu Mrs Roosevelts Suite. Sie klopfte ungehalten, und Hick öffnete die Tür.

»Jetzt schau dir mal an, wer uns da zugelaufen ist, Eleanor!«, rief Hick. »Nur herein, schnell, ans Feuer. Ich hole ein Handtuch.«

Hick verschwand. Mrs Roosevelt saß auf dem Sofa vor dem Kamin. Sie musterte ihren zerzausten späten Gast. Hick und sie hatten sich bereits fürs Abendessen umgezogen. Schließlich legte Mrs Roosevelt ihr Strickzeug aufs Sofa, erhob sich und führte Iris vor den Kamin. Es beruhigte Iris, dass sich das Zimmer kaum verändert hatte. Lediglich ein Läufer und ein Bild hatte sie ausgewechselt, doch das waren Kleinigkeiten. Hier thronte noch immer dasselbe rote Sofa, das Kaminsims stand noch voller Fotografien, und Ex-Präsident William Henry Harrison wachte über allem.

»Nun setzen Sie sich doch endlich, Kindchen. Waren Sie schwimmen?«

Iris nickte unkonzentriert. Es war ihr nicht möglich zu sprechen, weil ihre Zähne unkontrolliert klapperten.

Hick kehrte mit einem Glas Scotch und einem Handtuch zurück.

»Komm zu mir«, sagte Hick und hielt das Handtuch hoch.

Während Iris trank, rubbelte Hick ihr die Haare trocken. Mrs Roosevelt strickte wieder.

»Bist du heute beim Abendessen dabei, Iris?«, fragte Hick.

Iris schüttelte den Kopf. »Ich habe noch eine Verabredung. Mit Monty.«

»Läuft das immer noch?«, fragte Hick trocken.

»Ja, immer wieder mal«, erwiderte Iris ungerührt.

»Das kenne ich«, sagte Hick mit einem Grinsen. »So, jetzt bist du wieder trocken.«

»Nun, was kann ich für Sie tun, meine Liebe?«, fragte Mrs Roosevelt.

»Wie war Ihre Reise in den Westen?«, setzte Iris an, während sie es sich auf dem Boden bequem machte.

»Produktiv«, erwiderte die First Lady. »Die Bevölkerung hat große Angst vor einem Angriff. Wenn die Japaner bis nach Hawaii vordringen … Sie wissen ja, wie die Leute denken. Ich hoffe, es ist mir gelungen, ihre Ängste zu beschwichtigen.«

Mrs Roosevelts Finger ließen die Nadeln tanzen.

Iris tastete sich langsam heran. »Gibt es solche Ängste auch in Bezug auf das Innere des Landes?« Mrs Roosevelt sah sie fragend an. »Dass die Amerikaner mit japanischem Hintergrund sich vielleicht an ihren weißen Nachbarn vergreifen oder sich der Sabotage schuldig machen?«

»Ich glaube schon, aber ich warne davor, Selbstjustiz zu üben«, erwiderte die First Lady. »Viele Amerikaner können Pearl Harbor nur als Sabotageakt verstehen.«

»Die Menschen an der Pazifikküste sind Rassisten, Iris«, mischte Hick sich plötzlich ein. »Das war schon immer so. Gegen Schwarze, Juden und vor allem Japaner. Da drüben sind sie schlimmer als die Nazis.«

»Also, Hick!«, mahnte Mrs Roosevelt.

»Wenn es doch stimmt.«

»Was ist mit der Presse, Hick? Spielt Rassismus in den Leitartikeln eine Rolle?«, erkundigte sich Iris.

Hick schüttelte den Kopf. »Die *LA Times* ist unheimlich objektiv.«

»Wozu diese ganzen Fragen?«, wollte die First Lady wissen.

Iris rieb sich die Stirn. »Der Präsident hat mich gebeten, was zu überprüfen … und das stößt mir sauer auf. Es hat mich einfach interessiert, wie die Stimmung in Kalifornien nach dem Angriff ist.«

Mrs Roosevelt verengte besorgt die Augen, dann wendete sie sich wieder ihrem Strickzeug zu. Unnötig, hier weiterzumachen. Es war klar, wo Mrs Roosevelt stand. Sie wäre die Erste, die den einhundertzwanzigtausend vertriebenen Japanern im Weißen Haus Kost und Logis anbieten würde. Wenn sie von den Plänen für Internierungslager wüsste, wäre sie entsetzt.

»Folgen Sie Ihrem Herzen, meine Liebe«, riet ihr Mrs Roosevelt. »Sie allein müssen mit den Konsequenzen Ihrer Handlungen leben.«

Als der Scotch Wirkung zeigte, wedelte Hick mit der Haarbürste herum, woraufhin Iris es sich zwischen Hicks Knien bequem machte, um sich von der älteren Frau frisieren zu lassen.

»Was stricken Sie, Mrs Roosevelt?«, fragte Iris.

»Einen Pullover. Ich stricke jedem einen Pullover«, erwiderte Mrs Roosevelt. »Wenn wir erst Strom sparen müssen, wird es im Weißen Haus sehr kalt werden. Können Sie gut stricken?«

»Nein, kann man nicht behaupten«, gestand Iris. »Mir fehlt die nötige Geduld, Mrs Roosevelt.«

»Nonsens«, entgegnete die First Lady.

Iris hoffte inständig, dass sie den Abend nur geträumt hatte. Der Alkohol wärmte sie von innen, und die Hitze des Kaminfeuers machte sie müde. Sie gähnte. Hick strich ihr sanft übers Haar und setzte sich dann neben sie auf den Boden.

Mit geschlossenen Augen wog Iris die ethischen und juristischen Konsequenzen ab, die sie zu tragen hätte, wenn sie der Bitte des Präsidenten entspräche. Als die Uhr auf dem Kaminsims einmal schlug, riss sie die Augen wieder auf.

Sie sprang auf. »Ich muss los! In einer Dreiviertelstunde bin ich mit Monty verabredet und habe noch nicht geduscht.«

»Hoffentlich konnte ich Ihnen helfen«, sagte Mrs Roosevelt.

Iris lächelte. »Guten Appetit«, sagte sie beim Hinausgehen. »Der Premierminister wird dir gefallen, Hick. Er ist ein echter Entertainer.«

»Was hältst du davon?«, fragte Iris während der Vorspeise.

Monty löste das Fleisch einer Auster von der Schale und führte sie an den Mund. »Das weißt du doch genau«, erwiderte er. »Genau diese Einstellung hat dazu geführt, dass unser Land sich jetzt in der Bredouille befindet.«

»Geht es nur mir so?«, fragte Iris besorgt. »Bin ich besonders empfindlich bei solchen Dingen? Ich finde es unerträglich, wenn man Menschen einfach Heim und Arbeit nimmt.«

»Nein, du bist nicht allein, obwohl deine Lebensgeschichte bestimmt auch eine Rolle spielt«, erklärte Monty. »Du kannst die Bitte des Präsidenten entweder ablehnen oder seinem Befehl Folge leisten. Verkaufe es dir als Vorrecht des Präsidenten in einer Kriegssituation, bestimmte Maßnahmen zu treffen. Obwohl er sein Vorrecht auf abscheuliche Weise ausnutzt, wenn ich das anmerken darf.«

»Aber was ist mit der Verfassung, Monty?«, warf Iris ein. »Wenn ich dazu beitrage, Menschen aus ihren Häusern zu vertreiben und sie zwangsweise woanders anzusiedeln, wo ziehe ich dann die Grenze?«

Der Beschluss des Präsidenten, Amerikaner mit japanischen Wurzeln in Lagern unterzubringen, zog ihre gesamte Karriere in Zweifel. Wenn die Verfassung nichts mehr galt, woran konnte sie dann noch glauben?

»Die Verfassung hat noch nie einen Einfluss auf die Kriegspolitik eines amerikanischen Präsidenten gehabt«, konstatierte Monty. »Schau dir doch nur mal Lincoln an. Während des Bürgerkriegs hat er die Konstitution immer wieder missachtet, doch wir haben ihm den dreizehnten Artikel zu verdanken.«

»Ich hasse diesen Krieg schon jetzt«, sagte Iris bitter. Monty grinste. »Alles verändert sich. Bauarbeiter zerstören die Gärten und Rasenflächen des Weißen Hauses, weil sie dort Luftschutzbunker einrichten, die Straßen sind abgesperrt und in der Stadt wimmelt es nur so von Soldaten und Polizisten. Plötzlich ist alles furchtbar real.«

Iris probierte ihre Kastaniencremesuppe. Sie schmeckte köstlich, doch auf einmal mochte sie nicht mehr und schob den Teller beiseite.

»Du hast es hier mit deinem ersten moralischen Dilemma zu tun«, sagte Monty. »Keine der beiden Möglichkeiten, die dir offenstehen, ist besonders reizvoll. Wovor hast du am meisten Angst? Deinen Job zu verlieren?«

Diese Variante hatte sie noch gar nicht in Betracht gezogen.

»Sei doch mal realistisch, Kleines«, sagte Monty. »Es ist deine Aufgabe, die Befehle des Präsidenten auszuführen. Schau dir an, was mit Tom Corcoran passiert ist.«

Er hatte recht. Tom war auf subtile Art aus dem Amt gedrängt worden. Er wurde nicht mehr auf Versammlungen eingeladen, und als klar war, dass er den Anweisungen des Präsidenten die Briten betreffend nicht folgen würde, wurden seine Aufgaben drastisch reduziert. Schließlich nahm Tom den Hut, er trennte sich im Guten vom Weißen Haus. Sein Rücktritt hatte Iris' Karriere befördert. Doch jetzt wurde ihr schlagartig klar, dass Tom nicht aus freien Stücken gehandelt hatte.

»Wenn du keine Angst hast, deinen Job zu verlieren, was ist dann dein Problem?«, wollte Monty wissen.

Iris betrachtete ihre Hände auf dem Tischtuch. »Eigentlich gibt es kein Problem.«

Monty musterte sie eingehend.

»Dann musst du tun, was du für richtig hältst«, schloss er und räumte die Teller ab.

Kapitel 63

WASHINGTON, D.C.

Februar 1942

Am Donnerstagmorgen um elf Uhr erfuhr Iris aus einem Memorandum vom Erlass des Präsidenten. Es war ein Ermächtigungsgesetz, das die Deportation von japanischstämmigen Amerikanern von der Pazifikküste einleitete, und es trug Franklin D. Roosevelts Unterschrift.

Am Weihnachtsabend hatte Iris das Büro des Präsidenten betreten, um ihm mitzuteilen, dass sie seinem Befehl aus Gewissensgründen nicht Folge leisten könne. Viele Male hatte sie ihre Erklärung laut aufgesagt, hatte sich bewusst für das Wort »Gewissen« statt »aus ethischen« oder »moralischen Gründen« entschieden. Roosevelt hatte knapp genickt und sich ohne ein weiteres Wort wieder der Arbeit zugewandt, als hätte sie lediglich eine angebotene Zigarette oder Cola ausgeschlagen. Iris hatte ihm noch Frohe Weihnachten gewünscht, dann war sie gegangen.

Der Präsident erwähnte dieses Treffen nie wieder, aber Iris wusste von Harry, dass er statt ihrer Stimson mit der Sache beauftragt hatte. Auch Stimson wollte die Verfassung nicht umgehen und reichte den Kelch an John McCloy weiter, der sich mit seiner Arbeit am Schiffs-Deal eine Stelle im Kriegsministerium, Abteilung Innere Sicherheit, verschafft hatte. Iris hielt ihn für einen guten Mann, doch er war extrem ehrgeizig, so wie alle anderen auch.

Schon in den ersten Zeilen erkannte Iris, wie McCloy die Verfassung auszuhebeln gedachte: »*Eine erfolgreiche Kriegsführung erfordert größtmöglichen Schutz vor Spionage und Sabotage von Mitteln, Anlagen und Diensten der staatlichen Verteidigung …«*

Dazu hatte er die relevanten Absätze der wichtigsten Erlasse zitiert. Iris erschien das Ganze ziemlich haltlos.

Sie schnappte sich das Memorandum und verließ das Büro.

Eine Viertelstunde später saß Iris vor John McCloy im Blair House. Das Memorandum hielt sie immer noch in der Hand.

»Darf ich Ihnen einen Kaffee anbieten, Iris?«, fragte McCloy. »Haben Sie schon was von Monty gehört?«

»Nein, danke. Und ich habe eine Weile nichts von ihm gehört«, erwiderte sie. »Ich will es kurz machen, denn ich weiß, wie kostbar Ihre Zeit ist.«

Er nickte.

»Dieses Gesetz …«, sagte sie und legte McCloy das Memorandum auf den Schreibtisch. »Der erste Absatz. Irgendwas daran gefällt mir nicht.« Sie hielt inne.

»Ich höre«, sagte er freundlich.

»Nun, ich frage mich nur, ob es irgendwelche Beweise gibt für bereits vorhandene oder geplante Spionage oder Sabotage durch japanischstämmige Amerikaner.«

»Davor soll uns dieses Gesetz ja schützen«, erwiderte McCloy.

»Ich weiß. Aber besteht eine militärische Notwendigkeit, diese Menschen zu deportieren?«

»Da war der Bericht der zuständigen Kommission«, meinte McCloy.

Iris hatte den im Januar erschienenen Bericht gründlich durchgelesen. Es habe Hinweise gegeben, behauptete man dort, dass die Angriffe auf Pearl Harbor durch japanische Spione auf Hawaii ermöglicht worden seien. Für diese Behauptung wurden keinerlei Beweise vorgelegt, doch sie machte sowohl in der Bevölkerung als auch in der Presse Stimmung gegen Japaner, was dem Präsidenten wiederum den Weg für die Anordnung der Deportationen ebnete.

»Ja, natürlich«, erwiderte sie. »Haben Sie Admiral Stark über eine zu erwartende Bedrohung befragt?«

»Ja. Stark und General Clark haben beide zu dieser Sache ausgesagt.«

Iris wartete auf eine genauere Ausführung dieser Antwort. Doch McCloy schwieg.

»Und?«, fragte sie schließlich. »Ich kann mir auch eine Abschrift besorgen, John.«

Sie sah, wie er überlegte.

»Wo liegt das Problem? Ich weiß doch Bescheid. Sagen Sie mir einfach die Wahrheit, ganz unter Freunden.«

Er lehnte sich zurück. »Sie waren sich beide einig, dass an der Pazifikküste keinerlei Bedrohung für einen Angriff der Japaner besteht«, gab er gezwungenermaßen zu. Dass er eigentlich noch mehr sagen wollte, erkannte Iris an den zusammengepressten Lippen und der angespannten Haltung.

»Möchten Sie noch etwas hinzufügen?«

»Clark war strikt gegen eine Zwangsevakuierung durch unsere Truppen«, gab er zu. Er blickte auf den Schreibtisch. Seine Hände waren fest ineinander verschränkt. »Tatsächlich schien er zu glauben, dass die Evakuierung unserem Kriegseinsatz schaden könnte. Hören Sie, Iris, darf ich ehrlich mit Ihnen sein?«

»Aber sicher.«

»Wenn es um die Sicherheit des Landes geht, dann ist die Verfassung nur ein Fetzen Papier für mich.«

Iris dachte an Montys Worte: Die Verfassung hatte für einen Präsidenten in Kriegszeiten keinerlei Bedeutung.

»Aha«, sagte Iris. »Und Präsident Roosevelt hat eingewilligt?«

»Er gab mir völlig freie Hand. Ich solle die Sache so ausführen, wie ich es für richtig halte.«

Iris erhob sich. »Danke, John.« Sie streckte ihm die Hand entgegen. »Vielen Dank für Ihre Aufrichtigkeit.«

Iris verließ Blair House und machte sich auf den Weg zum Lafayette Square. Das Weiße Haus schien ihr weit entfernt. Sie konnte nicht einfach zurückgehen und so tun, als sei nichts geschehen. Vor der Reiterstatue Andrew Jacksons setzte sie sich auf eine Bank und verharrte dort fast eine Stunde lang. Das Gras war noch immer feucht. Obwohl es schon nach ein Uhr war, hatte die Sonne sich noch nicht durch den morgendlichen Nebel gekämpft. Iris schlug den Mantelkragen hoch. Während sie den steinernen Präsidenten auf dem Rücken seines Pferdes oben auf dem Sockel betrachtete, erfasste sie ein Gefühl von unendlicher Einsamkeit. Es kroch durch ihre Schuhsohlen, durchdrang ihren Wollmantel und die Poren ihrer Haut. Erst als ihr Gesicht und ihre Glieder vor Kälte taub waren, hatte Iris einen Entschluss gefasst.

Kapitel 64

WASHINGTON, D.C.

April 1942

Iris war es nicht erlaubt, an ihrem letzten Tag irgendwelche offiziellen Unterlagen aus dem Weißen Haus mitzunehmen. Sämtliche Akten, Dokumente und Memoranden mussten in Kartons verstaut an das Außenministerium übergeben werden. Es war Freitag und schon fünf Uhr nachmittags, doch es war immer noch niemand gekommen, um die Kartons aus ihrem Büro abzuholen. So stellte Iris sie kurzerhand auf ihren leeren Schreibtisch und beschriftete sie: *Eigentum des Außenministeriums. Dokumente aus dem Büro von Iris McIntosh.*

Abgesehen von Lippenstift, Puder und Kamm aus ihrer Schreibtischschublade hatte Iris keinerlei private Gegenstände im Büro. Es gab weder Fotos auf ihrem Schreibtisch, noch hatten sich während ihrer neunjährigen Amtszeit irgendwelche anderen Erinnerungsstücke angesammelt. Während sie sich noch fragte, ob das normal sei, klopfte es an der Tür. Hick stand im Türrahmen. Sie hatte abgenommen. Die Arbeit beim Demokratischen Komitee schien ihr gutzutun. Hatte sie endlich eine neue berufliche Heimat gefunden? Vielleicht war es ja tatsächlich möglich, neue Wege einzuschlagen.

»Jemand zu Hause?«

»Komm rein«, sagte Iris. »Wann bist du angekommen?«

»Erst vor einer Stunde. Ich habe Geschenke dabei.« Hick strahlte. »Hier ist zunächst einmal der Pullover, den Eleanor für dich gestrickt hat. Er ist erst heute Morgen fertig geworden. Du sollst ihn nächsten Winter tragen.« Hick drückte Iris den schweren, bunten Wollpullover in die Hand. Iris betrachtete ihn skeptisch.

»Sie versucht jetzt, mit Wollresten zu arbeiten«, erklärte Hick kopfschüttelnd. »Und das hier …« Sie zog eine Flasche achtzehn Jahre alten *Chivas Regal* hinter ihrem Rücken hervor. »… ist für jetzt. Wo sind die Gläser?«

Iris öffnete den Aktenschrank. In der mittleren Schublade waren zwei Whiskygläser.

Hick schenkte großzügig ein. »Auf dich, Kindchen«, sagte sie. Sie stießen an, und Hick trank das Glas in einem Zug leer. Iris tat es ihr nach. Sofort schenkte Hick nach.

»Wie fühlst du dich?«, fragte sie.

»Traurig, aufgeregt, voller Reue, voller Tatendrang …«, erwiderte Iris. »Mir ist klar, dass ich nicht länger hierbleiben kann. Ich gehe aus freien Stücken, aber dieser Ort hier ist wie …« Sie sah in ihr Glas und ließ den Satz in der Luft hängen.

»Wie ein Zuhause?«

Mit einem Nicken trank Iris ihren Scotch. »Mrs Roosevelt hat sich gestern schon vor ihrer Abfahrt nach New York von mir verabschiedet«, sagte Iris. Als die First Lady sie in die Arme geschlossen hatte, hatte Iris geweint. Am liebsten hätte sie sich nie wieder aus dieser Umarmung gelöst.

»Wir müssen uns alle den Herausforderungen des Lebens stellen, Iris«, hatte Mrs Roosevelt tröstend gesagt. »Es tut uns gut, wenn wir uns immer wieder neuen Prüfungen unterziehen.«

»Ich habe solche Angst«, hatte Iris ihr anvertraut. »Ich kenne doch nichts anderes.«

»Sie haben all meine Erwartungen übertroffen«, hatte die First Lady sanft entgegnet. »Sie sind eine starke Frau. Glauben Sie an sich.«

Iris riss sich aus ihren Gedanken und wandte sich wieder Hick zu. »Ich habe den Präsidenten seit Tagen schon nicht mehr gesehen.«

»Er ist in Hyde Park«, erklärte Hick.

»Ich weiß«, erwiderte Iris. »Es ist nur, dass er seit meiner Kündigung keine zwei Worte mehr mit mir gewechselt hat. Ich hätte erwartet, dass er sich zumindest von mir verabschiedet.«

Als sie ihm im Oval Office die Kündigung überreichen wollte, hatte er sie nicht mal empfangen. So musste sie Grace das Schreiben geben. Am nächsten Tag erhielt sie ein Memorandum, auf dem stand: *Kündigung akzeptiert. FDR*. Sie hatte es schnell in den Papierkorb geworfen.

»Er ist einfach enttäuscht, Iris. Wahrscheinlich fühlt er sich betrogen.«

Er hat mich zuerst betrogen!, dachte Iris. Am liebsten hätte sie die Worte laut ausgesprochen, doch sie ließ es, weil sie nicht kindisch sein wollte. Es waren harte Worte, und sie kränkten sie sehr.

»Glaubst du auch, dass ich ihn betrogen habe?«, fragte sie traurig.

Hick zuckte mit den Achseln und dachte einen Moment lang nach.

»Er hat dich in eine unmögliche Situation gebracht, Iris«, sagte sie schließlich. »Es hat keinen Sinn zu bleiben, wenn du mit dieser Regierung nicht mehr im Reinen bist. Du hast getan, was du tun musstest.«

Hicks Worte machten Iris die Entscheidung kein bisschen erträglicher.

»Außerdem ist die Arbeit mit Felix Frankfurter am Obersten Gerichtshof eine nette Sache und erheblich besser bezahlt«, sagte Hick lachend.

Iris setzte sich an den Schreibtisch. Hick schob die Kartons beiseite und ließ sich gegenüber nieder. Nachdenklich trank Iris ihren Scotch. Hick hatte recht. Die Maßnahmen des Präsidenten gegen die Japaner im Land verursachten ihr zwar Übelkeit, aber trotzdem glaubte sie nach wie vor, dass Roosevelt mehr Weitsicht besaß als alle anderen, um das Land gut durch den Krieg zu führen. Es tat ihr leid, dass sie dabei keine Rolle mehr spielen würde. Iris hatte einmal geglaubt, sie würde bis zuletzt ein Teil der Regierung bleiben.

Hick schenkte ihnen nach. »Weißt du«, fuhr sie fort, »egal, für wie wichtig du dich hältst und wie sehr man dich auch schätzen oder lieben mag, das Präsidialamt ist den beiden immer am wichtigsten. Für sie ist jedes Jahr Wahljahr.«

Iris sah Hick erstaunt an. Sie wusste genau, dass Hick einen hohen Preis für ihre enge Freundschaft mit der First Lady zahlte. Sie hatte nicht nur ihre Karriere und Unabhängigkeit geopfert, sondern schließlich auch noch den Anspruch aufgegeben, im Leben ihrer Geliebten an erster Stelle zu stehen.

Die Frauen tranken schweigend ihren Whisky, bis Hick auf einmal zu pfeifen begann. Iris versuchte, die Melodie durch den Alkoholnebel in ihrem Kopf zu erraten.

Während sie auf dem Drehstuhl herumwirbelte, fiel ihr plötzlich ein, dass Tom sich ähnlich geäußert hatte. Egal, für wie wichtig man sich halte, in Wirklichkeit stehe man allein da.

Ihr war schlecht. Schnell sah sie sich nach einem passenden Behältnis um. In ihrer Verzweiflung schnappte sie sich den Abfalleimer und erbrach sich, bis nichts mehr kam.

Mit einer Flasche Wein und einem Strauß Blumen stand Iris vor Felix Frankfurters Anwesen in Bethesda. Mit dem Wein war Iris sich nicht sicher. Sie konnte sich erinnern, dass Frankfurter nur ein einziges Mal an der Kinderstunde teilgenommen hatte. Sie wusste, dass Frankfurter Jude war, auch wenn er seinen Glauben nicht praktizierte. Seine Familie war aus Wien ausgewandert, als er zwölf Jahre alt gewesen war, und er hatte den Rest seiner Kindheit auf der Lower East Side in New York verbracht. Später hatte er gegen den Wunsch seiner Mutter die Tochter eines Pastors geheiratet. Das Paar hatte keine Kinder, und die Frau war Iris vor vielen Jahren als gebrechlich beschrieben worden. Schlussendlich hatte Iris jedem ein Mitbringsel besorgt: Wein für ihn, Blumen für sie.

Obwohl er während des *New Deal* als Berater des Präsidenten gearbeitet hatte, war Frankfurter selten im Weißen Haus gewesen. Er gehörte weder zum inneren Kreis des Präsidenten, noch hatte er engere Beziehungen zur First Lady. Iris hatte den Eindruck, man toleriere ihn wegen seiner Intelligenz und weniger wegen seiner Persönlichkeit.

Frankfurter hatte an der Harvard Law School eine glänzende akademische Karriere hingelegt und war an der Gründung der Amerikanischen Bürgerrechtsunion beteiligt gewesen. Roosevelt hatte ihn 1939 an den Obersten Gerichtshof berufen. Es bestand kein Zweifel, Frankfurter war ein Genie. Er hatte Tom Corcoran als Mentor zur Seite gestanden, und dieser hatte seinen Intellekt und sein Talent in den höchsten Tönen gelobt. Es gab niemanden, der sich besser mit der Auslegung von Gesetzen auskannte als Tom. Sein Mentor hatte ganze Arbeit geleistet.

Iris klopfte an die Tür und wurde prompt von einem missgelaunt dreinblickenden Schwarzen in dunklem Anzug mit Krawatte empfangen, vermutlich dem Butler der Frankfurters, der sie ins Haus führte und ihr ärgerlicherweise auch die Geschenke abnahm. Nur noch mit der Handtasche gewappnet und mit einem leichten Kleidchen angetan, fühlte sich Iris auf einmal ziemlich ungeschützt.

Als sie dem Butler ins Wohnzimmer folgte, fiel ihr Blick auf die Möbel, Bilder und Läufer. In diesem Haus war alles pompös, jeder Gegenstand buhlte um ihre Aufmerksamkeit. Innerhalb kürzester Zeit fühlte sie sich völlig überfordert. Auf den Bildern waren überwiegend Seeschlachten aus den Napoleonischen Kriegen dargestellt. Das prunkvolle Foyer war eine perfekte Kopie der Eingangshalle des präsidialen Anwesens Springwood.

Die Frankfurters erwarteten sie bereits bei gedämpftem Licht im Wohnzimmer.

»Guten Abend, Iris«, sagte Frankfurter. »Darf ich Ihnen meine Gattin vorstellen?« Die beiden Frauen begrüßten sich mit einem kurzen Händedruck. »Marion, das hier ist die junge Dame, von der ich dir schon so viel erzählt habe: Iris McIntosh, meine neue Assistentin.«

Iris lächelte, stellte aber umgehend fest, dass sie sich zu leger gekleidet hatte. Frankfurter war im Abendanzug, seine zierliche Frau trug eine bodenlange, hellbraune Robe. Iris' einfacher Baumwolldress, den sie in dieser Situation nicht mehr als Kleid bezeichnen konnte, war völlig unpassend.

»Wie nett, Sie kennenzulernen, Mrs Frankfurter«, sagte Iris.

Der Butler erschien mit einem Tablett und servierte Eistee.

Während die drei tranken, machten Frankfurter und Iris Konversation, während Mrs Frankfurter abwesend lächelnd danebensaß und mit ihren grünen Augen mal ihren Mann, mal Iris ansah. Iris schätzte sie auf Mitte fünfzig. Sie war zart und blass und trug das Haar zu einem Knoten frisiert, den ein kleines, mit Rubinen geschmücktes Silberdiadem zierte. Ihr Haar war ergraut, doch Iris vermutete, dass Marion Denman Frankfurter einmal eine sehr attraktive goldblonde Frau gewesen war. Nun wirkte sie etwas zusammengesunken und gealtert, ein wenig so, wie Iris sich ihre Mutter vorstellte, wäre sie nicht gestorben.

Der Richter lobte Iris über den grünen Klee, erzählte seiner Frau vom Schiffs-Deal und davon, dass er zunächst durch Tom Corcoran und später durch Henry Stimson von Iris' Leistungen erfahren habe.

»Und denk dir, Marion, sie hatte sogar das große Vergnügen, Winston Churchill persönlich kennenzulernen.« Er sah Iris erwartungsvoll an.

»Das stimmt«, bemerkte sie unsicher. »Er war genau so, wie man sich einen britischen Premierminister vorstellt.« Ihr war völlig klar, dass diese Aussage ziemlich unverbindlich klang, aber nichts lag ihr ferner, als Einzelheiten über die Gäste des Weißen Hauses auszuplaudern.

Sie erkannte schnell, dass Frankfurter von dieser Antwort nicht besonders angetan war. Er wollte Details, vielleicht sogar Klatsch.

»Ihr Anruf letzten Monat hat mich sehr überrascht, Miss McIntosh«, sagte Frankfurter schließlich. »Ich hätte nicht gedacht, dass ich noch mal von Ihnen hören würde. Sie waren so enthusiastisch wegen Ihrer Arbeit für den Präsidenten, dass ich dachte, na, hier haben wir ein Mädchen, das für Roosevelt arbeiten wird, bis er nicht mehr ist.«

»Das dachte ich ebenfalls«, bemerkte Iris. »Aber die Dinge ändern sich. Neun Jahre sind eine lange Zeit.«

»Ich habe mich nach Ihrem Anruf mit dem Präsidenten in Verbindung gesetzt«, teilte Frankfurter ihr mit. »Er hat Sie als engagierte Mitarbeiterin beschrieben, die der Regierung treue Dienste geleistet habe.«

»Mehr nicht?« Iris war diese Frage einfach herausgerutscht und nun hing sie in der Luft wie ein schlechter Geruch.

»Dies waren seine genauen Worte. Tom Corcoran und Harry Hopkins waren da schon sehr viel überschwänglicher.«

Iris hoffte, ihre Enttäuschung stünde ihr nicht zu deutlich ins

Gesicht geschrieben. Sie betrachtete ihr Getränk und sehnte sich nach etwas Stärkerem.

Auf dem Weg ins Esszimmer dachte Iris immer noch ungläubig über die Worte des Präsidenten nach. Eine weniger aussagekräftige Beschreibung als »engagierte Mitarbeiterin« hätte ihm wohl nicht einfallen können.

Der Butler servierte die Vorspeise. Während des Essens fragte sich Iris, wie ihre Beziehung zum Präsidenten so plötzlich umgeschlagen war. Ihrer Ansicht nach hatte sie unter unermüdlichem Einsatz und mit Feuereifer für das Weiße Haus gearbeitet, aber nur eine einzige Weigerung hatte dazu geführt, dass sie jetzt am Tisch von Felix Frankfurter Kressesuppe löffelte. Als sie von ihrem Suppenteller aufsah, bemerkte sie Mrs Frankfurters neugierigen Blick.

»Sie haben sehr viel Glück gehabt, Miss McIntosh«, sagte sie, »dass Sie in so jungen Jahren schon dermaßen erfolgreich waren und für den Präsidenten und seine Frau arbeiten durften. Männer und Frauen in ganz Amerika würden Sie darum beneiden.«

Mrs Frankfurters Lob führte Iris schlagartig ihre Situation vor Augen. Ihre Dummheit stach so deutlich hervor wie die giftgrüne Farbe der Suppe. Sie hatte ihre Position aus freien Stücken aufgegeben und eine neue Stelle am Obersten Gerichtshof gefunden. Warum konnte sie mit der neuen Wendung in ihrem Leben nicht einfach zufrieden sein?

Iris lächelte ihrer Gastgeberin zu. Sie war fest entschlossen, das Beste aus dieser Chance und ihrem Glück zu machen. »Ich habe vor Kurzem das Buch über Sacco und Vanzetti gelesen, dass Sie herausgegeben haben. Ein bemerkenswerter Fall«, sagte sie. In der Hoffnung, bei ihren Gastgebern einen guten Eindruck zu hinterlassen, hatte sie ein wenig über die italienischen Anarchisten gelesen, für die die Frankfurters in den Zwanzigerjahren einen Freispruch erkämpft hatten.

Marion Frankfurter nickte. »Ich arbeite nicht mehr«, erklärte sie. »Seit unserem Umzug nach Washington kümmere ich mich um den Haushalt.«

»Sie kommen aus Boston, habe ich gehört?«

»Ja, meine Frau kommt tatsächlich aus Boston«, fiel ihr der Richter ins Wort. »Aber nun, liebe Miss McIntosh, erzählen Sie uns doch von Ihrem Treffen mit Winston Churchill.«

Der Butler trat ins Esszimmer und räumte ab.

Iris ließ den Blick über die Wand streifen. Über dem Kopf des Richters hing ein Bild, das sie sofort erkannte: Winslow Homers Gemälde mit dem Titel *»Prisoners from the Front«*. Von allen Bildern, die Iris im Haus gesehen hatte, war dies das schlichteste. Hier gab es keine sinkenden Schiffe, krachenden Wellen oder Kanonenfeuer, sondern lediglich vier Männer auf einem Feld bei Petersburg, Virginia. Sie wandte sich Mrs Frankfurter zu, die ihr herzlich und aufrichtig zulächelte.

»Nun, Euer Ehren«, sagte Iris begeistert, »Churchill ist einzigartig. Er trägt gern Overalls bei der Arbeit …«

Neugierig beugte Frankfurter sich vor und versuchte, Iris mit freundlichem Nicken zu ermuntern, ihm alles über die Eigenheiten des großen Staatsmannes zu verraten.

Kapitel 65

WASHINGTON, D.C.

Mai 1943

»Es ist seltsam, ja geradezu ironisch, dass ich mich soeben mit zwei Klageschriften beschäftigt habe, die beide für das Gesetz zur Internierung der Japaner plädieren, und eine weitere steht noch aus.«

»Wie wird das Gericht befinden?«

»Das Urteil wird zugunsten der Vereinigten Staaten ausfallen«, erwiderte Iris.

Monty grinste. »Gratulation! Wenn es dich tröstet, dann lass dir sagen, dass du gute Arbeit geleistet hast.«

»Das könnte hinkommen, aber die Tatsache, dass neun Richter von Präsident Roosevelt persönlich nominiert wurden, hat bestimmt auch etwas damit zu tun«, merkte Iris zynisch an. Dann fügte sie lachend hinzu: »Egal, ich habe ohnehin einen neuen Fall auf dem Tisch, und der liegt völlig anders.«

Monty sah sie fragend an.

»Fred Korematsu, ein einundzwanzigjähriger Schweißer, japanischstämmiger Amerikaner, der sich im Mai letzten Jahres nicht im Sammellager eingefunden hat und deswegen festgenommen wurde.« Sie schüttelte den Kopf. »Er wurde in Oakland, Kalifornien, geboren und ist auch dort aufgewachsen. Er war Mitglied im Schwimmteam seiner Schule und jetzt wollen sie ihn doch tatsächlich in ein Lager sperren. Kein Wunder, dass er dagegen klagt.«

Monty lächelte und tätschelte ihr mitfühlend die Hand. »Möchtest du noch eine Tasse Kaffee?«

Sie nickte.

Monty gab der Kellnerin Bescheid, dann trommelte er nervös mit dem Löffel auf dem Tisch herum. »Wo treibt sich Jacobson denn so rum?«

Iris biss sich auf die Lippe. Es war schwer, mit Sams wechselnden Einsätzen Schritt zu halten. Seine Karriere hatte sich ebenso rasant entwickelt wie ihre.

»Bis vor ein paar Wochen war er in Nordafrika. Jetzt ist er wieder zurück in London. Er hat keine Ahnung, wohin ihn sein nächster Einsatz führen wird. Wenn man für Murrow arbeitet, ist man heute hier und morgen dort.«

»Ihr seid offensichtlich noch zusammen«, bemerkte Monty, während er sein Platzdeckchen zurechtrückte.

»Ja, aber seit dem Angriff auf Pearl Harbor war er nicht mehr in Washington.«

»Vermisst du ihn?«

»Ja, das tue ich. Sehr. Genauso sehr, wie ich dich vermisse.«

»Ich frage nicht meinetwegen«, erklärte Monty mit ernster Miene. »Ich will wissen, ob du glücklich bist. Wenn dieser Krieg vorbei ist und Sam zurückkehrt, glaubst du, dass ihr dann zusammen glücklich werdet?«

»Ich denke schon«, erwiderte sie unsicher. »So weit habe ich noch gar nicht gedacht. Wieso stellst du mir all diese Fragen?«

»Ich sorge mich nur um dich, mehr nicht«, versicherte er ihr mit dem Anflug eines Lächelns.

Seine Miene, ja sein ganzes Benehmen und auch das Gesprächsthema erfüllten Iris mit Unbehagen. Monty war selten so ernst.

Sie wechselte das Thema. »Erzähl mir von dieser Konferenz, wegen der Churchill hergekommen ist.«

»Jetzt, da die Deutschen in Nordafrika kapituliert haben, wollen Churchill und Roosevelt darüber entscheiden, wo sie als Nächstes angreifen. Wollen wir die Deutschen attackieren, indem wir im Mittelmeerraum vorpreschen?« Monty ahmte Churchills britischen Akzent nach. »Vielleicht doch besser eine Kanalüberquerung und ein direkter Angriff auf die Nazis?«

So ist es besser, dachte Iris. »Ist das die Strategie des Präsidenten?«

Monty nickte. »Glaubst du, er kandidiert erneut?«

Iris zuckte die Schultern. »Das würde ich auch gern wissen«, erwiderte sie.

Monty kicherte. »Da fällt mir was ein«, sagte er. »Roosevelt hat gesagt, für eine erneute Kandidatur spreche, dass er die Nesbitt nach einem Sieg endlich feuern könne.« Iris lächelte müde.

»Du wärst am liebsten noch dabei, oder?«, fragte Monty.

Sie verdrehte die Augen. »Ja, ich habe mich immer noch nicht ganz davon gelöst«, gab sie zu. »Aber die Arbeit für Frankfurter macht Spaß, wenn sie auch nicht ganz so gesellig ist.«

Am liebsten hätte sie Monty gefragt, ob der Präsident irgendetwas über sie gesagt habe, aber sie wusste nicht, wie sie die Frage formulieren sollte, ohne schwach zu wirken.

»Wie lang bist du noch in Washington?«, fragte Iris stattdessen.

»So lang, wie die Konferenz dauert. Du weißt selbst, wie sich Churchill an so etwas festbeißen kann«, sagte er. Iris spürte, dass ihm etwas auf dem Herzen lag, wie er da so vor ihr saß und mit dem Löffel auf den Tisch trommelte.

»Was ist los?«

»Es gibt noch jemanden in meinem Leben«, sagte er zögernd. »Ich kann nicht mit dir zusammenbleiben.«

»Warum?« Die Frage war ihr so herausgerutscht. Während seiner letzten beiden Aufenthalte hatten sie zusammen eine wunderbare Zeit verbracht. »Liegt es an Churchill oder Beaverbrook? Sie wollen dich in der Nähe haben, nicht wahr?«

Monty schüttelte den Kopf. »Ich habe jemanden kennengelernt. In England. Es könnte was Ernstes werden.«

»Aha.« Mehr brachte sie nicht hervor, obwohl sie so viel zu sagen hätte. Montys Geständnis ließ ihre Untreue in einem ganz anderen Licht erscheinen. Warum war er auf einmal so moralisch? Sie brachte kein Wort heraus.

Beide saßen schweigend da.

Schließlich sagte sie: »Die letzten zehn Jahre – war das nichts Ernstes?«

»Ja, natürlich war es ernst. Aber es fühlte sich nie an, als wäre es etwas Langfristiges.«

»Wegen Sam?«

»Nein, daran lag es nicht. Ehrlich gesagt hat mir das nie was ausgemacht.« Monty sah sie eine Weile an, während er nach Worten suchte. »An diesem Abend vor all den Jahren, als ich dich auf dein Zimmer gebracht habe, damals, nach dem Fiasko mit der Ente … Weißt du noch?« Sie nickte. »Als wir uns voneinander verabschiedeten, hast du mich voller Ehrfurcht angesehen. Als wäre ich alles für dich. Seit diesem Abend habe ich mir immer wieder gesagt, dass du eines Tages erwachsen werden und mich nicht mehr brauchen wirst.« Monty überlegte kurz, bevor er weitersprach. »Nach Warm Springs hast du mich nicht mehr so angesehen. Ich glaube, deine Haltung zu mir war das, was unsere Beziehung am Leben hielt.«

Iris sah sich um. An den anderen Tischen saßen Männer in Uniform mit ihren Mädchen. Sie dachte zurück an jenen Abend im Jahre 1933. Monty hatte recht. Damals war er alles für sie gewesen, und jetzt war er das nicht mehr. Doch das hieß nicht, dass er ihr nichts mehr bedeutete.

»Ich glaube, der Tag ist gekommen«, fuhr Monty fort. »Ich glaube, er ist schon vor einer ganzen Weile da gewesen, aber wir haben es einfach nicht wahrhaben wollen.«

»Damals hast du auch gesagt, dass ich nicht allein sei«, bemerkte Iris. »Kannst du dich noch daran erinnern?«

»Ja, das kann ich. Aber diese Situation ist nicht mehr tragbar.«

Seine Art, sich auszudrücken, machte sie zornig. »Ich bin nicht Roosevelt oder Churchill!«, zischte sie.

Monty blieb ungerührt.

»Ich werde dich immer brauchen.« Sie sprach so leise, dass die Worte kaum hörbar waren. »Können wir nicht einfach so weitermachen? Uns vielleicht seltener treffen …«

Monty schüttelte den Kopf. »Wir stehen uns gegenseitig im Weg.«

Er legte ein paar Dollar auf den Tisch, setzte den Hut auf und erhob sich. Nach einem tiefen Atemzug betrachtete er sie ein letztes Mal. »Ich glaube, wir sollten uns eine Weile nicht sehen«, sagte er leise. »Sonst kommen wir nicht voneinander los.«

Sie rührte sich nicht.

Er tätschelte ihr die Hand. »Ich liebe dich, Kleines.«

Es fiel ihr unendlich schwer, nichts zu erwidern, doch sie wusste, dass es besser war.

Monty verließ das Restaurant.

Kapitel 66

WASHINGTON, D.C.

Dezember 1943

Sam half Iris die Leiter herunter. Sie hatte den Stern auf die Baumspitze gesetzt. Den ersten Weihnachtsbaum in Iris' Wohnung hatten sie gemeinsam hergetragen. Früher war ihr ein eigener Baum sinnlos erschienen. Sie hatte so viele Stunden im Weißen Haus verbracht, dass sie die große Fichte, die jedes Jahr erneut das große Foyer schmückte, als ihren Weihnachtsbaum betrachtet hatte. Im letzten Jahr hatten sie die Frankfurters zu Weihnachten eingeladen. Iris besaß weder Dekorationen noch Kugeln noch irgendwelche Erinnerungsstücke aus ihrer Kindheit, daher hatte sie sich in der Mittagspause bei Macy's ins Getümmel gestürzt, um Weihnachtsschmuck zu erstehen.

Sam begutachtete den Baum. »Nicht übel«, befand er. »Aus Sicht eines Juden betrachtet jedenfalls.«

Lachend trat Iris neben ihn und schloss ihn in die Arme. Gemeinsam bewunderten sie ihr Werk. »Wir beide wären ein tolles Motiv für eine Weihnachtskarte, so, wie wir hier stehen«, scherzte er.

»Ich weiß nicht, was die Leute von der Menora im Vordergrund halten würden«, bemerkte sie.

»Eine Grußkarte für unorthodoxe Familien«, sagte er grinsend.

Sams Worte erstaunten sie. Sie löste sich aus der Umarmung. »Sind wir das?«, fragte sie ernst.

»Eine Familie sind wir auf jeden Fall.« Er zog sie fester an sich heran und küsste sie. Doch Iris hatte sich nicht an dem Wort »Familie« gestört, sondern an der Bezeichnung »unorthodox«.

Montys Abreise im Mai hatte Iris auf zweierlei Weise getroffen. Sie war nicht nur gekränkt und erschüttert darüber, dass er sie verlassen hatte, die Trennung löste auch einen Gefühlssturm wegen Sam aus. Schuldgefühle plagten sie dabei am meisten. Sie wusste, dass sie sich nur durch eine Beichte von den Gewissensbissen befreien konnte. Doch sie war feige. Sam, grundehrlich und aufrichtig, würde ihr vermutlich nie verzeihen. Doch vielleicht deutete das Wort »unorthodox« auf eine etwas tolerantere Sichtweise hin?

»Ich muss dir was sagen«, setzte sie vorsichtig an. Er sah sie erwartungsvoll an. In seinen braunen Augen lag nichts als Liebe. Sie hielt einen Moment inne, unsicher, was sie als Nächstes tun sollte, denn in seinem Blick erkannte sie ihren Egoismus. Nichts wäre gewonnen, wenn sie ihm die Wahrheit sagte. Mit Monty war es aus. Iris beschloss, ihre Schuldgefühle als Strafe für ihr Fehlverhalten zu betrachten.

»Was musst du mir sagen?«, fragte er.

»Es ist das erste Mal, dass ich mich irgendwie weihnachtlich fühle«, sagte sie.

Er drückte sie fest an sich.

»Am besten kümmere ich mich jetzt um den Braten«, sagte sie nach einer Weile.

»Warte! Setz dich ein bisschen zu mir. Ich möchte dich noch etwas anschauen.« Er führte sie hinaus auf die Feuertreppe.

»Es ist kalt hier«, jammerte sie. »Warum stehen wir draußen?«

»Ich möchte alles sehen«, erklärte er, »dich, die Stadt, die Lichter ... Ich habe das alles so vermisst.«

Abgesehen von einem Kurzbesuch im Juli hatten Iris und Sam sich seit zwei Jahren nicht gesehen. Er hatte die ganze Welt bereist, von den malaiischen Dschungeln bis zu den Wüsten Nordafrikas.

Manchmal war Iris furchtbar einsam gewesen. Sie schrieben sich zwar Briefe, doch es gab eine Menge Dinge, die sie sich nicht erzählten. Iris fand keine Worte dafür, wie sehr sie ihr Rücktritt belastete, und noch weniger konnte sie darüber schreiben. Dann hätte alles schwarz auf weiß dagestanden. Er legte ihr den Arm um die Schultern.

»Ich wünschte, du würdest nicht wieder abreisen«, sagte sie. »Ich habe das Gefühl, uns bleibt nur dieses bisschen Zeit, und wir nutzen es nicht.«

»Mein Angebot steht noch«, sagte er.

Iris dachte an den Ring. Sam hatte sich geweigert, ihn zurückzubringen oder ihn für sich zu behalten. Die schwarze Samtschatulle lag in einer Küchenschublade neben Kochlöffeln, Pfannenwendern und Montys Schneebesen.

»Danke. Du bist ein sehr geduldiger Mann, Sam Jacobson«, erwiderte sie.

»Bist du zufrieden bei Frankfurter?«

»Ja, schon. Aber es ist nicht wie im Weißen Haus. Ich fühle mich einfach nicht heimisch dort.«

»Warum kündigst du dann nicht? Wir hatten noch gar keine Gelegenheit, uns darüber zu unterhalten. In deinen Briefen stand nicht viel darüber.«

Tatsächlich hatte sie die ganze Situation noch mit niemandem besprochen. Monty kannte einzelne Details, Hick auch, aber als Iris Sam nun alles genau erzählte, fügten sich die Einzelteile zu einem verständlichen Ganzen zusammen.

»Weißt du, was das Schlimmste an dieser ganzen traurigen Angelegenheit für mich war?«, fragte sie. »Dass ich ihn enttäuscht hatte. Ich hatte seine Erwartungen nicht erfüllt.«

Sam sah sie neugierig an.

»Ganz schön blöd, oder?«, fragte sie.

Sam nahm sie fest in die Arme, und sie erlaubte sich endlich zu weinen.

»Mein armer kleiner Schatz«, flüsterte er. »Ich werde dich beschützen.«

So hatte Sam noch nie mit ihr gesprochen.

»Du kannst nichts mehr tun«, sagte sie nüchtern, holte tief Luft und nahm sich wieder zusammen. »Es ist vorbei, und die Arbeit am Obersten Gerichtshof mit Richter Felix Frankfurter ist nicht schlecht.« Iris fand ein Taschentuch in der Manteltasche und wischte sich die Tränen ab.

»Es läuft doch immer auf einen Kompromiss hinaus«, sagte Sam nach einer Weile.

»Was willst du damit sagen?«

»Washington. Politik. Wer sich nicht beugt, der fliegt.«

Iris küsste ihn. Sie war froh, Sam in ihrer Nähe zu wissen.

Kapitel 67

TOPAZ, UTAH

März 1944

Iris ließ sich dem jungen Mann gegenüber auf einem Stuhl nieder. »Guten Morgen, Mr Korematsu«, sagte sie. »Ich heiße Iris McIntosh und arbeite für Richter Frankfurter am Obersten Gerichtshof. Ich hätte ein paar Fragen an Sie bezüglich der Wiederaufnahme Ihres Verfahrens.«

Fred Korematsu nickte höflich und lächelte. Iris bat den Wächter, sie allein zu lassen.

Kurz überlegte sie, ob sie den Mantel ausziehen sollte, entschied sich dann aber doch dagegen. »Ganz schön kalt hier«, sagte sie, während sie den Aktenordner aus der Tasche zog.

Sie sah sich in dem hastig zusammengezimmerten Eisenschuppen um, in dem ihr Treffen stattfand. Sogar ihre Bude im Hooverville-Lager in Chicago war stabiler und wärmer gewesen.

»Ich habe hier eine Akte von der Amerikanischen Bürgerrechtsunion. Die Leute dort waren sehr gründlich und hilfsbereit«, fügte sie hinzu. »Aber ich wollte Sie gern selbst kennenlernen, damit ich dem Richter ein ausführliches Profil von Ihnen und dem Fall vorlegen kann.« Sie zögerte, bevor sie die nächste Frage stellte. »Sind Sie damit einverstanden?«

Er nickte erneut.

Fred Korematsu, ein attraktiver junger Mann, trug Jeans, darüber ein rotes Flanellhemd. Er wirkte gepflegt, war frisch rasiert und hatte sein schwarzes Haar sorgfältig nach hinten gekämmt.

»Kann ich Ihnen irgendwas bringen lassen? Ein Glas Wasser vielleicht?«

Er schüttelte den Kopf und legte die Hände auf den Tisch. Obwohl er noch kein einziges Wort gesagt hatte, ging von dem rundgesichtigen Fünfundzwanzigjährigen keinerlei Feindseligkeit aus.

»Mr Korematsu«, setzte Iris an, »können Sie mir was über Ihre Kindheit erzählen? Sie wurden in Oakland geboren und sind dort aufgewachsen, stimmt das?«

»Ja, richtig.« Er sprach akzentfreies amerikanisches Englisch. Hätte Iris die Augen geschlossen, hätte sie sich zu dieser Stimme einen durchschnittlichen Amerikaner vorgestellt.

»Ich war auf der Castlemont High School und arbeitete stundenweise im Betrieb meiner Eltern.«

»Was machen Ihre Eltern, Mr Korematsu?«

»Nennen Sie mich doch Fred«, bat er. »Sie verkaufen Pflanzen. Ihnen gehörte eine Baumschule in San Leandro.«

»Aha.« Iris machte sich Notizen. »Hatten Sie gute Noten?«

»Eigentlich schon. Zumindest hatte ich nie Probleme.«

»Sind Sie Einzelkind, Fred?«

Er nickte.

Iris sah von ihren Notizen auf. »Ich auch«, erwiderte sie. »Was haben Sie nach der Highschool gemacht?«

»Ein paar Jahre lang in der Baumschule gearbeitet, dann habe ich mich bei der Marine beworben.«

»Und das hat nicht geklappt?«

»Der Musterungsoffizier hat mir gesagt, er habe Befehl, Leute wie mich nicht einzustellen.«

»Was, glauben Sie, wollte er damit sagen?«

»Er meinte Japaner«, sagte er unverblümt.

»Haben Sie eine Freundin, Fred?«

»Ja, die hatte ich«, antwortete er. »Ida Boitano. Wir haben uns an dem Tag getrennt, an dem sie mich bei der Polizei verraten hat.«

Als sie erneut von ihren Notizen aufblickte, sah sie ein schelmisches Blitzen in seinen Augen. Galgenhumor. Sie musste sich sehr beherrschen, um nicht zu grinsen.

»Aus welchem Grund haben Sie sich am 9. Mai letzten Jahres nicht im Sammellager eingefunden, um sich auf die Deportation ins Internierungslager vorzubereiten?«

»Ich habe einfach nicht eingesehen, dass jemand wie ich interniert werden sollte«, sagte er.

»Jemand wie Sie?«

»Ich bin Amerikaner. Nur, weil ich ein wenig anders aussehe, bin ich doch keine Bedrohung für die nationale Sicherheit.«

»Sie haben sich einundzwanzig Tage lang erfolgreich versteckt, Fred. Hat jemand Sie unterstützt?«

Er schüttelte den Kopf. »Meine Eltern, Tanten, Onkel und andere Verwandte waren dagegen. Sie rieten mir, mich wie ein braver Bürger zu benehmen und im Sammellager einzufinden, denn dann würden die Behörden vielleicht merken, dass sie einen Fehler begehen, und uns alle wieder nach Hause schicken.«

»Aber Sie hielten das für unwahrscheinlich?«

»Ganz genau«, erwiderte er. »Der Großteil meiner Familie hielt sich von Amerikanern fern, aber ich wusste, wie manche sein können.«

»Meinen Sie damit den Fanatismus?«

Er nickte.

»Können Sie mir ein Beispiel nennen?«

Er dachte kurz nach. »Als man mich bei der Marine nicht annehmen wollte, habe ich an der Abendschule eine Ausbildung zum Schweißer gemacht. Ich glaubte, auf diese Weise einen Beitrag zum Krieg leisten zu können. Dann hat man mich gefeuert. Mein

Vorarbeiter stellte nach seinem Urlaub fest, dass der Neue ein Japse ist, und das war's dann. Nach Pearl Harbor konnte ich nirgendwo mehr Arbeit finden, also habe ich wieder bei meinen Eltern angefangen. Es ist einfach nicht fair, Miss McIntosh.«

Sie sah ihn an. Am liebsten hätte sie ihm zugestimmt.

»Unterstützt Ihre Familie Sie jetzt?«

»Nein. Für meine Familie bin ich ein schwarzes Schaf, und die anderen Gefangenen behandeln mich wie einen Aussätzigen. Alle glauben immer noch, ich sollte mich der amerikanischen Regierung gegenüber loyal verhalten.«

»Haben Sie noch Familie oder Freunde in Japan?«

Er schüttelte den Kopf. »Nein. Ich bin kein Spion. Ich habe keine Geheimnisse verkauft. Ich bin ein ganz normaler Bursche, der versucht, sein Leben zu leben. Im Gefängnis kann ich das nicht.«

»Das hier ist kein Gefängnis«, erklärte Iris.

»Man zahlt mir zwölf Dollar im Monat für das Ausgraben von Felsblöcken in der Wüste. Ich schlafe auf einer Matratze in einem alten Pferdestall. An der Decke hängt eine nackte Glühbirne. Man hält uns hier wie Tiere, Miss McIntosh.«

»Es wird bald besser«, sagte Iris. »Das Lager ist noch nicht ganz fertig.«

Iris wusste ganz genau, dass es hier nicht um die Qualität der Unterbringung ging, aber sie musste ihn doch irgendwie aufmuntern. Das Gesetz zur Internierung war wohl nicht mehr aufzuhalten. Sie hätte es selbst nicht besser absichern können.

Iris hatte alle Fragen gestellt. Korematsus Antworten waren klar und eloquent gewesen, das Gespräch kürzer als erwartet. Trotzdem blieb sie noch eine ganze Weile bei ihm und unterhielt sich mit Korematsu über die Bedingungen im Lager, seine Kindheit in Oakland und seine Zukunftspläne.

Nach dem Abschied von Korematsu brachte sie ein Wächter

über das staubige, mit einem hohen Stacheldrahtzaun gesicherte Gelände zurück zum Eingang. Dort wartete bereits der Wagen, der sie zurück in ihr Hotel in Delta bringen würde. Sie warf einen letzten Blick in die dürre Landschaft.

»Im Sommer muss es hier höllisch heiß sein«, bemerkte der Fahrer, bevor er die Beifahrertür schloss.

Iris lehnte sich zurück und schloss die Augen.

In der folgenden Woche quälten sie Gedanken an Fred Korematsu, mit dem sie viel verband. Man hatte diesem Menschen die Kontrolle über sein Leben genommen, aber er war fest entschlossen, sie sich zurückzuholen. Iris wusste, dass der junge Mann Mut und Kampfgeist besaß.

Sie las sämtliche Akten noch mal gründlich durch: Zeugenaussagen, Leumundszeugnisse, Geheimdienstprotokolle über die Wahrscheinlichkeit von Spionage- oder Sabotageangriffen durch Amerikaner mit japanischen Wurzeln. Fred Korematsu war in ihren Augen ein vorbildlicher Bürger mit guten schulischen und beruflichen Leistungen. Aber seine Familie stammte aus Japan, und Amerika führte Krieg gegen das Land. Sie sah keine Möglichkeit für seine Verteidigung, den Fall zu gewinnen, denn es ging hier nicht um Rassismus, wie die Verteidigung anführte, sondern um militärische Sicherheit. Sie müssten beweisen, dass Amerikaner mit japanischen Wurzeln keine Bedrohung für die nationale Sicherheit darstellten.

Sie ordnete die Dokumente und glich alles mit dem Inhaltsverzeichnis ab. Dann sah sie den Stapel erneut durch. Laut Verzeichnis war alles vollständig, doch Iris wusste, dass ein Bericht des Amts für Marineaufklärung fehlte, den sie im Auftrag des Generalstaatsanwalts angefordert hatte. Im November war sie deswegen mit einem gewissen Lieutenant Farrow zusammengetroffen. Der Bericht der Kommission wies Lücken auf und bezog sich lediglich auf potenzielle Saboteure japanischer Herkunft auf Hawaii. Das Gericht musste aber beweisen, dass an der Westküste subversive Japaner lebten. Iris wählte die Nummer des Amts für Marineaufklärung.

»Ah, Miss McIntosh«, rief Charles Fahy, als Iris an seine Tür klopfte. »Welch Vergnügen, Sie hier begrüßen zu dürfen.« Obgleich sie schon zwei Jahre lang zusammengearbeitet hatten, weigerte sich der Generalstaatsanwalt, Iris beim Vornamen anzusprechen. Er stammte aus den Südstaaten, deshalb störte Iris sich nicht weiter daran. In der Hand hielt sie die Akte Korematsu und das Verzeichnis. Beides legte sie Fahy auf den Tisch, dann setzte sie sich hin und schlug die Beine übereinander. Zunächst plauderte sie ein wenig mit Fahy, den sie als sehr angenehmen, gerechten Menschen kennengelernt hatte, obwohl sein Aussehen – die eng zusammenstehenden Augen, die spitze Nase und das vorstehende Kinn – ihm einen gegenteiligen Anschein verlieh. Schließlich lehnte er sich, die Knöpfe seines Jacketts öffnend, entspannt zurück und zündete sich eine Zigarette an.

»Möchten Sie auch eine?«, fragte er.

Iris schüttelte den Kopf.

»Also, was kann ich für Sie tun, Miss McIntosh?«

»Ich habe gerade die Unterlagen zum Fall Korematsu durchgesehen und dabei bemerkt, dass etwas fehlt.«

Fahy erhob sich, zog die Weste glatt und schloss die Bürotür. Iris wartete, bis er wieder am Schreibtisch saß.

»Es handelt sich um einen Bericht des Amts für Marineaufklärung«, fuhr sie fort. »Verfasst von einem gewissen Lieutenant Farrow. Ich habe vor ungefähr einer halben Stunde in seinem Büro angerufen und er hat mir gesagt, der Bericht sei im letzten Monat, und zwar am vierundzwanzigsten, an Sie rausgegangen. Ich habe ihn aber nie zu Gesicht bekommen, und im Verzeichnis taucht er auch nicht auf.«

»Hmm«, machte Fahy bedrückt. Er rieb sich die Nase, dann zog er seine Schreibtischschublade auf. Er holte einen dunkelgrünen Aktenordner hervor, den er Iris entgegenstreckte. »Das ist der fehlende Bericht, Miss McIntosh. Machen Sie sich kurz ein Bild und sagen Sie mir, was Sie davon halten.«

Iris sah ihn entgeistert an, dann überflog sie hastig die Seiten.

Unterdessen zündete Fahy sich eine weitere Zigarette an und widmete sich einigen Unterlagen. Schließlich schloss Iris die Akte.

»Wenn ich das richtig sehe, bereiten die Ergebnisse Anlass zur Sorge?«, fragte er beiläufig und drückte die Zigarette aus.

»Ja, so sehe ich das auch. Es besteht großer Anlass zur Sorge.« Iris gab Fahy die Akte zurück.

»Danke, Miss McIntosh«, sagte er, während er die Unterlagen in der Schublade verschwinden ließ.

»Dieser Bericht gehört aber zur Akte Korematsu«, sagte sie verwirrt. »Er macht das Internierungsgesetz unwirksam. In den vergangenen zwei Jahren hat es keinerlei Beweise für Spionage oder Sabotage an der Westküste gegeben.«

»Korrekt«, erwiderte Fahy kühl. »Darum ist dieser Bericht in der Versenkung verschwunden. Das Amt für Marineaufklärung und das FBI wollen davon nichts gewusst haben. Schade nur, dass sie vergessen haben, Farrow Bescheid zu sagen.« Der Generalstaatsanwalt schüttelte amüsiert den Kopf. »Marineaufklärung, was für ein unpassender Name.«

»Wer hat den Bericht … verschwinden lassen?«, fragte sie dumpf. Fahys amüsierter Ton ließ sie kalt.

»Ich, aber die Richter waren informiert.« Fahy stützte die Ellbogen auf der Tischplatte ab und nahm sie ernst ins Visier. »Wenn dieser Bericht an die Öffentlichkeit käme, wäre das nicht nur das Ende des Gesetzes, sondern es würde auch die Regierung in arge Bedrängnis bringen. Die nächsten Wahlen sind nicht mehr weit, und unser Land befindet sich im Krieg.«

»Aber ein Unschuldiger, nein, viele Unschuldige sitzen in Internierungslagern fest!«, protestierte Iris. »Man hat ihnen alles genommen … Das widerspricht jeder Gerechtigkeit!« Sie war aufgesprungen und hatte die Stimme erhoben. Ihre Wangen glühten.

»Beruhigen Sie sich, Miss McIntosh«, sagte Fahy mit beschwichtigender Stimme, als spräche er mit einem scheuenden Pferd. Am Ellbogen führte er sie zum Sofa vor dem Fenster. »So, jetzt setzen Sie sich erst mal und genießen die schöne Aussicht.«

Fahy wartete, bis Iris die Fassung wiedererlangt hatte, dann erklärte er ruhig: »Wir sind alle Mitglieder der gleichen Mannschaft, Miss McIntosh. Die Richter, die Assistenten, der Generalstaatsanwalt, die Stellvertreter und die Gehilfen – alle, die in diesem Gebäude arbeiten.« Iris betrachtete seine runden braunen Augen und fragte sich, was er mit diesem Bild ausdrücken wollte. »Und wissen Sie, wer unser Mannschaftskapitän ist?«

»Die Regierung der Vereinigten Staaten«, antwortete Iris.

»Korrekt, Miss McIntosh. Wir kämpfen nicht um Gerechtigkeit, wir führen Krieg! Gibt es in unserer Mannschaft auch nur eine Gegenstimme, einen schwachen Spieler, dann fällt die gesamte Aufstellung, und die gegnerische Mannschaft gewinnt.« Fahy hielt für einen Moment inne und lächelte. »Und der Kapitän fällt als Erstes.«

Iris nickte.

»Wissen Sie auch, wer als Nächstes dran ist?«, fragte er, aber nicht in einem bedrohlichen Ton.

Iris blickte starr vor sich hin. »Der Spieler, der den Ball nicht sicher gehalten hat«, erwiderte sie leise.

»Ganz genau, Miss McIntosh. Jetzt verstehe ich, was Frankfurter an Ihnen findet.« Er erhob sich und blickte auf sie hinab. »Sie wirken ziemlich durcheinander, Miss McIntosh. Ich hoffe, ich habe mich in dieser Angelegenheit klar ausgedrückt?« In seinem Ton lag keinerlei Ärger.

Iris erhob sich ebenfalls und erwiderte seinen Blick. »Glasklar«, sagte sie.

Kapitel 68

HYDE PARK, NEW YORK

Mai 1962

Wie in jedem anderen Haushalt der Nation wurden auch im Weißen Haus alle Lebensmittel rationiert. Diese Regelung wurde im Januar 1942 erlassen. Schon im Jahr darauf benutzten wir Lebensmittelmarken für fast alle alltäglichen Waren, aber die meisten Probleme bereitete mir die Rationierung von Zucker, Kaffee, Fleisch und Butter. Einen Monat lang musste ich wirklich alle Marken zusammenkratzen, weil ich vier Präsidenten, einen Premierminister und sein durch den Krieg ausgehungertes Begleitpersonal, eine norwegische Prinzessin im Exil und ihre zwei kleinen Kinder sowie Madame Chiang Kai-shek durchzufüttern hatte. Obwohl Letztere über einen Spatzenappetit verfügte, kann ich Ihnen versichern, dass die Lebensmittelmarken mir eine Menge Ärger und schlaflose Nächte einbrachten.

Gemeinsam mit Mrs Roosevelt haben wir dann einen Haushaltsplan aufgestellt, damit die Rationen länger reichten. Als Erstes reduzierten wir die Anzahl größerer Empfänge auf die Hälfte, und Fleisch gab es nur noch an vier Tagen die Woche. Dem Präsidenten hat das natürlich überhaupt nicht gefallen, aber es gelang mir, aus einem Dutzend Eier und einem Pfund Maismehl wahre Festmahlzeiten zu zaubern. Butter gab's nur noch zum Frühstück, ansonsten wurden die Brötchen zum Mittagessen oder Abendessen trocken gereicht. Eine Tasse Kaffee pro Person war erlaubt, aber ohne Sahne.

Der Präsident wurde immer pingeliger mit seinem Essen, vor allem in der Zeit kurz vor dem D-Day, also vorm sechsten Juni 1944. Dieser Angriff, schon Monate zuvor geplant, kostete unseren lieben Präsidenten richtig Nerven. Egal, was ich ihm kochte, er war nie zufrieden. Einmal rief er mich an und rief: »Dieses gottverdammte Corned Beef hängt mir zum Hals raus!« Ich dann: »Nun, was hätten Sie denn gern?« Darauf er: »Steak!«, und zwar wie aus der Pistole geschossen. Es war das erste Mal, dass ich den Präsidenten fluchen hörte. Dieses »verdammte« klang mir ziemlich in den Ohren. Das Steak hat er allerdings nie bekommen.

Sein Zorn war ja völlig verständlich. Ständig stand er unter Strom. Kaum hatte er das Land aus der Wirtschaftskrise geholt, landete er mitten im Krieg. Da wäre doch jeder ein bisschen launisch. Klar, er ließ seine schlechte Laune am Essen und an mir aus, aber im Vergleich zu dem, was er zu tragen hatte, war meine Last doch gering.

Der Präsident dachte nicht nur an die Soldaten, Seeleute und Piloten, die auf dem Kontinent kämpften, er musste auch Pläne für ihre Rückkehr in die Heimat erstellen. Jener Tag im Juni 1944, als er das Gesetz zur Wiedereingliederung der Soldaten ins Berufsleben unterschrieb, war für uns ein Freudenfest. Die Invasion der Alliierten erschien mir auf einmal gar nicht mehr so schlimm. Er hat damit nämlich allen heimkehrenden Soldaten staatliche Unterstützung für ihre Ausbildung garantiert. Der Präsident wollte unseren Jungs außerdem günstige Darlehen für den Hauskauf, medizinische Versorgung, Berufsberatung und eine Arbeitslosenversicherung bieten, wenn sie von der Front zurückkehrten. Dieses Gesetz wurde von beiden Kammern ohne Gegenstimmen angenommen. Ein wunderbarer Tag für mich, denn meine beiden Söhne würden hoffentlich bald heimkehren.

Erst im Juli 1944 verkündete der Präsident, dass er für eine vierte Amtszeit kandidieren würde. Er war müde, das sah man ihm auch an, und Mrs Roosevelt auch. Sie hatten schon die dritte Amtszeit eigentlich nicht antreten wollen, dementsprechend schleierhaft war mir, wie sie eine vierte schaffen sollten. Während des letzten Kriegsjahrs war Mrs Roosevelt noch mehr auf Reisen als vorher. »Die Welt ist meine Heimat«, sagte sie immer. Sie bereiste England, die von Kriegen heimgesuchte Pazifikregion – ja, es war sogar ein Bild von ihr in der Zeitung, wie sie sich mit einer Maorifrau in Neuseeland die Nase rieb! Als Miss McIntosh noch im Weißen Haus arbeitete, habe ich mich wegen der vielen Reisen der First Lady oft bei ihr beschwert. Ich habe ihr erzählt, wie sehr das viele Hin und Her an Mrs Roosevelt zehrte und ich mir wünschte, dass sie einfach mal ausspannen würde. Miss McIntosh hat darauf etwas sehr Kluges gesagt. Sie hat mir erklärt, Mrs Roosevelt sei so was wie die Beine des Präsidenten. Was sie tat, tat sie für die Regierung.

Kapitel 69

CAMBRIDGE, MASSACHUSETTS

August 1944

»Glauben Sie, der Präsident kommt auch?«, fragte Richter Frankfurter.

»Er und Missy waren sehr eng befreundet«, erwiderte Iris taktvoll. »Aber ich bin nicht sicher, ob er im Moment überhaupt in der Stadt ist. Wenn er nicht teilnimmt, wird Mrs Roosevelt auf jeden Fall dabei sein.«

Frankfurter rutschte enttäuscht in seinen Sitz, Iris wandte sich wieder ihren Aufzeichnungen zu.

»Wer geht sonst noch hin?«, fragte er.

»Das kann ich Ihnen nicht sagen, Sir.« Iris blickte wie gebannt auf ihr Papier.

»Können Sie es nicht wenigstens versuchen?«, hakte er nach.

Lächelnd schloss Iris den Ordner, den sie nur Sekunden zuvor aufgeschlagen hatte. Sie hatte erwartet, dass die Reise von Washington nach Cambridge ohne Unterhaltung ablaufen würde. Außer der Juristerei hatten sie und ihr Chef wenig gemeinsam, und sie verstanden sich auch nicht besonders gut. In der Nacht zuvor hatten sie in New York einen Zwischenstopp eingelegt. Das war nötig gewesen, weil dem Richter von langen Reisen im Auto regelmäßig schlecht wurde. Er hatte bei seinem Bruder auf der Upper West Side geschlafen, während Iris vorgegeben hatte, bei Freunden zu übernachten, stattdessen aber auf eigene Kosten im Midtown-Hotel abgestiegen war.

»Grace Tully, Harry Hopkins, vielleicht Henry Wallace … Wirklich, Sir, ich habe keine Ahnung«, sagte sie.

Er nickte ungehalten und schaute aus dem Fenster. Iris schlug den Ordner wieder auf. Auch sie hoffte, den Präsidenten auf der Trauerfeier zu treffen. Sie war sicher, dass mittlerweile so viel Zeit verstrichen war, dass sie wieder miteinander reden konnten. Ihre Beziehung, wenn es denn eine gegeben hatte, wollte sie auf jeden Fall wieder in Ordnung bringen. Aus diesem Grund war sie nervös, und die bohrenden Fragen des Richters gingen ihr auf die Nerven. Iris hatte sehr früh gemerkt, warum Frankfurter nicht in den engeren Kreis der Roosevelts vorgedrungen war. Der Mann war ein fürchterlicher Schleimer. Das war nur schwer zu ertragen, und es wunderte Iris überhaupt nicht, dass Roosevelt ihn an den Obersten Gerichtshof berufen hatte. Männer seines Schlages wurden von Roosevelt schleunigst aus dem Weißen Haus entfernt und auf die nächste Richterbank versetzt.

»Ich weiß, dass Joseph Kennedy kommt«, verriet der Richter.

Iris blickte auf. Gern hätte sie Frankfurter geraten, sich lieber nicht an Kennedy zu hängen. Gegenwärtig hatte Kennedy weniger Einfluss in Washington als Frankfurter. Stattdessen nickte sie, ohne auch nur Interesse an seiner Bemerkung vorzugeben.

Grace Tully hatte zwei Tage nach Missys Tod die Traueranzeige in der Zeitung gelesen und Iris umgehend informiert. Die Anzeige war klein ausgefallen, nicht mehr als ein paar Zentimeter lang. Die Trauerbekundung des Präsidenten darunter war sogar noch kürzer gewesen. Iris hatte Missy regelmäßig besucht, zuerst im Krankenhaus, dann in der Klinik in Virginia. Ihre letzten Tage hatte Missy bei ihrer Schwester in Potsdam, New York, verbracht. Iris wusste nicht genau, warum sie in Cambridge beerdigt wurde, doch sie hatte gehört, dass dies einer der schönsten Friedhöfe des Landes sei. Sicher hatte der Präsident seine Hand im Spiel gehabt.

Er hätte nicht gewollt, dass seine geliebte Missy in einem beengten Großfriedhof in New York zur letzten Ruhe gebettet wurde.

Der Präsident wohnte der Trauerfeier nicht bei. Mrs Roosevelt vertrat ihn. Doch er hatte einen wunderbaren Ort für Missy ausgewählt. Der Duft von Geißblatt und Azaleen hing in der Luft. Direkt neben Missys Grab wuchs eine feinblättrige Pflanze, die zwar nicht größer war als ein Busch, aber ausreichend Schatten spendete. Iris fragte sich, wie sie wohl hieß. Abgesehen vom gedämpften Murmeln des Geistlichen war nur das ferne Gebet der Grillen zu hören. Der Mann nannte Missy während der ganzen Trauerfeier »Marguerite«. Was für ein exotischer Name! Als der Sarg in die Grube herabgelassen wurde, sah Iris sich um. Sonnenstrahlen schienen durch das Geäst des namenlosen Buschs, das Schattenspiel malte helle und dunkle Tupfer auf die Gesichter der Trauergäste. Die meisten waren Iris noch aus dem Weißen Haus bekannt. Eine Frau hatte große Ähnlichkeit mit Missy, wahrscheinlich handelte es sich um ihre Schwester, sie stand mit mehreren anderen Frauen um die vierzig in einer kleinen Gruppe zusammen. Vielleicht waren sie alte Schulfreundinnen? Harry fehlte. Frankfurter war bestimmt enttäuscht, dass nur so wenige gekommen waren. Die Trauerrede hielt Bischof Richard Cushing, der, abgesehen von der First Lady, vermutlich der einflussreichste Teilnehmer dieser Versammlung war.

Als alle Abschied genommen hatten, schritt die Trauergesellschaft langsam zum Ausgang. Iris arbeitete sich vor zu Mrs Roosevelt, die von Tommy und Grace Tully begleitet wurde. Tommy erspähte Iris als Erste.

»Hallo. Lange nicht gesehen«, sagte sie leise und hakte sie unter. »Wie schön, dich zu sehen. Nur die äußeren Umstände sind weniger schön.«

Iris drückte lächelnd Tommys Hand. Gemeinsam mit den Frauen schritt sie schweigend über die Beech Avenue.

Vor der Bigelow Chapel blieben sie schließlich stehen, und Mrs Roosevelt umarmte Iris innig.

»Ich bin so froh, dass Sie gekommen sind«, sagte sie. »Es hätte Missy sehr viel bedeutet. Sie hat sich immer über Ihre Besuche gefreut.«

»Der Präsident war verhindert?«, fragte Iris.

Mrs Roosevelt nickte. »Er besucht die Truppen in Alaska.«

»Wie geht es ihm?«

»Mal besser, mal schlechter«, sagte Mrs Roosevelt. Iris war nicht sicher, was sie damit sagen wollte, doch Grace und Tommy tauschten vielsagende Blicke. »Hoffentlich muntert die Kampagne ihn etwas auf. Sie wissen ja selbst, wie gern er um etwas kämpft.«

»Eine gute Herausforderung hat ihm schon immer Freude bereitet, aber ich halte Dewey nicht für einen ernst zu nehmenden Gegner«, sagte Iris.

»Humorlos und arrogant«, stimmte Tommy zu. »Der alte Gockel nimmt sich selbst viel zu wichtig.«

Diese treffende Bemerkung löste bei den im Schatten der gotischen Kapelle versammelten Frauen gedämpftes, ja geradezu verschwörerisches Gelächter aus.

»Anna und die Kinder sind wieder in Washington«, fuhr Mrs Roosevelt fort. »Das macht ihren Vater sehr glücklich.«

»Ich dachte, sie und John hätten sich in Seattle niedergelassen«, bemerkte Iris.

»Das hatten sie auch, aber dann ist John als Kriegskorrespondent nach Afrika gegangen, und deswegen hat ihr Vater sie gebeten, nach Washington zu kommen, um ihn dort zu unterstützen. Jetzt, wo unsere Söhne alle im Krieg sind, ist es gut, Anna an unserer Seite zu haben. Sie reist mit ihm, erzählt ihm den neuesten

Tratsch und Klatsch und organisiert alles. Sie ist seine rechte Hand.«

Iris rang sich ein Nicken ab. Innerlich fühlte sie sich wie eine Versagerin. Auf einmal erfüllte sie eine so glühende Eifersucht, dass sie sich an das kühle Gemäuer der Kapelle lehnen musste.

»Wie geht's bei Ihnen mit der Arbeit?«, erkundigte sich Mrs Roosevelt.

»Ich stehe jeden Tag vor einer neuen Herausforderung«, erwiderte Iris etwas gelöster. »Sie hatten recht.«

»Und wie kommen Sie mit dem Stricken voran?«, wollte die First Lady wissen.

»Ehrlich gesagt habe ich nicht viel Zeit dafür. Ich bin immer lange im Büro.«

Mrs Roosevelt lächelte mitfühlend, dann blickte sie nach rechts. »Ich sehe Felix da drüben mit Kennedy plaudern«, sagte sie etwas zögerlich. »Am besten gehe ich mal rüber und begrüße sie.« Sie und Tommy gingen auf die beiden Männer zu.

In dem Moment trat Grace einen Schritt vor und stellte sich neben Iris an die Wand.

»Eigentlich geht es ihm meistens schlecht«, vertraute Grace ihr an.

Iris richtete sich auf. »Was meinen Sie damit?«

»Der Boss ist krank, Iris.« Ihre Stimme war sanft.

»Wie krank?«

»Sein Arzt hat bei ihm eine Herzinsuffizienz diagnostiziert. Er hat Ringe unter den Augen, seine Hände zittern so sehr, dass er sich nicht mal eine Zigarette anzünden kann, und er ist so abgemagert, dass Sie ihn nicht mehr wiedererkennen würden.«

Iris legte Grace die Hand auf die Schulter. Sie wusste nicht, warum die Frau ihr dies mit solchem Nachdruck anvertraut hatte.

»Warum kandidiert er dann noch mal?«

»Er weiß nicht, wie schlecht es um ihn steht. Denkt, er hat einfach nur hohen Blutdruck und ein bisschen Angina Pectoris«, erklärte Grace. »Deswegen haben sie Wallace als Vize aus dem Rennen genommen.«

»Sie meinen, der Präsident wird seine vierte Amtszeit nicht mehr überleben?«

Grace nickte ganz vorsichtig.

»Aber … bei meinem Abschied ging es ihm doch noch gut«, stammelte Iris. »Er war fit wie ein Turnschuh. Der Mann ist doch erst zweiundsechzig.«

»Es ist der Krieg, Iris. Es ist dieser gottverdammte Krieg«, sagte Grace bitter. »In den letzten achtzehn Monaten war er in Casablanca, Quebec und Teheran. Sie wissen selbst, wie schwer ihm das Reisen fällt. Churchill war zweimal im Weißen Haus, und der gemeinsame Operations- und Planungsstab ist praktisch dort zu Hause. Er ist Tag und Nacht im Einsatz. Ich kann mich nicht erinnern, wann er das letzte Mal mehr als drei oder vier Stunden geschlafen hat.«

Iris war entsetzt. »Ich weiß nicht, was ich sagen soll. Kann ich irgendwas tun?«

»Ich musste mich einfach mal bei jemandem aussprechen. Jeder tut so, als wäre alles in bester Ordnung.«

»Was ist mit Harry?«

»Der hat seine eigenen Probleme«, sagte Grace. »Im Mai ist er noch mal operiert worden. Die Ärzte haben ihm fast den ganzen Magen entfernt. Er ist noch immer nicht wieder auf den Beinen.«

Iris mochte sich die Politik ohne Roosevelt an der Spitze überhaupt nicht ausmalen. Der Gedanke war erschreckend.

»Er vermisst Sie, Iris«, vertraute Grace ihr an. »Er redet oft über Sie. Manchmal erinnert ihn irgendwas an Sie, oder er sagt: ›Ich würde gern wissen, wie McIntosh diese Sache regeln würde.‹ Er erzählt immer noch allen, dass Sie Fala seinen Namen gegeben haben.«

Die beiden Frauen lächelten.

»Haben Sie was von Monty gehört?«, erkundigte sich Grace nach einer Weile.

»Wir haben uns getrennt«, antwortete Iris, dann korrigierte sie sich. »Besser gesagt, er hat sich im Mai letzten Jahres von mir getrennt.«

»Tatsächlich? Seltsam.« Sie sah verwirrt aus. »Aber Sie wissen schon, dass er mit seinem Bataillon an die Front berufen wurde und momentan in Frankreich ist? Zumindest ist das mein letzter Stand.«

»Im Kampfeinsatz?«, rief Iris. »Der Mann ist dreiundfünfzig!« Plötzlich war ihre Kehle staubtrocken und sie sank kraftlos auf die Kapellentreppe. Die Vorstellung, Monty ganz zu verlieren, war schier unerträglich.

Hastig kramte Grace ein Tuch aus der Tasche. »Na, na«, sagte sie. »Sie schwitzen ja.« Während sie Iris vorsichtig Stirn und Wangen trocknete, fügte sie hinzu: »Ich war fest der Meinung, dass Sie Bescheid wissen. Er ist ausführender Offizier und hat das Kommando auf seinen Wunsch hin übernommen.«

»Ich hatte keine Ahnung«, erwiderte Iris.

»Wie merkwürdig«, sagte Grace leise. »Monty hat Sie als nächste Kontaktperson angegeben. Ich habe seine Unterlagen im Mai für ihn zusammengestellt.«

Iris konnte keinen klaren Gedanken fassen. Sie sah sich außerstande, mit Frankfurter nach Washington zurückzukehren. »Wie kommen Sie nach Hause?«, fragte sie Grace.

»Mit dem Auto. Mrs Roosevelt und Tommy machen einen Abstecher nach New York, aber ich fahre direkt nach Washington.«

»Würden Sie mich mitnehmen?« Iris war zwar nicht sicher, was sie dem Richter sagen sollte, aber irgendetwas würde ihr schon einfallen.

»Aber sicher«, erwiderte Grace.

An einem Samstagnachmittag, eine Woche später, holte Iris sich eine Cola aus dem Kühlschrank und schaltete das Radio ein. Zum ersten Mal seit ihrem Abschied vom Weißen Haus lauschte sie wieder einer Rede des Präsidenten. Sie hatte weder aus Rache noch aus bösem Willen damit aufgehört, sondern einfach nicht mehr an die Vergangenheit erinnert werden wollen. Jetzt aber setzte sie sich im Schneidersitz aufs Sofa, wischte die Flasche an ihrem Rock ab und schaute auf die Armbanduhr. Bald war es so weit. Mit den Fingern trommelte sie im Rhythmus des Harry James Orchestra gegen die Flasche, das *»Two O'Clock Jump«* spielte.

Um genau vierzehn Uhr machte der Radiosprecher seine übliche Ansage. Der Präsident sprach live von Bord eines Kampfschiffes in Bremerton.

Roosevelts Stimme klang durch den Wind merkwürdig gedämpft. Zuerst dachte Iris, die Qualität der Übertragung sei am angespannten Ton und wenig flüssigen Vortrag des Präsidenten schuld, doch schon nach ein paar Minuten war klar, dass er weder wegen des Wetters noch wegen des Mikrofons so holprig und unbeholfen klang. Es fiel ihr schwer, in der über eine Stunde andauernden Rede die eine Botschaft zu entdecken, die er zu übermitteln suchte. Manchmal hielt er einfach inne, und sie konnte im fast orkanartig rauschenden Wind das Rascheln seiner Unterlagen hören.

Iris löste die Beine und zündete sich eine Zigarette an. Sie setzte sich aufs Fenstersims, hob den Rock und genoss die Wärme der Sonnenstrahlen auf ihren Beinen. Während sie sich inständig wünschte, er möge zum Ende kommen, konzentrierte sie sich auf die Straße, wo ein Nachbarsjunge sein Fahrrad an einen Laternenpfahl kettete und eine Mutter ihr gestraucheltes Kind tröstete, doch nichts vermochte sie abzulenken, sie hörte jedes Wort des Präsidenten, jedes Stammeln und jeden übertriebenen Vergleich. Ungeschliffen und viel zu ausschweifend war diese Ansprache, die doch eigentlich nur eine Zusammenfassung der Fortschritte im Pazifik sein sollte und stattdessen zu einer langen Liste von Daten und Orten geraten war, weder spannend noch besonders informativ. Die Leute hatten ihr Radio wahrscheinlich alle eingeschaltet, dachte Iris, aber zuhören würde vermutlich keiner. Diese Rede war ein einziges Desaster.

Nach der Übertragung drückte Iris die Zigarette aus und trank den letzten, mittlerweile warm gewordenen und abgestandenen Rest aus der Flasche.

Kapitel 70

WASHINGTON, D.C.

November 1944

Iris machte früher Schluss als sonst, auf dem Heimweg ging sie noch über den Markt und tauschte ihren gesamten Vorrat an roten Lebensmittelmarken für die Zutaten zu Sams Leibspeise: zwei Steaks, Kartoffeln, Sahne, Butter, grüne Bohnen und Käse. Sam hatte ja sicher auch noch ein paar Marken, dachte sie, die würden dann für den Rest seines siebentägigen Besuchs für sie beide ausreichen müssen. Wenn er denn die ganze Woche bliebe, überlegte sie, und der Gedanke versetzte sie sofort in Sorge.

Während sie die Kartoffeln in dünne Scheiben schnitt, schnürte ihr die Angst fast die Kehle zu. Sie hielt inne und atmete tief durch. Es führte kein Weg daran vorbei, sie musste es durchziehen. Anfang der Woche hatte Sam ein Telegramm aus London geschickt, dass er nach Washington zurückkehre, um über den Wahlkampf zu berichten. Zwar sei er die meiste Zeit in Hyde Park, komme aber am Achten zu ihr nach Washington. Iris hatte beschlossen, ihm von Monty zu erzählen. Der Krieg, Missys Tod und die Krankheit des Präsidenten hatten sie daran erinnert, wie vergänglich das Leben war. Sie wollte keine Zeit mehr verschwenden, sondern ihr Leben endlich leben, mit Sam und ohne schlechtes Gewissen. Hoffentlich würde Sam ihr Geständnis genau so auffassen. Außerdem hatten im Oktober die Verhandlungen im Fall Korematsu begonnen. Weil sie schon wusste, dass er verlieren würde, arbeitete Iris bereits an Frankfurters Zustimmungserklärung. Das alles lastete schwer auf ihr. Sie wollte sich zumindest ein wenig das Gewissen erleichtern. Nach dem Abendessen würde sie Sam ihre Affäre mit Monty beichten.

Als Sam den Schlüssel ins Schloss steckte, waren die Herzoginkartoffeln schon vorbereitet und der Tisch war gedeckt. Die Bohnen lagen fertig geputzt und geschnitten im Topf und die Steaks warteten schon auf die Pfanne. Hastig schlüpfte sie aus der Schürze und eilte zur Tür.

Sie empfing ihn auf der Schwelle und nahm ihm die Reisetasche ab. Sie hatten sich seit Weihnachten nicht mehr gesehen, Sam war die meiste Zeit in Frankreich und Moskau gewesen, um Murrow regelmäßig mit Nachrichten zu versorgen. Auf spezielle Einladung des Präsidenten hin hatte er den Wahlabend in Hyde Park verbracht. Jetzt war er eine Woche lang in Washington, bevor er wieder nach London und schließlich in die Normandie reisen würde, um von dort aus über die Invasion der Alliierten zu berichten. Er schien ein wenig abgenommen zu haben, und sie bemerkte ein paar graue Haare über seinen Ohren. Sie beäugten einander erst kurz, bevor sie sich schließlich in die Arme fielen und küssten.

»Willkommen zu Hause«, flüsterte sie. Sam zog sie eng an sich und küsste sie erneut. Erst dann musterte er sie ausgiebig. Sein liebevoller Blick wog schwer auf ihr.

»Du bist noch hübscher geworden«, murmelte er. »Wie ist so was möglich?«

Iris, die sich plötzlich außerstande sah, bis nach dem Abendessen mit ihrem Geständnis zu warten, zuckte die Schultern.

»Komm doch rein«, sagte sie. »Möchtest du was trinken?«

»Ja, bitte.«

Sam legte Mantel und Hut ab, setzte sich aufs Sofa und lockerte die Krawatte. Iris ging in die Küche und musste sich kurz an den

Kühlschrank lehnen, bevor sie zwei Flaschen Bier herausholen und ins Wohnzimmer zurückkehren konnte.

Sam stieß mit ihr an. »Prost!«, sagte er.

Iris trank einen kleinen Schluck, dann studierte sie eingehend das Flaschenetikett.

»Stimmt was nicht?«, fragte Sam.

Sie schüttelte den Kopf. »Wie lief's in Springwood?«

»Gut«, erwiderte er munter und trank noch einen Schluck. »Mrs Roosevelt hat sich nach dir erkundigt. Grace auch. Ihr habt euch länger nicht gesehen, oder?«

»Ich hatte sehr viel zu tun. Ehrlich gesagt habe ich in letzter Zeit kaum jemanden getroffen.«

Sein besorgter Blick bewegte Iris dazu, das Thema zu wechseln. »Eine vierte Amtszeit, damit wird er in die Geschichte eingehen«, sagte sie wenig enthusiastisch. »Und wie war die Stimmung?«

»Ziemlich unemotional. Der Präsident ist müde. Alle sind müde. Aber er hatte keine andere Möglichkeit. Jetzt, wo der Krieg für uns gut läuft, hätte er alles tun können, man hätte ihn trotzdem wiedergewählt.«

Iris murmelte ihre Zustimmung.

»Was ist los?«, fragte Sam ernst.

Iris stellte die Flasche auf den Couchtisch und zwang sich, Sams sorgenvollem Blick nicht auszuweichen.

»Ich muss dir was gestehen, aber ich weiß nicht, wie«, setzte sie an.

»Spuck's einfach aus«, schlug er vor.

Sie nickte und fuhr sich mit der Zunge über die Lippen.

»Ich war bis Mai letzten Jahres mit Monty Chapel zusammen«, gestand sie.

Sie erkannte sofort, dass ihr Geständnis ihn völlig unerwartet traf. Selbst wenn Sam irgendetwas geahnt hätte, wäre er vermutlich nicht davon ausgegangen, dass Iris es ihm erzählen würde. Er wurde kreidebleich. Schweigend stellte er sein Bier ab, erhob sich und trat ans Fenster.

»Aber es ist vorbei«, fuhr sie etwas gefasster fort. »Definitiv vorbei. Das verspreche ich dir.«

»Warum hast du es mir dann erzählt?«, fragte er leise, den Blick unverwandt auf die 30th Street gerichtet.

Überrascht trat Iris neben ihn. »Ich hielt es für richtig, dass du es weißt. Ich möchte nicht, dass unser Leben nach dem Krieg durch diese Sache belastet wird.«

»Es hätte nur dich belastet«, bemerkte er kühl, dann wandte er sich zu ihr um. Sie konnte seinen Blick nicht ertragen. Die Liebe war gewichen, in seinen Augen sah sie nichts als Ablehnung und Scham.

»Was willst du von mir? Vergebung? Soll ich dich betrafen? Oder bittest du um Verständnis?«, fragte er ungläubig.

»Ich wollte nur, dass du es weißt«, erwiderte sie schwach und streckte die Hand nach seinem Arm aus. Er wich ihr aus, dann ließ er den Blick durchs Wohnzimmer schweifen.

»In dieser Wohnung?«, fragte er. »Wart ihr in dieser Wohnung zusammen?«

Sie atmete tief ein und nickte.

»Meine Güte, Iris!«, zischte er wütend. »Du weißt genau, wie es in dieser Stadt zugeht. Bei *AP* haben bestimmt alle gewusst, was du hinter meinem Rücken treibst … Du hast mich lächerlich gemacht.«

Iris sah ihn stumm an. Sie hatte sich nie über die Konsequenzen ihrer Untreue Gedanken gemacht. Obwohl sie und Monty sehr diskret vorgegangen waren, war ihre Affäre vermutlich kein Geheimnis geblieben. Ihr Verhalten war hinterhältig und leichtsinnig gewesen. »Es tut mir leid …«, sagte sie zaghaft.

»Ich erkenne dich nicht mehr wieder, Iris«, fiel er ihr ins Wort. Die unbekannte Traurigkeit in seiner Stimme erschreckte sie zutiefst. »Du hast keine Ähnlichkeit mehr mit dem Mädchen auf dem Balkon. Dem Mädchen, das an Roosevelts Tisch gesessen und seine Geschichte erzählt hat, das ihr Wohl für einen jungen Mann opferte, der es nicht besser wusste. Wo ist dieses Mädchen geblieben?«

Iris konnte nicht antworten. Wann genau hatte sie sich verloren? Ihre Augen füllten sich mit Tränen, die Kehle war wie zugeschnürt.

»Warum?«, fragte er nach einer Weile. »Obwohl ich dich doch so oft um deine Hand gebeten hatte? Du musst doch wissen, was ich für dich empfinde.«

Hier war sie, die Gelegenheit, ihm alles zu erklären. Wie gern hätte sie ihm erzählt, was sie in ihrem Leben verloren hatte und wie sehr sie an Monty hing. Wie konnte sie Sam nur verständlich machen, wie bedürftig und einsam sie gewesen war, ohne vor ihm schwach zu wirken? Sie schüttelte den Kopf. »Ich kann es nicht erklären«, sagte sie feige. »Aber es ist vorbei. Versprochen. Ich …«

Sie merkte, wie banal ihre Worte klangen, und unterbrach sich. Es gab nichts mehr zu sagen, keine Versicherungen, die sie noch abgeben konnte. Sam würde ihr und der Beziehung einfach vertrauen müssen.

»Ist Chapel der Grund, warum du mich nicht geheiratet hast?«, fragte er leise.

»Ich glaube nicht«, antwortete sie aufrichtig. »Ich wollte meine Karriere nicht aufgeben.«

»Vielleicht musst du das aber, wenn wir zusammenbleiben wollen. Du musst dich ganz und gar zu mir bekennen.«

Iris sah ihn hoffnungsvoll an. Könnte es doch einen Neubeginn geben? Sie berührte seine Hand.

»Und alles andere aufgeben?«, fragte sie.

Iris wusste, dass er ihr ihre Unabhängigkeit nicht nehmen, sondern sie mit seiner in Einklang zu bringen versuchte.

Sie zog ihn aufs Sofa.

»Glaubst du wirklich, dass das funktioniert?«, fragte sie. »Sogar jetzt noch?«

»Das muss es einfach«, erwiderte er. »Ich liebe dich schon zu lange, um jetzt aufzugeben.«

Iris sah ihn an, hoffte auf Sicherheit, ein Versprechen.

»Ich brauche ein wenig Zeit«, sagte er schließlich. »Muss über alles nachdenken, allein.«

»Ich verstehe«, sagte sie widerstrebend.

»Was hast du denn erwartet, Iris? Meinst du, du könntest mir erzählen, dass du mit Chapel geschlafen hast, und dann würden wir eine Flasche Wein aufmachen und zusammen zu Abend essen?«

Genau das hatte sie gehofft. Wie egoistisch und kurzsichtig war sie doch gewesen.

Schweigend saßen sie nebeneinander. Iris fragte sich, wie ihre Zukunft aussähe. Die Stille war unerträglich. Nach einer Weile sah sie auf die Armbanduhr, es war schon acht Uhr.

»Lass uns ins Bett gehen!«, sagte Sam plötzlich und zog sie vom Sofa hoch.

»Aber … Ich dachte, du brauchst Zeit?« Sie musterte ihn. Sie erkannte, wie sehr er sie liebte – und wie müde er war. Es tat ihr unendlich leid, dass sie ihn so gekränkt hatte.

»Entscheide dich für mich.« Er zog sie an sich.

»Ich soll alles riskieren?«

»Beweise mir, dass du dazu bereit bist.«

Sie schüttelte den Kopf. »Du verlangst zu viel von mir.«

Sam schloss Iris fest in die Arme und küsste sie zärtlich. Sie legte den Kopf in den Nacken und genoss seine sanften Liebkosungen.

Er streichelte sie, schloss sie in die Arme und wirbelte sie herum. Eine so emotionale und romantische Geste war völlig untypisch für Sam. Iris gab sich seiner Leidenschaft hin und ließ sich ins Schlafzimmer tragen.

DIE VIERTE AMTSZEIT

Januar – April 1945

Der Präsident bittet zu Tisch

Kapitel 71

WASHINGTON, D.C.

Januar 1945

Iris hatte sich den Wecker auf sechs Uhr gestellt. Müde quälte sie sich aus dem Bett, schlurfte in die Küche und schaltete das Licht an. In letzter Zeit ging sie nur noch in Unterwäsche, Wollsocken und dem Pullover von Mrs Roosevelt ins Bett. Der war lang genug, um ihr als Winternachthemd zu dienen. Die Heizung wurde erst um sieben eingeschaltet. Sie füllte den Wasserkessel und stellte ihn auf den Gasherd. Um sich zu wärmen, stampfte sie ein paarmal mit den Füßen auf dem kalten Linoleumboden auf. In der Zwischenzeit naschte sie ein wenig Erdnussbutter aus dem Glas neben dem Herd.

Um Punkt sieben verließ Iris das Haus. Auf der Straße lag eine dicke Schneedecke. Sie versuchte gar nicht erst, ein Taxi zu rufen. Obwohl die Sonne sich lediglich am Horizont erahnen ließ und ihr erste weiße Flocken um die Nase wirbelten, wollte sie zu Fuß gehen. Es erfüllte sie mit großer Zufriedenheit, durch den frischen Schnee zu stapfen. Georgetown war wie ausgestorben. Das war zwar nichts Ungewöhnliches an einem Samstagmorgen mitten im Winter, aber an diesem besonderen Vormittag war es dennoch auffällig. Viele Gehwege waren nicht geräumt, daher musste sie immer wieder auf die Straße ausweichen. Der Weg in die Stadt war beschwerlich, doch sie genoss das Knirschen des Schnees unter ihren Füßen. Bis zur St. Matthew's Cathedral waren ihr nur zwei Leute begegnet: ein Mann, der auf der M Street Schnee räumte, und ein ungefähr zwölfjähriger Zeitungsjunge.

In der Connecticut Avenue war es schließlich etwas belebter, man hatte einen schmalen Pfad freigeräumt, und der Bürgersteig, auf dem der Schnee bereits von einem nicht abreißen wollenden Passantenstrom zertrampelt worden war, hatte sich in eine matschige Rutschbahn verwandelt. Iris überquerte den Lafayette Square, um zum südlichen Säulengang des Weißen Hauses zu gelangen.

Gegen halb neun hatte sich bereits eine beachtliche Menschenmenge vor dem Weißen Haus versammelt, um dem Präsidenten zu gratulieren, doch Iris hatte erheblich mehr erwartet. Sie drängte sich so weit nach vorne, wie sie konnte. Vielleicht hatte es mit der Entscheidung des Präsidenten zu tun, seinen vierten Amtseid vor dem Weißen Haus und nicht auf den Stufen des Kapitols zu schwören. Die Leute mochten Glanz und Gloria, aber dieses Jahr fiel die Veranstaltung erheblich nüchterner aus. Iris hatte gelesen, dass der Präsident auch auf die traditionelle Militärparade verzichten wolle. Sie fand das sinnvoll, denn es gab niemanden mehr, der dabei mitmarschieren konnte.

Die Amtseinführungszeremonie sollte erst in einer Stunde beginnen, aber Iris kroch die Kälte schon jetzt die Beine hoch. Obwohl ihre Nase und der Mund bereits taub waren, bereute sie es nicht, Frankfurters offizieller Einladung mit darauf folgendem Mittagessen nicht gefolgt zu sein. Frankfurter und seine Spießgesellen waren wahrscheinlich schon im Weißen Haus versammelt. Zweifellos war der Richter hochzufrieden, dass er nicht unter den normalen Zuschauern auf der Straße weilen musste. Als er ihr die Einladung angeboten hatte, hatte Iris abgelehnt, weil sie nicht als seine Angestellte teilnehmen wollte. Das erschien ihr einfach nicht angemessen.

Iris zerrte am Mantelärmel und streifte einen Handschuh ab, um einen Blick auf die Armbanduhr zu werfen. Sie spürte die eisige Kälte auf der nackten Haut. Es war fast zehn. Wahrscheinlich wurden gerade die Familiengebete abgehalten. Als die Kapelle um

Punkt zehn »*Hail to the Chief*« anstimmte, rief jemand ihren Namen. Sie wandte sich um und erkannte Mrs Nesbitt, die sich durch die Menge zu ihr vorkämpfte.

»Aus dem Weg, Angestellte des Weißen Hauses«, rief sie. »Aus dem Weg.«

»Alles ist weiß heute«, rief sie Iris zu, um die Kapelle zu übertönen. »Weißes Haus, weißer Rasen …« Sie lachte. »Ich hab Sie schon von Weitem erkannt. Immer noch bildhübsch.« Dann schloss Mrs Nesbitt Iris fest in die Arme.

»Wie schön, Sie zu sehen, Mrs Nesbitt«, erwiderte Iris. »Haben Sie sich für eine Weile aus der Küche loseisen können?«

»Ja, das hier wollte ich auf keinen Fall verpassen, Iris«, erklärte Mrs Nesbitt. »Auch wenn es diesmal wegen des Krieges ohne das übliche Tamtam abläuft, ist dies doch ein historischer Moment, finde ich jedenfalls.«

»Das kann man wohl sagen«, stimmte Iris freudig zu.

»Außerdem habe ich in der Küche schon alles vorbereitet«, fügte die Haushälterin hinzu.

»Was gibt es denn heute Mittag?«

»Nun, der Präsident hat sich Chicken à la King gewünscht«, setzte sie an. Sein Leibgericht, wie Iris wusste. »Aber ich hab gesagt: ›Chicken à la King für zweitausend Menschen? Kommt nicht in die Tüte.‹ Das könnte ich doch überhaupt nicht warm halten. Also werde ich Geflügelsalat mit Brötchen, Kuchen und Kaffee servieren.«

Iris neigte den Kopf zur Seite und versuchte, sich das Sparmenü bildlich vorzustellen. Selbst ein von Mrs Nesbitt zubereitetes Chicken à la King wäre an diesem bitterkalten Tag bestimmt schmackhafter als ein kalter Geflügelsalat.

Mrs Nesbitt deutete Iris' nachdenkliche Miene als Missbilligung ihrer Extravaganz und fügte hinzu: »Natürlich gibt es keine Butter, und der Kuchen hat auch keine Glasur. Außerdem kriegt jeder nur eine Tasse Kaffee.«

»Natürlich«, erwiderte Iris ernst.

Die Kapelle hatte aufgehört zu spielen, als der Präsident am Arm eines jungen Mannes in Uniform auf den Balkon trat.

»Ist das John oder James?«, flüsterte Iris während des Gebets.

»James«, sagte Mrs Nesbitt.

Langsam schritt Roosevelt auf seinen Sohn gestützt ans Rednerpult.

»Trägt er das Korsett noch oft?«, erkundigte Iris sich.

Die Haushälterin verzog den Mund. »Er hat bis jetzt noch nie eine offizielle Ansprache im Sitzen gehalten.«

»Er sieht krank aus«, bemerkte Iris. Die Haut im Gesicht des Präsidenten war trocken wie Pergamentpapier, und er war schrecklich mager. »Und klein«, fügte sie hinzu. Der Präsident war ihr immer als stattlicher, großer Mann erschienen, sein Kopf, seine Hände und Schultern so viel breiter, als sie es an irgendeinem anderen je gesehen hatte. Das war vorbei.

»Ihm ging es lange gar nicht gut«, sagte Mrs Nesbitt, während der Präsident den Eid leistete. Sie schüttelte den Kopf, als wäre dieser Umstand Roosevelts Schuld.

Während Mrs Nesbitt sprach, ließ Iris den Blick über die Versammlung auf dem Balkon wandern. Richter Harlan Stone nahm den Schwur ab. James stand leicht rechts hinter dem Präsidenten, Mrs Roosevelt und Anna ein Stück weiter dahinter. Viele Männer in Uniform waren im Hintergrund versammelt. Iris konnte Harry nicht erkennen, denn die vielen Säulen versperrten ihr die Sicht.

»Ich musste sämtliche Speisepläne anpassen«, klagte Mrs Nesbitt. »Und er gibt einfach keine Ruhe. Übermorgen ist er schon wieder unterwegs nach Malta!«

Iris fragte sich, was der Präsident wohl dort vorhatte.

Mithilfe seines Sohnes trat Roosevelt näher ans Pult und begann seine Rede. Trotz seines geschwächten Zustands klang seine Stimme so selbstbewusst und stark wie eh und je. Mrs Nesbitt wollte weiter plaudern, doch Iris hob die Hand und bedeutete ihr zu schweigen.

»Ich würde das gern hören, Mrs Nesbitt«, sagte sie höflich.

Es war die kürzeste Ansprache, die Iris je von Roosevelt erlebt hatte. Sie schätzte sie auf weniger als fünfhundert Worte. Aber sie lauschte aufmerksam und lächelte schließlich, als sie die Zeilen vernahm, die ihr wie eine persönliche Botschaft vorkamen: »Wir haben gelernt, dass wir nicht allein in Frieden leben können, dass unser Wohlbefinden vom Wohlbefinden anderer, ferner Nationen abhängt. Wir haben gelernt, Weltbürger zu sein. Wir haben gelernt, was schon Emerson wusste: ›Der einzige Weg, einen Freund zu haben, ist der, selbst einer zu sein.‹«

Die Rede war kurz danach vorbei, die Leute klatschten. Der Vizepräsident trat vor, um seinen Eid zu leisten. Kaum hatte er die ersten Worte gesprochen, beugte Mrs Nesbitt sich vor und fragte: »Wer ist denn dieser Mann, der da so um den heißen Brei herumredet?«

»Der Vizepräsident, Harry Truman.«

»Den mag ich überhaupt nicht«, sagte Mrs Nesbitt mit missbilligender Miene. »Ich muss zurück in die Küche, im East Room müssen bald zweitausend hungrige Mäuler gestopft werden.« Sie drückte Iris noch mal an sich. »Schön, Sie getroffen zu haben. Hoffentlich sehen wir uns bald mal wieder.«

Lächelnd blickte Iris Mrs Nesbitt hinterher. Die Frau hatte wirklich Durchhaltevermögen.

Die Zeremonie dauerte nur zwanzig Minuten. Es würde weder ein Dinner noch einen Ball zur Feier der Amtseinführung geben, sondern nur das von Mrs Nesbitt vorbereitete Mittagessen. Während die Menge sich auflöste, fragte Iris sich, ob diese abgespeckte Feier wohl doch weniger mit dem Krieg als mit der Gesundheit des Präsidenten zu tun hatte. Noch während sie sich diesen Gedanken hingab, überkam sie plötzlich eine Welle der Übelkeit, die aber ebenso plötzlich wieder verebbte, sodass sie ihren Weg nach Hause fortsetzte.

Sie war froh, dass sie gekommen war. Das Aussehen des Präsidenten hatte sie zwar geschockt, doch seine Stimme und seine Gesten, der ihm eigene Ton, all das war noch immer unverändert.

Noch auf dem Lafayette Square verspürte sie auf einmal großen Hunger. Abgesehen von dem bisschen Erdnussbutter in der Früh hatte sie noch nichts gegessen. Außerdem schmerzte ihr vom langen Stehen in der Kälte der Rücken. Auf dem Weg durch den Park zum nächsten Café auf der anderen Seite des Platzes aber wurde ihr wieder übel. Vor einem Abfallkübel blieb sie stehen und hielt sich mit beiden Händen am Metallrand fest. Trotz der Kälte wurde ihr plötzlich so heiß, dass ihr der Schweiß den Rücken und die Brust herunterlief.

Um sich von der zunehmenden Übelkeit abzulenken, versuchte sie, sich auf den Inhalt des Behälters zu konzentrieren und tief durchzuatmen. Doch der Gestank war unerträglich, und bevor sie sich noch erbrechen konnte, war sie schon in Ohnmacht gefallen.

»Können wir jemanden benachrichtigen, der Sie abholen kann?«, fragte die Schwester, Notizblock und Stift gezückt. Sie war sehr viel jünger, Iris schätzte sie auf etwas über zwanzig. Auf ihrem Schild stand *Miss Preen*.

Iris schüttelte den Kopf. »Nein, ich kann gut allein nach Hause gehen. Mir geht es auch schon viel besser«, nuschelte sie durch die Kompresse, die sie vor ihren Mund hielt. Ihre Lippen waren noch immer ganz taub von der Narkose, und sie hatte das Gefühl zu sabbern.

»Das ist leider nicht erlaubt, Miss«, erklärte Preen. »Ich darf Sie nur mit einer Begleitung entlassen, falls Sie wieder in Ohnmacht fallen, was der Herr Doktor durchaus für möglich hält. Ihr Blutdruck ist sehr niedrig.«

Sie nahm Iris die Hand vom Mund und begutachtete die Naht. »Die Schwellung wird in ein, zwei Tagen zurückgehen.«

»Ich kann mir doch einfach ein Taxi rufen, der Fahrer begleitet mich dann bis zur Tür. Wo ist das Problem?« Ihr Nuscheln wirkte zwar nicht gerade vertrauenerweckend, aber sie wollte unbedingt nach Hause.

Miss Preen musterte Iris' nackten Ringfinger. »Was ist mit Ihrem Mann?«, fragte sie taktlos.

»Der ist im Krieg. An der Front in Europa.«

Da hatte die Krankenschwester endlich eine Verwendung für ihren frisch gespitzten Bleistift, sie vermerkte die Information pflichtschuldig in Iris' Krankenakte. Bestimmt schrieb sie dick und fett »Flittchen« ins Kästchen für den Familienstatus, dachte Iris.

»Nun, irgendjemanden muss es doch geben«, befand Miss Preen.

Ihre Nachbarn kannte Iris kaum, und ihre Kollegen aßen gerade kalten Geflügelsalat mit Brötchen ohne Butter. Es hatte eine Zeit gegeben, da hätte sie Monty angerufen, aber Monty befand sich irgendwo in Europa, und Mrs Roosevelt hatte bestimmt genug mit ihren Pflichten als First Lady zu tun. Sam hockte wahrscheinlich in irgendeinem Schützengraben in Frankreich oder Holland, und Grace Tully war ebenfalls anderweitig gebunden. Nachdem sie im Geiste alle Freunde und Bekannte durchgegangen war, fühlte sie sich plötzlich mutterseelenallein. Es gab wirklich niemanden, der sie abholen konnte.

Wirklich niemanden? Moment mal. »Hick!«, rief sie plötzlich und unendlich erleichtert.

»Wie bitte, Ma'am?«, erkundigte sich die Schwester.

»Mir ist gerade jemand eingefallen«, erklärte Iris. »Aber ich muss persönlich mit ihr sprechen.«

Miss Preen musterte sie argwöhnisch.

Iris hatte nicht vor, sich zu erklären. Es wäre kompliziert genug, Hick während des offiziellen Essens überhaupt an den Apparat zu bekommen, und eine zickige Krankenschwester wäre bestimmt nicht hilfreich.

»Ich werde selbst anrufen«, wiederholte Iris mit fester Stimme.

Die Schwester fügte sich und brachte sie zum Telefon in der Schwesternstation, blieb aber während des ganzen Gesprächs in Hörweite.

Hick kam sofort. Selbst als Iris sich anzog, machte Miss Preen keinerlei Anstalten, das Zimmer zu verlassen. Für ihre Patientin hatte die junge Frau nur missbilligende Blicke übrig. Sähe so Iris' Zukunft aus? War sie als unverheiratete Frau für alle anderen eine Person, der man nicht trauen konnte? Iris und Hick schwiegen einvernehmlich, bis sie im Taxi saßen.

Auf dem Rücksitz erzählte Iris Hick nur kurz, was ihr passiert war. Erst als sie endlich in Iris' Wohnzimmer saßen, erkundigte sich Hick nach den Einzelheiten. »Und wer hat dich ins Krankenhaus gebracht?«

»Jemand hat mich hochgehoben und in ein Taxi verfrachtet«, sagte Iris. »Auf dem Rücksitz bin ich dann wohl wieder zu mir gekommen. Der Fahrer hat mir gesagt, wohin er mich bringen würde.«

»Jaja, die Leute in Washington sind wirklich entzückend«, bemerkte Hick lachend.

Iris fuhr sich mit den Fingern über die Oberlippe. Die Fäden waren steif und blutverkrustet. Am liebsten hätte sie sie abgeknibbelt, aber es schmerzte zu sehr.

»Die Betäubung lässt nach«, sagte sie zu Hick.

»Hast du irgendwo Aspirin?«

»Im Badezimmerschrank.«

Hick verschwand im Bad und kam kurze Zeit später mit zwei Aspirin und einem Glas Wasser zurück.

»Es tut mir leid, dass ich dich aus dem Weißen Haus geholt habe«, sagte Iris, während sich die Tabletten im Wasser auflösten.

»Kein Problem«, erwiderte Hick beiläufig. »Es war viel zu voll, alle drängten sich um den Mittagstisch, und das Essen war staubtrocken.«

Iris war klar, dass sie damit nicht die fehlende Butter meinte.

»Ich finde schon den Gedanken an eine weitere Amtszeit schwer erträglich«, fügte Hick freudlos hinzu.

Zwölf Jahre lang hatte sie nun schon ihr Leben für Eleanor zurückgestellt, ihre Karriere und ihren Ruf geopfert. Nun stand Iris vor einem ähnlichen Dilemma.

»Ich bin froh, dass du mich angerufen hast.« Hick tätschelte Iris die Hand. »Und jetzt gehen wir zum gemütlichen Teil über. Was gibt es bei dir zu trinken?«

»Schau mal in der Küche nach, im Schrank oben rechts. Nimm dir, was du magst.«

»Was glaubst du, wie sich Bourbon mit dem Narkosemittel und Aspirin verträgt?«, rief Hick aus der Küche.

»Wahrscheinlich ziemlich gut«, erwiderte Iris träge. Sie zog die Schuhe aus und legte die Beine hoch.

»Du bist immer noch recht blass«, bemerkte Hick mit der Flasche in der Hand. »Was hat denn der Arzt gesagt? Warum bist du in Ohnmacht gefallen?«

»Zu niedriger Blutdruck.«

Hick nickte. »Isst du genug? Liegt es an den fleischlosen Montagen?«, scherzte sie, um Iris aufzumuntern.

Iris schüttelte den Kopf. »Der Arzt hat gemeint, ich sei schwanger.«

Sprachlos ließ Hick sich neben Iris aufs Sofa fallen und tätschelte ihr die Schulter.

»Er hat einen Test gemacht, aber das Ergebnis kommt erst in ein paar Tagen. Mittwoch, hat er gesagt.«

»Au weia«, murmelte Hick. »Tut mir leid, Kindchen. Und was meinst du? Ist es möglich?«

»Ich bin überfällig, mir ist immer wieder übel, und dann bin ich auch noch in Ohnmacht gefallen … Der Arzt hat gemeint, die Symptome seien ziemlich eindeutig. Aber sie haben mir Blut abgenommen, um sicherzugehen.«

»Ach, deswegen war die Schwester so zickig zu dir?«, fragte Hick.

Iris nickte und gab Hick ihr Glas. »Ich kann nichts mehr trinken«, sagte sie. »Mir wird schon wieder schlecht.«

Hick kippte sich den Rest ins Glas. »Leg dich hin«, wies sie Iris an. Behutsam legte sie ihr die Sofadecke über die Beine.

»Wer ist der Vater, falls der Test positiv ausfällt?« Nur Hick traute sich, eine solche Frage rundheraus zu stellen.

»Sam«, erwiderte Iris trübsinnig. »Monty habe ich seit Ewigkeiten nicht gesehen.«

»Hast du dir schon überlegt, was du machst?«

»Ich bin gerade einmal dabei, mich mit der Möglichkeit zu beschäftigen, dass ich tatsächlich schwanger bin«, erwiderte Iris. »Mehr geht gerade nicht.«

Plötzlich ergriff sie Hicks Hand. »Bitte, Hick, verrate Sam nichts davon.«

»Natürlich nicht.«

Hick leerte ihr Glas und machte es sich auf einem Sessel bequem. »Ich habe die Nummer eines Arztes«, sagte sie leise. »Eleanor hat auch ein paar Kontakte. Sag mir Bescheid, wenn du sie brauchst. Dir stehen mehrere Möglichkeiten offen, Iris.«

Iris sah sie entsetzt an.

»Wenn du weißt, woran du bist – also nach Mittwoch«, fügte Hick hinzu.

»Bitte erzähle niemandem davon, Hick. Versprich es mir. Nicht mal Mrs Roosevelt – ihr schon gar nicht«, bat Iris plötzlich, von Gefühlen übermannt.

»Sie könnte dir helfen.«

»Bitte nicht«, wiederholte Iris. »Ich sage es ihr, wenn ich so weit bin.«

»Na gut, ich gebe dir mein Wort«, versprach Hick zögerlich, dann fügte sie hinzu: »Jetzt hätte ich fast gesagt, ich gehe mit deinem Geheimnis schwanger.«

Die beiden lachten.

»Na, hoffentlich ist sonst nichts und niemand in anderen Umständen«, scherzte Hick.

Iris lachte so herzhaft, dass sie in Tränen ausbrach.

»Hör auf, Hick!«, jammerte sie.

»Lachst du oder weinst du?«

»Beides«, rief Iris. »Mir tun schon die Lippen weh.«

Sie legte sich den Finger an den schmerzenden Mund und zwang sich zur Ruhe. Mit tiefen Atemzügen rang sie um Fassung.

Die Frauen saßen für eine lange Zeit wortlos beieinander. Die Vorstellung, schwanger zu sein, erschien Iris auf einmal nicht mehr so schrecklich. Es war zwar nicht geplant gewesen, aber sie würde es irgendwie hinkriegen. In ihrem Leben hatte sie schon Schlimmeres bewältigt.

»Es ist schon nach vier, Hick«, sagte sie schließlich. »Du musst zurück.«

»Kommt gar nicht infrage«, sagte Hick. »Bis zu meiner Abreise bleibe ich hier. Oder zumindest so lange, bis du das Ergebnis kennst. Die nächsten vier Tage werden dir wie eine Ewigkeit vorkommen, da solltest du nicht allein sein. Außerdem kannst du nicht zur Arbeit gehen, solange du aussiehst, als wärst du zu Joe Louis in den Ring gestiegen.«

Iris legte sich zurück. »Was ist mit Mrs Roosevelt?«, erkundigte sie sich.

»Eleanor bricht morgen früh zur Westküste auf und Frank fährt in ein, zwei Tagen nach Jalta«, erklärte Hick.

Lächelnd schloss Iris die Augen. »Jalta«, flüsterte sie.

»Das ist auf der Krim, am schwarzen Meer«, sagte Hick. »Er trifft sich dort mit Churchill und Stalin, um die Kriegsgewinne aufzuteilen.«

»Das wird ein historisches Treffen«, murmelte Iris, dann schlief sie ein.

In den nächsten vier Tagen vertraute Iris Hick mehr an, als sie je einem anderen Menschen offenbart hatte. Sie erzählte ihr von ihrer letzten Nacht mit Sam und davon, dass er verschwunden war, als sie am nächsten Morgen erwachte. Unter Tränen erzählte sie der Freundin, dass sie seitdem nichts mehr von ihm gehört habe.

»Er wollte dich ein einziges Mal ganz für sich allein haben«, vermutete Hick. »Das kann ich gut verstehen.«

»Er hatte mich doch ganz für sich allein«, protestierte Iris.

»Das stimmt nicht ganz.«

»Aber warum ist er gegangen? Warum ist er nicht wie geplant eine Woche geblieben?«

»Weil er wütend war. Das musst du ihm schon zugestehen. Er muss sich über einiges klar werden.«

Sie unterhielten sich auch über Monty und die Einzelheiten ihrer Trennung. Iris gestand Hick, wie sehr er sie damit verletzt und ihr fast das Herz gebrochen hatte. Es fiel ihr schwer, ihre Zuneigung und Sehnsucht nach ihm in Worte zu fassen.

»Dein Vater ist früh verschwunden, stimmt's?«, fragte Hick.

Iris nickte.

»Du und Monty, deine Loyalität zu Frank – du weißt schon, dass das alles mit deinem Vater zu tun hat?« Hick sprach, als würde es sich um Tatsachen handeln, die klar auf der Hand lagen, doch Iris war darüber völlig entsetzt. Der Gedanke war ihr nie gekommen.

»Das heißt nicht, dass du irgendwie verrückt bist oder gar in deinen Vater oder den Präsidenten verliebt«, fuhr Hick fort. »Es bedeutet nur, dass die Erlebnisse aus der Kindheit dich zu der Persönlichkeit gemacht haben, die du heute bist.«

Iris akzeptierte Hicks Ansichten zögerlich. Sicherlich teilte Monty viele Eigenschaften mit ihrem Vater, genau wie der Präsident. Dass sie in beiden ihren Vater zu finden gehofft hatte, war nicht komplett von der Hand zu weisen.

»Mein alter Herr war ein Arschloch«, konstatierte Hick. »Ein Säufer, der mich bei jeder Gelegenheit grün und blau schlug. Vielleicht fühle ich mich deswegen zu Frauen hingezogen. Wer weiß schon, wie sich Herz und Verstand auf das auswirken, was letzten Endes aus uns wird?«

Während ihres viertägigen Spontanaufenthalts brachte Hick ihre Freundin mithilfe von Henry James' Büchern, Blaubeerpfannkuchen, Hühnersuppe und gegrillten Käsesandwiches wieder auf

Vordermann. Eines Abends servierte sie ihnen sogar eine Gans, die sie, wie sie schamlos zugab, aus Mrs Nesbitts Vorratskammer gemopst hatte.

»In meiner Jugend lebten wir eine Zeit lang in Wisconsin, wo mein Vater sein Glück als Gänsezüchter versuchte«, erklärte sie, während sie den locker in Packpapier eingeschlagenen Vogel wie einen Fußball unterm Arm in die Wohnung trug. »Deswegen weiß ich ziemlich genau, wie man die Viecher zubereitet.«

Beim Kochen improvisierte Hick gern und sie servierte ihre Mahlzeiten zu den ungewöhnlichsten Zeiten. So aßen sie manchmal Hühnersuppe zum Frühstück und Blaubeerpfannkuchen am späten Abend. Gegrillte Käsesandwiches passten allerdings immer. Und Muffins. Hick buk für ihr Leben gern Muffins, die sie mit fluffigen, pastellfarbenen Verzierungen in märchenhafte Kreationen verzauberte. Amüsiert stellte Iris fest, dass Hick sich doch glatt auf dem Schwarzmarkt Butter und Zucker besorgte, wo andere Frauen ihr letztes Hemd für Seidenstrümpfe eintauschten. Muffins konnte man laut Hick natürlich auch zu jeder Tages- und Nachtzeit verspeisen.

Eines Abends, als Hick in der Küche frisch gebackene Muffins verzierte, verriet Iris ihrer Freundin, was sie noch niemandem erzählt hatte. Während Hick himmelblaue Creme aus dem Spritzbeutel drückte, setzte Iris sich auf die Arbeitsplatte und erzählte ihr die Geschichte von Fred Korematsu, der durch ihr Schweigen im Lager feststeckte und hinter meterhohem Stacheldraht Felsblöcke ausgraben musste.

»Ich schäme mich so, Hick«, jammerte Iris. »Ich bin so tief gefallen, durch meine eigene Schuld. In meinem Leben habe ich so viele Fehlentscheidungen getroffen.«

Hick, die sich über die Arbeitsplatte gebeugt hatte, straffte den Rücken und drückte Iris einen Muffin in die Hand. »Du spinnst ja noch viel mehr als ich, Kindchen, und das ist eine echte Leistung.« Grinsend biss sie in das warme, frisch verzierte Gebäck.

Iris tat es ihr gleich.

»Weißt du, vermutlich wäre es ohnehin egal gewesen, selbst wenn du eine andere Entscheidung getroffen hättest«, sagte Hick. »Der Krieg ist bald vorbei. Was, glaubst du, treiben die Herren da wohl in Jalta? Fred Korematsu wird noch vor Ablauf des Jahres freigelassen.« Doch Hicks Worte trösteten Iris nicht. Korematsus Internierung und die Schuld, die sie daran hatte, würden sie für den Rest des Lebens verfolgen.

Am darauffolgenden Nachmittag um zehn nach vier klingelte das Telefon. Hick blieb auf dem Sofa sitzen, während Iris mit dem Arzt sprach. Kurze Zeit später legte sie auf, drehte sich um und nickte.

Hick sprang auf und schloss Iris fest in die Arme. »Herzlichen Glückwunsch!«, rief sie fröhlich. »Es wird alles gut. Erzähl es Sam. Er ist ein feiner Kerl und sollte es wissen.«

Iris sah sie zweifelnd an.

»Das sind gute Nachrichten, Kindchen«, erklärte Hick. »Fantastische Nachrichten, um es genau zu sagen. Freu dich darüber!«

Die vergangenen Jahre hatten sie zu der Frau gemacht, die sie heute war. Was für eine Mutter würde sie wohl sein?

Kapitel 72

WASHINGTON, D.C.

April 1945

Iris hob den Kopf und sah ihn im Türrahmen stehen.

»Was für ein wunderbarer Anblick!«, rief sie entzückt.

Sie sprang auf, Monty lief auf sie zu, und die beiden fielen sich in die Arme. Iris zögerte zwar, ihn zu küssen, schmiegte sich aber lange an seinen Hals.

Als sie sich schließlich wieder voneinander lösten, nahm Monty sie genauer in Augenschein.

»Mein kleines Mädchen ist ja ganz erwachsen geworden«, verkündete er.

»Das kann man wohl sagen«, stimmte sie zu. »Es ist kaum noch zu verbergen, und die Gerüchteküche brodelt bereits.«

Monty nickte. Er erkundigte sich nicht nach dem Vater, blickte aber flüchtig auf ihren Ringfinger.

Sie strich über das silberne Eichenblatt auf seiner Brust. »Man hat dich befördert«, bemerkte sie. »Herzlichen Glückwunsch! Oberstleutnant?«

»Genau.« Monty trat ans Fenster.

»Ich bin froh, dass du in Sicherheit bist«, sagte sie nach einer Weile. »Als Grace mir erzählte, dass du in Frankreich ein Bataillon anführst …«

»Ich konnte es dir nicht selbst sagen«, erwiderte er, ohne sich umzudrehen. »Ich wollte mich nicht von dir verabschieden in dem Wissen, dass wir uns vielleicht nie wiedersehen.«

Iris stellte sich neben ihn und betrachtete das Kapitol.

Dann ergriff sie seine Hand. »Warum hast du dich für den Einsatz gemeldet? Ich dachte immer, du hättest aus deinem letzten Kriegseinsatz nichts als Kummer und eine fürchterliche Narbe auf dem Bauch davongetragen.«

»Das lässt sich nicht so leicht erklären.«

»Vor allem jemandem, der nie gedient hat«, fügte sie hinzu.

Er nickte.

»Wie lange bist du hier?«, fragte sie nach einer Weile.

»Das weiß ich nicht genau«, erwiderte er. »Der Einsatz in Europa ist so gut wie zu Ende. Ich habe ein paar Wochen lang Urlaub. Im Weißen Haus braucht man mich, es sind noch ein paar Dinge zu erledigen. Was nach der Kapitulation der Deutschen passiert, ist noch unklar.«

»Meinst du, sie setzen dich als Nächstes im Pazifik ein?«

Er zuckte die Schultern. »Das kann ich schwer einschätzen.«

Iris drückte seine Hand fester.

»Wollen wir heute Abend zusammen essen? Ich reserviere uns einen Tisch im ›Montmartre‹.«

»Das wäre sehr schön«, erwiderte sie traurig, »aber ich werde ziemlich schnell müde. Nach einem anstrengenden Arbeitstag muss ich einfach die Beine hochlegen. Tut mir leid.«

»Sei doch nicht albern«, sagte er. »Ich mache ein paar Besorgungen und koche uns was bei dir zu Hause. Den Schlüssel habe ich ja noch.«

»Gut«, sagte sie, dann fiel ihr ein, dass sie umgezogen war. »Aber ich wohne nicht mehr in der 30th Street. Ich bin jetzt in der Q Street, Apartment sechs, Nummer sechzehn. Es ist näher am Logan Circle als am Dupont Circle.«

Iris zog ihre Tasche aus der Schreibtischschublade, kramte den Wohnungsschlüssel hervor und warf ihn Monty zu.

»Du kommst ganz schön rum«, bemerkte er, als das Telefon klingelte.

»Kaum noch«, erwiderte sie mit Blick auf ihren stattlichen Bauchumfang. Sie griff zum Hörer, und Monty verließ salutierend das Büro.

Schon als Iris sich die vier Stockwerke zu ihrer Wohnung hinaufschleppte, stieg ihr der Duft von Zwiebeln, Knoblauch und Speck in die Nase. Dieser Wohlgeruch war für sie wie ein Seil, an dem sie sich nach oben zog. Sie war sicher, dass Monty ihr Coq au Vin kredenzte. Das hatte er ihr schon unzählige Male zubereitet, und sie kannte das Rezept auswendig, obwohl Monty sich beim Kochen nicht an Vorschriften hielt.

Kaum hatte sie geklopft, riss Monty schon die Tür auf. Er trug eine Schürze über der Uniform.

»Nur herein, ich habe das Hähnchen gerade mit Wein abgelöscht. Gleich ist es so weit.«

Monty flitzte wieder an den Herd.

»Wie es in der Küche aussieht, will ich gar nicht wissen«, rief sie ihm nach.

»Keine Sorge, neuerdings räume ich nach dem Kochen auf«, rief er zurück.

Iris hängte die Jacke an den Haken, schlüpfte aus den Schuhen und schlurfte ins Wohnzimmer. Monty hatte ihr Blumen gekauft, mehrere Sträuße, wie es aussah, und sie im Zimmer verteilt. Kerzen brannten, und auf dem Couchtisch stand bereits ein Glas Wein für sie parat. Obwohl sie Alkohol mittlerweile nicht mehr gut vertrug, trank sie einen Schluck.

Kurze Zeit später kam auch Monty ins Wohnzimmer.

»Schöne Wohnung, Kleines«, bemerkte er anerkennend. »Gute Gegend. Du hast hier viel Platz und eine Aussicht auf den Park.«

»Ja, als ich sie ausgesucht habe, musste ich an jemanden Bestimmtes denken.« Sie wies auf ihren Bauch.

Monty lächelte. »Können wir darüber reden?«, fragte er.

Iris nickte und ließ sich aufs Sofa fallen. Monty tat es ihr gleich. Er trommelte auf seinen Oberschenkeln herum. Ohne ein Wort legte sie ihm die Beine auf den Schoß, und er begann, ihr die Füße zu massieren. Iris war zwar nicht sicher, ob er alle Einzelheiten der traurigen Angelegenheit wissen wollte, aber sie erzählte sie ihm trotzdem.

»Es ist ein einziger Schlamassel«, gestand sie ihm. »Ich habe seit November nichts mehr von Sam gehört. Ich glaube, er ist in Frankreich. Aber vielleicht auch in Belgien. Ich habe wirklich keine Ahnung. Das Baby kommt in drei Monaten, und außer dieser Wohnung habe ich nichts, nicht mal eine Wiege.«

»Weiß Sam, dass du ein Kind erwartest?«

Sie schüttelte den Kopf.

»Das musst du ihm sagen!«, rief Monty. »Die Gerüchteküche brodelt schon, und bald wissen alle Bescheid. Er sollte es von dir erfahren.«

»Aber ich habe dir ja noch gar nicht alles erzählt.« Sie zögerte. »Bei unserem letzten Treffen war Sam fuchsteufelswild. Manchmal habe ich das Gefühl, dass er sich mit diesem Kind an mir rächen wollte.«

Monty hielt inne und sah sie konsterniert an.

»Ich habe Sam von uns erzählt. Er war furchtbar gekränkt und fühlte sich gedemütigt. Dann …« Iris schwieg. Sie konnte Monty unmöglich von ihrer letzten Nacht mit Sam berichten, denn sie verstand sie ja selbst nicht richtig.

»Jacobson ist nicht so«, sagte Monty. »Er ist keiner, der sich rächen würde. Wovor hast du Angst?«

»Wenn ich es ihm sage, wird er vielleicht …«

Monty widmete sich wieder ihren Füßen. »Du hast Angst, dass er nicht zurückkommt? Oder dich nicht mehr will?«

Iris nickte.

»Du schätzt dich nicht wert. Natürlich wird er dich haben wollen.«

»Vielleicht will er von dem Kind gar nichts wissen«, sagte sie mit gedämpfter Stimme.

»Aber sicher wird er das«, widersprach Monty. »Ich würde es jedenfalls.«

Iris ließ dieses Bekenntnis auf sich wirken. Sie hatte sich bereits gefragt, ob Monty sich vielleicht wünschte, das Kind sei von ihm. War er zurückgekommen, um ihr unter die Arme zu greifen?

Die Schwangerschaft hatte Monty jedenfalls nicht besonders überrascht. Die Kerzen und Blumen, der Wein. Sollte dies hier ein Neuanfang sein? Oder verleiteten sie hormonelle Schwankungen zu falschen Annahmen?

»Bist du immer noch mit dieser Person in England zusammen, mit der du was Ernstes hattest?«, fragte sie nach ein paar Minuten.

»Daraus ist nichts geworden«, antwortete er knapp.

Iris fragte sich, ob es überhaupt eine andere Beziehung gegeben hatte. Vielleicht hatte Monty sie mit seinem Manöver einfach freigeben wollen. Doch sie hatte ihre Freiheit vergeudet. In ihrem Leben hatte es mal eine Zeit gegeben, in der sie nichts vergeudet hätte. Weder eine alte Tür noch einen wurmstichigen Apfel oder eine Mitfahrgelegenheit auf einem verlassenen Highway.

»Danke, dass du mich nicht verurteilst«, sagte sie schließlich.

»Ich bin der Letzte, dem ein Urteil über andere Menschen zusteht«, sagte er und verschwand wieder in der Küche.

Während des Essens plauderten sie über den Krieg und den Obersten Gerichtshof. Iris erzählte Monty von ihrer Enttäuschung über den Ausgang der von ihr in Frankfurters Auftrag bearbeiteten Internierungsfälle, doch Fred Korematsu erwähnte sie nicht.

»Du wirkst etwas desillusioniert«, bemerkte Monty.

»Ich habe Mrs Nesbitt bei der Amtseinführung gesehen«, sagte sie. Montys Augen weiteten sich. »Sie ist immer noch die Alte. Ihren Prinzipien ist sie stets treu geblieben. Ihrer Kochkunst habe ich einige der schlechtesten Mahlzeiten zu verdanken, die ich je gegessen habe. Selbst die ständige Nörgelei des Präsidenten der Vereinigten Staaten von Amerika hat sie nicht erweichen können. Und doch ist sie immer noch Angestellte der Regierung Roosevelt.«

Monty grinste.

»In den letzten zwölf Jahren sind einige gestorben, manche wurden still und heimlich zum Rücktritt gezwungen und andere versetzt, aber Henrietta Nesbitt ist immer noch fest im Sattel.«

»Was willst du damit sagen, Iris? Dass du trotz deiner Kompromisse keinen Schritt weitergekommen bist?«

»Ich glaube, ich will damit sagen, dass ich Washington satthabe, die Politik, die Ränkespielchen, den ewigen Kampf, der zu nichts führt.« Sie hielt inne und sah Monty eindringlich an. »Ich denke ernsthaft über einen Umzug nach. Vielleicht gehe ich nach New York oder Boston. Anwälte braucht man überall.«

Monty brach in schallendes Gelächter aus. Er warf den Kopf in den Nacken und schlug so heftig mit der Faust auf den Tisch, dass das Geschirr klirrte.

»Was?«, fragte Iris pikiert.

»Du wirst Washington doch nie und nimmer verlassen. Dafür magst du es viel zu sehr. Für dich ist diese Stadt zur Heimat geworden.«

Iris musterte ihn nachdenklich.

»Du bist eine außergewöhnliche Frau, Iris. Auch wenn Jacobson nicht zurückkehrt, wirst du es schaffen. Du hast schon ganz andere Notlagen gemeistert. Wenigstens hast du ein Dach über dem Kopf, Arbeit und Geld auf der Bank. Dieses Kind hätte sich keine erfinderischere, fähigere oder schönere Mutter aussuchen können als dich.«

Sie war einfach nur dankbar, dass es ihn gab. Als sich ihr Mund zu einem breiten Grinsen verzog, dachte sie, dass niemand sie so aufzumuntern vermochte wie Monty Chapel.

Iris lud Monty ein, während seines Aufenthalts in Washington bei ihr zu wohnen. Ein einziges Mal bat sie ihn, zu ihr ins Bett zu kommen und sie einfach nur zu halten. Wenn er nicht im Weißen Haus gebraucht wurde, half er ihr, das Gästezimmer in einem cremigen Gelbton zu streichen, den der Verkäufer »Vanille« genannt hatte. Zuerst gefiel ihr die Farbe nicht so gut, denn sie fand sie zu erwachsen. Der Verkäufer hatte ihr aber versichert, dass »jeder Vanille mag, ob groß oder klein«. Dagegen konnte auch Iris nichts einwenden. Monty strich die Wände zwei Mal und machte sich dann daran, die Wiege zusammenzubauen, die Iris am selben Tag wie die Farbe gekauft hatte.

Zu Beginn seiner zweiten Woche in Washington, am 12. April, stand Monty auf einmal um vier Uhr nachmittags bei Iris im Büro. Sie sah ihn nur aus dem Augenwinkel, denn sie steckte tief in der Arbeit.

»Ich kann hier nicht weg«, murmelte sie. »Vor sechs komme ich nicht raus.« Erst da hob sie den Kopf. »Hättest du heute nicht auch arbeiten müssen?« Monty nahm den Hut ab und trat an ihren Schreibtisch. Sein Gesicht war kreidebleich und angespannt. Das typische Grinsen fehlte.

»Würdest du bitte kurz mit mir ein paar Schritte gehen, Iris?«, bat er förmlich. Sein freundlicher Ton konnte nicht verbergen, dass es sich um eine dringende Angelegenheit handelte.

Da erhob sie sich. »Warum?«, fragte sie. »Was ist los? Du nennst mich doch sonst nie Iris.«

»Komm bitte einfach mit«, sagte er.

Für Iris war der Weg vom dritten Stock bis nach draußen der längste ihres Lebens. Montys Miene war kalt und hart wie der Marmor an den Wänden des Obersten Gerichtshofs. Was ihn wohl so erschüttert hatte? Normalerweise war er doch so ausgeglichen.

Als sie endlich aus dem Gebäude traten, war ihre Kehle staubtrocken, und das Herz klopfte ihr bis zum Hals. »Jetzt sag schon, was ist los?« Seine Miene sprach für sich. »Es ist der Präsident, nicht wahr?«, fragte sie sanft.

Monty nickte vorsichtig.

»Ist er gestorben?«

»Vor einer halben Stunde«, bestätigte Monty ihre Befürchtung. »Ich bin so schnell gekommen, wie ich konnte, denn ich wollte es dir selbst sagen. Du hast ihm viel bedeutet.«

Sie seufzte. »Wo?«

»Warm Springs.«

»Und Mrs Roosevelt?«

»Sie ist schon auf dem Weg nach Georgia, heute Abend trifft sie dort ein.«

»Wie geht es ihr?«, fragte Iris.

»Sie erträgt es stoisch«, antwortete Monty. »Wie immer.«

»Ich muss sie anrufen.«

»Noch nicht«, riet er ihr. »Warte noch, bis sie in Warm Springs ist, dann kannst du besser mit ihr reden.«

Iris holte tief Luft und lehnte sich an eine der elfenbeinfarbenen Säulen des Gerichtsgebäudes. Sie beobachtete Passanten dabei, wie sie die Treppe hinauf- und hinunterliefen, während sie den Verlust zu ermessen versuchte – für sie, für Mrs Roosevelt, für die Passanten, für die Welt. Ihre Hand wanderte zum Bauch. Schon jetzt spürte sie die Leere, die sich in ihrem Inneren breitmachte.

»Alles okay?«, erkundigte sich Monty besorgt.

»Nein, das kann man nicht behaupten«, erwiderte sie. Seit zwei Jahren hatte sie kein Wort mehr mit dem Präsidenten geredet, hatte sich nicht mal von ihm verabschiedet, als sie das Weiße Haus verließ. Große Trauer überkam sie. Sie hätte sich bei ihm melden müssen. »Und bei dir?« Monty schüttelte den Kopf. »Präsidenten kommen und gehen«, sagte er, »aber keiner war wie Roosevelt. Ich kann mir eine Welt ohne ihn nicht vorstellen. Das scheint mir einfach nicht möglich.«

Sie fielen sich in die Arme. Als sie sich nach einer Weile voneinander lösten, waren Montys Augen feucht. Sie strich ihm zärtlich über die Wange. Er wandte sich kurz ab und ließ den Blick in die Ferne schweifen. Dann hatte er die Fassung wiedererlangt.

»Als ich ging, hat Steve Early gerade die Presse in Kenntnis gesetzt. Um kurz vor sechs wird es eine offizielle Bekanntmachung auf NBC geben. Early hat eine Pressekonferenz einberufen.«

Iris nickte.

»Sie wollen mich zurückholen«, fuhr er fort. »Es ist irgendwie alles durcheinander. Möchtest du mitkommen und mit mir an der Pressekonferenz teilnehmen? Es hätte bestimmt keiner was dagegen, du gehörst ja praktisch zur Familie.«

Iris schüttelte den Kopf. »Nein, nein danke. Ich höre mir die Bekanntmachung heute Abend im Radio an wie jeder andere auch.«

Er umschloss ihr Gesicht und küsste sie sachte.

»Du gehst jetzt besser«, drängte sie ihn. »Ich hole meine Sachen, gehe nach Hause und warte auf die Nachrichten um sechs. Wir sehen uns später.«

Monty küsste sie noch einmal flüchtig, dann eilte er die Stufen hinab und sprang in ein Taxi. Innerhalb von Sekunden war er verschwunden.

Zu Hause angekommen ließ sich Iris erst mal ein Bad ein. Der Arzt hatte ihr zwar von heißen Bädern abgeraten, aber es musste einfach sein. Was gut für sie war, musste doch auch gut für ihr Kind sein.

Sie blieb im Wasser liegen, bis es fast kalt war, und starrte auf ihren gewölbten Bauch. Schließlich tauchte sie unter und verharrte für einige Zeit dort. Sie war ein Geschöpf der Regierung Roosevelt, das Werk zweier Meister: des Präsidenten und seiner Frau. Jeder aus ihrer Generation, der Generation der Wirtschaftskrise – Millionen von Menschen –, war von den Roosevelts geformt worden. Sie fragte sich, wie die Zukunft aussehen würde. Wer oder was würde ihr Kind formen? Luftblasen stiegen an die Wasseroberfläche und mit ihnen die Angst, die sie angesichts dieser großen Frage erfasste.

Um halb sechs saß Iris im Schlafanzug auf dem Sofa und wartete auf die Bekanntmachung. Als sie NBC einschaltete, lief dort traurige Harfenmusik. Sie konnte das fürchterliche Gezupfe nur schwer ertragen, es machte sie wütend. Sie sollten doch lieber »*Happy Days*« oder »*Anchors Aweigh*« spielen, fröhliche Musik, die zum Präsidenten passte. Verärgert schaltete sie das Gerät wieder aus.

Da klingelte das Telefon.

»Ja, hallo?«, sagte sie. Wahrscheinlich wollte Monty wissen, wie es ihr ging. Lange herrschte Schweigen in der Leitung, es rauschte und knackte. »Hallo!«, rief sie.

»Iris.« Sam! Obwohl die Verbindung sehr schlecht war, erkannte sie seine Stimme sofort. Sie klang, als käme sie von weit her, so, als riefe er ihr von der anderen Seite des Atlantiks aus zu. »Iris, ich bin's. Es tut mir leid. Es tut mir so leid, dass der Präsident gestorben ist. Wie geht es dir?«

Iris hielt den Hörer in der Hand, doch ihr fehlten die Worte. Sie drückte ihn so fest, dass ihre Finger weiß wurden.

»Iris, hörst du mich? »

»Ja, ich höre dich«, sagte sie schließlich und zwang sich zur Ruhe. »Wie geht es dir?«

»Gut«, erwiderte er. »Ich wollte mir die Bekanntmachung im Radio mit dir zusammen anhören.«

Iris musste sich so auf ihren Atem konzentrieren, dass sie ihm nicht antworten konnte.

»Wie in alten Zeiten«, fügte er hinzu. »Iris? Hörst du mich?«

»Ich höre dich«, wiederholte sie. »Danke. Danke, dass du angerufen hast.«

»Was hast du gesagt?«

»Ich liebe dich«, rief sie.

»Ich liebe dich auch«, brüllte er in die Leitung.

Als Monty kurz nach Mitternacht zurückkam, saß Iris noch im Wohnzimmer.

»Ich dachte, du würdest schon schlafen«, sagte er.

»Ich habe auf dich gewartet«, erwiderte sie. »Wie stehen die Dinge im Weißen Haus?«

Monty zog Mantel und Krawatte aus und erzählte ihr, was am Abend passiert war. Mrs Roosevelt war nach Warm Springs aufgebrochen und würde in zwei Tagen mit dem Leichnam des Präsidenten zurückkommen. Steve Early hielt die Presse in Schach. Im ganzen Land wehten die Flaggen auf Halbmast.

Als er fertig war, sagte Iris: »Setz dich. Ich muss mit dir reden.«

»Was gibt's?«

»Sam hat heute Abend angerufen. Ich habe ihm alles erzählt, er weiß von dem Kind. Er ist sehr, sehr glücklich und kommt nach Hause. Ich glaube sogar, sofort.«

Monty grinste. »Das ist hervorragend, Kleines. Ich freue mich für dich.«

»Ich bin nicht sicher, was nun aus uns wird«, sagte sie.

»Jetzt geht es um dich, Sam und das Kind«, erwiderte er verständnisvoll und nahm ihre Hand. »Um mich geht es hier nicht.«

»Das habe ich mir auch gedacht. Ich war nur nicht mutig genug, es auszusprechen.« Ihre Stimme zitterte.

Er lehnte sich zurück und legte ihr den Arm um die Schultern. Iris schmiegte sich eng an ihn.

»Das Ende einer Ära«, bemerkte Monty leise.

»Das Ende einer Ära«, sagte Iris.

Lange saßen sie so beieinander und ließen die vergangenen zwölf Jahre Revue passieren – privat wie beruflich. Iris dachte zurück an verschiedene Orte ihrer Vergangenheit: das Mayflower-Hotel, »Montmartre«, ihr Liebesnest in der 6th Street, die Wohnung in der 30th Street und, natürlich, das Weiße Haus. Ihr Zusammentreffen mit Mrs Roosevelt an der Tankstelle in Virginia an einem Tag im Mai schien ihr schon ein Jahrhundert zurückzuliegen. Sie konnte sich kaum noch daran erinnern.

»Ich habe gestern meine Kündigung eingereicht«, sagte sie schließlich.

Monty fuhr hoch. »Was?«, rief er entgeistert. »Wäre es nicht besser, eine solche Entscheidung in einem weniger emotionalen Zustand zu treffen?«

»Jetzt ist der perfekte Zeitpunkt«, erklärte sie ruhig. »Ich muss ohnehin eine Auszeit nehmen und … mir gefällt die Person nicht, zu der ich geworden bin, Monty. Es fällt mir viel zu leicht, meine Prinzipien zu vergessen.«

Er nickte nachdenklich, dann bemerkte er grinsend: »Ich sehe dich schon bildlich vor mir, so als Hausfrau.«

Er setzte sich wieder aufs Sofa und zog Iris an sich. »Du hast heute Abend einige grundlegende Entscheidungen getroffen. Aber so bist du einfach. Du warst schon immer hungrig. Hungrig, aber nie satt.«

»Ja, da hast du wohl recht. Eine Sache wollte ich dir noch sagen.«

Er sah sie erwartungsvoll an.

»Ich habe mit Grace Tully in Warm Springs telefoniert. Am Sonntag fahre ich hin. Ich muss mich endlich vom Präsidenten und vom Weißen Haus lösen. Das hätte ich schon vor Jahren tun sollen. Ich möchte nicht noch etwas bereuen, weil ich es nie getan habe.«

»Das verstehe ich«, flüsterte Monty, das Gesicht in ihrem Haar. »Aber du solltest wissen, dass er dir nie böse war. Er hat dich immer in ganz besonderer Erinnerung behalten.«

Iris nickte unter Tränen. »Diese Reise muss ich einfach machen.«

Kapitel 73

WARM SPRINGS, GEORGIA

April 1945

Kurz vor Mittag stand Iris vor den Toren des »kleinen Weißen Hauses«. Als sie das Taxi in die Stadt davonfahren sah, überkam sie ein Gefühl der Freiheit. All die Sorgen der vergangenen Monate schienen mit der sanften, vom Azaleenduft geschwängerten Brise davonzuwehen. Monty hatte sie zur Union Station gebracht. Es war ihr letzter Abschied gewesen. So musste es sein, das wusste sie auch. Bei ihrer Rückkehr würde er schon fort sein.

Als Iris auf das Pförtnerhäuschen vor dem Tor zutrat, kam ein Soldat mit Klemmbrett heraus. Er trug sein Gewehr lässig über der Schulter und ein schwarzes Band am Oberarm.

»Kann ich Ihnen behilflich sein, Ma'am?«, fragte der junge Mann höflich. Vermutlich kam er aus den Südstaaten, aber genau konnte Iris den Zungenschlag nicht zuordnen.

»Guten Morgen«, sagte sie. »Mein Name ist Iris McIntosh. Ich glaube, Mrs Bonner erwartet mich bereits.«

Der Soldat konsultierte sein Klemmbrett.

»Grace Tully hat meinen Besuch organisiert«, fuhr sie fort. »Die Sekretärin des Präsidenten … des verstorbenen Präsidenten«, korrigierte sie. Iris hatte am Donnerstagabend mit Grace Tully gesprochen und Mrs Roosevelt am Freitag in Warm Springs angerufen, um ihr Beileid auszudrücken. Monty hatte die First Lady als »stoisch« bezeichnet. Auch Grace Tully zufolge war Mrs Roosevelt bei ihrer Ankunft in Warm Springs »völlig gefasst« gewesen. Iris hatte sich etwas mehr erhofft, irgendeine Gefühlsregung vielleicht, deswegen war sie froh gewesen, als sie durchs Telefon in Mrs Roosevelts Stimme einen Anflug von Kummer zu erkennen glaubte. Sie hatte ihrer Trauer keinerlei direkten Ausdruck verliehen. Lediglich eine gewisse Distanziertheit im Ton hatte Emotion verraten.

»Ich habe Ihren Namen gefunden.« Der Soldat lächelte und warf einen Blick auf ihren Bauch. »Soll ich Sie zum Haus fahren?«, fragte er.

»Nein, danke. Ich habe vierzehn Stunden lang im Nachtzug aus Washington gesessen, da bin ich froh, wenn ich mir die Beine vertreten kann.«

Lächelnd nahm sie ihre kleine Reisetasche und machte sich auf den Weg. Im Schatten der eichengesäumten Auffahrt dachte sie zurück an ihren früheren Aufenthalt in Warm Springs. Diese eine Woche im Jahre 1938 hatte in ihrem Leben eine große Krise ausgelöst, und jetzt war sie wieder hier, sieben Jahre später, und befand sich an einem ähnlichen Wendepunkt. Iris hatte erwartet, dass sie bei der Abfahrt ihres Zuges und der endgültigen Trennung von Monty am Boden zerstört sein würde. Vor diesem Moment der Abreise hatte sie große Angst gehabt. Aber als der Zug sich in Bewegung gesetzt hatte, hatte Monty ihr lächelnd vom Bahnsteig hinterhergewinkt. Es war zwar kein strahlendes Lächeln gewesen, aber ein abschließendes. Noch als sie zur Antwort die Hand auf die Scheibe gelegt hatte, hatte sie auf den großen Abschiedsschmerz gewartet. Doch der blieb aus. Der Gedanke an Sams Rückkehr nach Washington am Ende der folgenden Woche erfüllte sie mit freudiger Erregung. Sie sehnte sich so sehr nach ihm und konnte es kaum erwarten, ihr neues Leben mit ihm zu beginnen. Sie war schon lange nicht mehr so aufgeregt gewesen. Nicht, seit sie das Weiße Haus verlassen hatte. Jetzt gab es endlich wieder etwas, wofür es sich zu kämpfen lohnte.

Vor dem Springbrunnen blieb sie stehen und stellte ihre Tasche ab. Während sie ihr Haar richtete, erstand vor ihrem geistigen Auge des Bild Dorothy Hales in ihrer umwerfenden Abendrobe, und Iris musste an ihre wunderbar glatten, nach Jasmin duftenden Schultern denken. Obwohl Hales Selbstmord nun schon sieben Jahre zurücklag, erinnerte sich Iris oft an diese schöne Frau und sie war immer noch entsetzt, mit welcher Macht die tiefe Einsamkeit ihr den Lebenswillen geraubt hatte. Als Iris schließlich vor das Haus trat, war Daisy Bonner schon aus dem Seiteneingang gekommen, um sie zu begrüßen.

»Meine Güte!«, rief sie. »Wen haben wir denn da!« Die Frauen fielen sich in die Arme. Als sie sich voneinander lösten, fiel Daisys Blick auf Iris' Bauch.

»Welcher Monat?«

»Erst im sechsten«, antwortete Iris.

»So ein winziger Bauch«, sagte Daisy entzückt. »Beim ersten Kind sind die Frauen immer noch so straff und klein. Miss Tully hat mir gar nichts davon erzählt.«

»Grace weiß es nicht«, erklärte Iris. »Mrs Roosevelt übrigens auch nicht. Ich sage es ihnen … wenn alles vorbei ist.«

Daisy nickte, doch ihr Blick verriet Zweifel.

»Was?«, fragte Iris.

»Ich kann mir vorstellen, dass diese Nachricht ihnen ein wenig Trost in dieser traurigen Zeit spenden würde, mehr nicht«, bemerkte sie beiläufig. Dann nahm sie die Reisetasche und ging Iris voran zum Haus.

»Ich habe Sie wieder hier einquartiert«, erklärte sie Iris, als sie die Tür zu dem Zimmer öffnete, das sie einmal mit Monty geteilt hatte.

»Aber ich habe in der Stadt reserviert, Daisy«, sagte Iris. »Ich wusste nicht, dass ich hier übernachten darf.«

»Jetzt reden Sie doch keinen Unsinn«, entgegnete Daisy bestimmt. »Ich bleibe ein paar Tage hier, um die persönlichen Gegenstände des Präsidenten für Mrs Roosevelt zusammenzupacken. Es wäre schön, wenn Sie mir auch abends Gesellschaft leisten könnten.«

Da willigte Iris ein. Gedankenverloren drehte sie an ihrem Verlobungsring herum, den sie seit ihrem Telefonat mit Sam trug, und sah sich entspannt im Zimmer um. Die Tagesdecke, der Krug mit Schüssel auf der Kommode, die Häkeldeckchen, Nachttische und Glasaschenbecher – es war alles noch beim Alten. Dann erhaschte sie einen Blick in den Spiegel und lächelte sich zu.

Daisy beobachtete sie. »Warum sind Sie gekommen?«, fragte sie neugierig. »Wieso haben Sie nicht einfach in Washington auf den Trauerzug gewartet?«

Iris setzte sich aufs Bett und strich über die Zierdecke. Sie war nicht sicher, warum sie das dringende Bedürfnis verspürt hatte, nach Warm Springs zu kommen. Monty hatte ihr gesagt, dass in Washington ein riesiger Trauermarsch geplant war, der am Bahnhof starten würde. Berittene Soldaten, Kutschen, Trauergäste, Blaskapellen und offizielle Teilnehmer würden Roosevelt auf seiner letzten Reise zum Weißen Haus begleiten. Man erwartete Tausende. Iris wollte dem Präsidenten einfach im Stillen gedenken, und zwar an dem Ort, an dem er glücklich und entspannt gewesen war.

»Ich weiß es nicht genau, Daisy«, sagte Iris.

»Sie haben ihn sehr geliebt, oder?«, fragte die Köchin.

»Ja, das habe ich«, antwortete Iris bestimmt.

Auch im Wohnzimmer hatte sich nichts verändert, es war nur etwas dazugekommen. Mitten im Zimmer stand auf einer Staffelei das unfertige Porträt des Präsidenten. Iris betrachtete das Werk schweigend.

»Ich finde nicht, dass es ihm ähnlich sieht«, flüsterte Daisy hinter ihr.

Iris fand das Porträt ungewöhnlich. Obwohl das Gesicht darauf sofort erkennbar war, hatte Daisy recht – es sah dem Präsidenten nicht ähnlich. Das Aquarell zeigte Roosevelt nicht in seiner vollen Größe, den Augen fehlte das kluge Blitzen und das Kinn hatte nichts von Roosevelts typischer Noblesse. Dem Porträt fehlte einfach Herz.

»Eine russische Freundin von Mrs Rutherford hat es gemalt«, erklärte Daisy. Iris wandte sich überrascht um. »Ich glaube, sie wollte Mrs Rutherford damit nur einen Gefallen tun. Man sieht, dass sie sich nicht viel Mühe gegeben hat. Auch der Präsident war nicht bei der Sache. Aber Mrs Rutherford ist den beiden so lange auf die Nerven gegangen, bis sie schließlich mitgemacht haben.«

»Lucy Rutherford war hier in Warm Springs?«

»Ja, war sie. Der Präsident hatte sie eingeladen. Sie war wirklich entzückend zu ihm, und man hat gleich gesehen, dass sie sich sehr schätzten, so wie alte Freunde es eben tun.«

Wie interessant, dass der Präsident auf seinem Sterbebett noch nach all diesen Jahren nach Lucy Mercer verlangt hatte. Ihre Beziehung lag gut und gern dreißig Jahre zurück.

»Wie dem auch sei«, fuhr Daisy fort, »während er für dieses Bild Modell stand, brach er zusammen. Ich war hinten in der Küche und wollte gerade das Mittagessen servieren. Zwei Stunden später … Nun, dann war's vorbei.«

Iris legte Daisy die Hand auf die Schulter und drückte sie mitfühlend.

»Ich mach Ihnen erst mal was zu essen, Miss Iris«, sagte Daisy schließlich. »Sie sind doch noch eine Miss, oder?«

Iris nickte. »Aber nicht mehr lange«, fügte sie glücklich hinzu. »Essen Sie doch bitte mit mir.«

Daisy zögerte.

»Ich speise nicht gern alleine.«

Schließlich nickte sie.

»Wer hat den Präsidenten sonst noch hier besucht?« Iris setzte sich an den Küchentisch. »Und kann ich Ihnen irgendwas helfen?«

Daisy machte eine ablehnende Handbewegung und öffnete die Kühlschranktür. »Miss Tully natürlich, zwei Leibärzte des Präsidenten, Mrs Rutherford und ihre Künstlerfreundin Miss Shoumatoff. Mrs Roosevelt ist erst einen Tag nach seinem Tod gekommen.«

Sie wandte sich Iris zu. »Sie war ruhig und stark wie immer. Kaum war sie eingetroffen, hat sie uns alle getröstet, bevor wir ihr noch unser Beileid aussprechen konnten. Nach ungefähr einer Viertelstunde verlangte sie, ihren Mann zu sehen. Als sie ein paar Minuten später aus dem Schlafzimmer kam, hatte sich ihre Haltung nicht verändert.« Daisy zuckte offenbar perplex über die Reaktion der First Lady die Schultern. Iris verstand sie völlig, doch sie wusste auch, dass Mrs Roosevelt sich niemals wie eine trauernde Witwe verhalten würde.

Iris versuchte, sich die First Lady allein im Zimmer mit ihrem toten Mann vorzustellen. Hatte sie mit ihm geredet? Ihm einen letzten Kuss gegeben? Was für eine Ehe hatten sie geführt? Wie fühlte es sich an, wenn eine so lange Beziehung von einem Tag auf den anderen vorbei war? Als Persönlichkeiten waren die Roosevelts erst als Paar zur vollen Größe herangewachsen. So paradox ihre Beziehung auch gewesen sein mochte, sie hatte immer einen Sinn ergeben. Wie viele Kompromisse, Toleranz und Verhandlungen hatte es wohl gebraucht, damit diese Ehe mehr als vierzig Jahre als Partnerschaft auf Augenhöhe funktioniert hatte?

»Sie ist eine bemerkenswerte Frau, Daisy«, erklärte Iris. »Ich weiß schon, dass sie nicht oft hier war und du kaum Gelegenheit hattest, sie richtig kennenzulernen, doch sie ist eine außergewöhnliche Person.«

Daisy nickte ernst.

»Wie geht es übrigens Lonnie?«, erkundigte Iris sich nach einer Weile.

»Er ist 1941 wie alle anderen zur Armee gegangen«, sagte Daisy.

»Wo ist er stationiert? In Europa oder im Pazifik?«

»In Europa. Zuerst haben sie ihn als Lastwagenfahrer eingesetzt, er hat Vorräte transportiert. Dann, so um Weihnachten letztes Jahr, hat Eisenhower gemeint, Lonnie muss unbedingt eine Waffe haben.« Daisy schüttelte ungläubig den Kopf, während sie das Brot aufschnitt.

»Die Armee brauchte wahrscheinlich während der Ardennenoffensive Nachschub«, erklärte Iris. »Sie machen sich bestimmt große Sorgen.«

»Die ganze Zeit, ja, die ganze Zeit«, sagte Daisy. »Aber erzählen Sie von sich. Unser letztes Treffen ist schon so lange her.«

Während Daisy durch die Küche wirbelte, erzählte Iris ihr, wie sie ihre Stellung am Weißen Haus aufgegeben und an den Obersten Gerichtshof gegangen sei, von Sam, dem Baby und schließlich von ihrer Kündigung.

»Was wollen Sie jetzt machen?«, fragte Daisy.

»Heiraten, ein Kind bekommen und eine Weile lang zufrieden sein«, antwortete Iris.

»Und wenn die Weile vorbei ist?«, bemerkte die Köchin grinsend.

Iris zuckte die Schultern. Sie war völlig entspannt. Ihre berufliche Zukunft war ihr momentan herzlich egal.

Daisy stellte ihr einen Teller mit Schinken und Salat vor die Nase. Es gab eingelegte Gurken und Senf, etwas kaltes Hühnchen.

»Das sieht ja lecker aus, Daisy. Ich habe einen Bärenhunger«, sagte Iris.

»Das sind doch nur Reste. Nichts Besonderes.«

Iris wartete, bis Daisy sich gesetzt hatte, dann bestrich sie ihr Brot, während sie sprach. »Wie ging es dem Präsidenten in seinen letzten Tagen?«

Daisy schob sich die Brille hoch. »Es war ganz merkwürdig, Schätzchen«, setzte sie an. »Als er hier ankam, war er krank. Ihm ging es richtig schlecht – kreidebleich war er und bis auf die Knochen abgemagert. Der Präsident wusste, dass er nicht mehr lange zu leben hatte. An seinem ersten Abend sagte er zu mir: ›Du hast mir mein erstes Essen hier in Warm Springs gekocht, Daisy, und wie es aussieht, wirst du mir auch mein letztes kochen.‹ Daisy lächelte.

»Doch im Laufe der Woche erholte er sich wieder. Er nahm zu, und sein Blutdruck sank. Die Ärzte konnten die Veränderung kaum fassen. Alle waren so froh. Dementsprechend geschockt waren wir, als er am Donnerstag zusammenbrach.«

Iris nahm sich noch eine Scheibe Brot und etwas Schinken. »War er glücklich?«

»Sehr«, erwiderte Daisy. »Er meinte, es gehe ihm so viel besser, weil er hier sein dürfe.«

Während sie ihr Brot bestrich, dachte Iris über die letzten Tage des Präsidenten nach. Erst als sie beide Scheiben zusammengeklappt vor sich sah, fiel ihr auf, was sie getan hatte.

»Was hast du ihm an seinem Todestag zum Mittagessen gekocht?«, fragte sie.

»Hühnchen mit Tomaten, Bohnen und Okraschoten. Das war eines seiner Leibgerichte. Doch er hat keinen Bissen davon herunterbekommen.«

Iris schüttelte traurig den Kopf. Es wäre ihr eine große Freude gewesen, Daisy von Henrietta Nesbitt und den furchtbaren Gerichten zu erzählen, mit denen sie den Präsidenten zwölf Jahre lang traktiert hatte. Doch sie hielt es für unpassend. Nur wenige Menschen würden verstehen, welches Leid die Haushälterin dem Präsidenten damit zugefügt hatte. Mit geschlossenen Augen genoss Iris ihr Sandwich.

»Es war ein ziemlicher Aufruhr, als sie den Präsidenten abholten«, sagte Daisy betrübt. »Patienten, Ärzte, Schwestern und Pfleger hatten sich vor dem Haus versammelt, um ihm die letzte Ehre zu erweisen. Die Kinder weinten bitterlich. Alle waren in Tränen aufgelöst. Es war sehr traurig.« Daisy legte ihr Besteck auf den Teller und wischte sich die Finger an der Serviette ab. »Ich glaube, was Traurigeres habe ich noch nie erlebt.«

Schweigend aßen die Frauen weiter. Als Iris schließlich satt war, lehnte sie sich zurück.

»Möchten Sie noch einen Nachschlag, Schätzchen?«, fragte Daisy.

Iris überlegte, ob sie noch etwas vertrug.

»Vielleicht später«, sagte sie. Plötzlich spürte sie ein sanftes Flattern unter dem Herzen. Sie legte die Hände auf den Bauch und erwartete lächelnd das, was kommen mochte.

NACHWORT

Henrietta Nesbitt blieb auch unter dem nächsten Präsidenten, Harry S. Truman, Haushälterin im Weißen Haus. Man war sich sicher, dass Mrs Nesbitts rustikale Art dem in Missouri geborenen und auf einer Farm aufgewachsenen Präsidenten gut gefallen würde. Doch als Mrs Truman ihre Haushälterin ein paar Wochen nach ihrem Einzug um ein Stück Butter bat, belehrte Mrs Nesbitt die neue Hausherrin, das Weiße Haus habe sich wie jeder amerikanische Haushalt an die Rationierung zu halten, und weigerte sich, der Bitte nachzukommen. Präsident Truman entließ sie noch am selben Nachmittag.

ANMERKUNGEN UND DANKSAGUNG

Irgendwann im Jahre 2010 suchte ich im Internet nach einem besonderen Rezept für Ofenkartoffeln. Nachdem ich bei *Gourmet* einen passenden Vorschlag gefunden hatte, trieb ich mich ein wenig auf der Website herum und las einige Artikel. So stieß ich auf eine Reportage der amerikanischen Kulinarhistorikerin Laura Shapiro mit dem Titel *FDR's Anti-Epicurean White House*.

Sie erzählte die erstaunliche Geschichte Henrietta Nesbitts. Es amüsierte, erschreckte und betrübte mich, dass Franklin Delano Roosevelt, ein Mann, der die Vereinigten Staaten von Amerika durch die Weltwirtschaftskrise und den Zweiten Weltkrieg geführt hatte, während seiner gesamten Amtszeiten nicht ein einziges schmackhaftes Essen genossen haben dürfte. Die Beziehung zwischen dem großen Staatsmann und seiner Haushälterin eignet sich hervorragend für einen Film von Frank Capra, dachte ich mir zunächst. Dann ging mir auf, dass ich die Geschichte ja auch selbst erzählen könnte. Ich hatte ein Rezept gesucht, aber etwas Besonderes gefunden.

In einer Szene des Buches äußert Monty Iris gegenüber die Vermutung, dass Mrs Nesbitt Eleanors Rache an Franklin Roosevelt sei. Diese Theorie stammt von Blanche Wiesen Cook, der Autorin einer herausragenden zweibändigen Biografie mit dem Titel *Eleanor Roosevelt* (Penguin Books, 1992 & 1999). Ich glaube, sie hatte damit nicht ganz unrecht. Eleanor Roosevelt war eine außergewöhnliche Persönlichkeit, die ihre große Intelligenz, ihr Mitgefühl und ihre Macht auf positive Weise einsetzte. Doch sie war auch eine komplexe und vielschichtige Frau, die launisch sein konnte und ein unberechenbares Temperament hatte.

Als ich mir allerdings Henrietta Nesbitts Tagebücher durchlas (*White House Diary,* The Country Life Press, 1948), wurde mir schnell klar, dass die Haushälterin im Gegensatz zu ihr relativ einfach gestrickt gewesen war. Mrs Nesbitts felsenfeste Überzeugung, sie sei ein »wichtiges Rad im Regierungsgetriebe« gewesen, ließ mich durchaus stutzen, aber irgendwie mochte ich sie. Vielleicht lag es an ihrer mütterlichen Lebensklugheit oder, wie Iris einmal bemerkt, an ihrem Durchhaltevermögen.

Das teuerste Buch, das ich mir zu Recherchezwecken zugelegt habe, war Henrietta Nesbitts Kochbuch (*The Presidential Cookbook: Feeding the Roosevelts and Their Guests,* Doubleday & Company, 1951), das ich nach langer Suche gebraucht im Internet fand. Auf dem Exemplar prangte immer noch der Aufkleber der *Fairfax County Public Library.* In meiner Geschichte findet das erste Treffen zwischen Iris und Eleanor zufällig ebenfalls in Fairfax County, Virginia, statt.

Ich ärgerte meine Familie immer wieder mal mit Rezepten aus Mrs Nesbitts Kochbuch. Aus eigener Erfahrung kann ich berichten, dass Iris den Kalbsbraten, den Mrs Nesbitt anlässlich des Besuchs der Tweedmuirs servierte, völlig zu Recht ungenießbar fand. Auch Monty, der Mrs Nesbitts exotisches Hähnchengericht für die schlechten Beziehungen zwischen Amerika und Japan verantwortlich machte, könnte mit seiner Einschätzung richtig gelegen haben. Andere Quellen, die ich für meine kulinarischen Recherchen zurate zog, waren unter anderem Sheila Hibbens regionales Kochbuch *American Regional Cookery,* Gramercy Publishing Company, 1956, *From Hardtack to Home Fries: An Uncommon History of American Cooks and Meals* von Barbara Haber (2002 erschienen bei Penguin Books) und natürlich Elizabeth Davids Werk *French Provincial Cooking* (Penguin Books, 1960), in dem sie genau erklärt, »wie echte französische Zwiebelsuppe schmeckt« (Kapitel 19).

Cooks preisgekrönte Biografien und Eleanor Roosevelts erstaunlich ehrliche Memoiren (*The Autobiography of Eleanor Roosevelt*, HarperCollins, 1961) lieferten mir umfassende Einblicke in das Leben der First Lady. Auch Jean Edward Smiths mehrfach ausgezeichnete Biografie des Präsidenten (*FDR*, Random House, 2007) vermittelte mir einen guten Eindruck von Roosevelts Persönlichkeit. Andere Bücher, die ich jedem Leser mit weiterführendem Interesse am Präsidentenpaar empfehlen kann, sind: *Eleanor and Franklin* von Joseph P. Lash, W. W. Norton & Company, 1971, sowie Jonas Klein, *Beloved Island: Franklin & Eleanor and the Legacy of Campobello*, erschienen bei North Bay Books, 2000. Die einzigen fiktionalen Figuren in meinem Roman sind Iris, Monty und Sam.

Ich habe mich bemüht, die realen Personen in meinem Roman so lebensecht wie möglich darzustellen. Die Unterhaltung zwischen Eleanor und Hick in Kapitel 4, während der die First Lady sich an alte Zeiten zurückerinnert, und ihr Eingeständnis, damals Juden gegenüber engstirnig gewesen zu sein, entspricht ihren eigenen Aussagen. Auch die in Kapitel 10 geschilderte erste Pressekonferenz Roosevelts sowie die in Kapitel 63 mit Winston Churchill entsprechen größtenteils historischen Quellen. In Kapitel 23 erzählt Sam Iris, wie der Präsident ganz nebenbei seinen Entschluss verkündet habe, den Dollar frei schwanken zu lassen. Genau auf diese Weise wurde dieser Beschluss tatsächlich bekannt gegeben. Ebenfalls historisch belegt ist John McCloys Vergleich der Verfassung mit einem Papierfetzen (Kapitel 63). Sowohl Eleanors kurze

Ansprache in Kapitel 15 als auch FDRs Erklärung des Leih-und-Pacht-Prinzips in Kapitel 53 habe ich fast wortgetreu zitiert. Nach seinem ersten Kamingespräch sagte Roosevelt tatsächlich folgende Worte: »Ich glaube, es ist Zeit für ein Bier.« (Kapitel 8) Und die liebenswerte Information, dass Hick die »weiche Stelle am Mundwinkel« ihrer Freundin Eleanor besonders gern küsste (Kapitel 4), fand ich in einem Liebesbrief Hicks an ihre Freundin.

In Kapitel 31 liest Iris laut aus einem Artikel vor, den Sam anlässlich des Justizgesetzskandals verfasst hat. Wochenlang habe ich versucht, diesen erfundenen Artikel scharf und präzise zu formulieren, damit Iris' Hochachtung vor Sams journalistischen Fähigkeiten auch glaubhaft wäre, doch es wollte mir nicht gelingen. Schließlich stieß ich bei meiner Suche in den Archiven auf einen Artikel, der mich inspirierte, weil er sowohl Sams Wortgewandtheit als auch seiner Leidenschaft entsprach. Er stammt aus der Feder eines Journalisten namens Mark Sullivan und erschien im März 1937 in der Zeitung *The Oshkosh Northwestern*.

Ich möchte mich an dieser Stelle beim *National Park Service* für die wertvollen Auskünfte über die Familie Roosevelt in ihren Häusern Springwood, dem Weißen Haus und Val-Kill bedanken, die ich während meiner Recherchen in Hyde Park und Washington DC im Jahre 2013 erhielt. Großen Dank möchte ich auch Anne M. Newman vom *Roosevelt Campobello International Park* aussprechen, die mich an einem verschneiten Wintermorgen in Kanada durchs Cottage der Roosevelts führte, das eigentlich in der Wintersaison geschlossen ist, und mir unermüdlich Rede und Antwort stand.

Mein Dank geht außerdem an Hachette Australia und an meine Verlegerin Bernadette Foley für ihr Verständnis und ihre Geduld sowie an meine Lektorinnen Kate Stevens und Ali Lavau für ihre gute Laune, den Enthusiasmus und scharfen Blick. Und schließlich gilt auch bei diesem Buch wie immer mein besonderer Dank meinem Mann Chris, ohne den dieses Buch nicht entstanden wäre.